Deseo concedido

Deseo concedido

Megan Maxwell

Esencia/Planeta

Obra editada en colaboración con Editorial Planeta – España

Imagen de portada: © Shutterstock / Dm_Cherry
Fotografía de la autora: © Carlos Santana

© 2009, Megan Maxwell

© 2016, Editorial Planeta, S.A. – Barcelona, España

Derechos reservados

© 2017, Editorial Planeta Mexicana, S.A. de C.V.
Bajo el sello editorial PLANETA M.R.
Avenida Presidente Masarik 111, Piso 2
Colonia Polanco V Sección
Deleg. Miguel Hidalgo
C.P. 11560, Ciudad de México
www.planetadelibros.com.mx

Primera edición impresa en España: julio de 2016
ISBN: 978-84-08-15740-3

Primera edición impresa en México: abril de 2017
ISBN: 978-607-07-4047-3

Impreso en los talleres de Litográfica Ingramex, S.A. de C.V.
Centeno núm. 162-1, colonia Granjas Esmeralda, Ciudad de México
Impreso en México – *Printed in Mexico*

1

Dunhar, Inglaterra
Año 1308

£ady Megan Philiphs no podía creer lo que estaba oyendo. Escondida tras la arcada de roble macizo escuchaba a su tía Margaret hablar con Bernard Le Cross, el obispo que tan poco le había gustado en vida a su madre.

—Ilustrísima. Es de extrema importancia que oficiéis las bodas aun sin las amonestaciones pertinentes —dijo Margaret con su atípica voz ronca.

—Lady Margaret —asintió el obispo—, para mí será un placer ocuparme de esa doble boda.

—Tengo que decir, en favor de los caballeros, que ambos conocen a las doncellas desde pequeñas y están satisfechos con la idea de desposarse con ellas y enseñarles los modales y la clase que les falta —rio con malicia—. Además, ya cuentan con veinte y dieciocho años.

—La entiendo, lady Margaret —murmuró el rollizo obispo tomando una nueva torta de semillas de anís.

—Será un acuerdo beneficioso para todos. En cualquier caso, no se han podido negar —rio sir Albert Lynch, marido de Margaret y tío de las muchachas—. Entre los favores que me deben los caballeros y la perspectiva de meterlas en sus camas, se han animado con rapidez.

—No veo el momento en que esas salvajes desaparezcan de mi vista —escupió sin escrúpulos Margaret, mientras entregaba al sacerdote más pastas.

¡Cuánto odiaba a aquellos tres mestizos! En especial, a las muchachas. Siempre habían sido la vergüenza de la familia. Ella misma había sufrido las consecuencias de que su hermano se casara con una salvaje escocesa. Cuando todo el mundo se enteró de aquella boda, Margaret y Albert dejaron de ser invitados a los bailes y actos sociales de la época. Pero ahora que su hermano George y la salvaje de su cuñada habían muerto, ella se ocuparía del futuro de aquellos mestizos.

Incrédula, Megan escuchaba los oscuros planes de su tía, apoyada sobre la bonita arcada que su padre había mandado construir. Aquella casa, que tantos momentos bonitos había albergado en vida de sus padres, ahora se había transformado en un hogar siniestro a causa de la presencia de sus tíos.

«Esta mujer está loca», pensó Megan, pálida como la cera. Al escuchar aquello, casi se le había paralizado el corazón. Pretendían que su hermana y ella se casaran con dos enemigos de su padre. Los hombres que siempre lo repudiaron por el simple hecho de unirse en matrimonio con su madre, Deirdre. Aquellos que siempre las habían mirado con ojos llenos de lascivia.

—Me imagino que ambas desaparecerán de estas tierras —prosiguió el obispo con indiferencia, mientras se limpiaba las comisuras de su arrugada boca con una delicada servilleta de lino—. Con sinceridad, lady Margaret, quitaros de encima a esas dos molestias es lo mejor que podéis hacer.

—Cada día es más difícil la convivencia —reprochó Albert—. Se niegan a ser sumisas y obedientes, y a comportarse como damas. Pero claro, ¡qué se iba a esperar de ellas, con la madre que han tenido y la educación que les ofrecieron!

—Se marcharán y desaparecerán de nuestras vidas —dijo tajante Margaret—. Sólo permanecerá en esta casa el pequeño Zac, bajo mi tutela. Es el heredero y, como tal, lo criaré. Eso sí, sin la influencia de esas dos salvajes. Le enseñaré a ser un buen inglés para que machaque a esos malditos highlanders.

Megan no pudo escuchar más. Las lágrimas resbalaban por sus mejillas dejando surcos a su paso. Necesitaba salir de allí. Con sumo cuidado, desapareció mientras se dirigía al patio trasero de la casa, junto a las preciosas flores que su madre había plantado años atrás. Tomó varias bocanadas de aire mientras corría y se internaba en el bosque.

Necesitaba hablar con John de Lochman, el mejor amigo de sus padres, por lo que se internó en el bosque en busca de aquel que siempre les había dado consuelo, desde que sus progenitores desaparecieran.

Agotada por la carrera, paró unos instantes a descansar. La angustia le hacía maldecir en voz alta convulsivamente.

—¡Bruja! ¡Maldita bruja!

—¿Qué te ocurre, Megan? —dijo una voz junto a ella asustándola.

—¡Oh, Shelma! —exclamó al reconocer a su hermana—. Tenemos que encontrar con urgencia a John.

—Está en las cuadras con Patrick. Pero ¿qué te pasa?

—Shelma, tía Margaret pretende casarnos. A ti con sir Aston Nierter y a mí con sir Marcus Nomberg.

—¡¿Qué?! —gritó incrédula. Odiaba a aquellos hombres, tanto como ellos a ellas—. Pero... pero si esos hombres nos desprecian.

—¡Ojalá se pudran en el infierno! —vociferó Megan—. Pretenden quitarnos de en medio, para educar a Zac y quedarse con todas las propiedades de papá. ¡Ven, debemos encontrar a John!

El corazón les latió con fuerza cuando comenzaron a correr por el florido bosque de álamos.

—Pero John ¿qué va a hacer? —preguntó llorosa Shelma—. Él no puede ayudarnos. Lo matarán.

—No sé qué hará —respondió sin aire Megan—. Pero al morir papá, me pidió que, si alguna vez me veía en peligro, acudiera a él.

Cogidas de la mano, fueron hasta las majestuosas caballerizas, donde uno de los hombres de John las saludó y les indicó dónde encontrarlo. Sorteando con celeridad a hombres y caballos, llegaron hasta el lateral de las caballerizas. Agotadas, vieron a John con las riendas de un precioso caballo en las manos.

—¡Cuánta belleza junta! —bramó John acercándose a ellas.

Aquel gigante de casi dos metros adoraba a las muchachas, al igual que había adorado a su dulce madre Deirdre. De pronto se paró en seco y, observando los ojos vidriosos de las jóvenes, rugió:

—¡¿Qué ocurre aquí?!

—Una vez dijiste que si alguna vez nos veíamos en peligro te lo dijera —jadeó Megan agarrando a su hermana—. Tía Margaret quiere casarnos este fin de semana con sir Aston Nierter y sir Marcus Nomberg.

—¡¿Qué estás diciendo, muchacha?! —gritó mientras el corazón le latía acelerado.

Era imposible. ¿Cómo iban a hacerles aquello a esas dos adorables muchachas? Sir Marcus y sir Aston eran dos caballeros del rey Eduardo II, duros y despiadados, que nunca aceptaron el matrimonio entre George y Deirdre por el simple hecho de ser ella escocesa. ¿Cómo demonios se iban a casar con ellas?

—Entiendo que tienes que pensar en ti —prosiguió Megan, quien ardía de rabia por lo que iban a hacerles—. Nosotras no queremos que tengas problemas ni con ellos ni con nadie. Pero estoy desesperada, John, no sé adónde ir, ni qué hacer para que mis hermanos no sufran la injusticia que mis tíos quieren para ellos.

—Muchacha —dijo John tocándole la barbilla con afecto—. Hace años prometí a tu padre que si algún día él faltaba, yo me ocuparía de vosotras. Después de su muerte, vuestra madre también me lo pidió, y ¡juré ante Dios que así lo haría, y lo haré!

—Pero ¿adónde podemos ir? —lloriqueó una asustada Shelma—. Siempre hemos vivido aquí. Éste es nuestro hogar. Ésta es nuestra casa.

—Os llevaré con vuestro abuelo.

—¡¿Qué?! —exclamó, perpleja, Megan—. ¿Nuestro abuelo?

—Angus de Atholl, del clan McDougall —asintió John con firmeza.

—Pero... pero... —comenzó a balbucear Shelma, pero las palabras se ahogaron en su garganta, horrorizada por tener que acercarse a los terribles highlanders.

—Vive cerca del castillo de Dunstaffnage.

—¿Crees que querrá ocuparse de nosotros? —preguntó Megan tomando aire. Salir de las tierras inglesas para meterse en zona escocesa era muy peligroso—. Nunca hemos tenido contacto con él, y quizá tampoco quiera saber nada de nosotras.

—Vosotras no. Pero vuestra madre siguió en contacto con él a través de mí durante todos estos años. Angus es un buen hombre, adoraba a vuestra madre y sufrió mucho cuando ella decidió abandonarlo para correr a los brazos de vuestro padre. Al principio se enfadó muchísimo. No entendía cómo su preciosa hija se podía haber enamorado de un inglés. Pero el cariño que sentía por vuestra madre y la amabilidad de vuestro padre le hizo entender y aceptar ese amor.

—¿Será buena idea acudir a él? —volvió a preguntar Megan mientras intentaba calmar a su hermana, que seguía sollozando.

—Sí, muchacha —asintió John con rabia en la mirada y en sus palabras—. Creo que ésta es la única opción que tenéis para libraros de la crueldad de vuestros tíos y de esos maridos que os quieren imponer.

—Está bien —aceptó Megan sintiendo cómo un frío extraño le recorría la espalda—. ¿Cuándo salimos? Y, sobre todo, ¿cómo avisaremos a nuestro abuelo?

—Mañana por la noche, cuando todos duerman, será un buen momento.

—Estaremos preparadas con Zac —afirmó Megan decidida.

—Iremos a caballo, no podemos ayudarnos de ninguna carreta, por lo que coged lo justo. ¡Ah!, y llevad ropa de abrigo, en las Highlands la necesitaréis.

Aquella noche, en el saloncito azul, mientras esperaban a que terminaran de servir la cena junto a sus crueles tíos, ambas hermanas permanecían en silencio.

—Estáis muy calladas hoy, niñas —reprochó su tía mirándolas con ojos de serpiente venenosa, mientras se metía una cucharada de caldo en su arrugada boca.

—Hoy hemos dado un largo paseo por los alrededores de

Dunhar —inventó Megan—. Creo que eso nos ha cansado en exceso, tía.

—Y, como es lógico, habréis estado montando a caballo como un par de salvajes, ¿verdad? —preguntó la mujer sabiendo cómo las muchachas montaban sus caballos.

—Hemos montado a caballo como nuestra madre nos enseñó —contestó Shelma mirándola desafiante.

—¡Otra salvaje! —se mofó sir Albert Lynch, su tío.

—No os permito que habléis así de nuestra madre —murmuró Megan dando un golpe en la mesa con la mano, mientras lo miraba a través de sus ojos negros con odio y desprecio.

—Y a mí no me gusta que me hables con ese descaro —respondió Albert secamente.

—¡Tengo hambre! —protestó Shelma intentando tranquilizar a su hermana.

—Tranquilo, Albert —carraspeó Margaret, limpiándose la boca con la servilleta de lino—. Esta situación durará poco tiempo. Relájate y disfruta.

En ese momento apareció William, el criado de la casa. Mirando a las jóvenes con un gesto de complicidad, les guiñó un ojo y curvó la boca a modo de sonrisa. Odiaba a los Lynch. Nunca le había gustado la manera en que aquellas personas se comportaban con las niñas.

—Señores, han llegado sir Marcus Nomberg y sir Aston Nierter.

Al oír aquellos nombres, a Shelma le dio un vuelco el corazón. Entretanto, Megan, con una frialdad inusual en ella, contenía la rabia y rogaba tranquilidad a su hermana con la mirada.

—Oh..., qué encantadora visita —rio Margaret como una serpiente, mientras se levantaba junto con su marido para atender a los invitados—. Tomad asiento. Cenaremos todos juntos.

—Lady Margaret, sir Albert —saludó Marcus—. Pasábamos por aquí, pero no pretendemos molestar.

—Vos nunca molestáis —sonrió la mujer con su falso gesto—. Para nosotros es un honor contar con vuestra agradable compañía.

—Por favor, caballeros —indicó sir Albert—. Estamos encantados con vuestra visita. Compartid nuestra cena.

—Si insistís... —asintió de buen agrado sir Aston—. Yo lo haré con mucho gusto.

Sir Marcus, un hombre alto, despiadado y estirado, se atusó su ridículo bigote al sentarse junto a Megan. Mientras, sir Aston, entrado en carnes y con su característico olor a rancio, se acomodó al lado de Shelma.

William intercambió una rápida mirada con Megan y salió del salón mientras ella le dedicaba una fría sonrisa a sir Marcus, a pesar del asco que le daba su cara marcada de viruela y sus ojos de ratón.

—Lady Megan, esta noche estáis especialmente encantadora —dijo Marcus devorándola con la mirada.

«No puedo decir lo mismo de vos», pensó ella observando a su hermana.

—Gracias, sir Marcus —respondió con una forzada sonrisa.

Megan era una preciosa y joven muchacha que atraía las miradas de los hombres por su exuberante pelo oscuro y sus ojos negros como la noche.

—Lady Shelma, vos también estáis preciosa con ese vestido azul —señaló sir Aston rozando con la mano el cabello castaño de la joven, y dejándola sin palabras.

—¡Qué galantes sois, caballeros! —afirmó Margaret, mientras William volvía a entrar y con gesto serio indicaba a otro criado que les sirviera caldo.

La cena fue una auténtica humillación. Tanto Megan como Shelma, en diferentes ocasiones, tuvieron que apartar y sujetar las lascivas manos que bajo la mesa, una y otra vez, se posaban sobre sus faldas con intenciones nada inocentes. Agotada por los disimulados forcejeos y con ganas de chillar, Megan se levantó. Tomando a su hermana de la mano, se disculpó con intención de marcharse.

—No seáis antipáticas, niñas —las detuvo Margaret, que tenía muy claro su plan—. Seguro que nuestros invitados desearán dar un paseo por los alrededores.

Con desgana y malhumorada, Megan anduvo hacia la puerta, pero una mano la atrapó por la cintura haciéndola frenar.

—¿Tan cansada estáis? —Oyó la voz pastosa de sir Marcus, mientras notaba cómo los dedos de éste la agarraban con fuerza de la cintura.

—Hoy hemos tenido un día agotador —se disculpó Shelma.

Sujetando con firmeza a las jóvenes, sir Aston y sir Marcus salieron de la luminosa estancia del salón. Sin importarles los gestos contrariados de las doncellas, tras bajar los escalones de la entrada, se desviaron hacia un lateral de la casa. Un lugar oscuro y sombrío. Una vez allí, nada pudieron hacer para continuar juntas. Sir Aston tomó un camino diferente llevándose del brazo a Shelma, mientras Megan bullía de rabia.

—¿A qué se debe ese gesto tan serio? —preguntó sir Marcus.

—Considero que sería más apropiado que los cuatro permaneciéramos juntos —contestó Megan intentando corregir la dirección—. No me parece adecuado quedarnos a solas. No está bien visto.

—Escocesa, existen tantas cosas que no están bien... —rio sir Marcus empujándola contra la pared de la casa y comenzando a manosearla.

—¡¿Qué hacéis?! —gritó Megan enfurecida dándole un fuerte empujón—. ¿Os habéis vuelto loco?

—Loco me tienen tus cabellos, tus ojos —respondió él aplastándola contra la pared, mientras intentaba meterle su asquerosa lengua en la boca y sus manos luchaban por subirle el vestido—, tus lozanos pechos, y no veo por qué esperar más tiempo, si finalmente serás para mí.

Asustada y rabiosa, se vio inmovilizada por aquel hombre que le sacaba apenas una cabeza. Notó cómo la mano de él se introducía por su escote para tocar salvajemente sus pechos.

—¡Soltadme, asqueroso patán! —gritó ahogada por la impotencia de verse así y observar en la lejanía que su hermana estaba en la misma tesitura—. O juro que no seré consciente de mis actos.

—Tu fiereza me hace ver que serás ardiente en mi cama, escocesa —rio entre dientes al verse manejando la situación—. Una vez que te tenga desnuda en mi lecho, harás todo lo que a mí se me antoje.

—Os lo he advertido —bufó levantando una de sus rodillas y dándole con todas sus fuerzas donde sabía que le dolería.

Inmediatamente se vio liberada y sir Marcus rodó por el suelo aullando de dolor.

—¡No volváis a tocarme en vuestra vida! O no responderé de mis actos —escupió Megan.

En ese momento se oyó un nuevo aullido. Era sir Aston, quien tras haber recibido un empujón por parte de Shelma había caído al suelo clavándose las espinas de los rosales. Shelma, sin esperar un instante más, se reunió con su hermana. Juntas entraron rápidamente en la casa.

—¿Qué ocurre? —preguntó Margaret, sentada frente a la lujosa chimenea.

—¡Esos hombres se han propasado con nosotras! —gritó Megan echando fuego por los ojos—. ¿Qué es lo que pretendéis hacer? ¿Qué es eso de que seremos para ellos?

—La verdad —sonrió Albert—. A partir de ahora tendréis que ser cariñosas y complacientes con vuestros prometidos.

—¡Ellos no son nuestros prometidos! —chilló Shelma.

—Lo son —sentenció Margaret viendo entrar a aquellos hombres en la habitación con gesto contrariado—. En pocos días, os desposaréis con ellos y nadie lo podrá impedir.

—Me niego a... —comenzó a decir Megan, pero sir Marcus le soltó una bofetada que la hizo caer al suelo.

Al ver aquello, Shelma se abalanzó sobre él, pero sir Aston, rojo de rabia, la asió por el cuello y la tiró también.

—¡Caballeros! —intervino Margaret sin levantarse de su silla—. Entiendo que estas salvajes os hagan perder la cordura, pero, aunque sólo sea por la memoria de mi queridísimo hermano George, esperad a estar desposados para tratarlas como se merecen.

«Sois lo peor», pensó Megan mirando a su tía.

—Será un auténtico placer —gruñó sir Marcus, quien tras un saludo salió de la habitación seguido por sir Aston.

—¡¿Unirnos a estos hombres?! ¿Cómo podéis permitir semejante osadía? —vociferó Megan mientras ayudaba a su hermana a levantarse del suelo.

—He dispuesto con el obispo vuestros enlaces. No se hable más.

—Mis padres no consentirían esta barbaridad —manifestó Megan, tocándose su dolorida mejilla.

—Querida niña —rio Margaret con altivez—, no olvides que ellos ya no están aquí, y la que decide vuestro futuro soy yo. Casar a dos mestizas, en los tiempos que corren, no es nada fácil.

—Vuestra sangre escocesa y salvaje —continuó Albert riendo como una hiena— será derrotada.

—Sois... —balbuceó Megan a punto de abalanzarse sobre su tío.

—Estamos cansadas —interrumpió Shelma obligando a su hermana a mirarla—. Ahora, si nos disculpáis, deseamos retirarnos. Buenas noches.

Sin detenerse, corrieron hacia sus habitaciones encontrándose por el camino con Edelmira, la mujer de William, quien sin pensarlo las abrazó, acunándolas como cientos de veces lo había hecho durante aquellos duros años.

—No podemos continuar aquí —sollozó Shelma.

—Ay, niñas mías —susurró Edelmira—. ¿Qué podríamos hacer para ayudaros?

—No te preocupes, Edel —la tranquilizó Megan abrazándola—. Algo se nos ocurrirá.

Al día siguiente, la mañana amaneció soleada. El cielo era azul cálido, pero el humor de ambas era oscuro y desafiante. Shelma se asustó al ver la mejilla hinchada de Megan. Debían escapar. ¡Sus vidas corrían peligro!

John, que no había dormido la noche anterior preparando el viaje, se horrorizó al verlas en aquel estado. Pero, tras tranquilizarse, les informó que había conseguido la ayuda de dos hombres, y que las esperarían de madrugada en la parte trasera de la casa, junto a la arboleda.

Aquella noche, mientras cenaban con Margaret y Albert, se alegraron de que éstos no tuvieran ganas de charlar, por lo que pronto se retiraron a su habitación.

En la quietud de la noche, Megan fue hasta el cuarto donde dormía su pequeño hermano Zac: un niño de apenas un año, rubio e inquieto. Lo cogió con delicadeza y, tras envolverlo en una capa de piel, salió con todo el cuidado que pudo para no despertarlo. Shelma esperaba en la puerta, vigilando que nadie les oyese. Bajaron con cuidado la escalera. Cuando atravesaban la cocina, de pronto una voz las paralizó.

—Os hemos preparado algo para el camino —dijo William saliendo de las sombras junto a Edelmira—. Quiero que sepáis que nunca me olvidaré ni de vos ni de vuestros padres, y siento en el alma no poder ayudaros en nada más.

—¡William, por Dios, no digas nada! —pidió Megan hablando en susurros para no despertar a Zac.

—Ay, niñas mías —sollozó Edelmira con tristeza mientras le daba a Shelma un paquete con queso, pan y leche para Zac—. Os echaré mucho de menos.

—Y nosotras a ti —susurró Shelma acercándose para darle un beso—. Ahora, marchaos. Nadie tiene que saber que nos habéis visto. No queremos ocasionaros problemas.

Alargando la mano, Megan tomó la de William, quien, con una triste sonrisa, asintió antes de soltarla.

—Que la felicidad sea la dicha de vuestra futura vida —suspiró el anciano mayordomo.

—Gracias, William —le agradeció Megan con una sonrisa en la boca mientras Edelmira la abrazaba.

—Cuidaos, por favor —murmuró el hombre asiendo a su mujer antes de desaparecer entre las sombras.

—¿Quién anda por ahí? —preguntó Margaret, que llevaba una vela encendida en las manos. Al descubrir a las jóvenes, preguntó—: ¿Qué hacéis, insensatas?

Paralizadas con el pequeño Zac en brazos, no supieron qué hacer hasta que William y Edelmira, saliendo de las sombras sin pensárselo, empujaron a Margaret hacia un lado, con tan mala suerte que la vela que ésta llevaba en la mano cayó sobre el cesto de la ropa sucia, prendiendo todo con la rapidez de la pólvora.

—No es momento de pararse a mirar —indicó William—. Corred. Corred y no miréis atrás.

—¡Pero William...! —gritó Megan viendo a Edelmira en el suelo junto a su tía.

—¡Por favor, marchaos y buscad la felicidad! —bramó William empujándolas.

La intranquilidad se apoderó de ellas desde el momento en que comenzaron a correr. Pero, a mitad de camino, un grito desgarrador procedente de la garganta de William hizo que Megan se parase en seco y mirase hacia atrás. El fuego se había apoderado de toda la cocina y comenzaba a subir hacia la planta de arriba. Con los ojos encharcados en lágrimas, las hermanas Philiphs comprendieron el triste final de aquellos dos ancianos que las habían ayudado. Cuando las manos de John las agarraron y las llevaron hasta la arboleda sin perder tiempo, comenzaron un peligroso y agotador viaje, hasta el hogar de su abuelo, muy lejos de Dunhar.

2

Castillo de Dunstaffnage, Escocia
Agosto de 1314

Habían pasado unos meses desde que, el 24 de junio, Robert de Bruce, liderando el ejército escocés junto a los jefes de los principales clanes de Escocia, había salido victorioso en la batalla de Bannockburn.

En un principio, Robert de Bruce pensó firmar un tratado de paz con el rey inglés, Eduardo II. Pero, tras ver fallida esta opción, los escoceses, aun siendo menor en número que los ingleses, cargaron contra el ejército enemigo y salieron victoriosos.

Nadie olvidaría aquel día en que el rey Eduardo II llegó acompañado por infinidad de caballeros, arqueros, lanceros y algunos escoceses contrarios a las ideas de Robert de Bruce, la gran mayoría del clan McDougall, que no era muy numeroso, pero sí lo suficiente para dañar y crear la discordia entre las gentes de su propio clan. Mientras, el ejército de Robert de Bruce sólo se componía de valientes guerreros bien entrenados, unos cuantos a caballo y cientos de voluntarios sin entrenar, pero con ansias y ganas de luchar.

El primer día de batalla, Henry de Bohun, caballero del rey Eduardo II, creyéndose superior a Robert de Bruce, provocó una lucha lanza en mano al estilo de los torneos. Robert, que no se amilanaba ante nadie, aceptó tal reto exponiendo su vida, pero tras un corto combate Henry de Bohun acabó muerto por un hachazo en la cabeza, mientras Bruce sólo se lamentaba por haber roto el mango de su hacha, ante sus amigos y fieles seguidores Duncan y Niall McRae y Lolach McKenna.

El segundo día, el rey Eduardo II, enloquecido de rabia por la anterior victoria, ordenó al conde de Gloucester cargar contra los salvajes escoceses. Pero de nuevo la suerte estuvo del lado escocés. Robert de Bruce volvió a demostrarle que, aunque sus fuerzas militares eran inferiores en número, tenían mucho más talento. Y ayudado por Duncan y Niall McRae y por Lolach McKenna, entre otros, emboscada tras emboscada, empalaron a miles de lanceros ingleses junto al conde de Gloucester.

Desesperados, los ingleses huyeron perseguidos por la infantería escocesa liderada por Axel McDougall, quien luchó sin piedad junto a otros hasta conseguir lo que buscaban: la independencia de Escocia.

Tras aquel nuevo desastre y sintiendo que no podrían conseguir amilanar a aquellos valientes escoceses, las tropas inglesas —en buena parte integradas por highlanders— ayudaron al rey Eduardo II a huir al galope del campo de batalla. Llegó hasta Duchar, donde tomó un barco que lo llevó de vuelta a su amada Inglaterra.

Los meses pasaron, pero los clamores de la batalla continuaban muy vivos. Por los distintos caminos y las montañas de Escocia se podía ver a muchos valerosos escoceses regresando a sus hogares, de los que habían marchado sintiéndose hijos oprimidos de Inglaterra y a los que volvían siendo hombres libres de Escocia.

En el castillo de Dunstaffnage, propiedad del clan McDougall, tras el regreso del valeroso laird Axel McDougall, se estaba preparando una boda. Para Axel no había sido fácil aquella guerra. Tuvo que luchar contra gente de su propio clan y, aunque por ocultos antecedentes familiares la sangre inglesa corriese por sus venas, si algo tenía claro era su origen escocés.

Nunca olvidaría el dolor en el pecho que sintió cuando vio los cuerpos de sus primos Lelah y Ewan despedazados en el campo de batalla. Pero, tras la amargura del combate, le aguardaban días de gloria y tranquilidad. Por ello, tras volver de Bannockburn, formalizó su boda con Alana McKenna, una jovencita que años atrás le había robado el corazón.

El castillo de Dunstaffnage comenzaba a llenarse de guerreros llegados de otros clanes. Axel, desde las almenas de su castillo, observaba cómo un grupo de unos treinta hombres se acercaba a caballo. Sonrió al reconocer a su buen amigo Duncan McRae, un temible e inigualable guerrero, al que apodaban el Halcón por su intimidatoria mirada verde y su rictus de seriedad. Se decía que cuando el Halcón fijaba la mirada en alguien, sólo era por dos razones: o porque iba a morir, o para sonsacarle información.

A su paso, las mujeres más osadas lo miraban con deseo y ardor. Toda Escocia conocía su fama de mujeriego, compartida con su hermano Niall y su íntimo amigo Lolach. Duncan era un highlander de casi dos metros, de cabello castaño con reflejos dorados, cutis bronceado y ojos verdes como los prados de su amada Escocia. A sus treinta y un años poseía una envergadura musculosa e impresionante, gracias al entrenamiento diario y a las luchas vividas.

Con Duncan cabalgaba su hermano Niall, un joven valiente, aunque de carácter distinto. Mientras que el primero era serio y reservado, al segundo le gustaba bromear y lucía una perpetua sonrisa en la boca.

Lolach McKenna, amigo de la infancia de los hermanos McRae, residía en el castillo de Urquhart, junto al lago Ness. El temperamento de Lolach resultaba agradable y conciliador, y, al igual que el resto, era un hombre de aspecto imponente, poseedor de unos ojos de un azul tan intenso que las mujeres caían rendidas a sus pies.

—¿Quiénes son? —preguntó Gillian, una preciosidad rubia, mientras fruncía los ojos para distinguirlos.

—Duncan y Niall McRae, Lolach McKenna y sus guerreros. Los invité a mi boda —respondió Axel mirando con adoración a su hermana.

—Oh... Niall McRae —suspiró mirando hacia los guerreros que entraban en ese momento por la arcada externa del castillo—. Deberías habernos avisado de que el Halcón y su hermano venían.

—Tranquila, hermanita —sonrió al escucharla—. Son tan peligrosos para ti como lo soy yo.

—Si tú lo dices... —sonrió ella a su vez al oír a su hermano.

Gillian estaba encantada de volver a tener a Axel a su lado. Atrás quedaron los tiempos en los que temía que cualquiera de su clan quisiera matarlo por no seguir al rey Eduardo II.

—Axel, ¿crees que este vestido es lo suficientemente elegante para tu boda? —preguntó girando ante la mirada divertida de él.

—Tu belleza lo eclipsa, Gillian. Creo que conseguirás que los hombres se desplomen a tu paso; por lo tanto, ve con cuidado, no quiero tener que usar mi espada el día de mi boda.

Desde que había cumplido dieciocho años, Gillian era consciente de la reacción que despertaba en los hombres y eso le producía un enorme placer.

En ese instante, los cascos de los caballos retumbaron contra las piedras del suelo a la entrada del castillo. El poderío y la fuerza de aquellos guerreros hicieron que todos los allí presentes dejaran sus labores para mirarlos con admiración y temor.

—Voy a recibir a mis invitados. Avisa a Alana, le gustará saludarlos —dijo Axel besando a su hermana.

En pocos instantes llegó hasta la gran arcada de entrada. Allí pudo ver una vez más cómo la gente bajaba la mirada al paso de Duncan, cosa que le provocó risa.

Al ver a su amigo Axel, Duncan levantó la mano a modo de saludo y, dando un salto, bajó de su semental *Dark* y estrechó a su amigo en un fuerte y emotivo abrazo.

—¡McDougall! —bramó Lolach McKenna con una amplia sonrisa—. Tus gentes parecen asustadas a nuestro paso.

—En cuanto os tengan aquí un par de días, os perderán el miedo —respondió Axel.

—Aquí nos tienes. Dispuestos a asistir a tu boda —sonrió Duncan al pelirrojo Axel—. ¿Dónde está esa futura señora de tu hogar?

—Aquí —respondió Alana, que desde su ventana había visto llegar a los guerreros polvorientos, y corrió para saludarlos.

—¿Vos, milady? —Duncan observó a la extraordinaria mujer de ojos verdes, pelo claro y sonrisa tranquilizadora que se erguía ante él.

—Te lo dije, Alana —murmuró Lolach besándole la mano—. Indiqué hace años que tu belleza sería un peligro para algún incauto.

—Encantada de volver a verte, primo —saludó a Lolach.

—¿Sois la pequeña Alana? —preguntó Niall acercándose al grupo.

—Sí —sonrió la muchacha mirando a Axel, su prometido.

—¿Ahora entiendes por qué quería formalizar rápidamente este enlace? —musitó éste asiéndola por la cintura.

—¿No tendríais una hermana o una prima para presentarme? —se mofó Niall tras saludarla, mientras las criadas que se arremolinaban en la arcada los miraban con ojos libidinosos y risas atontadas.

—¡Buenas tardes, caballeros! —saludó Gillian situándose junto a su hermano.

Gillian era menuda comparada con Alana y otras mujeres, pero sus ojos azules, su cara de ángel y el vestido marrón que se ajustaba a su cuerpo lozano hicieron que todas las miradas se posaran en ella.

—¿Ella es vuestra hermana? —preguntó Niall al ver aparecer a aquella encantadora jovencita.

—No, pero pronto lo será —respondió Alana cogiéndola de la mano, mientras tras ellas se oía un poco de revuelo. Alguien discutía.

—Es mi pequeña hermana Gillian —advirtió Axel—. Recuérdalo.

Mientras Niall continuaba con los ojos fijos en Gillian, Axel se percató de que Duncan observaba algo tras ellos. ¿Qué miraba?

—Encantado de volver a veros. —Niall se acercó a la joven Gillian, quien se sonrojó—. Ahora os recuerdo, aunque habéis cambiado mucho. La última vez que os vi llevabais largas trenzas infantiles.

—Si mal no recuerdo —respondió Gillian reponiéndose del sonrojo—, la última vez que nos vimos, vos os tirasteis al lago a rescatarme.

—¿En serio? —rio Alana al ver los ojos resplandecientes de Gillian. Tendría que hablar con ella.

—Tenía dos opciones —respondió Niall recobrando la compostura—. Salvaros o dejar que os ahogarais. Y, tras echarlo a suertes, no tuve más remedio que tirarme al agua.

—¡¿Echarlo a suertes?! —espetó Gillian cambiando su expresión sonriente por una amenazadora.

—Yo de ti, callaría —masculló Duncan viendo cómo aquella joven lo miraba.

—Pienso como tu hermano. ¡Cállate! —advirtió Lolach echándose hacia un lado.

Pero la juventud de Niall hizo que, tras guiñarle el ojo a una de las criadas y ésta sonreír, volviera a dirigirse a la joven hermana de Axel.

—Gillian... Gillian... Os recuerdo como una mocosa pesada. Os daba igual subir a un árbol que embadurnaros de barro junto a los demás chicos. Y lo peor: tuve que soportar vuestro pringoso beso lleno de barro cuando os salvé en el lago. —Al ver la rabia en ella, finalizó—: Aunque ahora tengo que admitir que os habéis convertido en una auténtica belleza, y que cualquier hombre estaría dispuesto a soportar vuestros besos con barro.

—¡Niall! —advirtió Axel—, aparta tus ojos y tus embaucadoras palabras de mi hermana si no quieres tener problemas.

—¡Tranquilo, Axel! —Gillian rugió muy enfadada demostrando su carácter—. No está hecha la miel para la boca del asno. Ni en mis más oscuros pensamientos consentiría que un imbécil como éste se acercara a mí, y menos aún que me besara.

—¡Gillian! —la regañó Axel, sorprendido por aquella contestación.

Haciendo caso omiso a su hermano, se volvió furiosa y desapareció por la arcada del castillo, dejándolos a todos muertos de risa, incluidos los guerreros que seguían montados en sus caballos a la espera de que sus jefes Duncan y Lolach les indicaran que desmontaran y buscaran un sitio donde descansar.

—¡Niall! —gritó Myles—. La dama te dejó sin palabras.

—Myles, ¡¿quieres morir?! —bramó Niall, molesto—. Mide tus palabras si no deseas probar el acero de mi espada.

—Será mejor que calles —rio uno de sus hombres de confianza—, a Niall no le gusta que se mofen de él cuando una dama le ha pisado el cuello.

Su hermano Duncan y Lolach se miraron y sonrieron.

—Te hemos dicho que callaras, muchacho. Sólo tenías que haber mirado sus ojos para saber que lo que estabas diciendo no era de su agrado —murmuró Lolach tocando con la mano el hombro derecho del muchacho.

Mientras en el patio todos los ojos seguían pendientes de la conversación entre Niall, Lolach y Axel, Duncan fijó la mirada en una mujer que acababa de salir y se había situado tras Axel y Alana. En un principio, cuando Alana salió, oyó voces dentro del castillo, pero tras marcharse Gillian, malhumorada, su corazón se paralizó cuando vio aparecer a la mujer con los ojos negros más espectaculares que había visto nunca.

Axel, con disimulo, miró hacia atrás y sonrió al entender la cara de su amigo Duncan. Mientras, la moza en cuestión no se percataba de nada.

—Duncan —intervino Axel tomándolo por sorpresa—. Te presento a Megan de Atholl McDougall.

Megan, desconcertada, no sabía adónde mirar.

—Perdonad —se disculpó atragantándose con la saliva, mientras situaba a su hermano tras ella y se alisaba la falda—. No estaba atenta a vuestras conversaciones.

—Tranquila, Megan —dijo Alana tomándole la mano para darle un par de palmaditas—. Entendemos que Zac estaba llamando tu atención; por lo tanto, solucionemos primero una cosa y luego otra.

Duncan, que no había podido apartar la mirada de aquella mujer, deseaba más que nada en el mundo ver su sonrisa. ¡Debía de ser espectacular!

Con fingida indiferencia, Duncan la miró. Era tan alta y estilizada como Alana. Su espectacular cabello rizado era tan negro que casi parecía azul. Sus retadores ojos le cautivaron en pocos instantes, pero su boca... «¡Por todos los santos, su boca!», pensó sintiendo un escalofrío. Cómo deseaba tomar aquellos labios y saborearlos hasta hacerlos desaparecer.

Por su parte, Megan no se había dado cuenta de cómo la miraba aquel guerrero. Estaba tan obsesionada con proteger a su hermano que no podía pensar en nada más.

—Veamos —prosiguió Alana haciendo salir a Zac de las faldas de Megan—. ¿Qué es lo que te pasa? ¿Por qué has montado tanto jaleo?

—Quiero ir a ver a los feriantes —respondió el niño—. Pero ella, como siempre, no me deja.

—¿Por qué no le dejas? —preguntó Axel.

Distraídamente, Megan se retiró el pelo de la cara, un gesto que encantó a Duncan, tanto como saber que aquel pillastre rubio no era hijo de la mujer.

—Mi señor —comenzó a decir Megan olvidándose del resto de las personas—, le he dicho que no sea impaciente. Más tarde, lo llevaré yo.

—¡No es justo! Yo quiero ir con los otros chicos. No con una gruñona —gritó Zac intentando alejarse de su hermana, cosa que ella no le permitió.

El crío le pisó el pie.

«Zac, te voy a machacar», le indicó Megan con la mirada, aguantando el dolor del pisotón, mientras Duncan los observaba divertido.

—Megan... —sonrió Axel—, algún día deberás empezar a confiar en él.

—Deberías prometer a tu hermana que te portarás bien —señaló Alana mirando al niño.

—Este pillo —respondió Megan dándole una colleja que hizo sonreír a los hombres— es capaz de meterse en más de un problema a la vez. Recordadlo, lady Alana.

—La verdad, Zac, es que tu hermana tiene razón —dijo Axel, que conocía bien al niño—. Por lo tanto, vas a esperar en tu casa hasta que alguno de tus familiares te pueda acompañar, y esto es una orden —continuó levantando la voz para intimidarlo.

—Ve ahora mismo con Shelma —indicó Megan—, y no te muevas de allí hasta que yo llegue.

El niño, tras sacarle la lengua a su hermana y ver cómo ésta apretaba los puños para no cogerlo por el pescuezo, se alejó cabizbajo.

—Está bien —sonrió Alana al ver la reacción del niño—. Pasemos adentro. Estoy convencida de que estos guerreros estarán muertos de sed y hambre. —Luego, volviéndose hacia Megan, que veía alejarse a su hermano, pidió—: Diles a Frida y a Marsha que necesitamos asado y cerveza en abundancia.

—Ahora mismo —asintió Megan desapareciendo tras la arcada, seguida por Alana y Axel.

—¡Halcón! —exclamó Lolach—. Lo que oigo es tu corazón desenfrenado por esa bonita muchacha.

—¿Qué dices? —disimuló él volviéndose hacia su amigo con seriedad—. Mi corazón sólo late desenfrenado cuando estoy combatiendo. No lo olvides.

—Disculpa mi equivocación —palmeó el otro reprimiendo una sonrisa, mientras se les unía Niall—. Sólo digo, y esto va por ambos, que veis a una bonita mujer y babeáis como bebés.

—Déjate de tonterías —bufó Duncan sin querer escucharle más.

—¡Eres un bocazas! —se carcajeó Niall dando un empujón a Lolach, al tiempo que todos entraban en el castillo.

3

Aquella tarde, Duncan, Axel y algunos de los hombres salieron con sus caballos a recorrer la zona. Axel quería enseñarles varias cosas que estaba haciendo. Mientras, las criadas atendían al resto de los guerreros encantadas, soltando risotadas escandalosas cuando alguno de ellos les decía alguna dulzura e intentaba meter las manos bajo sus faldas.

En las habitaciones superiores del castillo, Alana se probaba su vestido de novia, junto a Gillian y Megan, que se habían hecho grandes amigas.

—Gillian —preguntó Alana—, ¿se puede saber por qué has insultado a Niall?

—Sencillamente, porque se lo merecía —soltó Gillian mirando a Alana con altivez.

—¿Has insultado a uno de los guerreros? —preguntó Megan—. Y yo, ¿me lo he perdido?

Gillian y Megan se carcajearon.

—Por el bien de tu hermano y de tu clan, deberías tener más cuidado con tus palabras y tus actos —apostilló Alana.

—Tienes razón —asintió Gillian mordiéndose el labio—. Procuraré tener más cuidado.

—El Halcón no podía apartar los ojos de ti —señaló Alana mirando a Megan—. ¿Acaso no te diste cuenta?

—No, lady Alana. —Sonriendo, se corrigió al recordar cómo la llamaba cuando estaban solas—. No, Alana. Tengo cosas más importantes en que pensar.

—Duncan es un hombre muy guapo —comentó Gillian asomándose a la ventana oval para mirar el paisaje verde de los campos.

—Y las doncellas se pelean por compartir su lecho —siguió Alana—. Es un guerrero muy deseado por las mujeres.

—No seré yo la que me pegue con nadie por un hombre —rio Megan—. Y menos por ese que tiene dónde elegir.

—Deberías buscar un marido, Megan —indicó Gillian mientras observaba a algunos highlanders cepillar a sus caballos—. Toda mujer debe tener a su lado un hombre que la proteja.

—Ya tengo al abuelo, a Mauled y a Zac —bufó ella percatándose de lo pesadas que se pondrían aquellas dos con ese tema.

—Pero ellos no pueden calentar tu cama y tu cuerpo como lo haría, por ejemplo, Duncan —sonrió pícaramente Alana.

—¡Alana! —exclamó Gillian al escucharla.

—No necesito que nadie caliente mi cama. Me la caliento yo solita sin tener que soportar a nadie.

—Oh, oh —suspiró Gillian al ver a Shelma correr hacia el castillo—. Tu hermana viene hacia aquí y no trae muy buena cara.

—¿Shelma? —preguntó Megan acercándose a la ventana.

Al asomarse vio a su hermana llegar con cara de pocos amigos y pronto supo por qué.

—¡¿Dónde está Zac?! —preguntó Shelma a gritos mientras se retiraba el pelo castaño de la cara. Su hermano las iba a volver locas.

—Lo envié contigo hace un buen rato —contestó Megan resoplando—. No te muevas, bajaré enseguida y te juro que cuando lo encuentre le arrancaré las orejas.

—Ese hermano tuyo... —indicó Gillian—. Es cabezón.

—Pero más lo soy yo —aseguró Megan mirando a Alana—. Me tengo que ir.

—No te preocupes, Megan —dijo Alana tomándola de la mano—, seguro que estará jugando por algún lado.

—Te acompaño —señaló Gillian, que conocía bien las fechorías de Zac.

Tras despedirse de Alana, abrieron la pesada arcada de madera y salieron al oscuro pasillo alumbrado por antorchas. Bajaron la escalera de piedra en forma de caracol hasta llegar a la sala principal, donde aún quedaban algunos hombres que las miraron boquiabiertos murmurando palabras en gaélico al verlas pasar.

—Juro que lo mataré en cuanto lo tenga en mis manos —despotricó Megan sin percatarse de que los hombres las miraban y reían ante ese comentario.

—Veamos en qué clase de fechoría anda metido ese mequetrefe —respondió Gillian agarrándose las faldas.

Cruzaron el patio a toda prisa para llegar hasta Shelma, que al verlas gritó:

—¡Te juro que lo mato, Megan!

—Eso ya lo ha dicho tu hermana —sonrió Gillian para templar el ánimo de Shelma.

—Dijo que quería ir con otros muchachos a ver a los feriantes —recordó Megan.

—¡Lo sabía! —gritó Shelma.

Las tres muchachas, andando a paso rápido, se dirigieron hacia la explanada donde los feriantes comenzaban a montar sus puestos. Una explanada algo húmeda por las lluvias, y con barro.

—¡Allí está ese rufián! —indicó Megan.

Pero las tres se quedaron sin palabras cuando vieron cómo el niño se acercaba con sigilo, junto a un par de chicos del clan, a uno de los puestos y, mientras el feriante colocaba unas telas, le quitaban cosas escondiéndolas bajo sus camisas.

De pronto, unas vasijas de barro cayeron al suelo atrayendo la mirada del feriante. ¡Los habían pillado! Por lógica, el hombre cogió a Zac. Era el más pequeño.

El niño comenzó a gritar al verse sujeto por unas manos que lo zarandeaban. Al ver aquello, a Megan se le subió el corazón a la boca y, echando a correr seguida por las otras dos, se detuvo a unos pasos del feriante, quien ya le había propinado un par de azotes a Zac.

—Disculpad, señor. ¡Por favor! —susurró Megan sin aliento por la carrera—. ¿Seríais tan amable de soltar a mi hermano? Yo os pagaré lo que ha roto.

—¿Este sinvergüenza es tu hermano? —preguntó el hombre cogiéndolo por el cuello mientras Zac lloraba.

—Sí, señor —asintió Shelma plantándose junto a Megan—. Es nuestro hermano y os pedimos que lo soltéis.

—¡Yo no he hecho nada! —mintió Zac intentando zafarse del hombre.

—¡Zac, cállate! —reprochó Gillian, enfadada, notando cómo sus pies se hundían en el barro.

—¡¿Que no has hecho nada?! —bramó el hombre dándole un bofetón que dolió más a las muchachas que al niño—. Me estabas robando y me has roto algunas jarras. ¡¡Eso es no hacer nada?!

En ese momento salió de su carro la mujer del feriante, y Megan puso los ojos en blanco al reconocer a Fiona, que se llevó las manos a la cabeza al ver los destrozos.

—¡Malditas y apestosas *sassenachs*! —escupió la mujer al verlas.

—¡Cállate! —gritó Gillian enfurecida.

Aquella maldita palabra había causado mucho dolor a sus amigas y a su propia familia.

—No queremos tener líos, Fiona —advirtió Shelma mirándola con recelo.

Fiona era una antigua vecina del pueblo. Durante los años que vivió allí, primero su madre y luego ella siempre las trataron con tono despectivo. Las odiaba por su sangre inglesa. Incluso en varias ocasiones, Megan y ella habían llegado a las manos.

—Entiendo vuestro disgusto, señor —prosiguió Megan mirando al feriante—. Por eso os repito que pagaré lo que mi hermano...

—¡Estate quieto, ladronzuelo! —gritó el hombre dando otra bofetada a Zac, lo que hizo que su hermana mayor perdiera la paciencia.

—¡Escuchad, señor! —vociferó Megan, enfurecida—. Si volvéis a darle un bofetón más, os lo voy a tener que devolver yo a vos.

—¡Que tú me vas a dar un bofetón a mí! —se carcajeó el feriante, indignado.

Gillian y Shelma se miraron. Megan era capaz de eso y de mucho más.

—Pero ¿quién te has creído tú para hablar así a mi hombre? —ladró Fiona plantándose ante Megan con los brazos en jarras.

—Soy Megan. ¿Te parece poco? —aclaró ésta mirándola con desprecio. Volviéndose hacia el hombre, escupió—: Soltad a mi hermano. ¡Ya!

—¡Este *sassenach* —gritó con desprecio el feriante— es un futuro delincuente, y como tal debería ser tratado!

«Se acabaron las contemplaciones, Fiona», pensó Megan mientras se retiraba el pelo de la cara. Aquella rolliza muchacha había hecho mucho daño a su abuelo con sus terribles comentarios y estaba harta.

—Yo no soy *sassenach* —aulló Zac, que a su corta edad aún no llegaba a comprender por qué a veces la gente se empeñaba en insultarlo de aquella manera.

—No lo puedes negar, mocoso —escupió Fiona—. Tú y tus hermanas oléis a distancia a la podredumbre de los *sassenachs*.

«Oh, Dios..., te mataría con mis propias manos», pensó furiosa Megan al escucharla.

—¡Y tú hueles a excremento de oso cruzado con una bruja! —gritó Shelma muy enfadada, en el momento en que Fiona se abalanzaba sobre ella.

Megan intentó separarlas, pero la corpulenta mujer de otro feriante se abalanzó sobre ella. La lucha estaba servida.

Al ver aquello, Gillian comenzó a gritarles a todos que era la hermana de Axel McDougall y que éste los echaría de sus tierras. Pero nadie le hizo caso. Las mujeres continuaban tirándose de los pelos y arrastrándose por el barro, por ello Gillian no se lo pensó dos veces y, sin importarle nada, se tiró encima de ellas.

Los gritos y la algarabía que se organizó atrajeron las miradas de todo el mundo. ¡Había pelea!

De pronto, el fuerte ruido de los cascos de varios caballos y un rugido atronador provocaron que todos se parasen en seco. Ante ellos tenían a su señor Axel, al Halcón y a algunos hombres más.

—¡¿Qué ocurre aquí?! —preguntó Axel con gesto de enfado, montado en su enorme caballo blanco.

Su sorpresa fue tremenda cuando reconoció entre aquel amasijo de cuerpos a su hermana, a Megan y a la hermana de ésta. Desmontando con rapidez e intentando mantener el control, ayudó a Gillian a ponerse en pie. Tenía el pelo revuelto, estaba empapada y con la ropa pringada de barro.

—Gillian, por todos los santos. ¿Qué haces? ¿Qué ha pasado?

Enfurecida por aquella intromisión, se apartó de su hermano y, ayudando a Megan y a Shelma a ponerse en pie, gritó encolerizada:

—¡Esas malditas mujeres, Axel! ¡Se han abalanzado sobre nosotras!

Niall, contemplando la escena divertido a lomos de su semental, se acercó al bullicio junto a Lolach.

—Veo que por aquí las cosas no cambian —bromeó Niall. Pero una mirada dura de Axel le indicó que callara.

Los feriantes se quedaron de piedra al ver al señor de los Mc-Dougall matándolos con la mirada. Tras él se encontraban el Halcón, Niall y Lolach, quienes los observaban muy serios, conteniendo las ganas de reír ante semejante cuadro.

—El muchacho ha robado y roto varias vasijas —se defendió el feriante en un tono diferente, mientras aún sujetaba a Zac—. Es más, si le registráis encontraréis bajo su camisa algo del botín.

—¡Soltad a mi hermano! —bramó Megan acercándose con la cara enrojecida y arañada—. Soltadlo ahora mismo o juro que os mataré.

La rabia en su mirada y el coraje en sus palabras dejaron sin aliento a los guerreros, quienes vieron en Megan a una mujer con mucho carácter. Aquella fuerza atrajo aún más la curiosidad de Duncan al reconocer a la morena.

—Pero ella... —comenzó a decir Fiona señalándola.

—Cuida tus palabras cuando hables de mi hermana o te las volverás a ver conmigo —advirtió Shelma.

—¡Qué carácter tienen las mujeres de esta tierra! —susurró Niall a Lolach, quien nuevamente tuvo que contener una carcajada.

El feriante soltó a Zac, que corrió a esconderse tras Megan, quien tenía el rostro arrebolado.

—Zac, ¿has robado? —preguntó Duncan con su voz ronca, atrayendo las miradas de todos, mientras bajaba de su oscuro y enorme caballo.

—Señor —comenzó a decir Shelma intimidada ante el Halcón—, es un niño y...

—Estoy hablando con vuestro hermano —musitó Duncan mirándola.

«Maldita sea, Zac. Ahora, ¿cómo salimos de ésta?», pensó Megan al ver que aquel enorme guerrero se acercaba a ella.

Zac continuaba escondido tras su hermana mayor, que por primera vez miró a los ojos a aquel highlander sintiendo un extraño ardor en las entrañas al verlo caminar hacia ella. El de ojos duros e inexorables era el Halcón, el terrible guerrero del que tantas historias macabras habían oído y el que, según Alana, la había estado observando. Su figura era imponente e implacable, tanto por su altura como por la anchura de sus hombros, sobre los que descansaba un brillante pelo castaño.

—¡Zac! Has desobedecido mis órdenes —reprochó Axel enfadado—. Y eso conlleva un castigo.

—¡No! —gritaron al unísono Megan y Shelma.

—¡Axel! —gritó Gillian, horrorizada—. Por el amor de Dios. ¡Es un niño! Y ellos no han aceptado la oferta de Megan de pagarles lo robado y roto. Sólo se han dedicado a humillarlas y a insultarlas, y luego...

—Mañana, Zac —prosiguió Axel indicándole a su hermana que callara—, quiero verte en el castillo para hablar sobre tu castigo.

Niall y Lolach, al escuchar aquello, se miraron. Conocían a Axel y sabían que el castigo que impondría al muchacho no iría más allá de ayudar en las cocinas del castillo.

—Zac —lo llamó Duncan agachándose para ponerse a su altura—. Podrías salir de las faldas de tu hermana para que pueda hablar contigo como un hombre.

El niño, pálido y asustado por sus actos y por aquel enorme guerrero, salió con valentía. Duncan lo miró y estuvo a punto de blasfemar cuando contempló aún marcado en su cara el bofetón del feriante.

—Enséñame qué has robado —indicó Duncan.

Sin necesidad de repetir la pregunta, el niño metió las manitas bajo la camisa sucia y sacó algo que depositó en las grandes y callosas manos de Duncan.

—Quería que mis hermanas fueran guapas a la boda y cogí estos colgantes para ellas.

—Oh, Zac —susurró Megan agachándose junto a él, incapaz de pronunciar una palabra más.

Al agacharse junto al crío, Megan quedó muy cerca de Duncan, que admiró su belleza a escasos centímetros y percibió su olor a musgo fresco. Por primera vez en su vida, se dio cuenta de que el color negro tenía más de una tonalidad al perderse en los ojos de la muchacha. Sus labios lo invitaban a besarlos, a tomarlos, y la calidez de su rostro, aún embarrado y sucio, lo dejó sin palabras.

—Zac, cariño —susurró Megan—. Nosotras te lo agradecemos, pero no queremos que robes nada, ¿no lo entiendes?

—Robar es algo que no está bien —recalcó confuso Duncan, turbado por la presencia de la joven—. Muchos hombres van a las mazmorras, mueren o son azotados por ello. ¿Quieres que te ocurra algo así?

—Señor —saltó Shelma rápidamente—. Si mi hermano tiene que ir a las mazmorras o ser fustigado, ocuparé su lugar.

Al escuchar aquello, a Megan le hirvió la sangre y se le aceleró el corazón. ¡Nunca lo permitiría!

—¡¿Qué dices?! No consentiré algo así—aclaró Megan. Y mirando de frente a los ojos de Duncan, con más valor que muchos guerreros, añadió—: Ambos son mis hermanos, señor. Soy responsable de ellos. Ante cualquier cosa que ellos hagan, la responsabilidad es mía. Si alguien tiene que ir a algún lado o pagar algo, no dudéis que seré yo.

Aquellas palabras dejaron mudos a todos. Lolach se asombró por la fuerza de aquellas mujeres, en especial por la joven que respondía al nombre de Shelma, quien lo miró en un par de ocasiones y le sonrió.

—No estoy diciendo que nadie tenga que ser azotado —aclaró Duncan, confuso por la reacción de las muchachas—. Sólo le estoy haciendo entender a Zac que robar le puede acarrear en el futuro problemas muy serios a él y a su familia.

—En eso tiene razón mi hermano —asintió Niall—. Zac debe aprender desde pequeño que cierto tipo de situaciones le pueden traer problemas.

Duncan, con pesar, retiró la mirada de la muchacha para fijarla en el niño y decir:

—Prométeme que nunca más volverás a robar o serán tus padres, responsables de ti, los que paguen tus problemas.

—No tengo padres —indicó el niño muy serio, sintiendo el dolor en los ojos de Megan al escuchar aquello.

—Pero tienes hermanas —respondió Duncan—. Ellas desean que algún día seas un valeroso guerrero que las defienda, ¿no crees? Además, estoy seguro de que a tu señor le gustaría poder contar con guerreros como tú.

—Os lo prometo, señor —respondió con timidez el niño. Él quería ser guerrero.

—¡Guerrero, ese rufián! —se mofó Fiona por aquel comentario—. Pero si ellos son...

—¡Cállate! —gritó Gillian intuyendo lo que aquella bruja iba a decir—. No vuelvas a insultarlos o te las verás de nuevo conmigo.

—¡Vuelve a decir esa palabra! ¡Vuelve a insultarnos! —vociferó Megan levantándose para encararse con la mujer—. Y te juro que te arranco los dientes y me hago un collar con ellos.

Al escuchar aquello, Duncan miró a su hermano y a Lolach sorprendido. Nunca había conocido una mujer con ese carácter.

—Fiona —ordenó Axel al intuir lo que ocurría—. Recoge tus mercancías y sal de mis tierras.

—Pero, señor... —susurró el feriante cogiendo a su mujer por el brazo para que callara.

—Sin preguntar intuyo lo que aquí ha ocurrido —prosiguió Axel, serio—. Si alguno más desea marcharse con ellos, ¡adelante! Pero a mi gente nadie la insulta. Por lo tanto, y entendiendo que la noche se acerca, la única opción que soy capaz de razonar es que paséis la noche aquí. Sin embargo, por la mañana no os quiero ver en mis tierras. ¡¿Entendido?!

—Sí, señor —asintieron los feriantes alejándose de Fiona, que echaba chispas al ver cómo aquellas muchachas sonreían.

—¡Zac! Recuerda tu promesa —señaló Duncan muy serio. Con tranquilidad, se dirigió al feriante, que estaba pálido de miedo—. Yo me haré cargo del pago.

—¡No, laird McRae! —exclamó Megan agarrándolo del fornido brazo para llamar su atención—. No os preocupéis, lo pagaré yo.

—No es necesario —susurró Duncan a escasos centímetros de ella.

En ese momento, Megan fue consciente de su osadía al tocarlo y, dando un paso hacia atrás, se alejó de él. Duncan, aún con la mirada puesta en ella, sentía la mano caliente y palpitante de la muchacha sobre su piel. ¡Su suavidad había sido muy agradable!

Como un halcón eligiendo a su presa, clavó sus verdes ojos en ella y, durante unos instantes, ambos se miraron a los ojos, como si no existiera nadie más.

—De momento —tosió Axel interrumpiendo—, lo que vais a hacer es ir a vuestras casas a cambiaros de ropa y a quitaros el barro de encima. Más tarde, seguiremos hablando. —Luego, volviéndose hacia los feriantes, dijo—: Mañana por la mañana, al que piense como ellos, no lo quiero ver por aquí.

—No sé aún lo que ha pasado —aseveró Duncan señalándolos—. Pero, por mis tierras, no os quiero ver.

—Ni por las mías —concluyó Lolach.

—Ven aquí, Gillian —llamó Axel a su hermana—. Te llevaré al castillo para que te cambies de ropa y vuelvas a ser una dama.

—¡Soy una dama! —gritó enfadada al verse izada por su hermano ante la cara de guasa de Niall—. Pero las injusticias pueden conmigo.

—Vamos, Zac —apremió Megan cogiéndolo de la mano y comenzando a andar.

—¡Duncan! —gritó Axel mientras volvía su caballo en dirección al castillo—, ¿Podrías ocuparte de que Megan y sus hermanos lleguen a casa sin que se metan en más líos?

—¡No! —gritó Megan intentando alejarse lo antes posible de aquellos hombres—. Nosotros iremos andando, mi señor. Está muy cerca. Además, nos encanta pasear.

Pero los guerreros ya habían tomado su decisión.

—Ni lo soñéis —intervino Lolach acercándose a Shelma, a quien izó sin previo aviso para sentarla ante él, dejándola con la boca abierta—. Será un placer acompañaros.

—Os lo agradezco, laird McKenna —sonrió Shelma acomodándose a su lado, dejando a su hermana sin palabras por aquella ligereza, y en especial por su cara de tonta.

—Tenéis un poco de sangre aquí —susurró Lolach tocándole con la punta del dedo en el cuello, quedando atontado al ver aquella vena de color verde latir ante sus ojos.

—Oh, no os preocupéis —sonrió Shelma limpiándose como si nada—. Son rasguños sin importancia.

«Shelma, pero ¿qué haces coqueteando?», se preguntó Megan, incrédula, al ver cómo aquélla pestañeaba.

—Cualquier mujer se horrorizaría por marcar su piel de esta forma —rio Niall al ver la cara de bobo de Lolach.

—Nosotras no somos cualquier mujer y menos aún nos asustamos por un poquito de sangre —contestó Shelma sonriendo, dejándolos asombrados por su seguridad.

Tras tenderle al feriante unas monedas, que éste recogió con una falsa sonrisa en los labios, Duncan, en dos zancadas, llegó hasta su caballo y de un ágil salto montó en él.

—¡Niall! Coge al muchacho y agárralo bien, no se te vaya a caer —ordenó con voz alta y clara, como estaría acostumbrado a hacer.

Y, sin decir nada más, se acercó a Megan tendiéndole la mano para que subiera. Algo desconcertada y molesta por el giro de los acontecimientos, aceptó su mano y, tras notar cómo él la levantaba como una pluma y la sentaba ante él, dijo más tiesa que un palo:

—Gracias por pagar la deuda, laird McRae, pero mis hermanos y yo podríamos ir andando.

—Ni hablar —respondió él rodeando con el brazo izquierdo su cintura para tenerla asida con fuerza—. Yo te llevaré hasta allí y me aseguraré de que no te pase nada.

El camino no era muy largo, y menos a caballo. La humilde cabaña de Angus McDougall estaba próxima a las caballerizas y junto a la herrería. Shelma y Lolach rieron durante el camino por los comentarios de Niall, quien maldecía su mala suerte por tener que llevar a un muchacho y no a una dulce dama.

Duncan, por su parte, no podía pensar en otra cosa que no fuera la mujer que tenía entre sus brazos. Sentada ante él, pudo aspirar mejor aún su aroma, un aroma diferente al que nunca hubiera olido. Cada vez que ella volvía la cabeza para ver si sus hermanos los seguían, Duncan podía admirar la delicadeza de sus rasgos; incluso una de esas veces su mentón chocó con la frente de ella, sintiendo de nuevo la suavidad de su sedosa piel.

Megan, incómoda por estar en aquella absurda situación, intentó mantener la espalda rígida. Echarse hacia atrás suponía sentir la musculatura de aquel guerrero contra ella, y no estaba dispuesta. Ver su imponente figura, cuando él se había bajado del caballo para acercarse a ella y a su hermano, la había dejado desarmada. Aquél era el Halcón, el guerrero más temido por los clanes y más codiciado por las mujeres. Pero ante ella había demostrado humanidad al hablar a Zac con delicadeza y lógica, y no podía olvidar cómo éste le escuchó y le sonrió.

4

El anciano Angus de Atholl, que en ese momento estaba hablando con Mauled, el herrero del clan McDougall, se asustó cuando vio llegar a sus nietos acompañados por aquellos guerreros. Un conocido sudor frío recorrió su cuerpo al mirar a Megan pero, según se fueron acercando y vio las sonrisas de Shelma y de Zac, se tranquilizó.

—Es allí, señor —susurró Megan con la garganta seca—. Mi abuelo es quien cuida de los caballos en el clan.

—Pero aquello es la herrería —respondió Duncan mirando hacia donde ella le señalaba, mientras disfrutaba de los pequeños roces que el movimiento del caballo le permitía.

—Vivimos junto a Mauled. Su mujer murió hace dos años y mi hermana y yo nos ocupamos de él.

—¿A qué te refieres con que os ocupáis de él? —preguntó, curioso y molesto.

—No quisiera ser descortés, pero ¿a vos qué os importa, señor?

La valentía y el descaro de aquella mujercita le hicieron gracia.

—Llámame Duncan —le susurró al oído poniéndole el vello de punta.

—Disculpad, laird McRae —contestó ella volviéndose para mirarlo a los ojos, cosa de la que se arrepintió. La dura y sensual boca de él rozó la suya brevemente—. Pero no creo que sea buena idea que os llame de esa manera. No debemos olvidar quién sois. Prefiero llamaros laird McRae.

—Duncan. Me gustaría y preferiría que me llamaras así.

—¡No! —indicó dejando latente su testarudez y, bajando la voz para que nadie les escuchara, le susurró—: He dicho que no, laird McRae, no insistáis.

—Duncan —repitió él.

«¡Ja! De eso nada», pensó Megan.

—No.

—¡Eres cabezota, mujer! —se quejó él frunciendo el ceño; no estaba acostumbrado a repetir las órdenes más de una vez.

—¡Por todos los santos celtas! —bufó Megan retirándose con una mano un rizo negro que caía entre sus ojos—. ¿Cuántas veces tengo que deciros que no, señor?

—Hasta que digas sí —respondió disfrutando de aquella conversación.

Pero ella era terca, tan terca como una mula.

—No lo diré. Además, permitidme informaros de que estoy segura de que si os llamo Duncan, luego querréis algo más de mí y yo no estoy dispuesta a daros nada —espetó airada—. Porque, que os quede claro, soy pobre, pero decente. No caliento el lecho de nadie y tened por seguro que aunque seáis el poderosísimo Halcón, y las mujeres se peleen por estar con vos, a mí no me impresionáis. Por lo tanto, os agradecería que no volváis a insistir, laird McRae.

Cuando Megan cerró la boca fue consciente de cómo le había hablado. Por ello blasfemó para sí y cerró los ojos arrepentida de su rápida lengua, mientras Duncan sonreía entre asombrado, incrédulo y divertido.

—¡Allí está el abuelo! —gritó Zac en aquel momento saludando con la mano.

Los caballos, a paso lento, se acercaron a Angus, que los recibió con una sonrisa y el desconcierto en la cara. Era raro que sus nietas volvieran acompañadas.

—¡Por san Ninian! ¿Qué os ha ocurrido? —preguntó al ver las pintas que llevaban.

—Hola, abuelo —saludó Zac mientras Niall lo bajaba—. ¿Has visto? Nos acompañan unos guerreros, y el que lleva a Megan es el Halcón.

—¡Zac! —lo reprendió Megan con rapidez.

Una vez que el caballo de Duncan paró, la muchacha, sin previo aviso, se zafó de las manos del jinete y de un salto descabalgó sin su ayuda, sorprendiéndolo de nuevo. Las mujeres que conocía necesitaban ayuda tanto para subir como para bajar de los caballos, y más si tenían la altura de *Dark*. Al ver que Shelma hacía lo mismo, sonrió ante la cara de asombro de Lolach.

—Abuelo... —Megan lo besó—. Ellos son laird Duncan McRae, su hermano Niall McRae y laird Lolach McKenna, y nos han traído porque tuvimos un percance en la feria, pero no te preocupes, no ha pasado nada.

—¿Percance? ¿Qué ha ocurrido? —preguntó el anciano de pelo canoso tocándose la barbilla.

—Pues mira... —comenzó a decir Shelma.

—Fue algo muy tonto, señor —sonrió Niall con complicidad intentando ayudarlas a inventar una mentira—. Ellos estaban subidos en un carromato y uno de nuestros hombres sin querer los embistió.

Todos quedaron callados a la espera de la reacción del anciano, que tras mirarlos con ojos sabios murmuró levantando un dedo:

—Ésa ha sido una buena mentira, muchacho, pero conociendo a mi nieto Zac estoy seguro de que él ha tenido algo que ver, ¿verdad?

—Yo, abuelo...

—Abuelo, no tiene importancia. Zac se metió con un feriante —informó Megan omitiendo ciertos detalles— y bueno...

—¿Tus hermanas han tenido que volver a pelearse por ti? —regañó el viejo al niño, que esta vez se escondía tras Shelma.

—¿Os peleáis muy a menudo por vuestro hermano? —preguntó Niall muerto de risa. Aquello era cómico.

—Uf... —gesticuló Megan poniendo los ojos en blanco, y Niall vio que tenía sentido del humor—. Si os contara la cantidad de veces, no os lo creeríais.

Verla sonreír y bromear con su hermano hizo que Duncan disfrutara del momento. En poco tiempo, y sin ella ser consciente, había disfrutado de su sonrisa, su bravura y su belleza. Incluso su extraño acento al hablar lo cautivó.

—Ese pequeño diablillo... —Otro anciano canoso, Mauled, se unió al grupo—. Acabará con sus hermanas antes de convertirse en hombre.

—¡Mauled, no exageres! —sonrió Megan, asombrando de nuevo a Duncan por la dulzura que transmitía su cara al mirar a aquel hombre y a su abuelo.

—Soy Duncan McRae —se presentó acercándose a los ancianos para tenderles la mano—. No os preocupéis, ya lo hemos regañado nosotros y, mañana, Axel quiere verlo para imponerle un castigo.

—Encantado, laird McRae —saludó Mauled cogiendo su mano con fuerza. Tenía ante él al temible Halcón, y eso era todo un honor.

—¡Por todos los santos! —bramó el viejo Angus mirando a Mauled—. ¿Has oído? Otra vez mis niñas defendiendo a este gusano. ¿Esto nunca va a cambiar? ¿Qué quieres? ¿Matar a tus hermanas?

—Venga, venga, abuelo —rio Shelma mirando a Lolach—. No ha sido para tanto.

Intentando calmarse, Angus invitó a los guerreros a tomar cerveza para refrescarse la garganta mientras sus nietas se cambiaban y se lavaban.

—¿Dónde están los padres de vuestros nietos? —preguntó Lolach al recordar que el niño les había revelado que no tenían padres.

—Murieron hace años —respondió Angus secamente. No quería dar más explicaciones—. Yo me ocupo de ellos.

Instantes después, los tres guerreros se sentaron en un tronco frente a la cabaña de madera dejando que los ancianos, emocionados por tener a gente importante en su hogar, les hicieran miles de preguntas sobre la batalla de Bannockburn. Zac, tras lavarse, se unió a ellos. Poco tiempo después, Duncan vio salir a Megan cargada con ropa para dejarla en un apartado y volver a entrar en la casa, aunque antes sus ojos volvieron a encontrarse con los de él.

—¡Qué guapo es! —rio excitada Shelma mirando disimuladamente por la ventana—. ¿Has visto qué ojos tan bonitos tiene?

—¿Quién? —preguntó Megan, inquieta.

—Lolach. Oh, Dios. ¡Cómo me ha gustado cabalgar con él! Me miraba de una manera que... que...

—Un consejo, hermanita —dijo señalándola con el dedo—. No sueñes con cosas que no podrán ser. Él es Lolach, el laird del clan McKenna.

Shelma, segura de sus encantos, miró a su hermana y con gesto despectivo dijo:

—¿Y?

«Ésta es tonta», pensó Megan antes de responder.

—Recuerda quiénes somos para ellos. En el momento en que sepan que papá era inglés, se burlarán de nosotras como casi todo el mundo y nos llamarán apestosas *sassenachs*. Además, ¿no has oído la fama que tienen esos guerreros?

Sin querer escuchar más tiempo a su hermana, Shelma abrió la arcada de la cabaña y se unió al grupo. Desconcertada y escondida en el interior de su hogar, Megan pudo ver a través de la ventana cómo Duncan miraba con curiosidad hacia la casa. ¿Esperaría verla a ella?

Más tarde, Shelma entró en la cabaña para coger más cerveza. Duncan, extrañado por que Megan no volviera a salir, la acompañó con la excusa de ayudarla a sacar las jarras. Al entrar, se encontró con una casa humilde, ordenada y limpia, y a Megan cocinando.

—Venimos por más cerveza —indicó Shelma con alegría.

—Muy bien —asintió ella sin mirarlos.

Notaba cómo todo su cuerpo temblaba de emoción por tener a aquel fornido guerrero tras ella. Presentía que él la miraba y aquello la estaba matando.

—Esas flores —dijo Shelma al ver un ramo encima de la mesa— ¿son del pesado de Sean?

—Eso dijo el abuelo —asintió Megan torciendo el gesto al oír aquel nombre.

—¡Qué pesado, por Dios! —sonrió Shelma mirando a Duncan—. ¿Cuándo se dará cuenta de que no quieres nada con él?

Tras llenar las jarras y alarmado por los absurdos nervios que le provocaba la cercanía de aquella mujer, Duncan salió de la casa, pero se quedó anclado en la puerta cuando de pronto oyó a Shelma dejar de hablar gaélico para hacerlo en inglés, un idioma que casi nadie utilizaba en las Highlands.

—¿Qué haces? —preguntó Shelma acercándose a su hermana.

—Estoy cociendo hierbas —respondió sonriendo y enseñándole hojas de acedera entre otras.

—¡No! ¡¿Serás bruja?! —rio Shelma al saber para qué solían utilizar esas hierbas—. ¿A quién se las vas a echar?

—A la rolliza Fiona. Estoy harta de sus insultos. Esta noche me acercaré a su carro y echaré un poquito de esto en su agua. Mañana y pasado mañana tendrá unos días muy depurativos.

Ambas rieron divertidas hasta que Shelma dijo:

—¡Eres tremenda, hermanita! ¿Me dejarás acompañarte?

—No. Te quedarás con Zac. El abuelo tiene que descansar. —Sonrió al imaginarse a Fiona con el culo escocido de tanto evacuar—. Será algo rápido. Además, iré acompañada por *lord Draco*.

Después de escuchar aquella conversación, Duncan se dirigió hacia los hombres, y mientras los oía reír, ajeno a su conversación, pensó: «¿Por qué las muchachas hablaban aquel idioma?». Y en especial: «¿Quién es ese tal lord Draco?».

Un rato después, los ancianos Angus y Mauled, encantados por la conversación de aquellos jóvenes guerreros, los invitaron a cenar, pero éstos declinaron la oferta: sabían que en el castillo los esperaban. Por ello, con más pereza que otra cosa, montaron sus caballos y cabalgaron de regreso.

—¡Lolach! —increpó Duncan—. Percibo que tu corazón de guerrero se ablanda cuando ve a una mujer bonita.

El guerrero, al escucharle, le miró con el ceño fruncido.

—¡Por Dios, Lolach! Ha sido vergonzoso. ¡Qué manera de babear! —se mofó Niall.

—¡Por todos los santos! —sonrió Lolach al pensar en la dulce Shelma mientras entraban por las puertas del castillo—. Pero ¿quién puede resistirse a esa dulce sonrisa?

—Tienes razón, amigo —asintió Duncan sonriendo a su vez—. Tiene una bonita sonrisa.

Al entrar en el salón principal, Duncan y Lolach se dirigieron hacia sus hombres, que bebían cerveza y bromeaban con unas mozas. Tras darles instrucciones, se marcharon con Axel y Niall, quienes estaban enfrascados en una conversación con Alana y Gillian.

—Buenas noches —saludó Lolach—. Permitidme deciros que vuestra belleza es cegadora.

—Me has quitado el halago de la boca —asintió Duncan.

—Gracias —sonrió Gillian.

Niall estuvo a punto de atragantarse al mirarla. Gillian estaba preciosa con aquel vestido celeste.

—Sois muy atentos —sonrió Alana al ver al temible Halcón junto a ella—. ¿Qué tal llegaron Megan y Shelma?

—Bien..., bien —respondió Niall al ver que su hermano y Lolach callaban como muertos, y mirando a Axel preguntó—: ¿Todas las mujeres de estas tierras tienen el mismo carácter?

—Niall —advirtió Duncan al ver la mirada de Gillian.

Aquel juego que habían comenzado aquellos dos podía costarles caro.

—¿Ocurre algo con las mujeres de estas tierras? —siseó Gillian con los ojos entrecerrados.

—Oh..., tú tranquila —respondió Niall al ver su cara de pocos amigos—. Tú aún eres una niña. —Sonriendo a Alana, añadió—: Preguntaba por las mujeres.

—¿Alguien te ha dicho alguna vez que tienes menos delicadeza que un asno? —murmuró Gillian, ofendida y roja de rabia.

Alana, al escucharla, se llevó la mano a la boca y fue Axel quien habló.

—Gillian, son nuestros invitados —le recordó—. Compórtate.

—Tranquilo, hermano —recalcó ella alejándose al ver entrar en el salón a sus primas Gerta y Landra junto a su abuelo Magnus—. Educación no me falta, pero ciertos animales y sus modales me sacan de quicio.

—Te acompaño —indicó Alana mientras la tomaba de la mano y tiraba de ella para tranquilizarla.

—¿A qué animal se refiere? —preguntó Niall mientras sonreía.

Axel resopló y lo miró.

—Así no llegarás a ninguna parte, muchacho —le susurró Lolach, divertido, mientras Magnus caminaba hacia ellos.

—Eso pretendo —declaró bajito, pero no lo suficiente para no ser oído.

—¡Muchachos! —saludó Magnus al acercarse a ellos—. Me dijeron que habíais llegado. ¡Qué alegría veros! ¿Cómo está mi buen amigo Marlob?

—Se quedó algo triste por no poder venir —informó Duncan tras un cordial saludo—. Pero su delicado estado no le permite hacer un viaje tan largo.

—Saludadlo de mi parte y decidle que vaya preparando esa agua de vida tan estupenda que hace, que cualquier día me presento por allí.

—¡Le harás feliz! —sonrió Niall.

Las risotadas de dos mujeres les hicieron mirar.

—¿Quiénes son? —preguntó Lolach sonriendo con encanto.

—Las nietas de mi hermana Eufemia —respondió Magnus.

—Las pesadas de mis primas —subrayó Axel y, mirando a Niall, preguntó—: ¿Se puede saber qué te pasa con mi hermana?

—No me pasa nada, aunque me hacen gracia sus reacciones.

—Niall —advirtió Axel—, aléjate de mi hermana.

Duncan miró a su amigo y a su hermano, pero no dijo nada.

—Eso hago —respondió Niall dejando de sonreír—. ¿No lo ves, McDougall?

—¡Muchachos! —los regañó Magnus—. Haced el favor de comportaros.

Niall y Alex se midieron con la mirada hasta que Lolach se interpuso entre ellos para acabar con aquella tontería. Se conocían de siempre. Sus padres habían sido buenos aliados y amigos en vida. Pero Axel conocía a su hermana y sabía que siempre había suspirado por aquel McRae.

—Magnus, Axel —interrumpió Duncan empujando a su hermano—. Quisiera hablar con vosotros.

—Esperaremos fuera —apuntó Lolach cogiendo del brazo a Niall.

—No —señaló Duncan. No sabía por qué, pero lo que iba a preguntar sentía que a ellos también les interesaría.

—Tú dirás —dijo Magnus sentándose en un banco de madera.

—Quería preguntaros por Megan y sus hermanos —solicitó atrayendo la atención de Lolach y de Niall—. ¿Qué les ocurrió a sus padres?

—¿Habéis conocido a esas dos maravillosas mujercitas? —aplaudió Magnus al pensar en ellas. Las quería tanto como a su propia nieta Gillian.

—Abuelo, ellas y tu querida nieta estaban enzarzadas en una pelea con los feriantes —aclaró Axel haciéndole sonreír.

Cualquier cosa que hiciera Gillian, o aquellas hermanas, a Magnus siempre le hacía sonreír. Las adoraba.

—¡Qué carácter tienen! ¿Verdad? —Observando a Duncan, el anciano añadió—: Muchacho, mujeres así pocas encontraréis.

—Duncan, creo que corresponde a mi abuelo responder a tu pregunta.

Todos miraron al anciano que tras remolonear finalmente dijo:

—Murieron hace años, lejos de estas tierras —aclaró cambiando su humor.

Aquella respuesta no calmó la curiosidad de Duncan, que volvió al ataque.

—Eso no me dice mucho, Magnus. —Mirando a su amigo prosiguió—: Quizá me puedas decir por qué se pelearon con los feriantes, o cuál fue el insulto que desencadenó todo.

—¡¿Qué pretendes saber?! —rugió Magnus cruzando los brazos ante el pecho.

Duncan lo miró.

—Pretendo saber por qué hablan entre ellas un idioma que no es el gaélico.

—¿Qué dices? —preguntó Niall extrañado mientras Lolach no entendía nada.

—Escuchadme bien y medid vuestras palabras tras lo que os voy a relatar —pidió Magnus mirando a Axel. Tras un largo silencio, comenzó—: El padre de las muchachas era inglés. ¿Contento? —preguntó mirando a Duncan, que no se inmutó—. Su madre era Deirdre de Atholl McDougall, una encantadora muchacha que un día se enamoró de un tal George. Recuerdo que cuando se marchó con él, Angus sufrió muchísimo. Su mujer, Philda, había muerto y la marcha de Deirdre lo dejó solo y triste. Lo siguiente que sé es que el padre de las muchachas murió en una cacería cuando alguien erró el tiro, y Deirdre murió tras el parto del pequeño Zac. Megan me contó que fue un inglés, amigo de su padre, quien, arriesgando su vida y la de algunos hombres, los ayudó a huir de la tiranía de sus tíos, trayéndolos de nuevo a su casa, con su abuelo y con su clan.

—¿Son inglesas? —preguntó Niall desafiante.

—No. Ellas son escocesas —afirmó Axel.

—Una noche, hace seis o siete años, apareció Angus con las dos muchachas y el bebé en brazos. Tras pedirme permiso para que ellos pudieran vivir aquí, pasaron a formar parte de mi clan. Ellas son tan McDougall como lo soy yo, y no permitiré que nadie lo dude ni un solo instante —aseveró Magnus con severidad.

—Un *sassenach*, ¿es su padre? —preguntó Lolach incrédulo.

—Sí —asintió Axel— y, aunque he matado a cientos de ellos, soy de los que piensan que no todos son iguales.

—Por supuesto que no —afirmó Magnus, a quien recordar todo aquello le entristecía.

A excepción de pocas personas y de Marlob, el abuelo de Duncan y Niall, pocos conocían su gran secreto.

—No existe ningún *sassenach* diferente —reprochó Niall—. Todos son iguales. Se distinguen a leguas. Con razón esas dos muchachas tienen tanto carácter. Tienen el carácter retorcido inglés.

—Perdona que te corrija —interrumpió Lolach todavía sorprendido—. Pero ese carácter es más escocés que inglés. Tengo entendido que las inglesas son frías como témpanos de hielo, y no veo que esas muchachas sean así.

—Tienes razón —asintió Niall moviendo la cabeza y sonriendo al recordar a un par de inglesas que se habían cruzado en su camino.

—Oh... —se lamentó Magnus al escucharlos negando con la cabeza—. ¡Qué equivocados estáis!

—Existe algo más, ¿verdad? —murmuró Duncan clavándole la mirada.

El guerrero y el anciano se miraron, hasta que este último habló.

—Cuéntaselo, Axel —susurró Magnus con voz ajada por la tristeza, mientras se levantaba y se acercaba al calor del hogar para no dejar que nadie viera en ese momento sus ojos encharcados.

—Mi abuela Elizabeth era inglesa —confesó Axel viendo cómo su abuelo echaba un tronco al hogar—. Ése es un secreto bien guardado en mi familia. Ella fue una víctima de su propia patria por ayudar a los escoceses. ¿Tenéis algo más que preguntar?

En ese momento, las mujeres se dirigían hacia ellos. Duncan, al ver el dolor reflejado en los ojos de Magnus, decidió terminar la conversación e ir a cenar.

5

El bosque de acebo que se cernía ante Megan era oscuro a pesar de que la luna llena irradiaba un esplendor magnífico. La primera vez que vio aquel bosque plagado de acebo, maravillosos pinos y robles, fue la noche que llegó con John y sus hombres. Allí se despidió de su buen amigo para nunca más saber de él. «¿Qué habrá sido de su vida?», pensó mientras caminaba junto a *lord Draco*, su gentil y cansado caballo, que John, aquel fatídico día, se había acordado de rescatar.

Lord Draco era un caballo viejo, de color pardo y ojos cansados que revelaban sus veinte años de edad. Pero Megan lo adoraba. Nunca olvidaría el día que sus padres se lo regalaron. Tenía seis años, poco menos que Zac ahora, por lo que ambos crecieron juntos, y juntos habían vivido muchos momentos buenos y malos.

Aquella noche, tras salir sigilosamente de su casa, Megan llegó hasta donde los feriantes acampaban y no se percató de que unos ojos divertidos e incrédulos observaban todos y cada uno de sus movimientos.

Con sigilo, Megan se acercó al carromato donde la rolliza Fiona y su marido dormían. Con rapidez, echó algo que llevaba en las manos dentro de un recipiente de barro. Tras aquella acción, con la misma tranquilidad y sigilo con que había llegado, se marchó.

Duncan, que había estado esperando su aparición durante un buen rato, se quedó maravillado al verla. La joven había irrumpido ante él vestida como un muchacho. Nada de vestidos, de cabellos al viento, ni delicadeza al caminar. Ahora, aquella joven llevaba unos pantalones de cuero marrón, una camisa de lino, una vieja capa oscura y unas botas de caña alta, que facilitaban sus movimientos, mientras que su pelo estaba recogido en una larga trenza bajo un original pañuelo. Duncan, con la boca seca, observó desde las sombras sus controlados movimientos y no pudo dejar de reír cuando vio que ella derramaba algo dentro de la vasija. Al verla desaparecer entre los árboles, se puso en marcha. Tenía que alcanzarla.

—¿Qué hace una muchacha andando sola por el bosque a estas horas?

Al escuchar aquellas palabras, Megan se paró en seco.

«Maldita sea. ¿Qué hace éste aquí?», pensó Megan volviéndose hacia él.

Su aspecto era inquietante. Ahora estaba limpio y aseado. Incluso se le veía guapo. Su bonito pelo castaño se mecía por encima de los hombros desafiando al aire, mientras sus penetrantes ojos verdes la escrutaban. A punto de soltar un suspiro, sin saber por qué, llevó la mirada hacia su sensual boca, la cual, según había oído a las mujeres, era una boca cálida y suave para besar. Realmente, aquel hombre era una auténtica provocación. Pero ¿qué hacía allí mirándola con aquellos ojos inquisidores?

—Estaba dando un paseo con mi caballo, señor —aclaró tomando con fuerza las riendas de *lord Draco*, que resopló al notar que tenían compañía.

—¿Vestida de muchacho? ¿Y echando pócimas en el agua de los demás?

—Pero ¡bueno! ¡Qué desfachatez! —se enfadó Megan cambiando de postura—. ¿Me has estado espiando, miserable gusano?

Sus ojos se agrandaron como platos al darse cuenta de cómo había hablado al laird McRae, al Halcón, y comenzó a preocuparse por las consecuencias que aquello acarrearía a su familia. Levantando las manos a modo de disculpa, habló:

—Oh... Dios mío. Disculpad mis palabras, señor. Tengo el horrible defecto de hablar antes de pensar.

—¿Por qué no me sorprende? —Levantó una ceja divertido—. Tranquila, no te preocupes. Pero por experiencia te diré que las cosas se tienen que pensar antes de decirlas.

Al escucharle, ella suspiró.

—Tenéis razón, señor —asintió provocándole una sonrisa al mostrar una expresión de estupor y bochorno.

—Yo no diré nada, si tú también prometes no hacerlo. No quisiera que la gente perdiera el miedo que me tiene —respondió acercándose más a ella, dejando latente su increíble estatura y su porte de guerrero.

—Os lo prometo, señor —asintió ella dándose la vuelta. Agarrando con fuerza las riendas de *lord Draco*, comenzó a andar—. Buenas noches, laird McRae.

—Duncan —solicitó asiéndola del brazo—. Mi nombre es Duncan y no sé por qué extraño juicio has decidido seguir llamándome de otra manera.

—¿Otra vez con lo mismo? —protestó Megan mirando al cielo de modo cómico—. Creo, señor, que os expresé lo que pensaba sobre ello.

—No pienso como tú, muchacha —aclaró Duncan maravillado por el desparpajo y la gracia de ella—. Y si me permites, te acompañaré hasta tu casa.

—No necesito protección, señor. Y no os lo toméis a mal, pero no os lo permito. —Rechazó su oferta mordiéndose el labio inferior.

Él sonrió clavando su inquietante mirada verde sobre ella.

—¿Piensas rebatir todas mis órdenes? —insinuó apretándole el brazo.

—Por supuesto. No soy ningún guerrero —respondió dando un tirón para soltarse.

«Ay, Dios. Otra vez», pensó Megan tras decir aquello.

Duncan, al ver de nuevo aquel gesto preocupado, dijo:

—¿Sabes? No tengo ganas de discutir. Te acompañaré —insistió, resuelto, caminando junto a ella.

Tras rumiar por lo bajo, cosa que hizo gracia a Duncan, ambos pasearon en silencio hasta que la oyó susurrar.

—¿Has dicho algo?

—Hablaba a *lord Draco* —respondió sin mirarle.

—¿*Lord Draco* es tu caballo? —preguntó extrañado por el nombre.

—Sí —asintió cerrando los ojos—. Fue el nombre que elegimos mi padre y yo.

—Curioso nombre *lord Draco* —reflexionó observando los gestos avergonzados de ella—. Nunca había conocido un lord de esta especie.

—Laird McRae, vuestro caballo es impresionante —dijo Megan para desviar el tema, mientras le entraban ganas de reír por la absurda situación que estaba pasando.

—Duncan —corrigió señalándola con el dedo—. Y antes de que desates esa lengua viva que tienes, déjame decirte que me quedó muy claro que eres pobre y decente, pero también quiero que te quede muy claro que no te obligaré a que calientes mi lecho, ni nada por el estilo. Sólo quiero que me llames por mi nombre, como yo te llamo a ti por el tuyo. ¿Tan difícil es decir Duncan?

«¡Qué bonita es!», pensó el highlander.

—De acuerdo —sonrió dejándolo sin aliento—. Duncan, vuestro caballo es una preciosidad.

—*Dark* es un buen caballo —respondió tocando el testuz del caballo, que a modo de agradecimiento frotó el hocico contra su mano—. ¿Sabes? Hoy me he dado cuenta de que mi caballo y tú tenéis el mismo color de pelo.

—¡Por san Ninian! —rio ella al escuchar aquello—. Me han dicho muchas cosas, pero nunca que mi pelo era como el de un caballo.

—No he dicho eso —se defendió divertido al escucharla—. Sólo que tu color de pelo y el de *Dark* es el mismo.

—Pues ¿sabéis lo que os digo? —replicó Megan cogiendo su trenza para ponerla junto al caballo—. ¡Que tenéis razón! —Tras sonreír preguntó—: ¿Lleváis muchos años juntos?

—Tantos que nos entendemos a la perfección.

—Entiendo —asintió más relajada—. A mí me pasa lo mismo con *lord Draco*: a veces con mirarnos nos comprendemos. Incluso me ayuda cuando otros caballos se ponen tercos.

—¿Cómo?

—Mi abuelo se encarga de los caballos del clan McDougall —explicó mirando las estrellas—. Por norma, cuando nos traen un caballo nuevo, es él quien lo prepara, pero, cuando uno sale rebelde y salvaje, me lo deja a mí. —Retirándose con la mano un mechón de pelo continuó—: Mauled y el abuelo dicen que yo hablo con los animales, y en cierto modo tienen razón. Los miro a los ojos, les hablo con cariño, y al final hacen lo que yo quiero con la ayuda de *lord Draco*.

—¿Lo dices en serio? —preguntó Duncan con una leve sonrisa.

—Totalmente en serio —asintió Megan mirando aquella sonrisa que él se empeñaba en ocultar—. *Lord Draco* y yo somos un buen equipo.

—Eso me indica que lleváis mucho tiempo juntos.

—Sí —asintió cambiando el gesto—. Mis padres me lo regalaron cuando cumplí seis años. Con él aprendí a montar y...

—¿Y? —Duncan enarcó la ceja al ver que ella cortaba la frase.

—Nada..., nada. —Negó con la cabeza. Recordar era doloroso.

—Angus y Zac comentaron que tus padres habían muerto.

Recordar a sus padres aún le dolía.

—Sí. Hace años. Por eso vinimos a vivir con el abuelo.

—¿Dónde vivías antes? —preguntó intentando ver hasta dónde era capaz ella de contar.

Pero la reacción a esa pregunta fue desmesurada. Se revolvió contra él y, con la cara contraída por el enfado, le dio tal empujón que lo desconcertó. Sin ningún miedo se le encaró como pocos rivales habían osado hacerlo.

—¿Qué queréis saber exactamente? O mejor dicho: ¡ya lo habéis oído! ¡¿Verdad?! —gritó mirándolo con rabia.

—No sé de qué estás hablando —mintió él al ver el dolor en su mirada—. Sólo intentaba ser amable contigo.

—¡Oh, sí que lo sabéis, laird McRae! —gritó ella haciendo que la sangre de Duncan se espesara—. Yo vivía en una casa muy bonita, pero asfixiante, lejos de aquí, donde los lujos eran parte de mi vida, como no lo son ahora. Pero os diré, señor —prosiguió señalándolo con el dedo—, que por muy humilde que sea este hogar, ¡mi hogar!, con los ojos cerrados lo prefiero por muchas razones que nunca nadie llegará a comprender.

Duncan no pudo resistir. Tenerla tan cerca era una tentación. Estaba acostumbrado a que las mujeres se le echaran encima, aunque las rameras con las que él estaba acostumbrado a tratar no tenían ni la suavidad, ni la mirada retadora, ni el aroma de ella. Sin saber por qué, la atrajo hacia él y tomó sus labios vorazmente.

Megan, al sentirse rodeada por aquellos poderosos brazos y ver cómo Duncan tomaba su boca, intentó apartarse. Pero el desconocido deseo que sintió por él hizo que se dejara besar.

Los labios de Duncan eran exigentes y calientes. Su lengua hizo que Megan abriera la boca, donde él entró y exploró sin miedo, percibiendo un sinfín de sensaciones que hasta el momento nunca había experimentado. ¡Era deliciosa!

Tras un intenso beso, el hocico de *lord Draco* dio en el hombro de la mujer, devolviéndola a la realidad. Y dándole un empujón con todas sus fuerzas, consiguió desprenderse de su abrazo con la respiración entrecortada y los labios hinchados por aquel apasionado beso.

—Lo siento —se disculpó Duncan con voz ronca, atontado por lo que su cuerpo había sentido al tomar entre sus brazos a aquella mujer. Al abrazarla había notado que ella se refugiaba en él y eso le había provocado una ternura hasta ahora desconocida—. Te pido disculpas, Megan; no pretendía hacerlo. Pero no sé qué me ha pasado.

—No os preocupéis, laird McRae —respondió más confundida que él, mientras sus chispeantes ojos negros lo acuchillaban—. ¡Nunca debería haberme fiado de vos, ni de vuestra palabra! ¡Sois el Halcón! —gritó haciendo que se sintiera mal—. La idiota he sido yo al pensar que no reclamaríais nada más que una simple charla. Por lo tanto, olvidemos el tema y buenas noches, ¡señor!

Una vez dicho aquello, comenzó a bajar la colina que llevaba hasta su hogar, temblorosa por el beso y por la extraña atracción y seguridad que había sentido con él.

Mientras ella se alejaba, Duncan la observó con su mirada penetrante. Tras verla desaparecer por la arcada de su cabaña, su boca esbozó una pequeña sonrisa y, montando a *Dark*, le susurró:

—Volvamos al castillo, la fiera ya está en casa.

6

Durante los días anteriores a la boda, Megan intentó por todos los medios no cruzarse con Duncan. Pero era imposible, parecía que estaba predestinada a verlo en todos lados. Alana, bastante observadora, se fijó en cómo desde que habían llegado aquellos tres guerreros, Niall, Duncan y Lolach, las mujeres del castillo se habían revolucionado. Todas intentaban ser las que calentaran sus camas, e incluso sus primas habían sido vistas tonteando con un par de guerreros McRae.

Gillian, por su parte, y a pesar de discutir en todo momento con Niall, parecía buscarlo desesperadamente, y Axel pudo comprobar con sus propios ojos cómo Niall, en cuanto veía aparecer a Gillian, intentaba desaparecer.

Megan, desde lo ocurrido, procuraba no estar sola en sitios públicos, como el salón o el patio del castillo. Mientras, Duncan comenzaba a enfurecerse cuando la veía huir de él sin darle oportunidad de hablar.

La única que parecía feliz era Shelma, quien sonreía como una tonta a Lolach al encontrarlo en su camino.

El esperado día de la boda había llegado y el castillo bullía de acción. Las cocinas escupían el olor de los *haggis*, plato indispensable en cualquier casa escocesa, mientras la cocinera partía salmón y sus ayudantes confeccionaban tortas de harina.

Axel, el orgulloso novio, charlaba junto a los hombres en el salón esperando el comienzo de la boda. Mientras, Megan, Gillian y Shelma vestían a una relajada Alana, que notaba más nervios en las demás que en ella misma.

—Estás bellísima, Gillian —comentó Alana.

Su cuñada haría babear a más de uno llevando aquel precioso vestido azul cielo.

—Por cierto —indicó de nuevo Alana—. ¿Dejarás alguna vez de discutir con Niall y le darás un respiro?

—No creo —respondió sonriendo—. Me saca de quicio con sus palabras soeces y sus comentarios fuera de lugar.

—Pero si el pobre ni te habla —replicó Megan recordando los hirientes comentarios de Gillian hacia él.

—Y tú, ¿dejarás de correr por el castillo huyendo de Duncan? —dijo Gillian a la defensiva—. Te he observado y, cada vez que él aparece, huyes como alma que se lleva el diablo.

—¿Qué estás diciendo? —respondió Megan intentando disimular.

—No disimules, Megan —murmuró Shelma—. Todas hemos visto cómo lo miras cuando crees que nadie te ve.

—También la mira él a ella —añadió Alana—. Lo que no entiendo es por qué se enfurece cuando te ve correr.

«No pienso contar nada», pensó Megan.

—Hermanita, ¿tienes algo que contar? —preguntó Shelma.

«La mato.»

—¡Cállate, Shelma! —bufó Megan—. Eres la menos indicada para criticar, cuando no haces más que sonreír como una tonta al laird McKenna. Ya te he dicho lo que pienso al respecto.

—Y yo a ti —aclaró la aludida mirando a su hermana con los brazos en jarras—. ¿Sabes? Eres muy pesada, hermanita, y no creo que por ser amable con un hombre debas decirme que sonrío como una tonta.

—Megan tiene razón —puntualizó Gillian acercándose a ella—. Estás siendo demasiado descarada con Lolach. Deja de sonreírle de esa manera o pensará que lo que quieres es que te tome en cualquier catre como a una de las que se le ofrecen cada noche.

—¡Por todos los santos! —se ofendió Shelma—. ¿Cómo puedes decir eso, cuando tú no haces más que comportarte como una niña caprichosa y arrogante ante Niall? ¡No me extraña que huya de ti!

La guerra verbal entre ellas estaba a punto de explotar.

—Veamos —indicó Alana, divertida—. ¿Qué os pasa a las tres? ¿Tan difícil es admitir entre vosotras que os gustan esos guerreros y que por eso os comportáis así?

La primera en hablar fue Shelma.

—Lo admito. Me gusta Lolach —asintió pestañeando—. Es tan guapo, tan simpático, tan maravilloso, que caería rendida en sus brazos.

—Oh... ¡Qué sorpresa! —se mofó Megan ganándose un empujón de su hermana.

—¡Vale! Lo admito —indicó Gillian con un mohín, sentándose encima de la cama—. Siempre me ha gustado ese burro. Desde pequeña, he soñado con que algún día Niall llegara hasta aquí para declararme su amor. Pero, en vez de eso, ha llegado para declararme la guerra.

Al escucharla, Shelma y Megan se miraron y sonrieron.

—Tranquila, Gillian. Comienzo a conocer a los hombres y creo que, si combates bien, la guerra la ganarás tú —sonrió Alana abrazando a su cuñada—. Pero te recomendaría que pensaras las cosas antes de decirlas.

—Eso mismo me recomendó Duncan la otra noche —se le escapó a Megan, que rápidamente se dio cuenta de lo que había dicho.

Las tres mujeres clavaron la vista en ella, y Megan resopló.

—¿Duncan? —preguntó Alana, sorprendida, acercándose a ella.

—¿La otra noche? —carraspeó Shelma.

—¿Cuándo has estado tú con Duncan? —siseó Gillian levantándose de la cama.

—¡Maldita sea mi lengua! —gruñó Megan al mirarlas—. Hace dos noches, mientras paseaba con *lord Draco*, me encontré con él por casualidad en el bosque. Hablamos y me acompañó un trecho del camino.

—Eso no me lo habías contado —dijo Shelma acercándose a su hermana—. ¿Pasó algo?

La muchacha, rápidamente, negó con la cabeza.

—Megan, ¿por qué te dio ese consejo? —preguntó Alana, que

comenzaba a entender la frustración de Duncan cuando ella no lo miraba y salía corriendo.

—Lo insulté llamándolo «gusano» —sonrió ella tapándose la boca y mirando con guasa a Shelma, que comenzó a carcajearse—, y él me dijo que mi pelo era del color de su caballo.

—¿Llamaste «gusano» al temible Halcón? —murmuró incrédula Alana riendo con ella. Nadie insultaba al Halcón y vivía para contarlo.

—También lo empujé, le chillé y... me besó —susurró desviando los ojos al suelo.

—¡¿Te besó?! —gritó Gillian llevándose las manos a la cabeza—. ¡Por san Ninian! ¿Te ha besado el Halcón y no nos lo has contado?

En ese momento, se abrió la pesada puerta y ante ellas aparecieron las dos primas de Gillian, las feas y envidiosas Gerta y Landra, dejándolas a todas con la boca sellada.

—Oh..., estás preciosa, Alana —susurró Gerta, ataviada con un vestido oscuro, nada favorecedor—. El vestido es precioso, estás bellísima.

—El vestido lo hizo Megan —explicó Alana tocando la seda.

—¡Bonito vestido! Y tu pelo está precioso —asintió Landra mirando de reojo a Megan, que tenía un cabello espectacular por su densidad y sus rizos negros—. ¿De qué hablabais cuando hemos llegado?

—De lo nerviosa que estoy —contestó la novia mientras las demás asentían sin mirarse.

De nuevo la puerta se abrió. Era Zac. Buscaba a sus hermanas.

—¿Qué pasa, Zac? —Todavía acalorada por lo contado, Megan se acercó al niño, que las miraba con los ojos muy abiertos.

—¡Qué guapa estás! —silbó al ver a Alana luciendo aquel rico vestido.

—Gracias, jovencito —rio ella tocándole el pelo con delicadeza.

—Zac, ¿ocurre algo? —preguntó inquieta Shelma.

—He venido a traeros esto —dijo abriendo la manita, donde reposaban los colgantes que días antes habían originado todo el jaleo con los feriantes—. El Halcón me los dio cuando nos llevó a casa y me dijo que los guardara hasta el día de la boda. Pero esta mañana os habéis ido antes de que pudiera hacerlo.

—¡Oh, gracias, Zac! —gritó eufórica Shelma cogiendo uno de color azul—. ¡Es precioso!

—Zac, deberías habérselo devuelto al laird McRae —regañó Megan con cariño a su hermano, que sonrió encogiendo los hombros.

—Lo intenté, pero me obligó a guardarlos para vosotras.

—¡Vamos! —bromeó Alana cogiendo aquel colgante de la manita de Zac para colocárselo a Megan en el cuello—. Ponte esto ahora mismo y deja de buscar tres pies al gato. Duncan lo compró para vosotras. Es un bonito detalle, por lo que deberíais darle las gracias cuando tengáis ocasión.

—De acuerdo —murmuró Megan cogiendo a su hermano para besarlo antes de que éste escapara por la puerta muerto de risa.

En ese momento sonaron unos golpecitos en la arcada. Era Hilda, que indicó que todo estaba preparado. Instantes después Alana salió de su habitación sonriendo, seguida por las demás mujeres.

Al llegar al salón, las esperaba un guapísimo Duncan, que ejercía de padrino. Se le paró el corazón al ver a Megan y comprobar lo bellísima que estaba con aquel vestido marrón. Su oscuro y rizado pelo negro lucía un entrelazado de flores que flotaba a su alrededor convirtiéndola en una reina. Aturdido ante su belleza, fijó los ojos en su redondo escote, que revelaba una piel suave y sedosa y unos pechos llenos y turgentes, donde descansaba el colgante que le había dado a Zac. Avergonzado por haberse quedado atontado, miró a Alana, que con una agradable sonrisa lo agarró del brazo. Y juntos caminaron hacia la capilla donde un nervioso Axel, junto a un emocionado Magnus, la esperaba con una grata y encantadora sonrisa.

Durante el intercambio de votos, Megan se mantuvo junto a Gillian y Shelma, frente a Duncan, Niall y Lolach. El remolino de sentimientos y miraditas que había en aquella capilla era electrizante y Magnus se lo estaba pasando en grande.

Duncan no podía apartar su penetrante mirada de la mujer del pelo azulado, que en un par de ocasiones había rozado con los dedos el colgante que reposaba sobre su pecho, haciendo que al guerrero se le secara la boca.

«No debo prendarme de ninguna mujer, y menos de una como ella», pensó Duncan regañándose. En el pasado, Marian le había roto el corazón y no estaba dispuesto a darle una nueva oportunidad a ninguna otra.

Niall, inquieto, procuraba no mirar a Gillian. Estaba bellísima con aquella tiara de flores alrededor de su rubio cabello y con aquel vestido azul. Lolach sonreía anonadado a una chispeante Shelma, que cada vez le parecía más fresca y radiante.

Tras la ceremonia, comenzó un opíparo banquete preparado por las mujeres del castillo. No faltaron platos típicos como el *haggis*, las gachas, el jabalí, estofado de venado, salmón ahumado y caldos aromatizados con romero. Las *shortbread*, o tortas de harina dulce, y un fino bollo recubierto con arándanos fueron la culminación del maravilloso banquete.

En el salón, en las largas y pesadas mesas de madera, abundaban los manjares en cuidadas bandejas, y al lado, en otra mesa, barriles con agua de vida y abundante cerveza. A lo largo del banquete y en repetidas ocasiones, los invitados, animados por Magnus, brindaban incitando a los novios a que se besaran, haciendo que el anciano disfrutara como un chiquillo.

Durante el banquete, Niall se fijó en cómo Gillian bromeaba con algunos hombres que él no conocía, y una extraña punzada de celos se apoderó de él. ¿Por qué les sonreía a aquéllos y a él sólo le decía impertinencias?

Por su parte, Megan y Duncan mantenían las distancias. Pero a pesar de su reticencia a mirarla, se incomodó como su hermano al ver que Megan hablaba y sonreía a personas que él no conocía.

Pasado un rato, observó cómo un muchacho algo más joven que él se sentaba junto a ella, y tuvo que agarrarse a la mesa al ver que intentaba abrazarla. Aunque se relajó y se sorprendió cuando contempló cómo aquella mujercita, con un rápido movimiento, le retorció el brazo haciéndolo gesticular de dolor. Poco después, el muchacho, enfadado, cruzó unas palabras con ella, se levantó y se marchó, y fue Mauled quien ocupó su lugar para comenzar a charlar.

«¿De qué hablarán con tanta pasión?», se preguntó Duncan al ver cómo ella gesticulaba con las manos y el viejo Mauled se carcajeaba.

Shelma, en un par de ocasiones, hizo por cruzarse con Lolach en el salón. Sin poder contener más sus instintos, con una arrebatadora sonrisa, éste la agarró por la muñeca y la llevó hasta el pasillo del primer piso, donde la arrinconó y la besó. Llevaba días luchando contra sí mismo. Pensar en la sangre inglesa de aquella graciosa muchacha, en un principio, lo había desconcertado, pero sus instintos más primitivos florecieron nuevamente y sólo existió ella, Shelma.

Para Shelma, aquel beso tan íntimo fue el primero de su vida. Se asustó al notar las manos de Lolach subiendo hacia su escote, pero, tras reaccionar y agarrárselas con una desconcertante mirada, se alejó hacia donde estaba todo el mundo, dejándolo si cabía todavía más acalorado.

Con los sones de las primeras bandurrias y gaitas, los presentes comenzaron a bailar. Las gentes del castillo y la aldea estaban reunidas en el patio y los alrededores de la fortaleza. Angus, junto a Mauled y los más ancianos del lugar, al caer la noche, decidieron regresar a sus cabañas, agotados de tanta fiesta. El anciano intentó llevarse a Zac, pero, ante la negativa y vitalidad de éste, lo dejó con sus hermanas haciéndole prometer que se portaría con cordura.

La gente bailaba con alegría, y tanto Megan como Gillian y Shelma danzaban y bebían con las personas que conocían de casi toda la vida. Sean, el mozo que rondaba a Megan, intentó estar a su lado, pero ella en cuanto podía se lo quitaba de encima, algo que él no aceptaba de buen grado.

Los hombres de la aldea y algunos guerreros aprovecharon y se acercaron a las jóvenes para bailar. Las primas Gerta y Landra reían acaloradas junto a unos guerreros de McRae, quienes les sacaban continuamente los colores con sus palabras. Magnus, orgulloso y feliz, disfrutaba de la velada y bebía cerveza junto a Alana y Axel, que reían y charlaban con Duncan, Niall y Lolach.

—¿A qué esperáis para bailar con las muchachas? —preguntó Alana mirando a aquellos tres ceñudos guerreros—. En estas tierras, como habréis podido comprobar, viven mujeres preciosas que estarían encantadas de recibir vuestra invitación.

—Somos guerreros, no danzarines —señaló Niall con el entrecejo fruncido mientras observaba bailar a una alegre Gillian.

—Niall —sonrió Magnus con picardía—. Acepta el consejo que te da un viejo guerrero. La vida es muy corta y lo mejor que se puede hacer es disfrutarla. Si te digo esto es porque yo, al igual que tú, pensaba que los guerreros eran sólo eso, guerreros curtidos únicamente para pelear. Pero mi amada Elizabeth me enseñó a disfrutar de los momentos que la vida te regala. Comprendí y aprendí a ser un terrible guerrero en el campo de batalla y un buen marido y padre cuando estaba en el hogar.

—El que bailes no te restará gallardía —añadió Axel, que desde hacía tiempo observaba a su hermana y a Niall, y veía cómo ambos se buscaban con la mirada, lo que no le gustaba nada.

—Creo que Niall no baila porque no sabe bailar —rio Lolach dándole un empujón.

—Sé bailar, bocazas —aseguró Niall.

—Es un excelente bailarín —acudió en su ayuda su hermano.

Duncan no paraba de observar a Megan y al mozo que intentaba asirla del brazo. Aquella muchacha le atraía como ninguna desde que pasara lo de Marian. La veía sonreír y bailar, y se regañaba a sí mismo por no ser capaz de ser él quien la hiciera sonreír de aquella manera.

—Mamá nos enseñó a los dos —afirmó Niall intentando sonreír a Gerta y a Landra, que llegaban en ese momento y se ponían a su lado. Pero desvió la mirada hacia Gillian para verla acercarse a una de las mesas para tomar cerveza. Tras disculparse, desapareció seguido por Magnus, que había visto llegar a su amigo Murdock.

Axel, Duncan y compañía observaban a los bailarines desde un altillo, mientras más de doscientas personas bailaban y daban palmas alrededor del fuego. Entre ellas se encontraban las muchachas, quienes danzaban con sus vecinos, y con los guerreros McRae y McKenna.

—¡Qué descaradas son! —siseó Landra señalando hacia donde Megan y Shelma bailaban.

—¿Por qué dices eso? —preguntó Alana.

—Intentan buscar un marido entre esos pobres —añadió Landra mientras Gerta le tiraba de la manga del vestido para que callara—. Pero, claro, es lógico. ¿Quién querría casarse con ellas?

—¿Por qué creéis que buscan marido? —preguntó Lolach levantando una ceja.

—Nadie quiere casarse con ellas —escupió Landra creyéndose superior, cuando era más fea que un árbol torcido—. ¿Por qué creéis que Megan no se ha casado? Tiene ya veintiséis años.

—No lo sé —respondió Duncan acercándose—. Me gustaría que vos me lo aclararais.

Aquellas dos, al sentirse el centro de atención de aquellos valerosos guerreros, se envalentonaron y Landra prosiguió:

—Está claro, laird McRae. Tanto Megan como su hermana saben que sus destinos son muy confusos. Nadie quiere casarse con ellas por su sangre *sassenach*.

—¡Landra! —ladró Axel levantándose acalorado—. No consiento que nadie diga semejante cosa de mi gente en mi presencia.

—Se comenta eso, Axel. —Se encogió asustada al verlo tan enfadado.

—Por comentarse —se acaloró Axel—, se dicen muchas cosas. Ellas son de mi clan y no consentiré que nadie ponga en duda su sangre escocesa. Por lo tanto, no quiero escuchar más de vuestra boca ningún comentario respecto a ellas. ¡¿Entendido?!

Tras aquel desagradable incidente, todos quedaron callados mirando hacia donde las muchachas bailaban sonrientes acompañadas por el resto de los aldeanos. En ese momento, Megan se volvió hacia ellos y al verlos tan serios le susurró a su hermana:

—Oh, oh —dijo atrayendo la atención de ésta—. Creo que acaban de enterarse de nuestro pequeño secreto.

—¿Tú crees? —se mortificó Shelma, que con una grandiosa sonrisa miró a Lolach. Pero en vez de devolverle la sonrisa como había ocurrido durante toda la noche, él se la quedó mirando muy serio. Al ver aquella reacción, Shelma sintió que se le caía el alma a los pies.

—Sí, se acabó mi sueño —asintió encolerizada.

—No seas tonta, Shelma —la regañó Megan intercambiando una mirada con Duncan—. Nosotras ya sabíamos que esto podía ocurrir. Por eso te dije que no te hicieras ilusiones.

—Tienes razón —asintió su hermana con la decepción en los ojos—, pero estoy harta. Cuando vivíamos en Inglaterra, éramos las salvajes escocesas. Y aquí, en Escocia, somos las inglesas o las *sassenachs*. ¿Nunca seremos de ningún lado?

Ambas se miraron y Megan, tras acariciar la mejilla de su hermana, le susurró:

—Quizá deberíamos marcharnos de aquí, de este pueblo, y comenzar de nuevo en otro sitio donde nadie nos conozca, ni sepa de nuestro pasado —insinuó.

—¿Bailas conmigo, preciosa? —preguntó Sean agarrándola por la cintura con fuerza y haciendo que Megan se cansara de aquel acoso.

—¡Sean! —vociferó dándole un empujón—. Si vuelves a tocarme o a cogerme una vez más, te prometo que no responderé de mis actos. Te he dicho que me dejes en paz más de veinte veces.

—Al final —le advirtió Shelma—, conseguirás que se enfade.

Pero él pareció no escucharla.

—¡Preciosa! —exigió apestando a cerveza—. Sólo quiero que bailes conmigo.

—Pero yo no quiero. ¡Déjame en paz!

—Dame un beso —demandó intentando agarrar a Megan, que al notar sus manos sobre ella le soltó un puñetazo en la nariz haciéndolo caer hacia atrás.

—¿Ocurre algo aquí? —preguntó Myles, que tras una orden de Duncan se acercó a ellas.

—¡Ya no! —rio Shelma al ver a Sean tumbado en el suelo mientras su hermana se frotaba la mano.

—¿Podríais llevároslo fuera de mi vista? —preguntó Megan.

—Será un placer, milady. Nos llevaremos a este muchacho

para que duerma la mona en otro lugar —rio Mael cogiendo al muchacho con la ayuda de Myles.

Ajena a lo ocurrido, Gillian reía con Gedorf, un amigo de su difunto padre, mientras bebía cerveza.

—Estás muy sonriente esta noche —señaló Niall sentándose junto a ella y dejándola desconcertada.

—Hasta este momento, así era —asintió Gillian dando un trago a su cerveza.

Niall, haciéndose el sorprendido, levantó las cejas y preguntó:

—¿Te incomodo?

—No te preocupes, puedes continuar aquí sentado —respondió Gillian al recordar las palabras de Alana.

Tras un silencio entre los dos, Niall volvió a hablar.

—Bailas muy bien.

Gillian, con el corazón desbocado por la cercanía de él, respondió, levantando el mentón como si no pasara nada:

—Gracias. Axel fue mi maestro.

Al escucharla, el highlander sonrió, pero volvió a preguntar:

—Te protege mucho tu hermano, ¿verdad?

—Lo normal —musitó ella mirándolo atontada—. Creo que como cualquier hermano. ¿Acaso no protegíais vosotros a vuestra hermana? —Pero, al decir aquello, rápidamente se arrepintió.

—Nosotros protegimos todo lo que pudimos a Johanna, pero... —murmuró el joven con la mirada oscura al pensar en su fallecida hermana.

Consciente de su metedura de pata, Gillian buscó su mirada.

—Lo siento..., lo siento, perdóname —rogó al ver la tristeza en sus ojos—. No pretendía recordar algo tan triste. He sido una inconsciente. Discúlpame, por favor, Niall.

—Estás disculpada —sonrió éste sumergiéndose en sus celestes ojos que lo invitaban a nadar en su cálido azul.

En ese momento, Gillian se fijó en Zac. Estaba detrás de Niall. Se había subido a un carro y de ahí a unas grandes piedras. Al agarrarse a las piedras, el carro se movió asustando a los caballos.

—¡Zac! Pero ¿cómo te has subido ahí? —lo regañó la muchacha mientras buscaba con la mirada a Megan, que al oír el relincho de los caballos vio a su hermano y junto con Shelma corrió hacia él.

—Es un pequeño diablo este muchacho —sonrió Niall mientras lo observaba.

—Es un gran diablo —afirmó Gillian viéndolo trepar por la piedra hasta lanzarse contra la rama de un árbol—. ¡Por todos los santos, Zac! ¿Qué diablos intentas hacer ahora?

Duncan y Lolach miraron hacia donde corrían las jóvenes y descubrieron con sorpresa cómo Zac se había encaramado a unas ramas de las que colgaba peligrosamente.

—Yo subiré, lady Megan —se ofreció Ewen, uno de los soldados McRae.

—¡No! —gritó la chica agradeciéndole el detalle—. Eres muy grande y la rama no aguantará tu peso.

—Disculpadme, no quiero ser grosero, pero creo que el vuestro tampoco —calculó Ewen.

—¡Vaya, gracias! Últimamente no hacen más que decirme cosas bonitas —se mofó Megan al recordar el comentario de Duncan respecto a su pelo y su caballo—. Pero es más probable que aguante mi peso que el tuyo —respondió mientras ataba sus faldas para que no le molestaran al subir.

—Esperad —intervino Myles acercándose junto a Mael—. Me subiré en los hombros de Ewen y así podremos coger al muchacho.

Pero les resultó imposible. Zac estaba más alto, y ambas hermanas se encaminaron decididas hacia el árbol.

—Zac, no te sueltes y no te muevas. Intentaré llegar hasta ti —dijo Megan. Y sin pensárselo dos veces comenzó a trepar por el árbol como una gata, seguida por Shelma.

—Se me ha enganchado el pantalón a una rama, Megan. No me puedo soltar —apuntó el niño moviéndose nervioso.

—Maldita sea, Zac. ¡Para! —gruñó Megan al sentir cómo crujía la rama.

—Muchacho, no te muevas si no quieres que tus hermanas caigan —lo regañó Mael, impresionado por la forma en que aquellas jovencitas se colgaban de las ramas sin ningún miedo a caer.

Pero Zac, como niño que era, no hizo caso y continuó.

—¡Por todos los santos, Zac. No te muevas! —gritó Shelma, furiosa.

—No os preocupéis —las tranquilizó Myles de pie bajo el árbol—. Aquí estaremos nosotros para sujetaros, por si caéis. Llevad cuidado y ¡tú, muchacho!, no te muevas.

—¡Oh, Dios mío! —susurró Alana mientras Duncan, Axel y Lolach bajaban para ayudar.

—¡Me pica un bicho, Megan! —gritó el niño al notar que algo le pinchaba la piel.

—Ya voy, Zac —susurró ella rozando con los dedos el cabello del niño—. Tranquilo, sabes que no dejaría que te pasara nada.

Shelma, intuyendo el peligro que corría su hermano, subió a unas ramas más altas y desde allí se descolgó para poder desenganchar el pantalón.

—Zac, tranquilo —suplicó Gillian—. Ya te tienen.

—¿Qué hacen esas locas? —clamó Niall junto a Gillian al ver a las muchachas trepar y descolgarse por las ramas para coger al niño.

—Proteger a su hermano —respondió ella, y con gesto de enfado preguntó—: ¿A quién has llamado locas?

En lo alto del árbol, las muchachas intentaban ayudar a su hermano.

—Zac, te tengo —susurró Megan con sumo cuidado.

—¡Me pica el bicho otra vez! —volvió a gritar el crío moviéndose con apuro tras desengancharle Shelma el pantalón, lo que provocó que la rama se rompiera y cayeran los tres al suelo.

El primero en llegar hasta ellos fue Magnus, que atendió a Megan; se había dado un fuerte golpe en la cabeza. Myles cogió a Shelma, y Ewen, a Zac. Instantes después, apareció un ofuscado y preocupado Duncan, con cara de pocos amigos. Tras acercarse a Megan, se la quitó de los brazos a Magnus.

Al verla pálida e inerte entre sus brazos, a Duncan se le heló la sangre. Con el gesto contraído observó a Zac, que, asustado, no se movió hasta que Duncan bramó:

—¡Ewen, quédate con el muchacho! —Y mirando al niño espetó—: ¡Zac, no quiero que te muevas de ahí! ¡¿Entendido?!

El niño, muerto de miedo, asintió mientras Magnus lo seguía asombrado por aquel arranque de rabia.

Con celeridad entraron en una de las cámaras de Axel, donde depositaron con sumo cuidado a las dos muchachas encima de un banco, al tiempo que Gillian llevaba agua.

—Gracias a Dios, respiran —musitó Alana—. ¡Menudo golpe se han dado!

—Angus se enfadará mucho cuando se entere de esto —advirtió Magnus—. Ese muchachito es la personita más inquieta que he conocido en mi vida.

Mientras les ponían paños húmedos en la frente, todos las miraban preocupados.

—Pero ¿es que ese niño nunca va a crecer? —se quejó Gillian, angustiada—. Hoy ha sido esto. Hace unos días, el problema con los feriantes. La semana pasada, su caída al lago. Con anterioridad, se metió en el corral con los caballos y habría muerto aplastado si Megan no lo hubiera sacado y protegido con su cuerpo.

Duncan escuchaba los lamentos de Gillian sin apartar ni un instante la mirada de Megan.

—Estas *sassenachs* tienen la cabeza dura —bromeó Lolach, que de pronto sintió cómo un puñetazo se estrellaba contra su cara. En concreto contra su nariz.

Había sido Shelma, que lo primero que oyó al despertar fue esa palabra que tanto odiaba.

—¿Qué hacéis? —se quejó dolorido por el golpe—. Era una broma, mujer.

—¡No volváis a llamarnos así! —gritó enfadada, y mirando a su hermana chilló—: ¡Dios mío, Megan! ¿Está bien? ¿Qué le pasa?

—Os habéis dado un buen golpe —susurró Axel mientras veía con curiosidad a Duncan observar cómo Megan comenzaba a moverse.

«¿Cómo un guerrero fiero y temido por ejércitos puede quedarse tan blanco por ver a una mujer caerse de un árbol?», pensó, divertido.

—Buen golpe, hermanita —susurró Megan abriendo los ojos

y llevándose la mano a la cabeza—. Si no le llegas a dar tú, le habría dado yo.

Magnus, admirado por el desparpajo de las muchachas ante aquellos fieros guerreros, y la pasividad de Duncan y Lolach, estuvo a punto de saltar de emoción. Las sensaciones que llevaba notando todo el día se confirmaban.

—Gracias a Dios, estáis bien —suspiró Niall con alivio.

Al escucharlo, Gillian lo miró con rapidez y con gesto fiero dijo:

—Como verás, las mujeres de estos lugares somos fuertes, no tontas damiselas que se desmayan ante cualquier cosa.

—Sois sorprendentes —asintió Niall con una encantadora sonrisa que deslumbró a Gillian e hizo resoplar a Alex.

—Me alegro de que estéis bien, muchachas —suspiró Magnus, y dejó solos a los jóvenes.

Megan, incorporándose, se tocó el chichón de la cabeza; se sentía mareada.

—¿Te encuentras bien? —preguntó Duncan a pocos centímetros de su cara.

—Sí, señor. Un poco dolorida. ¿Dónde está Zac?

Casi no podía moverse, pero sus fosas nasales se inundaban de la fragancia masculina que aquel enorme highlander desprendía. Una fragancia que le gustaba.

—Tranquila. Zac no se ha hecho nada. Está acompañado por los guerreros McRae —respondió Alana retirándole el pelo de la cara.

—Ewen está con él —intervino Duncan—. No le quitará el ojo de encima.

Pasados los primeros instantes de confusión, todos parecían más relajados.

—Será mejor que os llevemos a casa —dijo Lolach cogiendo a Shelma por el brazo, pero ésta lo rechazó de un manotazo sorprendiéndolo. ¡Nunca le había rechazado una mujer!

—No hace falta, laird McKenna —siseó rabiosa—. Podemos ir solas, no necesitamos que nadie nos acompañe.

—Es mejor que os acompañe alguien —murmuró Axel, divertido al ver a sus dos amigos tan desarmados ante aquellas dos jovencitas.

—Yo os llevaré —afirmó Duncan observando el chichón en la cabeza de Megan—, y me da igual lo que digáis, no podéis ir caminando en este estado.

—¡No! —gritó Megan alejándose de un salto—. Mi hermana tiene razón, podemos ir solas. No necesitamos vuestra ayuda, laird McRae. Os lo agradecemos, pero no queremos ocasionar más problemas. Continuad con la fiesta.

—Pero acabáis de recibir un fuerte golpe en la cabeza —se quejó Lolach mirándolas.

—La tenemos dura, ¿recordáis? —gruñó Shelma haciendo que Lolach maldijera haber hecho aquel ridículo comentario.

Con tesón, Megan, ayudada por Shelma y Gillian, salió por la puerta de la cámara de Axel. Al llegar a la entrada, se encontró con un asustado Zac, quien al verlas corrió a abrazarlas mientras Ewen sonreía. El muchacho había llorado angustiado por sus hermanas.

—Gracias por vuestra ayuda, habéis sido muy amables toda la noche —agradeció Megan a aquellos tres gigantes.

—No hemos podido evitar que cayerais al suelo, milady. ¿Os encontráis bien? —susurró Myles angustiado, señalando el chichón de la cabeza.

—Perfectamente —asintió, y con gracia señaló—: ¡Tenemos la cabeza dura!

Al mirar hacia atrás, Megan se encontró con el ceñudo gesto de Duncan, que la seguía con la mirada. Eso la puso más nerviosa.

—Estamos acostumbradas a las fechorías de este pequeño diablillo —sonrió Shelma—. Muchas gracias y buenas noches.

Cuando las muchachas se alejaron, los tres gigantes se miraron sorprendidos.

—¿Han dicho que están acostumbradas? —se mofó Mael sonriendo a Myles.

En ese momento apareció Duncan, quien con cara de pocos amigos se había resignado a no acompañarlas. Tras hacer un gesto a aquellos tres gigantes, éstos entendieron y, dejando que las muchachas abrieran el camino y se alejaran unos metros, comenzaron a seguirlas.

En el camino de vuelta, Megan cojeaba mientras Zac corría delante de ellas como si no hubiera ocurrido nada.

—Te duele mucho, ¿verdad? —preguntó Shelma, preocupada.

—Un poco —asintió ella con complicidad—. Aunque más le tiene que doler a Lolach el puñetazo que le has dado en la nariz. ¿Cómo se te ha ocurrido hacer semejante cosa?

—Se lo merecía, por idiota —sonrió su hermana con picardía al recordarlo—. Así nunca podrá negar que una *sassenach* le puso la nariz como un pimiento.

Al decir aquello ambas rieron, aunque al final Megan dijo:

—¿Sabes los problemas que nos puede acarrear ese puñetazo? No olvides que es el laird McKenna.

—Tranquila. No pienso volver a verlo en mi vida.

—Oh, oh... Creo que nos siguen —informó Zac mirando hacia atrás.

Ewen, Myles y Mael las seguían a distancia.

—¿Por qué nos seguís? —preguntó Shelma con las manos en las caderas.

—Cumplimos órdenes, milady —explicó Ewen.

Las muchachas se miraron incrédulas. ¡Malditos cabezones!

—Nuestros lairds quieren saber que llegáis sanas y salvas hasta vuestra casa —apuntó Mael.

—Marchaos y continuad con la fiesta. No se lo diremos a nadie, será un secreto entre nosotros —indicó Megan haciéndolos reír.

—Pero nosotros sabremos que no hemos cumplido nuestras órdenes —señaló Myles sin darse por vencido.

—Oh... ¡Maldita sea! No digáis tonterías —se quejó Megan, a quien el golpe en la cabeza la estaba empezando a molestar—. Volved a la fiesta y dejadnos en paz.

Pero aquellos highlanders no se daban por vencidos.

—No os molestaremos, continuad vuestro camino —sonrió Ewen.

—Pensamos descansar en el lago antes de llegar a casa —añadió Shelma, dolorida.

—Es nuestro sitio preferido —informó Zac mirando con simpatía a Ewen.

—¡Zac! —lo regañó Megan.

Nadie tenía que enterarse de cuáles eran sus sitios preferidos.

—No os molestaremos. Os lo prometemos. Apenas notaréis que estamos ahí —volvió a repetir Ewen sin darse por vencido.

—De acuerdo —aceptó Megan a regañadientes.

No tenía fuerzas ni para discutir con aquellos tres gigantes. Cuando llegaron al lago, se refrescaron la cabeza y se tumbaron sobre el verde manto de hierba que crecía en una de las orillas. Los tres highlanders se mantuvieron a distancia, así que las jóvenes pudieron cerrar los ojos durante unos instantes y relajarse.

No sabía cuánto tiempo había pasado, pero de pronto Megan abrió los ojos sobresaltada. A su lado, Shelma y Zac dormían. Con disimulo miró hacia donde había visto por última vez a los highlanders. Allí continuaban, apoyados en un árbol hablando de sus cosas.

—Los feriantes ya se habrán ido —protestó Myles—. ¡Qué rabia! Querría haber comprado algo para Maura y la pequeña.

—No te preocupes. Maura estará contenta sólo con ver que vuelves —respondió Ewen.

—Ya lo sé —asintió Myles.

—¡Por todos los santos! —se quejó Mael tocándose el brazo—. El maldito corte que tengo en el brazo me está matando de dolor.

—No seas blando —rio Ewen—, cortes peores has tenido.

—Sí, pero éste es muy molesto.

Decidida a regresar a casa, Megan despertó a Shelma, que miró desorientada a su alrededor. ¿Se habían quedado dormidas?

Con sumo cuidado, cogieron a Zac en brazos y no se sorprendieron cuando Ewen se acercó a ellas y tomó al muchacho entre sus fornidos brazos. Y así lo llevó hasta la casa. Después, los highlanders se marcharon.

7

El día posterior a la boda, los invitados llegados de fuera comenzaron a regresar a sus hogares. Las primeras en hacerlo fueron las primas Gerta y Landra, quienes con los ojos enturbiados por las lágrimas se despidieron de sus dos fornidos guerreros McRae.

Por su parte, Megan y Shelma se quedaron en los alrededores de su casa. Doloridas física y moralmente por el golpe recibido con la caída, se desesperaron cuando apareció Sean con un nuevo ramo de flores y una disculpa por su conducta en la boda.

Megan le escuchó con paciencia pero, tras negarse más de veinte veces a dar un paseo con él, lo echó con cajas destempladas, haciendo reír a su abuelo y a Mauled. Los ancianos ya le habían dicho a Sean en varias ocasiones que Megan no estaba interesada en él porque la muchacha necesitaba un purasangre como ella, que la pudiera controlar.

En el castillo, Duncan se sentía como un perro encerrado. Ofuscado, se marchó a visitar a su amigo Klein McLellan sin poder quitarse de la cabeza a la muchacha del pelo azulado. A su vuelta, se desvió de su camino para pasar por la casa de las muchachas y no se sorprendió al ver el caballo de Lolach allí.

—¿Cómo tú por aquí? —se mofó Duncan de su amigo desmontando con una media sonrisa.

—Necesitaba que Angus mirara mi caballo, parecía que cojeaba —disimuló éste encogiéndose de hombros—. ¿Y tú?

Angus y Mauled se miraron con una sonrisa espectacular. ¡San Ninian y san Fergus habían escuchado sus plegarias!

—Quizá necesite lo mismo, ¿verdad, laird McRae? —sonrió Mauled masticando un palo—. ¡Muy gratas vuestras visitas!

—Las muchachas no están aquí —les informó Angus.

—¿Dónde están? —preguntó Duncan, extrañado.

—Paseando —indicó Mauled—. ¡Vamos! Tomemos algo mientras hablamos.

Pasado un rato, Lolach y Duncan seguían sentados con aquellos dos viejos bebiendo cerveza.

—¿Creéis que regresarán pronto de su paseo? —preguntó Lolach, inquieto.

Los ancianos se miraron con expresión de zorros.

—¿Para qué queréis que regresen pronto? —se divirtió Mauled.

—Veamos —señaló Angus mirándolos a los ojos—. Seamos claros. ¿Qué queréis de mis nietas? Son dos muchachas humildes y decentes, y ambos sois lo bastante poderosos para tener a la mujer que os plazca. ¿Por qué ellas?

Duncan y Lolach se miraron sorprendidos por aquella pregunta.

—¿A qué os referís, Angus? —murmuró Duncan entendiéndole perfectamente.

—Soy viejo, pero no tonto, laird, y he visto la forma como las miráis. Mis nietas son unas mujeres muy valiosas para mí, y no permitiré que nadie las utilice, ni se ría de ellas. Ya han sufrido bastante.

—Axel nos habló de ellas. ¿A qué teméis? —señaló Lolach viendo cómo Mauled y Angus se miraban.

—Tememos a todo; deben tener mucho cuidado.

—¿Cuidado? —se interesó Duncan—. ¿De qué?

Angus, con gesto de pesar, dijo tras dejar su jarra de cerveza sobre la mesa:

—Ciertas personas las buscan.

—¿Quiénes? —preguntó Lolach.

—¿Con qué finalidad las están buscando? —exclamó Duncan mientras Angus y Mauled se miraban con complicidad.

¡Definitivamente sus santos les habían escuchado!

—Las buscan unos jodidos ingleses para matarlas —contestó Mauled.

Escuchar aquello hizo que los highlanders les prestaran más atención y fruncieran el ceño.

—¡Mauled! —protestó Angus sin mucha convicción—. ¡Calla esa boca sin dientes que tienes! Cuanta menos gente sepa lo que pasa, mejor.

—Me da igual lo que digas, viejo cabezón —repuso Mauled—. Empieza a ver claro que nos estamos haciendo mayores. Ellas necesitarán a alguien más fuerte y rápido que nosotros para que las proteja.

—Un momento —interrumpió Duncan—. ¿Queréis decir que están amenazadas y en peligro de muerte, y en este momento se encuentran solas en cualquier lugar, expuestas a todos los peligros que conlleva el bosque?

Los ancianos, con una pícara sonrisa, asintieron, pero fue el abuelo quien habló.

—Saben defenderse —rio Angus rascándose la cabeza—. Además, no están solas, están acompañadas por los mismos tres gigantes que el día de la boda las trajeron a casa.

—¿Qué gigantes? —preguntó Lolach.

—Ewen, Myles y Mael. Eso me tranquiliza. Con ellos estarán protegidas —indicó Duncan, confundido. ¿Qué hacían aquellos guerreros con las muchachas?

—Ellos también estarán protegidos —confirmó Mauled moviendo la cabeza.

—¿Por qué las buscan? —quiso saber Duncan.

—Sus familiares ingleses necesitan verlas muertas para poder asegurarse de que nadie reclamará las tierras de George, el padre de las muchachas —respondió Angus mirando a la lejanía—. Por lo visto, sus tíos, dos codiciosos sinvergüenzas, intentaron casarlas con dos hombres que las odiaban para hacerlas desaparecer después de la boda. Nunca le agradeceré lo suficiente a John lo que hizo por mis nietos. Me da igual que sea inglés. A mí me ha demostrado que es una buena persona y siempre estaré en deuda con él.

—Es comprensible —reconoció Duncan—. Tiene que ser un hombre con mucho valor y honor.

—Hace unos dos años —continuó Mauled—, unos hombres enviados por esos familiares cogieron a Zac y se lo llevaron. Pero las dos chicas, antes de que pudiéramos avisar a nadie, consiguieron traerlo de vuelta.

—¿Ellas solas? —preguntó asombrado Lolach para ver que los ancianos asentían con orgullo y una sonrisa en la boca.

—Las muchachas son dos yeguas purasangre —apuntó Mauled—, a pesar de que la gente se empeñe en recordarles su sangre inglesa. Son valientes y decididas. ¡Ojalá yo tuviera menos años para poder seguir protegiéndolas!

Angus, con gesto serio, miró a los dos fornidos guerreros y explicó:

—Mis nietos están en peligro y cada día que pasa tengo más miedo de dejarlos solos. Me hago más viejo, más torpe y...

—Y ¿cuál es la solución para vuestro problema? —preguntó Duncan, conmovido por las palabras de los ancianos—. ¿Qué podemos hacer para ayudaros?

Los viejos se miraron y, tras felicitarse por su más que sobresaliente actuación teatral, uno remató.

—Encontrar a dos valientes que quieran casarse con ellas —soltó Mauled.

Al escuchar aquello, a Lolach casi se le atraganta la cerveza, mientras Duncan, perplejo por lo que había escuchado, buscaba algo que decir.

—No creo que tengáis problemas para encontrar hombres para ellas. Son dos bellezas —susurró Duncan sintiendo que aquello de casarse no era para él.

—¿Sabéis una cosa, laird McRae? —señaló Angus cerrando un ojo—. Nadie se atreve a casarse con unas muchachas a las que muchos llaman despectivamente *sassenachs*.

Al escuchar aquello, Lolach entendió el puñetazo que Shelma le había propinado el día de la boda.

—Disculpad la pregunta que os voy a hacer: vos, laird McRae, o vos, laird McKenna, ¿estaríais dispuestos a casaros con alguna de ellas? —preguntó Mauled, impaciente, dejándolos tan sorprendidos que no podían ni hablar.

—¡Por san Ninian, Mauled! —rio Angus al escuchar a su amigo—. Si alguna de ellas se entera de lo que acabas de decir... ¡eres hombre muerto!

—¡¿Casarnos?! —gritó Lolach levantándose del tronco donde estaba sentado.

—No entra en mis planes contraer matrimonio —comunicó Duncan—. Mi vida es la guerra y la lucha.

—Somos guerreros —consiguió decir Lolach tras escuchar a su amigo—, no hombres nacidos para casarse y tener una familia.

—¿Estáis seguros de que no queréis nada con mis nietas? —preguntó con picardía Angus, rascándose la cabeza.

—Acabamos de responderos —replicó Duncan—. Nuestra prioridad es el campo de batalla.

—Entonces —se carcajeó Mauled dándose un golpe en la pierna—, estos hombres no necesitan que les aclaremos nada sobre nuestras muchachas.

Aquello llamó la atención de los guerreros.

—¿Aclarar algo sobre ellas? —susurró Lolach cada vez más confundido.

—Sí, ya sabéis —continuó Mauled sirviéndose más cerveza—. Las mujeres son muy raras y, a veces, viene bien conocer ciertas cosas o manías sobre ellas.

—Pero, en vuestro caso, no es necesario —rio Angus mirando a Mauled por aquella maléfica respuesta—. Aunque creo, señores, que mis nietas en el fondo os habrían agradado y sorprendido. Son algo más que unas simples mujercitas criadas para tener hijos.

—¿Por qué decís eso? —preguntó Duncan al ver a los dos viejos sonreír y mirarse de aquella manera.

—Porque los dos sois los purasangres que llevamos esperando toda la vida —asintió Angus clavándoles la mirada—. Conozco a mis nietas y, a pesar de que a veces son un poco indisciplinadas, estoy seguro de que os habrían hecho muy felices.

—¡Eso es mucho asegurar! —afirmó Duncan—. ¿No creéis, anciano?

—No —respondió Angus sorprendiéndolo por su seguridad—. Sois dos fuertes y valientes guerreros, y como tales estoy seguro de que valoráis la fuerza y la valentía. ¿Acaso eso en una mujer no debe tenerse en cuenta? —Desconcertándolos preguntó—: ¿O debo pensar que cuando decidáis tener hijos os casaréis con dos jovencitas plácidas que se pasen el día cosiendo y bordando?

—¡Dios no lo quiera! —resopló Lolach.

—Entiendo vuestras posturas, señores —prosiguió Angus mientras Mauled miraba al horizonte—. Por ello no os voy a poner en ningún aprieto más. Aunque ¿me dais vuestra palabra de highlander para pediros un favor?

—¡Por supuesto! —asintió Duncan.

—Nuestra palabra ya la tenéis —afirmó Lolach.

—Si alguna vez nos pasara algo, ¡que Dios no lo quiera! —comenzó el anciano—, ¿querríais encargaros de encontrar unos buenos maridos para las muchachas?

—Es importante —prosiguió Mauled sin darles tiempo a pensar— que los hombres que elijáis las cuiden, las valoren, las quieran y, sobre todo, no les peguen. Nunca me han gustado los hombres que se valen de su fuerza bruta para doblegar a una mujer.

—Y, por supuesto, que las protejan, eso es indispensable —añadió Angus, y clavándoles la mirada preguntó—: Entonces ¿podemos confiar en la palabra de highlander que nos habéis dado?

Duncan y Lolach se miraron espantados por la jugada que aquellos dos ancianos les acababan de hacer. La palabra de un highlander era su ley. Si un highlander prometía algo, lo hacía hasta sus últimas consecuencias. Y, a menos que se casaran con ellas, nunca estarían seguros de que todo aquello se cumpliera. Se miraron, sorprendidos por haberse dejado liar por aquellos viejos que bajo su apariencia de corderos ocultaban a dos lobos en toda regla. Sonriendo por su torpeza, miraron a los ancianos.

—Sois unos viejos zorros —indicó Duncan—. Tenéis mi palabra de highlander.

—Muy... muy zorros —asintió Lolach—. Por supuesto, mi palabra de highlander también, aunque ya os la habíamos dado antes de escuchar lo que queríais.

—¡La edad es un grado, muchacho! —asintió Mauled haciéndolos reír y, mirando a Angus, sacó de debajo de la mesa una gran jarra y cuatro vasos—. ¡Esto se merece un brindis!

—Ésta es la mejor agua de vida que encontraréis por esta zona —señaló Angus mientras les llenaban los vasos—. La destilamos nosotros con una receta antigua del abuelo de mi mujer. —Levantando el vaso dijo—: Brindemos por que nos queden muchos años de vida y por la felicidad de las muchachas. *Slainte!*

—*Slainte!* —gritaron al unísono los otros tres, en gaélico escocés «salud».

—¡Por todos los santos! Ya vienen —indicó Mauled y, mirando a Duncan y a Lolach, dijo—: Guardad el secreto de lo que aquí se ha hablado. Si la impaciente o la mandona se enteran de esta conversación... ¡esta noche nos entierran vivos! —rio entrecerrando los ojos—. Además, no creo que a las muchachas les agrade saber que habéis denegado la oferta de casaros con ellas.

Tras observar a los viejos reír, Lolach y Duncan se miraron confundidos. ¿Se habrían vuelto locos aquellos ancianos? Callados, miraron cómo caminaban las muchachas hacia ellos y fueron testigos de su cara de sorpresa al verlos allí. Tras llegar a su altura y saludarlos con una inclinación de cabeza, se escabulleron dentro de la casa dejándolos a todos con la boca abierta.

—¿Qué mosca las ha picado? —susurró Mauled—. ¿Ha ocurrido algo que yo no sé?

—¡Esta juventud! —sonrió Angus.

—Nos marchamos —anunció Duncan, molesto al ver que Megan ni siquiera le había dedicado una mirada—. ¡Gracias por esta encantadora y desconcertante tarde! —se mofó levantándose para dar la mano a los ancianos.

—Mañana partimos hacia nuestras tierras —dijo Lolach, sorprendido porque Shelma tampoco lo había mirado. ¿Dónde estaba la jovencita que de forma continua y descarada le sonreía?

—Que tengáis buen viaje —deseó Angus mirando extrañado hacia la cabaña donde sus nietas habían desaparecido. Nunca se habían comportado así ante ningún hombre y eso era buena señal.

—¡Un momento! —gritó Megan saliendo de la cabaña seguida por Shelma. Portaban en las manos unos paquetes y, dirigiéndose hacia Myles, que se quedó asombrado, dijo—: Toma, lleva a Maura, tu mujer, este pedazo de tela. Seguro que sabrá sacarle provecho. Y a tu niña, esta miel. Estoy segura de que le encantará.

—Muchas gracias, lady Megan —agradeció el hombre con una grata sonrisa mientras aceptaba aquellos presentes—, pero no era necesario que os preocuparais.

—Te he dicho mil veces que no me llames así, sólo soy Megan —afirmó la muchacha mirando al gigante. Hacía muchos años que nadie la llamaba lady.

—No puedo, lady Megan —afirmó él mirando de reojo a Duncan, que los observaba muy serio subido a su espectacular caballo negro.

—De acuerdo —asintió dándose por vencida.

—Maura y mi hija os estarán muy agradecidas por vuestro detalle —aseguró Myles guardando el paquete—. Espero que algún día podáis conocerlas.

—Estaría encantada —sonrió Megan.

Duncan, que la observaba a corta distancia, sintió que las entrañas se le revolvían al darse cuenta de que ella nunca le sonreía a él de ese modo. Y, sin perderla de vista, advirtió que ella se movía y se plantaba ante Mael tendiéndole un bote.

—Esto es un ungüento que aliviará el dolor y sanará tus cortes. Póntelo dos veces al día sobre la herida hasta que veas que el dolor remite y comienza a cicatrizar.

—Gracias —dijo el guerrero cogiendo aquel presente como algo maravilloso—. Muchas gracias, lady Megan. No olvidaré vuestra amabilidad.

—Tomad, llevaos este queso y este pan. Seguro que os viene bien en el trayecto de regreso a vuestra casa —prosiguió Shelma dándoselo a Ewen.

Lolach, enternecido por aquellos presentes, la miraba sintiendo que en todos sus años de guerrero nunca unas muchachas tan humildes se habían preocupado tanto por sus hombres.

—Gracias, lady Shelma. Será maravilloso disfrutar de ello durante nuestro camino.

—¡Ewen! —llamó Zac—. Recuerda. Tienes que volver para enseñarme a cazar truchas con las manos.

—Volveré, Zac. Te lo prometo —sonrió el grandullón—. Hasta entonces, pórtate bien y no metas a tus hermanas en más líos, ¿vale? —El niño asintió.

—Espero que tengáis buen viaje —se despidió Megan mirando a Lolach y a Duncan con brevedad.

—No dudes que lo tendremos —afirmó Duncan, enfurecido por su frialdad.

—No lo dudo, laird McRae —respondió Megan. Tras sonreír a todos, regresó a la quietud de la cabaña acompañada por Shelma.

Sin mirar hacia atrás, Duncan guio a su caballo y, cuando estaban lo suficientemente lejos de las muchachas y los ancianos, oyó murmurar a Lolach:

—¡Malditos zorros!

Aquella noche en el castillo, Niall comía asado que Hilda, muy amable, le había servido. Desde su asiento, observaba la arcada que llevaba a la escalera. Sabía que Gillian, en cualquier momento, aparecería por allí. La noche anterior, tras el episodio vivido con Zac y sus hermanas, Niall, animado por Magnus, se había acercado a ella y, tras invitarla a bailar, estuvieron danzando juntos gran parte de la noche. Fue divertido bailar con Gillian. Era graciosa y simpática. Aunque la cara con que Axel los miró no lo fue tanto.

Axel sobreprotegía a su hermana de una manera increíble. Sus padres, junto a los de Duncan y Niall, habían muerto años atrás a manos de los ingleses. Quedaron huérfanos, pero con la increíble suerte de contar con sus respectivos abuelos. Cuando sus padres murieron, Gillian tenía diez años, y Axel, veinte. Durante largo tiempo, ella sufrió terroríficas pesadillas. Aquellas pesadillas y el dolor en los ojos de su hermana al despertar le habían roto el corazón más de una vez a Axel, y no deseaba que sufriera por nada ni por nadie. Por eso, aunque le agradaba la compañía de Niall en el campo de batalla, no sentía lo mismo al verlo tan próximo a Gillian.

—Te cambio un trozo de salmón por tus pensamientos —le ofreció Alana.

—Saldrás perdiendo, no pensaba en nada especial —sonrió Axel al mirar a su mujer, tan bonita, juiciosa y cariñosa.

—Pues entonces ¿por qué no le quitas ojo al pobre Niall? —susurró Alana señalando con el dedo al muchacho, que comía distraído en la mesa de la derecha.

—No creo que Niall sea la mejor opción para Gillian. Ella sufrirá por él y no quiero que lo haga.

—¿Tú eras la mejor opción para mí? —preguntó Alana sorprendiéndolo.

—Eso tienes que responderlo tú —susurró él desconcertado.

Ella sonrió con coquetería.

—¿Sabes? Para mí, siempre has sido mi hombre y te he querido a pesar de que tú no me mirabas, ni me sonreías.

—No te miraba porque me gustabas demasiado —rio Axel tocándole la punta de la nariz—, y no quería que los demás se mofaran de mí.

—Y ¿por qué no puedes pensar que a tu hermana y a Niall les pasa lo mismo? ¿Acaso no ves cómo Gillian lo busca y cómo Niall la mira? ¿No ves un comportamiento parecido en ellos, como en su tiempo tuvimos nosotros?

—Eso es lo que me da miedo —respondió Axel señalando hacia la arcada.

En ese momento, Niall había dejado de comer al entrar Gillian, y una tonta sonrisa se instaló en la cara de los dos.

—Él se marchará mañana a sus tierras —se desesperó Axel—. ¿Crees que querrá volver a por Gillian? Y si es así, ¿crees que a mí me gustará que ella se marche de mi lado?

Alana le entendió. Alex adoraba a su hermana, pero debía comprender que ella también había crecido, y ya era una mujer.

—¡Míralos! —sonrió Alana—. ¿Acaso me vas a decir que no ves cómo se miran? En cuanto a Niall, claro que volverá a por ella.

¿Lo dudas? Y respecto a no querer que ella se marche de tu lado, es muy egoísta por tu parte, Axel. Ella tiene derecho a ser feliz. Gillian ya no es una niña, es una mujer enamorada de un guerrero tan valiente como su hermano.

—Alana —suspiró mirando a su mujer—. Tengo miedo de que sufra, de no estar yo cerca para ayudarla.

Con cariño miró los ojos de su marido, y tomándole la mano por debajo de la mesa le susurró:

—Ése es el precio que todos pagamos cuando maduramos. Tenemos que aprender a defendernos solos en la vida. Y, por favor, haz caso a Magnus. Es más sabio de lo que tú quieres reconocer y, al igual que tú, sólo busca la felicidad de Gillian.

—Lo pensaré —susurró él mirando cómo Gillian se acercaba a Niall. Volviéndose hacia su mujer, añadió—: Todavía no me has respondido si yo he sido tu mejor opción.

—Eso, mi señor —bromeó Alana levantándose—, te lo contestaré si me acompañas a nuestra habitación.

Dicho esto, Axel se levantó con una sonrisa lobuna de la mesa. Sin decir nada, se alejó junto a su esposa mientras Gillian se acercaba a Niall.

—Veo que te gusta nuestro asado de ciervo con manzana.

—Está delicioso —respondió Niall y, señalando a Axel, comentó—: Se le ve sonriente hoy. Quizá el matrimonio le siente bien.

—A eso creo que se le llama amor —indicó Gillian mirando la cara de felicidad de su hermano y la sonrisa picaruela de Alana.

—Complicada palabra esa llamada «amor» —se mofó Niall invitándola a sentarse junto a él, mientras veía entrar por la puerta a Duncan, Lolach, Myles, Ewen y Mael.

—Para mí es una bonita palabra —señaló Gillian sonrojándose—, aunque sus resultados a veces son nefastos y malos para el corazón.

—¿Por qué dices eso?

—Tengo una amiga —comenzó tartamudeando— que está enamorada desde hace años de un guerrero. Pero este guerrero es demasiado tozudo para fijarse en ella y prefiere las guerras al amor.

—¡Qué curioso! —sonrió Niall levantando una ceja al escucharla—. Tengo un amigo al que le ocurre lo mismo.

Los ojos chispeantes de ella lo miraron.

—¿De veras? ¿Y qué ha hecho?

—Todavía nada —respondió mientras tocaba un rizo rubio rebelde de la muchacha—. Este amigo tiene miedo de hacerle daño, por lo que controla sus instintos y se mantiene alejado de ella.

Aquella contestación no gustó a Gillian, quien tras hacer un mohín dijo:

—¿Hasta cuándo crees que podrá controlar sus instintos tu amigo?

Niall, deseoso de tomar aquellos labios tan tentadores, suspiró y contestó:

—Eso está por ver. De momento, la mejor opción que tiene es alejarse de la dama, para así poder aclarar las ideas y seguir su camino.

En ese momento, Duncan y Lolach se sentaron junto a ellos, por lo que la conversación se cortó ante la rabia de Gillian, quien entendía con aquello que Niall no quería nada con ella y por eso se marchaba al día siguiente.

—¿Sabes, Niall? —dijo sin importarle que ya no estuvieran solos—. Espero que tu amigo, el cobarde, algún día sepa lo que necesita. Yo, por mi parte, animaré a mi amiga a que se olvide de él y se enamore de otro hombre que sepa hacerla feliz.

Tras decir aquello, se dio la vuelta y se marchó, dejando a Niall con la palabra en la boca.

—¡Vaya! —rio Lolach—. Veo que sigues progresando con Gillian.

Niall no respondió; se limitó a mirar cómo ella, ofuscada, se alejaba.

—¿Por qué no intentas alejarte de ella? Así no tendrás problemas —lo regañó Duncan clavando los ojos en el muchacho que cruzaba el salón. Aquel muchacho era Sean y no le gustó nada el descaro con que lo miró.

—Esa chica tiene un genio de mil demonios —rio Mael.

—Voy a preparar mi caballo —gruñó Niall saliendo del salón mientras oía las risotadas de Lolach junto a Myles y Ewen.

Tras pasar una noche en la que más de uno no pudo pegar ojo, Lolach y Duncan reunieron a sus guerreros en el patio del castillo. Gillian se asomó desconsolada a la ventana de su habitación.

Alana, junto a Axel, salió a despedirlos y no se sorprendió cuando vio a Duncan, a Lolach y a Niall con gestos serios y ofuscados. En sus rostros se leía el desagrado por su partida, cuando deberían estar felices por volver a sus tierras.

Niall, en un momento dado, levantó la vista hacia la ventana de Gillian y, tras mirar y no ver nada, malhumorado, giró su caballo y se marchó.

—Gracias por tu hospitalidad, Axel —agradeció Duncan montado en su caballo.

—¿Cuándo volveremos a veros? —preguntó Alana, entristecida.

—Quizá dentro de unos meses —señaló Lolach—. Aunque Axel ya sabe que, en cuanto nos llame, estaremos aquí.

—Gracias, amigos —correspondió Axel—. Espero que tengáis un buen viaje y que pronto nuestros destinos vuelvan a unirse.

Y, tras estas palabras, los famosos y temidos guerreros comenzaron su viaje a las tierras altas, mientras Megan y Shelma, con el corazón partido y atrincheradas tras unos álamos, observaban cómo se alejaban.

8

El castillo recuperó la normalidad tras la marcha del último invitado. Apenadas y entristecidas, Megan y Shelma retomaron sus quehaceres diarios, mientras en sus corazones el nombre de un guerrero quedó marcado a fuego. Ambas sabían que aquello era imposible. Lolach y Duncan eran señores de sus clanes, y sus gentes nunca aceptarían como compañera de su laird a una mujer que tuviera sangre inglesa.

Durante dos días, Gillian no paró de sollozar, llegando a crispar los nervios de Axel y de Magnus, que comenzaron a pensar en encerrarla en una de las almenas y no dejar que bajara hasta que se tranquilizara.

Pasados veinte días, llegó hasta el castillo una misiva. Era de Robert de Bruce. Le pedía a Axel que se reuniera con él en Glasgow. Tras indicar a unos doscientos hombres que lo acompañaran y dejar al mando de todo a su buen amigo Caleb, se despidió de Alana y partió para encontrarse con Robert de Bruce.

La cuarta noche después de la partida de Axel, mientras todos dormían, de pronto Megan oyó un chillido y se tiró de la cama con rapidez. Una vez que hubo cogido su daga y su espada, observó a su alrededor, dándose de bruces con Shelma, que al igual que ella había oído algo extraño. Con cuidado se asomaron por la pequeña ventana que tenía la cabaña y sus ojos se abrieron horrorizados cuando vieron lo que ocurría. Sus vecinos corrían de un lado a otro perseguidos por hombres que no eran de su clan. Angus, al oír el jaleo, se levantó y la sangre se le heló al ser consciente de lo que ocurría. Estaban siendo asaltados.

De pronto, la arcada de la cabaña se abrió dando un tremendo golpe y ante ellas aparecieron dos hombres desdentados y con aspecto de asesinos. Sin pensárselo dos veces, Megan blandió su espada al aire y tomó posiciones para recibir el ataque que aquellos terribles hombres habían iniciado. Con valentía y destreza, Shelma y Megan se defendían.

—¡Saca a Zac de aquí, abuelo! —gritó Megan sin quitar ojo al hombre que decía cosas terribles frente a ella.

—¡Malditos seáis! —bramó enfurecido Angus—. ¡No toquéis a mis nietas!

—¡Llévate a Zac, abuelo! —vociferó Megan sintiendo que apenas podía respirar.

—¡Buscad a Mauled! —gritó Shelma, paralizada, con su daga en la mano.

Tras la marcha de Angus y del pequeño Zac, los asaltantes miraron con cara de deseo a las muchachas.

—Patrick, creo que nos daremos un festín con estas dos tiernas palomitas. Qué suerte la nuestra, son las bastardas que estamos buscando —rio uno de los hombres al contemplarlas.

—¡Atrévete a ponerle la mano encima a mi hermana y conocerás el sonido del acero entrando en tus carnes! —rugió Megan, angustiada, mientras observaba al abuelo, a Zac y a Mauled correr colina arriba.

—Me encantan las morenas como tú —babeó el hombre que estaba frente a ella.

—Pues más te encantará luchar conmigo —sonrió Megan comenzando un ataque con la espada que dejó al hombre sorprendido.

—Mi intención es llevarte viva, aunque antes me gustaría probar la mercancía.

—¡Eso no te lo crees tú ni loco! —siseó Shelma al escucharle.

—¡Atrévete a tocarnos —rugió Megan—, y te arranco la piel a tiras!

—Tienes coraje, ojos oscuros —admitió riendo el hombre mientras observaba cómo la chica se movía con destreza y salía de la cabaña.

Desde el castillo, al ver el fuego procedente de la aldea, dieron un toque de alerta.

Shelma, asustada, luchaba como podía, mientras Megan, como una heroína, dejaba latente su destreza con la espada.

Al final, Megan consiguió deshacerse de aquel terrible asesino clavándole la espada sin piedad en el cuerpo. Aquella lucha era por la supervivencia de ella o de él y, sin dudarlo, primó la de ella. Mirando a su alrededor, con el corazón en un puño, vio cómo otros hombres prendían fuego a los techos de paja de su cabaña mientras sus vecinos corrían horrorizados de un lado a otro. Con los ojos vidriosos por la rabia y la impotencia, observó a Shelma aún luchando y, como el más fiero de los guerreros, se lanzó contra aquél, matándolo en el acto.

—¿Dónde están Zac, Mauled y el abuelo? —preguntó Shelma angustiada mirando aquel cuerpo muerto ante ellas.

—Colina arriba, en busca de ayuda —respondió Megan jadeante al ver a Sean cerca del establo. Estaba ardiendo, por lo que corrió con la esperanza de poder sacar los caballos y salvar a *lord Draco*—. ¡Dios mío, los caballos!

Abstraída por sacar los caballos, no vio cómo dos hombres sujetaban y tiraban al suelo a su hermana. Horrorizada, Shelma comenzó a patalear y a chillar todas las palabras que en vida su madre le habría prohibido, mientras uno de los hombres intentaba levantarle las ropas. De pronto, Shelma notó cómo uno de los hombres caía a su lado. Al mirar, vio a Zac que, asustado, empuñaba un pequeño puñal.

—¡Suelta a mi hermana! —gritó el niño con lágrimas en la cara.

—¡Zac! ¡Corre, corre! —gritó Shelma incorporándose cuando el hombre que continuaba frente a ella alzaba la espada.

Pero el atacante no les dio oportunidad de escapar. Cogiendo a Zac por el pelo, puso la espada en su cuello y, con una sonrisa sádica, siseó:

—¡No volverás a correr nunca más en tu vida, bastardo escocés!

Cuando Shelma estaba a punto de gritar ante la impotencia de no poder hacer nada, vio que una sombra se abalanzaba sobre el hombre haciéndolo caer a un lado.

—¡Mauled, cuidado! —vociferó Shelma al ver que había sido el anciano quien se había lanzado como un salvaje para proteger a Zac. Pero el guerrero fue más rápido que el viejo y, sin piedad, le clavó su espada en el estómago.

—¡No! —gritó Zac horrorizado. Lo hizo tan fuerte que atrajo la atención de Megan, que en ese momento salía tosiendo junto a Sean de los establos.

—¡Maldito inglés! —gritó Shelma enloquecida al ver el dolor y sufrimiento en el rostro de su amado Mauled—. ¡Maldito seas tú y todos los de tu calaña! —rugió cogiendo el puñal que momentos antes llevaba Mauled. Se abalanzó sobre él y se lo clavó en el corazón.

—¡Shelma! ¡Zac! —aulló Megan corriendo hasta ellos y quedándose aturdida al ver a Mauled herido—. ¡No..., no, por favor! —gritó tirándose junto al anciano—. ¡No te muevas! Por favor, Mauled. ¡No te muevas! —sollozó mientras taponaba la espantosa herida de la que manaba mucha sangre.

Shelma no podía hablar, ni moverse. Sólo miraba las manos de su hermana cubiertas de sangre y el dolor en la cara de Mauled.

—¡Iré a buscar ayuda! —gritó Sean desapareciendo de su lado.

—Tranquilas, muchachas —susurró el anciano con la frente encharcada en sudor—. No os preocupéis, no me duele. —Y perdiendo el brillo de sus ojos dijo—: Los highlanders volverán, os hemos enseñado todo lo que sabemos y sólo espero que...

—Te llevaremos a casa y te curaremos —susurró Megan con los ojos llenos de lágrimas.

Pero una serie de convulsiones sacudieron el cuerpo del anciano y murió.

Con el corazón roto, Megan se agachó y besó con cariño al anciano que tanto les había dado. Intentando no llorar y sin mirar directamente a Zac, preguntó:

—¿Dónde está el abuelo?

—Con Mauled —susurró Zac.

—¡¿Qué?! —gimió Shelma sin respiración.

—Está allí —señaló el niño con la mirada perdida.

Megan echó a correr colina arriba notando cómo las lágrimas surcaban su cara. Encontró a su abuelo Angus tirado en el suelo, muerto como Mauled. Horrorizada por aquello, se dejó caer encima del anciano y, desesperada, comenzó a llorar y a gritar.

No supo cuánto tiempo pasó allí. Alguien se agachó junto a ella y la abrazó. Era Gillian, que, alertada por los guardias del castillo y a pesar de poner en peligro su vida, había corrido hacia la aldea para encontrarse con la destrucción y el horror.

—Tranquila, Megan —susurró abrazándola sin poder contener las lágrimas por ver al bueno de Angus muerto ante ellas.

—El abuelo... Gillian —hipó angustiada—. El abuelo y Mauled han muerto... por mi culpa.

—¡Por todos los santos! —rugió Magnus al ver lo ocurrido.

La gente del pueblo corría enloquecida, algunas casas ardían y nada podían hacer sino esperar a que el fuego devorara lo poco que tenían. Los soldados de Axel consiguieron terminar con los atacantes que aquella noche habían ocasionado la desolación. Algunos aldeanos comenzaron a señalar a las muchachas como responsables de todo lo ocurrido. Decían que habían escuchado a aquellos ingleses preguntar por los nietos de Angus de Atholl.

—¡Escuchad! —gritó Magnus, dolido, con Zac entre sus brazos—. Al primero que yo oiga decir que las culpables de todo esto han sido ellas, se las tendrá que ver conmigo.

—Todo es culpa mía —susurró Megan—. Todo es culpa mía.

—No, Megan. No es culpa tuya —musitó Alana.

Al levantar la mirada, Megan observó cómo Magnus abrazaba a Zac, y Alana, a Shelma. Parecían en estado de choque, mientras algunos vecinos, aquellos que parecían haberlas aceptado, les daban la espalda.

—¡Caleb! Quiero que varios hombres ayuden a nuestras gentes a apagar el fuego y que otros recojan los cuerpos de Angus y de Mauled para darles un entierro digno —ordenó Magnus tomando aire y valorando con una mirada los daños en la aldea.

—El resto de la gente y los heridos —dijo Alana mirando a Caleb— que vayan al castillo, allí serán atendidos.

—Pero milady, en el castillo no podemos... —intervino Caleb.

Pero Alana, furiosa e indignada, no lo dejó terminar.

—He dicho —sentenció encolerizada, dejando sin palabras a Magnus— que todos vayan al castillo. Y quiero que dos guerreros partan ahora mismo en busca de Axel y le informen de lo ocurrido.

—De acuerdo, milady —asintió Caleb.

Poco después, alumbrados con antorchas, los hombres se repartieron. Mientras unos apagaban el fuego, otros recogían los cuerpos sin vida de Mauled y de Angus, y dos hombres partían en busca de Axel.

—Muy bien, Alana —reconoció Magnus—. Serás una buena señora para estas tierras.

Ella, con gesto triste, asintió.

—Vamos, Megan —indicó Gillian mientras observaba que había sangre sobre su ropa y su pelo—. Estás herida. Tengo que curarte.

—¡Fuera las *sassenachs*! —gritó una voz irreconocible en la oscuridad.

—¡Prended a la persona que haya dicho semejante barbaridad! —rugió Magnus, encolerizado.

Varios guerreros buscaron el origen de la voz, pero la oscuridad se lo impidió.

—Volvamos al castillo —murmuró Alana agarrando a una callada Shelma.

Una vez allí, Hilda, la cocinera, lavó las heridas de las muchachas y del niño, que no había vuelto a abrir la boca. Zac estaba empapado de sangre, pero sólo tenía un pequeño corte en el cuello. Shelma contaba con varios cortes en el brazo y diversas contusiones. Megan, además de cortes en los brazos, tenía quemaduras en las manos por haber entrado en el establo a rescatar a los caballos, además de una pequeña brecha en la frente. Alana hizo llevar aguja e hilo y, con paciencia, se sentó frente a ella para suturar la herida.

—Intentaré darte bien los puntos, así no te quedará una gran cicatriz —señaló Alana observando el dolor en sus miradas.

—Da igual cómo quede —musitó Megan, agotada—. Mauled y el abuelo han muerto. La gente nos odiará por la destrucción de la aldea y reclamarán que nos vayamos. ¿Adónde iremos, Alana? ¿Adónde puedo llevar a mis hermanos para que sean felices?

La desesperación de Megan le hacía temblar, y Gillian, deseosa de consolarla, la abrazó. Durante un rato ambas lloraron por las vidas perdidas, y cuando Megan se calmó, Gillian volvió a atender a Zac.

—Lo primero que tienes que hacer es tranquilizarte —exigió Alana—. Cuando vuelva Axel, intentaremos solucionar este terrible contratiempo.

Pero Megan volvió a repetir:

—La gente exigirá que mañana mismo nos vayamos.

—¡De aquí no se va a ir nadie! —rugió Gillian colocando paños de agua fría en la frente de Zac.

—Esos hombres —dijo Shelma sentándose junto a su hermana— venían a por nosotras. Nunca van a dejarnos en paz.

—No querían matarnos —indicó Megan—. Querían llevarnos ante sir Aston Nierter y...

En ese momento, varios criados entraron en la habitación. Y con ellos, Sean.

—¿Estás bien? —se interesó acercándose a Megan y empalideciendo al ver cómo Alana le cosía la frente.

—Sí —respondió Megan con una triste sonrisa.

Todos se fijaron en que el muchacho portaba algo.

—He conseguido sacar de vuestra casa estos pocos enseres —dijo tendiendo ante ella un saco.

—Gracias, Sean —señaló Shelma al ver que había algo de ropa, alguna jarra de barro y poco más.

—Siento no haber podido salvar nada más —se disculpó el muchacho—. Pero el fuego...

Megan lo miró. Quería agradecerle aquello, pero la emoción no la dejó hablar.

—Ha sido un detalle muy bonito —sonrió Alana—. Ahora te agradecería que salieras para poder continuar con lo que estaba haciendo.

Tras asentir con la cabeza, el muchacho salió por la arcada y se quedaron solas.

—Mira, Megan —susurró Shelma sacando unas ropas—. Sean ha conseguido salvar nuestra ropa preferida —dijo al enseñarle los pantalones de cuero, las botas y las camisas de hilo que ellas habían confeccionado.

—Y la capa del abuelo —sollozó Megan agarrándola con amor.

—No te muevas, Megan —susurró Alana mientras intentaba coser la brecha.

Pero a Megan lo que menos le importaba era su herida. Lo único que quería era venganza y dijo en tono amenazador:

—Ahora seré yo quien los busque a ellos. Pagarán por la muerte del abuelo y de Mauled.

—Querrás decir «seremos» —puntualizó Shelma mirando a su hermana mientras Gillian le quitaba el saco de las manos y lo echaba hacia un lado.

—No digáis tonterías. De aquí no se va a mover nadie hasta que Axel regrese —las regañó Alana asustándose al ver cómo ellas se miraban.

—Lo único que te pido es que cuides de Zac en nuestra ausencia —indicó Megan tomando a Alana de la mano— y, si algo nos pasara, por Dios, haz que llegue a ser un buen guerrero escocés.

Al escuchar aquello, el corazón de Alana se aceleró.

—He dicho que de aquí no se va a mover nadie hasta que llegue Axel —dijo Alana levantando la voz y atrayendo la mirada de Gillian—. ¿Has oído lo que he dicho?

—Sí, Alana —asintió Megan—. Pero prométeme que cuidarás de Zac si algo nos ocurriera a mi hermana y a mí.

—¿Qué os va a ocurrir? —preguntó enfadada guardando el hilo y la aguja.

—Prométenoslo. ¡Por favor! —suplicó Shelma.

—¡De acuerdo, cabezotas! —dijo dándose por vencida—. Os lo prometo. Pero como no os va a ocurrir nada, no hará falta que cumpla esa absurda promesa.

Las muchachas respiraron aliviadas.

—Milady —llamó Caleb desde la arcada—. Unos heridos necesitan vuestra ayuda ahí abajo.

—Ahora mismo iré —asintió ella recogiendo su costura—. Gillian, quédate aquí con ellas y no las dejes salir.

—Tranquila, cuñada —indicó ésta viéndola desaparecer tras la puerta. Cuando quedaron las tres a solas, miró a sus amigas y señaló—: De aquí no saldréis, si no es conmigo por delante.

Con los primeros rayos del sol asomándose por el horizonte, todos pudieron ver los destrozos causados por los maleantes. Magnus comprobó que varias casas habían quedado calcinadas, y sus gentes, dañadas moralmente.

A media mañana, acompañados por Magnus, Alana, Gillian y algunos vecinos, Megan, Shelma y Zac dieron sepultura a los cuerpos de Angus y de Mauled, y volvieron a llorar su terrible pérdida.

Tres días después, mientras los vecinos intentaban retomar sus rutinas diarias y los guerreros reconstruían los techos de las casas quemadas, Megan y Shelma hablaban con Gillian sentadas en la colina.

—Os quedaréis en el castillo hasta que Axel vuelva. Nada tenéis que temer —indicó Gillian al ver cómo miraban lo que hasta hacía pocos días había sido su casa.

—Estoy cansada de tener miedo —señaló Megan—. Creo que lo más sensato es partir en busca de quienes nos acosan.

—Zac se quedará con Alana y contigo. Necesitamos que lo cuidéis mientras estamos fuera —asintió Shelma entendiendo a su hermana.

—¡Estáis locas! No podéis ir solas. ¿No lo entendéis? —se quejó Gillian.

Megan ni la miró.

—Lo que no podemos es seguir así —respondió Shelma—. La gente terminará odiándonos. Ya es la segunda vez que vienen a buscarnos, y Angus y Mauled han muerto. ¿Qué pasará si en alguna de éstas muriera algún vecino? ¿Acaso crees que nos lo perdonarían? Queramos o no, aquí siempre seremos las *sassenachs*.

—No digas eso —susurró Gillian—. Ellos saben tan bien como yo que vosotras no tenéis culpa de nada.

—Nunca nos dejarán en paz. ¿Has visto cómo nos miran? Para todos ellos representamos un peligro —señaló Megan—. Gillian, tú nos quieres tanto como nosotras a ti, pero tenemos que hacer algo por Zac y por esta gente. Él y los demás merecen vivir sin miedo. Y mientras nosotras estemos aquí, eso va a resultar imposible.

—¿Quién os ha dicho que no os entiendo? —replicó Gillian—. Lo único que digo es que vosotras solas no podréis hacer mucho.

—¿Tienes otra solución? —preguntó Megan.

—¡Casaros! —intervino Alana acercándose a ellas—. Eso evitará que los malditos ingleses os reclamen y os busquen.

Al escuchar aquello, las hermanas la miraron.

—Una boda. ¡Qué buena idea! —celebró Gillian la sugerencia de su cuñada—. Os garantizaría, además de vuestro propio hombre, mucha seguridad.

—¡Ni loca! ¡Qué horrible solución! —protestó Megan—. Además, ¿qué highlander querría casarse con dos medio inglesas?

—Eso, ¿quién querría casarse con nosotras? —susurró Shelma.

—No lo sé —señaló Alana sentándose—. Quizá tengamos que indagar un poquito para saber qué hombres están interesados en vosotras. Aunque a mí se me ocurre un par de ellos.

Megan, al ver cómo Alana y Gillian sonreían y se miraban, se tensó. ¿Se habían vuelto locas?

—¡Qué buena idea! —sonrió Gillian mirando a su cuñada—. Quizá, cuando vuelva Axel, podamos...

—¡No! —exclamó Megan—. Si pensáis en Duncan McRae, ni es mi tipo ni yo, por supuesto, el suyo. No aguanto a las personas que se creen que todo el mundo debe adorarlas. ¡Es insufrible!

Shelma las escuchaba con ojos tristes y susurró:

—Oh... Lolach. Daría cualquier cosa por poder casarme con él.

—¡Shelma! —gritó Megan al oírla—. ¿Cómo puedes decir eso?

—Digo lo que siento —sonrió por primera vez en varios días—, y creo que tú deberías hacer lo mismo. Estoy harta de tener que dormir siempre con un ojo abierto. Me gustaría poder estar tranquila, sin tener que pensar que en cualquier momento alguien intentará matarnos, o raptarnos.

Al escucharla, Alana dio el tema por zanjado.

—No se hable más. Cuando vuelva Axel, hablaré con él.

—Por mí no hables, Alana —advirtió Megan mirándola—. No quiero que...

De pronto, se interrumpió. Desde las almenas, unas voces alertaron de que un grupo de hombres a caballo se acercaban al galope hacia el castillo. Alana reconoció enseguida a Axel, que galopaba rápido y raudo junto a un grupo de unos trescientos hombres. Era tal la prisa que llevaban que entraron en el castillo sin percatarse de que las mujeres los observaban desde lo alto de la colina.

—¡Es Axel! —gritó Alana levantándose de un salto.

—¡Pues, corre! —la animó Gillian—. Ve a recibirlo.

No hizo falta. Pocos instantes después, varios de los caballos que habían entrado encabritados en el castillo salían dirigiéndose hacia ellas.

—¡Por san Ninian! —murmuró Gillian, incrédula—. ¿Ésos, por casualidad, no son...?

—Acertaste —aplaudió Alana eufórica de alegría viendo acercarse a su marido.

Los highlanders se aproximaron a ellas al galope.

—¿Estáis todas bien? —dijo Axel tirándose del caballo para abrazar a Gillian y a Alana, quien se recostó en él encantada.

—Tranquilo, Axel. Estamos bien —asintió Gillian viendo a Niall desmontar con cara de preocupación.

Con la cara sucia por el polvo y con una incipiente barba de días que ocultaba sus facciones, Duncan se acercó a Megan. Al ver que tenía una venda en la cabeza, le preguntó mientras la tomaba con delicadeza del brazo:

—¿Estás bien? ¿Te encuentras bien? —Ella asintió sin hablar.

Aquellas palabras y su cercanía, sin saber por qué, la reconfortaron. Ver a Duncan de pie ante ella, mirándola como si quisiera atravesarla, la relajó más de lo que ella quería aceptar.

Por su parte, desde que habían recibido la noticia, Duncan no había podido comer ni dormir hasta que llegaron a su destino. Algo extraño lo atraía hacia ella y aún no llegaba a entender el qué.

—Angus y Mauled han muerto —susurró Alana dejándolos sin habla a todos.

Duncan miró a Megan, pero ella tenía la mirada perdida en otra parte.

—Lo siento, Shelma —señaló Lolach intentando contener su apetencia por extender la mano y abrazarla. Se la veía tan ojerosa que le partía el corazón.

—Lo sé..., lo sé —murmuró ella mirándolo con tristeza.

—¿Dónde está Zac? —preguntó Duncan sin apartar los ojos de la mujer del pelo azulado. Los oscuros cercos que ésta tenía bajo los ojos no le gustaron nada.

—Jugando con *Klon*, el perro de Mauled —dijo Megan señalando hacia donde el niño correteaba—. Ahora es nuestro perro. Está bien aunque nos ha preocupado porque estaba solo con el abuelo cuando lo mataron.

—¡Dios santo! —susurró Niall sin quitarle el ojo a Gillian.

—Mi señor —indicó Megan mirando a Axel—. Esos ingleses venían a por nosotras y hemos pensado que...

—¡Axel! —interrumpió Gillian—. Están empeñadas en ir solas en busca de las personas que las persiguen. Alana y yo hemos intentado convencerlas de que no hicieran esa locura.

Al escuchar aquello, Duncan volvió a clavar la mirada en Megan, pero ella, con gesto serio y altivo, ni se inmutó.

—¡Ni se os ocurra! —bramó Lolach, y mirando a Shelma le preguntó—: ¿Adónde pensabas ir, mujer?

Shelma iba a contestar, pero Megan con una mirada le pidió que callara.

—De aquí no se mueve nadie —ordenó Axel—. Soy vuestro señor y, como tal, os tengo que defender y cuidar.

—Lo siento, señor. Pero no consentiré que muera gente inocente por mi culpa —lo retó Megan mirándolo—. Esos criminales volverán. Por mi culpa han muerto el abuelo y Mauled. Nuestros vecinos comenzarán a odiarnos y de nuevo empezarán los insultos y...

—Yo no consentiré que vayas a ningún lado, y menos aún que nadie te insulte —afirmó Duncan con voz tranquila pero profunda, atrayendo la atención de todos—. Si alguien va a buscar a las personas que les hicieron eso a Angus y a Mauled, ése voy a ser yo. Tú de momento te quedarás en el castillo con tus hermanos, y recobrarás fuerzas. Estás herida y no tienes buen aspecto. Creo que si Angus o Mauled estuvieran aquí, aplaudirían mi decisión.

—Oh, oh... —susurró Gillian al ver a Megan levantar la cabeza—. Esa mirada no me gusta nada.

—Megan, escucha —se interpuso Axel—. No tienes buena cara, ni tú ni tu hermana. Deja que nos ocupemos nosotros de ello.

—Disculpadme, laird McRae —señaló Megan poniéndose frente a Duncan—. ¿Cómo podéis decir que mi abuelo o Mauled aplaudirían vuestra decisión? ¿Acaso los conocíais como para saber lo que ellos pensaban? ¡¿Creéis que ellos no sabían que nosotras somos capaces de defendernos solas?! —gritó mirando a Duncan, a quien las aletas de la nariz se le abrían y cerraban como a un oso cuando estaba a punto de atacar—. Nunca he necesitado que nadie me defendiera y menos un guerrero engreído y mandón como vos.

—¡Por todos los santos, Megan! —susurró Alana, incrédula por cómo le hablaba.

Axel, divertido, se quitó de en medio. Desde que conocía a Duncan, nunca lo había visto tan fascinado por una mujer, a pesar de haber tratado a Marian, la mujer que lo traicionó.

—Lo que podría contestar seguro que no te iba a gustar —respondió Duncan, acercándose a ella—. ¿De verdad crees que soy un guerrero engreído y mandón?

—¡Oh, Dios mío! —susurró Gillian al ver cómo Megan, sin amilanarse por la increíble altura y musculatura de Duncan, daba un paso adelante.

—Duncan. Está cansada. Ha pasado por algo muy fuerte. No te comportes como un burro —indicó Niall acercándose a él, al escuchar a Gillian. Lo conocía y sabía que, cuando se erguía así, estaba preparado para la lucha.

—Vuestro abuelo y Mauled —comenzó a decir Lolach inter-cambiando una mirada con Duncan, que asintió— nos hicieron prometer que, si algo les pasaba a ellos, nosotros debíamos cuida-ros hasta encontraros unos buenos maridos, o casarnos con voso-tras. Sabían que estabais en peligro y ambos se veían viejos para seguir velando por vuestras vidas.

—¿Qué? —susurró Shelma, incrédula por esas palabras.

Lolach sonreía como atontado. ¡Dios! ¡Cómo había añorado esos ojos y esa boca! En un principio, creyó que se trataba de un antojo. Pero, al ver que no podía quitarse de la cabeza la sonrisa de Shelma, comprendió que tenía que volver junto a ella.

—¡Qué magnífica idea! —gritó Alana, alborozada—. Podríamos celebrar la boda en el castillo esta tarde, mañana o cuando queráis.

—No voy a desposarme con vos, laird McRae —afirmó Me-gan echando la cabeza hacia atrás para mirar a Duncan, sin im-portarle su estatura y su cara de enfado.

—Sí, lo harás —respondió sorprendiéndose a sí mismo por haber afirmado ante todos que quería casarse con ella—. Lo harás porque tu abuelo me lo pidió, porque quiero protegerte y porque necesito a una mujer que me dé herederos.

—No soy una vaca a la que se le plante vuestra simiente —le rechazó Megan mientras Niall sonreía sorprendido por el empe-ño de su hermano en casarse con aquella muchacha.

Axel y Alana se miraron incrédulos por la osadía de Megan. Pero Duncan, como siempre, quería ganar la batalla.

—¡Tú serás para mí! —levantó la voz Duncan, acercando la cara a la de ella—. Y me da igual lo que digas o hagas. Te casarás conmigo y yo te protegeré.

«Ni loca me caso yo contigo», pensó Megan buscando rápida-mente una solución.

—¡Insisto. Es imposible este enlace! —gritó Megan—. Existe algo que, cuando lo sepáis, impedirá esta boda.

Todos la miraron.

—¡¿Qué lo impide?! —gritó preocupada Shelma, que estaba tan aturdida por el giro de las conversaciones que sólo podía mi-rar atontada a Lolach.

Duncan, sin apartar la mirada de ella, la observaba. Esa mujercita le gustaba y divertía. Su manera de retarlo, sus palabras y sus ojos le apasionaban. Por primera vez, aquello le hizo olvidar la angustia vivida con Marian.

—Nada lo impedirá —aseguró Duncan—. ¿Qué es eso que impedirá que me case contigo?

—Nuestro padre, laird McRae, era *sassenach* —dijo arrastrando aquellas palabras con la intención de que sonaran fatal—. Sería una locura mezclar vuestra sangre pura escocesa con sangre contaminada.

Al escucharla, Shelma se llevó la mano a la boca.

—Me arriesgaré —sonrió Duncan observando cómo ella buscaba una salida.

—¿Estás sonriendo? —se mofó Niall mirándolo—. ¡Por san Ninian, Duncan! ¡Vuelves a sonreír!

—Sabía que le gustaba —confesó Alana a su marido, que sonrió al escucharla.

—¡Por todos los santos, Megan! —gritó Shelma, incrédula—. Odiamos esa palabra. ¿Por qué dices eso? Papá nunca fue un sucio inglés, y nuestra sangre no está contaminada.

—Digo lo que piensan ellos —respondió mirando a su hermana con enfado—. No deseo que luego nos reprochen que no les advertimos antes de la boda.

—Me doy por advertido —asintió Lolach cogiendo a Shelma del brazo.

—Yo también —afirmó Duncan zanjando el tema—. Y como dijeron una vez unos ancianos muy sabios, mezclar la sangre de dos purasangres será excepcional.

Gillian, callada, los observó. Por un lado se alegraba de aquellos enlaces, pero ¿realmente era lo acertado?

—¡Qué maravillosa idea! —aplaudió Axel—. Creo que vuestras bodas nos beneficiarán a todos. Y, sobre todo, podréis comenzar una nueva vida sin temor a que nadie intente llevaros de vuelta a Dunhar. Lolach y Duncan no lo permitirán. —Pero viendo la cara de estupor de Megan, añadió—: Megan y Shelma de Atholl, como señor vuestro, os ordeno que os desposéis con Duncan McRae y Lolach McKenna. Son dos buenos hombres que nunca os maltratarán.

—¡Oh, no, por todos los celtas! —sonrió Lolach al recordar a los ancianos—. Odio a los cobardes que valiéndose de su fortaleza pegan a las mujeres.

Shelma estaba encantada, aunque no se podía decir lo mismo de su hermana.

—No, laird. ¡No pienso aceptar ese enlace! —insistió Megan tocándose el pelo como siempre que se ponía nerviosa.

—Lo aceptarás —insistió Duncan sin dar su brazo a torcer.

—¡No! No quiero una ceremonia sin amor con vos... ante... ante Dios —tartamudeó buscando una rápida solución.

—Celebremos un *Handfasting* —indicó Duncan sintiéndose libre—. Así no estarás casada ante Dios sin amor. —Rio al ver la cara de disgusto de ella—. Si cuando pase un año y un día decido que no quiero seguir contigo..., ¡te dejaré marchar!

—¿Una unión de manos? —aplaudió Gillian mirando a su enfadada amiga—. ¡Sería una estupenda opción, Megan!

—¡Estupenda idea! —asintió Alana al recordar aquella ley escocesa por la que dos personas se prometían fidelidad y vivían como marido y mujer durante un año y un día. Pasado ese tiempo, podían casarse por la Iglesia, volver a hacer otro acuerdo temporal por el mismo tiempo, o separarse y seguir cada uno por su lado.

—¡Quizá sea yo quien os deje a vos! —amenazó Megan mirando a aquel engreído, provocando que Niall se carcajeara al escuchar aquello.

—¡Lo dudo mucho! —contestó Duncan clavando intencionadamente los ojos en ella.

—Pero... ¡Yo me quiero casar ante Dios! —gimió Shelma, que aspiraba a celebrar una boda en la iglesia.

—Nosotros nos casaremos ante Dios —respondió Lolach haciendo reír a Axel y a Niall, que se pitorreaban de su cara de bobo.

—Megan —sentenció Duncan con sus penetrantes ojos verdes—. Te casarás conmigo quieras o no. Y, por favor, mi nombre es Duncan. Te rogaría que, a partir de ahora, me llamaras así.

Enfadada por los acontecimientos, cerró los ojos. Necesitaba pensar cómo salir de aquel lío.

—El enlace será esta tarde —convino Duncan sin quitarle los ojos de encima a su futura esposa, que parecía tramar algo.

—El padre Perkins está aquí —sonrió Alana—. Hablaré con él. Seguro que no pondrá ninguna objeción con respecto a las amonestaciones de Lolach y Shelma tras los acontecimientos ocurridos. —Y mirando a Megan y a Duncan prosiguió—: En cuanto a vuestra unión, la podremos celebrar después de la de ellos.

—Me voy a casar —murmuró encantada Shelma mirando con ojitos tiernos a Lolach.

—Nunca pensé que desearas desposarte —rio Niall al observar a Lolach, que estaba encantadísimo con aquello.

—Yo tampoco —replicó éste acercándose a su amigo— hasta que di mi palabra de highlander a unos ancianos muy zorros.

—Entonces —dijo Axel asintiendo con una sonrisa—, has de cumplirla.

Duncan y Megan, ajenos a los demás, se continuaban mirando con reto. Un reto que al highlander cada vez le atraía más.

—Gillian —sonrió Alana al ver la cara de su cuñada—, ¿cómo organizaremos todo en tan poco tiempo?

—No te preocupes —comentó ella sin quitarle ojo a Niall, quien la miraba de arriba abajo—. Tengo un par de vestidos que con unos pequeños arreglos quedarán perfectos. Ahora hablaré con la cocinera y le indicaré que comience a salar la carne para el festejo.

—Esta noche serás mi mujer —asintió Lolach ante la cara de sorpresa e ilusión de Shelma—, y en unas semanas te llevaré a tu nuevo hogar. A partir de entonces, serás una McKenna.

—Un momento —indicó Shelma acercándose a su hermana—. ¿Cómo que en unas semanas estaré en tus tierras y seré una McKenna? ¿Y mis hermanos?

—Mi mujer, junto a Zac, vendrá conmigo —anunció Duncan—. Nuestras tierras están cercanas. Los McRae y los McKenna gozamos de una extraordinaria amistad, y siempre que queráis os podréis visitar. Megan y Zac pasarán a ser unos McRae, mientras que tú serás una McKenna.

Las muchachas, con gesto adusto, se miraron.

—¿Cuál es el problema ahora? —suspiró Axel.

—Los problemas, mi señor. Los problemas —protestó Megan retirándose el pelo de la cara.

Aquel gesto hizo sonreír a Duncan, que, cruzando los brazos ante su amplio pecho, se preparó para escuchar.

—En primer lugar, mi laird, no quiero casarme con el Halcón —dijo haciendo que Duncan levantara las cejas—. Nunca me ha gustado su fama de sanguinario y mujeriego. En segundo lugar, no quiero ser una McRae. Y, en tercer lugar, no quiero estar lejos de mi hermana. Siempre hemos vivido juntas.

—Yo no quiero separarme de ellos —murmuró Shelma con un mohín.

—Podrás ver a tu hermana siempre que quieras —indicó Lolach tomándola de las manos—. Te prometo que no pondré objeción alguna a vuestras continuas visitas.

—¿Lo prometes? —preguntó Shelma pestañeando. ¡Se iba a casar con Lolach!

—¡Shelma! ¡¿Qué estás diciendo?! O, mejor dicho, ¿qué estás haciendo? —protestó Megan, sorprendida por el descarado coqueteo de su hermana.

—Te lo prometo, preciosa —afirmó Lolach haciendo oídos sordos a las protestas y maldiciones que la hermana de su futura mujer echaba por la boca, mientras Duncan y Niall lo miraban divertidos.

—Entonces, ya está decidido —rio Axel caminando junto a Alana, mientras Megan continuaba protestando—. Esta tarde celebraremos dos bodas.

Tras aquello, todos se encaminaron al castillo, donde el anciano Magnus asintió encantado ante los casamientos. Conocía a los jóvenes desde su niñez y sabía que cuidarían bien de las muchachas.

A partir de ese momento, a Megan le fue imposible escapar. Duncan puso un par de hombres ante su puerta y todos sus movimientos eran observados.

Shelma estaba pletórica de alegría. ¡Se iba a casar con Lolach! Y era tal su felicidad que ni las peores miradas de su hermana la hicieron dejar de sonreír.

9

La hora de la ceremonia se acercaba y los nervios de las mujeres cada vez se crispaban más. El vestido de Shelma era celeste, mientras que el de Megan era verde. Shelma deseaba estar bonita para Lolach, pero Megan, que tenía un vendaje en la cabeza, se observaba pesarosa por su apariencia. ¿Cómo podía desposarse con aquello en la cabeza? Usando la imaginación, tomó un pedazo de seda verde y lo enrolló sobre su frente. Así ocultaría su fea herida y realzaría sus bonitas facciones y sus espectaculares ojos negros.

Al caer la tarde, Axel y Magnus acudieron en busca de las muchachas. Primero se celebraría la boda eclesiástica de Shelma y Lolach, y luego realizarían el *Handfasting*.

A diferencia de la boda de días antes, aquellos enlaces se llevarían a cabo con pocos invitados. Al llegar a la arcada de la capilla, Megan vio al fondo a Duncan sonreír a Niall y, clavándole la mirada, reconoció que estaba muy guapo. Se había lavado y rasurado la barba, y se había puesto un kilt que dejaba ver sus robustas y fuertes piernas, una camisa de lino blanca y el tartán con los colores de los McRae. Su aspecto era cautivador.

Shelma, atontada por la mirada de Lolach, entró del brazo de Axel y, tras repetir sus votos, el sacerdote les anunció que estaban casados a los ojos de Dios y de la Santa Madre Iglesia, por lo que Shelma se lanzó a los brazos del que ya era su marido, quien la besó encantado por aquella efusividad, mientras Zac aplaudía.

Acabada la ceremonia, el sacerdote se marchó y todos, menos Megan y Magnus, se dirigieron hacia lo alto de la colina, donde por orden de Duncan se había hecho un gran círculo en el suelo con piedras y flores en el que los presentes se metieron para realizar el *Handfasting*. El anciano Magnus, feliz por llevar a Megan cogida del brazo, comenzó a subir la colina hasta que de pronto ella lo frenó de un tirón.

—¿Qué ocurre? —preguntó Magnus mirándola con curiosidad.

—Es que no puedo creerlo. —Se retorció las manos nerviosa—. ¿Qué estoy haciendo, Magnus? Hasta hace pocos días, vivía con mi abuelo y Mauled, y nunca pasó por mi cabeza dejar mi clan, mi hogar y mi aldea. Pero, ahora —susurró viendo que Duncan la observaba y comenzaba a andar hacia ellos—, estoy aquí. Desposándome con un vestido que no es mío, con esto en la cabeza —dijo señalando cómicamente el vendaje—, en una ceremonia que no deseo, sin mi abuelo, sin Mauled y sin saber lo que hago.

—Megan, creo que lo que vas a hacer es lo más acertado —comentó Magnus—. Sabes que si tu abuelo y Mauled estuvieran entre nosotros, aceptarían este enlace tanto o más que yo. A partir de ahora, disfrutarás de la libertad que siempre se te ha negado.

—¡¿Libertad?! —repitió ella viendo cómo Duncan llegaba a grandes zancadas—. ¿A esto llamas libertad? ¿A no poder elegir con quién quiero pasar el resto de mi vida? Él no me quiere, ni yo a él. Por eso estamos realizando un matrimonio de un año y un día. ¡Maldita sea, Magnus! Tú ya sabes cómo soy. No soy fácil y no tengo paciencia —eso le hizo sonreír al recordar cómo la llamaban su abuelo y Mauled—, pero ¿y él? Tengo entendido que es exigente y poco piadoso. ¡Por san Ninian, Magnus! Yo no soy como Alana —gritó desesperada dando un golpe a un árbol con las flores que llevaba en la mano—. ¿Qué va a ser de mí cuando comience a desesperarlo con mis actos?

—¡Yo mejor me preguntaría qué va a ser de ti —rugió Duncan— como no comencemos la ceremonia inmediatamente!

—¿Lo ves? ¿Ves a lo que me refiero? Y lo peor está por llegar —gritó cómicamente abriendo los brazos y mirando a Magnus, que tuvo que contener la risa.

—¿Qué le ocurre ahora? —preguntó Duncan desesperado al tiempo que admiraba lo preciosa que estaba con aquel vestido, y su cara realzada por aquella seda verde que dejaba flotar su precioso pelo.

—Tiene dudas —susurró Magnus poniendo los ojos en blanco.

—Yo también tengo dudas —reveló Duncan dejándola sin habla.

—¡Maldita sea, laird McRae! —gritó Megan tirando las flores contra el árbol—. ¿Y por qué os empeñáis en desposaros conmigo?

—Llámame Duncan. Voy a ser tu esposo.

—No.

—Sí —asintió éste.

—Pero... pero... ¿tú eres tonto o qué?

Al decir aquello, Megan cerró los ojos. Su lengua, unida a su desesperación, la había traicionado. Aquella falta de respeto le podría acarrear consecuencias.

—Muchacha, contén esa lengua y recuerda con quién hablas —la regañó Magnus agachándose con paciencia para recoger el maltrecho ramo de flores.

—¿Nos disculpas un momento, Magnus? —pidió Duncan cogiendo a Megan de la mano. De un tirón, se la llevó hacia un lado. Cuando estuvieron solos y tras mirarla comentó—: No vuelvas a insultarme y menos en público. ¿Entendido?

—Sí —asintió ella mirándolo asustada.

—Escucha, claro que tengo dudas. Apenas te conozco y mi anterior relación con una mujer casi acabó conmigo —se sinceró atrayendo su atención—. Desde que tengo uso de razón, me he dedicado a luchar, a ir de guerra en guerra, y si he decidido desposarme contigo es porque les di a tu abuelo y a Mauled la palabra de que te protegería y cuidaría.

—Laird McRae. ¡Una promesa! ¿Soy acaso un trozo de cuero que se pueda ofrecer? —repitió zapateando con un pie en una piedra.

—Duncan..., mujer, mi nombre es Duncan.

Al ver cómo ella lo miraba, prosiguió intentando no alzar la voz:

—Escúchame, mujer. Desde que te vi por primera vez, he notado en ti algo diferente que nunca había observado en ninguna otra. No me temes y eres capaz de llamarme «tonto» sin ponerte a llorar ante la más dura de mis miradas. —Al decir aquello la hizo sonreír—. Si tengo que elegir a la madre de mis hijos, te elijo a ti porque creo que la manera en que cuidas a Zac es maravillosa.

Me encanta el color de tu pelo —declaró divertido—, me gustan tus ojos, tu sonrisa, e incluso tu cara cuando blasfemas. Además —susurró levantando una mano para acariciar su mejilla—, no estoy dispuesto a que nadie que no sea yo bese esos labios que únicamente son míos.

El corazón de Megan al escuchar aquello parecía querer explotar.

—¡Estáis loco! ¿Lo sabíais? —sonrió mirándolo.

—Tan loco como tú —respondió y, señalando hacia el grupo, dijo—: He ordenado hacer un círculo de flores y piedras allí. Es un cruce de caminos. Mi madre siempre decía que daba buena suerte porque simbolizaba la unión de dos corazones.

—Laird McRae y...

—Duncan —corrigió de nuevo éste.

Ella, tras mirarlo, claudicó y dijo:

—Duncan. Si pasado el año y el día comprobamos que no podemos seguir unidos y no tenemos hijos, ¿podré recuperar mi libertad?

Tras mirarla durante unos instantes, clavando sus verdes ojos sobre ella, contestó:

—Dejemos pasar el tiempo, no me gusta adelantar acontecimientos. —Sonrió incrédulo por la impaciencia que sentía por casarse con aquella preciosa muchacha.

—Pero si apenas me conoces. ¿Por qué?

—Di mi palabra y, para nosotros, nuestra palabra es ley. Además, una vez, hace muchos años, pregunté a mi sabio abuelo cómo distinguiría, entre todas las mujeres, la mejor para mí. Él sólo me dijo que cuando yo encontrara a esa mujer, lo sentiría y lo sabría.

—Puedo llegar a ser muy desesperante —le advirtió hipnotizada e incrédula por las cosas bonitas que escuchaba—. No me gustan las órdenes.

—Yo soy exigente con la lealtad y me encanta dar órdenes —sonrió al responderle.

—En casa me llaman la Impaciente.

—Entonces, ya sé quién es la Mandona —dijo haciéndola sonreír y, sin dar tregua, la agarró con fuerza de la mano para preguntarle con voz ronca—: Impaciente, ¿quieres desposarte conmigo?

Tras mirarlo durante unos instantes, asintió lentamente con una encantadora sonrisa. Él le regaló un rápido y pequeño beso en la punta de la nariz, se volvió hacia Magnus y, con un gesto de triunfo, volvió junto al resto del grupo.

—Tus dudas se han disipado, muchacha —sonrió Magnus subiendo la colina.

—Oh, sí..., Magnus —sonrió ella también llenándolo de felicidad—. De momento, creo que sí.

Una vez que llegaron junto al grupo, todos se metieron dentro del gran círculo de piedras y flores. Magnus se puso frente a los novios. Tras unas palabras por parte del anciano, y mirándose a los ojos como mandaba la tradición, los futuros esposos juntaron las manos formando el símbolo del infinito. Magnus colocó alrededor de aquellas manos una cuerda y, tras hacer un nudo, explicó en voz alta y clara los términos de aquel acuerdo temporal. Una vez que aceptaron ambos, Magnus quitó el nudo y retiró la cuerda. Duncan sacó de su *sporran* un bonito anillo que había pertenecido a su madre y, tomando la temblorosa mano de Megan, se lo puso, momento en el que Magnus les declaró marido y mujer por un año y un día.

Acabada la ceremonia, regresaron al castillo, donde entraron en el salón y se sorprendieron al ver que Hilda, la cocinera, se había encargado de poner los manteles de lino de las ceremonias. Junto a los guerreros McRae, McKenna y McDougall estaban algunos de los aldeanos que adoraban a las muchachas, y se emocionaron al sentir su cariño.

Con la llegada de la noche, Niall, junto a Ewen, Mael y Myles, guerreros McRae y McKenna, raptaron a los novios, que reían y bebían. Tras bailar con casi todos los hombres del castillo, las mujeres decidieron retirarse a sus habitaciones, mientras los hombres continuaban bebiendo. Aunque, antes de salir por la arcada y encaminarse escaleras arriba, una mano detuvo a Megan. Era Duncan.

—Intentaré reunirme contigo lo antes posible —sonrió haciéndola temblar—. Aunque creo que será difícil quitarme a todos esos brutos de encima.

—No te preocupes —asintió ella nerviosa—. Tarda todo lo que tengas que tardar.

—La acompañaré hasta vuestra habitación, Duncan. No te preocupes —señaló Alana viendo a Axel reír con sus hombres.

—¡Aquí está Duncan! —gritó el anciano Magnus—. Te estábamos buscando, muchacho.

Horrorizada por lo que aquella noche debía pasar entre ellos, Megan llegó a su nueva habitación. Alana le dejó una camisa de fino hilo encima de la cama y, tras susurrarle al oído «No te preocupes por nada», se marchó.

Megan, con la cabeza algo dolorida, se dirigió hacia un espejo, donde con cuidado se quitó la seda y el vendaje que recubría su cabeza hasta que vio ante ella su feo golpe.

En ese momento se abrió la puerta. Era Shelma.

—¡Dios mío, qué nerviosa estoy! —gritó acercándose. Al observar la herida de su hermana, preguntó—: ¿Estás bien? ¿Te duele?

—No, tranquila —sonrió mirando lo bonita que estaba con aquella camisa de hilo—. Tienes que sentirte tranquila y feliz. Hoy es la noche de tu boda.

—Por eso estoy nerviosa. —Bajando la voz, preguntó—: Alana me ha dicho que me relaje, que todo será más fácil, pero tengo miedo. Hilda me comentó hace tiempo que la primera vez que se está con un hombre no es placentera, es dolorosa.

Escuchar aquello tensó más a Megan.

—¿Recuerdas las cosas que Felda nos contaba? —preguntó y Shelma asintió—. Ella lo comparaba a cocinar. La primera vez que hizo asado, no le salió tan bueno como la segunda, que ya sabía qué condimentos echar y en qué cantidad. Además, según ella, un hombre experimentado es lo mejor que le puede pasar a una virgen. Y creo, hermanita, que tanto tu marido como el mío son experimentados.

—Pero ¿y si no sé hacerlo tampoco la segunda vez? —preguntó Shelma nerviosa.

—Estoy segura de que Lolach y tú os entenderéis a la perfección. Mañana, cuando recuerdes estos miedos, te reirás. —Dándole un cariñoso beso la despidió; necesitaba estar sola—. Venga, ve a tu habitación. No quisiera que Lolach llegara, viera su cama vacía y revolucionara el castillo.

Al marchar su hermana, sus propios miedos le retorcieron el estómago, doblándola en dos. Se asomó a la ventana para que el aire refrescara su cara. Desde allí podía ver su aldea e incluso los restos de su hogar quemado.

Recordar a su abuelo y a Mauled le llenó los ojos de lágrimas. Necesitaba visitarlos aunque fuera un momento. Sin pensárselo, se cambió de ropa, poniéndose sus pantalones de cuero, las botas y la camisa que Sean había rescatado del incendio. Tras coger su bonito y maltrecho ramo de novia, lo escondió dentro de la capa de su abuelo y con sigilo salió del castillo por una arcada trasera.

Una vez que llegó al cementerio, un lugar sombrío, oscuro y triste, se sentó abatida entre las tumbas colocando en medio su ramo de novia.

—Hola, abuelo. Hola, Mauled —susurró triste—. ¿Por qué nunca nos dijisteis que habíais propuesto a Duncan y a Lolach que se casaran con nosotras? Ellos han vuelto y, como bien sabréis, se tomaron muy en serio su promesa. Nos hemos casado con ellos. Shelma, como era de esperar en ella, ante Dios y para toda la vida. Y yo, mediante la ceremonia del *Handfasting*. Lo peor de todo es tener que separarme de Shelma. ¿Qué voy a hacer sin ella? —susurró comenzando a llorar—. Por otro lado, tengo que intentar ser positiva por ella; es muy feliz, aunque compadezco a Lolach cuando compruebe lo mandona que suele ser... —Sonrió con melancolía mientras tocaba la fría arena del suelo—. Lolach parece un buen hombre. Espero que la cuide tanto como vosotros nos cuidasteis.

Los sollozos interrumpieron sus palabras. Echaba de menos el caluroso abrazo de su abuelo y la risa de Mauled.

—En cuanto a mí, pues no sé qué deciros. Sabéis que nunca quise desposarme, pero ahora estoy casada y pronto me despediré de todos, menos de Zac. La verdad, abuelo, tengo que agradecer a

Duncan que no le importe que Zac venga conmigo. No sé si hubiera podido resistir separarme también de él. ¡Maldito sea todo, abuelo! ¿Por qué nos ha tenido que ocurrir esto? —Sollozó hasta que de nuevo pudo hablar—. El Halcón, bueno, Duncan me dijo hoy cosas muy bonitas, pero es un guerrero y no sé qué espera de mí. Bueno, sí lo sé. Espera que le llene su hogar de hijos y eso me hace sentir como nuestra vieja vaca *Blondie*, aquella que nos daba unos terneros preciosos. —Sonrió al recordarla—. De pronto soy una mujer casada, con una persona que dudo que alguna vez me quiera. Además, cuando descubra mi carácter y cómo soy, no sé si me va a soportar. —Tras un suspiro susurró—: Lo dudo, por eso he preferido una boda a prueba. ¿Sabéis? Antes de la ceremonia me dijo que quizá podría ser yo la mujer que buscaba. ¡Está loco ese highlander! Se ha empeñado en protegerme, cuando bien sabéis vosotros que yo sola sé protegerme. —En ese momento sonó algo a su espalda, pero la oscuridad de la noche no la dejó ver—. Por cierto, Mauled, no te preocupes por *Klon*, estará bien cuidado y protegido por nosotros, y te juro que lucharé con Duncan para que permita que *Klon* viaje con nosotros a su nuevo hogar.

—Deseo concedido —susurró una voz ronca tras ella.

Megan, al escuchar aquello, se levantó rápidamente y, llevando la mano derecha a la cintura, empuñó su espada sorprendiendo a Duncan, quien, al haber visto una silueta escabullirse por la puerta trasera del castillo y reconocer las ropas, la había seguido creyendo que trataba de huir.

—Laird McRae, ¿me estáis espiando? —preguntó enfadada mientras se alejaba de las tumbas.

—Duncan —corrigió mirándola—. Megan, eres mi mujer, y me encantaría que me llamaras por mi nombre. ¿Podrías intentarlo, por favor?

—De acuerdo.

La luna iluminó su rostro, y Duncan admiró la belleza salvaje de su mujer.

—Tienes un feo golpe en la cabeza —dijo al ver la herida—. Debe de dolerte. ¿Por qué te has quitado el vendaje?

Megan, sin ser consciente de su belleza, encogió los hombros y respondió:

—No lo podía soportar más. Necesitaba que el aire me diera en la cabeza.

—Te entiendo. —Tras mirarla, añadió—: Y ahora, respondiendo a tu primera pregunta, te aclararé que no te espío. Te he visto salir y quería saber adónde iba mi mujer la noche de su boda vestida de hombre. ¿Qué haces con eso colgado a la cintura?

—Es mi espada —afirmó caminando junto a él.

—¡Tu espada! —exclamó boquiabierto—. ¿Conoces su manejo?

—Tanto Shelma como yo manejamos la espada —respondió sonriendo al ver su cara de incredulidad—. El abuelo y Mauled nos instruyeron en muchas artes, y ésta fue una de ellas.

—¿Me dejas verla? —dijo extendiendo la mano para tomar el acero que Megan le entregó—. Es más pequeña que la mía y más ligera. ¿Quién la hizo?

—Mauled —susurró mirando la espada con cariño—. Él hizo una para cada una. Incluso para Gillian. A Zac le quería hacer otra, pero ahora... —musitó bajito. Pero reponiéndose prosiguió—: Tanto él como el abuelo pensaron que nuestras espadas no podían ser tan grandes como las de los hombres. El peso nos vencería. Por ello nos hizo unas más pequeñas que las normales, que siempre nos han permitido defendernos perfectamente.

—Eres increíble —reconoció Duncan por las cosas que descubría de ella—. ¿Algo más que deba conocer de ti?

—Mucho —sonrió—. Como he dicho varias veces, con el tiempo descubrirás cosas que quizá no te gusten de mí.

—¿Por ejemplo? —preguntó, divertido.

Ella, tras mirarlo, sonrió y con gesto pícaro dijo:

—Aparte de que conozco el manejo de las espadas con una o dos manos, sé montar a caballo, tanto de lado como a horcajadas. Cazo con el carcaj. Conozco las propiedades de las hierbas. Sé rastrear. Escalo árboles con verdadera facilidad. Sé nadar, leer, escribir. Hablo inglés, gaélico y francés.

Sorprendido, rio al escucharla. Estaba preciosa con aquel

atuendo tan varonil mientras la brisa de las montañas movía su espectacular pelo azulado.

—¿Sabes? Me gusta descubrir que, si algún día mis hijos están en peligro, su madre será capaz de defenderlos. Valoro esas aptitudes en ti. Eres la primera mujer que conozco que es capaz de todas esas cosas, y estoy seguro de que más. Por eso, me he desposado contigo y sólo te exigiré que nunca me mientas, no lo puedo soportar. ¿De acuerdo, Megan?

Ella lo miró y con una sonrisa que lo desarmó asintió y respondió:

—De acuerdo, Duncan.

Atraído como un imán, tomó con sus grandes manos su cara para besarla. En un principio, el beso fue lento y pausado, pero, cuando la lengua de Megan chocó contra la de él, el ardor en sus cuerpos los hizo reaccionar llenándolos de pasión.

Sin poder resistirlo, Megan levantó las manos y enredó los dedos entre el largo y oscuro pelo de su marido, que al notar sus dulces caricias se dejó hacer. Nunca nadie lo había acariciado con tanta delicadeza y dulzura. Atrayéndola hacia él, quedó pegada a su cuerpo, un cuerpo caliente que lo hacía enloquecer. Sus besos, sus caricias le gustaban, quería más, necesitaba más. De pronto, sintió cómo la mano de él se metía bajo la fina y gastada camisa de lino que llevaba y su piel caliente estalló a su contacto. Aturdida por aquellas caricias, se avergonzó cuando un pequeño suspiro de placer escapó de su boca. Un suspiro que murió en los labios de él.

—No he podido olvidarte en todos estos días —le susurró al oído mientras ella se estremecía al notar su mano, callosa por las luchas, acariciar sus delicados senos—. Cuando recibimos la noticia de que habíais sido atacados, creí morir de angustia al pensar que algo podía haberte ocurrido.

Escucharle decir aquello y sentir sus dulces caricias era lo mejor que le había ocurrido nunca.

—Cuando llegué y vi que estabas bien —prosiguió él—, algo me dijo que no debía separarme más de ti. Tu bonita cara hace que me olvide de mi angustioso pasado y que me vuelva loco con sólo mirarte. Cuando te veo desearía estar todo el día en el lecho contigo.

—He oído que nunca has tenido problemas para encontrar una mujer que te caliente el lecho —indicó ella sin poder evitarlo mientras algo extraño llamado celos aparecía por primera vez en su vida.

—Has oído bien —asintió sorprendido mientras un fugaz recuerdo de Marian pasaba por su mente—. Nunca me ha faltado el calor de una mujer cuando lo he querido.

«Eres un presuntuoso», pensó Megan aunque continuó abrazada a él.

—No soy una mujer experimentada y quizá te decepcione —suspiró Megan intentando no perder el hilo de la conversación, al tiempo que la mano de él se introducía dentro de su pantalón.

—Tú nunca podrás decepcionarme —sonrió al ver el temor al fracaso en sus ojos—. Tu boca y tu forma de mirar me dicen lo contrario.

—Quería agradecerte que Zac y *Klon* viajen conmigo —murmuró con los labios muy pegados a los de él, percibiendo un salvaje estremecimiento.

—Tus deseos son órdenes para mí, cariño —suspiró metiendo más la mano, notando cómo los dedos se enredaban en aquellos rizos que nunca habían sido tocados por nadie excepto por él.

—No deberías tocarme así. No está bien —añadió Megan avergonzada, cuando su excitación creció por momentos y toda ella comenzó a arder de pasión.

—¿Por qué no tocarte? Eres mía —dijo él abriendo con los dedos los pliegues de sus partes íntimas, ahora humedecidas por la excitación—. Mis derechos maritales me permiten tocarte donde quiera y como quiera.

Incapaz de parar el volcán de emociones que bullía en ella, al escuchar aquello olvidó su decoro y sonrió.

—Entonces, yo también probaré mis derechos como esposa —respondió con descaro. Y, sin pensárselo dos veces, pasó la mano por encima del kilt, notando en su interior algo duro y tenso.

—¡Impaciente! —Sonrió encantado por la fiereza de su mujer—. Sabía que nunca me decepcionarías. —Cogiéndola posesivamente en brazos, la llevó hasta el cobijo de unos robles—. Quiero conocer esa parte salvaje tuya que tus ojos, tu boca y tu sonrisa me dicen que está en ti —susurró apoyándola contra uno de los grandes robles iluminados bajo la luna—. Necesito que confíes en mí y olvides tus miedos.

—Laird Me... Duncan —respondió mirándolo a los ojos—. Intentaré ser una buena esposa para ti, si tú me prometes que serás bueno conmigo y con Zac.

—Deseo concedido —susurró perdiéndose en sus ojos.

«¡Por san Fergus!», pensó Duncan al ver cómo ella lo besaba olvidando su vergüenza.

Ver que, desinhibida, se acoplaba contra su cuerpo, lo estaba llevando a la locura. Quitándose la capa y echándola sobre el mullido manto verde, la tumbó en el suelo para ponerse sobre ella sin dañarla.

—Eres preciosa.

—Y tú, Halcón, un adulador —sonrió al escucharlo mientras se movía inquieta.

Nunca había sentido el calor de un hombre sobre ella. Sin darle tiempo a pensar, él le quitó las botas y los pantalones de cuero marrones, dejándola desnuda de cintura para abajo. Avergonzada, trató de estirarse la camisa de lino blanca, pero Duncan la cogió de las manos excitado y, tras sujetárselas encima de su cabeza, la inmovilizó con una mano mientras con la otra acariciaba aquel cuerpo seductor.

—Creo... creo que no deberías seguir tocándome así.

—¿Estás segura? —preguntó mirándola con sus ardientes ojos verdes mientras sus caricias eran cada vez más posesivas.

—Sí y no —suspiró haciéndolo sonreír—. Sí, porque creo que es indecente que tú y yo estemos aquí, en el bosque, medio desnudos. Y no, porque me estás haciendo sentir cosas que nunca había sentido. —En ese momento notó cómo uno de los dedos de él le abría los pliegues de su sexo y con delicadeza lo introducía en su interior, lo que le hizo susurrar con dificultad—: ¡¿Duncan?!

—Esto no es nada comparado con lo que te haré disfrutar, cariño —indicó al notar cómo ella se estremecía y aquella parte íntima se humedecía y contraía.

—¡Dios mío, no pares! —susurró abriendo los ojos mientras le cogía del pelo y acercaba la boca a la de él, haciéndole soltar un gruñido de satisfacción.

—¡Psss...! Tenemos todo el tiempo del mundo. No seas impaciente. Todo llegará —le susurró al oído con una sonrisa lobuna al sentir cómo ella respiraba agitada.

Comenzó de nuevo a besarla con pasión, esta vez en el cuello, mientras ella se estiraba y estremecía con cada nueva exigencia. Pero cuando su caliente boca alcanzó uno de sus rosados pezones y lo succionó con avidez, ella no pudo ahogar otro chillido de placer. Las manos de él parecían estar por todas partes, por todos lados. Abandonada a sus caricias, nada le importó. Sólo quería disfrutar de lo que él le ofrecía hasta que éste posó la boca encima de su sexo.

—¡Duncan! —gritó horrorizada y jadeante, sin fuerzas para apartarlo—. ¿Qué haces ahí? ¡Maldita sea, no creo que eso esté bien! No, por favor, no sigas haciéndome eso —susurró mientras él jugaba con aquel botón que de pronto parecía florecer entre sus piernas.

Ya no pudo protestar más. Le gustaba cómo la lamía, cómo la chupaba, cómo la saboreaba. Y disfrutando aun sintiéndose como un animal, se dejó llevar por la pasión abriéndose totalmente para él.

Tan abstraída estaba con aquellas caricias, que se sobresaltó al oír un chillido. ¡Su chillido! Y, llevándose las manos a la boca, se la tapó avergonzada mientras sus caderas se movían.

—Cariño —susurró Duncan, enloquecido de deseo—. Esto no acaba aquí. ¿Quieres que continúe o prefieres que subamos a la intimidad de nuestra habitación?

—Sigue..., sigue —imploró haciendo que Duncan comenzara a perder la cordura—. No pares.

—De acuerdo, pequeña fiera —sonrió al ver el deseo que ella demostraba. Quitándose el cinturón que sujetaba su kilt, dejó al descubierto aquello tan masculino, oscuro y sedoso—. ¡Ven, quiero que me toques y no tengas miedo! —Con sumo cuidado llevó la mano de Megan hasta él. Ella lo tocó con suavidad, intuyendo que aquello le daría muchísimo placer—. Cariño, escúchame —dijo atrayendo su mirada—. Te haré un poco de daño al principio, pero es inevitable. Si ves que te daño en exceso, dímelo y pararé. ¿De acuerdo?

Con ojos asustados, Megan asintió. Él se colocó entre sus temblorosas piernas, y tras humedecerla con su saliva y separarle de nuevo las piernas, se acomodó entre sus agitados muslos. Megan sintió que algo suave y caliente entraba dentro de ella poco a poco haciéndola vibrar.

Duncan, controlando los movimientos, comenzó a penetrarla con cuidado hasta que llegó a un punto en el que el cuerpo de ella parecía no ceder. Enloquecido de deseo, comenzó a besarla y a acariciarla, mientras notaba cómo la humedad volvía nuevamente a ella. Y cuando estuvo preparada y él no pudo más, un empujón profundo y seco hizo que la mujer chillara. Un chillido que quedó sofocado contra la boca carnosa y sensual de él. Poco después, al notar cómo Megan jadeaba de dolor, con sumo cuidado separó la boca de la de ella. Al ver unas lágrimas rodar por su mejilla, murmuró con dulzura y sin moverse:

—Lo siento, cariño. He intentado hacerlo con cuidado, pero era inevitable.

El cuerpo de Megan se acoplaba a la anchura de aquel poderoso y endurecido músculo, mientras el fuego de la pasión ardía en el interior de él.

—Lo sé. Lo sé —asintió entre lágrimas, notando que el dolor iba remitiendo y su cuerpo le pedía movimiento.

—Psss..., Impaciente —sonrió jadeante al sentir cómo ella comenzaba a mover las caderas—. Tranquila, da tiempo, tranquila.

—No puedo —suspiró enloqueciéndolo—. Muévete, por favor, Duncan.

—Intentaré hacerlo con cuidado.

Apretando los dientes, comenzó a bombear el cuerpo contra el de ella. Al principio, despacio. Pero, a medida que el placer les llegaba, sus embestidas se hicieron más fuertes, más enloquecedoras, hasta que un calor intenso explotó entre ellos y Duncan se derrumbó sobre ella soltando un gruñido.

Acabada aquella nueva experiencia, se quedó tumbada aguantando el peso del cuerpo medio inerte de aquel gran guerrero encima. Instantes después, éste rodó hacia un lado con la intención de no aplastarla y pasó una mano bajo el cuerpo de su mujer. Era la primera vez que un hombre le había hecho el amor y la acunaba de aquella manera entre sus brazos. Le gustó la experiencia de poder cerrar los ojos y relajarse, una experiencia que llevaba sin disfrutar muchos años.

—Sabía que serías deliciosa —susurró Duncan cogiéndole el rostro con languidez para besarla, mientras ella lo miraba con una extraña sonrisa.

—Me gusta tu sonrisa —señaló ella mirándolo—. ¿Por qué siempre estás serio?

—Porque soy el temible Halcón —respondió haciéndola sonreír—. Pero tú me haces sonreír.

Con más pereza que otra cosa, se levantaron de aquel improvisado lecho. Megan, al incorporarse, se asustó un poco al ver sus muslos manchados de sangre, pero luego recordó que Felda había dicho que la primera vez las mujeres sangran. Duncan se acercó con caballerosidad hasta un riachuelo, mojó parte de un pañuelo y con delicadeza le limpió los muslos excitándola, aunque ella no lo manifestó.

Tras vestirse, la cogió con posesión entre sus brazos y, arropándola con su propia capa, entraron por la arcada trasera que antes Megan había utilizado para salir. Con sigilo, llegaron hasta su habitación, donde Duncan la depositó con delicadeza encima del cobertor. Abrazados y agotados por todo lo ocurrido en los últimos días, se durmieron.

10

A la mañana siguiente, cuando Megan despertó y miró a su alrededor, se incorporó de la cama como un rayo. ¿Había soñado o era verdad? Confundida por lo ocurrido, apartó el cobertor y las finas sábanas de hilo, y casi chilló al ver su cuerpo desnudo. Incluso dio un salto al ver las blancas sábanas manchadas de sangre. Entonces era cierto. Se había desposado con Duncan y lo ocurrido no era un sueño.

Al borde de la desesperación y arrepentida por lo sucedido la noche anterior, pensó cómo podía haberse comportado como una ramera. Pero una sonrisa lasciva se le escapó al recordar a Duncan lamiéndole el cuerpo, aunque se horrorizó al acordarse de cómo él había metido la cabeza entre sus piernas y ella encima lo había animado.

¿Se notaría a ojos de los demás lo ocurrido la noche anterior?

En ese momento, se abrió la puerta y Megan se arropó con el cobertor hasta las orejas. Era Hilda, quien, tras mirarla con una pícara sonrisa, ordenó a dos jóvenes que dejaran una preciosa bañera de cobre y la llenaran con cubos de agua caliente. Hilda puso encima de un baúl una bandeja de madera con cerveza, finas lonchas de ciervo y pan crujiente. En cuanto cerró la puerta, Megan se dispuso a coger un trozo de carne cuando nuevamente la arcada se abrió y entró Duncan, que al ver un rápido movimiento en la cama se acercó presuroso a ella.

—Buenos días, Impaciente. Ordené subir la bañera y algo de comida. Pensé que te apetecería un baño —bromeó sentándose junto a ella, mientras la observaba tapada. Aquella mujercita nada tenía que ver con Marian.

—Quizá más tarde —respondió, avergonzada y desnuda bajo las sábanas.

Divertido y sin apartarse de su lado, miró el bulto tapado bajo el cobertor y preguntó:

—¿Qué tal tu cabeza? ¿Te duele?

—No.

—Si sigues así de tapada, te vas a asfixiar —murmuró Duncan intentando no sonreír por lo cómico de la situación.

—Estoy un poco confundida —dijo ella al fin bajando el cobertor hasta el cuello—. Me he despertado y al pensar en lo que ocurrió ayer en el bosque, y ver la sangre...

Al escucharla, Duncan sonrió. La inocencia de su mujer era algo a lo que se tenía que acostumbrar, junto a otras cosas.

—Cogí unas hojas del bosque manchadas con tu sangre y esta mañana, cuando me levanté, las restregué en la sábana. No quería que nadie pudiera dudar de tu virginidad cuando los criados retirasen las sábanas —respondió sorprendiéndola—. Sobre lo que ocurrió ayer en el bosque, debería haber ocurrido aquí, en la intimidad de nuestra habitación —afirmó tocándole la cara—, pero estabas tan preciosa que me fue imposible parar. Por eso quiero pedirte disculpas.

Sentir el calor de sus palabras y su ardiente mirada hizo a Megan sonreír.

—¿Por qué pides disculpas? Fue algo que los dos deseábamos. Además —dijo clavándole sus ojos negros—, tengo que reconocer que a mí me gustó.

—¡¿Te gustó?! —sonrió por aquel arranque de sinceridad.

—Aunque no es un tema para que una mujer lo hable —susurró notando que el calor le inundaba la cara—, espero que a ti también te gustara.

—Fue maravilloso, como tú —respondió echándose encima de ella y, sin previo aviso, comenzó a hacerle cosquillas. Zac tenía razón. Megan se carcajeaba mientras pataleaba descontrolada—. ¡Mmm..., me encanta que tengas cosquillas!

—¡Para! Por favor, Duncan, ¡no puedo más! —chilló al notar los dedos de él cosquilleándole el cuello y bajo los brazos.

—Vale…, vale. Pararé porque los criados pensarán que te estoy haciendo algo peor —rio divertido sintiendo una alegría y una jovialidad olvidadas durante años.

Se levantó mientras la miraba muerto de risa por sus grandes carcajadas, se dirigió hacia la bañera y, agachándose, cogió agua con las manos para echársela en la cara. Megan, sin ningún pudor, se levantó de un salto, dio un empujón a Duncan y éste cayó vestido dentro de la bañera derramando parte del agua sobre el suelo.

Al darse cuenta de lo que había hecho, se tapó la boca con ambas manos sin saber si reír o huir. Al ver que Duncan, chorreando, salía de la bañera con ojos de venganza y una maravillosa sonrisa, echó a correr hacia el otro lado de la habitación, soltando grandes carcajadas mientras cogía un cobertor para taparse.

—Ven aquí, Impaciente —susurró él cogiéndola en brazos envuelta en el cobertor.

—¡Duncan! ¡No! —gritó ella al verle las intenciones—. ¡Ni se te ocurra tirarme! Piensa en los puntos de mi cabeza. Oh… ¡Por todos los dioses! ¿Has visto el agua que corre por el suelo? ¿Qué pensará todo el mundo?

—Pensarán que nos hemos intentado ahogar.

Tras decir aquello, la soltó dentro de la bañera, donde el agua de nuevo rebosó cayendo estrepitosamente sobre el suelo. De un tirón, sacó el empapado cobertor dejándola desnuda dentro de la bañera casi vacía. Duncan, disfrutando como un niño y escuchando las risas de su alocada mujer, se metió vestido y empapado tras ella, sentándola entre sus piernas mientras decía:

—Bien, cariño. Siempre recordaremos nuestro primer baño juntos.

—Sí, sí que lo recordaremos —asintió besándolo mientras él se dejaba llevar por la pasión.

Aquella mañana, Shelma, que había pasado una preciosa y apasionada noche de bodas con Lolach, al salir y cerrar la arcada de su habitación se sorprendió al ver salir agua bajo la puerta de Megan.

—¿Eso es agua? —preguntó mirando a su marido—. Pero ¿qué está pasando ahí dentro?

—Agua perfumada —sonrió Lolach al escuchar las risas de su amigo y su mujer.

Sin saber qué pensar, Shelma lo miró y con el ceño fruncido preguntó:

—¿Estarán bien?

—Oh, sí..., tesoro. Ellos están muy bien. —Cogiéndola de la mano la apremió—: Vayamos al salón a recobrar fuerzas para continuar nuestras cosas donde las habíamos dejado.

Y así, tras comer como lobos, Shelma y Lolach volvieron a su habitación, de la que, al igual que Duncan y Megan, no salieron hasta el día siguiente.

Tras una noche en la que Duncan saboreó la dulzura de su mujer, al amanecer le dio un mimoso beso en la mejilla, se levantó de la cama, se vistió y bajó al salón, donde Magnus, Axel, Niall y sus hombres lo recibieron entre gritos jubilosos.

Megan despertó entrada la mañana. Al comprobar que Hilda no llevaba la bañera y que Duncan no aparecía, se levantó de la cama, se puso un vestido de Gillian y se reunió con las mujeres en el cuarto de costura de Alana, donde compartieron secretos de alcoba entre risas y voces bajas.

De pronto, unas voces de alarma hicieron que las cuatro mujeres se asomaran a la ventana. Allí, un guerrero le entregaba unos papeles a Axel y a Duncan. Tras dar lectura a la misiva, Duncan maldijo en voz alta, asustando a todas las mujeres menos a Megan, quien levantó una ceja al escucharle. No debían de ser buenas noticias.

En ese momento, apareció Zac jugando con unos niños. Todos llevaban espadas de madera hechas por Mauled. Al ver al niño, Duncan olvidó su mal humor y se acercó a él.

—¿Estás jugando con los amigos?

—Sí. Somos guerreros —asintió el niño.

Con una media sonrisa, Duncan le descolocó el pelo y el pequeño se revolvió.

—No te alejes, ¿vale?

El niño sonrió y salió corriendo detrás de sus amigos. Al volverse, Duncan se encontró con la mirada de las mujeres, aunque la única que él capturó fue la de su mujer. Ambos se observaron. Él le dedicó una sonrisa que hizo saltar el corazón de Megan. Después, volvió la cabeza y continuó hablando con los hombres.

—Creo que serás muy feliz con él —le murmuró Alana al oído.

—Tengo sed —susurró Megan—. Bajaré a por un poco de agua.

Sin mirar atrás, Megan salió de la habitación. ¿Qué le pasaba? ¿Por qué su corazón y todo su cuerpo reaccionaban así cuando veía a Duncan?

Pensativa, comenzó a bajar los escalones. Iba tan abstraída en sus pensamientos que dio un respingo cuando su cuerpo chocó contra alguien. Era Sean, quien sin ninguna delicadeza la asió del brazo y la empujó contra un rincón.

—¡Suéltame, loco! —bufó Megan—. ¿Cómo te atreves a tratarme así?

—¿Y tú? ¡¿Cómo te atreves a desposarte con ése?! —exclamó, rojo de ira—. Cuando te pedí cientos de veces que fueras mi esposa.

—Sean. ¡Maldita sea! —Intentó no gritar—. Nunca he querido ser tu mujer.

—¡Malditos seáis los dos! —gruñó dándole una bofetada que la dejó por completo desconcertada—. ¿Qué buscas? ¡¿Dinero?! ¿O ser la señora de un gran castillo?

—Como vuelvas a tocarme —lo amenazó notando el calor que había dejado aquella mano en su cara—, te juro que lo vas a lamentar.

—Todos tenían razón —prosiguió el muchacho—. Eres una maldita *sassenach* ambiciosa. ¡Qué pena! Si tu abuelo levantara la cabeza y viera que te has convertido en la ramera de ese Halcón... ¿Crees que ese highlander estará mucho contigo? Te utilizará y, cuando se canse, seguirá revolcándose con las mujeres que siempre tiene a su alrededor.

—¡Cállate y aléjate de mí! —gritó Megan empujándolo con todas sus fuerzas justo en el momento en que Duncan aparecía por la escalera y los miraba con cara de pocos amigos.

¿Qué hacía su mujer con aquel muchacho? ¿Y por qué ambos parecían acalorados?

—¡¿Qué ocurre aquí?! —bramó Duncan.

—Oh..., no te preocupes —disimuló Megan—. He estado a punto de caer y, gracias a su rapidez, Sean ha logrado que...

—¿Es eso cierto? —preguntó Duncan mirando al joven.

—Sí, laird McRae —respondió bajando la cabeza. No quería mirarlo para que no viera la rabia que salía de sus ojos.

—Te puedes ir —le indicó Duncan al muchacho con frialdad, y éste se alejó rápidamente. Mirando a su mujer, preguntó—: ¿Qué hacías aquí sola con él?

—Te lo acabo de contar —contestó incómoda por verse obligada a mentirle.

—No te creo —dijo acercándose a ella—. ¿Me estás mintiendo? Te advierto que odio que...

—¿Me estás amenazando? —preguntó ella, de nuevo contra la pared, con la diferencia de que ahora era Duncan quien la inmovilizaba con el cuerpo—. Te advierto que odio que me amenacen.

—No te amenazo —susurró acercando los labios—, intento aclarar una situación extraña. No quiero que vuelvas a estar a solas con él. Me ha parecido que estaba enfadado. ¿Por qué?

—Que no..., que no —susurró ella. Y para desviar el tema besó a su marido en los labios.

En ese momento, apareció Axel, que, al verlos contra la pared, tosió para hacer notar su llegada. Duncan dejó paso sin muchas ganas y ella se escabulló con rapidez escaleras abajo.

—¿Quién es Sean? —preguntó Duncan, molesto por no haber aclarado aquel malentendido con su escurridiza mujer.

—Es uno de los mozos del castillo —respondió Axel sonriendo al ver lo posesivo que era su amigo con su mujer—. Tranquilo, Duncan. No creo que Megan le otorgue sus favores a ese muchacho teniéndote a ti.

—¡Vete al cuerno! —rio Duncan dándole un puñetazo mientras ambos subían hacia las almenas. Tenían que hablar.

Acabada la comida, todos pasaron al salón privado de Axel. Tenían algo que comunicar a las mujeres.

—¿Qué ocurre? —preguntó Gillian, que observaba malhumorada cómo Niall tonteaba con una de las criadas delante de ella, lo que le hizo sentir deseos de coger un tronco del hogar y lanzárselo a la cabeza.

—Tenemos que partir a Stirling. Robert de Bruce nos ha convocado para una reunión urgente —comunicó Axel dejándolas con la boca abierta.

Las mujeres se miraron entre ellas, especialmente Megan y Shelma.

—Pero yo pensaba que nos ayudaríais a buscar a las personas que... —comenzó a decir Megan mirando a su marido, que la observaba apoyado en el hogar.

—Eso lo solucionaremos a nuestro regreso —respondió Axel—. Lo que me preocupa ahora es dejaros solas.

—No se quedarán solas —protestó Niall retándolo con la mirada—. Hemos decidido que yo permaneceré aquí, con ellas. Vosotros tres sois los lairds de vuestras tierras y Robert os reclama a vosotros. Creo que esta vez mi presencia puede ser prescindible.

—¡Santo cielo! —susurró Alana al escuchar aquello mientras veía cómo Gillian sonreía encantada.

—No termina de convencerme que te quedes tú con ellas —bufó Axel al intuir problemas a su vuelta—, pero no nos queda más remedio. Robert nos necesita.

—¡Y yo necesito encontrar a los asesinos de mi abuelo y de Mauled! —gritó Megan, inquieta por la pasividad de Duncan—. Pero, como he dicho otras veces, ya me ocuparé yo de encontrarlos.

—¡Ya basta! —rugió Duncan—. No te moverás de aquí hasta que yo vuelva. ¡Te lo ordeno!

—¡¿Qué has dicho?! —preguntó Megan levantando una ceja.

Al escucharla, Shelma tuvo que desviar la vista para no reírse y disimular ante la mirada de Lolach.

—Megan —comenzó a decir Axel—, escucha porque creo que...

—¡Axel! —vociferó Duncan, interrumpiéndolo mientras se acercaba a su esposa—. Si no te importa, seré yo quien le diga a mi mujer lo que tengo que decirle. —Plantándose ante ella habló clavando su dura mirada—. Te ordeno que no hagas nada de lo que luego te puedas arrepentir.

Sin apartarse de él, ella sonrió y ante el desconcierto de todos, incluido su marido, respondió:

—No me mires con tu mirada de Halcón porque no me das miedo.

Axel, incrédulo ante lo que había escuchado, miró a Niall, que sonrió, y a su mujer Alana, quien con gesto reprochador observaba la situación.

—Repito —alzó la voz Duncan al ver el poco respeto que le tenía su mujer—. No hagas nada de lo que te puedas arrepentir.

—Mi señor —asintió ella cómicamente haciéndole una reverencia que dejó sin palabras a Duncan y escandalizó aún más a Alana—. Marchad tranquilo. No haré nada que os pueda intranquilizar. Os prometo que obraré como realmente deba hacer. No os preocupéis.

Aquella actitud no agradó a Duncan, pero calló.

—¿Cuánto tiempo creéis que os tomará este viaje? —preguntó Shelma, angustiada al ver el enfado de su cuñado y la mofa en las palabras de su hermana. La conocía y sabía que la orden de Duncan nunca sería cumplida.

—No lo sabemos, pero volveremos cuanto antes —respondió Lolach, y tomándola de las manos dijo—: Te prometo que, cuando regresemos, lo primero que haremos será buscar a los responsables de lo ocurrido aquí hace unos días. —Mirándola a los ojos le indicó—: Espero que a mi regreso todo siga como a mi marcha.

Ambas hermanas se miraron por el rabillo del ojo y Gillian sonrió.

—Seguro que sí —asintió Shelma—. ¿Acaso lo dudas?

En ese momento, alguien llamó a la puerta. Era Myles, que les informó de que los hombres y sus caballos ya estaban preparados para partir. Axel tomó a Alana y a Gillian del brazo y abandonaron la cámara. Niall se marchó con Myles, mientras que Lolach y Shelma los seguían a una distancia prudencial.

—Mi hermano velará por tu seguridad y por la del resto —susurró Duncan intentando ser más suave. Odiaba marcharse en ese momento, pero no podía hacer otra cosa—. Espero que sepas comportarte como creo que sabes.

—No lo dudes —respondió ella con una sonrisa que lo desconcertó aún más.

—Megan, no quiero que te ocurra nada —dijo tomándola de la mano al tiempo que intentaba besarla—. Te prometo que, en cuanto regrese, buscaré a esas personas, pero ahora tengo que partir. Robert nos espera y no puedo decepcionarlo.

—Que tengas buen viaje, Duncan —le deseó tiesa como una tabla, sin querer besarlo.

—¡Muy bien! —rugió él como un animal al ver la pasividad de ella.

Deseaba besarla, pero no iba a rogar. Salió por la arcada sin mirar atrás, dejándola al borde de las lágrimas. Pero ella se controló hasta que dejó de oír sus pasos.

Los guerreros, inquietos y felices por partir, esperaban en el patio de armas a que los tres lairds montaran en sus sementales. Partieron sin mirar atrás y, tras subir la colina, desaparecieron de su vista.

—Espero que os portéis bien y no me deis demasiado trabajo —señaló Niall mirando a las mujeres y a Magnus, que había preferido no estar presente cuando les comunicaran a las muchachas la buena nueva.

—Yo te ayudaré a cuidarlas —se ofreció Zac tomándolo de la mano.

—Tú, tranquilo —murmuró Alana al ver cómo Gillian lo miraba—. Creo que estarás demasiado atareado como para ocuparte de todas nosotras.

11

Aquella noche, tras la cena en el salón del castillo, Megan y Shelma decidieron acercarse hasta lo que había sido su hogar. Al llegar a lo alto de la colina, sus miradas se fijaron en los restos calcinados de su cabaña. Con una calma extraña, ambas bajaron la colina pensando en la cantidad de veces que habían hecho aquel mismo camino, sabiendo que Mauled y el abuelo Angus saldrían a su encuentro y las saludarían con sonrisas.

—Qué tristeza, ¿verdad? —susurró Shelma mirando a su alrededor.

—Sí —asintió Megan con un nudo en la garganta—. Daría mi vida por que el abuelo y Mauled estuvieran vivos.

—Habrían disfrutado mucho en nuestra boda. Además, conociendo al abuelo y a Mauled, creo que Lolach y Duncan les gustaban, ¿verdad?

Megan miró a su hermana y asintió. Su abuelo y Mauled habrían estado encantados.

—Sí —respondió comenzando a reír—. Y creo que estarán disfrutando como locos al haber oído a Duncan decir las palabras mágicas.

—Megan —indicó Shelma intentando no reír—, amo a Lolach y creo que él me ama a mí. Pero iré contigo vayas a donde vayas. ¿Has entendido?

Megan la miró con cariño.

—Shelma, tu relación con Lolach es muy buena; creo que no deberías hacerlo enfadar.

—¿Y tú? ¿Acaso crees que Duncan no se enfadará contigo cuando sepa que le has desobedecido? —Soltando una carcajada prosiguió—: He visto tu cara cuando él ha pronunciado las palabras mágicas: «te ordeno». No intentes disimular. Sé que estás tramando algo, soy tu hermana y te conozco mejor que nadie en este mundo. Cuando subes la ceja y tuerces el cuello, es para echarse a temblar.

—Ufff... —rio ella mientras gesticulaba con las manos—. Te juro que, cuando le he oído, he pensado en el abuelo y Mauled. Esos dos viejos escoceses no les advirtieron sobre esas dichosas palabras.

—¡Pobres! —se lamentó Shelma llegando hasta los restos de la cabaña—. Y pobres de nosotras cuando vuelvan y vean que no estamos.

Desde las almenas, Niall, con los ojos bien abiertos, vigilaba los movimientos de aquellas dos. En un principio, cuando las vio salir del castillo, pensó en impedirlo. Pero, al verlas bajar la colina, entendió adónde iban. Decidió darles un tiempo de intimidad. Si transcurrido ese tiempo no volvían a aparecer, iría a por ellas. Pero, tal y como pensó, en un rato las vio volver al castillo.

—Vaya, veo que te diviertes —dijo una voz que lo sobresaltó.

—No tanto como a mí me gustaría, pequeña gata —respondió al mirar y ver a Gillian.

Ella sonrió al escuchar aquel apodo que desde pequeña siempre había utilizado para dirigirse a ella.

—¿Te ha molestado mucho no haber ido con ellos? —preguntó acercándose a él.

—No, aunque tampoco me habría importado acompañarlos —respondió tragando saliva al verla cada vez más cerca.

Delicadamente, ella se puso junto a él en la almena. Gillian era la más baja de todas las mujeres. Apenas superaba el metro y medio de altura, y en compañía de Niall se acentuaba más su problema de talla.

—Qué bajita soy, ¿verdad? —dijo mirándolo de frente.

—Sí, no eres muy alta —asintió Niall notando cómo se le secaba la boca. ¿Qué le pasaba? ¿Por qué le temblaban las rodillas?

—Fíjate —señaló Gillian acercándose más—. Te llego por

aquí —indicó con picardía levantando la mano y posándola sobre los hombros de él.

—Me parece bien.

Niall no sabía qué decir al notarla tan cerca. Disimulando su desconcierto, comenzó a mirar al horizonte. Y estuvo a punto de saltar al sentir cómo ella posaba su delicada mano de seda sobre su cuerpo.

—Niall. ¿Quieres hacer el favor de mirarme, por favor? —susurró hechizada por la altura del hombre y por su olor masculino.

—¿Qué quieres, gata? —murmuró él respirando con dificultad.

—Pedirte algo que siempre he deseado.

—Tú dirás —asintió temblando sin poder negarle nada a aquella encantadora mujer.

—Deseo un beso tuyo —osó decir casi atragantándose mientras notaba cómo toda ella temblaba de emoción, miedo y excitación.

—Gillian —suspiró Niall cerrando los ojos—, ¿por qué?

—Porque necesito saber qué se siente cuando se besa a la persona que más se desea en el mundo —respondió clavando los ojos en los de él—. Sé que tú y yo nunca podremos estar juntos. Y me imagino que Axel encontrará algún día un marido para mí, al que tendré que besar. Pero tu beso será el beso que quiero recordar toda la vida.

Al escuchar aquello, Niall perdió toda la voluntad que hasta el momento lo había mantenido alejado de la chica. Imaginarse a Gillian casándose con otro le rompió el corazón, por lo que la tomó entre sus brazos y la besó, sorprendiéndose al notar el cosquilleo que sentía en su espalda cuando ella le echó sus manos de seda al cuello.

En un principio, era Gillian quien lo acorralaba, pero pasados unos instantes fue Niall quien la sujetó con pasión. Ella, en vez de asustarse, dejó escapar un gemido de placer que enloqueció aún más al muchacho. Perdiendo todo control de sí mismo, Niall comenzó a tocarle la espalda y su redondo trasero mientras la apretaba con fuerza contra él.

Aquel beso duró más de lo que debía durar, y cuando terminó los dejó a ambos atontados y faltos de respiración. Niall, al comprender lo que había pasado, maldijo en voz alta. Gillian creyó que había hecho algo mal y, dándose la vuelta, se encaminó hacia la escalera, pero él la detuvo.

—¿Por qué te enfadas, gata?

—Lo siento, no quería hacerlo tan mal. —Y roja de vergüenza le gritó—: ¡No me vuelvas a llamar nunca más así!

Divertido por aquel arranque de furia que la hacía estar más bella, murmuró:

—¿Quién ha dicho que lo has hecho mal? —Sonrió al ver la pasión en sus ojos.

—Has dicho «maldito beso» —gritó encolerizada—. Lo siento si te he decepcionado.

—Gata, no me has decepcionado —murmuró al escucharla—. ¿Acaso no entiendes que llevo tiempo intentando evitar esto?

Al escuchar aquellas palabras Gillian lo miró y sintió que las rodillas le temblaban aún más.

—¡¿Cómo?!

—Todavía no sabes lo que siento por ti —suspiró tomándola de la mano para atraerla hacia él.

—¿Te gusto?

—¡Me encantas! —respondió dejándola sin fuerzas—. Pero nuestra relación es algo imposible, ¿no lo ves?

¡La amaba! Él lo había dicho.

—No, no lo veo. Si sientes algo por mí, podemos hablar con Axel y solucionar esto de una vez por todas. Soy una mujer, Niall. Ya no soy una niña. He crecido, y Axel tiene que entenderlo.

Deseoso de volver a besar aquellos labios, Niall suspiró. Intentó dar un paso hacia atrás pero ella no le dejó.

—Gillian. No creo que sea sólo cosa de Axel, también es cosa mía.

—¿Cosa tuya?

—Sí, cosa mía —asintió sabiendo que lo que iba a decir no le iba a gustar—. No quiero comprometerme con nadie. Soy un guerrero que no quiere tener cargas; eso me impediría centrarme en mis propios asuntos. ¿No ves a Axel, a Duncan o a Lolach desde que se han casado? Andan como locos de acá para allá intentando hacer bien su trabajo con Robert, mientras se esfuerzan en que sus mujeres estén bien. No quiero ese tipo de responsabilidad. Estar solo me da la libertad para vivir donde quiero, con quien quiero y como quiero.

—¡Entiendo! —siseó ella dándole un empujón para separarse de él—. Te refieres a que quieres seguir viviendo sin compromisos y sin ataduras, con una mujer distinta en tu lecho cada noche y sin preocuparte por nadie más. ¡Está bien, Niall McRae! —gritó enfurecida—. No te preocupes. No seré yo la mujer que interfiera en tu maravillosa vida de guerrero. Gracias por tu beso. Sólo espero que la próxima vez que bese a alguien lo haga de tal manera que ese alguien sólo me quiera en su lecho a mí. Adiós.

Contrariada por lo ocurrido, Gillian se dio la vuelta y se marchó. Amaba a Niall, pero no pensaba arrastrarse de nuevo ante él para conseguir su amor. Aquel tosco highlander pagaría por sus palabras.

A Niall no le gustó escuchar y ver la decepción en los ojos de Gillian cuando se marchó, y una rabia contenida se apoderó de él al ver que ni él mismo se entendía. ¿Qué quería de la vida? Sabía que no tendría que haber vuelto al castillo pero, tras conocer el ataque, necesitó saber que su «gata» estaba bien. Gillian lo atraía poderosamente, sus carnosos labios, su sonrisa de picaruela, su pequeño pero moldeado cuerpo, todo en ella era excitante. Pero estaba convencido de que aquello nunca podría ser. Había estado convencido durante mucho tiempo. Pero, ahora, tras haberla besado... ¿lo estaba?

Después de seis días solo con las mujeres y Magnus, Niall fue consciente de que ninguna de las cuatro iba a ponérselo fácil, y Magnus siempre estaría de parte de ellas. Después de aquella noche, Gillian no volvió a dirigirle la palabra, ni para bien, ni para mal. Simplemente lo ignoraba, algo que lo enfurecía. Pasaba junto a él y, fuera con quien fuese, la sonrisa en su boca parecía instalada para cualquiera excepto para él. Alana, quien se había percatado de todo, habló con Gillian. Al sonsacarle lo ocurrido, la consoló como pudo. Pero, a partir de ese momento, la seriedad con que trató a Niall dejó a éste confundido, sin saber si debía hablar con ella o no.

Una tarde, Megan y Shelma se preocuparon porque llevaban tiempo sin ver a Zac y se encaminaron hacia la aldea.

—¿Adónde vais? —preguntó Niall, que junto con Caleb y otros hombres volvían a construir una nueva herrería.

—Vamos a buscar a Zac —respondió Megan—. Se hace tarde.

—No tardéis —pidió Niall al entender su preocupación.

Con tranquilidad Megan y Shelma continuaron su camino hasta que, al llegar a un claro del bosque, vieron cómo un extraño le entregaba algo a Zac, que en ese momento pataleaba. Horrorizadas por lo que veían, echaron a correr en su dirección. El hombre, al verlas, montó en su caballo y se marchó dejando al niño, que comenzó a correr hacia sus hermanas como un loco.

—¡Zac! —gritó Megan con el corazón en un puño—. ¿Quién era ese hombre?

El niño llegó hasta ellas con cara de susto.

—¿Estás bien, cariño? —preguntó Shelma agachándose para abrazar a su hermano.

—No lo sé —sollozó angustiado—. Me ha dado esto y me ha dicho que os lo diera a vosotras.

Al oír aquello, Shelma y Megan se miraron sabiendo de quién era aquella misiva. Sólo los ingleses tenían claro que ellas sabían leer.

—Escucha, Zac —susurró Megan agachándose, momento en que Caleb apareció—. Deja de llorar y no le digas a nadie lo que ha pasado. ¿De acuerdo?

El niño, limpiándose las lágrimas, asintió y al llegar a la altura de Caleb sonrió.

—Ya iba yo a buscaros. Al decirme Niall que no encontrabais a este pequeño sinvergüenza, ya pensé en lo peor.

—Estaba jugando con los demás muchachos —sonrió Megan empujando al niño para que caminara.

Caleb, al verlos tan callados, los miró extrañado.

—¿Estáis bien, milady? —preguntó a Shelma, que parecía haber perdido el color de la cara, mientras Megan guardaba algo en su cintura.

—Oh..., sí. —Se forzó a sonreír—. Este camino a veces me deja sin aire.

Cuando las chicas y Zac entraron en el castillo, Caleb volvió a unirse al resto de los hombres.

Aquella noche, sin apetito, las hermanas subieron a sus habitaciones, reuniéndose en la de Megan.

—¿Estás preparada? —susurró Megan mirando a su hermana mientras abría la misiva. Shelma asintió y Megan comenzó a leer:

Tenéis un día para entregaros. Si no, envenenaremos el agua y comenzaremos a matar a todo aquel que caiga en nuestras manos. Firmado sir Aston Nierter y sir Marcus Nomberg.

—¡Oh, Dios mío! —sollozó Shelma, a quien le corrían grandes lagrimones por la cara—. No podemos permitir que hagan algo así.

—Por supuesto que no —dijo Megan limpiando las lágrimas de su hermana—, y por eso tenemos que hacer algo ¡ya!

En ese momento, se abrió la puerta. Eran Gillian y Alana, que habían intuido durante la cena que algo ocurría.

—¿Qué es eso? —preguntó Gillian al ver una nota en las manos de Megan.

—¿Qué ocurre? —susurró Alana cerrando la arcada.

—Tenemos un gran problema —anunció Megan leyendo de nuevo la nota.

—¡Malditos ingleses! —bufó Alana, arrancándosela a Megan de las manos—. Advertiremos ahora mismo a todo el mundo para que nadie tome agua que no sea de la que tenemos en el castillo. Debemos informar a Niall y a Magnus sobre esto.

Megan y Shelma se miraron. No sabían mucho de guerra, pero sí sabían que aquello no era una solución.

—¡Dios santo! —susurró Gillian—. Ésos son los dos prometidos que vuestros tíos os buscaron, ¿verdad?

Sumida en sus pensamientos, Megan no contestó.

—Sí —asintió Shelma, pálida.

Conteniendo su malestar, Megan acercó un caldero de cerámica lleno de agua al hogar.

—Alana —susurró Megan—, no avisaremos a Niall ni a nadie. La gente necesita el agua para vivir. ¿Qué haremos? ¿Dejar que los animales mueran? ¿Cuánto crees que podremos aguantar con la poca agua que tenemos en el castillo? Además, ¿quién te garantiza que no será envenenada también? ¿Has pensado en la gente que empezará a aparecer muerta? ¿Crees que Shelma y yo seremos capaces de seguir viviendo si esos desalmados matan a alguien por nuestra culpa?

—Tranquila, Megan —susurró Gillian mientras observaba cómo colocaba cuatro vasos encima de la mesita—. No permitiremos que esos ingleses os pongan la mano encima, ni a vosotras ni a nadie.

—Pero si informáramos a Magnus y a Niall —volvió a insistir Alana—, ellos sabrían decirnos qué debemos hacer ante un caso así.

—Lo único que conseguirás con eso es que los maten —replicó Megan echando con cuidado un poco de aquella agua caliente en cada vaso.

Shelma y Gillian se miraron.

—No os moveréis de aquí —ordenó Alana con la boca seca—. Si os ocurriera algo, Axel, Duncan y Lolach nunca me lo perdonarían.

—Y si le ocurriera a otra persona —añadió Megan disimulando su cólera—, tampoco me lo perdonaría yo. Bebamos un poco de manzanilla —dijo animándolas a beber. Sin esperar, Alana fue la primera—. Esto nos calmará los nervios y nos hará pensar con claridad.

Alana, tras beber el agradable líquido que contenía el vaso, lo dejó encima de la mesa.

—Nos prometiste una vez que cuidarías a Zac —recordó Shelma cogiendo uno de los vasos—. Alana, Zac se quedará contigo.

—Pero ¿qué estáis diciendo? —susurró Alana comenzando a sentirse un poco mareada—. He dicho que de aquí no sale nad...

—Alana, perdóname —susurró Megan.

Tras decir aquello, Alana cayó como una pluma hacia un lado.

—¡Por Dios, Megan! —gritó Gillian sin saber si reír o gritar—. ¿Qué has hecho?

—Ufff... Cómo pesa Alana —se quejó Shelma cogiéndola.

Gillian, ayudando a trasladar a su cuñada, dijo al verlas sonreír:

—¡Mi hermano nos matará!

—Prefiero que me mate tu hermano —contestó Megan dejando a Alana sobre la cama— a que maten a alguien por mí.

Ya no había marcha atrás. Tenían que actuar.

—Iré con vosotras —propuso Gillian tapando a su cuñada con el cobertor—. Y no quiero escuchar un «no», o me pongo a gritar. Iré a cambiarme de ropa y a coger mi espada.

Sin darles tiempo a responder, salió al pasillo. Era tal la prisa que llevaba, que no se dio cuenta de que Niall estaba de pie mirando por la ventana hasta que chocó de bruces con él.

—¿Adónde vas con tanta prisa, *gata*? —preguntó al verla.

—Bastante te importará a ti adónde voy yo —respondió intentando proseguir su camino, pero Niall la agarró y no se lo permitió.

Clavando la mirada en ella, observó sus mejillas encendidas y preguntó:

—¿Por qué estás tan acalorada?

—Te dije que no volvieras a hablarme —respondió ella clavándole la mirada—. Voy a cambiarme de ropa. ¿Te importa?

—No..., no —respondió confundido.

—Entonces, ¡suéltame! —exclamó con furia.

Pero él no la soltó, y acercando el rostro al de ella murmuró:

—¿Sabes? A veces eres peor que una gata salvaje. —La besó y prosiguió—: No sé si me gustas más cuando eres suave o cuando sacas ese maldito genio tuyo.

—Niall McRae —bufó Gillian empujándolo con todas sus fuerzas—. ¡No soy tu gata, ni lo seré! Y no vuelvas a besarme o se lo diré a mi hermano. Además, no creo que a mi futuro marido le guste saber que alguien pueda pensar de mí si soy salvaje o suave. ¿Has entendido?

—¿Tu futuro marido? —preguntó él frunciendo el ceño.

Levantando el mentón, asintió e ideando una mentira dijo:

—Eso es algo que mañana solucionaré junto a mi abuelo y que, por supuesto, a ti no te incumbe.

Desconcertado por el comentario, la soltó y, sin despedirse de ella, comenzó a andar escaleras abajo. Gillian tomó aire y, recomponiéndose por aquel extraño incidente, llegó hasta su cuarto, cogió unas calzas, unas botas, una capa de piel y su espada. Con cuidado, regresó a la habitación de Megan.

—Como te ocurra algo, Axel nos matará —se quejó Megan al verla entrar.

—No me va a ocurrir nada —gruñó Gillian quitándose como las otras dos el vestido para ponerse las calzas y las botas—. Además, tengo que aclararos que vuestros maridos también pueden matarme a mí.

Con gesto pícaro todas se miraron y sonrieron.

—Tenemos bastante tiempo antes de que Alana despierte y dé la alarma —indicó Megan mirando a Alana, dormida encima de la cama—. Espero que me perdone.

—¡Nos perdone! —se incluyó Shelma.

—Nos perdonará —señaló Gillian y mirándola dijo—: Creo que deberíamos llevarla a su cama. Eso despertaría menos sospechas.

Megan asintió: su amiga tenía razón.

—¿Por dónde podríamos salir del castillo? —preguntó Shelma mientras se colgaba la espada en la cintura.

—En el cuarto de Alana y Axel existe un pasadizo que lleva a las afueras del castillo. Papá me lo enseñó una vez cuando yo era pequeña. Durante todos estos años, lo he utilizado en varias ocasiones para escapar de castigos.

—Está bien —asintió Megan guardándose su daga en la bota—. Yo iba a decir otra salida, pero la que tú comentas me parece mejor.

Dieron un beso a Zac, que dormía como un lirón, y las tres muchachas se encaminaron hacia el cuarto de Alana con ella en brazos.

Al entrar, el fuego del hogar les dio la bienvenida. Era un cuarto rico en tapices y muy confortable. Con sumo cuidado, posaron a Alana en la cama y, sin quitarle la ropa, la taparon con una piel.

—Qué bonita habitación —susurró Shelma mirando a su alrededor.

—Es el cuarto del señor del castillo. ¿Qué esperabas? —rio Gillian levantando un tapiz que obstruía una pequeña abertura en la pared.

Traspasaron la abertura, que las llevó a una empinada y mohosa escalera estrecha. Ataviadas con ropajes de hombre, atravesaron varios pasadizos oscuros, ayudadas por la luz de sus propias antorchas. Olores fuertes y pestilentes ocuparon sus fosas nasales en ciertos momentos, pero continuaron sin mirar atrás hasta llegar a una oculta rendija que daba acceso al exterior del castillo. Al salir, vieron a un guerrero apostado al lado derecho de la pared. Por suerte, estaba dormido como un tronco. Una a una fueron corriendo hasta el frondoso bosque, donde la arboleda y la oscuridad las mantuvieron ocultas.

Cuando apenas habían avanzado unos pasos, un ruido atrajo su atención y oyeron una voz.

—Os esperaba desde hace rato. ¡Vaya, sois tres y no dos!

Enseguida reconocieron aquella voz.

—Sean, ¿qué haces tú aquí?

—Encontrar lo que he venido a buscar —respondió levantando una mano.

Varios hombres salieron de entre los árboles, las rodearon y las atraparon sin darles opción a defenderse. Aquellos hombres eran ingleses, como bien observaron en cuanto les oyeron hablar.

—¡Maldito bastardo! —gritó Gillian—. Cuando mi hermano o mi abuelo se enteren... Te matarán.

—Dudo que se lo digas tú, «gata» —rio Sean.

—¡No te consiento que me llames así! —bufó Gillian antes de que le pusieran una mordaza en la boca.

—No estás haciendo lo acertado, ¡imbécil! —lo insultó Megan mientras le ataban las manos—. Esos hombres te matarán a ti después de matarnos a nosotras.

Pero el muchacho la miró y sonrió con gesto de desagrado. Ella pagaría el daño que le había ocasionado casándose con el Halcón.

—Me la vas a pagar —gruñó Shelma antes de ser también amordazada.

—¡Lo dudo, zorritas! —se carcajeó Sean montando a caballo y cogiendo la soga que sujetaba a las muchachas—. Ahora podré tirar de vosotras sin tener que escuchar vuestros lamentos. Procurad no tropezar. No pienso parar para que os levantéis.

Dio la orden a los hombres para que comenzaran a andar. Resultaba difícil seguir el camino sin tropezar. En una ocasión, Shelma perdió el equilibrio. Pero, gracias a la destreza de Megan y a la rapidez de Gillian, pudo continuar andando sin morder el suelo.

Gillian miró hacia atrás. El castillo, aquella fortaleza que siempre la había mantenido a salvo, quedaba atrás sin que ninguna de ellas pudiera hacer nada por impedirlo. Cuando llegaron a un claro donde los esperaban otros hombres, las subieron a unos caballos y emprendieron el galope con ellas.

*P*or la mañana, en el salón, Magnus comía junto a Niall y alguno de sus hombres. Hablaban sobre cómo levantar una pared nueva en la parte trasera del castillo, que necesitaba una urgente reparación. Pasado un rato, Niall, extrañado de que ninguna de las mujeres se hubiera levantado, comentó:

—Esta mañana las damas están perezosas. Se ve que anoche estuvieron cotorreando hasta tarde.

—¿Anoche? —preguntó Magnus levantando una ceja.

—Me encontré con Gillian por el pasillo y me dijo que estaban en el cuarto de mi cuñada hablando —explicó Niall torpemente.

—¡Frida! —llamó Magnus—. Ve a llamar a Gillian. Hoy pensaba ir con ella a las tierras de mi amigo McLombart. Tenemos algo importante que tratar.

La criada, como un rayo, corrió en su busca.

—¿Pensáis ir a ver a Ronan McLombart? —preguntó Niall, interesado.

—Sí—asintió con una media sonrisa—. Tres de sus hijos varones han vuelto y quería presentarles a mi nieta. Gillian es una preciosidad y seguro que alguno queda prendado por ella.

Magnus tuvo que agarrarse a la mesa para no caer de risa al suelo al ver la cara de sorpresa de Niall. Observar cómo ese muchacho miraba a su nieta era una de las cosas que más le entretenían en el mundo. Cuando miraba su cara siempre que Gillian aparecía veía la auténtica adoración que sentía por su pequeña. Atrás habían quedado las palabras que había tenido que cruzar con su nieto Axel, que no estaba seguro de que Niall fuera la mejor opción para Gillian.

—Mi señor —dijo Frida entrando en el salón—. Lady Gillian no está en su habitación. Es más, la cama no está deshecha. Es como si no hubiera dormido allí.

Al levantarse, Niall derramó su bebida.

—¿Qué? —bramó Magnus tirando el banco de roble.

—¿Cómo no va a haber dormido allí? —dijo Niall acercándose a Frida—. ¿Has mirado si está en la habitación de Megan o de Shelma?

En ese momento, apareció Alana, vestida con la ropa del día anterior y con la mano puesta en la frente.

—Oh, Dios mío... ¡Cómo me duele la cabeza!

—¡Por Dios, Alana! ¡Qué mala cara tienes! —murmuró Niall al verla—. Veo que anoche, además de hablar, bebisteis bastante cerveza.

—¡Deja de decir tonterías! —siseó sentándose ayudada por Magnus—. Lo único que recuerdo que bebí anoche fue la manzanilla que Megan preparó para templar los nervios. —Al decir aquello, miró a su alrededor y, al no ver a ninguna de las mujeres, dijo perdiendo el color—: ¿Dónde están Megan, Gillian y Shelma?

Frida, la criada, al intuir lo ocurrido se llevó la mano a la boca asustada.

—¡Por todos los santos! ¿Dónde están esas chiquillas? —preguntó Magnus entendiendo que algo no iba bien, mientras Niall, a toda prisa, subía la escalera en dirección al cuarto de las muchachas. Sin ningún tipo de decoro, abrió las arcadas de golpe, viendo que los cuartos estaban vacíos y que sólo dormía Zac, pero al oír el jaleo despertó.

Tras un bramido de rabia e impotencia, Niall bajó los escalones de dos en dos, y se encontró sollozando a Alana, mientras Magnus no paraba de maldecir y llamar a gritos a Caleb.

—Ayer, un hombre le dio una misiva a Zac en el bosque para Megan y Shelma. En dicha carta les exigía que se entregaran o, pasado un día, envenenarían el agua y matarían a todo el mundo. La misiva venía firmada por los caballeros ingleses que intentaron casarse con ellas.

—Pero ¿dónde están esas tres inconscientes? —rugió Magnus, nervioso ante lo que podía ocurrir.

—¡Zac, ven aquí! —gritó Alana al ver al niño.

Ella lo protegería. Era lo único que podía hacer ahora que sus hermanas no estaban. El niño se acercó obedientemente a ella y no se separó.

—Tus hermanas me han pedido que estés conmigo hasta que regresen. No te separes de mí más de dos pasos, ¿entendido?

Al escucharla, el niño asintió y, asustado, calló.

Pero Niall estaba furioso y muy enfadado.

—Si no las matan ellos —siseó encolerizado—, juro que las mataré yo con mis propias manos. Una a una. ¡Malditas mujeres! No dan más que problemas.

—¿Qué ocurre aquí? —dijo de pronto una voz tras ellos.

Era Duncan, acompañado de Axel y Lolach. Sin dar tiempo a saludos, fueron informados de lo ocurrido.

—¡¿Cómo no te has dado cuenta de lo que pasaba?! —exclamó Lolach mirando a Niall con furia.

—Nadie se dio cuenta de nada —se defendió, incómodo al pensar que toda la culpa de lo que les ocurriera a aquellas tres inconscientes cargaría sobre sus espaldas.

Axel, con gesto duro, lo miró.

—No pudo darse cuenta de nada —salió en su defensa Alana, librándose de los brazos de su marido para ponerse junto a un desesperado Niall—, porque esto ocurrió ayer por la noche.

—Esa pequeña lianta me las pagará —susurró Duncan—. Le advertí que no se moviera de aquí, o tendría problemas.

Frida, la pobre criada, corría de un lado a otro. Le preocupaba el anciano Magnus y, sin que nadie se lo pidiera, puso ante él un brebaje para calmar sus nervios.

—¿Dónde estarán mis niñas? —se quejó Magnus, y mirándolos gritó—: ¡Id a buscarlas! ¿A qué esperáis? Las quiero aquí para que puedan sentir mi castigo.

—No te preocupes, Magnus —respondió furioso Niall saliendo de la estancia—. Yo las traeré y presenciaré encantado el castigo.

—Tú ya has hecho bastante —gruñó Axel empujándolo con rabia.

Ambos se miraron dispuestos a golpearse.

—¡No vuelvas a tocarme! —vociferó Niall, desencajado—. O te juro que lo vas a lamentar.

Duncan, molesto y preocupado por su mujer, fue hasta su hermano y, tras empujarlo, le hizo salir de la estancia.

—¡Axel! ¡Basta ya! Él no es culpable de nada —gritó Alana entendiendo la rabia de Niall.

—Monta en tu caballo, Niall —ordenó Duncan mientras Niall, furioso, salía.

Con gesto de rabia, Duncan se volvió hacia Axel y con desdén le siseó:

—Haz el favor de dejar en paz a mi hermano, o tendremos problemas.

Axel lo entendió. No era momento de lamentaciones. Había que actuar. Rápidamente organizaron a sus hombres y juntos comenzaron una alocada carrera en busca de aquellas tres descerebradas, que tendrían mucho que explicar.

13
⊸◦⊶

Tras una terrible noche, en la que estuvieron cabalgando sin rumbo en manos de aquellos ingleses, por la mañana las tres muchachas estaban atadas de pies y manos bajo un gran roble.

—¡Os rugen las tripas! —rio Sean mirándolas mientras comía pescado—. Siento deciros que no tengo la menor intención de compartir mi comida.

—Prefiero morir de hambre a comer algo que tú me des —dijo Megan clavándole sus ojos negros.

—¿Sabes? —murmuró Sean al agacharse a su lado—. Si me hubieras elegido a mí, hoy estarías viviendo junto a tus hermanos. E incluso tu abuelo y el herrero podrían estar vivos. Pero el día que vi cómo mirabas al Halcón y él te miraba a ti, supe que nunca serías mía por tu propia voluntad. Sin embargo, ahora eso va a cambiar —rio cogiéndola con fuerza por el enmarañado pelo y atrayendo su boca hasta la de él. La besó salvajemente haciéndola sentir un asco enorme, mientras comenzaba a patear, y Shelma y Gillian se le tiraban encima.

—¡Suéltala! —gritó Shelma respirando con dificultad.

—¡Eres el hombre más asqueroso que he visto en mi vida! —bufó Megan limpiándose la boca en los hombros.

—No decías eso la noche que te revolcabas cerca del cementerio con el Halcón —siseó enfadado—. Te vi y pude comprobar lo bien que lo pasabais.

—¡Asqueroso! —escupió Gillian al escucharle.

En ese momento, se escuchó el sonido de caballos y Sean, rápidamente, dejó de prestar atención a las muchachas para ver quién se acercaba.

—¿Cuándo te has revolcado tú con el Halcón cerca del cementerio? —preguntó Shelma dándole un codazo.

—Oh..., cállate —protestó Megan mientras Shelma y Gillian compartían una mirada risueña hasta que de pronto la primera murmuró—: ¡Oh, Dios mío! No puede ser cierto lo que ven mis ojos.

Sir Aston Nierter y sir Marcus Nomberg, junto a tres hombres, se acercaban a lomos de sus caballos. El paso de los años había hecho mella en sus rostros. Se los veía envejecidos y arrugados, aunque sus envergaduras seguían siendo grandes.

Con amargura, sir Aston se bajó del caballo y, acercándose a las muchachas, comentó:

—¡Vaya, vaya! ¡Por fin os hemos encontrado! Nuestro empeño ha dado su fruto. —Agachándose, puso la cara frente a la de Shelma para decir—: Veo que los años han sido benévolos contigo y con tu hermana. Os habéis convertido en dos bellezas. —Mirando a Megan gritó—: ¡Marcus! ¿Estás de acuerdo?

—Totalmente de acuerdo, Aston —sonrió el aludido mientras se acercaba a Megan.

Gillian lo miró y, por primera vez desde que las habían apresado, se asustó.

—Estáis cometiendo un grave error —les advirtió Megan—. Pagaréis por ello.

—El error lo cometisteis vosotras hace años, la noche que escapasteis e incendiasteis la casa con vuestros tíos y el servicio dentro —dijo Aston pasando un dedo por la cara de Shelma, que lo miró asustada.

—Nosotras no hicimos nada —señaló Megan recordando aquel momento.

—¿Sabéis quién pagó por ello? —rio con maldad sir Marcus—. Vuestro querido John. Ese traidor que os ayudó a escapar.

Al escuchar aquello, Shelma, horrorizada, gimió.

—¡¿Matasteis a John?! —gritó Megan, desencajada—. ¡Malditos seáis! ¡Cómo pudisteis!

—Matar escoceses y amigos de escoceses —señaló sir Marcus con maldad— es algo que siempre me resultó divertido. Aunque tengo que confesaros, queridas salvajes, que la cacería que más disfruté fue aquella en la que murió vuestro padre. Fue fácil matarlo e inventar la historia del tiro errado.

Conocer la terrible verdad desencajó a las muchachas.

—¡Te mataré, maldito inglés! —gritó Megan con desesperación.

—¡Os odio y os deseo lo peor! —escupió Shelma, horrorizada, comenzando a llorar.

—No olvidéis, amigo Marcus —tosió Aston sentándose ante ellas—, que el veneno que día a día echamos en el agua de la preciosa Deirdre lo conseguí yo.

—¡No! —rugió Megan con los ojos inyectados en sangre.

Gillian, aterrada, era consciente de la maldad de aquellos hombres y de los terribles años que sus amigas tuvieron que vivir en Dunhar.

—Debíamos deshacernos de ella —prosiguió sir Marcus—. ¡Lástima! Era tan bonita como tú —dijo señalando a Megan—, pero ella también sobraba.

—¡Malditos seáis los dos! —gritó Megan intentando levantarse al escuchar aquello—. ¡Os mataré con mis propias manos y disfrutaré con ello! ¡Os lo juro! ¡Os lo juro a los dos!

Los hombres, al escucharla, rieron con maldad.

—¡Cállate, salvaje! —Marcus abofeteó sin piedad a Megan volviéndole la cabeza.

—¡Ojalá os pudráis en el infierno! —gruñó Gillian, horrorizada por lo que escuchaba.

—Vaya. Tenemos tres palomitas en vez de dos —se agitó uno de los hombres—. ¿Quién eres tú, preciosa?

—Lady Gillian McDougall —respondió levantando el mentón orgullosa—. Exijo que nos soltéis ahora mismo. Si no lo hacéis, cuando mi hermano o mi clan os encuentren, os matarán. Os aviso.

—Eso no será posible, palomita —rio el hombre con cara de piquituerto—. Tú morirás antes de que tu clan o tu hermano te encuentren.

—Quizá me matéis a mí y a ellas —respondió Gillian temblando—, pero pido al cielo que tanto mi hermano como los maridos de Shelma y Megan os encuentren y os den muerte lentamente.

—¿Ah, sí? —rio sir Marcus mirando a Megan—. ¿Quién es tu marido?

Con un desprecio total en su voz, Megan lo miró fijamente y siseó con odio:

—El laird Duncan McRae, y ten por seguro que cuando te coja te arrancará la piel a tiras, si antes no lo hago yo.

—Se le conoce más por el Halcón —informó Sean comiéndose una manzana.

—¿Y el tuyo? —Sir Aston miró de soslayo a Shelma.

—Mi marido es el laird Lolach McKenna —respondió antes de recibir una bofetada.

Al ver aquello, Megan se abalanzó con las manos atadas contra sir Aston, pero éste se retiró a tiempo y ella cayó de bruces, dándose un golpe en el chichón que tenía en la frente, que comenzó a sangrar.

—¡Cuánto disfrutarás, Marcus, con esta pequeña salvaje! —rio sir Aston cogiendo del pelo a Megan para levantarla, mientras ella intentaba no quejarse de dolor—. Te has convertido en una mujer muy guapa, como antes lo fue tu madre. ¡Lástima que no pude disfrutar de ella como Marcus va a disfrutar de ti! —rio soltándola cuando ella intentó atacarle.

—¿Qué te parece, Aston —se mofó sir Marcus tirando de Megan—, si cuando termine con ella, antes de matarla, te la entrego para que imagines lo que pudo ser su madre? Son tan parecidas que no creo que sea difícil imaginarlo —rio empujándola hacia adelante.

—¡Fantástica idea! —asintió sir Aston acercándose a Shelma.

—¡Soltadme inmediatamente! —exigió Megan intentando alejarse de aquel odioso hombre que la agarraba de los brazos y se la llevaba.

—Traed a mi hermana. ¡Maldito hijo de Satanás! —gritó Shelma junto a Gillian.

—¡Sean! —farfulló Gillian—. ¿Cómo has podido caer tan bajo?

—Olvidadme, lady *caprichos* —rio dándose la vuelta para no mirarla.

—¡Deja de gritar, maldita perra! —vociferó sir Aston a Shelma apartándola de Gillian—. Ha llegado el momento de tomar lo que era para mí y no para un sucio escocés. Pagarás tu deuda conmigo y luego te mataré.

—Lolach te encontrará y te matará —escupió Shelma mirándolo a los ojos.

—Quizá lo mate yo a él —rio sir Aston sintiéndose superior—. ¡Sean! Entrégales la rubia a mis hombres y, cuando acaben con ella, matadla. Esta noche volveremos a casa.

Chillando y pataleando, Shelma fue arrastrada por sir Aston tras unos árboles y Gillian, horrorizada, gritó a Sean:

—¡Mi hermano te matará! ¡¿No te da vergüenza comportarte así con la gente que cuidó de ti y te ayudó cuando lo necesitaste?! Axel te buscará y te despellejará. Y ¿sabes por qué lo sé? Porque no descansaré en mi tumba hasta que consiga ese propósito.

—Axel no sabrá nada —rio Sean, haciéndola levantarse, y, señalando a unos diez ingleses sucios y malolientes que la miraban con ojos amenazadores, dijo—: ¡Prepárate, *gata*! Esos hombres desean probarte. Serán ellos y no tu querido Niall quienes prueben tu miel.

—¡Cerdo asqueroso! —gritó respirando con dificultad.

Pero un ligero movimiento de unas ramas llamó su atención y fugazmente vio la cara enfadada de su hermano, por lo que, evitando llorar, se volvió hacia Sean desesperada.

—Sean, ¡por favor! Piensa lo que vas a hacer.

El muchacho, sin ningún tipo de emoción en la cara, sonrió, y dijo:

—Está pensado.

—Escucha, Sean —susurró acercándose todo lo que pudo, a pesar del asco que le daba—. Si esos hombres tienen que mancillar mi cuerpo, quiero que tú seas el primero. Nunca me atreví a decirte que tú siempre me has gustado.

Al escuchar aquello, Sean abrió mucho los ojos, incrédulo por lo que estaba oyendo de los labios de la nieta caprichosa y consentida de Magnus McDougall.

—¡Por favor, Sean! —gimió con los ojos cargados de lágrimas—. Vayamos tras aquellos árboles —le sugirió Gillian al oído—. ¡Por favor! ¡Por favor! Luego, si quieres, entrégame a ellos, pero...

—Está bien, caprichosa —indicó, satisfecho por el ofrecimiento.

Con un gesto ordenó a los hombres que esperaran y, acercando los labios a los de ella, capturó su boca salvajemente mientras llevaba una mano hasta uno de sus pechos haciendo gritar de excitación a todos los hombres por lo que veían.

Tras alejarse del grupo, la hizo tumbarse sobre la hierba mientras él se quitaba las botas y se bajaba los pantalones. Con un rápido movimiento se sentó encima de ella y, cogiéndole la camisa de lino, la abrió de un tirón, dejando al descubierto sus pechos.

Gillian, más avergonzada que nerviosa, intentó no chillar. Sean paseó su sucia mirada de los pechos de la muchacha a su cara y, excitado, se lanzó sobre el cuello de ella, mientras sus manos aplastaban sus pechos sin piedad. Era tal su disfrute, que Sean no se percató de que los guerreros ingleses, que hasta hacía unos momentos los miraban con curiosidad, fueron cayendo a manos del Halcón y de sus hombres.

Gillian, asqueada, cerró los ojos y cuando los abrió vio a Niall de pie detrás de Sean. Sus ojos se encontraron y, sin apartar la mirada de la de ella, cogió con las manos el cuello de Sean y con un rápido y certero movimiento se lo partió. Sin inmutarse por lo que acababa de hacer, tiró el cuerpo inerte del muchacho hacia un lado y rápidamente agarró a Gillian y la levantó.

—¿Estás bien? —preguntó con voz cargada de rabia y emoción, y sólo respiró cuando ella asintió.

Sin dejar de mirarla, la abrazó y ella se acurrucó temblorosa en él. Como pudo, Gillian levantó la cabeza y vio una oscuridad extraña en sus ojos que la asustó. Niall, sin importarle nada, bajó los labios hasta los de ella y la besó. Necesitaba besarla. Necesitaba sentirla y saber que estaba bien.

Superado el miedo atroz que había sentido, Niall recuperó el control, se separó de ella y, antes de correr detrás de Duncan, gritó:

—¡Cúbrete!

Axel, quien por primera y única vez se había mantenido en un segundo plano, al ver que Niall la soltaba, fue a abrazarla para darle todo su calor.

—¿Estás bien, pequeña? —la arrulló mirando a Niall, quien se volvió con cara de pocos amigos mientras seguía a Duncan y a Lolach.

De pronto, Shelma emergió del bosque corriendo despavorida. Había conseguido dar un mordisco a sir Aston en el brazo y escapar. Sólo le faltaba su capa, y gritó cuando cayó en brazos de Lolach, quien al verla la abrazó como nunca había abrazado a nadie en el mundo. Tras ella corría un malhumorado sir Aston, que se vio rodeado por varios highlanders mientras Myles le ponía una espada en el cuello y sonreía.

No muy lejos de allí, Megan y el odioso sir Marcus, ajenos a todo lo que ocurría a su alrededor, continuaban su particular lucha. Creyéndose superior, él le desató las manos. Le gustaba ver la ferocidad de aquella morena y había decidido jugar un poco con ella antes de someterla a sus antojos.

—¿Sabes, pequeña salvaje? —Sonrió mirándole la sangre que tenía en la cara—. Siempre me has parecido preciosa, pero los años han hecho que seas una mujer digna de adorar. Estoy seguro de que ese highlander te echará en falta en su lecho. —Atrayéndola hacia él, dijo echándole su apestoso aliento—: Llevo buscándote mucho tiempo y, por muchas morenas que he conocido, siempre he sabido que ninguna sería como tú. En su momento deseé a tu madre, pero tu belleza y el desafío de tu mirada la superan.

—Te arrancaré la piel a tiras —siseó Megan intentando coger el puñal de su bota— si continúas hablando de mi madre.

—¡Hummm...! Me gusta sentir tu lado salvaje —dijo tirándola de espaldas al suelo, y raspándose las palmas de las manos—. Me han dicho que el viejo escocés de tu abuelo te enseñó el manejo de la espada, ¿es cierto?

—Sí, me enseñó muy bien —asintió levantándose y retándolo con la mirada.

—Demuéstramelo. ¡Toma! —dijo lanzando una espada que ella cogió con dificultad. Era demasiado grande y pesada para ella—. Nunca he conocido a una mujer que supiera manejarla. Enséñame qué has aprendido a hacer con ella.

Con las pocas fuerzas que le quedaban, Megan intentó alzar la espada, pero el peso era demasiado y se le escurría de las manos ensangrentadas. Intentó estabilizar su cuerpo extendiendo la mano izquierda, pero era inútil, pesaba demasiado. Al final optó por asir la empuñadura con las dos manos olvidando el dolor.

—Eres una mujer muy deseable. Será un placer ver cómo te mueves, primero aquí y luego bajo mi cuerpo.

—¡Antes te mataré! —gritó rabiosa por no poder dominar aquella espada.

Sin darle tiempo para respirar, Marcus arremetió y ella se defendió como pudo.

—Intuyo que las noticias que tenía sobre ti decían la verdad —señaló al ver cómo Megan se defendía con bravura de su ataque.

—Si me dieras mi espada —dijo señalando al montículo donde estaban las espadas—, sería capaz de ser un estupendo contrincante.

—Ya lo eres a pesar de ser una mujer —asintió él con sarcasmo viendo cómo la camisa blanca de Megan comenzaba a humedecerse de sangre—. Oh..., ¡lo siento! ¿Te he herido? Debes ser más rápida en tu defensa.

Con rabia, Megan maldijo al ver la sangre en su brazo.

Pero ¿qué más daba? Ese hombre no conseguiría lo que pretendía. Mirándolo, le sonrió con descaro, mientras pensaba en lo que su abuelo y Mauled decían: «Si uno tiene que morir, que sea con honor». Por lo que, quitándose la capa, se quedó frente a él vestida sólo con los pantalones de cuero y la gastada camisa blanca.

—Eres bellísima —susurró sir Marcus—. No me extraña que, a pesar de ser una *sassenach* en tierras escocesas, un escocés se casara contigo. ¿Qué tal la vida con esos salvajes highlanders?

—Mejor que con los refinados ingleses —resopló cansada por el enorme esfuerzo que tenía que hacer para atacar y parar sus golpes.

—Debes de ser una fiera en la cama. —Sonrió al hacerla caer al suelo. Poniéndole un pie encima del estómago y la espada a la altura de la garganta, se sentó encima de ella—. Me encantará dominar tu voluntad y enseñarte cosas que ese highlander no te enseñó —cuchicheó mientras bajaba los labios hasta los de ella revolviéndole el estómago—. Eres una maldita perra escocesa, como tu madre, y como tal te voy a tratar.

Con un rápido movimiento, Megan levantó la rodilla hasta clavársela en la espalda. Aquel movimiento hizo que él cayera contra ella golpeándola en la frente, momento en que Megan sacó de su bota una daga que agarró con fuerza.

—¡Nadie habla así de mi madre en mi presencia, y menos un asqueroso inglés como tú! —gritó encolerizada clavándole la daga en el estómago—. ¡Tú quitaste la vida a mi padre, a mi familia, y yo te la quito a ti!

Marcus miró horrorizado la daga clavada en su estómago. Maldiciendo, cogió la cabeza de la joven y, con las fuerzas que le quedaban, comenzó a golpearla contra el suelo.

De pronto, se oyó como un silbido y sir Marcus cayó sobre Megan con los ojos muy abiertos. Paralizada por el peso del hombre y el cansancio, respiraba con dificultad cuando sus ojos se encontraron con el rostro ceniciento de Duncan, quien dando una patada al hombre lo hizo rodar hacia un lado. Agachándose, pasó sus protectores brazos bajo el cuerpo de Megan y la asió con fuerza.

—Tranquila, cariño, ya estoy aquí.

Niall, al ver a su hermano acunando a su mujer, paró a los guerreros levantando una mano. Duncan necesitaba un poco de intimidad.

Ajeno a los ojos que los observaban y dando gracias al cielo por haber llegado a tiempo, Duncan aún temblaba mientras observaba la brecha en la cabeza de su mujer, y se relajaba al ver que la sangre que humedecía la camisa no era grave.

—¿Estás bien, Impaciente? —preguntó con dulzura a pesar de las ganas que sentía de matarla por aquella locura.

—Sí —asintió conteniendo las lágrimas y respirando con dificultad.

Con delicadeza, la llevó hasta una gran piedra. Duncan, sin articular palabra, limpió la sangre de la cara, mientras ella, con gesto serio, observaba con desprecio a sir Marcus, aquel hombre que tantas desgracias había ocasionado a su familia y que yacía muerto ante ella.

—No lo mires, cariño. Todo ha acabado —susurró Duncan recuperando su temple, mientras la miraba a los ojos—. Ese bastardo ya no te volverá a tocar.

De pronto, unos gritos la hicieron desviar la vista y Duncan, haciendo una seña a sus guerreros, permitió que las dos mujeres histéricas se acercaran.

—¡Megan! —gritaron Gillian y Shelma corriendo hacia ella.

Duncan, tras observarlas unos instantes, sin saber si debía chillarles o matarlas, se levantó y se alejó para dar órdenes a sus hombres. Poco después, con cara de pocos amigos, cruzó unas palabras con Lolach, quien maldecía por la locura de aquéllas.

—¡Dios mío! —susurró Gillian limpiándole la cara—. Estás cubierta de sangre.

Lo que menos le importaba a Megan era la sangre. Sólo le importaba la venganza.

—Gracias al cielo —asintió Shelma abrazando a su hermana—. Por un momento pensé que íbamos a morir.

—¿Dónde está sir Aston? —preguntó Megan con voz ronca.

—Myles y Mael lo han atado a un árbol —respondió Shelma y, señalando con el dedo, dijo—: Está allí. Espero con impaciencia que sea juzgado.

Con sumo cuidado, Megan se levantó mientras Gillian y Shelma la observaban desconcertadas. Se acercó a sir Marcus y, tras escupirle con odio, agarró con sus doloridas manos su daga y de un tirón la sacó asombrando a las otras dos. Con la mirada oscurecida por el odio, limpió la daga con la camisa del muerto mirando hacia donde Shelma le había indicado que estaba sir Aston.

—¿Qué vas a hacer? —preguntó Shelma intercambiando una mirada con Gillian.

—Lo que papá, mamá, John, el abuelo o Mauled habrían hecho —musitó lenta y secamente acercándose al montículo donde estaba su espada.

Con disimulo, Megan miró hacia donde se encontraban los hombres, en especial a Duncan, que parecía discutir con Axel. Sin dudarlo y con una tenebrosa mirada que asustó a su propia hermana, comenzó a andar seguida por ésta, mientras Gillian se quedaba paralizada por lo que Megan se proponía hacer.

—Lolach y Duncan lo juzgarán. ¡Olvídate de él! —suplicó Shelma cogiéndola del brazo—. Megan, ¡¿quieres escucharme, por favor?!

—No, Shelma. No te voy a escuchar, ni a ti, ni a nadie —respondió mirando a sir Aston, que sangraba como un cerdo, inmovilizado en el árbol.

—¡Megan! ¡No lo hagas! —suplicó Shelma, asustada—. No te manches las manos de sangre. ¡Por favor, por favor!

A pocos metros de ellas, los hombres hablaban y maldecían.

Duncan se volvió para buscar a su mujer, pero sólo encontró a Gillian. Ésta, con un extraño gesto, miraba al frente. Sin perder tiempo, Duncan miró en la misma dirección y se quedó sin palabras cuando vio que su mujer caminaba con determinación hacia el inglés, con su espada en una mano y la daga en la otra.

Sus verdes ojos se encontraron con los ojos asustados de Shelma, que le suplicaron ayuda. Sin perder tiempo, Duncan corrió hacia su mujer, atrayendo la atención del resto, que, incrédulos, intuyeron lo que aquella valiente muchacha pretendía hacer.

—¡Megan! —gritó Duncan mientras todos comenzaban a correr tras él.

Intentó atraer la mirada de su mujer, pero ella no veía nada más que sangre, odio, muerte y a sir Aston Nierter, que al verla acercarse hacia él se quedó petrificado por la crueldad de su mirada.

—¡Escúchame! —pidió Shelma poniéndose ante ella. Pero Megan, sin ningún miramiento, la empujó—. No lo hagas. Nuestros maridos se encargarán de él. No tienes por qué hacerlo. Megan, piénsalo, ¡por favor!

Cansada de escucharla, Megan rugió a su hermana:

—¡Basta, Shelma! El daño me lo hizo a mí, no a ellos. Yo me encargaré de matarlo, como le prometí que haría si tenía oportunidad.

Con una sonrisa helada, se paró ante el hombre, que la miró horrorizado. Y acercándose todo lo que pudo a la cara de sir Aston, siseó con toda la rabia y el dolor acumulados de años:

—Ante ti está Megan, la hija salvaje de Deirdre de Atholl McDougall, la mejor madre escocesa del mundo, y de George Philiphs, el mejor padre inglés del mundo. —Con un rápido y seco movimiento que hizo gritar horrorizada a Shelma, le clavó la daga hasta la empuñadura, mientras continuaba hablando—. Esto, ¡hijo de Satanás!, es por ellos, por John, por el abuelo y por Mauled.

—¡Megan! Date la vuelta y mírame —dijo con suavidad la voz de Duncan tras ella, sintiendo el dolor, la rabia y la desesperación que ella había expresado momentos antes.

Con una frialdad pasmosa, que puso los pelos de punta a todos los presentes, Megan se volvió y lo contempló con una mirada oscura y vacía. Duncan, dando un paso adelante, le habló con serenidad.

—No continúes. Yo me ocuparé. Dame la espada, cariño.

Megan lo miró primero a él y luego al resto. Dio un paso hacia Duncan, que sonrió y respiró al ver que ella se acercaba. Pero, de pronto, y sorprendiéndolos a todos, ella se volvió hacia sir Aston con la espada levantada y, sin piedad y tras soltar un bramido que hizo que todos se estremecieran, le traspasó el corazón mientras gritaba:

—¡Y esto, maldito inglés, es por mi hermana, por mi hermano y por mí!

Duncan se abalanzó sobre ella, que estaba dura y fría como el mármol, y no consiguió moverla hasta que, con una enorme sangre fría, Megan extrajo su espada del cuerpo muerto de Aston y, tras escupirle, finalmente se dejó guiar por Duncan.

Shelma, liberándose de los fuertes brazos de su marido, corrió hasta su hermana, que, tras aquella terrible tensión vivida, poniendo los ojos en blanco se desmayó.

Cogiéndola con fuerza entre los brazos, Duncan ordenó a voces que llevaran agua, mientras Gillian, preocupada, corría tras él. Shelma, reaccionando, fue hasta su bolsa para coger algo que puso bajo la nariz de Megan, y ésta abrió los ojos.

—No vuelvas a desmayarte. ¡Te lo ordeno! —susurró Duncan mirándola angustiado.

—Halcón —sonrió al escucharle—. Deja de dar órdenes, o tu vida será un infierno.

Duncan no sonrió, pero su gesto se suavizó. Megan, notando la presencia y el gesto preocupado de Niall, se dirigió a él.

—Niall, ¿podrás perdonarme?

—De momento, no. Ni a ti, ni a las otras dos —respondió con firmeza, y sin decir nada más se levantó y se marchó.

Durante unos instantes todos miraron cómo aquél se alejaba enfadado.

—Oh... —suspiró Gillian—, es insoportable hablar con ese pedazo de burro.

—¡Gillian! —bramó su hermano que, levantándose, siguió a Niall y a Lolach—. ¡Cállate!

Gillian, tras encogerse de hombros, suspiró.

—¡No te muevas! —ordenó Duncan a su mujer—. Tengo que hablar con mi hermano. —Y tras besarla en la frente se levantó dejando a las tres mujeres solas.

—Creo que, por fin, nuestros problemas con los ingleses acabaron —sonrió Shelma mirando a Megan, mientras sacaba de su bolsa unas tiras de lino limpias para enrollárselas en la cabeza. La brecha continuaba sangrando.

—Sí. Eso parece —suspiró ésta.

—Estoy deseando volver al castillo para darme un baño y cambiarme de ropa —murmuró Gillian mirando cómo Niall gesticulaba furioso.

—Menos mal que nuestros maridos nos encontraron —suspiró Shelma—. Pensé que de hoy no pasábamos.

—No cantes victoria tan pronto —indicó Megan observando cómo los hombres las miraban con caras de pocos amigos—. Creo que todavía cabe la posibilidad de que nos maten.

Apartados de ellas, los hombres hablaban sobre qué hacer con las tres mujeres y con los ingleses muertos. Al final, los lairds ordenaron a sus hombres cavar unas zanjas donde dar sepultura digna a aquellos ingleses.

—Niall —dijo Axel tocándole el hombro—. Gracias por tu rápida actuación, y déjame decirte que tanto Magnus como yo estamos conformes con que cortejes a mi hermana.

—¡Sabia elección! —asintió Duncan.

Niall, aún furioso, al escuchar aquello los miró con el ceño fruncido.

—¡Qué buena noticia! —exclamó Lolach dándole un golpe en la espalda.

—No tienes que darme las gracias, Axel —respondió Niall, ofuscado—, y, en lo referente a cortejar a tu hermana, es lo último que haría en esta vida. ¡Ni loco volveré a acercarme a ella! —vociferó dejándolos a los tres sin palabras, y mirando a su hermano dijo—: Duncan, si no te importa me iré adelantando.

—De acuerdo —asintió él con ojos profundos y cansados. Ver a su hermano tan bajo de moral y enfadado no era lógico ni normal en él, por lo que, sujetándolo por el brazo, le preguntó—: ¿Estás bien?

—Sí. No te preocupes —respondió llamando con un silbido a su caballo *True*—. Te veré en las tierras de los McDougall. —Y, tras decir esto, marchó sin mirar atrás, dejando a Gillian decepcionada y angustiada por su marcha.

Tras un silencio entre los tres lairds, Duncan dijo:

—El muchacho no lo está pasando bien. ¡Gillian lo está volviendo loco!

—Ambos están jugando a un juego muy peligroso —respondió Axel mirando a su hermana, que con gesto de enfado lo veía marchar.

—¡Esto va a ser peor que una batalla! —sonrió Lolach mirando a su mujercita, que consolaba a Gillian—. Creo que tu hermana no se dará por vencida fácilmente.

—¿Quieres dejar de mirar a esas tres liantas con esa cara de idiota? —le regañó Duncan, a quien todavía se le contraía el corazón al recordar la imagen de Marcus machacando la cabeza de Megan contra el suelo—. ¿Qué vamos a hacer con ellas?

—De momento, regresar al castillo —anunció Axel—. Mi abuelo estaba muy enfadado y preocupado.

—Mi intención es partir hacia mis tierras lo antes posible —apuntó Lolach.

Mientras hablaban, Duncan no podía apartar los ojos de su mujer. A pesar de sentirse enfadado y estar ella hecha un desastre, Megan le seguía resultando apetecible. Su sonrisa le desbocaba el corazón cada vez que intercambiaba alguna mirada con ella. Tenía que reñirla, pero estaba tan contento de que no le hubiera pasado nada, que era incapaz de pensar en nada más.

14

Aquella tarde retomaron el camino de vuelta hacia el castillo. Durante el trayecto, Lolach, que parecía un idiota sonriente, no paró de reír junto a una ingeniosa Shelma, que continuamente le contaba cosas haciéndole desternillarse de risa.

Duncan permaneció callado parte del camino, aunque cada vez que su cuerpo rozaba con el de su mujer, se le aceleraba el pulso y en cierto modo le nublaba la mente. ¿Qué le estaba pasando?

—Sabes que lo que hicisteis fue una tontería, ¿verdad? —le susurró al oído con voz calmada mientras ella iba recostada en él, dolorida de cuerpo y mente.

—Sí —asintió sorprendiéndolo. Esperaba cualquier otra contestación—. Fue una auténtica locura. Pero, a partir de ahora, dormiré tranquila sabiendo que esos dos bastardos nunca más nos volverán a molestar.

Su voz profunda y sus sinceras palabras consiguieron que asintiera y finalmente la besara en la cabeza.

—Tienes más fuerza y valor del que yo pensaba, Megan. Me has sorprendido.

—Te lo dije —respondió sonriendo.

—Aunque también me has asustado cuando he visto en ti la mirada del odio y la venganza. Esa mirada sólo la había visto en los guerreros en el campo de batalla.

—Mi abuelo me enseñó que la familia es lo más importante, y yo siempre he tenido muy claro que, si alguna vez esos hombres se ponían ante mí, los mataría.

—Has acobardado a mis hombres —sonrió él al recordar sus comentarios.

—Así sabrán que conmigo deben tener cuidado. Aunque pediré disculpas a todos por haber puesto en peligro la vida de mi hermana y la de Gillian.

—Y la tuya, no lo olvides —le recordó poniéndole de nuevo los labios en la coronilla.

—La mía era la que menos importaba en ese momento —murmuró desganada.

Al escuchar aquello el highlander se tensó.

—¡¿Cómo has dicho?! —bramó Duncan haciendo una seña a Myles, que prosiguió su camino mientras su laird y su mujer se paraban.

—¿Por qué nos paramos? —preguntó Megan.

—No vuelvas a decir que tu vida es la menos importante —señaló asiéndola por debajo de los hombros para volverla hacia él—. ¿Sabes la agonía que he sentido cuando no sabía dónde estabas? ¿Y cuando he visto que ese inglés atizaba tu cabeza contra el suelo? Realmente no entiendes que, si te pasara algo, yo lo sentiría.

—Duncan —susurró conmovida—, escúchame y espero que lo entiendas. Para mí, la vida de mi hermana y la de Gillian valen muchísimo, y si yo, que soy la mayor, hubiera atajado este problema sola, nada de esto habría ocurrido. —Con ojos cansados prosiguió—: Si algo les hubiera ocurrido, habría cargado con la culpa el resto de mi vida. Siempre he sido responsable de alguien. Nunca he tenido a nadie más fuerte que yo en el que apoyarme.

—Pero tu abuelo y Mauled...

Megan, tapándole la boca, no le dejó terminar.

—El abuelo y Mauled han cuidado de todos, pero nunca pude obviar que eran dos ancianos que hacían todo lo que podían por nosotros. Ellas podrían haber muerto, y yo no podría haber hecho nada por remediarlo y...

Ya no pudo continuar, se derrumbó contra él.

—Eh..., cariño —dijo abrazándola con dulzura.

En ese momento, Duncan fue consciente de lo duro que había sido para Megan pasar la mayoría de su vida ocupándose de sus hermanos. Sabía perfectamente de lo que hablaba y eso le hizo recordar a su fallecida hermana Johanna. Si él hubiera estado el día de su cumpleaños, nunca habría aparecido muerta en el lago.

Con un gesto aniñado que le robó el corazón, ella susurró:

—Duncan, te prometo que...

—Psss..., calla. —La acunó comprobando que la venda de su cabeza volvía a estar manchada de sangre—. Megan, a partir de ahora, yo cuidaré de ti. Me casé contigo. ¡Recuérdalo! Yo te protegeré. ¿De acuerdo, cariño?

—De acuerdo —asintió besándolo.

—Continuemos nuestro camino —señaló Duncan, confundido por lo que aquella joven había conseguido remover en él en tan poco espacio de tiempo.

Cuando llegaron al castillo, Axel indicó a las tres mujeres que pasaran al salón, con gesto ceñudo. Magnus las esperaba. Y, aunque su castigo no sería muy grave, como anciano les echaría una buena reprimenda. ¡Se la merecían por haber expuesto sus vidas!

Entraron seguidas de Axel, Duncan y Lolach. Al traspasar la arcada del salón, la primera persona que corrió a recibirlas fue Zac, seguido por Alana.

—¡Por fin llegasteis! —gritó el niño, y mirando a Megan dijo—: Otra vez tienes sangre en la cabeza.

—No te preocupes, tesoro —sonrió ella quitándole importancia—. No es nada.

—Gracias a Dios que las tres estáis bien —suspiró Alana abrazándolas, y mirando a Megan dijo—: Oh..., ¡por Dios! Tu herida. Ven conmigo o te quedará una fea señal para toda la vida.

Mientras se alejaba de la mano de Alana, Megan miró a su marido que, curvando un lado de la boca y guiñándole el ojo, la hizo sonreír. Poco después, estando las dos solas, Alana dijo:

—¡Fuiste muy sutil con la pócima que me diste!

—Lo siento, perdóname —se arrepintió tomándole las manos—. No quería que nada te ocurriera. Te agradeceré toda la vida que cuidaras de Zac.

—No te preocupes —sonrió Alana con afecto—. Ahora, no te muevas.

Un rato después volvieron al salón, donde Duncan se fijó preocupado en las pronunciadas ojeras de su mujer, mientras Alana corría a los brazos de Axel.

—¿Dónde están? —se oyó el bramido de Magnus.

Asustadas, las muchachas se miraron entre sí. Nunca habían oído levantar la voz al anciano Magnus y eso, con seguridad, no era buena señal.

Duncan, al escucharle, dio un paso adelante. No estaba dispuesto a que nadie le tocara un pelo a su mujer, pero Axel, con un gesto divertido, lo hizo retroceder.

—Abuelo, yo quería decirte... —empezó a decir Gillian.

Pero Magnus, levantando una mano, la hizo callar.

—En todos los años de mi vida, ¡nadie!, a excepción de mi dulce Elizabeth, me ha desobedecido con la ligereza que lo habéis hecho vosotras tres —vociferó el anciano agrandando los ojos de tal manera que las tres muchachas se encogieron mientras los guerreros sonreían.

—Laird... —susurró Megan, pero Magnus levantó de nuevo la mano para ordenar silencio.

—Tenía claro que estos guerreros os localizarían y, cuando Niall regresó y me informó de que os habían encontrado, por fin pude respirar. —Luego, mirándolas con cara de enfado, preguntó—: ¿Cómo se os ha podido ocurrir hacer semejante barbaridad? ¡Os podrían haber matado!

—Lo sentimos, abuelo —suspiró Gillian.

—¡Tendréis un castigo! —gritó observando la terrible pinta que tenían.

Estaban sucias, ojerosas, llenas de sangre y desaliñadas.

—Asumiremos nuestro castigo —asintió Megan bajando la cabeza.

Magnus, que nunca había podido resistirse a aquellas mujercitas, sin pensárselo dos veces, abrió los brazos y con voz temblorosa les ordenó:

—Venid a mis brazos las tres. ¡Ahora mismo!

Soltando un suspiro de satisfacción, las tres se abalanzaron sobre aquel anciano de panza gorda que realmente las quería. A Gillian, por ser su adorada nieta, y a Megan y a Shelma, las quería igual que a un familiar. Ellas eran su debilidad, y todo el mundo lo sabía.

—¿Y el castigo? —preguntó Axel sonriendo a Duncan.

—¡Pobrecillas! Ya han sufrido suficiente castigo —respondió Magnus con cara de bonachón—. Ahora subid y cambiaos esas ropas. Os espera una estupenda cena.

—Con castigos así —sonrió Lolach moviendo la cabeza—, no me extraña que las mujeres de estas tierras sean como son.

Los highlanders se miraron y sonrieron, todos menos uno.

—Eres blando con las mujeres, Magnus —se mofó Duncan.

—Amigos. Ahora entenderéis contra qué he luchado siempre, ¿verdad? —sonrió Axel mirando a su abuelo.

—Ahora entiendo por qué estas mujeres desobedecen las órdenes —escupió Niall, apoyado en la arcada trasera.

—Cierra la boca, Niall —murmuró Lolach acercándose a él.

—Oh..., ¡cállate! —bufó Gillian sin mirarlo.

De nuevo incrédulo por las palabras de aquella pequeña bruja, Niall miró a su amigo.

—Intenté avisarte —señaló Lolach.

—Esa lengua que tienes, algún día te traerá muchos problemas —replicó Niall con severidad acercándose a ella—. Espero que tu hermano y tu abuelo consigan encontrar a un pobre hombre que te soporte, porque ¡eres insoportable!

Duncan, sorprendido por aquello, caminó hacia su hermano, pero Magnus lo paró con la mirada. Deseaba asistir a aquel combate.

—¡Bastante te importará a ti cómo me comporte o no con mi futuro marido! —gruñó Gillian sorprendiéndolos—. ¿Por qué no cierras la boca y te marchas de aquí, donde lo único que haces es molestar?

Malhumorado por lo que ella había dicho ante todos, Niall se acercó al anciano y tendiéndole la mano se despidió:

—Magnus, tengo que partir antes de que asesine a alguien. Que tengas suerte a la hora de encontrar un marido tonto y sordo para la maleducada de tu nieta.

—¡Buen viaje, muchacho! —respondió Magnus sonriendo al

ver cómo su nieta zapateaba el suelo. ¡Era idéntica a su abuela!—. Recuerda, Niall, que aquí siempre serás bien recibido.

—¡Y un cuerno! —gritó Gillian con los brazos en jarras—. Espero no tener la desagradable experiencia de volver a verte por aquí.

—¡Gillian, basta ya! —la regañó Axel, que por primera vez veía las uñas a su hermana y la paciencia de Niall—. No te consiento que hables así. Cierra la boca si no quieres que sea yo el que me enfade contigo.

—¡Santo Dios! El que faltaba —se quejó ella cruzándose de brazos.

Megan, molesta por cómo se comportaba aquélla sin razón, le dio un tirón en el brazo ordenándola callar.

—Niall —llamó Duncan—. Mañana partiremos. Te pido que esperes a mañana. Es un favor personal.

—De acuerdo —asintió Niall respirando con dificultad—, pero si no te importa dormiré al raso. No quiero que esta noche nadie me clave sus garras, ni me envenene —dijo echando un último vistazo a Gillian.

Con el consentimiento de Duncan, el muchacho se marchó ofuscado, mientras Gillian, con los ojos encharcados en lágrimas, corría escaleras arriba intentando contener su llanto.

—¡Espera, Gillian! —suspiró Alana corriendo tras ella.

—¡Por todos los santos! —sonrió Lolach mirando a su mujer, que seguía con la vista a Alana y a Gillian.

—Tu hermano... —comenzó a decir Axel.

Duncan lo interrumpió con voz tajante y dura.

—¡Omite lo que vas a decir, si no quieres que te diga algo de tu hermana!

Al escuchar aquello, Axel asintió con una media sonrisa y desapareció por donde instantes antes lo habían hecho su mujer y su hermana.

—¡Qué maravilla de juventud! —se mofó Magnus dándoles unas palmadas en la espalda a Lolach y a Duncan—. Mejor no nos metamos en sus problemas o saldremos escaldados. ¿No creéis? —Y abrazando a las mujeres de aquellos valerosos lairds y a Zac, exclamó—: ¡Os extrañaré muchísimo a los tres!

Las muchachas lo miraron con adoración y sonrieron.

—Siempre serás bien recibido en nuestros hogares, Magnus —sonrió Duncan a su vez al ver el cariño que demostraba—, y por supuesto ellas podrán visitarte a ti.

—Eso espero, al igual que las tratéis bien. Si no, os las tendréis que ver conmigo —señaló mirándolos—. Y no olvidéis nunca que ellas son unas McDougall, a pesar de todas las tonterías que dicen por ahí.

—En eso estás equivocado —corrigió Duncan acercándose a su emocionada mujer—. Ahora ella y Zac son unos McRae.

—Y mi mujer una McKenna —apuntó Lolach.

—¡Por todos los demonios! —bramó el anciano al ver cómo aquellos bravos guerreros habían sucumbido al hechizo de sus mujeres—. Espero que seáis tan dichosos como lo fuimos Elizabeth y yo. Ahora subid a vuestras habitaciones y vosotros —dijo señalando a Duncan y a Lolach— hablad seriamente con estas dos valientes fierecillas e intentad que acaten vuestras órdenes a partir de hoy.

—No lo dudes. Conseguiré domarla —asintió Duncan mirando a su mujer, que ponía los ojos en blanco al escucharle.

—Ven conmigo, Zac —llamó el anciano—. ¿Qué te parece si volvemos a visitar los potrillos que han nacido esta mañana?

Al entrar en la habitación, Megan se alejó de Duncan dirigiéndose hacia la ventana. No quería mirar la cama, ni la bañera que la esperaba con humeante agua.

Duncan, intranquilo por las reacciones que le producía su mujer y sin quitarle el ojo de encima, comenzó a desvestirse dejando su espada encima de un baúl. Se quitó las botas y el pantalón, quedando sólo con una camisa blanca que comenzó a desabrochar con despreocupación. Al mostrarse desnudo ante Megan, ella bajó la mirada, avergonzada. Duncan, con paciencia, se metió en el agua y soltó un suspiro de placer cuando el líquido lo cubrió por completo.

—Te vendría bien un baño —señaló Duncan con voz ronca, conteniendo las ganas de besarla y hacerle el amor.

—No me apetece ahora —susurró ella sin poder apartar la mirada de aquellos anchos y poderosos hombros morenos, que desprendían fuerza y calidez al mismo tiempo.

—Tienes dos opciones, Megan —indicó apoyando su cabeza en la bañera—. O vienes tú sola, o voy yo a por ti. Decide.

Al escucharle, Megan tragó saliva. Despacio, se sacó las botas, dejó su daga y su espada junto a la de Duncan y se quitó los gastados y sucios pantalones.

Duncan no quería atosigarla. Tenía alerta todos sus sentidos y podía intuir por los sonidos qué era lo que ella se quitaba y eso lo excitó. Cuando por fin quedó sólo con la camisa blanca, se acercó a la bañera y, plantándose ante él más confundida que otra cosa, dijo:

—Si no te importa, me meteré con la camisa puesta.

Al escucharla, él sonrió. Pero, al ver su precioso y cansado rostro, asintió.

—De acuerdo, mujer. Por esta vez, te lo permito.

Con sumo cuidado, Megan levantó la pierna para meterla en la bañera y, tras aceptar la ayuda de Duncan, se agachó hasta sentarse frente a él dentro de la bañera. Al sentir el agradable calor del agua, los músculos de Megan se relajaron, siendo ella la que suspiró de placer, sin percatarse de cómo él disfrutaba observándola.

Tenerla frente a él, con la camisa mojada y los pezones duros transparentándose, era lo más excitante que había visto en la vida. Megan, ajena a aquel erotismo, lo miró con curiosidad, mientras su larga trenza azulada flotaba en la bañera.

—Nunca vuelvas a hacer lo que has hecho —dijo Duncan con voz ronca.

—¿A qué te refieres? —preguntó Megan.

—Lo sabes muy bien, Impaciente —señaló echándose hacia adelante—. Nunca vuelvas a ir a ningún sitio sin que yo lo sepa.

—¿Me estás diciendo que —contestó retándolo con la mirada—, a partir de ahora, todos mis movimientos serán cuestionados por ti?

—Exacto, mujer.

El control de Duncan, con cada gota que a Megan le resbalaba por el cuello, se desvanecía. Notaba cómo su excitación palpitaba y su cuerpo le pedía más. Tener a Megan semidesnuda estaba siendo una dulce tortura. No pudo aguantar mucho, por lo que, cogiendo con sus húmedas manos la cara de la muchacha, acercó la boca a la de ella y la besó. Al principio, Megan se quedó paralizada, pero, cuando la atrajo hacia él, lo besó con avidez y pasión hasta que Duncan la separó.

—Nunca imaginarás la angustia que he pasado por ti.

Escucharle aquello y ver sus ojos fue todo lo que Megan necesitó para caer rendida en sus brazos.

—¿Temiste por mi vida? —susurró dejándose abrazar.

Sin responder, Duncan la levantó con sus fuertes brazos y la apoyó contra su fornido torso, aprovechando el momento para sacarle la camisola por la cabeza. Los dos quedaron desnudos en la bañera.

—Descansa tu cuerpo contra el mío. —De pronto, Duncan vio varios cortes recientes y con rabia preguntó—: ¿Esto te lo hizo el bastardo inglés?

—Sí, pero no me volverá a tocar —respondió cerrando los ojos al pensar en sir Marcus Nomberg.

—Ven aquí, cariño —susurró besando la herida del hombro—. Eres mía y nadie osará tocarte.

Excitada, se acomodó junto a su esposo. Con placer recibió el calor que desprendían aquellas enormes manos alrededor de su cintura, mientras sentía con deleite los dulces besos que Duncan repartía por su cabeza. El calor que desprendía el hogar y la cercanía de su esposo la estaban volviendo loca, y sintió que se derretía cuando él le susurró con voz ronca:

—No te muevas, cariño.

Disfrutando del momento, notó cómo la palpitante excitación de Duncan le cosquilleaba en su zona más íntima al estar sentada encima de él. Las grandes manos mojadas de Duncan resbalaban lentamente por todo su cuerpo. Ella se arqueó de placer por aquel sensual y maravilloso contacto.

—Eres preciosa y, a pesar de tus malas contestaciones y cabezonería, me enloqueces, cariño —le susurró al oído, mientras con una mano le deshacía la trenza negra que flotaba entre los dos—. Y juro ante Dios que te voy a cuidar como siempre has merecido.

Al escuchar aquello, le entraron ganas de llorar. Levantando una mano, tocó con deseo el cabello castaño de su marido, y echando la cabeza hacia atrás buscó su boca. Ahora fue ella la que le mordió el labio y la que jugó con él; luego, con un rápido movimiento, se dio la vuelta de nuevo para quedar frente a él.

—Te agradezco tus bonitas palabras —sonrió dejando a su marido embelesado—. Quiero ser una buena esposa para ti, pero necesito tiempo. No conozco la vida en pareja.

—Yo te la enseñaré.

Duncan tomó su boca con desesperación e, izándola sobre él, asió su ardiente sexo. Lo colocó entre los suaves pliegues del sexo de Megan y, mirándola a los ojos, la dejó caer poco a poco sobre él, enloqueciendo ambos de placer. Con las rodillas a los lados del cuerpo de él, Megan se agarró a la parte trasera de la bañera, y comenzó a buscar su propio placer. Enloquecido por su sensualidad, Duncan le succionó los pezones y le agarró los pechos para atraerlos hacia él.

Muy excitado, Duncan se contuvo para no hacerle daño, pero, cuando no pudo más, la tomó por la cintura y, asiéndola con fuerza, la ayudó a subir y a bajar sobre él. Mirándose a los ojos, jadeaban derramando el agua de la bañera con cada movimiento, hasta que Megan arqueó el cuerpo hacia atrás y gimió de placer. Al escucharla y notar cómo vibraba su cuerpo, Duncan la apresó y, descargando toda la fuerza de su deseo, dio un masculino bramido que hizo que Megan abriera los ojos y lo mirase asustada.

—¿Estás bien? ¿Te he hecho daño? —preguntó tomándole la cara.

—Psss... Impaciente —rio al ver la inexperiencia de ella. ¡Creía que le había hecho daño!

Tras abrazarla, la cogió en brazos y salió con ella de la bañera. La posó sobre la cama y se tumbó encima de ella, con cuidado de no aplastarla. Mirándola con dulzura, le susurró haciéndola temblar.

—Me has dado un placer enorme, no me has hecho daño. Pero si quieres —dijo viendo que ella comenzaba a sonreír y que su sexo de nuevo se tensaba—, puedes volver a repetir lo que has hecho. Me encantaría gritar de placer de nuevo.

—Oh... Duncan. Deseo que vuelvas a gritar de placer —sonrió ella mientras navegaba en la profundidad de sus ojos.

—Deseo concedido, mi amor —sonrió tomando su boca—. Deseo concedido.

Aquella noche, cuando Megan y Duncan bajaron al salón del castillo se encontraron a todos sentados a la larga mesa. Shelma, al ver a su hermana con una media sonrisa, supo que ¡era feliz!

—¿Alguien ha avisado a Niall? —preguntó Alana atrayendo la mirada ofuscada de Gillian—. Quizá tenga hambre y quiera comer algo.

—No te preocupes —dijo Axel acariciando la mano de su esposa—. Un highlander puede estar sin comer varios días. No sería la primera vez que Niall pasa hambre. Además —prosiguió clavando los ojos en los de su hermana—, no creo que le apetezca comer.

—Pero ¿qué necesidad tiene de pasar hambre? —señaló Megan mirando a Duncan, que desde que había salido de la intimidad de la habitación había vuelto a adoptar una expresión seria y hosca.

—Mi hermano estará bien —respondió con voz ronca.

La cena transcurrió con celeridad. Magnus se dio cuenta de la prisa que aquellos tres jóvenes matrimonios tenían por volver a sus habitaciones. Con una sonrisa, los despidió uno a uno, quedando a solas con Gillian, una vez que Zac se marchó con Frida.

—Pareces triste, pequeña mía.

—Me da tristeza que mañana Megan y Shelma se marchen —respondió evitando decir más—. Las echaré muchísimo de menos.

—Entiendo —asintió Magnus sentándose a su lado—. ¿Te he contado alguna vez cómo conocí a tu abuela Elizabeth?

—No. Siempre hablas de lo buena que era, pero nunca de cómo os conocisteis —señaló mirándolo a los ojos. Sabía por Axel que hablar de ella le dolía en el corazón.

—Hace muchos años, cuando yo era un fornido, gruñón y joven guerrero, mi padre, Velcis, me envió junto a Marlob, el abuelo de Duncan y Niall, a Edimburgo. Debíamos entregar un mensaje a un enlace. En el camino, encontramos varios pueblos quemados y devastados por el mal inglés —indicó el anciano endureciendo la voz—. Los ayudamos en lo que pudimos, pero continuamos nuestro camino, prometiendo que a nuestra vuelta les llevaríamos comida. Cuando llegamos a Edimburgo, nuestras vidas corrieron auténtico peligro. Nadie nos avisó de que el poder inglés se había hecho muy fuerte en aquella zona, por lo que a duras penas pudimos culminar nuestra misión. Una noche, cuando nos arrastrábamos por las calles de Edimburgo en busca de nuestro enlace, oímos los gemidos de una mujer. Marlob, que siempre fue muy impetuoso, se lanzó a buscar la procedencia de aquellos gemidos. Nos encontramos algo terrible. Ante nosotros, una joven mujer con un bebé en brazos lloraba enloquecida la muerte de su hijo. Ni que decir tiene que intentamos ayudarla, en especial Marlob. Yo era demasiado huraño como para implicarme en algo así y más siendo una inglesa la que lloraba con desesperación. Como pudimos le quitamos el bebé de los brazos y lo enterramos.

—Qué triste, abuelo —susurró Gillian.

—Nunca olvidaré su tristeza y su mirada perdida el día que nos despedimos de ella. Tiempo después, conseguimos encontrar a nuestro enlace. Al finalizar nuestra misión, intentamos regresar a casa. Pero fuimos interceptados en el camino y hechos prisioneros.

—¿Fuiste prisionero de los ingleses?

—Sí, tesoro. Estuvimos cerca de dos meses en las mazmorras de la gran fortificación de Edimburgo. Fue terrible. Estábamos rodeados de muerte y putrefacción. Las ratas nos despertaban por la noche mordiéndonos los pies, pero una noche, cuando pensábamos que nuestro fin estaba cerca, apareció ante nosotros una mujer con exquisitas y elegantes ropas, que con la ayuda de unos hombres nos sacó de allí. Nos llevó a un lugar seguro y cuidó de nosotros hasta que las fuerzas regresaron a nuestros cuerpos.

Aquella mujer era la misma que tiempo atrás lloraba con el bebé en brazos. Poco después, nos enteramos de que era la hija del barón William Potter. Éste había renegado de ella y la expulsó de su hogar por ayudar a algunos sirvientes de ascendencia escocesa. El niño que aquella noche ella portaba muerto en sus brazos no era su hijo. Era el hijo de su sirvienta Hedda, que antes de morir le rogó que cuidara de él. Pero el barón Potter, al enterarse de que su hija cuidaba al bebé, lo cogió y lo lanzó por la ventana.

—¡Qué horror! —murmuró Gillian llevándose las manos a la cabeza.

—Aquello cambió la vida de mi preciosa Elizabeth —sonrió el anciano al recordarla—. La noche que Marlob y yo la dejamos, volvió a la casa de su padre y, tras recuperar escasas ropas y algunas monedas, comenzó a auxiliar a todo inglés o escocés que lo necesitara. Una tarde se enteró de que dos guerreros escoceses habían sido capturados, y ella, junto a un grupo de proscritos, redujo a los carceleros y liberó a los presos. Ni que decir tiene que, a partir de ese momento, ella pasó a ser tan proscrita como nosotros, por lo que Marlob y yo decidimos no abandonarla. Si la cogían, moriría decapitada por traición. —Tomando aire, Magnus prosiguió—: Por aquel entonces, Marlob intentó cortejarla, pero ella ya se había fijado en mí. Un gruñón y arisco guerrero que ni siquiera la miraba, a pesar del agradecimiento que sentía por ella. En nuestro viaje de regreso, pasamos por el pueblo donde los ingleses habían sembrado la muerte y la miseria. Ella, sin amilanarse por su sangre inglesa, ayudó una por una a todas las mujeres y niños de la aldea. Ahí fue cuando me fijé en ella y comprendí que, además de ser una bonita mujer, era la mejor persona que había conocido en mi vida. Ella, que podría haber vivido feliz en el calor de un lujoso hogar, se desvivía por ayudar a los menos favorecidos, arrastrándose a la miseria y a la penuria.

—Debió de ser muy especial —sonrió Gillian a su abuelo, que asintió.

—Tu abuela me enseñó que a las personas se las debe querer y respetar por cómo son. No por lo que los demás se empeñen que son. Al principio, tuvo que luchar mucho para que la gente no la mirara como una *sassenach*, pero lo consiguió, y la gente la adoró, olvidando su pasado. Recuerdo que mi padre, cuando se enteró de su procedencia, se enfadó muchísimo conmigo. Pero ella, día a día, supo ganarse su cariño y respeto. Al final, mi padre y mi gente la querían tanto como yo.

—Es parecido a lo que les pasa a Megan y a Shelma, ¿verdad?

—Oh..., esas muchachitas —sonrió al pensar en ellas—. Su fuerza me recuerda muchas veces a la de mi adorada Elizabeth. Sobre todo Megan. Siempre está luchando por quien es, no por quien algunas malas personas dicen que es.

—Abuelo, ¿por qué me has contado esto?

—Porque, tesoro mío —sonrió el anciano mirándola—, las personas importantes en nuestras vidas se merecen una segunda oportunidad. Escucha, Gillian, quizá no sea yo la persona con la que debas hablar de estos temas. Pero veo cómo miras al joven Niall y cómo él te mira a ti. Sois el fuego y el agua. Si de verdad deseáis estar juntos, debéis encontrar vuestro equilibrio.

—Oh..., abuelo —gimió ella mirándolo—. Creo que eso es algo que nunca podrá ser. Somos tan diferentes que terminaríamos matándonos.

—Querida, Gillian —sonrió al escucharla—. Si te he contado la historia de tu abuela y mía es para que te des cuenta de que las personas, cuanto más diferentes son, más se atraen. Tu abuela y yo lo teníamos todo para matarnos: yo escocés, ella inglesa; yo un guerrero bruto, ella una señorita de buena familia; yo un huraño mandón, ella un encanto con carácter. ¡Dios mío, recuerdo nuestras peleas!

Las carcajadas de Magnus al recordar retumbaron en el salón. Gillian, mirándolo, dijo:

—Pero tú no eres huraño, abuelo. Eres amable, protector, siempre velas por nosotros.

—Todo eso se lo debo a ella. Me enseñó que en la vida existen más cosas aparte de blasfemar, mandar y pelear. Me enseñó a sonreír, a querer y a cuidar de todos vosotros. Cuando vuestros padres murieron, recuerdo que ella luchó por que tanto tú como Axel fuerais felices y, cuando enfermó, me hizo prometer que nunca permitiría que ninguno de vosotros fuera infeliz. Me recordó lo importante que era el amor para encontrar la felicidad en la vida. Si te digo esto, es porque sé que ese McRae está loco por ti, tesoro mío. Se lo veo en los ojos. —Y mirándola con ternura añadió—: ¿Me vas a negar que a ti te ocurre lo mismo que a él?

—Tienes razón, abuelo —asintió Gillian mirándolo a los ojos—. Pero, de momento, nada se puede hacer. Está demasiado empeñado en ser el mejor guerrero. Un guerrero sin cargas familiares como una esposa e hijos.

—Démosle tiempo para que se dé cuenta de que en la vida existen cosas más importantes que ser el mejor guerrero —reflexionó el anciano al escuchar aquello—. Y, si no es así, ya se nos ocurrirá algo, tesoro mío.

Con un gesto dulce, Gillian besó a su abuelo y éste sonrió.

—La sigues echando de menos, ¿verdad?

—Todos los días de mi vida. No hay un solo día que no recuerde a mi adorada Elizabeth —dijo levantándose junto a su nieta—. Ahora vayamos a descansar. Es tarde.

Tras despedirse de su abuelo, conmovida por lo que le había contado, subió conteniendo las lágrimas hasta las almenas, donde se desahogó. Desde allí, buscó entre la oscuridad de la noche la silueta de Niall, pero era imposible distinguirla. Poco después, entristecida y enfadada, se dirigió hacia su alcoba sin saber que aquel al que buscaba la miraba entre las sombras mientras se preguntaba qué iba a hacer para olvidarla.

15

Despedirse de Magnus, de Gillian y de su gente era triste y doloroso. Aquello era como volver a marcharse de su hogar.

Gillian, con lágrimas en los ojos y un terrible nudo en la garganta, asió la mano de Magnus mientras decía adiós. Ver cómo sus amigas partían y sentir la indiferencia de Niall, le partió el corazón. ¿Volvería a verlo?

La comitiva de guerreros arropaba a Megan y a Shelma, que cabalgaban entre ellos, mientras que Zac iba subido en la carreta junto a *Klon* y las pocas pertenencias que poseían, entre ellas un envejecido caballo llamado *lord Draco*.

Lolach y Duncan, junto a Niall, encabezaban aquella comitiva, la cual cada vez era más numerosa. Cada pocos metros se unían a ellos los guerreros que habían quedado de vigilancia por el camino, que al ver a las mujeres las miraban con curiosidad.

—Estoy emocionada —murmuró Shelma mirando a su alrededor.

—¿A qué se debe tanta emoción? —preguntó Megan.

—Soy feliz —susurró para que nadie la escuchara—. ¿Acaso tú no lo eres?

—Sería más feliz si no tuviéramos que separarnos.

—Es verdad —asintió Shelma. Acercando su caballo al de su hermana, preguntó—: Anoche, en vuestra intimidad, ¿qué tal fue?

—¡Shelma! —gritó Megan atrayendo la atención de todos—. ¿Cómo se te ocurre preguntarme eso?

—Por Dios, Megan, eres mi hermana —señaló mirando hacia los lados—. Ya sé que algo habíamos oído referente a cómo hacer feliz a un hombre, pero nunca nadie me había explicado lo que se hacía realmente. De todas formas, si te incomoda hablar de esto, no continuaré.

—No es eso —sonrió Megan y, moviéndose en el caballo, preguntó—: ¿Vas cómoda sentada en el caballo?

—¡Oh, Dios mío! —se quejó Shelma—. Ya no puedo más. Estoy dolorida y el movimiento del caballo me mata cada vez que me roza donde tú ya sabes.

—¡Calla! —se carcajeó Megan.

Aquellas dulces carcajadas sonaron demasiado altas, atrayendo las miradas de todos los guerreros y de sus esposos, que, al escucharlas, las regañaron llevándose un dedo a la boca a modo de silencio.

—Oh..., oh, será mejor que hablemos bajo. Nuestras risas molestan.

Pero su hermana no estaba dispuesta a callar.

—Megan, ¿sufriste mucho la noche de bodas cuando Duncan se metió dentro de ti? —preguntó Shelma con curiosidad—. Yo, si te soy sincera, hubo un momento en que pensé que iba a morir de dolor, pero luego el dolor pasó... y... y... ahora me encanta.

Sonriendo ante la sinceridad de su hermana y bajando la voz para no ser escuchadas en un tema tan particular, le contestó:

—Pues claro que me dolió, Shelma. Me pasó igual que a ti. Pero, superado el momento doloroso y los días, cada vez es mejor. ¿Os habéis bañado juntos en la bañera?

—No —negó Shelma mirándola con los ojos muy abiertos.

—Oh... Shelma —se sonrojó al recordar—, es maravilloso. Báñate con él y verás qué sensaciones más extrañas tendrás al estar mojados y resbaladizos.

—Lo haré —asintió ella guardando aquella información—. Por cierto. Me asusté al verlo desnudo. Y mira que he visto mil veces a Zac. Pero, entre tú y yo, hermana, nunca me imaginé que aquello pudiera crecer tanto... tanto... ¡Increíble!

Al escuchar aquello, Megan no pudo reprimir una sonora carcajada y Shelma se unió a ella. De nuevo, todos las miraron. Duncan miró a Megan con seriedad, por lo que ella tuvo que hacer un gran esfuerzo por no continuar riendo, a pesar de que era lo que más le apetecía.

Niall, que seguía enfadado con ellas, se acercó y con semblante serio señaló:

—Os agradeceríamos que dejarais de montar escándalo. Estamos pasando por el territorio de los Campbell.

—Y ¿qué pasa? —preguntó Shelma sonriente.

—Tuvimos un pequeño percance con Josh Campbell hace años. Por norma, ellos pasan por nuestras tierras y nosotros por las de ellos, pero nunca está de más estar alerta. Por tanto, ¡¿seríais tan amables de cerrar esas boquitas?!

—Prometemos cerrar nuestras boquitas —afirmó Megan— si tú nos perdonas por ser las peores mujeres del mundo y escapar del castillo sin decirte nada. Prometemos no volver a hacer nada así en tu compañía.

—¡Por supuesto que no volveréis a hacer nada así! —bramó Niall, atrayendo ahora la mirada de los demás, y bajando la voz susurró—: El que os perdone o no es algo que haré cuando yo lo decida.

—Te siento muy ofuscado, y eso no es bueno —señaló Shelma moviendo su caballo para dejar a Niall entre las dos.

—Estoy con vosotras como os merecéis —replicó Niall con seriedad.

—Si nos dieras quince latigazos a cada una, ¿cambiarías de cara? —preguntó Megan percibiendo una pequeña sonrisa en él—. Niall, sabemos que hicimos mal.

El joven highlander, muy tieso en su caballo, no respondió.

—Súbelo a veinte latigazos —bromeó Shelma al notar que al chico le comenzaba a temblar la barbilla—, y añade encerrarnos en un cuarto sin ventanas, con un panel de abejas hambrientas.

Con salero, Megan siguió la broma, siendo escuchada por Myles, que sonrió por el buen humor de aquellas mujeres.

—Y si eso te parece poco —sonrió Megan—, suéltanos en un bosque rodeadas por unos quince jabalís salvajes...

—Oh... —bufó Niall sonriendo—. ¡Basta ya! De acuerdo, os

perdono. Pero que sepáis que me decepcionasteis mucho cuando os escapasteis.

—¡Gracias, Niall! —corearon ambas al unísono y, haciéndose una seña, se abalanzaron sobre Niall, que quedó oprimido por las dos mujeres en un abrazo.

A su alrededor, los hombres los observaban. ¿Qué hacían aquellas mujeres abrazando a Niall? El murmullo de los hombres atrajo la atención de sus lairds.

—¡¿Qué ocurre aquí?! —gritó Lolach, que, al ver aquello, rápidamente fue a pedir explicaciones mientras Duncan los observaba apoyado en su montura.

—Esposo mío —pestañeó Shelma con una sonrisa—. Le estábamos dando las gracias a Niall por perdonarnos. No tienes por qué gritar de esa forma.

—Iré con Ewen y Myles —anunció Niall separándose de ellas al ver sonreír a Myles— antes de que me volváis a meter en otro lío.

—Lolach, tesoro. ¿Podríamos parar? —prosiguió Shelma—. Necesitamos estirar las piernas y descansar un poco.

—¡No! ¡Ahora no es momento de parar. Seguirás en el caballo hasta que yo lo diga! —vociferó Lolach bien alto para que todos le oyeran.

Incrédula por el tono de voz usado por él, Megan lo miró.

—¡Serás maleducado! —gritó Shelma al tiempo que Lolach paraba su montura y volvía la mirada hacia ella—. Llevamos demasiado tiempo encima del caballo y necesitamos bajar. ¡No te volveré a llamar tesoro! Pedazo de bruto.

—Será mejor que te calles —ordenó Lolach acercándose a ella.

Megan, sorprendida por aquellos modales de Lolach, lo miró con cara de pocos amigos. Duncan, al ver la mirada desafiante de su esposa, acercó su caballo al de su amigo y sin apartar la mirada de Megan le ordenó que callara. Ella no debía meterse.

—¡Alto! —gritó Lolach levantando una mano.

Todo el mundo paró.

—No te preocupes, es mejor que sigamos adelante —le susurró Duncan a su amigo, que hervía de indignación por los gritos de su esposa.

—¡No! ¡Antes quiero hablar con mi mujer! —vociferó desmontando de su caballo para tirar del brazo de Shelma. Bajándola de malas formas y sin ningún tipo de contemplación, la arrastró hasta una zona del bosque tupida, donde no se los veía.

Niall miró a Duncan, y éste con la vista le pidió tranquilidad.

—¿Qué va a ocurrir? —preguntó Megan, indignada por aquello, sin poder apartar la mirada del bosque.

—Mi señor le recordará cómo debe hablarle y dirigirse a él —indicó Mael, uno de los guerreros de Lolach.

—Como se atreva a hacerle algo a mi hermana —murmuró Megan—, se las verá conmigo.

Algunos guerreros, al escucharla, se quedaron boquiabiertos.

—Tú no harás nada —señaló Duncan acercándose a ella—. Ellos han de arreglar sus problemas y tú no debes meterte.

Pero Megan no estaba dispuesta a quedarse impasible ante aquello.

—Pero no es justo. Ella sólo le había pedido parar un rato. Necesitamos estirar las piernas, nosotras no estamos acostumbradas a estar tanto tiempo encima de un caballo. ¡¿Acaso vuestras duras cabezas de highlanders no entienden eso?!

Los guerreros volvieron a mirarse incrédulos.

—Si no te callas —gruñó Duncan con fiereza—, tendré que hacer lo mismo que Lolach. Mis hombres nos están mirando y ¡nadie! levanta la voz a su laird. Por lo tanto, ¡cállate!

En ese momento aparecieron Lolach y Shelma. Ella llevaba los ojos enrojecidos por el llanto. Lolach, que no estaba acostumbrado a aquellas situaciones, se paró al lado del caballo de su mujer para ayudarla a montar, pero ésta, ofuscada, se dio la vuelta y subió por el otro lado a la montura sin ningún tipo de ayuda, dejando a todos impresionados.

—¡¿Qué os pasa a todos?! ¿No habéis visto nunca a una mujer subir sola a un caballo? —gritó Megan sin importarle lo que aquello podría suponer.

—Continuemos nuestro camino —indicó Lolach montando en su caballo. Sin mirar a Shelma, se dio la vuelta y, al mirar a Duncan, intuyó que estaba indignado.

—Seguiréis a caballo sin molestar hasta que nosotros decidamos parar. No volváis a hacer que paremos y, sobre todo —dijo Duncan mirando a su mujer—, no hables si yo no te lo he pedido. ¡¿Entendido?!

—Por supuesto, mi laird —respondió Megan con una fría mirada.

Resuelto el percance, la comitiva prosiguió su camino, momento en el que Megan miró a su hermana, que había vuelto callada y, en cierto modo, tranquila.

—¿Estás bien? —preguntó con ganas de coger a Duncan y estamparlo contra un árbol. ¿Quién se había creído que era para hablarle de aquella manera?

—Sí. Tranquila —asintió secándose las lágrimas.

—¿Qué te ha hecho el bestia de Lolach?

—Oh... Megan —susurró acercando su caballo—. Me ha besado.

—¡¿Qué?! —Estuvo a punto de chillar al escucharla.

¿Acababa de discutir con su marido mientras su hermana y su marido... se besaban?

—¡Cállate! —sonrió al oír a su hermana—. Me ha llevado de muy malos modos tras los árboles, y yo... yo... he comenzado a llorar. Y él me ha besado y me ha dicho que nunca más volviera a chillarle e insultarle delante de nadie, y menos de sus hombres. ¡Es adorable!

—Es un... ¡bestia! Igual que el Halcón —murmuró mirando las anchas espaldas de su marido, que en un par de ocasiones había vuelto la mirada para intimidarla, cosa que no consiguió—. De todas formas, me alegro de que no te haya hecho daño, eso me habría obligado a matarlo.

Myles y Niall, que estaban cerca de ellas, se miraron incrédulos al escuchar aquello de la boca de Megan. Haciendo retroceder a sus caballos, cabalgaron en dirección opuesta, donde pudieron reír a carcajadas. ¡Qué mujeres!

El sol comenzaba a ponerse y aún continuaban montadas a caballo. No volvieron a llamar la atención de los lairds, quienes parecían disfrutar del camino y haberse olvidado de ellas.

—¡Dios mío! —se quejó Shelma, tan dolorida que empezaba a sentirse mal—. No puedo más.

—Me duele hasta el alma —suspiró Megan.

En todo aquel tiempo, tan pronto se sentaba de lado como a horcajadas. Duncan no volvió a mirarla. Se comportaba como si ella no estuviera, algo que la molestó. De pronto, Megan miró hacia la carreta donde Zac dormía. Sonriendo a su hermana, murmuró:

—Shelma, ¿ves la carreta?

Su hermana miró, e iluminándosele la mirada preguntó:

—¿Estás pensando lo mismo que yo?

—Totalmente —asintió Megan—. Veamos, si nos montamos en la carreta, seguiremos el camino, no los molestaremos y, sobre todo, no los haremos parar. Creo que cumplimos todas sus normas, ¿no crees?

—Sí. Y nuestras posaderas nos lo agradecerán. —Shelma cerró los ojos.

—Una cosa más —señaló Megan con picardía—. Cuando estemos en la carreta, sonríe a los hombres de tu marido con cara angelical y pídeles silencio. Yo haré lo mismo con los del mío.

Ambas tomaron las riendas de sus caballos y se acercaron a la carreta.

Myles, junto a Mael, Ewen y Gelfrid, cabalgaba detrás del carro. De pronto, Ewen señaló a las mujeres. Y con la boca abierta vieron cómo las jóvenes, sin parar sus caballos, saltaban sobre la carreta. Ataron sus caballos a la misma y, sin pensárselo dos veces, se echaron junto a Zac. Aunque antes ambas les dedicaron una radiante sonrisa a los guerreros y, con el dedo en la boca, les pidieron silencio.

—¡Por todos los diablos rojos! —exclamó Ewen al ver aquello.

—Se podrían haber roto el cuello —murmuró Mael, que con una mano indicó a los hombres que callaran.

—Creo que la llegada de nuestras señoras a los clanes será comentada —rio Myles mirando a Mael, quien asintió y también rio.

Al anochecer, Duncan y Lolach indicaron a sus guerreros que iban a acampar. Por cabezonería, Duncan no había mirado ni una sola vez hacia atrás a su mujer, pero cuando bajó de su majestuoso caballo *Dark* esperó encontrarse con la ofuscada cara de Megan, por lo que se quedó sin palabras al comprobar que no la veía ni a ella ni a su hermana.

—¿Dónde demonios están? —se preguntó mirando alrededor.

—¿Quiénes? —dijo Lolach.

—Tu mujer y la mía.

Con la rabia apoderándose de él, Duncan, seguido por un sorprendido Lolach, anduvo hacia Niall. ¿Acaso no notaban la falta de las mujeres?

—Tranquilo, hermano. Tranquilo, Lolach —señaló Niall al ver la cara de los guerreros—. Están durmiendo dentro del carro.

—¿Dentro del carro? —se asombró Lolach, que fue tras Duncan y comprobó cómo ellas dormían plácidamente al lado de Zac.

—Mi laird. —Mael se acercó a Lolach—. Fue todo rápido. Pusieron los caballos junto a la carreta y saltaron dentro.

—Impresionante habilidad la de vuestras mujeres, lairds —rio Myles mirando a Duncan.

—¿Por qué no se nos informó de ello? —preguntó Duncan mirando a su mujer, que dormida estaba preciosa.

—Disculpadnos —indicó Myles, guardia de Duncan y buen amigo—. Si yo hubiera obligado a Maura a estar tantas horas a caballo, os aseguro que su enfado sería enorme. Hemos marchado todo el día sin parar. Se merecían ese descanso.

Duncan, al escuchar al bueno de Myles, asintió y calló.

—Tienes razón —dijo Lolach, hechizado por cómo respiraba su esposa—. Pasaremos la noche en este claro. Montad un par de tiendas, traed agua y preparad algo de comida. —Mirando a Duncan murmuró mientras caminaban hacia el lago para lavarse—: Amigo, creo que nos hemos casado con algo más que dos simples mujeres.

—Nunca lo dudé. Ya nos indicaron dos viejos zorros que ellas eran dos excelentes yeguas —sonrió con complicidad, dándole un puñetazo a Lolach, que se lo devolvió divertido.

16

El olor de la comida hizo que Megan regresara al mundo real. Desperezándose lentamente, su nariz buscó la procedencia de aquel aroma tan rico, y de pronto se vio metida en una tienda. ¿Cómo había llegado hasta allí?

Con sumo cuidado y sigilo, se acercó a la abertura de la misma. Con disimulo miró hacia el exterior y tuvo que sonreír cuando vio a Zac y a su perro jugando con Ewen. Aquel gigante parecía haberle tomado mucho cariño a su hermano.

Apoyado en un gran tronco y con las piernas estiradas, Duncan hablaba con Niall. Parecía enfadado. Su entrecejo y sus ojos se lo decían. El resto de los guerreros estaban dispersos por todo el claro. De pronto, unas risas atrajeron su atención. Era su hermana Shelma, que salía de la tienda acompañada por Lolach. Durante unos instantes, los miró. Se los veía felices y eso le gustó.

Hambrienta y sedienta, decidió salir de la tienda. Fue mover la tela y Duncan se levantó de un salto y a grandes zancadas llegó hasta ella.

—Por fin te has despertado —señaló estudiándola con la mirada—. Ven, toma un poco de estofado, te sentará bien. Hoy apenas hemos comido.

Megan, sin hablar ni mirarlo, lo siguió, y de buen grado aceptó el plato que uno de los guerreros le ofrecía.

—¿Cómo te llamas? —preguntó Megan mirando a quien debía de ser el cocinero.

—John, milady —susurró extrañado de que su señora le hablara—. Espero que os guste mi estofado.

Tras asentir al hombre con la cabeza e ignorar a Duncan, se

alejó y se sentó bajo un álamo, donde comenzó a comer tranquilamente. Duncan, al sentirse ignorado, la miró con asombro. Nadie había tenido el valor de tratarlo así, pero pese a todo se sentó junto a ella, que sin mirarle siguió comiendo.

—Percibo que no estás muy habladora. ¿Te levantas siempre de tan buen humor? —bromeó Duncan, pero ella siguió sin mirarle, algo que comenzaba a desesperarlo—. Megan, mírame. ¿Por qué no me hablas?

—¡Oh..., mi señor! —se burló ella con acidez sabiendo a lo que se exponía—. ¿Me permitís hablar? Os recuerdo que la última vez que os dirigisteis a mí, me ordenasteis no hablar hasta que me lo indicarais.

Duncan resopló.

—Tienes razón. Disculpa mis palabras. Por supuesto que puedes hablar.

—Ahora no deseo hablar contigo —comentó sorprendiéndolo como siempre.

Una vez dicho eso, Megan se levantó de un salto. Antes de que él pudiera cogerla del brazo, se dirigió hacia el cocinero, que al verla llegar la miró con curiosidad.

—John, tu estofado estaba exquisito. Eres un gran cocinero.

—Gracias, milady —respondió el muchacho, orgulloso, mientras la observaba alejarse.

—¿Adónde se supone que vas? —dijo Duncan tomándola del brazo.

Ella, sin mirarlo, dijo:

—Necesito un poco de intimidad. Desearía bañarme.

—El agua está demasiado fría; además, el lago está ocupado por Lolach y Shelma —respondió intentando conectar con sus ojos, pero ella no quería mirarlo.

—Mi señor, ¿necesito vuestro permiso para asearme?

—Esta discusión ridícula se acabó —advirtió Duncan, malhumorado.

Sin soltarla del brazo y con gesto de enfado, la llevó hasta un lugar apartado de las miradas curiosas de sus hombres. Necesitaba hablar con ella.

—Vamos a ver, mujer. ¿Me puedes decir qué te pasa?

Clavando sus oscuros ojos en él, dijo en un tono poco conciliador:

—¿Puedo hablar? ¡Oh, mi dueño y señor!

—¡Maldita sea! —gruñó desesperado—. Deja de llamarme «señor» y habla.

Megan, viendo la desesperación en los ojos de su marido, con media sonrisa lo miró desafiante y poniéndose sus manos en la cintura dijo:

—Ahora que vuelves a ser Duncan y que puedo hablar, te diré que hoy te has comportado como un estúpido y un maleducado, al que he deseado matar en varias ocasiones. —Viendo que la miraba divertido, continuó mientras se rascaba la herida de la frente—: ¡Maldita sea, Duncan! Tengo la cabeza que me va a estallar de dolor. Mi hermana y yo no somos guerreros. Aunque quizá seamos más fuertes que otras mujeres, anoche ambas estuvimos disfrutando con nuestros maridos de la intimidad de nuestra habitación. Y por eso estamos doloridas y cansadas... —Al escuchar aquello, Duncan cerró los ojos. ¿Cómo podían haber sido tan brutos y no pensar en lo que ella le decía ahora? Megan prosiguió—: Y me habría gustado mucho que mi marido, ese que anoche me decía cosas bonitas, se hubiera dado cuenta de que yo necesitaba bajar del caballo porque...

No pudo continuar. Duncan la atrajo hasta él y la besó. La besó con avidez y deseo, con ternura y pasión, mientras susurraba disculpas en gaélico. Disculpas que ella aceptó. Adoraba a ese hombre. Sus besos, sus labios, su sonrisa, eran capaces de enloquecerla. Hacía un momento estaba enfadadísima con él, y ahora no quería que dejara de besarla.

—Soy un bruto, discúlpame —imploró mesándole el pelo—. Nunca he tenido que pensar con delicadeza, pero ahora que te escucho me doy cuenta de mi error. ¿Podrás perdonarme?

—Si me lo pides de rodillas delante de todos tus hombres, sí —bromeó Megan carcajeándose al ver la cara que puso.

—¿Qué dices, mujer? —bramó alejándose de ella.

—Es una broma, Halcón —se rio abrazándolo y sintiendo

cómo él se relajaba—. ¡Claro que te perdono! —Y tras un ardoroso beso, añadió—: Yo, por mi parte, intentaré medir mis palabras y mis actos delante de tus hombres.

—Harás bien —dijo agradecido—. Mis hombres no están acostumbrados a que nadie, y menos una mujer, me hable en el tono que tú me has hablado hoy. ¡Por cierto! Da gracias que no te vi saltar del caballo a la carreta.

—¿Por qué? No paré la marcha, ni molesté —señaló tocándose su dolorida frente.

—Lady McRae —susurró Duncan besándole la frente con delicadeza—. Mi intención es que nuestro matrimonio dure un año y un día, y para ello necesito que me ayudes a que no te pase nada.

—De acuerdo —suspiró ella gesticulando y haciéndolo reír.

—¿Sabes, Impaciente? —dijo mirándola con pasión mientras regresaban al campamento—. No sé por qué me gustas tanto.

—Yo sí —rio al escucharle, y haciéndole sonreír dijo—: Porque te doy vida.

17

A la mañana siguiente, tras una noche extraña en sentimientos en la que disfrutó mirando cómo dormía su mujer y después de un amanecer repleto de besos y arrumacos, Duncan se levantó sintiéndose observado por su hermano y Myles, que al verlo se miraron y sonrieron. Aquel segundo día, las mujeres fueron sentadas en el carro junto a Zac, que no paraba de jugar con *Klon*.

—¡Zac! Estate quieto —lo regañó Shelma, harta de golpes.

—Es *Klon* —protestó el niño.

—*Klon*, estate quieto —murmuró Megan, fascinada al ver a Duncan hablar con Myles y sonreír. ¡Le encantaba verlo sonreír!

—Tengo que decirte algo —dijo su hermana acercándose a ella—. Ayer probé lo que me indicaste del agua.

Megan la miró sin entender y preguntó:

—¿De qué hablas?

—Ya sabes. Agua. Lago. Intimidad. Lolach y yo.

—¡Cállate, podrían oírte! —se carcajeó al entender de qué hablaba.

Su hermana pequeña se estaba volviendo demasiado descarada.

—¡Oh, Megan! Me encanta todo lo que hago con Lolach, es todo tan... tan...

En ese momento, Duncan, con gesto serio, levantó la mano y todos pararon. Rápidamente, varios guerreros se pusieron alrededor de ellas, impidiéndoles ver lo que ocurría.

—¿Qué sucede? —preguntó Megan sujetando a su hermano.

—¡Silencio, milady! Alguien se acerca por el camino —le susurró uno de los guerreros.

Ante ellos apareció un caballo blanco, con un hombre malherido. Tras comprobar que no era una trampa, Duncan y Lolach se aproximaron al hombre, que estaba inconsciente, y lo bajaron del caballo.

—Que veinte hombres continúen un tramo del camino —ordenó Duncan mirando a Myles—. Nos reuniremos con ellos en cuanto podamos saber qué le ha pasado a este hombre.

Myles, junto a Ewen y otros guerreros, continuaron el camino, mientras Megan y Shelma bajaban del carro e iban a ayudar al hombre. Tenía una flecha clavada en el brazo y otra en la espalda.

—¡Volved al carro! —gritó Lolach al verlas acercarse.

—¡Ni lo pienses! Este hombre necesita ayuda y yo voy a ayudarlo —respondió Megan mirando a su marido, que asintió.

—Iré a por la bolsa de las medicinas. —Shelma corrió hasta el carro.

Con rapidez la muchacha examinó las heridas y torciendo el gesto miró a su marido.

—Necesita auxilio. ¡Está ardiendo por la infección que le están provocando las flechas! —murmuró Megan—. Tumbadlo encima de una piel. ¡John! —gritó llamando al cocinero—. Necesito agua de vida, fuego, un hierro caliente y paños limpios para limpiar las heridas. ¡Ya!

Todos miraban obnubilados cómo aquellas dos muchachas trabajaban para sacar las flechas de la espalda y el brazo del herido sin causar daño. Con gran maestría, Megan cosió las heridas, mientras Shelma esparcía con cuidado unos polvos verdes por encima.

Poco tiempo después, el ardor del hombre comenzó a remitir, tranquilizando a las muchachas.

Aquella noche, sentados junto al fuego, Duncan observaba cómo ellas ponían paños fríos en la frente del herido con delicadeza.

—¡Pobre hombre! —exclamó Shelma—. ¿Quién habrá sido el bestia que le pudo hacer esto?

En ese momento, el hombre murmuró algo que hizo que Megan y Shelma se miraran. ¡Era inglés! Asustadas, miraron a su alrededor. Nadie a excepción de ellas le había oído.

Duncan se percató de que algo había ocurrido y sintió más curiosidad al ver cómo su mujer se acercaba al oído del hombre.

Sin darse cuenta de que la miraba su marido, Megan se agachó junto al hombre y le susurró al oído en perfecto inglés que dejase de hablar.

—¡Por Dios, callaos! Estáis rodeado de escoceses. Si valoráis vuestra vida, no habléis.

Pero como éste no hacía caso, le puso un nuevo paño de agua fría en la boca y después en la frente al conseguir que callase.

Aquel desconocido a duras penas consiguió abrir los ojos al oír ese acento y, tras una breve pero significativa sonrisa, se desmayó.

—¿Qué vamos a hacer? —preguntó Shelma, incómoda, mirando a su alrededor.

—De momento, curarlo. E intentar que no hable —propuso Megan. Al ver que Duncan la miraba, le sonrió—. Disimula, mi marido no para de mirarnos.

—Pero tarde o temprano lo descubrirán —susurró Shelma, inquieta ante la proximidad de Lolach.

—¡Calla y disimula! —la regañó Megan.

El highlander, tras hablar con Mael, se acercó a ellas.

—Shelma —dijo Lolach tendiendo una mano que ella aceptó—, deberías descansar. Mañana continuaremos el camino. —Mirando a Megan indicó—: Tú también deberías descansar. Tenemos todavía un largo camino por delante.

—Me quedaré un poco más —respondió ella con una sonrisa, mientras veía a su hermana levantarse y marcharse con él—. Que paséis una buena noche.

Una vez sola con aquel hombre, miró hacia su marido, pero no lo encontró. Había desaparecido. Se fijó en el resto de los hombres y todos parecían distraídos con sus cosas o dormidos sobre sus pieles. Con interés, observó al extraño. ¿Quién sería? Y, sobre todo, ¿qué hacía en territorio escocés?

—¿Qué piensas? —le asaltó de pronto la voz de Duncan, tan cerca de ella que dio un respingo asustada.

—Oh..., nada especial. —Intentó sonreír.

—Este hombre se salvará, y os deberá la vida a tu hermana y a ti —dijo sentándose con ella, lo que le hizo temer que el herido volviera a delirar en inglés—. ¿Quién te enseñó el poder de las plantas?

—Felda, la mujer de Mauled —sonrió Megan al recordarla—. Era una mujer muy cariñosa y siempre nos cuidó con mucho amor hasta que murió. Recuerdo cómo se enfadaba con el abuelo y con Mauled, cuando nos enseñaban a hacer cosas de hombres. Pero también se sentía orgullosa cuando nos veía montar a caballo o realizar cosas que supuestamente muchas mujeres no hacen.

—¡¿Cosas?! —Duncan se tumbó poniendo los brazos tras la cabeza para estar más cómodo—. ¿Qué cosas? Apenas nos conocemos y no sé qué sabes hacer además de cuidar de tus hermanos, ser testaruda, meterte en problemas y tener el cuerpo lleno de heridas.

—Oh..., ¡calla! —sonrió al escucharle.

—Montar a caballo lo haces bien —asintió mirándola—, pero eso es algo que la gran mayoría de las escocesas saben hacer.

—Tienes razón —respondió ella sonriendo. ¡Él aún no la había visto montar a caballo!—. Papá y mamá me enseñaron de pequeña, pero el abuelo y Mauled perfeccionaron mi estilo.

—Me sorprende que sepas leer y escribir —recordó él.

—Cuando vivíamos en Dunhar, teníamos profesores que acudían a diario a instruirnos en diferentes materias: la señorita Fanny nos enseñaba buenos modales, idiomas, bailes de salón y costura; el señor Parker, lectura, escritura y el arte de los números. Aunque si te soy sincera, lo que me enseñaron el abuelo, Felda y Mauled es lo que realmente necesito para vivir.

—Siento lo que les ocurrió a tus padres —señaló mirándola mientras ella cambiaba el paño de agua al herido—. Debió de ser terrible perderlos a los dos y pasar por las penalidades que os provocaron vuestros tíos.

Megan sonrió con tristeza.

—Vivir con mis tíos resultó una crueldad para nosotras. Para ellos éramos algo incómodo, que si se quitaban de en medio les otorgaría la propiedad de mi padre. Pero todo quedó olvidado cuando el abuelo, Felda y Mauled nos acogieron. ¡Ah! Y Magnus —sonrió al recordarlo—. Nuestro laird siempre se ha portado bien con nosotras, a pesar de lo que hablaba la gente.

—¿Conoces el motivo del cariño de Magnus hacia vosotras? —preguntó él clavándole la mirada. Quería saber hasta qué punto su mujer conocía la verdad.

—Sí, lo sé. ¿Sabes lo peor de todo? —dijo observándolo fijamente haciéndole sentir la desolación de sus palabras—. Cuando vivíamos en Dunhar, éramos las bastardas escocesas. Ahora, en Escocia, somos las *sassenachs*. Es como si no perteneciéramos a ningún sitio.

—Nunca más tendrás que volver a pasar por eso —aseguró él al sentir la tristeza de sus palabras—. Ahora eres Megan McRae, mi mujer, y no consentiré que nadie te haga daño, ni a ti, ni a tus hermanos.

Al escucharle Megan sonrió, y acercándose a él le dio un breve beso en los labios que él disfrutó.

—¿Crees que tu gente me recibirá con agrado cuando sepa mi procedencia?

—Como te he dicho —afirmó extendiendo la mano para tocar su mejilla—, eres Megan McRae, mi esposa. Quien no te quiera a ti, no querrá pertenecer a mi clan.

Al amanecer, cuando el campamento comenzó a despertar, Megan salió de la tienda con sigilo para visitar al hombre herido. Le tocó la frente y sonrió al comprobar que no tenía fiebre. Con delicadeza, le levantó el vendaje del brazo, puso un poco de ungüento y volvió a taparlo.

—Gracias, milady —susurró el hombre mirándola.

Sorprendida al escucharle, ella lo miró.

—Psss... —señaló Megan mirando hacia los lados—. No habléis; si ellos se enteran de que sois inglés, tendréis problemas.

—Vos también sois inglesa, aunque también la esposa del laird Duncan McRae.

Al saber que conocía aquello preguntó:

—¿Escuchasteis nuestra conversación?

—Sí, milady —asintió el hombre—. Hablabais delante de mí.
Ella sonrió.

—¿Entendéis el gaélico?

—Sí.

—Bien —suspiró aliviada—. Entonces, a partir de ahora, hablad sólo en gaélico. Os evitará problemas. Pero respondedme: ¿qué os ocurrió?

En ese momento, apareció Shelma, que, al verlo despierto, le dedicó una sonrisa y le dijo en inglés:

—Me alegra veros mejor.

—¡Cállate, tonta! —la regañó Megan abriendo los ojos—. Sabe hablar gaélico.

—Oh..., mejor —se alegró Shelma—. Una pregunta: ¿cómo...?

—Mi nombre es Anthony McBean. Mi madre, al igual que la vuestra era escocesa, y mi padre, inglés.

—¿Cómo sabe lo de papá y mamá? —preguntó extrañada Shelma.

—Anoche nos oyó hablar a Duncan y a mí —respondió Megan volviendo a concentrar la atención en el herido—. ¿Qué ha pasado para que estéis en estas condiciones?

—Milady, mi cuñado, Sean Steward, ha intentado matarme.

—¡Qué horror! —se estremeció Shelma—. ¿Por qué?

—Por lo mismo que anoche hablabais con vuestro marido —dijo mirando a Megan—. Me casé con Briana y todo fue bien hasta que Sean se enteró de que mi padre era inglés. A partir de ese momento, nuestra vida comenzó a ser un verdadero infierno. Hace unos días, conseguí llevar a Briana con mi madre, pero mi cuñado, junto a unos cuantos hombres, intentó matarme por *sassenach*. Mi mujer, al verlo, se entregó a cambio de que no me mataran. No dejaron que nadie me ayudara. Me abandonaron en medio del bosque, a lomos de mi caballo. El resto ya lo conocéis.

—Dios mío, qué terrible historia —señaló Shelma al escucharlo.

—Qué terrible es lo que está ocurriendo entre escoceses e ingleses —asintió Megan viendo a Duncan salir de la tienda—. Y lo peor son las horrorosas consecuencias que pagamos los hijos nacidos de esas uniones.

—Milady, mi mujer está embarazada —suspiró Anthony—. Nadie lo sabe aún, pero temo por lo que podría ocurrir si alguien llegara a saberlo. ¿Qué le harían a ella o a mi hijo? Necesito regresar —dijo sentándose mientras su cara se crispaba de dolor—. Tengo que encontrarla antes de que esos locos le hagan daño.

Cuando Duncan llegó hasta ellos, los tres callaron, confirmando lo que sospechaba. Con una sonrisa en los labios, Megan se levantó y tomó la mano de su marido para decir graciosamente:

—Hoy nuestro enfermo se encuentra mejor. —Señalando a su marido dijo—: Anthony, os presento a mi marido, el laird Duncan McRae.

Duncan habló con gesto serio e implacable.

—¿Cuál es vuestro nombre? —preguntó sin dejarle hablar.

—Anthony McBean, laird —respondió intentando levantarse, pero Duncan no se lo permitió. No sabía por qué, pero aquel hombre le parecía buena persona.

—No os mováis, o acabaréis con todo el trabajo de mi mujer y su hermana.

—Os agradezco vuestra amabilidad, laird McRae. —Suspiró de dolor—. A partir de este momento, quedo en deuda con vos.

Duncan, sin apartar su mirada de él, preguntó:

—¿Qué os ha ocurrido?

—Lo asaltaron en el camino —se apresuró a responder Megan, mientras su marido levantaba una ceja con curiosidad.

—Y al ver que no llevaba más que unas monedas —continuó Shelma viendo a su marido acercarse—, se enfadaron tanto con él que casi lo matan.

—Estoy hablando con él —suspiró Duncan intentando mantener la calma mientras Lolach se ponía a su lado—. ¿Seríais tan amables las dos de marcharos un rato y dejarnos? Necesitamos hablar con él.

—¡Imposible! —gritó Megan—. Tenemos que curarlo.

—Lo curarás después —sentenció Duncan—. Quiero hablar a solas con él.

—Shelma —gruñó Lolach al percibir la tozudez de ellas—, si

no queréis problemas, coge a tu hermana y alejaos ahora mismo de aquí.

A regañadientes se alejaron, aunque Anthony las calmó con una sonrisa. Una vez que quedaron los tres a solas, Duncan hizo las presentaciones.

—Éste es el laird Lolach McKenna —dijo mirando al hombre para después volverse a Lolach y continuar—: Su nombre es Anthony McBean y, según tu mujer y la mía, lo asaltaron en el camino para robarle algo más que unas simples monedas. —Dicho esto, Duncan clavó la mirada en el hombre y en un perfecto inglés preguntó—: ¿Estáis seguro de que ellas dicen la verdad?

Al sentirse descubierto, Anthony no quiso mentir.

—No, laird McRae —respondió en inglés sorprendiendo a Lolach—. Y, por favor, disculpad a vuestras mujeres, lo han hecho para ayudarme.

—¿Sois inglés? —preguntó Lolach, incrédulo.

—No, laird McKenna. He sido criado en Inverness y, al igual que les ocurre a vuestras esposas, la gente me llama *sassenach* por el hecho de que mi padre era inglés.

Duncan y Lolach se miraron. Aquel hombre había cometido el mismo delito que sus mujeres. Ninguno.

—Agradezco tu sinceridad, Anthony —prosiguió Duncan mostrándole su confianza—, y quiero que sepas que eso te acaba de salvar la vida. —Mirando a Lolach continuó—: Nunca habría creído que unos ladrones no se llevaran la comida y las monedas que encontré en tu caballo junto a unas notas escritas en inglés.

—¿Qué ocurrió realmente? —suspiró Lolach mirando a Megan y a Shelma, que no les quitaban el ojo de encima.

Con la angustia reflejada en sus palabras, Anthony volvió a relatar lo que momentos antes había contado a las mujeres. Duncan, furioso por aquella mentira, intentó calmar su ansiedad. Su enfado era tal que deseó coger a Megan del cuello y azotarla.

—No te muevas, Anthony —dijo Lolach apiadándose del hombre. Si alguien lo obligara a separarse de Shelma, por el hecho de que su padre era inglés, enloquecería—. Descansa; cuando estés algo más fuerte, hablaremos.

—Haz caso a lo que dice Lolach. Descansa y reponte —asintió Duncan leyendo el pensamiento de su amigo—. Necesitarás todas tus fuerzas para recuperar a tu esposa. —Mirando a Megan y a su cuñada dijo—: Te voy a pedir un favor, Anthony.

—Vos diréis, laird. —El hombre inclinó la cabeza.

—Nuestras mujeres no deben saber que conocemos la verdad.

—Laird McRae... —Se movió incómodo por tener que continuar mintiendo—. Ellas han sido muy amables conmigo y no sé si podré...

—Tendrás que poder —ordenó Lolach entendiendo lo que su amigo quería comprobar.

—Te lo ordeno, Anthony —endureció la voz Duncan—. Si deseas que te ayudemos a recuperar a tu esposa, debes cumplir esa orden.

—De acuerdo, laird McRae —asintió temeroso de hacer enfadar al Halcón.

—Ahora, descansa —dijo Lolach alejándose junto a su amigo.

—Veremos con quién está la lealtad de nuestras mujeres, si con un extraño que acaban de conocer o con sus maridos —refunfuñó Duncan haciendo sonreír a Lolach.

—¿Crees que esas aprendices de brujas serán capaces de mantener la mentira?

—Estoy totalmente seguro —asintió Duncan mirando a su mujer, que en ese momento corría detrás de Zac y de su perro.

Al día siguiente, algo cambió. Extrañada, Megan percibió que su marido la observaba con mirada oscura y penetrante. Ya no le sonreía, ni buscaba su compañía. Shelma, al igual que su hermana, también notó el cambio en Lolach, y eso le estaba comenzando a molestar. ¿Por qué no le hablaba su marido? La noche anterior le había estado esperando hasta tarde. Deseaba contar con su compañía, pero él prefirió dormir al raso con el resto de los hombres.

Montadas en sus respectivos caballos, miraron hacia la carreta. Zac hablaba con Anthony y con Ewen. Parecían haber hecho buena camarilla los tres.

—¿Crees que Anthony conseguirá llegar hasta su mujer? —preguntó Shelma.

—Espero que sí —asintió Megan—. Pobre Briana, su vida debe de ser un sufrimiento. Me satisface mucho que nuestros maridos hayan variado el camino para intentar ayudarlo.

—Mejor, así permaneceremos más tiempo juntas —sonrió Shelma.

En ese momento, Lolach pasó cerca de ellas. Shelma lo miró y le dedicó una coqueta sonrisa, que él no le devolvió.

—No entiendo —se quejó Shelma—. ¿Qué le pasa? ¿Por qué no me habla?

—Duncan está igual —suspiró Megan mirando las anchas espaldas de su marido, y con una media sonrisa dijo—: Quizá están celosos por los cuidados que le prestamos a Anthony.

—Pero anoche no entró a dormir en la tienda —se quejó Shelma al ver a Lolach reír con Mael—. ¿Acaso no sabe que es el único hombre que me hace suspirar?

—Quizá tengas que recordárselo —señaló Megan—. Ve e intenta hablar con él. Seguro que ese detalle le gustará.

Con una sonrisa pícara, Shelma tomó las riendas de su caballo y se puso al lado de Lolach y de Mael, que no se percataron de la cercanía de la mujer, hasta que ella habló.

—Lolach, ¿cuánto camino nos queda aún?

Al escucharla, Lolach hizo una seña a Mael y éste se retiró.

—Bastante —respondió con voz dura y sin mirarla.

—Tengo ganas de conocer las tierras. ¿Son tan hermosas como Dunstaffnage? —volvió a preguntar intentando mostrar afabilidad.

—¡Son más hermosas! —respondió él conteniendo su deseo por besarla y ahogarla.

Estar enfadado con ella le resultaba una auténtica tortura. Shelma era lo más delicioso que había visto nunca. Su mujer le encantaba. Pero aquella absurda mentira le consumía.

—Tenías ganado, ¿verdad? —continuó sin darse por vencida.

—Sí.

—Anoche esperé tu compañía —susurró bajando la voz.

Lolach resopló y dijo:

—Tenía cosas mejores que hacer.

—¿Dormir con tus hombres, por ejemplo? —preguntó ofendida.

—Mis hombres y mi clan son lo más importante. —Sin mirarla, dijo en tono duro—: Vuelve con tu hermana. Estoy tratando temas importantes con Mael.

Confundida, lo miró con más odio que otra cosa. Contuvo la lengua, levantó la barbilla, tiró de las riendas de su caballo y volvió al lado de su hermana.

—¡Lo odio! —gruñó enfadada—. Dormir con sus guerreros y su gente es más importante que yo.

—Tranquila —suspiró Megan—, intentaré hablar con Duncan.

Sorteando a varios guerreros, Megan consiguió ver la espalda fuerte y varonil de su marido. Hablaba con Myles, por lo que trotó con tranquilidad hasta ponerse a su lado. Al verla, Myles le sonrió y los dejó solos.

—¿Qué deseas? —preguntó Duncan secamente.

—Percibo que tu humor es magnífico —sonrió ella con frialdad. Mirando hacia los lados, vio cómo varios hombres la observaban.

Sin apartar la vista del camino, el highlander dijo:

—Regresa con tu hermana.

—¡No! —susurró para que nadie la oyera excepto él—. Me apetece hablar contigo.

—Muy bien. —Quizá le confesara lo que ansiaba oír—. ¿De qué quieres hablar?

—Pues, no sé. Tal vez sobre cuánto camino queda, sobre qué es para ti el amor, o quizá por qué no me hablas.

—Respecto a tu primera pregunta, quedan varios días. A la segunda, no creo en el amor. Y, en cuanto a la tercera, prefiero no hablar.

—¿No crees en el amor? —preguntó viendo que no la miraba—. ¿Y por qué me dices a veces palabras bonitas?

—Porque a las mujeres os gustan —bramó con enfado.

Ofendida por aquello, Megan resopló.

—Yo nunca te las he pedido —se quejó ella con rabia—. Por lo tanto, si no las sientes, no me las vuelvas a decir. Porque si alguna vez me dices «te quiero», me gustaría que fuera porque lo sientes, no por regalarme los oídos.

—Esa maldita palabra no saldrá de mi boca —soltó él consiguiendo que lo mirase con ganas de matarlo.

—¡Eres un salvaje insensible!

—¡Fuera de mi vista! —exclamó Duncan cada vez más enfadado.

—Pero ¿me puedes decir qué te pasa?

—¡Fuera de mi vista! —rugió.

La rabia que vio en sus ojos inyectados en sangre hizo que Megan retrocediese confundida sin decir nada más. Pero ¿qué le ocurría?

18

Aquella tarde, tras cabalgar a través del macizo de los Cairngorms, llegaron hasta una enorme fortificación que se alzaba junto a una aldea. Los highlanders les lanzaron gritos de bienvenida al divisarlos desde las alturas.

Duncan y Lolach eran bien recibidos en las tierras de Gregory McPherson. Allí se sentían casi como en casa. Algunos guerreros se quedaron en la aldea, junto a Anthony y la carreta, mientras que el resto continuó hasta la fortificación.

—¡Que san Fergus truene! —gritó un maduro hombre de pelo gris con aspecto de salvaje, saliendo por la gran arcada de la fortificación seguido de varios hombres.

—¡McPherson! —rio Duncan al oírlo—. ¿Serías tan amable de apagar la sed de estos pobres viajeros?

—¡Por san Ninian, McPherson! Tan excelente es tu agua de vida que todos pasamos a saludarte.

El que bromeó era el joven Kieran O'Hara, un guerrero rubio, de increíbles ojos azules, que al ver a Duncan sonrió, mientras que éste lo recibió con mal gesto.

—¡El que faltaba! —señaló Lolach desviando la mirada.

—¡Traed cerveza y agua de vida, y preparad varias habitaciones! —vociferó McPherson a sus criados, quienes rápidamente se pusieron en marcha—. ¡Qué alegría teneros aquí! —Mirando con curiosidad hacia las mujeres que lo observaban desde sus caballos señaló—: Entonces ¿es cierto? ¿Os habéis casado?

Megan, ofendida por cómo Duncan sonreía a una morena de grandes pechos, le oyó decir:

—Sí, McPherson, ésas son nuestras mujeres.

El enfado de Megan crecía por momentos. Cansada de esperar a que alguien la ayudara a bajar del caballo, descendió hasta el suelo de un salto.

—¿Podrías proporcionarles a nuestras esposas agua y jabón? Por su apariencia lo necesitan —se mofó Duncan mirándola con desprecio.

Megan, molesta por aquel comentario, escuchó callada las carcajadas de todos los que la miraban.

—Estoy convencido por sus caras de cansadas —intervino Kieran acercándose a ellas— de que necesitan muchas cosas más.

Al escucharle, Duncan y Lolach lo retaron con la mirada. Pero Kieran, sin hacerles caso, continuó a lo suyo.

—Intentaremos proporcionarles intimidad —les prometió el jefe del clan.

En ese momento, un grupo de mujeres aparecieron en la puerta. Por las sonrisas que intercambiaron con Lolach y Duncan, Megan y Shelma intuyeron que los conocían.

—¡Mary! Acompaña a las señoras a las habitaciones superiores —vociferó McPherson, y acercándose a Megan y Shelma dijo—: Como nadie nos presenta, procederé yo mismo a hacerlo. Soy el laird Gregory McPherson.

—Laird McPherson, os agradecemos que nos acojáis en vuestro hogar. Nuestros nombres son Megan y Shelma Philiphs.

—¡¿Cómo dices?! —gritó Duncan acercándose a ella y haciendo que todos la mirasen—. Dirás que eres Megan McRae, mi esposa.

—Y tú Shelma McKenna —señaló Lolach—. ¡No lo olvides!

Avergonzadas al sentirse el centro de las risas, asintieron sin poder articular palabra, intercambiando unas significativas miradas con las mujeres que se mofaban de ellas.

—Disculpad, laird McPherson —consiguió decir Megan apretando los puños contra su cuerpo—. Nuestros enlaces han sido muy recientes, de ahí mi error.

—Cuidad esos errores, miladies —rio Gregory McPherson alejándose de ellas—. Recordad que ahora sois propiedad de vuestro laird y de su clan.

—Mi nombre es Kieran O'Hara —se presentó con galantería el joven rubio. Tras besarles la mano, señaló con una increíble sonrisa—: Y aquí estaré para lo que las miladies necesiten. —Luego bajó la voz para indicar—: No creáis que soy como los brutos de vuestros maridos.

—No necesitarán nada tuyo, Kieran —recalcó Duncan, incómodo por tener a aquel hombre tan cerca—. Aléjate de ellas.

—¡Tranquilo, Duncan! —sonrió el joven tras guiñarle un ojo a Megan, que sorprendida ni se movió—. Sólo estaba siendo amable con vuestras mujeres.

—¡Mary! —llamó Lolach guiñándole un ojo a una mujer, mientras Shelma observaba y callaba. ¿Por qué las trataban así?—. Indícales con claridad a nuestras esposas sus habitaciones. Su confusión es tal —se mofó indignándolas— que pueden llegar a meterse en otro lecho.

De nuevo se repitieron las risas. Aquellas mujeres estaban disfrutando, mientras Niall, sorprendido por todo aquello, callaba y observaba a su hermano y a Lolach. Con una mirada, se comunicó con Myles, Mael y Ewen. Ellos también lo miraron desconcertados. ¿Por qué las trataban así?

—Zac estará con nosotros —indicó Niall atrayendo la mirada de las mujeres—. No os preocupéis. Nosotros nos ocuparemos de él mientras descansáis —dijo sonriéndolas con amabilidad y ellas lo agradecieron.

Con timidez, una joven rubia de ojos claros y sonrisa afable se acercó a ellas. Se llamaba Mary y no tendría más edad que Megan. Sin apenas mirarlas a los ojos, indicó:

—Acompañadme, miladies.

Sin mirar a nadie, ambas siguieron a la muchacha hasta el interior de la fortaleza. Calladas y en tensión, cruzaron un enorme salón apenas decorado con cuatro tapices. Tras pasar una arcada redonda, subieron por una estrecha y curvada escalera, hasta llegar a un corredor iluminado con antorchas, donde había varias puertas.

—Éstas serán vuestras habitaciones. ¿Deseáis que os suba algo de comida?

—No, gracias, Mary —sonrió Megan con tristeza.

—De todas formas —asintió la criada—, diré que os suban dos bañeras y agua caliente para que os bañéis.

Tras decir aquello, se marchó dejándolas a solas. Megan, con rapidez, tomó la mano de su hermana y, abriendo una de las arcadas, entraron. Shelma se abrazó a su hermana y comenzó a llorar. ¡Oh, Dios! Qué humillación tan grande. Megan, incrédula por lo que había ocurrido, respiraba con dificultad para no llorar, hasta que unos golpes en la puerta las devolvió a la realidad. Era Mary.

—Miladies, disculpad —murmuró al ver los ojos enrojecidos de ambas—. Sé que no queríais nada, pero os traigo un poco de cerveza y unas tortas de avena. Os sentará bien comerlas antes de que os suban el agua caliente.

—Gracias por tu amabilidad —dijo Megan—. ¿Podrías solicitar a alguno de los hombres que suba nuestro equipaje?

—Por supuesto. Ahora mismo los avisaré.

Cuando quedaron de nuevo a solas, Shelma dijo:

—¿Por qué nos han tratado así delante de todo el mundo?

—No lo sé —susurró Megan, confusa—. Pero no voy a permitir que vuelvan a humillarnos.

—¿Viste cómo los miraban esas mujeres? Parecían conocerse.

—El Halcón —dijo con odio— siempre ha tenido fama de mujeriego, y siento decirte que tu marido también. Seguro que acostumbraban a revolcarse con esas fulanas cada vez que pasaban por aquí.

—¿Crees que volverán a hacerlo?

—No lo sé —respondió Megan asomándose a la ventana, desde la que se veía la aldea y las gentes andar por ella—, pero sinceramente no me importa.

Poco después llegaron unos sirvientes con cubos de agua caliente que se encargaron de llenar las bañeras. Shelma se resistía a separarse, pero Megan, que necesitaba un rato de soledad, convenció a su hermana para que disfrutara del baño caliente.

Cuando quedó sola, mientras miraba por la ventana, pensó en Duncan. En sus ojos duros y su mala actitud. ¿Dónde estaba el hombre atento y cariñoso que había creído ver en él? De pronto se abrió la puerta. Ante ella apareció Duncan, mirándola con una frialdad que la hizo temblar.

—¿Todavía no te has bañado? —preguntó cerrando la arcada y apoyando el cuerpo contra ella.

—Ahora lo haré —respondió ella con indiferencia.

—Te vendría bien un baño —dijo cruzando los brazos ante el pecho. Tenía el pelo enmarañado y los ojos hinchados. ¿Habría llorado?—. Podrías quitarte toda esa mugre que llevas del camino y parecer una mujer bella y decente. Aunque, pensándolo bien, creo que...

—Nunca he consentido que nadie me humille y no te lo voy a consentir a ti —afirmó ella cerrando los puños mientras caminaba hacia él.

—¿Qué no me vas a consentir? —preguntó él sonriendo despectivamente, a pesar de que el corazón le palpitaba con fuerza.

—¡Que me trates con el desprecio que me has tratado delante de todo el mundo! —gritó Megan mirándolo con una furia que le impactó, aunque se guardó de demostrarlo. Su mujer era desleal, una mentirosa, y lo pagaría—. ¿Qué hemos hecho mi hermana y yo para recibir ese trato?

«¡Por san Ninian! Cuánto la deseo», pensó Duncan antes de contestar.

—¿Acaso yo —dijo abriendo los brazos teatralmente—, el laird Duncan McRae, tengo que ofrecerte algún tipo de explicación por mis actos? —gruñó intentando acobardarla con su inmensa envergadura—. Querida esposa, no olvides que tengo el derecho de tomar lo que quiero, cuando lo deseo y como me apetezca. Al igual que tengo el poder de despreciar lo que me desagrada, me aburre o me engaña.

—¡Te odio! En mi vida me he sentido más humillada —gritó ella sin importarle quién la escuchara.

Sin poder controlar sus actos, Duncan la cogió con su enorme y callosa mano por la nuca, la arrastró hacia él y la besó salvajemente. Sin piedad. Al sentirse utilizada, Megan le dio un pisotón en el pie tan fuerte que hizo que la soltara y separaran los labios.

—¡No soy ninguna fulana de esas a las que estás acostumbrado! No me toques.

—Te tocaré cuando me plazca, ¡arpía! —exclamó cogiéndola de nuevo para besarla. Pero la soltó al sentir cómo ella le mordía el labio con rabia—. ¡Eres mi mujer durante un año y un día!

—¡Para mi desgracia! —gritó ella mirándolo con frialdad—. Un año y un día. ¡Ni un día más! —aseguró respirando con dificultad mientras veía cómo él se tocaba el labio y al ver la sangre le sonreía con maldad.

—Por lo menos, sé lo que puedo esperar de las fulanas —escupió Duncan ante su cara sin tocarla—. Esperaba mucho de ti, pero me has decepcionado como nadie se ha permitido hacerlo nunca. Pensaba cuidarte y respetarte como creía que merecías, pero cada instante que pasa me doy cuenta de mi error. Creía que eras especial, pero eres como la gran mayoría de las fulanas que conozco, incluso peor, si recuerdo la sangre *sassenach* que corre por tus venas.

Al decir aquello, y ver el dolor en sus ojos, Duncan se odió a sí mismo por sus duras palabras. No debería haber dicho aquello. Pero el daño ya estaba hecho.

—¡Te odio! —gritó ella intentando no llorar—. Ojalá no te hubiera conocido, porque eso me daría la seguridad de que nunca me habría casado contigo.

—¿Sabes? —bramó enfurecido mientras se dirigía a grandes zancadas hacia la arcada y la abría—. Por una vez, estamos los dos de acuerdo en algo. —Tras decir aquello, salió de la habitación dando un tremendo portazo.

Desesperada, al verse sola en aquella extraña habitación, Megan soltó su rabia y comenzó a llorar y a gritar maldiciendo de tal manera que hasta el mismísimo san Fergus se asustó.

Shelma, alarmada por los gritos de su hermana, corrió a su lado para abrazarla, asustada por verla así. La consoló y la acunó hasta que se tranquilizó.

—Siento todo lo que está pasando —dijo Shelma limpiándole las lágrimas con cariño.

—Oh, Shelma. Ha sido horrible —gimió—. Me ha tratado como... como...

Shelma la besó con cariño y dijo:

—Escucha, Megan, tengo que decirte algo. Lolach ha estado conmigo.

—¿Qué pasó? —dijo dejando de llorar—. ¿Estás bien? ¿Te ha hecho algo?

—Discutí con él, pero ya sé qué es lo que les pasa. Ellos saben la verdad sobre Anthony. Y, lo que es peor, saben que nos inventamos esa absurda historia de los bandidos y que no les contamos la verdad.

Al escuchar aquello, Megan lo entendió todo, y recordó el día que Duncan le pidió que nunca le mintiera.

—¿Qué? —susurró Megan sentándose en el frío suelo—. ¿Desde cuándo? ¿Y por qué Anthony no nos lo dijo?

—Lo saben desde el día siguiente de su llegada —dijo Shelma aclarando aquel terrible embrollo—. Le ordenaron callar a cambio de ayudarlo a recuperar a su mujer. Te juro que cuando Lolach me lo contó, pensé en buscar a Anthony y darle un escarmiento. Pero una vez que reflexioné, sentí que yo habría hecho lo mismo por salvaros a ti, a Zac o a Lolach.

—Ellos han tomado este secreto como una gran falta de lealtad hacia ellos y hacia su clan —asintió Megan—. Ahora entiendo por qué me ha dicho que esperaba más de mí, y que le había decepcionado.

—Lo que no comprendo es por qué Duncan se ha puesto así —protestó Shelma—. Lolach estaba enfurecido conmigo, pero conseguimos hablar y aclarar las cosas.

—Shelma —susurró Megan, necesitada de soledad—, me duele horrores la cabeza. ¿Podrías dejarme a solas mientras me baño?

—¿Estarás bien?

Con una sonrisa le aseguró:

—Sí, no te preocupes.

—De acuerdo —asintió su hermana mirándola con tristeza—. Te dejaré sola un rato, pero pasaré a buscarte antes de bajar al salón.

«¡Por fin sola!», pensó cerrando los ojos, mientras se desnudaba y recostaba en la bañera.

¿Cómo no se había dado cuenta de que aquella estúpida mentira era lo que llevaba a Duncan de cabeza? Debería haberlo sabido. Pero, por mucho que lo pensara, ya no había solución. Al igual que él no disculpaba su falta de lealtad, ella no le perdonaría las terribles cosas que había dicho, cómo la había tratado y cómo la había herido.

19

Acabado el rápido baño, sonó la puerta. Era Mary. Venía a retirar la bañera con dos hombres que la miraron con disimulo.

—Milady, os he estirado este vestido. Así estaréis mejor.

—Gracias, Mary —contestó Megan tomando el gastado vestido granate—. Eres muy amable con nosotras.

—Milady, mi abuela siempre decía que la amabilidad es algo que no cuesta.

—Mujer sabia, tu abuela —asintió al escucharla.

—Gracias, milady. Ahora, si no necesitáis nada más, iré a echar una mano en las cocinas. La gente está empezando a llegar y tendrán mucho trabajo.

Cuando se estaba terminando de vestir, Shelma irrumpió muy guapa, con un vestido verde, para buscarla.

—Todavía tienes el pelo empapado.

—No importa. Lo dejaré suelto, así se secará rápidamente —dijo mirándose en el espejo, mientras con su daga se quitaba con cuidado los puntos secos de la frente.

Cuando acabó, salieron juntas al pasillo iluminado por antorchas y bajaron con cuidado la empinada y circular escalera. En el último escalón, se comenzó a oír el ruido de la gente al hablar. Ambas se miraron y Megan, levantando la barbilla, fue la primera en aparecer en el salón, donde rápidamente Zac acudió a su encuentro.

—Estoy allí sentado —dijo tirando de ellas hacia una mesa donde estaban Gelfrid y Myles, quienes al verlas se levantaron.

—¡Shelma! —llamó Lolach con autoridad.

—Ve con él —señaló Megan mirando a su hermana.

Shelma, aun partiéndosele el alma al dejar sola a su hermana, llegó junto a su marido y se sentó. Con curiosidad, Megan miró hacia la mesa presidencial. Kieran O'Hara, que estaba sentado allí junto a McPherson y Duncan, la observó con curiosidad ajeno a la furiosa mirada de Duncan. Sin necesidad de palabras, le advertía que se alejara de su mujer.

—Milady, deberíais sentaros donde os corresponde —informó Myles en un susurro.

—Tienes razón, gracias, Myles —dijo ella tomando aire y comenzando a andar.

Según se acercaba a la mesa, sus ojos se encontraron con la dura mirada de Duncan, que desde que la había visto llegar no había podido dejar de admirarla. Su esposa era una mujer muy bonita y lo corroboró al ver cómo muchos de los allí presentes la miraban babeantes.

—Estás preciosa, cuñada —dijo Niall en ese momento, cogiéndola con fuerza del brazo para acompañarla hasta la mesa—, y, por lo que veo, te has quitado los puntos de la frente. Agárrate a mí, yo te acompañaré.

Agradecida por aquella muestra de afecto, le sonrió y con paso decidido llegó al lado de su marido, que en ese momento bromeaba y reía con su amigo McPherson.

—Tu esposa está aquí, hermano —anunció Niall molesto al comprobar que él ni la miraba. No sabía qué había pasado entre ellos, pero estaba decidido a averiguarlo.

—Muy bien —asintió Duncan con frialdad—. Megan, siéntate y come algo.

—Has sabido elegir hembra, Duncan. Tu mujer es una auténtica belleza—afirmó McPherson mirándola de arriba abajo—. Tendrás que tener cuidado con ella. Cualquier hombre podría prendarse y arrebatártela.

—Nuestro enlace fue un *Handfasting* —aclaró Duncan con maldad, haciendo que Megan lo mirara con odio—. En cuanto a que me la arrebaten, eso no me preocupa: creo que su captor, tras soportarla unos días, me regalaría monedas para devolvérmela —se mofó Duncan cruzando los brazos delante del pecho, mientras observaba cómo ella se mordía la lengua y alargaba la mano para coger un vaso de cerveza.

—Dudo mucho que alguien te devolviera semejante mujer —intervino Kieran sin importarle la desdeñosa mirada de Duncan— y, viendo cómo la tratas, no me extrañaría que fuera ella la que pagara para no volver contigo y abandonarte transcurrido el *Handfasting*.

Al escucharle, Megan lo miró agradecida, pero intentó disimular una sonrisa.

—Kieran —dijo molesto Duncan al ver que Megan se forzaba por no sonreír—, ¿buscas pelea? Porque, si la buscas, la vas a encontrar. Nadie habla de mi mujer, a menos que yo se lo permita, y creo que, desde que he llegado, te lo he advertido varias veces.

—¡Por san Fergus! —gruñó McPherson, incómodo—. Creo que os estáis comportando como dos ciervos. Os obligo a ambos a daros la mano en señal de paz.

—Duncan, disculpa mis palabras —indicó Kieran y, tras estrecharle la mano, observó a Megan y le pareció ver una chispa de diversión en sus ojos.

—Disculpado quedas —susurró Duncan volviéndose hacia su mujer, que parecía estar disfrutando de aquello.

—Tu mujer, amigo —señaló McPherson—, seguro que tiene muchas otras cualidades además de la belleza.

—De ella se podría destacar su lealtad y sinceridad —indicó Duncan con ironía.

Aquellas palabras la hicieron saltar.

—Gracias por vuestros cumplidos, laird McPherson —resopló Megan con la mejor de sus sonrisas. Luego, mirando la herida del labio de Duncan, dijo—: Por supuesto, esposo, la lealtad es lo que diferencia a las fulanas del resto de las mujeres.

—¡Come! —bufó Duncan al escucharla y, sin más, continuó hablando con su amigo McPherson, intentando, sin conseguirlo, olvidar que la tenía a su lado.

Aburrida y con rabia contenida, de vez en cuando asomaba la cabeza para observar a su hermana Shelma. Por lo menos, ella hablaba con Lolach y sonreía. Kieran, en un par de ocasiones, le sonrió y ella le correspondió, aunque su sonrisa no fue demasiado amable, ni larga, no fuera que el joven se la tomara con otras intenciones.

Por la mesa pasaron muchísimos platos de comida, pero, cuando Megan vio aparecer el *haggis* y dejaron ante ella una enorme cazuela humeante, su estómago comenzó a revolverse, haciéndole pasar un mal rato.

—Come un poco más de *haggis* —indicó Niall, que harto de ver cómo su hermano la ignoraba cogió su plato y se sentó con ella—, está delicioso.

El olor de aquella cazuela la estaba matando.

—¡Oh..., Dios mío! —gimió avergonzada mientras cerraba los ojos, con una mano se tapaba la nariz y con la otra comenzaba a darse aire—. Niall, por favor, no puedo olerlo. —Conteniendo una arcada, dijo entre susurros—: ¡Odio el olor del *haggis*!

—¡No me lo puedo creer! ¿Odias el *haggis*? —Sonrió al ver que su tez adoptaba un tono verdoso, por lo que llamó a una criada, que retiró aquella enorme cazuela de allí—. Ya puedes respirar y abrir los ojos. He ordenado que se lo lleven.

—Gracias, gracias, gracias —respiró aliviada, levantándose el pelo para darse aire—. No te beso porque a saber lo que pensarían de nosotros.

Niall sonrió divertido por el comentario. La frescura de su cuñada, junto con sus expresiones, era lo que en todo momento le recordaba a esa pequeña rubia tozuda llamada Gillian.

—De verdad, Niall, muchas gracias. Por un momento temí dar el espectáculo delante de todos y ofenderlos por no comer un plato tan escocés.

—Prometo no decir nada si comes algo más —susurró Niall con complicidad, mirando a Kieran, que se había percatado de todo y sonreía divertido—. Llevamos días sin comer en condiciones y esto te hará coger fuerzas para continuar el viaje.

Con una sonrisa, Megan cortó un pedazo de ciervo y se lo metió en la boca.

—¿Ahora alimentas a mi esposa? —preguntó Duncan mirando a su hermano.

—Se alimenta sola, por si no te habías dado cuenta —respondió Niall sin mirarlo.

En ese momento, Lolach llamó a Duncan, que se levantó sin responder a su hermano.

—Niall —susurró Megan al ver que se alejaba—, no te preocupes. Estoy bien.

—Dudo mucho lo que dices —contestó él observando su triste mirada mientras volvía el color a su cara—. Por favor, dime qué pasa.

—Le mentí —admitió para ver cómo Niall levantaba la ceja igual que su hermano—. Le dije que Anthony, el hombre que encontramos herido, había huido de unos ladrones. Cuando en realidad Anthony es como yo, medio inglés, y estaba en esa situación porque su cuñado había intentado matarlo al enterarse de que por sus venas corría sangre inglesa.

—¿Y cómo sabes tú todo eso? —preguntó Niall observando que su hermano los miraba.

—Él me lo contó —respondió—. Yo pensé que si lo descubríais lo abandonaríais para que muriera en el camino. Tu hermano se enteró y por eso me odia.

Al escuchar aquello, Niall lo comprendió todo. Duncan odiaba la mentira. Su relación con Marian lo había dejado muy marcado.

—Megan, tu padre es inglés y nunca te abandonamos. No somos unos monstruos —señaló viendo cómo ella asentía—. Mi hermano no soporta la mentira. Pero, tranquila, no te odia.

—¡Claro que no sois unos monstruos! —se disculpó mirándolo—. Todavía no sé por qué no dije algo. Quizá estoy tan acostumbrada a ocultar mi propia identidad que, cuando Anthony me reveló la suya, simplemente hice lo mismo.

—Escúchame —dijo él viendo que Duncan volvía hacia ellos—, dale tiempo. Lo conozco. Se le pasará y...

—¿Secretitos entre mi hermano y mi mujer? —bufó éste poniéndose entre los dos.

—Le hablaba del abuelo Marlob —disimuló Niall. Echándose hacia atrás, preguntó—: Hermano, ¿existe algún problema por hablar con mi cuñada?

Duncan iba a responder, pero alguien pronunció su nombre.

—¡Duncan! —gritó Zac de pronto apareciendo a su lado—. ¿Puede venir Megan un momento a mi mesa? Quiero enseñarle lo que me has regalado.

—¿Te ha hecho un regalo mi hermano? —bromeó Niall tocando la cabeza del muchacho mientras Duncan se sentaba en su sitio.

—Me regaló una daga de guerrero —asintió el niño, encantado, mientras Duncan examinaba a Megan. Ya no llevaba los puntos en la frente y estaba un poco pálida—. Pero me la cuida Ewen. Duncan cree que todavía soy demasiado pequeño para ir con ella encima.

—¿La daga es de empuñadura rayada y grabada? —preguntó Megan con una sonrisa, consiguiendo que el corazón de Duncan latiera con fuerza.

—Sí —exclamó el niño con felicidad—. Es muy parecida a la que Mauled y el abuelo te regalaron. Duncan hizo grabar mi inicial al herrero.

—Megan, ve con él —dijo Duncan. Cuando ella comenzó a levantarse, la agarró del brazo con fuerza y le susurró atrayendo su rostro hacia el de él—: Es más, puedes quedarte el resto de la noche con tu hermano en su mesa.

—Gracias, laird —indicó ella con gesto serio y se marchó.

De la mano del niño, Megan llegó hasta la mesa, donde Myles, Ewen y Mael rápidamente hicieron un hueco para que ella se sentara. Duncan, sin quitarle la vista de encima, vio cómo Zac, entusiasmado, le enseñaba la daga y ella, emocionada, sonreía y lo abrazaba.

—¿Sabes, hermano? Eres rematadamente tonto si permites que Megan deje de sonreír —señaló Niall antes de levantarse.

Poco después, entró en el enorme salón un grupo de mujeres de miradas y cuerpos insinuantes. Los guerreros, al verlas, silbaron y gritaron encantados. Eran las mismas que Megan había visto a su llegada. Contoneando las caderas fueron hasta la mesa presidencial, donde desplegaron todos sus encantos alrededor de Kieran, McPherson, Duncan y Lolach.

Con curiosidad, Megan miró la escena. Estuvo a punto de lanzar su daga cuando vio cómo una mujer de grandes pechos, ojos azabache y pelo negro se restregaba contra la ancha y fornida espalda de Duncan, para luego decirle algo al oído que los hizo sonreír a ambos. ¿Qué le habría dicho?

Shelma, que se había levantado para ver la daga de su hermano, con gesto serio se cruzó de brazos molesta al ver cómo Lolach sonreía a la pelirroja que le hacía morritos para llamar su atención.

—Vaya, ¡llegaron las fulanas de la aldea! —exclamó Shelma intentando atraer la mirada de su marido, que seguía sin hacerlo.

—Tú lo has dicho —susurró Megan obligándose a no mirar. Aquel espectáculo no le gustaba nada. Conociendo a su marido, se regocijaría en atenciones a la fulana, y más estando ella delante.

En ese momento, se oyó el ruido de unos platos al caer al suelo. Al volver la cara, Megan vio que Mary, avergonzada, pedía disculpas a una de las mujeres mientras intentaba recoger el estropicio. Pero su sangre se calentó cuando vio cómo una de las furcias le daba un bofetón a Mary haciéndola caer al suelo. Sin pensárselo dos veces, Megan saltó como una gata salvaje hasta situarse junto a la pobre criada, que, avergonzada, continuaba tirada en el suelo con los ojos anegados de lágrimas.

—Mary, ¿estás bien? —preguntó preocupada ayudándola a levantarse, sin percatarse de que todo el mundo las miraba, en especial Duncan, que se había levantado para seguirla con la mirada al verla correr.

Varios criados se acercaron para recoger rápidamente los destrozos.

—Milady —susurró la criada, nerviosa al verse convertida en el centro de atención—, no os preocupéis por mí. Soy muy torpe y a veces las cosas se me caen.

—Eso no justifica que nadie tenga que ponerte la mano encima —dijo mirando con odio hacia la mujer que le había pegado.

—¡Además de fea, eres una torpe! —gritó la fulana a la criada.

—No vales para nada, Mary —afirmó otra de ellas.

—¡Basta ya! —indicó Kieran, que de pronto se había colocado junto a ellas.

—Sabina —se mofó la morena que momentos antes compartía risas con Duncan—, la atontada esa que no vale para nada te ha puesto perdida de ciervo.

Harta de escuchar cómo aquellas fulanas arremetían contra la pobre criada, Megan no pudo más y con cara de pocos amigos se dirigió a la morena.

—¿A ti nadie te ha enseñado que a las personas no se las debe tratar así?

Kieran la miró sorprendido. Acababa de descubrir un nuevo encanto en aquella mujer.

—¿Me hablas a mí? —preguntó la morena con una significativa sonrisa.

—A ti y a tu amiga —asintió Megan acercándose lentamente con las manos en las caderas—. ¿Qué clase de personas sois, tratando así a la pobre Mary?

Las fulanas, al escucharla, se carcajearon con desagrado.

—Veo que ya te has bañado y quitado la mugre del camino —dijo la morena mirando a Duncan, que no movió un músculo.

Estaba hechizado por el coraje de su mujer, aunque la morena creyó que no se movía porque la suerte le acompañaba a ella.

—Y yo veo que tienes una lengua muy larga, aparte de llevar escrita la palabra fulana en la frente. —Al decir aquello todo el mundo murmuró y Megan, con gesto duro, continuó—: Es más. Hemos visto todos cómo buscas descaradamente con quién compartir lecho esta noche.

—Mi lecho ya tiene dueño esta noche y muchas más. —La morena miró a Duncan. Acercándose con descaro a Megan, dijo con malicia—: Lo compartimos cada vez que viene y lo pasamos muy bien. Le doy lo que busca y él me da a mí lo que necesito; por ello, milady, esta noche —le susurró al oído enfureciéndola— dormirás sola.

Deseando cogerla por el cuello, Megan cerró los ojos. No podía rebajarse a la vulgaridad de aquella fulana. Zac estaba delante. Pero la furia que crecía en ella era tan enorme que no sabía si la iba a poder controlar.

—Por mí como si te lo quedas el resto de tu vida —respondió con dignidad haciéndose oír por su hermana, por Niall y por Kieran.

—Oh..., Dios mío —susurró Shelma mirando a Niall. Conocía a su hermana y sabía que aquello podía acabar fatal, así que poniéndose junto a ella gritó—: ¡Tú, mujerzuela! Te recuerdo que estás hablando con la mujer del laird McRae. Cuida tus modales si no quieres tener problemas.

Al escuchar aquello, las fulanas miraron a su laird McPherson, quien, dando un resoplido incómodo y al comprobar que Duncan no decía nada, indicó con un gesto que se marcharan. Molestas las fulanas por aquella batalla perdida, tras una retadora mirada a las hermanas, dieron la vuelta con la intención de marcharse. Pero Megan, que estaba rabiosa, no se lo permitió.

—¡Sabina! —rugió haciendo que todos la mirasen de nuevo—. Antes de marchar, pide disculpas a Mary.

—Milady —gimió la criada mientras el resto del servicio la miraba con admiración—, no es necesario, yo estoy bien.

—Sí es necesario —asintió Megan que, al ver que Sabina sonreía, la asió del brazo y dijo—: O vas ahora mismo, y ante todos pides perdón a Mary, o te juro por la tumba de mis padres que esta noche es la última que ves la luna.

Aquella amenaza provocó un murmullo general.

—¡Por todos los santos celtas! —murmuró McPherson al escucharla—. No quisiera ser yo enemigo de tu mujer.

Con el pecho henchido de orgullo, Duncan la observó. Pero, consciente de lo enfadado que estaba con ella, continuó sin moverse del sitio.

—¡Vaya carácter! —exclamó Myles dando un codazo a Niall, que estaba sorprendido por el cambio de actitud de su cuñada. De parecer la mujer más triste del mundo había pasado a ser la más impetuosa que hubiera conocido.

Pero las fulanas, en especial Sabina, no daban su brazo a torcer.

—¡Sabina! —volvió a gritar Megan, quien con un rápido movimiento de faldas hizo aparecer en la mano la daga que siempre la acompañaba—. No soy persona de mucha paciencia, y en mi tierra se me conoce como la Impaciente —amenazó mientras jugaba con la daga entre las manos—. Ten por seguro que hoy mi paciencia ya se ha acabado.

—Te pido disculpas, Mary —dijo por fin la fulana, asustada y roja de rabia.

La morena, llamada Berta, tras chasquear la lengua ante lo que acababa de ocurrir, salió del salón seguida por las otras mujeres, provocando una carcajada general, incluida la del laird McPherson.

—Gracias, milady —le susurró Mary cogiéndola de las manos.

Al oírla, Megan le dio un beso en la mejilla. Arremangándose la falda, se guardó la daga y le dedicó una cariñosa sonrisa.

—¡Cuñada! —dijo Niall acercándose a ella—. En la próxima batalla que libre, te quiero como compañera. ¿Quién te enseñó a mover la daga entre los dedos de esa manera?

Sonriendo a su cuñado y a todos los que levantaban su cuenco de cerveza para brindar por ella, Megan, clavando sus oscuros ojos en su marido, que la observaba con una mirada feroz, le contestó:

—Alguien que si pudiera te la clavaría por alejarte de ella.

—¡Por todos los santos! —exclamó Nial, sorprendido—. ¿Ella?

—Nunca menosprecies la valía de una mujer —señaló Megan sonriendo—. Gillian me enseñó a mover la daga y yo, a cambio, le enseñé a manejar la espada.

En la mesa principal, todos hablaban de lo ocurrido. Duncan seguía con la mirada a Kieran, que se acercó a Megan y, tras besar su mano, dijo algo que la hizo sonreír.

—¡Por san Fergus, Duncan! Te has buscado a una mujer con mucho carácter —rio McPherson mirando a su amigo—. Dudo mucho que dejaras que alguien te la arrebatara. ¿En serio la llamaban la Impaciente?

—No lo dudes —asintió ardiendo de deseo por besarla mientras observaba cómo ella besaba a Zac—. McPherson, no lo dudes.

Por la noche, cuando Megan vio a Shelma desaparecer con su marido, sintió una pequeña punzada de celos. La dicha de su hermana le agradaba, pero su propia infelicidad la carcomía por dentro. Nerviosa por los acontecimientos del día, el cansancio comenzó a vencerla. Con deleite pensó en la amplia cama que había en la habitación. ¡Una cama! Por fin iba a dormir en un sitio blandito, y no en el suelo, como llevaba haciendo desde que salieran de Dunstaffnage.

Una vez que se aseguró de que Zac estaría bien custodiado, miró a su alrededor buscando a Duncan, pero él había desaparecido.

«Seguro que está con su fulana», pensó sintiendo cómo la cólera se apoderaba de su cuerpo. Con ira se acercó a una de las mesas, agarró un vaso y una jarra de cerveza, y echó un buen trago. Beber no era bueno para olvidar, decía su abuelo, así que prefirió desear buenas noches a Niall y a algunos de los guerreros McRae, y subir por la estrecha y curvada escalera. Su cabeza la traicionaba con imágenes de Duncan y la morena retozando en algún lugar.

—La tristeza de vuestros ojos, ¿a qué se debe? —preguntó Kieran apareciendo de entre las sombras.

—¿A qué os referís? —preguntó ella alejándose de aquel joven.

—No voy a hacer nada que no queráis, milady —sonrió como un lobo con los ojos vidriosos por la bebida.

Ella asintió.

—Me parece bien, así no haré nada que vos me obliguéis —respondió poniendo todos sus sentidos alerta.

—Milady, esta noche me habéis hecho envidiar a Duncan por primera vez en mi vida.

—¿A qué se debe esa envidia?

—Sólo pensar en cómo él debe de disfrutar de vos en el lecho, me encela.

Aquel comentario estaba fuera de lugar y Megan se enfadó.

—¿Cómo os atrevéis a...?

—Porque sois deliciosa y lo delicioso me gusta —dijo el hombre aplastándola contra la pared. Inmovilizándole las manos, llevó la boca contra la de ella. El beso fue breve. Megan, sin amilanarse, le propinó un rodillazo a la altura de los testículos, haciéndolo retroceder blanco y encogido de dolor.

—No volváis a intentarlo, o juro que os mataré —advirtió ella con seriedad, y señalándolo con el dedo dijo—: Esto no ha ocurrido nunca. No quisiera tener más problemas de los que tengo por culpa de un imbécil como vos.

Una vez dicho aquello, continuó subiendo la escalera, dejándolo en el suelo casi sin resuello.

Al entrar en su habitación, encontró silencio y un maravilloso fuego en el hogar que reconfortó sus nervios. Atraída por las llamas, se sentó encima de una piel mullida que alguien había colocado frente al hogar, sin percatarse de que unos ojos salvajes la observaban en silencio desde la cama.

Duncan, hechizado por la suavidad que las llamas reflejaban en la piel de su mujer, procuró no hacer ningún ruido que la asustara. La noche había sido una larga tortura. Tener a Megan tan cerca y no gozar de sus comentarios, de sus sonrisas o de sus besos lo había enloquecido de celos. Pero ahora estaba allí, callada y pensativa ante el fuego, mientras con las manos se recogía, mechón a mechón, el azulado cabello. ¡Cómo le gustaba su color, su olor, su tacto! Pero, realmente, ¿qué no le gustaba de su mujer?

Ajena a los ojos que la miraban con avidez, sentada encima de la piel, intentó olvidar lo que acababa de ocurrir con Kieran.

«Ese muchacho está loco», pensó Megan sintiéndose culpable por haberle atizado con tanta fuerza. Sabía que lo que él había intentado no estaba bien, pero había pagado con Kieran el despecho que ella sentía por su marido y la rabia al imaginarlo con la fulana.

Cuando terminó de sujetarse el pelo, echó la cabeza hacia atrás y, arqueando la espalda, se estiró. ¡Estaba agotada! Somnolienta, se levantó y comenzó a deshacer los lazos de su vestido. Aquel espectáculo estaba enloqueciendo a Duncan, que notaba la boca seca y el latente palpitar de su ardor entre las piernas. Una vez que ella se quitó el vestido y las medias, desató la cinta de su muslo, donde llevaba su daga, que dejó encima de un pequeño cofre.

Cansada, dejó su vestido encima de un arcón y, sentándose en la cama, suspiró extenuada sin percatarse aún de que Duncan estaba allí. Bostezando, abrió el cobertor para meterse dentro, pero de pronto notó alguien cerca y de un salto llegó hasta la daga que momentos antes había dejado.

—¡¿Se puede saber qué haces, mujer?! —gruñó Duncan incorporándose en la cama.

—¡¿Cómo?! —chilló ella con la daga en la mano—. Mejor dime, ¿qué haces tú en mi cama?

Disfrutando del espectáculo, Duncan la miró.

—¿Tu cama? —preguntó sorprendido intentando no sonreír—. Disculpa, pero ésta es «mi» cama. Y acabas de interrumpir «mi» sueño.

—No pienso meterme en «tu» cama. Por lo tanto, ¿dónde dormiré? —dijo intentando apartar los ojos de aquel torso escultural y musculoso mientras se alegraba de saber que su marido no estaba revolcándose con la fulana.

—Por mí, puedes dormir sobre esa piel —respondió Duncan señalando la piel donde momentos antes ella había estado sentada.

Al ver su cara de desconcierto, le entraron ganas de reír, pero se contuvo y puso su gesto más fiero. Por mucho que ella le atrajera, le había sido desleal y había dicho aquello de «ojalá no te hubiera conocido, porque eso me daría la seguridad de que nunca me habría casado contigo».

—Duerme, mujer —señaló recostándose—. No tengo la menor intención ni necesidad de acostarme contigo.

—¿Y con otras? —bufó ella sentándose sobre la piel y poniendo su mirada más hiriente—. ¡Pensé que esta noche la pasarías con tu furcia! —Viendo cómo él se incorporaba y la miraba incrédulo, continuó—: Oh..., sí, vuestros roces y vuestras sonrisas me hicieron suponer que esta noche disfrutaría yo sola de la cama.

Clavando la mirada en ella, suspiró al percibir que su mujer creía que Berta, la morena del salón, era su amante. Cierto era que en ocasiones, antes de estar casado, había disfrutado de los placeres del cuerpo con ella, pero nunca la consideró su amante.

—Estoy cansado —respondió volviéndose a echar— y necesito el placer y la comodidad de una cama. Y aunque la de Berta es muy cómoda y placentera, estoy seguro de que lo que menos habría hecho sería dormir.

—Durmamos entonces —respondió Megan deseando clavarle la daga—. Disfruta de tu «cómodo» descanso, laird McRae.

—Lo mismo digo, Impaciente. Buenas noches.

Duncan, al decir aquello, tuvo que controlarse. Si no, una carcajada habría acabado con su dura fachada.

Ella no respondió. Se conocía y, cuando estaba tan enfadada, mejor era mantener la boca cerrada. Por lo que, tirando de otra piel que estaba encima del arcón, se arropó y el cansancio la venció.

Duncan no conseguía dormir. Cuando se cercioró a través de la respiración de su mujer de que estaba dormida, se levantó y avivó el fuego. La habitación era fría y dormir en el suelo de piedra lo era más. Parte de la noche, la miró maravillado. Adoraba a esa cabezona, como nunca había adorado a ninguna mujer. Pero no podía ni quería perdonar su deslealtad. Con cuidado, se sentó encima de la piel y alargando la mano tocó aquel sedoso pelo azulado que tanto le gustaba. Se agachó para oler su piel. En ese momento, ella se volvió, quedando su boca cercana a la de él. Habría sido fácil tomar aquellos labios, pero él nunca había forzado a ninguna mujer y menos lo iba a hacer ahora. Por lo que, separándose de ella, cogió un mechón de su pelo y, tras besarlo y volver a avivar el fuego, se metió en la cama, donde se quedó dormido mirándola.

20

Por la mañana, cuando Megan despertó, miró a su alrededor desconcertada. ¿Dónde estaba? Rápidamente, la realidad volvió a ella y recordó. Se incorporó con cuidado y miró de reojo hacia la cama. Estaba vacía. No había rastro de Duncan. Más tranquila, se tumbó y, cuando su cabeza se encontró con un mullido cojín, recordó no haber cogido ninguno la noche anterior. Dedujo que Mary debía de habérselo puesto allí. Hacía frío, en el hogar sólo quedaban rescoldos, por lo que, sentándose de nuevo, se desperezó, hasta que oyó unos golpes en la arcada. Antes de que ella pudiera decir nada, Mary entró con una bandeja de comida.

—Milady, ¿qué hacéis en el suelo? —preguntó la muchacha, sorprendida.

—¡Mary! —dijo levantándose con el pelo enmarañado—. No se te ocurra contar a nadie que me has visto durmiendo ahí. Mi marido y yo hemos discutido y...

—Milady, tranquila —musitó la muchacha dejando la bandeja encima del arcón—. No diré nada, pero traeré más pieles por si esta noche volvéis a dormir ahí. No creo que el suelo sea el lugar más cómodo para vos.

—Te lo agradezco —sonrió mirándola—. No tengo intención de compartir el lecho con ese animal.

—Oh, milady, siento escuchar eso. Seguro que vuestro esposo no permite que durmáis otra noche en el suelo. Siempre me ha parecido un hombre muy amable y justo. No entiendo su proceder.

—¿Puedo hacerte una pregunta? —La criada asintió—. Siempre que mi marido ha venido aquí, ¿ha compartido lecho con Berta?

—Pues... —Vaciló antes de contestar, pero no podía mentir-le—. Milady, para seros sincera, no todas las veces que ha venido ha compartido lecho con ella. Pero sí es cierto que ella lo persigue hasta la saciedad. ¡Es muy pesada con él! Y más de una vez ha presumido ante todos de que ella era la preferida de vuestro ma-rido.

Al escuchar aquello, algo se encogió en su estómago. Aquella fulana decía la verdad cuando le escupió que Duncan había com-partido su cama.

—Pero también es cierto, milady, que Berta calienta el lecho de muchos hombres. Hasta que llegasteis ayer, calentaba el lecho de Kieran O'Hara.

—Me lo imagino —resopló indignada, y al escuchar aquel nombre preguntó—: ¿Kieran O'Hara vive aquí?

—Oh, no. Él vive en Aberdeen, aunque visita muy a menudo esta fortaleza. Mi laird agradece las visitas desde que murieron lady Naira y su hijo. Kieran es el hijo mayor del laird Breaston y de lady Baula, y aunque se empeñe a veces en parecer rudo e insensible, tengo que deciros que no lo es tanto como el salvaje de su hermano James. Es amable con todos nosotros y, si puede, incluso nos echa una mano en lo que necesitemos. Kieran era muy amigo de Gabin, ya sabéis, el fallecido hijo de nuestro laird.

—¿De qué murió Gabin?

—Unos *sassenachs* durante una incursión... —susurró bajan-do los ojos—. Fue terrible cuando *Stoirm* llegó hasta nosotros con Gabin muerto.

—Lo siento —murmuró apenada, e intentando cambiar de tema preguntó—: ¿Quién es *Stoirm*?

—*Stoirm* era el caballo de Gabin. Lady Naira se lo regaló poco antes de morir, cuando él cumplió diez años. Siempre ha sido un animal muy querido y considerado por todos, hasta que Gabin murió.

—¿Está en la fortaleza?

—Sí, pero no sé por cuánto. —Mary meneó la cabeza—. A pesar del cariño que nuestro laird siente por el animal, desde que murió Gabin el caballo se ha vuelto salvaje. Varios de nosotros hemos sido mordidos o pateados cuando nos hemos acercado a darle de comer. Y no me extrañaría que nuestro laird lo termine sacrificando. Sinceramente, milady, *Stoirm* no hace más que dar problemas.

En ese momento, se abrió la arcada. Era Shelma.

—Buenos días a las dos. —Luego, viendo las pieles en el suelo, miró a su hermana y preguntó—: ¿Has dormido tú ahí?

—Sí —asintió molesta—. Mi amado y querido señor me indicó que estaba demasiado agotado anoche para retozar con Berta y que el lecho era para su propio descanso.

—Oh... —suspiró Shelma mirando indignada a su hermana y a Mary—, lo siento. ¡Maldito cabezón!

—Shelma —sonrió Megan—. He dormido estupendamente, y yo lo preferí. No quería compartir el lecho con él.

—Miladies, tengo que marcharme —se excusó la criada—. Si necesitáis algo, estaré por las cocinas.

Con una sonrisa, Mary abrió la arcada y desapareció.

Sentándose ambas encima de la cama, en la que anteriormente había dormido Duncan, comenzaron a comer, mientras Shelma le contaba los pormenores de su noche con Lolach. Megan la escuchaba sintiendo un pequeño pellizco en el corazón.

Una vez que acabaron de comer, decidieron bajar al gran salón. No había nadie, por lo que salieron al exterior a través de los grandes portalones de la fortaleza. Allí había varios guerreros practicando con sus espadas, y al verlas les silbaron. Ellas, sin mirarlos, continuaron su camino sonriendo hasta que unas voces atrajeron su atención. Eran Myles y Mael que, vociferando, ordenaban a los guerreros respeto para sus señoras, por lo que las voces cesaron para dar paso al sonido del acero al chocar y los resoplidos de los hombres al luchar.

—Ven —dijo Megan tomando a su hermana de la mano—. Vayamos a visitar a *lord Draco*.

Entraron en las cuadras y *lord Draco* relinchó con alegría al verlas. Besaron la cabeza del caballo mientras le susurraban palabras en inglés que el animal agradeció.

—Buenos días, miladies —saludó de pronto un muchacho pecoso y bajito que debía de ser el mozo de cuadra—. ¡Excelente caballo!

—Buenos días —saludaron ellas.

—Miladies, soy Rene, el mozo de cuadras. —Sonrió con agrado mientras soltaba una bala grande de heno fresco—. ¿Cuántos años tiene este magnífico ejemplar?

—Ufff... —sonrió Shelma acariciando dulcemente al caballo.

—Exactamente, veinte años —respondió Megan—. Me lo regalaron mis padres cuando cumplí seis años.

De pronto, unos golpes y unos relinchos comenzaron a sonar casi al lado de ellas, lo que hizo que se movieran con rapidez junto a Rene.

—¿Qué le pasa a ese caballo? —preguntó Shelma observando por primera vez al caballo pardo que daba patadas a las maderas y se movía con nerviosismo.

—No os asustéis, miladies —contestó el muchacho.

Megan observó al animal con curiosidad. Era una auténtica belleza y un maravilloso semental que parecía mirarla a través de aquellos ojos redondos y oscuros como la boca del infierno.

—Es *Stoirm* —señaló el mozo—, y su particular modo de indicaros que no le gustan las visitas.

—Tranquilo. No nos asustamos. Nos hemos criado entre ellos y ¿sabes, Rene? Si mi abuelo estuviera aquí, le diría a mi hermana que se ocupara de él. Se le dan muy bien los animales, en especial los caballos ariscos y toscos.

Megan, al escucharla, sonrió.

—Dudo, milady, que vuestro abuelo le indicara que se acercara a ese caballo.

—¿Lo sacáis para que corra? —preguntó Megan observando las largas patas del animal heridas—. Un caballo así no puede estar metido todo el día en una cuadra.

—Imposible —aseguró Rene entendiendo lo que ella quería decir—. Es inútil, el animal nos ataca. ¿Veis esas heridas? Hemos intentado curárselas infinidad de veces.

—¿Cuánto tiempo lleva comportándose de ese modo? —preguntó Shelma.

—Va para un año —respondió él viendo la preocupación en los ojos de las muchachas—. Sé que es terrible lo que digo, pero este animal está sentenciado a muerte.

—¡Qué horror! —se escandalizó Megan observando al animal.

—¿Qué ha hecho este caballo para que esté sentenciado a muerte? —preguntó Shelma sin entender nada.

—Ser el caballo del hijo muerto del laird McPherson y enloquecer —respondió Rene finalmente.

Continuaron conversando en las cuadras hasta que decidieron marcharse de allí para que *Stoirm* se tranquilizara. Incrédulas por lo que habían escuchado, lo estaban comentando cuando vieron al gigante de Ewen junto a Zac, que corría divertido con su perro.

—Buenos días, Ewen —sonrió Megan acercándose a él y a su hermano, a quien agarró rápidamente y comenzó a besar haciendo que el niño se retorciera y se apartara de ella.

—Buenos días, miladies —saludó afablemente. Ewen era un hombre de pocas palabras.

—¡Megan! —protestó Zac con cara de enfado—. ¡Deja de besarme como si fuera un bebé! ¡Suéltame!

Megan, divertida, lo miró y lo soltó. Zac crecía pero ella se negaba a verlo.

—¡Pero, bueno! —sonrió Shelma—. ¿Desde cuándo no eres un niño?

—Ahora ya soy un hombre —anunció haciéndoles sonreír—. Tengo mi propia daga, y siempre me decíais que no podría tener mi propia daga hasta que fuera un verdadero hombre.

—De acuerdo —asintió Megan sonriendo a Ewen—, intentaré recordar que no eres un niño.

—Íbamos hacia el lago —comunicó Ewen—. ¿Deseáis venir con nosotros?

—Quizá más tarde —contestó Shelma, que deseaba visitar la aldea.

Una vez que se despidieron de ellos, se encaminaron hacia la aldea. Cuando estaban llegando, unas voces atrajeron su atención. En la aldea ocurría algo y, agarrando sus faldas, comenzaron a correr.

Las mujeres y los ancianos se arremolinaban alrededor de un pozo. Un niño había caído y su madre, al intentar ayudarlo, había caído tras él.

—¡Llamad a alguno de los guerreros! —chilló Megan asomándose al pozo—. ¿Estáis bien? —Pero sólo oyó los sollozos del niño. La mujer no contestó.

—Mi mamá se ha caído —lloraba una niña, nerviosa y temblorosa—. Mi mamá y mi hermano Joel se han caído ahí dentro.

—¡¿Dónde están los hombres?! —gritó Shelma, histérica, sin atreverse a acercarse al pozo.

—Están trabajando en la construcción del castillo, señora —contestó una mujer agarrando a sus dos hijos.

Las mujeres, nerviosas, miraban por la boca del pozo, pero nadie hacía nada, por lo que Megan dijo a su hermana:

—Corre a buscar a Myles y pídele que traiga una soga larga. —Sentándose en el borde del pozo, sacó su daga y observó dónde poner los pies—. Iré bajando.

—¡¿Estás loca?! —gritó Shelma acercándose al pozo para cogerla del brazo, pero su hermana se soltó de un tirón—. Espera que traigamos la soga y te atemos a ella para bajar. Sin nada, puedes matarte.

—Shelma, ¿recuerdas la angustia que pasaste cuando caíste al pozo de Mauled? —Ella asintió asustada—. ¡Pues, cállate! Un niño y su madre están ahí abajo y alguien tiene que ayudarlos.

—Milady —dijo un anciano—. Esperad, bajaré yo.

—Ni hablar —negó Megan con la cabeza—. Mis brazos son más fuertes para agarrarme, pero sí me irá bien que traigáis pieles. Cuando salgamos, las necesitaremos para taparnos, ¿de acuerdo?

—Aquí las tendré, milady —asintió el hombre.

Shelma se retorcía las manos con nerviosismo.

—Que alguien vaya a buscar una cuerda fuerte, ¡ya! —les gritó Megan mientras con cuidado buscaba dónde agarrarse.

—¡Ve a la fortaleza y busca a Myles o a Mael! —gritó Shelma a una mujer sin percatarse de que era Sabina, la furcia de la noche anterior, que salió corriendo asustada, pero a su casa en lugar de ir al castillo. ¡No pensaba ayudar a la mujer que la noche anterior la había avergonzado!

Shelma miraba cómo su hermana bajaba y la oscuridad poco a poco se la tragaba.

—¿Vas bien?

—Sí, tranquila —asintió Megan.

En un par de ocasiones, le fallaron los pies y las manos, pero poco a poco sus ojos se acostumbraron a la oscuridad. Con cuidado fue clavando la daga a la piedra del pozo y bajando. De pronto, una mano se le resbaló y notó cómo algo punzante le rajaba la piel del brazo.

—¡Maldita sea! ¡Qué dolor! —Se mordió los labios al tiempo que oía los sollozos del niño—. Tranquilo, Joel, ya llego.

La arenilla del pozo le entraba en los ojos y sintió cómo se le ponía la carne de gallina al sentir la humedad y el frío. Al mirar hacia abajo, distinguió al niño agarrado a una piedra, pero la madre flotaba intentando no hundirse.

—¡Dios mío! —susurró. Sin pensárselo, se dejó caer al agua para agarrar a la mujer mientras gritaba—: ¡Joel, no te preocupes. Ahora mismo nos sacan de aquí!

Con las manos doloridas y ensangrentadas, se agarró como pudo a una piedra y, sacando fuerzas de donde no las tenía, clavó la daga en la pared y arrastró a la mujer con ella.

—Tranquila. Agárrate aquí.

—Milady, mi hijo —susurró la mujer a punto de perder la consciencia.

—Joel está bien —dijo dolorida. La herida de su brazo sangraba, pero ya la curaría. Ahora necesitaba que la mujer no se desmayara—. ¿Cómo te llamas?

—Lena —murmuró la mujer cerrando los ojos, mientras los dientes le castañeteaban.

—¡Lena! Soy Megan, la mujer del laird McRae —gritó zarandeándola mientras tiritaba de frío—. Necesito que me ayudes. ¡No cierres los ojos! Si te desmayas, no tendré fuerzas para agarrarte a ti y a Joel. ¡Por favor! No los cierres. Aguanta hasta que lleguen, no tardarán.

—Lo intentaré, milady —asintió la mujer.

En el exterior, un gentío cada vez más numeroso se arremolinaba alrededor del pozo. Shelma miraba a su alrededor desesperada. ¿Dónde estaría la ayuda?

—¿Qué ocurre? —preguntó Anthony, el inglés herido.

—Anthony —susurró Shelma, temblorosa—. Una mujer y su hijo han caído, y Megan ha bajado para ayudarlos, pero la he oído caer y no me habla. ¡Oh, Anthony!

Con celeridad Anthony se asomó al pozo, y al no ver nada se volvió hacia el gentío que miraba con cara angustiada.

—¡Una cuerda, maldita sea! —gritó el hombre. Al ver que nadie acudía, corrió hacia la fortaleza, donde encontró a Myles y al resto, que al ser alertados fueron a toda prisa hacia el pozo con una larga cuerda.

Con gesto de preocupación, Shelma los vio llegar.

—¡Rápido, Myles! —chilló Shelma, blanca por el miedo—. Echa la soga para que mi hermana pueda subir.

—¡Milady! —gritó Myles, mientras Mael apartaba a la gente del pozo para que quedara espacio.

—¡Myles! —respondió Megan desde la oscuridad, agotada de sujetarse con una mano a la pared y agarrar con la otra a la mujer—. Echa la cuerda. Ataré a la mujer. Tirad de ella con cuidado. Luego volved a echarla para sacar al niño. ¡Rápido!

—Traed pieles o mantas —exigió Anthony.

—Aquí las tenéis —respondió un anciano llegando junto a él.

Con cuidado, Myles, Mael y Anthony fueron subiendo poco a poco a la mujer, quien al ver la luz finalmente se desmayó.

—Mi palito —pidió el niño. Megan, al mirarlo, sonrió. Cruzando el pozo a nado, cogió el palo y se lo entregó, ganándose una encantadora y mellada sonrisa.

—Caíste al pozo por esto, ¿verdad? —El niño, tiritando como ella, asintió—. Tienes que prometerme que nunca más volverás a colgarte de la pared del pozo. ¡Es muy peligroso! Esta vez te he podido sacar, pero, si vuelves a caer, quizá yo no esté aquí para salvarte. —El niño volvió a asentir, mientras la cuerda caía de nuevo a su lado—. Ahora ven —y comenzó a atarle la soga alrededor del cuerpo, notando cómo sus manos le fallaban por el frío y el dolor—. Ahora, agárrate a la cuerda. Nos vemos arriba, ¿de acuerdo?

El niño asintió.

—¡Myles! —gritó, aunque su voz era más suave—. ¡Tira!

Esta vez, sin mucho esfuerzo, el niño salió del pozo.

McPherson y sus invitados llegaban en aquel momento a lomos de sus sementales de visitar las obras del futuro castillo. Al llegar a la gran arcada exterior de la fortaleza observaron con curiosidad el tumulto de gente.

—¿Qué ocurre allí? —preguntó Lolach en el momento en que se abrió el portón de la fortaleza.

Mary, sin color en la cara, corría. McPherson, que ya se había bajado de su caballo, la agarró del brazo y le preguntó:

—¿Qué ocurre en la aldea?

—Señor —susurró temblorosa porque lo que había escuchado no le había gustado nada—. Alguien ha caído al pozo, y lady Megan se ha metido para sacarlo.

—¡¿Cómo?! —exclamó Duncan comenzando a correr seguido por Lolach y el resto. Según se acercaba al gentío, una enorme angustia comenzó a apoderarse de su cuerpo. ¿Qué hacía su mujer metida en el pozo?

Myles, que había tirado la cuerda, esperaba la orden para subir a su señora, pero esta vez Megan no tuvo fuerzas para gritar. El frío estaba comenzando a hacer mella en su cuerpo, por lo que como pudo, torpemente, se ató, y dio un par de tirones a la cuerda aunque no lo suficientemente fuerte para que ellos lo notaran.

Duncan llegó hasta el pozo. Vio a la mujer y al niño temblando tapados con las pieles, pero ¿dónde estaba su mujer?

—Mi laird —indicó Myles al verlo llegar con cara inexpresiva—, milady es la siguiente en salir, estamos esperando que nos dé la orden.

—Está tardando mucho —sollozó Shelma mirando hacia el interior del pozo. Ni siquiera la cercanía de Lolach podía tranquilizarla—. ¡Megan!

Abrumado por los acontecimientos, Duncan apoyó las manos en el pozo y miró a su interior con intención de lanzarse. La oscuridad lo llenaba todo, y con ello su alma. Ella estaba ahí abajo y no era capaz de verla.

—¡Megan! —bramó Duncan con fuerza, sentándose en el bordillo del pozo, dispuesto a bajar a por ella.

—Subidme —gimió ella lo suficientemente alto para que la oyeran.

Myles, Anthony y Mael volvieron a tirar de la cuerda. Poco a poco, la soga ascendió al tiempo que la impaciencia de Duncan crecía. Hasta que de la oscuridad emergió aquella que tantos quebraderos de cabeza le estaba dando. Se la veía empapada, con el pelo enmarañado, las ropas sucias y chorreando. Mary salió corriendo hacia la fortaleza, donde ordenó que subieran a la habitación una bañera con agua caliente.

—Ya te tengo —suspiró Duncan balanceando el cuerpo para agarrar a su mujer y cogerla antes de que llegara a la superficie.

Ella estiró la mano y una corriente de tranquilidad se adueñó de ambos cuando Duncan la asió con fuerza. Al tenerla arriba, la abrazó con ansia notándola temblar de frío. Pero ya estaba con él. Con rápidos movimientos, Lolach le desató los nudos del cuerpo, y Duncan, sin hablar con nadie pero abrazándola con fuerza, se encaminó hacia la fortaleza, donde su mujer podría entrar en calor. Kieran observó la angustia en su cara y apartándose lo dejó pasar.

Al ver cómo Duncan agarraba a su hermana y la abrazaba, Shelma sonrió. Ese highlander cabezón la quería. ¡Gracias al cielo! Por lo que, tras abrazar a su marido, miró hacia la mujer y el niño, y tomó las riendas de la situación.

—Llevad a esta mujer y a su hijo a casa —ordenó a unos soldados—. Necesitan calor. —Luego, mirando a Anthony, dijo viendo cómo la sangre enrojecía las vendas—: El esfuerzo ha debido de saltarte algún punto. Vuelve a la cabaña, ahora iré a curarte.

Volviéndose hacia los capitanes de la guardia que ella conocía gritó:

—¡Mael! Necesito que vayas a mi habitación y me traigas la talega con mis medicinas. ¡Myles! ¿Podrías traerme algo para vendar? ¡Vosotros, coged a la niña y llevadla con su madre!

—¡Das más órdenes que un guerrero! —rio Lolach al observar cómo su mujer manejaba a toda aquella gente—. Veo que diriges y mandas muy bien.

—¿Tú crees? —inquirió dedicándole una maravillosa sonrisa, y luego, acercándose a él, le dijo entre susurros—: Si a Megan la llamaban la Impaciente, debes saber, esposo mío, que a mí me llamaban la Mandona.

Con una divertida sonrisa, se volvió para seguir a los guerreros que llevaban a la mujer y al niño, y con picardía Shelma sonrió a su marido, que la siguió divertido por aquel último comentario.

Duncan llegó a la fortaleza, donde subió la escalera de dos en dos. Cuando alcanzó la puerta de su habitación, de una patada la abrió y encontró a Mary encendiendo el hogar. Poco después, entraron unos criados con una bañera, que llenaron con varios cubos de agua caliente. Duncan esperó a que salieran. Con el ceño fruncido y angustiado, le quitó las ropas empapadas y sucias a su mujer, a la cual le castañeteaban los dientes de frío.

—Laird McRae —dijo Mary antes de cerrar la arcada—. Si os parece, pediré que le suban un caldo caliente. Eso la reconfortará.

—Es una excelente idea —asintió Duncan, y volviéndose hacia ella la llamó—: ¡Mary!

—¿Señor? —preguntó mirándolo sorprendida al ver que recordaba su nombre.

—Gracias por todo —susurró mientras ella, sonrojándose, cerraba la puerta.

Cuando quedó con su mujer a solas, la miró inquieto. Aún tiritaba. Cogiéndola en brazos la llevó hasta la bañera, donde la metió poco a poco, notando cómo los vapores y el calor hacían que el color volviera a sus mejillas. Duncan la lavó, la envolvió en una piel, la metió en la cama y se tumbó junto a ella para darle su calor. Mientras la observaba, el miedo que había pasado por ella desaparecía junto a su enfado.

¿Por qué su mujer tenía que ser tan intrépida? ¿Acaso no tenía miedo a nada?

Tenerla junto a él lo reconfortaba. Sabía que estaba a salvo. Sin poder contener sus impulsos, le repartió dulces besos por la cara, hasta que finalmente acabó en sus labios. Megan, al notar que la calidez y el calor volvían a su cuerpo, abrió los ojos y se sorprendió cuando se encontró entre los brazos de su marido, que la miraba muy serio.

—No vuelvas a hacer lo que has hecho. Te lo ordeno —le susurró con tanta dulzura que pareció cualquier cosa menos una orden.

—No me ordenes las cosas —sonrió al escucharlo—, o tu vida será un infierno, Halcón.

Escuchar su voz le hizo sonreír, y sin apartar sus ojos de ella preguntó:

—¿Te encuentras bien?

—Sí —asintió encantada por aquella cercanía—, y me encontraré mejor cuando dejes de mirarme con esa cara tan seria. —Luego, frunciendo el ceño, dijo notando el dolor del brazo—: Duncan, tengo que pedirte un favor.

—Dime.

—Necesito mi talega de medicinas. Está encima del hogar, ¿la ves?

Él miró en la dirección que ella indicaba.

—Sí —asintió levantándose para cogerla—. ¿Para qué la necesitas?

—Me lastimé en el brazo —dijo al mirar entre la piel y ver la sangre—. Y tengo que...

—¡Oh, Dios mío, cariño! —bramó al levantar la piel y ver la sangre alrededor del brazo, sintiéndose culpable—. ¿Cómo no lo vi?

—No te preocupes —murmuró al ver el feo corte mientras cogía un tarro—. Creo que necesitaré algún punto. ¿Sabes coser?

—¡No y menos en tu piel! —le especificó asustado. Al ver la sonrisa en ella, le preguntó—: ¿Qué te parece tan divertido?

—Tú. El terrible Halcón, un fornido guerrero, asustado por tener que dar unos puntos en el brazo a su mujer —dijo tendiéndole el tarro—. ¿Podrías darme un poco de este ungüento para que no se me infecte?

—Claro que sí, pero espera —dijo cogiendo un paño limpio. Tras mojarlo en agua, le susurró—: Primero, lo limpiaré.

Con delicadeza, limpió la herida mientras ella lo miraba incrédula por aquella manera tan cariñosa de atenderla. En un par de ocasiones, sus ojos se encontraron y, sin permiso ni explicación, Duncan acercó los labios a los de ella y la besó. Al acabar, cogió el ungüento y, tras destaparlo, lo aplicó sobre la herida con delicadeza.

—Ahora que la has limpiado, no es tan fea como parecía —comentó Megan, intentando no mover el brazo, que le dolía horrores—. Creo que no necesitaré que nadie me cosa.

—Mejor —murmuró él cerrando el bote—. ¿Por qué no llamaste a alguno de los hombres para que bajara al pozo? ¡Podrías haberte matado! Me han dicho que bajaste sin cuerda, agarrada a las piedras. ¿En qué estabas pensando?

Al ver el gesto de preocupación de él, le explicó con una sonrisa:

—Cuando llegamos a Dunstaffnage, Shelma tenía catorce años. Era tan inquieta como lo es ahora Zac. Un día, jugando con una espada de madera, la tiró tan alto que cayó al pozo. Recuerdo que ambas nos asomamos para ver si podíamos cogerla, pero era imposible. Entonces, le dije que esperara mientras iba en busca del abuelo, pensando que él sabría qué hacer. Me marché, pero al rato volví y ella no estaba. Comencé a llamarla. De pronto, su voz asustada y sus lloros sonaron desde el pozo. Me dijo que se había asomado y había caído. Yo, desesperada, busqué la forma de sacarla. Pero no podía. Al ver que ella dejaba de hablar, decidí tirarme al pozo también.

—De ahí tu apodo de la Impaciente, ¿verdad? —bromeó Duncan haciéndola sonreír mientras la pellizcaba en la mejilla.

—El abuelo y Mauled llegaron poco después. Al no encontrarnos, fueron a la zona que ellos sabían que nos gustaba, la zona del pozo. Allí, al oírlos, yo comencé a gritar. Shelma se había desmayado del frío. Asustados, y con la ayuda de Felda, tiraron una cuerda, que yo até a la cintura de Shelma. La sacaron y, posteriormente, a mí. Tras ese día, Shelma cogió un miedo enorme a los pozos, por lo que el abuelo y Mauled construyeron una especie de cubierta, para que ninguno de nosotros pudiera volver a caer. Desde entonces, Shelma no se había vuelto a acercar a un pozo, hasta hoy. Sé la angustia que se pasa allí abajo. Cuando oí llorar al niño, los recuerdos me vinieron a la cabeza y no dudé en ayudarlo.

—Cariño, eres demasiado intrépida —susurró tocando con delicadeza el óvalo de su cara.

Al escuchar aquello, el gesto de Megan cambió.

—¡No me llames cariño! —se quejó esquivando su mirada.

—¿Por qué?

—Porque yo no te lo he pedido y porque no quiero que me digas absurdas palabras de amor que no sientes —siseó fundiéndose en aquellos ojos verdes que tanto la aturdían—. Me quedó muy claro lo que piensas sobre el amor.

—Yo no creo en el amor, Megan —se sinceró mirándola a los ojos—. Por amor, una vez alguien me destrozó la vida: me utilizó, me engañó y caí tan bajo cuando ella me abandonó que decidí que nunca más volvería a amar. —Endureciendo la mirada, dijo mientras le tocaba la mejilla con suavidad—: Nunca te he prometido que te amaría, pero sí que te protegería y te cuidaría como mereces.

—Ya lo sé, no te preocupes —comentó ella con tristeza en su corazón—. Aunque me habría gustado que te hubieras casado conmigo por amor, sé que no ha sido así.

Al decir aquello, ambos se miraron en silencio y Megan sonrió a pesar de la pena que sentía. Con cariño le tocó el cabello y dijo:

—Siento mucho que en el pasado te ocurriera algo tan doloroso. —Encogiendo los hombros para quitarle importancia, susurró—: Yo nunca he amado ni me han amado para saber el dolor que se siente cuando alguien a quien tú adoras con toda el alma te abandona.

—Espero que nunca tengas que sufrir por algo así —susurró él bajando la mirada, sintiéndose cruel por ella.

—Tú lo has dicho. Ojalá nunca sufra por amor —asintió aclarándose la voz; no quería darle a entender que se estaba enamorando de él—. Lo mejor será que olvidemos esta conversación.

—Para hacerle sonreír dijo poniendo los ojos en blanco—: Yo, mientras tanto, intentaré seguir demostrándote lo imprudente que soy para que no te enamores de mí.

—Eres la mujer más imprudente que conozco —se carcajeó al escucharla.

—Quizá por eso te fijaste en mí —bromeó notando cómo él respiraba profundamente y sonreía—. Además, estoy segura de que esas imprudencias son parte de mi encanto.

—Tienes más encantos de los que yo creía —le susurró al oído haciéndola vibrar de deseo—. Pero, ¡por favor!, piensa un poco en ti. Ha sido algo peligroso, lo sabes. Repito lo mismo que te dije una vez: «Ayúdame a cuidarte».

Al escucharle, Megan no pudo contener su apetencia, por lo que atrajo a su marido hacia ella, quien aceptó gustoso sus besos, mientras sus manos se metían bajo la piel y le acariciaban la suave espalda.

Aprovechando el momento de sinceridad, Megan murmuró:

—Perdóname por no haber sido sincera en lo referente a Anthony. Me inventé esa absurda mentira por miedo a que su sangre inglesa influyera en vosotros a la hora de ayudarlo. Me he pasado más de media vida intentando que la gente no supiera de mí ni de mis hermanos justamente lo que oculté de Anthony. Te juro que nunca quise ser desleal, porque yo...

—Psss..., ya está. —La mandó callar poniendo un dedo entre sus labios, sorprendido por los sentimientos que ella despertaba en él.

—Perdóname y hazme el amor —susurró con ojos suplicantes sintiendo una tristeza infinita al mirar a aquel hombre que nunca la amaría—. Llevo días añorando tus besos y tus caricias.

—Estás perdonada y te aseguro que hacerte el amor es lo que más me apetecería en este mundo —respondió besándole el cuello—, pero creo que tu cuerpo agradecerá un rato de descanso. Por lo tanto, descansa.

Con un mohín de decepción, ella se quejó y protestó.

—Pero si estoy bien.

—Descansa, Impaciente —sonrió dándole un beso rápido en la punta de la nariz antes de salir por la arcada.

Con una triste sonrisa en los labios, Megan se acurrucó en la cama. El calor de las pieles la sumieron en un maravilloso y profundo sueño, donde Duncan le decía en gaélico que la amaba.

Duncan, tras cerrar la arcada, sintió una presión en el corazón que le hizo tambalearse. ¿Cómo podía haberle dicho que nunca la amaría cuando sentía que ocurría lo contrario? Tras maldecir, bajó al salón, donde encontró a McPherson. Juntos bebieron cerveza, mientras éste le agradecía a Duncan lo que su mujer había hecho por Lena y Joel, mujer e hijo de uno de sus mejores hombres.

Aprovechando aquel momento, Duncan le pidió a McPherson un favor y éste se lo concedió sin pensárselo. Pasado un rato, fue en busca de Lolach y Shelma, quienes estaban curando a Anthony en la casa del anciano Moe. Tras llamar a la arcada, entró y observó callado detrás de Lolach cómo Shelma le cosía algunos puntos que habían saltado.

—¡Ya está! —anunció Shelma mientras cogía unos trozos de tela para taparlo—. Ahora lo vendaré. Intenta por todos los medios no volver a hacer otro esfuerzo.

—¿Cómo está vuestra mujer, laird McRae? —preguntó Anthony con gesto preocupado.

—Duncan —lo corrigió éste mirándole. Le agradecía con toda su alma lo que había hecho por su mujer—. Te agradecería, Anthony, que a partir de hoy me llamaras Duncan.

Sorprendido por aquello, el hombre sonrió satisfecho.

—De acuerdo, Duncan. ¿Cómo está tu mujer? —repitió sonriendo.

—Está bien, gracias a ti —asintió sonriendo a Shelma que, al verle, le clavó la mirada—. Quería agradecerte personalmente lo que has hecho por Megan.

—Sólo hice lo que debía hacer —comentó agradeciéndole aquel detalle.

—Acabo de hablar con McPherson. Sus tierras lindan con las tierras en las que retienen a tu mujer —comunicó Duncan atrayendo la atención de todos, especialmente la de Anthony—. El padre de tu mujer, Seamus, tiene buena relación con él. En un par de días, cuando estés mejor, te acompañaremos a reclamar a tu esposa.

—¿Por qué esperar? ¡Ya estoy bien! —Anthony saltó de la cama.

Briana estaba en peligro y él quería recuperarla cuanto antes.

—¡Túmbate ahora mismo! —ordenó Shelma haciendo sonreír a su marido.

—¿Te encuentras bien para ir mañana? —preguntó Lolach entendiendo la angustia de aquel hombre. Si alguien le arrebatara a Shelma, él procedería de la misma manera.

—Sí, laird McKenna.

—Lolach —le corrigió éste haciendo sonreír a Anthony, que supo que había encontrado a dos amigos para toda la vida.

Shelma, emocionada por aquello, suspiró.

—Ahora, descansa —le aconsejó Duncan—. Mañana partiremos hacia las tierras de Seamus Steward.

Al salir de la casa del viejo Moe, y mientras caminaban hacia la fortaleza, Shelma vio a Sabina, que en ese momento tendía la ropa. Con gesto decidido fue hacia ella, que aún no se había percatado de su presencia.

—¡Sabina! —gritó Shelma—. Ten por seguro que esto no va a quedar así.

—¡¿De qué habláis, milady?! —gritó la mujer, temerosa al ver que Duncan y Lolach se acercaban.

—Sabes perfectamente de lo que hablo —dijo Shelma mirándola a los ojos y acercándose a ella con los brazos en jarras—. Has tenido suerte de que a mi hermana no le pasara nada, porque de lo contrario esta noche dormirías en el cementerio.

Lolach y Duncan sonrieron al escucharla, pero la sonrisa se les disipó en cuanto oyeron:

—Tanto tú como la Impaciente sois las que tenéis que tener cuidado de no acabar durmiendo en el fondo de algún lago —la amenazó Berta desde una esquina, sin haber advertido la presencia de Lolach y Duncan—. Aquí no sois ni seréis bien recibidas. ¡Nunca! No sé quiénes os creéis que sois. Llegáis aquí, nos robáis a nuestros hombres, y encima pretendéis que os ayudemos.

—¡Ni mi hermana ni yo hemos robado nada! —gritó enfurecida al tiempo que Duncan y Lolach se ponían junto a ella con la cara descompuesta.

Al ver aparecer a los dos hombres, Berta palideció.

—El tiempo que estemos aquí —bramó Lolach agarrando a su mujer por la cintura—, os prohíbo que entréis en la fortaleza. Ahora hablaré con vuestro laird McPherson —dijo antes de alejarse con una enfadadísima Shelma.

Duncan, quieto y con gesto hostil, las observaba.

—¡Sabina! —gritó Duncan—. No sé bien qué ha pasado aquí, pero ten por seguro que, cuando me entere, volveré para hablarlo contigo.

Al escucharlo, Sabina se puso a temblar. Tras decir aquello, Duncan fue hasta Berta. Asiéndola por la muñeca tiró de ella, y a grandes zancadas se alejó de aquella casa. Finalmente, se paró y enfadado la soltó.

—¡No te permito ni a ti ni a nadie que hable así de mi mujer o mi cuñada! —le gritó con ojos encolerizados.

—Pero, mi laird —ronroneó la fulana acercándose—, no os enfadéis así conmigo. Si digo tonterías es porque ansío vuestra compañía y, desde que habéis llegado acompañado, me la priváis. Recordad nuestros buenos momentos.

Pero Duncan, enfadado con ella, no quiso escuchar.

—¡Escucha bien lo que te estoy diciendo! —La empujó separándola de él—. Lo que hiciéramos en el pasado, como su nombre indica, pasado está.

Ella, sin darse por vencida, tiró de su vestido, le enseñó un pecho, y con un gesto sensual se lo tocó.

—Os gustaban mis caricias y mis...

—¡Cállate, Berta! —exclamó Duncan, enfadado—. Me gustaban tus caricias, como me gustaban las de muchas otras en su momento. Ahora, tengo esposa y ella es mi prioridad —dijo sorprendiéndola y sorprendiéndose a sí mismo—. ¡Entérate, mujer! Porque no quiero que vuelvas a tocarme ni que te acerques a ella nunca más.

Rabiosa por lo que estaba oyendo, se abalanzó sobre él y, echándole los brazos al cuello, comenzó a besarlo, pero Duncan se la quitó de encima de un rápido empujón.

—¡Estás loca! —dijo mirándola—. Nunca más vuelvas a hacerlo o te juro que la que dormirá bajo algún lago serás tú.

Sin darse por vencida, Berta lo miró.

—¡Volverás a mí, Halcón! —gritó al verlo alejarse.

Mientras Duncan caminaba hacia la fortaleza, su mente daba vueltas. ¡Había admitido que Megan era su prioridad! ¿Realmente sentía algo que ni él mismo quería aceptar? Finalmente, tuvo que sonreír cuando pensó en su mujer, en sus sonrisas, en sus ojos, en su pelo, en su peculiar manera de meterse en líos. ¡Le encantaba! Incrédulo, paseó cabizbajo, sintiendo que su corazón había sido tomado por una mujer de carácter; una mujer que lograba encolerizarlo con la misma facilidad con que lograba hacerlo sonreír; una mujer que necesitaba saber lo que él sentía.

Hacía rato que Megan se había despertado. El brazo le palpitaba de dolor. Le impedía dormir y relajarse en la cama, por lo que se sentó. Al ver que estaba desnuda, cogió una camisa blanca de Duncan de encima del arcón y se la puso por encima.

Sonrió al percibir el olor de su marido, pero esa sonrisa se borró de sus labios al recordar las palabras «No creo en el amor».

¿De verdad Duncan había cerrado su corazón?

Inquieta por esos pensamientos, aceptó que ella lo quería. No sabía cómo, pero sólo pensaba en él y deseaba que la amara como nunca lo había deseado. Estaba nerviosa. No sabía bien qué hacer. Se levantó y se acercó a la ventana. Desde allí pudo distinguir a dos personas. Se trataba de Duncan y Berta. ¿Qué hacían? Parecían discutir. Soltando un chillido de indignación, Megan vio cómo aquella mujer se abalanzaba sobre él, pero para su sorpresa comprobó después que él se la quitaba de encima y con gesto serio se marchaba.

Confundida, se alejó del alféizar de la ventana. El enfado le hizo olvidar el dolor de brazo. Con rabia cogió un cojín y lo tiró contra la arcada, mientras las caprichosas lágrimas acudían a sus ojos. ¡No quería llorar!

Ella no podía exigir ningún tipo de explicación. Él había sido sincero y le había dicho que no la amaría nunca. Y, por mucho que ella se empeñara en conseguir un imposible, su vida estaría siempre vacía y sin amor.

Intentando que el aire aclarase sus pensamientos, se dirigió de nuevo a la ventana. Con gesto serio miraba cómo aquella mujer regresaba con tranquilidad hacia la aldea, cuando la arcada de su habitación se abrió.

—¡Bonito vestido el que llevas! —sonrió Duncan acercándose para darle un rápido beso en los labios que ella saboreó de una manera especial—. ¿Qué haces levantada?

—La herida del brazo me molesta —respondió sin mirarlo. Estaba de mal humor—. Es más dolorosa de lo que yo pensaba.

—Ven aquí —dijo sentándose en la cama con ella—. ¿Qué puedo hacer por ti?

Sorprendida por cómo la miraba y por aquella pregunta, le respondió:

—¡Nada! El dolor del brazo se pasará en unos días. ¿De dónde vienes?

—He estado visitando a Anthony. Shelma ha tenido que curarlo tras el esfuerzo por subirte del pozo.

—Oh..., pobrecillo —susurró al escucharle.

Pasándole la mano con delicadeza por la espalda, Duncan continuó:

—Hablé con McPherson y mañana viajaremos a las tierras de los Steward para intentar recuperar a Briana. —Al ver que ella lo miraba como si esperase algo, continuó—: Luego he tenido unas palabras con Berta y Sabina. Les he recordado que sus modales contigo y con tu hermana no son los más apropiados.

Al escuchar aquello, Megan se tensó.

—¿Has hablado con Berta?

—Sí, cariño. —Y poniéndole un dedo en la boca, señaló—: Y

si he dicho «cariño» en este momento, es porque me apetece y lo siento, ¿de acuerdo?

—Tú sabrás —respondió ella con la mayor indiferencia que pudo—. Yo no espero nada de ti. Quedó todo muy claro.

—Megan —suspiró al escuchar aquel último comentario mientras le cogía una mano y le besaba con delicadeza la palma—. Durante años, he conocido mujeres con las que únicamente pasé buenos momentos en la cama, y como podrás imaginar una de ellas fue Berta —dijo observando con deleite aquellos ojos negros tan sensuales y fascinantes—. Pero hoy...

—Duncan, ya me has dejado claro que...

—Espera y escúchame —dijo poniendo de nuevo un dedo en sus labios para hacerla callar—, porque no sé si seré capaz de volver a repetir lo que te voy a decir. Lo mío es la guerra, no el amor. Pero no sé qué extraño hechizo has obrado en mí que no consigo quitarte de mi cabeza desde el día que posé los ojos en ti.

Sin apenas respirar, Megan lo escuchaba.

—Antes te dije que por culpa de una mujer me negué a pensar en tener una esposa y, mucho menos, hijos. Pero tú estás haciendo que mi vida cambie tan rápido que a veces no sé ni lo que estoy haciendo —murmuró mientras ella lo observaba—. Existen momentos en los que no sé de dónde saco la paciencia para tratar contigo, sin azotarte, o sin matarte. —Sonrió cariñosamente al decirle aquello—. Pero ya no concibo mi vida sin nuestras discusiones y sin tus continuas locuras.

Al escuchar aquello, ella lo besó con una dulzura que le traspasó el corazón.

—No sé si seré capaz de amarte como tú necesitas, pero necesito decirte que eres maravillosa. Nuestro matrimonio no va a ser fácil, pero yo quiero intentarlo porque eres la mujer más bonita, valiente, problemática, contestona y divertida que he conocido en mi vida. Y si te digo «cariño» —dijo levantándole la barbilla con un dedo para mirarla—, créeme que es porque lo siento.

—No sé qué decir —susurró conmovida con un hilo de voz—. Pero han sido las palabras más bonitas que me han dicho en la vida.

Duncan sonrió y, atrayéndola hacia él, la abrazó con tanta pasión que en ese momento no existió nada más que ellos dos. Pasado un rato en el que los besos se intensificaron y las palabras dulces fluyeron de sus labios con tranquilidad, llegaron hasta ellos los golpes y relinchos de *Stoirm*.

—¿Sabes? —dijo Megan separándose de él—. Esta mañana estuve en la cuadra visitando a *lord Draco*.

—¿Rene lo cuida bien? —preguntó Duncan besándola en el cuello—. Es un buen mozo de cuadra.

Disfrutando del momento, Megan rio.

—Conocí también a *Stoirm*. Es un semental impresionante. Si mi abuelo lo hubiera conocido, habría estado encantado de poder trabajar con él.

—Megan —dijo cogiéndola por la barbilla para atraer su mirada—. No quiero que te acerques a ese caballo. Entiendo que los caballos te gusten y, cuando lleguemos a mis tierras, te regalaré los que quieras. Pero no quiero verte cerca de ese demonio.

—¡Qué exagerado! —sonrió ladeando la cabeza—. Pobre caballo.

Duncan, clavando su mirada más fiera sobre ella, insistió advirtiéndola:

—Megan, ¡te lo ordeno! No te acerques a él. ¿Entendido?

Ella lo besó, y tras suspirar murmuró:

—Algún día tendré que explicarte ciertas cosas —sonrió con picardía al escuchar nuevamente de su boca «te lo ordeno».

—¡¿Me has escuchado?! —Levantó la voz tan ofuscado que ni la oyó.

—¡Vale! ¡Vale! —respondió ella levantando cómicamente los brazos—. No me acercaré a ese terrible y horroroso caballo.

Él sonrió y se relajó.

—Cariño, necesito poder confiar en ti. ¿Lo entiendes?

—Tranquilo, lo entiendo —asintió y, mirándolo con una sonrisa, dijo—: Duncan, ¿alguna vez te he dicho lo guapo que te pones cuando sonríes? ¡Tu sonrisa y tú me gustáis mucho!

Al escucharla, se carcajeó de felicidad y, susurrando con voz ronca, dijo mientras la tumbaba en la cama y metía las manos por la fina camisa que ella llevaba:

—Tú sí que eres preciosa y valiente, mi amor.

Escuchar aquello hizo que Megan suspirara de alegría. Rodeándolo con los brazos, lo besó tan intensamente que pocos instantes después Duncan no pudo resistirse y ambos hicieron el amor, con pasión, con ternura y, pese a que aún no lo admitieran, con amor.

Pasada una noche en la que la pasión los consumió, de madrugada Duncan salió de la habitación tras besarla. Con sigilo se dirigió hacia el patio. Allí le esperaban Lolach, McPherson, Niall y Anthony.

—En serio —dijo Kieran acercándose a ellos—. No tengo prisa por volver a mis tierras, puedo ir con vosotros.

—Prefiero que te quedes en la fortaleza —comunicó McPherson asiendo su caballo. Tras mirar a Niall, que se acercaba hacia ellos, dijo—: Espero que hagas caso a los consejos de Niall.

—Tranquilo, McPherson —susurró Kieran viendo aproximarse a Duncan con el ceño fruncido, por lo que se preparó para recibir lo peor.

—¡O'Hara! —bramó Duncan y, parándose ante su cara, le ordenó—: Intenta no acercarte a mi mujer o a mi cuñada si no quieres ser hombre muerto.

—De acuerdo —asintió esperando un puñetazo por parte del bruto de McRae. Al ver que éste se alejaba preguntó incrédulo—: ¿Algo más, Duncan?

—Nada más, O'Hara —respondió con voz ronca. Montó en su impresionante caballo *Dark* y, sin decirle nada más, se marchó.

Todavía extrañado de que Duncan no le hubiera atizado un golpe por las licencias que se tomó con su mujer la noche que se emborrachó, se volvió al oír a Lolach tras él.

—Kieran. Ésta es la oportunidad que siempre has buscado para que cambiemos de opinión sobre ti.

Asintiendo con la mirada, Kieran lo vio unirse al grupo que se alejaba. Después, entró en la fortaleza, donde aún dormían todos.

21

Las tierras de Seamus Steward lindaban con las de McPherson. Durante años, la convivencia había sido excelente a pesar de los pequeños incidentes que Sean, el hijo menor de los Steward, ocasionaba de vez en cuando. Tras casi un día entero de camino con las orejas bien abiertas, los tres lairds, junto a Niall, Anthony y un centenar de guerreros, se adentraron en aquellas escarpadas tierras, donde pronto se sintieron observados. A pesar de ello, continuaron su camino sin vacilar hasta adentrarse en el patio del castillo, donde Seamus los recibió con una grata sonrisa, que se diluyó de su cara en cuanto reconoció entre ellos a Anthony, el *sassenach* que se había casado con su hija.

—McPherson, McRae, McKenna —saludó Seamus—, sois bienvenidos a mis tierras, aunque no puedo decir lo mismo de ese *sassenach*. ¿Qué hace con vosotros?

McPherson lo conocía muy bien y sabía que siempre había sido un hombre justo y prudente, no como su hijo Sean.

—Seamus —dijo McPherson al escucharlo—, ¿dónde está tu hospitalidad de highlander?

El hombre no respondió a esa pregunta y mirándolos asintió.

—Pasad y sed bienvenidos —gruñó. Y señalando a Anthony, que lo miraba muy serio, dijo—: Pero él no. En mi casa no entra ningún inglés.

—¡¿Acaso has olvidado que la sangre escocesa también corre por sus venas?! —vociferó Duncan, montado aún en su caballo.

—Seamus, este hombre está casado con tu hija, no lo olvides —añadió McPherson atrayendo la atención de su amigo.

—Si nos hubiera advertido que su sangre estaba contaminada —bramó Seamus—, ¡nunca habría consentido ese matrimonio!

Anthony escuchaba con la rabia instalada en su cara. Pero necesitaba contener su ira. Un mal gesto, una mala palabra y Briana podría sufrir.

—Pero ahora es su marido ante los ojos de Dios y de la Iglesia —afirmó Lolach—. Y como tal os la reclama.

—¡Conseguiré anular este absurdo matrimonio! —respondió Seamus—. ¡Y que te quede muy claro, *sassenach*! —gritó señalando a Anthony que seguía en el caballo a pesar del dolor de su hombro—. ¡Mi hija nunca volverá contigo! No consentiré que mi sangre se mezcle con la tuya.

La rabia corrió por las venas de Duncan al escuchar aquello, sintiendo como propia la angustia y el sufrimiento que había padecido Megan toda su vida.

—Ya lo ha hecho —anunció Duncan—. Tu hija está esperando un hijo de él.

Enloquecido por la rabia, Seamus miró a los que hasta el día anterior habían sido sus amigos.

—¡Mentira! —bramó Seamus—. No consentiré que mi hija traiga a este mundo a ningún bastardo inglés. Antes se lo saco yo mismo de las entrañas.

—Tened cuidado con lo que decís de mi esposa, señor —dijo Anthony mirándolo muy seriamente—. Y os aclararé solamente una vez que mi hijo no es ni será ningún bastardo.

—¿Ah, no? —rio Seamus, despectivo—. ¿Acaso crees que yo permitiré que ese engendro lleve el apellido Steward?

—Esto es increíble —murmuró Niall, anonadado por el odio que desprendían aquellas palabras—. ¡Por todos los santos, Seamus! ¿Cómo puedes pensar así de tu nieto?

—¿Nieto? ¡Yo no tengo ningún nieto! Y lo que no entiendo es cómo vosotros estáis de su lado —siseó Seamus mirándolos—. Sois escoceses, highlanders para más señas, y él es el enemigo. Hemos luchado juntos muchas veces. ¿Dónde están vuestros ideales?

—Lo que dices —mencionó Lolach— nada tiene que ver con nuestros ideales.

—Oh..., claro, ya entiendo —dijo Seamus con ironía—. Enton-ces, son ciertos los rumores: os habéis casado con unas *sassenachs*!

—¡Seamus! —advirtió Duncan endureciendo la voz y la mira-da—. Nadie hablará delante de mí de mi mujer y su familia. Y ¡nadie! osará insultarlos estando yo presente. Por lo tanto, mide tus palabras si no quieres que existan problemas entre nosotros.

—Me uno a las palabras de Duncan —asintió Lolach cuadran-do los hombros.

—¡Vamos a calmarnos todos! —propuso Niall al ver el enfado de su hermano—. Entrad en el castillo, yo me quedaré con An-thony. —Mirando a su hermano le indicó que se relajara en el preciso instante en que Sean, el hijo de Seamus, aparecía con va-rios hombres.

—¡Padre! —exclamó con los ojos coléricos—. Ningún simpati-zante de los *sassenachs* es bienvenido en nuestra casa. —Y acercán-dose a Anthony escupió—: Te dije que si te volvía a ver, te mataría.

Anthony, mirándolo desde su caballo y sin amilanarse, res-pondió:

—Te advertí que volvería. ¡Y aquí estoy dispuesto a recuperar a mi mujer!

—¡Olvídate de ella! —chilló Sean sacando su espada en el mis-mo instante en que Niall se interponía entre ellos para intentar mediar—. ¡Quítate, McRae!, si no quieres que mi espada te atra-viese por defender a un apestoso inglés!

—¡Steward! —gritó Duncan al ver el filo de la espada cerca del corazón de su hermano—. Baja ahora mismo tu espada, si no quieres que vaya yo a quitártela.

El muchacho, un soberbio malcriado, lo miró y sonrió con desprecio.

—Halcón, no me das ningún miedo —respondió retándolo.

Duncan, a quien nunca le había gustado aquel muchacho, tomó las riendas de su semental con una mirada que helaba el infierno. Se acercó a él y, aún viendo la espada cerca de Niall, se inclinó sobre su caballo para aproximarse a Sean.

—Te juro por la sangre de mis antepasados que, como toques a mi hermano, te mato aquí y ahora.

Dicho esto, Sean bajó la espada y Duncan regresó a su posición.

—Ten cuidado, Sean —siseó Niall, enfurecido—. Sólo intentamos que no cometas ningún acto del que luego puedas arrepentirte.

—De lo que me arrepiento es de no haberlo matado cuando tuve oportunidad.

En ese momento, se abrió la arcada de la entrada y una mujer castaña salió apresuradamente seguida por dos más mayores. Zafándose de ellas y desoyendo las órdenes de Seamus, se metió entre los caballos y se abalanzó sobre Anthony, que al verla desmontó de su caballo y la abrazó.

—Oh... Anthony —gimió Briana—. ¡Pensé que habías muerto!

—Estoy bien, tesoro —sonrió al verla, aunque se preocupó al distinguir las azuladas marcas que tenía bajo los ojos—. Te dije que volvería a buscarte, y aquí estoy.

Estupefacto por el rumbo que estaba tomando aquello, Sean, al ver a su hermana en brazos de aquel hombre, se tiró del caballo enloquecido y gritó:

—¡Suelta a mi hermana, maldito inglés!

Después de mirar a su hermano, Niall también desmontó del caballo.

—¡Briana! —vociferó Seamus—. Vuelve adentro inmediatamente. ¡Te lo ordeno!

—¡No, padre! —gritó angustiada—, prefiero estar muerta que continuar viviendo así. —Y sacando una daga de su manga dijo mirando a su hermano—: Si te acercas a mi marido o a mí, te juro que te mato. ¡Te odio! No volverás a tocarlo, ni a él, ni a mí.

—¡Maldita seas! —escupió Sean mirándola con odio—. Te traté como lo que eres.

Aquel cruce de palabras dio que pensar a todos, pero fue Anthony quien habló:

—¿Qué ha ocurrido aquí? —preguntó mirando a su mujer, que temblaba como una hoja—. ¿Qué te hizo? —Al ver que ella no respondía, miró a Sean y, sacando su espada, preguntó respirando con dificultad—: Maldito seas. ¿Qué le has hecho a mi mujer?

—Tranquilo, Anthony —dijo Niall asiéndolo por el brazo—. No merece la pena.

—¡Seamus Steward! —gritó Duncan al ver lo que allí podía ocurrir—. Pídele a tu hijo que guarde su acero e intentaremos solucionar esto con tranquilidad.

—¡Eres una furcia! —dijo Sean desencajado, dejando a todos, incluido su padre, sin palabras y negando con la cabeza—. Y, como tal, te traté.

—Te odio —gimió Briana al escucharle.

Pero Sean prosiguió:

—Esta vez, además de matarlo a él, te entregaré a mis hombres para que usen y disfruten lo que yo ya usé.

El horror del significado de las palabras de Sean hizo que los presentes clamaran al cielo.

—¡Cállate! —gritó Briana al ver la cara con que la miraban Anthony y los demás—. Te odiaré toda mi vida por lo que me hiciste.

—¡Dios santo! —murmuró Niall, incrédulo por lo que estaba oyendo.

—Hijo, ¿qué has hecho? —gimió Seamus al escucharlo mientras todo el vello del cuerpo se le erizaba.

De pronto, el silbido de una flecha sorprendió a todos. Fue a clavarse directamente en el pecho de Sean, que cayó fulminado al suelo.

Todos siguieron la dirección de la flecha y se quedaron sin palabras cuando vieron que quien la había lanzado era Marbel, madre de Sean y Briana, que rota de dolor lloraba por lo que acababa de hacer y escuchar.

Los soldados de Sean, al verlo yacer en el suelo, se descontrolaron: unos huyeron bosque a través y otros se lanzaron al suelo pidiendo clemencia. McPherson, Lolach y Duncan observaban atónitos lo que acababa de suceder. Anthony abrazó a Briana, que se desmayó entre sus brazos por la impresión.

Seamus, conmocionado, se acercó a Sean, su adorado pero terrorífico hijo. Tras cerrarle los ojos con las manos, se volvió hacia Marbel, quien, todavía con el arco en las manos, se acercaba hacia ellos.

—Mujer —balbuceó desesperado—, ¿qué has hecho a nuestro hijo?

—No la creí —susurró Marbel plantándose delante de su marido con la cara empapada por las lágrimas—. Nuestra hija me lo contó, pero yo no la creí. Pensé que mentía. ¡La llamé mentirosa! —Agachándose junto al cadáver de Sean, con delicadeza le colocó el flequillo—. Mi adorado hijo, mi amado niño. Hace tiempo dejó de ser un buen hombre para convertirse en un mal guerrero, pero yo siempre se lo perdoné por el amor que le profesaba; además, —dijo levantándose para acercarse a Briana, que comenzaba a reaccionar y abría los ojos—, por mucho que le quiera, no puedo perdonar lo que él ha confesado que hizo a su hermana. ¡Ella también es mi hija! —gritó mirando a su marido, Seamus, que la escuchaba con lágrimas en los ojos.

—Pero él... —Seamus intentó continuar, pero, al ver a su hija abrazada a aquel hombre, que a pesar de todo había vuelto a por ella, no pudo hacerlo.

—Laird Steward —anunció Anthony, a quien la rabia por el sufrimiento de su mujer le estaba matando—, Briana es mi mujer y se vendrá conmigo.

—Anthony —murmuró Marbel, mirándolo con los ojos y el corazón destrozados por el dolor—, llévala contigo y cuídala como no hemos sabido hacerlo nosotros.

—Madre —sollozó la muchacha abrazándola—, te haré llegar noticias mías.

—Que Dios te acompañe, hija mía —deseó la mujer tras besarla.

Briana intentó hablar a su padre, pero él negó con la cabeza, se agachó y comenzó a llorar abrazado a su hijo, mientras su mujer se internaba en el castillo sin mirar hacia atrás.

—Será mejor que nos marchemos —señaló Duncan mirando a Lolach y a Niall, que asintiendo montaron en sus caballos.

McPherson tocó el hombro de su amigo Seamus y entendió su dolor. Él también había perdido un hijo.

—Steward —murmuró McPherson antes de partir—, lo siento.

Y, sin decir nada más, Anthony, Briana y el resto marcharon de las escarpadas tierras de los Steward.

22

Aquella mañana, en la fortaleza, cuando Mary entró en la habitación sonrió al ver a Megan dormida en la cama. Cerrando la puerta con cuidado, la dejó descansar. Bien entrada la mañana, y tras curarse la herida del brazo, que estaba bastante mejor, Megan salió de su habitación y se encontró a Kieran apoyado en la pared.

—No me miréis con esa cara, milady —susurró sin moverse del lugar.

Megan, al estar de nuevo a solas con él, resopló.

—¿Pretendéis que vuelva a hacer lo del otro día? —preguntó.

Avergonzado, bajó los ojos al suelo y dijo:

—Escuchadme un segundo, milady.

—Megan —replicó mirándolo—. Mi nombre es Megan.

Agradecido por aquella deferencia, siguió hablando.

—Megan, quiero pedirte disculpas por mi absurdo comportamiento —dijo mirándola a los ojos—. No sé qué me pasó, había bebido y me dejaste tan impresionado por tu fuerza ante esas mujeres que algo en mi interior me incitó a besarte. —Dando un paso para acercarse a ella, susurró—: Esta mañana estaba dispuesto a recibir un buen puñetazo por parte de tu marido. Imaginé que le habías contado lo ocurrido, pero me he sorprendido al ver que sólo me ha indicado que si me acercaba a ti o a tu hermana me las vería con él.

—No le conté nada —dijo ella al sentir las buenas intenciones de aquél—. Lo que ocurrió fue una tontería que no debe volver a suceder.

—¡Te lo prometo! —afirmó sonriendo y, llevándose una mano al corazón, dijo—: Quiero que sepas que tienes un amigo en mí y que, si alguna vez necesitas algo, contarás conmigo para lo que sea. ¡Palabra de highlander! —Al ver que ella asentía, continuó hablando mirándola a los ojos—. Por todos los santos, Megan. ¡Me muero de vergüenza! ¿Podrás perdonarme?

—Por supuesto que sí, Kieran —rio ella agarrándolo del brazo mientras bajaban hacia el salón.

—El arte del amor y de la caza no es lo mío —reveló dándose un cómico golpe en la cabeza.

—Kieran, lo primero que debes aprender para que tu «arte» funcione —sonrió al hablar— es saber interpretar las miradas y las sonrisas de una mujer.

—Tengo que reconocer que para eso soy muy torpe.

—Yo no creo que sea así. —Pensando en lo que antes había dicho él, preguntó con una sonrisa—: ¿En serio crees que si le hubiera contado algo a Duncan él te habría lastimado?

—¡Por todos los santos! —se carcajeó llegando ya casi al salón—. Claro que lo creo. Duncan y yo nunca hemos sido excelentes amigos, aunque realmente no sé por qué.

En ese momento, llegó Zac corriendo. Cogió a Kieran de la mano y se lo llevó hacia las cocinas. Megan, divertida por aquello, entró en el salón, donde vio que su hermana hablaba con alguien.

—Mira quién ha venido a visitarnos —dijo Shelma sonriendo.

Megan observó a una joven muchacha de pelo claro.

—Milady —murmuró la bonita mujer, que debía de tener su edad—, quería agradeceros lo que hicisteis ayer por mi niño y por mí.

Al escuchar aquello la reconoció. Era la mujer que había sacado del pozo.

Con una sonrisa se acercó a ella y dijo:

—Tu nombre era Lena, ¿verdad? —La muchacha asintió—. ¿Estáis bien Joel y tú?

—Sí, milady. Estamos muy agradecidos —dijo sonriendo al ver entrar a Joel corriendo con su hermana—. Os he traído un presente a cada una —comentó tendiéndoles dos pequeños colgantes en forma de hoja, finamente trabajados en madera, suspendidos de sendos cordones negros de cuero.

—Oh..., Lena —susurró Shelma, agradecida por aquel deta-lle—. Gracias, son preciosos, pero no hacía falta.

—No tienen mucho valor —se disculpó la mujer—, pero que-ría agradeceros lo que hicisteis.

—Tienen un valor maravilloso —asintió Megan agradeciendo aquel detalle, y viendo cómo Kieran salía de la cocina junto a Zac—. Son preciosos, Lena. Muchas gracias.

Y, sorprendiendo a la joven, Megan la abrazó.

—Me alegro de que os gusten —sonrió la mujer, encantada—. Ahora me tengo que marchar. Sólo quería daros las gracias y ha-ceros saber que cualquier cosa que yo pueda hacer por vos, lo haré encantada.

—Lo tendremos en cuenta —dijo Megan sonriendo mientras observaba a la mujer marcharse con sus hijos.

Shelma, conmovida por aquello, sonrió.

—Buenos días, hermosas damas —saludó Kieran acercándose a ellas, cosa que hizo sonreír a Megan.

—Mi amigo Kieran me enseñó esta mañana a dar a los cestos a distancia con las piedras —gritó Zac emocionado.

Poniendo los brazos en las caderas, gesto que hizo sonreír a Kieran, Megan dijo:

—Lo que te faltaba, Zac, que afines tu puntería.

—Ahora, vamos al lago. Me va a enseñar qué hacer para que una piedra salte en el agua como una rana.

—¡Vaya! —se mofó Megan torciendo la cabeza para mirar al joven, que la observaba divertido—. Qué curiosas y maravillosas habilidades te enseña tu amigo Kieran. —Y mirando al niño con picardía añadió—: No permitas que te enseñe el arte de cazar, tengo entendido que es lo que peor se le da.

Kieran sonrió al escucharla y mientras se alejaba con Zac dijo:

—Shelma, dile a tu hermana que una flecha me ha atravesado el corazón.

Al verlos marchar, Shelma se volvió hacia su hermana y preguntó:

—¿Qué ha ocurrido aquí?

—No te preocupes —respondió escuchando las risas de Kie-ran y Zac en la lejanía—. A Kieran le gusta que le hablen así.

A mediodía, Shelma y Megan comieron en el salón acompañadas por algunos de los guerreros que se habían quedado en la fortaleza. Después, Shelma se marchó a su habitación a descansar y
Megan, sin poder evitarlo, se acercó a las cuadras. Con el pretexto
de visitar a *lord Draco*, consiguió a duras penas untarle a *Stoirm*
un poco de ungüento en las heridas de sus patas.

Tras la siesta de Shelma, decidieron dar un paseo hasta el lago
para estirar las piernas.

—¿Qué tal con Duncan? —preguntó Shelma metiendo los
pies en el agua subida a una piedra.

—Bien —sonrió Megan al sentir en el estómago un extraño
ardor al pensar en él—. Creo que ayer ambos nos sinceramos.

Shelma, al escucharla, sonrió a su vez y dijo:

—Me alegro. Al fin habrá un poco de paz.

—¿Sabes? Me hizo prometer que me cuidaría. Dice que me
meto en demasiados líos. ¿Lo puedes creer?

—Pues no —sonrió Shelma—. Lolach me insinuó que nuestro
abuelo nos crio con la cabezonería de un guerrero.

—Tiene razón —asintió Megan asumiendo las habilidades
poco femeninas que ella misma tenía—. Pocas mujeres que nosotras conozcamos saben hacer las cosas que sabemos hacer tú y yo.

—¡Gillian! Ella sí —señaló Shelma sonriendo al recordar a su
intrépida amiga. Mirando a su hermana dijo—: ¿Alguna vez has
pensado lo diferentes que habrían sido nuestras vidas si papá y
mamá aún estuvieran con nosotras?

—Hace años que dejé de pensarlo —asintió observando los
peces que nadaban con tranquilidad en el lago—. Si te soy sincera, cuando llegamos a Dunstaffnage, no podía dejar de pensar en
nuestra cómoda y preciosa casa de Dunhar. Vivir en la pequeña
cabaña del abuelo era tan diferente, que en cierto modo ansiaba
volver a Dunhar. Pero, tras pasar las primeras Navidades con él,
Felda, Mauled, Magnus, Gillian y la gente del clan McDougall,
todo cambió. Me di cuenta de que prefería tener menos sedas,
vajillas de porcelana y tapices, pero más cariño y amor.

—¡Qué bonitos tiempos! —asintió con melancolía Shelma al
escucharla.

—Y un día —prosiguió Megan—, me enamoré del color verde de los campos de Escocia, del olor a brezo en sus bosques, de sus cristalinos y azulados lagos, de su bruma y hasta de su a veces insoportable humedad. —Sonrió al decir aquello—. Estoy orgullosa de todo lo que el abuelo y Mauled nos dieron porque eso me ha enseñado a apreciar la vida de otra forma. Vivir con el abuelo me hizo conocer más a mamá y no olvidarla, a pesar de que ya no recuerdo su cara. Pero, cuando veo un precioso álamo o una estupenda puesta de sol, me acuerdo de ella, de cómo me describía los colores, los sabores y los olores de su amada Escocia.

—Yo tampoco la recuerdo —susurró Shelma.

—Es normal, eras muy pequeña —sonrió Megan tirándola del pelo, justo en el momento en que se oyó un chapoteo en el agua—. ¿Qué ha sido eso?

Ambas se levantaron y corrieron tras los matorrales. De pronto Shelma señaló un punto.

—Psss... ¡Calla! Y mira quiénes están allí.

Megan miró hacia donde su hermana le indicaba y se tensó.

—Son Sabina, Berta y sus compañeras —susurró Megan agachándose junto a su hermana, mientras veía a las mujeres desnudarse para zambullirse en el agua. Tras observarlas durante un rato, comenzaron a hablar algo que les era difícil oír desde donde estaban—. Ven, tengo curiosidad por saber de qué hablan.

—¡Vale! —sonrió Shelma arrastrándose junto a su hermana para situarse tras unas rocas muy cercanas a las mujeres.

Ajenas a las personas que las escuchaban tras las rocas, Berta y sus compañeras de casa chapoteaban en el agua.

—Esta mañana me visitaron Golap *el Cojo* y Verted *el Bruto* —dijo una mujer rubia.

—¿Gente de James O'Hara? —preguntó Berta con curiosidad mientras se lavaba el pelo.

—Sí —respondió la rubia con una sonrisa nada sincera—. Y, sin querer, les informé de que nuestro laird estaría fuera casi con seguridad hasta mañana.

—¡Bien! —rio Berta al saber lo que aquello quería decir.

—¡Que se preparen las *sassenachs*! James no es como el guapo de Kieran —rio Sabina conociendo la aversión que aquél tenía por todo lo que fuera inglés.

—Creo que vamos a divertirnos un poco —sonrió Berta con complicidad—. Hasta que Lolach, Duncan y nuestro señor lleguen, esas dos asquerosas se las tendrán que ver con O'Hara *el Malo*.

Con cuidado, Megan y Shelma se alejaron del lugar, dejando que las mujeres continuaran con su baño y sus confidencias.

—¿O'Hara *el Malo*? —preguntó Shelma echándose el pelo hacia atrás—. Deberíamos hablar con Kieran.

—No creo que haga falta hablar con el guapo de Kieran. —Megan se carcajeó al decir aquello—. Duncan y Lolach, como muy tarde, llegarán mañana. Le pediremos a Mary que nos suba unas bandejas de comida a la habitación y evitaremos problemas. —Luego, cogiéndola de la mano con una sonrisa y mirando a Zac, que luchaba con una espada de madera junto a un divertido Kieran, dijo—: Vayamos a ver a *lord Draco*.

Olvidando lo escuchado se encaminaron hacia las caballerizas, donde el caballo resopló al verlas dándoles la bienvenida.

—Hola, guapo —saludó Megan con cariño, acercando la cara a la de *lord Draco* para darle unos cariñosos besos que el caballo acogió con agrado.

—Estás bien cuidado, ¿verdad? —sonrió Shelma pasando la mano por el lomo del animal con afecto.

—Pronto llegaremos a nuestra nueva casa y te prometo que te sacaré todos los días a dar un largo paseo —prosiguió Megan hablando en susurros mientras lo cepillaba con un cepillo que había encontrado en el suelo.

Con curiosidad miró hacia el otro caballo, *Stoirm*, que cuando ella comenzó a susurrar a *lord Draco* había dejado de relinchar, como si pareciera escucharla.

—Veo que tu compañero es muy guapo. —Al alargar la mano para tocar al caballo pardo, éste se alejó pateando el suelo—. ¡Vaya! Eres de los que se hacen de rogar. —Megan sonrió y volviendo su atención hacia *lord Draco* le susurró—: Creo que sabe que es bonito y por eso es arrogante.

Mientras Megan seguía hablando con *lord Draco*, Shelma observaba con curiosidad y admiraba los sementales que poseía el laird McPherson al tiempo que conversaba con Rene, el mozo de cuadra, que cada vez que hablaba con ellas se admiraba de todo lo que sabían sobre los caballos y sus cuidados.

Megan seguía conquistando al enfadado caballo. Se lo había propuesto y, cuando ella se proponía algo, lo conseguía.

—Eres un caballo precioso y tu nombre me encanta —susurró Megan mirando al semental de largas patas y pelaje brillante que se movía intranquilo cada vez que alguien pasaba cerca de su cuadra, pero que parecía escuchar y atender lo que ella decía.

—Milady —advirtió Rene—, todo lo que tiene de bonito, lo tiene de peligroso. Tiemblo al pensar que cualquier día me pueda arrancar una mano.

—¡Qué exagerado eres, Rene! —sonrió Shelma.

—No exagero, milady —contestó el muchacho—. Y, aunque no lo creáis, al único caballo que esa bestia consiente tener cerca de él es al vuestro.

—Es que *lord Draco* es un caballo muy bueno —afirmó Shelma haciendo arrumacos al viejo corcel.

—Debe de ser eso —admitió Rene observando cómo Megan miraba al semental—. Todos los caballos que he puesto en la cuadra junto a *Stoirm*, he tenido que terminar cambiándolos de lugar. Los ponía nerviosos. El día que llegasteis vos, provisionalmente dejé a *lord Draco* en esta cuadra y comprobé cómo *Stoirm* rápidamente pataleaba las tablas con el fin de asustarlo. Pero vuestro caballo, en vez de asustarse, lo que hizo fue contestarle pateando las tablas con más fuerza.

—¿En serio? —rio Megan al escucharle, acariciando con cariño al viejo animal—. ¡Vaya! No sabía que tuvieras todavía tantas energías.

—Es un excelente caballo el vuestro —asintió el muchacho—. Por eso no lo cambié de cuadra. *Lord Draco* es el único que consigue calmar a *Stoirm* y, en pocos días, digamos que se ha ganado la confianza de esta mala bestia.

—No creo que seas tan terrible —susurró Megan al caballo,

que parecía mirarla con sus profundos ojos negros—, y me encantaría que me dejaras acercarme a ti.

—Milady —repitió Rene al ver cómo ella se aproximaba más de lo que nadie se atrevía a acercarse—. Ese caballo tiene muy malas pulgas y todo el que lo intenta termina mordiendo el polvo.

Megan, tras mirar a su hermana y ésta mirar al cielo, preguntó:

—Si lo intento, ¿me guardarás el secreto?

Eso no gustó a Rene, que casi tartamudeando dijo:

—Milady, no cre... creo que debáis hacerlo. Si algo os pasara, no quiero saber las consecuencias.

—Tranquilo, Rene —dijo Shelma al ver con qué cara se observaban su hermana y el caballo—. Nosotras no diremos nada, si tú no lo dices. Y si se cae, no te preocupes. Mi hermana, aparte de que tiene la cabeza muy dura, sabe levantarse muy bien, ¿verdad?

—Por supuesto. No te preocupes, Rene —susurró Megan acercándose más al caballo pardo, que comenzó a patear el suelo observando la mano de ésta con la palma hacia arriba aproximándose a él—. Ven aquí, muchacho; sé que estás deseando tanto como yo que seamos amigos.

—Por favor... —comenzó a suplicar Rene con la frente perlada de sudor.

Megan le ordenó callar.

—Psss..., estamos presentándonos.

Mientras acariciaba al animal con cuidado, Megan se puso a su lado. Con precaución, se subió a una madera y, tras tomar un pequeño impulso, saltó al lomo del caballo. Al sentir el cuerpo de la muchacha sobre él, *Stoirm* en un principio se quedó quieto, dejando a Rene sin palabras. Sin apenas respirar, Megan comenzó a sonreír. De pronto, el caballo se encabritó y ella salió volando por los aires, cayendo encima de un montón de paja, lo que provocó la risa de Shelma.

—¡Por san Fergus! —gritó Rene horrorizado por lo que había pasado—. ¿Estáis bien?

—Tranquilo, Rene —respondió Megan quitándose la paja del pelo mientras miraba al caballo con sus desafiantes ojos negros—. Peores caballos he montado.

—Mi hermana es dura. No te preocupes —aseguró Shelma todavía riendo.

Tras aquella primera caída, llegaron muchas más, para desesperación de Rene. Encharcado en sudor, veía a la mujer del Halcón volar por los aires sin dar su brazo a torcer, algo que le estaba consumiendo la vida.

Aquella tarde, Rene aprendió que si el caballo era terco, la mujer del Halcón lo era más.

—Ufff..., qué sed tengo —dijo Megan despeluchada llenándose un vaso de agua.

—Ahora te está buscando —susurró Shelma al ver cómo *Stoirm* se movía buscando la voz de su hermana cuando ella bebía agua.

Cansada de tanta caída, Megan se dejó caer al lado de su hermana.

—Comienzo a sentirme culpable. Le prometí a Duncan que no me acercaría a este caballo.

—¿Por qué prometes lo que no vas a cumplir? —la regañó Shelma—. Me parece fatal que le prometas cosas que luego no haces.

—Es que no pude hacer otra cosa. ¡Me lo ordenó! —Al decir aquello ambas se carcajearon. Miró a Rene, que estaba sentado en una bala de paja blanco como la pared, y dijo—: Rene, por favor, este secreto debe quedar entre nosotros. En el caso de que se entere mi marido, yo siempre diré que tú no sabías nada de esto.

—Os lo agradeceré —asintió él tomando un vaso de agua que Shelma le entregó. De pronto, al verla de nuevo acercarse al caballo, gritó—: ¡¿Qué hacéis, milady?!

—Psss..., no grites —indicó Megan.

Quitándose los zapatos, volvió a repetir los mismos movimientos de antes, aunque esta vez no paró de susurrarle palabras amables en gaélico en el momento de montarlo.

—Abre las cuadras de *Stoirm* y de *lord Draco* —ordenó clavando la mirada en Rene, aunque fue Shelma quien las abrió.

Ambos caballos salieron con tranquilidad al patio, donde, tras dar varias vueltas, *Stoirm* comenzó a ponerse nervioso, pero Megan lo tranquilizó agachándose hacia su cuello para hablarle con suavidad. A su lado, *lord Draco* los observaba.

—Bueno, Impaciente —se mofó Shelma viendo la cara de felicidad de su hermana—, veo que no has perdido tu mano para domesticar caballos.

—¡Mandona! —gritó sonriendo al escucharla—. Sujeta a *lord Draco*. Voy a dar un paseo con *Stoirm*, y no creo que pueda seguirnos.

—Esto suena a carrera —sonrió Shelma.

—¡Por san Fergus! —susurró Rene, incrédulo por lo que estaba viendo—. Agarraos bien, milady. Esa bestia os la jugará cuando menos lo esperéis.

—*Stoirm* es un buen caballo —indicó bien cerca de sus orejas para que el animal escuchara su voz—. No me tirará porque sabe que puede confiar en mí. —Luego, mirando a Shelma y a Rene, dijo—: Abridme la arcada del patio.

—No, no, imposible —negó con la cabeza el mozo, pero Shelma fue más rápida y, tras sujetar a *lord Draco*, con un movimiento abrió la arcada del patio. A paso lento, Megan la cruzó montando a *Stoirm* ante las quejas de Rene y las sonrisas de su hermana.

—Volveré enseguida. Y, por favor, Rene, no te preocupes —insistió Megan. Clavando con suavidad sus pies descalzos en el caballo, éste comenzó a trotar a paso lento—. Muy bien, *Stoirm*, buen caballo —susurró dándole unas palmaditas afectuosas con la mano. Luego, dirigiéndose hacia unos árboles, le comentó—: Ahora que nadie nos mira, enséñame de qué clase es la sangre que corre por tus venas.

Y con esas palabras, le clavó los talones al caballo y éste comenzó a galopar de tal manera que Megan creyó que volaba mientras sorteaba los árboles y saltaba pequeños obstáculos. Por primera vez en muchos días, se sintió libre y disfrutó al notar el aire fresco contra sus mejillas. El caballo le respondía a todos los movimientos que ella le exigía y eso le daba la confianza para volar sobre el manto verde que se presentaba ante ellos. Tras cruzar como un rayo la pradera, subió una colina desde la que pudo admirar la fortaleza y la aldea. Qué pequeño parecía todo visto desde allí. Tomando aire junto al caballo, que también resoplaba por la veloz carrera, señaló:

—Gracias, *Stoirm*. Me has hecho disfrutar muchísimo. Eres un buen caballo y no mereces estar metido día tras día en la cuadra. Por lo tanto, te aconsejaría que no mordieras a Rene, que es una buena persona, y sobre todo que suavices tu carácter. —El caballo resopló moviéndose intranquilo, haciéndola sonreír—. ¡Eh..., es un consejo! Luego, tú haz lo que quieras.

—Creo que haría bien si siguiera vuestras instrucciones —dijo una voz tras ella, que le hizo volverse rápidamente para encontrarse con un hombre de pelo cobrizo que la observaba con sus clarísimos ojos azules. Tras él, varios guerreros la estudiaban con curiosidad.

—¡Disculpad! Pero no hablaba con vos —respondió mirándolo. ¿Quién era ese tipo para mirarla de aquella manera? Y, sobre todo, ¿dónde había visto antes esos ojos?

El hombre puso su caballo junto al de ella y la examinó como un lobo que está a punto de atacar a su presa.

—Hablabais con *Stoirm* —indicó el desconocido—. Sólo quería deciros que yo también he disfrutado con vuestra carrera. Ha sido impresionante veros a vos y a él volar como el viento. Ambos formáis una pareja hermosa e inquietante. —Y, tras decir esto, tocó a *Stoirm*, que cabeceó como si conociera a aquel hombre—. Sois una amazona espectacular y tengo que reconocer que vuestra habilidad y vuestro valor para manejar a este semental me han dejado impresionado, aunque ahora que os tengo frente a mí, dudo si me impresiona más vuestra destreza o vuestra belleza —susurró alargando una mano para tocar la mejilla de ella, que rápidamente la esquivó, haciéndolo sonreír.

—Gracias por vuestros cumplidos —dijo Megan observando con curiosidad al hombre de ojos azules—. Disculpad, pero he de volver. Me esperan.

—¿Vivís en la fortaleza? Os acompañaré —respondió él haciéndola sonreír. Aquello le recordó a cuando Duncan se había empeñado en acompañarla—. ¿Qué os he dicho que es tan gracioso? —preguntó mirándola con un brillo en sus ojos que la inquietó.

—Oh, nada. Disculpad —respondió sin darse cuenta de la atractiva imagen que ella ofrecía subida en aquel impresionante caballo.

—¿Dónde están vuestros zapatos? —preguntó él señalando los pies desnudos de ella—. Y ¿dónde os habéis caído para que vuestro pelo esté lleno de paja? —rio quitando algunas briznas de aquel espectacular cabello oscuro.

—Y, digo yo, ¿a vos qué os importa? —respondió echando la cabeza hacia atrás y tirando hacia abajo de su falda al percatarse de cómo él le miraba las piernas.

—¿Qué hacéis montando el caballo de mi desaparecido amigo Gabin? Por lo que sé, desde su muerte nadie lo monta.

Megan maldijo al saber que él conocía el caballo.

—Sólo estaba dando un tranquilo paseo con él —respondió dándose cuenta de que aquel absurdo secreto finalmente sería descubierto.

—¿Llamáis tranquilo paseo a lo que acabáis de hacer? Pero si corríais como si os persiguiera el mismísimo diablo —se mofó al responderle mientras la miraba con deseo. ¿De dónde había salido esa mujer?

—Está bien —sonrió ella finalmente poniendo los ojos en blanco—. Tenéis razón en todo lo que decís, pero me daba pena ver privado a este precioso caballo de correr un poco. Después de ganarme su confianza y de sacarlo sin que nadie se percatara —mintió encubriendo a Rene—, decidí galopar un poco con él. Pero, por favor, tengo que volver. Si mi hermana ve que no vuelvo, se asustará.

El guerrero, cada vez más hechizado por ella, no estaba dispuesto a dejarla marchar.

—Podemos ir juntos —volvió a repetir al acecho de cada movimiento de ella, cosa que a Megan no le gustó nada—. Llevamos el mismo camino. Mis hombres y yo vamos hacia la fortaleza.

En ese momento, se acercó a ellos con gesto serio un jinete que resultó ser Kieran. Después de mirar a Megan, observó con detenimiento a su acompañante. En ese momento, ella se percató de que el que tenía enfrente era James O'Hara *el Malo*.

—¿Qué haces aquí? —preguntó Kieran con gesto adusto, indicándole a Megan que se callara—. Sabes que a McPherson no le agrada mucho tu compañía.

—Estaba cerca y necesitaba unos víveres —respondió el otro sin emoción en la voz—. ¿Y tú qué haces aquí, hermano?

—¡Qué casualidad, James! Apareces cuando McPherson no está —siseó incrédulo interponiéndose entre Megan y él.

—¿Acaso eres tú ahora el laird de estas tierras? —rio despectivamente, y mirando con avidez a Megan, cosa que hizo presentir problemas a Kieran, prosiguió—: ¿Eres el guardián de esta mujer?

Las duras palabras de Kieran y la mirada de James no gustaron nada a Megan.

—Lo que yo haga aquí no te interesa —respondió Kieran, sorprendiéndola por aquel tono de voz—. Y, referente a la mujer, digamos que sí. Soy su guardián.

—Demasiada mujer para ti, ¿no crees? —se mofó de su hermano, que no se movió al escucharle.

Kieran, enrojecido por la rabia, se acercó más a él y le siseó en la cara:

—Escucha, si necesitas víveres no seré yo quien te impida adquirirlos. Pero, en cuanto acabes, quiero que desaparezcas. —Y mirando a Megan, que había permanecido muda todo aquel tiempo, indicó—: ¡Volvamos a la fortaleza!

—Creo que tardaré un poco más en marcharme —respondió James secamente—. Algunos de mis caballos necesitan ser visitados por el herrero.

—No quiero problemas, James —contestó Kieran clavándole la mirada.

Cuando se disponían a marcharse, James los paró.

—Un momento —susurró James con rabia. Se acercó de nuevo a ella y, alargando una mano, cogió uno de sus rizos negros hasta que ella, con un movimiento de cabeza, se lo arrebató. El hombre clavó en ella sus fríos ojos azules y torció la boca para sonreír—. ¿Me permitiréis saber vuestro nombre?

—Díselo para que podamos regresar —apremió Kieran, inquieto por los problemas que podría ocasionar su hermano.

—Megan —respondió maldiciendo al instante. Tras inclinar la cabeza a modo de despedida, se agarró de nuevo a las crines de *Stoirm* y comenzó a bajar la colina junto a un callado Kieran.

—¿Se puede saber qué hacías sola cabalgando con *Stoirm*? —preguntó sin mirar atrás. Sabía que James y sus hombres los estaban mirando—. ¿Estás loca?

—No pensé que hubiera ningún tipo de peligro —respondió inquieta al ver la premura que Kieran llevaba.

Kieran miró de reojo hacia la colina y con gesto fiero gritó:

—¡Da gracias al cielo que te he visto!

—Pero ¿qué pasa? —preguntó sin entender cuál era el problema y el motivo de tanta urgencia.

—Ese que dice llamarse mi hermano —explicó Kieran sin dejar de azuzar a su caballo— es la persona más problemática que he conocido en mi vida. Por lo tanto, regresemos cuanto antes a la fortaleza.

Tras escuchar aquello, Megan hundió los talones en los flancos del animal y éste comenzó nuevamente a volar, ahora si cabía como si el demonio los fuera a coger.

James O'Hara, que los observaba desde lo alto de la colina, soltó una sonora carcajada cuando vio que la muchacha retomaba su alocada carrera sobre el impresionante animal. Tras perderlos de vista entre los árboles, levantó la mano y, junto a sus hombres, continuó su camino hacia la fortaleza sin poder dejar de preguntarse por aquella morena de ojos negros llamada Megan.

Cuando Megan y Kieran llegaron a las cuadras, un preocupado Rene suspiró aliviado. Shelma, por su parte, la saludó con la mano y torció el gesto al ver que el secreto ya no lo era tanto. Megan guio a *Stoirm*. De un salto desmontó del caballo, le susurró unas palabras cariñosas al oído y le dio un par de palmadas en el lomo para luego agacharse a recoger sus zapatos.

—Entrad rápidamente en la fortaleza —les indicó Kieran antes de irse a hablar con sus hombres. Tenía que reforzar la guardia. Su hermano James estaba allí y no se fiaba un pelo de él.

—¿Qué tal se ha portado esta belleza? —preguntó Shelma acercándose a su hermana.

—¡Impresionante! —respondió ella mientras se ponía los zapatos y miraba de reojo hacia los árboles.

—Milady, si os hubiese pasado algo, vuestro marido me habría matado —señaló Rene al cerrar el portón de la cuadra.

—Pero no me ha pasado nada, ¿lo ves? —Sonrió dichosa por la carrera que había disfrutado con *Stoirm*—. Ahora tenemos que irnos, Rene. Si alguien pregunta por mí, ¡no me conocéis! Y no sabéis nada de quién ha paseado esta tarde con *Stoirm*. —Mirando a su hermana dijo—: ¡Vámonos, Shelma!

Y comenzó a andar con premura hacia la fortaleza, como le había indicado Kieran O'Hara.

—¿Por qué tienes tanta prisa? Y ¿cómo es que has regresado con Kieran? —preguntó su hermana tomándola del brazo.

—¡Démonos prisa! Tengo un mal presentimiento —apremió cogiéndola de la mano. Shelma, al escucharla, la miró extrañada y Megan, recogiéndose el pelo con un trozo de cuero, dijo—: Ahora te cuento lo que me ha pasado, ¿vale?

Una vez en la habitación, le contó lo ocurrido observando desde la ventana la llegada de un grupo de guerreros comandado por el hombre de encantadora sonrisa, que enseguida fue recibido por Berta, Sabina y las demás furcias con clara familiaridad.

—¿Ése es James O'Hara? ¿El Malo? —preguntó Shelma viendo al apuesto hombre que en ese momento miraba a su alrededor.

—Eso dijo Kieran. Por lo poco que he hablado con él, no le hace ninguna gracia que su hermano esté aquí —susurró viendo que James se dirigía hacia las caballerizas.

Tras hablar brevemente con Rene, que negó con la cabeza, volvió a mirar a su alrededor con cara de enfado. Poco después, apareció Kieran y ambos comenzaron a discutir.

El resto de la tarde la dedicaron a observar con detenimiento los movimientos de James, que intentó entrar en la fortaleza, pero Kieran se lo impidió de malos modos.

Mary, con un grupo de mujeres, pasó junto a varios de los

guerreros, y sus gritos y vítores hicieron huir a las muchachas, que asustadas entraron raudas en el interior de la fortaleza.

La noche caía, y con ella se comenzaron a encender las primeras antorchas. De pronto, la arcada de la habitación se abrió y apareció Mary.

—Hola, Mary —saludó Shelma—. ¿Qué te dijeron esos hombres para que corrieras así?

Con gesto turbado ella respondió:

—Oh..., milady. Los hombres a veces pueden llegar a decir cosas escandalosas.

—Tienes toda la razón del mundo —sonrió Megan al ver aquella traviesa mirada en la menuda joven, y acercándose a la ventana preguntó—: ¿Quiénes son esos hombres?

—Guerreros del clan O'Hara —reveló con una rabia que no pasó desapercibida para las hermanas—. Unos brutos que cada vez que pasan por la fortaleza sólo provocan problemas a las mujeres de la aldea.

—¿Problemas? —preguntó Shelma.

—Sí, muchos problemas —asintió sin mirarlas—. Esos hombres no aceptan un no como respuesta. Cada vez que vuelven, me dan ganas de envenenar el agua que toman por todo el daño que hacen.

—Uy —rio Shelma al escucharla—. Si se trata de envenenar el agua, mi hermana es experta en ese tipo de desastres.

—¡Shelma! —Megan soltó una carcajada mirando con los ojos muy abiertos a su hermana—. ¡Qué pensará Mary de eso que has dicho!

—Milady, ¿en serio conocéis alguna pócima? —preguntó Mary con curiosidad, que vio una pequeña luz ante los problemas que se avecinaban.

—No hagas caso a mi hermana. Nunca he envenenado el agua de nadie. ¡Por Dios! ¡Qué mal suena la palabra envenenar! Pero sí conozco bastante bien el poder de las hierbas.

Tomándole las manos, la criada le suplicó:

—Milady, nos sería muy útil que nos indicarais qué hacer para que esos brutos de ahí abajo no ocasionen muchos problemas hasta que lleguen nuestro laird y vuestros maridos.

—¿Crees que es necesario? —le preguntó Megan mirándola a los ojos.

La muchacha asintió.

—Kieran está intentando que James se marche, pero la noche ya llegó y ese salvaje sigue aquí —respondió sin pestañear.

—Pues no se hable más —resolvió Shelma cogiendo la talega de su hermana—. Dile a Mary qué hierba debe cocer y echar en la bebida. —Mirando con guasa a la joven sirvienta dijo—: ¿Qué prefieres? ¿Que se les vacíen las tripas y les escueza el trasero, o que caigan dormidos como troncos y al día siguiente les remate el dolor de cabeza?

—No me tentéis..., no me tentéis... —se carcajeó Mary.

—Creo que será mejor que dejemos tranquilos sus traseros y que los durmamos —resolvió Megan riendo por las palabras de su hermana. Sacando unas hierbas de color marrón oscuro dijo—: Toma, Mary, échalas en los barriles de cerveza. Ellas solas se mezclarán con la cebada y ocasionarán somnolencia. Cuanto más beban, mejor.

—Necesitaré más —suplicó Mary mirando el puñadito que Megan puso en sus manos—. Esos highlanders son conocidos por su aguante con la bebida.

—Doble dosis, entonces —rio Megan divirtiéndose a pesar de lo que iban a hacer—. Esto tumba a un caballo. Eso sí, avisa a los criados de confianza para que no tomen ni un sorbo, o caerán ellos también.

Mary, con una encantadora sonrisa, asintió.

—Habrá que avisar a nuestros guerreros —replicó Shelma al ver a varios de los suyos bebiendo y riendo con aquellos brutos.

—No. Hablaré con Kieran —dijo Megan—. Si ellos dejan de beber, se darán cuenta de que algo raro ocurre.

—De acuerdo —sonrió Mary, que guardó las hierbas en una pequeña servilleta que sacó del bolsillo—. Hoy, milady, disfrutaré con el espectáculo.

Asomándose con cuidado a la ventana, Megan señaló al hombre rubio que reía junto a las furcias que se dejaban sobar.

—¿Realmente es tan malo?

—Milady —susurró Mary acercándose a la ventana—, es la

oveja negra del clan O'Hara y mi consejo es que os mantengáis lo más alejadas que podáis de él. Su lema es «Tomo lo que quiero, cuando quiero».

Unos golpes en la arcada atrajeron las miradas de las mujeres. Mary abrió y Kieran entró sin preguntar, plantándose ante ellas con gesto de preocupación.

—Sé que no debería estar aquí —dijo mirándolas a modo de disculpa—, pero mi hermano tiene intención de hacer noche aquí. Os ruego por vuestro bien y el mío que no salgáis en toda la noche de la habitación y que atranquéis la puerta.

—Pero ¿tan grave es? —se alarmó Shelma al sentir la angustia que el chico reflejaba en su mirada.

Kieran esbozó una triste sonrisa.

—A pesar del cariño que tengo a mi hermano por la sangre que nos une, existen ciertas cosas que yo me niego a aceptar —respondió con sinceridad—. Intentaré por todos los medios que no llegue hasta vosotras, pero sus métodos nunca han sido limpios y me puedo esperar lo peor.

—Hablando de métodos —sonrió Megan atrayendo su atención—. Le acabo de dar a Mary unas hierbas que, mezclándolas con la cerveza, conseguirán derrotar hasta al hombre más forzudo, sumiéndolo en un profundo sueño.

Aquello alegró el gesto del muchacho.

—¡Magnífico! —asintió Kieran al escucharla y ver que era mujer de rápidas soluciones—. Me aseguraré de que todos bebamos hasta caer derrotados. Por cierto, ¿el despertar será bueno?

Megan torció el gesto e indicó:

—Sentirás como si cien caballos te pisotearan las sienes.

Al escuchar aquello, Kieran suspiró pero sonrió.

—Prefiero eso a que los tontos de vuestros maridos piensen que tramé algo con mi hermano. Y mirando a Mary preguntó—: Entonces ¿te encargas tú?

—Sí, señor —asintió la criada con una alegre sonrisa echando unos troncos al hogar.

—¡Perfecto, Mary! —señaló Kieran y, despidiéndose, indicó—: Atrancad la arcada a mi salida.

Poco tiempo después, el sonido de unos nuevos golpes en la arcada hizo que las tres mujeres se mirasen. Era Yentel, una de las criadas.

—Miladies—dijo con ojos avergonzados—, me envía James O'Hara para preguntar si le honraréis con vuestra compañía en la cena.

Megan y Shelma se miraron pero fue la joven criada quien contestó.

—Imposible —dijo Mary dando un paso hacia ella—. Miladies me indicaban en este momento que están agotadas y desean descansar. Dile a O'Hara que se lo agradecen, pero que será en otra ocasión. —Una vez que se deshizo de Yentel, Mary cerró la puerta y apoyándose en ella susurró—: ¿Cómo sabe él que estáis aquí?

—No lo sabía —maldijo Megan al ver cómo ahora James y Berta miraban hacia su ventana—. Pero la arpía de Berta ya le informó.

—¡Maldita mujerzuela! —apostilló Mary.

Desde la ventana, Shelma vio a Kieran llegar con paso decidido, hasta su hermano y las mujeres.

—Creo que os estáis asustando demasiado, Mary —sonrió Shelma—. Lolach y Duncan llegarán en cualquier momento. Además, varios de nuestros guerreros siguen aquí. No creo que se atrevan a hacer nada.

La criada, tras suspirar con gesto grave, murmuró:

—Milady, los hombres en ocasiones beben demasiado y pierden la cabeza.

—Tranquila, Mary —señaló Megan percatándose del peligro que habría pasado horas antes si Kieran no hubiera aparecido—. Las hierbas que te he dado nos ayudarán. De todas formas, atrancaremos la puerta en cuanto traigas a Zac. No saldremos de aquí.

Aquella noche, dormir en la fortaleza se convirtió en algo imposible. El ruido ensordecedor que los hombres hacían al reír, cantar o luchar borrachos ponía el vello de punta. Megan observó cómo Kieran, cada vez más torpe, llenaba la jarra de cerveza de su hermano, que reía a carcajadas con Berta en su regazo.

Oculta tras las sombras de su habitación, miró cómo se desarrollaba la fiesta que habían organizado en el patio de la fortaleza, y se quedó impresionada al ver lo que aquellos hombres eran capaces de beber sin descanso, aunque sonrió al comprobar que algunos comenzaban a sentarse y a adormilarse.

Con remordimiento, vio también que varios de los hombres de Duncan y Lolach, que reían y bebían junto a los recién llegados, cayeron derrotados al suelo. Y los pelos se le erizaron al observar a varias de las criadas desaparecer con algunos de ellos tras los muros de la fortaleza. ¿Acaso no sabían el problema que les crearía?

Estaba tan abstraída con el espectáculo que el patio ofrecía que, cuando sonaron unos golpes en la puerta, pegó un salto.

—¿Quién es? —preguntó Shelma, adormilada junto a Zac encima de la cama de su hermana.

—Milady —reconoció la voz de Yentel—, James y Kieran O'Hara quieren que bajéis para brindar por vuestras recientes bodas.

—¡Decidles de mi parte —gritó Megan, que hizo una seña a su hermana— que les rogaríamos que fueran considerados y nos dejaran descansar!

—Milady —insistió la muchacha, asustada—, han dicho que si en breve no bajáis, miréis por la ventana.

—Por favor, Yentel, hazles llegar mi mensaje —suspiró Megan.

Una vez que la criada se convenció de que ellas no bajarían, sus rápidos pasos se alejaron.

—¿Qué quiere ese idiota? —se desperezó Shelma.

—Seguro que nada bueno —se quejó Megan al ver a Yentel acercarse con temor a James; éste, tras escucharla, comenzó a reír a grandes carcajadas junto a Berta, que sentada encima de él se restregaba como una gata en celo mientras bebía de la jarra que Kieran le llenaba de nuevo.

—Te juro que me dan ganas de bajar y...

Pero no pudo terminar la frase. De las cuadras, un borracho grandullón sacó a *lord Draco* y a *Stoirm*. Con una antorcha comenzó a asustarlos, haciendo que los caballos relincharan de miedo.

—¡Eso sí que no! —gritó Megan al sentir cómo la sangre le bullía de rabia por lo que veía—. ¡No se lo voy a consentir por muy O'Hara *el Malo* que sea!

—¿Qué pasa? —susurró Shelma levantándose asustada de la cama. Se quedó de piedra al ver lo que ocurría—. Pero ¿qué están haciendo esos imbéciles?

—Cavando su propia tumba —rugió Megan agarrando su carcaj de cuero.

Furiosa y sin pensárselo dos veces, cogió una de las flechas, apuntó con maestría hacia el borracho y disparó.

Momentos después, el borracho gritó de dolor. La flecha que había lanzado Megan se le clavó en la mano que llevaba la antorcha, la cual cayó al suelo. Eso hizo que todos callaran y miraran hacia la ventana.

Kieran, divertido por aquello, reía a grandes carcajadas, intentando no caer desplomado por todo lo que estaba bebiendo. James trató de distinguir la figura de Megan a través de las sombras, pero la oscuridad de la noche le hacía difícil conseguirlo. Sin pensar en Berta, se levantó bruscamente, cayendo ésta despatarrada al suelo, algo que molestó a la fulana al oír risas a su alrededor.

A su llegada a la fortaleza, James había buscado a la mujer morena, pero únicamente logró encontrarla cuando Sabina y Berta le informaron de que buscaba a la esposa del Halcón, ese presuntuoso guerrero que siempre le hacía sombra ante Robert de Bruce. Con la vista borrosa por la bebida, James observó en la oscuridad. No la veía, pero la excitación por aquella gitana de ojos desafiantes le decía que había sido ella, la *sassenach*, la que había lanzado la flecha.

Con intranquilidad, Mary se acercó a la mesa, donde comenzó a llenar de nuevo las jarras de cerveza, mientras observaba cómo James *el Malo* miraba hacia la ventana. A su alrededor, los hombres dormían como troncos tirados por el patio; incluso Sabina yacía encima de un guerrero respirando con tranquilidad. Se fijó en Berta, que la miraba con una tonta sonrisa en la boca. «¡Bien!», pensó Mary con una media sonrisa que se le borró al notar cómo una mano la agarraba y tiraba de ella. James *el Malo*, atrayéndola hacia él, la besó. Al ver aquello, Kieran intentó ayudarla, pero al moverse lo único que consiguió fue caer derrotado al suelo.

Mary se zafó como pudo del beso, pero la fuerza del hombre le impedía librarse de sus manos, y un extraño escalofrío le recorrió el cuerpo cuando le oyó gritar con voz pastosa:

—*Sassenach*, veremos si esto lo atajáis con otra flecha.

—¡Desnúdala, James! —bramó Berta—. Mary es la criada de la *sassenach*.

—¡Eres peor que una bruja! —gritó Mary, que se alegró al ver cómo aquélla caía contra la mesa.

Desde la ventana, Megan respiraba con dificultad. *Lord Draco*, seguido por *Stoirm*, desapareció por la arcada de entrada hasta perderse en la oscuridad. Pero cuando vio que James intentaba volver a besar a Mary y ésta luchaba, gritó acercándose a la ventana con el rostro desencajado por la rabia:

—¡Soltadla, James O'Hara! Bajaré a brindar con vos.

—¡No, milady! —chilló Mary al oírla—. ¡Esperad!

—¡Cállate, mujer! —la abofeteó torpemente él al oírla.

En su prisa por salir de la habitación, Megan chocó con Shelma.

—¿Qué se supone que vas a hacer?

—No voy a permitir que ese bruto haga daño a Mary —replicó poniéndose encima de la ligera camisa de hilo que utilizaba para dormir una bata larga azulada, anudada con dos cintas bajo el pecho. Antes de salir, tocó su pierna derecha y se cercioró de que su daga estaba en su lugar. También cogió su espada.

Shelma tomó su espada y, una vez que se cubrió el cuerpo con otra bata verde, sin despertar a Zac salió y dijo:

—Te acompañaré, aunque con la cantidad de brebaje que han bebido esos bestias poco creo que puedan hacer.

James se quedó impresionado cuando Megan apareció más radiante de lo que la recordaba. La luz de las antorchas hacía que su pelo negro la volviera más salvaje, más etérea; parecía una ninfa del lago. Aquella *sassenach* lo miraba con ojos desafiantes, y por la rigidez de su mandíbula intuyó que la furia o la risa la estaba consumiendo. Anonadado por su belleza, soltó a Mary, que corrió hacia Megan. Una vez que intercambiaron unas palabras, la gitana de ojos oscuros la ocultó tras ella.

—Bien, O'Hara. Aquí estoy —dijo mirando a su alrededor, donde los hombres roncaban plácidamente—. ¡Qué animada fiesta!

—La fiesta comenzará ahora —susurró él andando con cierta dificultad hacia ella.

—Por vuestro bien, no os acerquéis más —señaló Megan extendiendo su espada ante ella, y viendo cómo los rudos guerreros caían sin fuerzas a su alrededor.

—¡Vaya! —susurró Shelma con su particular sentido del humor—. Tus métodos asesinos son infalibles. Doy gracias de que seas mi hermana, porque cualquiera se fía de ti.

Aquello las hizo reír.

—Pero... —dijo James de pronto al percatarse de que uno tras otro sus hombres se desplomaban inconscientes y él notaba que su visión se borraba—. ¡Brujas inglesas! ¿Nos habéis envenenado?

Mary y Shelma continuaban riendo.

—Digamos —bajó Megan su espada al verle doblar las rodillas y caer de bruces contra el suelo— que hemos adelantado el fin de la fiesta. ¡Felices sueños!

El golpazo de aquel guerrero contra el suelo sonó mal, muy mal.

—Oh, por Dios, milady... ¡Qué golpe! —se horrorizó Mary mientras se tapaba la boca para no reír.

—¡Por san Fergus! —rio Shelma señalando al hombre despatarrado—. Creo que mañana cuando despierte le faltará algún diente.

—¡Mejor que le falten a él y no a nosotras! ¿No creéis? —dijo Megan con una carcajada.

Tras asentir las tres, varios de los criados McPherson y mujeres de la aldea que habían permanecido ocultas comenzaron a aparecer. El susto se leía en sus caras al comprobar que en el patio había hombres inconscientes en el suelo, sobre las mesas, en las sillas. Megan, Shelma y Mary reían a carcajadas sentadas en el centro de todo aquel caos. Cuando lograron dejar de reír y todos se tranquilizaron, recogieron a Kieran con cuidado y lo echaron a descansar sobre una piel en el salón.

—Volvamos a nuestras habitaciones, necesitamos dormir —sugirió Megan tras recuperar a *Stoirm*, que como un cordero seguía a *lord Draco*. Con una sonrisa en los labios dijo a los criados y a las mujeres de la aldea—: Recordad. Aquí no ha pasado nada. Ellos llegaron, celebraron una fiesta y no molestaron a nadie. Vuestro laird y nuestros maridos están al llegar y no deseamos problemas con estos brutos.

—¿Y si no llegan pronto? —preguntó Yentel, asustada.

—Llegarán —afirmó Megan intentando aportar seguridad. Aunque algo en ella le decía que, si no llegaban, cuando despertaran aquellos brutos las cosas se pondrían muy, muy difíciles.

23

Cansados y agotados por el viaje en busca de Briana, de madrugada llegaron a la aldea, que presentaba una calma inquietante. Cuando divisaron la gran arcada de la fortaleza, Duncan fue el primero en percatarse de que no había ningún soldado vigilando, por lo que aceleró el paso junto a Lolach y McPherson. Al entrar se quedaron sin palabras al ver aquel espectáculo.

—¡Por todos los santos celtas! —bramó McPherson al reconocer al hombre que dormía boca abajo en el centro del patio—. ¿Qué hace James O'Hara aquí?

—Mataré a Kieran —juró Lolach mirando a su alrededor y sintiendo que la rabia le comenzaba a consumir.

—¡Antes lo mataré yo! —masculló Duncan apretando la mandíbula al reconocer a algunos guerreros de James O'Hara y propios borrachos como cubas.

Al ver que nadie se movía, saltó de su caballo y a grandes zancadas entró en la fortaleza, donde, seguido por Lolach, Ewen y Niall, llegó hasta su habitación, que encontró atrancada.

—¡Shelma no está! —gritó Lolach en ese momento, que había ido raudo hasta la habitación de su mujer y la había encontrado vacía.

—¡Ayudadme a echar la puerta abajo! —exclamó con fiereza Duncan, con la piel erizada ante el temor de lo que había podido ocurrir allí.

El bramido de su marido la despertó. Megan saltó de la cama y corrió hasta la puerta. Quitó el tronco que la atrancaba para abrir y, sin darle tiempo a reaccionar, se tiró a sus brazos buscando como nunca su cariño y su templanza.

—¡Vaya, cuñada! —sonrió Niall al ver la cara de su hermano—. A eso se le llama un buen recibimiento.

Lolach entró en la habitación y se relajó cuando vio a Shelma enroscada en la cama durmiendo junto a Zac. Con cuidado, se acercó a ella y estirando la mano fue a tocarle la mejilla. De pronto, ella dio un salto y, poniendo su puñal a escasos centímetros del cuello de Lolach, dijo con todo el pelo cayéndole en la cara:

—Si me tocas, eres hombre muerto.

—¿Qué demonios...? —susurró Lolach, confuso por esa reacción.

Al reconocer su voz, Shelma se retiró el pelo del rostro, tiró el puñal a un lado y se lanzó al cuello de su marido pegándose a él con desesperación.

—Oh..., ¡cariño! —se disculpó Shelma, horrorizada por lo que había estado a punto de hacer—. ¿Te he hecho algo? Oh..., Dios mío.

—Tranquila, tesoro —sonrió él al notarla junto a él mientras le besaba la frente—. ¿Tú estás bien?

Duncan, más apaciguado, entró con su mujer en brazos.

—Sí —asintió con cara de cansancio—. Todas estamos bien.

—Me llevaré a Zac a su cuarto —dijo Ewen.

Una vez que el highlander salió de la habitación con el niño en brazos, comenzó el interrogatorio.

—¿Qué ha ocurrido aquí? —preguntó Duncan, reteniendo a su mujer, que hacía intentos por bajar de sus brazos, cosa que él no consintió.

—Los hombres de O'Hara organizaron una fiesta anoche —sonrió Shelma viendo entrar a Niall en la habitación y saludándolo con la mano—. Y nosotras atrancamos la arcada por si bebían demasiado. Sólo eso.

—¿Sólo eso? —bramó Duncan, que miró a su mujer incrédulo.

—Sí, sólo eso —confirmó Megan.

No querían que ninguno de ellos tuviera problemas con James, quien seguramente no recordaría lo ocurrido antes de caer al suelo.

—James apareció, y Kieran, al ver que no conseguía hacerle marchar —explicó Megan—, nos pidió que para evitar problemas atrancáramos nuestra habitación.

Duncan y Lolach se miraron. ¿Debían creerlas?

—¡Buena idea por su parte! —sonrió Niall, que levantó una ceja al mirar por la ventana y reconocer a James O'Hara como el hombre que se tambaleaba y soportaba los gritos de McPherson.

—¿Pretendéis que creamos eso? —preguntó Lolach cruzándose de brazos ante su mujer, que bostezaba sin ningún pudor.

—¡Por supuesto! —contestó Megan viendo cómo su marido observaba el carcaj tirado en el suelo y la escrutaba con esa mirada de desconfianza que la perturbaba—. Vale, Halcón... ¡Me has pillado! Tuve que tirar una flecha para advertir a los hombres que si se pasaban con alguien de la fortaleza se las verían conmigo.

Al escuchar aquello, los hombres se miraron sorprendidos. ¿Qué había ocurrido allí?

—¡Maldita sea! ¿Podemos acabar con esto? —se quejó Shelma rascándose los ojos con pesadez—. Necesito dormir, estoy muerta de sueño.

—De acuerdo —asintió Duncan al entender que ellas no contarían más—. Preguntaré a los criados. ¡Niall! Que alguien avise a Mary y que suba aquí.

—¿Por qué vas a interrogar a la pobre Mary? —se quejó Megan tras echarle una significativa mirada a su hermana—. ¿Acaso no te vale con lo que te hemos contado?

Aquello hizo por fin sonreír a los hombres.

—Definitivamente, ¡no! —respondió Lolach al mirar hacia la puerta, donde una tímida criada hacía acto de presencia—. Pasa, Mary, queremos hacerte unas preguntas.

—Oh..., pasa sin miedo —sonrió Megan soltándose por fin de los brazos de su marido y tomando la mano de la criada para darle seguridad—. Nuestros desconfiados maridos quieren preguntarte algo.

La pobre criada no sabía adónde mirar. No quería echar a perder la mentira.

—Tranquila, Mary —sonrió Shelma apoyándose en la almohada—. Aunque los veas tan grandes, no te comerán.

Niall observaba aquello divertido mientras Duncan seguía ceñudo y con su continuo gesto de gravedad.

—Por supuesto que no —sonrió Lolach sin querer, y mirando a la criada dijo haciéndola sonreír—: Te aseguro que antes me la comeré a ella.

—¡Por san Fergus! —rio Niall dándole un empujón al ver la cara de tonto con que observaba a su mujer—. Esto de casarte te está echando a perder, Lolach.

—Mary, ¿qué ocurrió anoche aquí? —preguntó Duncan, que se percató de cómo la criada miraba primero a su mujer y después a su cuñada.

—Laird McRae, llegaron los guerreros O'Hara —comenzó a contar—. Al ver que nuestro laird no estaba, Kieran O'Hara intentó que se marcharan, pero como era imposible tuvimos que prepararles grandes cantidades de comida. —Mirando graciosamente a Megan dijo sonriendo—: Luego, comenzaron a beber como las bestias que son, hasta que la bebida los tumbó.

Megan miró a su marido y asintió con una graciosa sonrisa.

—¿Contentos con la respuesta? —preguntó Shelma con cara de aburrimiento.

—Y ¿por qué utilizó mi mujer el carcaj? —preguntó Duncan cogiéndolo del suelo.

Al escucharle, Megan suspiró cómicamente.

—Oh... —rio Mary al mirar a los hombres—, gracias a la flecha que lanzó milady, uno de los brutos, que intentaba besarme, recibió su merecido y me soltó.

—Te lo he dicho —añadió Megan, quien pestañeó con inocencia a su marido—. ¿Por qué te iba a mentir?

Al escuchar aquello, los hombres se miraron sin saber qué decir. Dándose por vencidos, Lolach se llevó a Shelma a su habitación. Niall salió sonriendo sin entender lo que había pasado allí y Mary, tras intercambiar una rápida mirada con Megan, se marchó cerrando con cuidado la puerta. Quedaron a solas Duncan y Megan.

—Ven aquí, sonríeme un poquito y abrázame —pidió ella con los brazos extendidos hacia su marido, que continuaba con el carcaj en la mano cabizbajo—. ¡Te he echado de menos!

—No sé qué ha pasado aquí, pero lo descubriré y, si me estás mintiendo, me enfadaré —respondió Duncan soltando el carcaj.

Con más deseo del que él quería dar a entender, se acercó a su mujer, que comenzó a repartir pequeños besos por su cuello derribando sus defensas. Duncan la abrazó y la comisura de sus labios se curvó hacia arriba.

—Me gusta saber que sonríes —dijo Megan de pronto sorprendiéndolo.

—¿Cómo sabes que sonrío?

—Lo sé. Lo siento y punto —susurró dándole un empujón que le hizo sentarse en la cama. Situándose encima de él, comenzó a notar la creciente excitación de su marido entre sus piernas—. Al igual que sé que te deseo en este momento y que tú me deseas.

No hizo falta decir más. Duncan comenzó a besar esos carnosos y rojos labios que lo volvían loco, mientras ella, excitada, le dejaba hacer. Con una sensualidad que lo volvía loco, ella le cogió la cara entre las manos. Sacó su húmeda y roja lengua, y lenta y delicadamente la pasó por los labios de su marido, quien no podía ni respirar. Con una seguridad que hasta a la propia Megan dejó pasmada, le quitó el cinto de cuero marrón, y se oyó el ruido de la espada al caer.

Mirándolo con sus sensuales ojos negros, le sonrió, momento en el que bajó las manos lentamente por el costado de él, y las metió por debajo de la camisa. Duncan, al sentir sus ardientes y suaves manos, cerró los ojos mientras disfrutaba de cómo ella le quitaba la sucia camisa blanca y la tiraba al suelo. Abrió los ojos, la miró y subió sus grandes manos hasta el cabello de su mujer, sujeto con un trozo de cuero marrón que él no dudó en deshacer.

—Tu cabello azulado me vuelve loco —susurró acariciándolo con delicadeza.

—¿Sólo mi pelo os agrada, mi señor? —Hizo un mohín quitándose primero la bata que la cubría y después la fina camisola de lino blanco, quedando desnuda encima de él—. Sería muy decepcionante saber que te has casado conmigo sólo porque mi cabello te recuerda al color de tu caballo.

—¡Me has pillado! —sonrió besándola con ardor, mientras ella, con certeros movimientos, comenzaba a enloquecerlo—. Tu pelo y tú siempre me habéis gustado, pero tengo que reconocer que toda tú te estás convirtiendo en mi gran debilidad.

—Mmm... —susurró echando la cabeza hacia atrás para levantarse—. Me gusta saber que soy tu debilidad. —Y agachándose entre sus piernas, primero le quitó una bota, y luego la otra para tomar su mano y hacerlo levantar. De puntillas lo besó y comenzó a bajarle los pantalones.

—Cariño, me estás asustando —sonrió Duncan excitadísimo al ver que ella le empujaba de nuevo para hacerlo caer sobre la cama—. Y yo no me asusto con facilidad.

—Como tú dijiste una vez, tomo lo que es mío —respondió Megan sensualmente sentándose con autoridad a horcajadas encima de él—. Además, quiero que recuerdes lo que te esperará en tu hogar siempre que regreses.

Duncan, al ver su entusiasmo, sonrió.

—El problema será cómo separarme de ti. Y más cuando sé que en mi cama tengo la fiera más bella. ¿Cómo podré atreverme a dejarte sola? —dijo con voz ronca, levantándola un poco para hundir el pene en ella.

—Eso pretendo... —suspiró entrecortadamente, notando cómo su cuerpo se abría para recibirlo. Entre gemidos susurró—: Deseo que no quieras dejarme nunca sola.

—Deseo concedido —susurró él estrechándola entre sus fuertes brazos.

No pudieron seguir hablando. El calor y el disfrute de ambos los hizo moverse compulsivamente abrazados. Duncan, con sus fuertes y poderosos brazos, levantaba y bajaba con una facilidad pasmosa el cuerpo de su mujer sobre su miembro duro y caliente hasta que el clímax los inundó. Mientras permanecían abrazados, ella intentó rodar hacia un lado, pero él no se lo permitió y la miró con una sonrisa lobuna que le erizó la piel.

—¿Por qué me miras como un halcón a su presa? —preguntó retirándose con una mano el cabello de la cara, mientras notaba cómo la excitación de él crecía de nuevo entre ellos.

—Miro lo que es mío —respondió él comiéndose con la mirada a aquella mujer que acababa de hacerle el amor de aquella manera tan sensual. Al entender sus palabras y su cautivadora mirada, Megan sonrió mientras él proseguía su acercamiento entre susurros roncos.

—Y ahora, Impaciente, quiero que sepas lo que te esperará cada mañana, cada tarde y cada noche que estés a mi lado para que nunca quieras separarte de mí.

De nuevo, volvieron a hacer el amor con el ardor que pedían sus cuerpos y sus corazones.

Hasta bien entrada la tarde, no hicieron aparición en el salón. Allí los recibió McPherson con una grata sonrisa, acompañado por Niall, Kieran y James O'Hara, este último con un ojo morado y un feo golpe en la mejilla.

—¿El hambre de comida os ha hecho dejar el lecho? —bromeó McPherson al ver como Duncan agarraba posesivamente a su mujer por la cintura.

Megan, encandilada aún por los besos y las palabras de su marido, observó a James con una media sonrisa, que la miró con descaro. Pero aquello no la molestó. Ella era feliz. Duncan le había demostrado lo mucho que la había añorado y eso le hizo sentir seguridad en él y en sí misma.

Duncan, aún con la felicidad en el corazón, al ver cómo James miraba hechizado a su mujer sintió una punzada de celos. James y él nunca habían sido amigos, quizá más bien rivales. ¿Por qué la miraba así? Y la necesidad de marcar su terreno le hizo hablar.

—James, ¿conoces a Megan, mi mujer?

Al escuchar aquello, Megan dejó de sonreír, algo que no pasó desapercibido a James, que al detectar la preocupación en los ojos de ella sonrió.

—Tuve el placer de conocerla en la colina —respondió con maldad al advertir que estaba incómoda mientras le besaba la mano.

Sorprendido por aquella respuesta, Duncan miró a su mujer. ¿Cuándo había estado ella en la colina?

—Y por lo que pude comprobar —prosiguió James al ver cómo Megan cerraba los ojos—, además de ser una mujer bellísima y con carácter, es una estupenda amazona al verla mon...

—Salimos a dar un corto paseo —le interrumpió Kieran.

Duncan, con gesto duro, miró a su mujer, que bajó los ojos, y luego a Kieran. ¿Qué hacían ellos paseando por la colina?

—Lady Megan —llamó McPherson atrayendo la atención de ésta, que se encogió al oír resoplar a su marido y ver sonreír a Niall—. James me ha dicho algo que me ha sorprendido mucho. ¿Realmente habéis sido capaz de montar al salvaje de *Stoirm* a horcajadas?

Al escuchar aquello, Duncan le apretó demasiado la cintura. Sentándose donde su marido le señalaba, ni se atrevió a mirarlo, aunque notó su gesto inquisitivo y furioso cerca de ella.

—Eso no es del todo cierto —volvió a intermediar Kieran—. Ella...

—Te agradecería que te callaras —bufó Duncan mirándolo con desafío. Escudriñando el rostro de su mujer, ordenó—: ¡Responde!

—Bueno —comenzó a decir dubitativa—, *Stoirm* sólo es un caballo y...

Duncan maldijo al escucharla.

—¡Por san Fergus! —McPherson golpeó escandalosamente la mesa riendo a mandíbula abierta, como llevaba tiempo sin hacer—. *Stoirm* es un semental entrenado para la guerra. Y aunque era el caballo de mi hijo, siempre ha sido bastante rebelde, por no decir odioso.

Incrédulo por lo que escuchaba, Duncan, con gesto severo, preguntó:

—¿Has montado a *Stoirm*?

—Bueno —suspiró al verse descubierta mientras todos prestaban atención—. Lo monté un poquito. Me daba pena ver al animal encerrado en la cuadra y...

—¿Un poquito? —volvió a reír McPherson junto a Niall, mientras Kieran la miraba con tristeza y Duncan con dureza.

—Eres sorprendente, cuñada. —Niall se cruzó de brazos al escucharla.

—Tu mujer llama «un poquito» a saltar arroyos, esquivar obstáculos y volar como una flecha a lomos de *Stoirm* a horcajadas —añadió James con malicia al ver que aquello acarrearía problemas entre el presuntuoso Duncan y la inglesa.

Duncan la miró con gesto aterrador.

—Te dije que no te acercaras a ese caballo. Te dije que era peligroso y, aun así, lo has montado —dijo Duncan dando un golpe que hizo temblar los platos que Mary ponía en la mesa—. ¿Qué tengo que hacer para que me obedezcas y escuches?

Al sentir la voz enfadada del laird McRae, muchos de los guerreros presentes miraron con curiosidad.

—Duncan —señaló ella sin entender aquella absurda reacción—, siempre te escucho, lo que ocurre es que nunca he visto en *Stoirm* ese peligro que tú ves y...

—¡Maldita seas, Megan! —clamó él al ver la provocación en su mirada—. ¿Por qué no eres capaz de comportarte como debes en vez de como una salvaje?

La palabra «salvaje», dicha de aquella manera, le provocó a Megan malos e ingratos recuerdos. Sus ojos negros se cerraron y, sin pensarlo, dio un fuerte manotazo en la mesa que sorprendió a todos, incluido su marido.

—¡Discúlpame, Duncan! —gritó sin importarle quién estuviera delante—. ¿Qué has dicho?

—No pienso volver a repetir mis palabras —murmuró sin mirarla.

—Muy bien. Que sepas que yo no pienso dejar de ser como soy porque un guerrero mandón como tú se haya casado conmigo y pretenda que sea otra persona diferente a la que soy. Te advertí antes de casarte conmigo que podría llegar a desesperarte, y aun así me aceptaste.

—Ten cuidado con lo que dices, Megan —advirtió Duncan con una mirada oscura y peligrosa—. Puedes arrepentirte de cada palabra que digas a partir de ahora.

—¿Me amenazas? —lo retó. Eso le hizo enfadar más.

Kieran, tras intercambiar una mirada con Niall, observó sin más. Aquel idiota aún no se había dado cuenta de la clase de mujer que tenía a su lado.

—Por favor —intervino Niall para suavizar las cosas—. Relajaos, no hace falta que os pongáis así.

—¡Cállate, Niall! —gritaron Duncan y Megan mirándolo.

—De acuerdo —asintió molesto y, sentándose de nuevo, les gritó—: ¡Mataos!

La incomodidad que se creó en el salón hizo que todo el mundo, incluidos guerreros y criados, estuviera pendiente de aquella discusión.

—Milady, no merece la pena discutir por ese animal de alma negra como un demonio —indicó McPherson, sorprendido por cómo aquella mujer le plantaba cara a su buen amigo Duncan, y sobre todo por el aguante que él tenía—. Tengo la intención de sacrificarlo. No hace más que romper las cuadras con sus patadas y morder a todo el que se le acerca.

—¿Cómo vais a cometer esa crueldad? —protestó Megan—, *Stoirm* es un caballo estupendo que sólo necesita un poco de cariño. —Y al ver cómo la miraban todos, en especial su marido, dijo—: Me he pasado media vida ayudando a mi abuelo con los caballos, y sé perfectamente lo que digo.

En ese momento, aparecieron sonrientes Lolach y Shelma. Ésta, al ver a James junto a Niall y a Kieran, volvió la vista hacia su hermana, que parecía enfadada, por lo que, esperándose lo peor, se sentó junto a ella.

—¿Qué pasa? —preguntó.

—Megan nos hablaba de *Stoirm* y de sus aptitudes —interrumpió Niall a conciencia, viendo cómo Lolach se paraba para escucharle, tras saludar a Kieran y a James.

—Oh... —exclamó Shelma desplegando su encanto—, es un caballo precioso. Un poco testarudo, pero nada que no se pueda dominar. El abuelo nos enseñó a saber qué hacer en casos así. *Stoirm*, a mi hermana o a mí, no nos preocupa. Sabemos que en poco tiempo podemos tenerlo comiendo de nuestra mano.

—¡Por todos los santos celtas! —rio de nuevo McPherson con

todas sus fuerzas—. Pero ¿de dónde han salido estas dos mujercitas tan guerreras?

Lolach, al mirar a su amigo Duncan, entendió lo que ocurría: *Stoirm*.

—En confianza, McPherson —respondió Niall atrayendo la atención de todos y las carcajadas en algunos hombres—, en el castillo de Dunstaffnage la mayoría de las mujeres que encontrarás son así. No sé si es el agua que beben o el aire que respiran, pero todas y cada una de las mujeres que viven allí se gastan un genio de mil demonios.

Al escuchar aquella absurda mofa, las muchachas lo miraron con enfado.

—¿Sabes lo que les digo a los graciosos como tú? —respondió Megan altivamente, con rabia al pensar en la tristeza de su gran amiga Gillian—. Que llegará el día que vuelvas por Dunstaffnage y no habrá nadie esperándote. Porque las mujeres como nosotras no esperamos a que los sosos como tú decidan si somos lo que vosotros queréis.

—Y ten por seguro que a Gillian —continuó Shelma— pretendientes nunca le faltan, y te puedo asegurar que mucho mejores que tú.

—¿Ésas son las tierras de Axel McDougall? —preguntó Kieran con interés—. ¿Quién es Gillian?

—Alguien a quien por tu bien no debes acercarte, si no quieres vértelas conmigo —respondió Niall mirando a las dos hermanas, que se mofaban sonrientes—. Por lo tanto, olvida lo que aquí has escuchado y olvida ese nombre.

Duncan, al ver sonreír a su mujer, deseó estrangularla. ¿Por qué se empeñaba en mentir y en desobedecer?

Lolach, divertido por cómo Niall había caído en la trampa, tras darle un manotazo en la espalda dijo:

—¡Has caído, Niall! ¡Estás perdido, amigo!

Megan, una vez descubierto su engaño y consciente del enfado de su marido, y de lo que eso significaría, se preocupó por el caballo.

—Volviendo al asunto de *Stoirm* —cambió de tema ésta al ver la ceñuda mirada de su cuñado—, laird McPherson, creo que deberíais plantearos lo de sacrificarlo. Ese magnífico caballo no merece tener un final así.

—¿Sacrificarlo? ¿Queréis sacrificar a ese pobre caballo? —se quejó Shelma, atónita por lo que estaba escuchando—. Pero si es un semental magnífico.

—Había pensado sacrificarlo —indicó McPherson—, pero si vos lo queréis os lo regalo.

Duncan no podía creer lo que había escuchado. Su amigo McPherson, ¿se había vuelto loco? Aquello le provocaría más problemas.

—¡¿Me lo regaláis?! —gritó Megan levantándose tan precipitadamente que tiró la silla por la emoción, sin querer darle importancia al enfado de su marido—. Oh..., gracias.

Duncan volvió a maldecir.

—Oh... —aplaudió Shelma sin entender la seriedad de Lolach y de Duncan—. ¡Qué maravillosa idea! —Y mirando a su hermana dijo entusiasmada—: Si buscamos una buena yegua, seguro que podríamos tener unos sementales maravillosos.

—Tenemos maravillosos sementales en Urquhart —señaló Lolach atrayendo a su mujer e indicando que se callara—. No necesitáis a *Stoirm*.

—Pero ¿qué tonterías estás diciendo, Lolach? —se quejó soltándose de su mano—. Si mi abuelo viviese, te diría que lo último que se tiene que hacer a cualquier ser vivo es matarlo, y menos aún a un caballo tan magnífico como *Stoirm*.

—Shelma —advirtió Lolach mirándola—. ¡Cállate!

—¿Y eso por qué?

—Porque te lo ordeno yo —vociferó recordándole con la mirada la interesante conversación que habían mantenido antes de bajar.

Ante aquella voz de Lolach, Megan miró a su hermana, que tras encogerse se calló. La rabia comenzaba a consumirla. Nadie a excepción de sus tíos ingleses les habían hablado con aquella dureza e imposición.

—McPherson, agradezco tu regalo —contraatacó Duncan sabiendo que aquello supondría una nueva batalla con su mujer—, pero no quiero que ese caballo me ocasione más problemas de los que tengo. Por lo tanto, no lo aceptamos.

—¿Qué dices? —protestó Megan, muy enfadada—. Querrás decir que no lo aceptas tú. Pero yo sí.

—He hablado en nombre de los dos y mi palabra es una orden para ti —bramó intentando acallar a su mujer mientras sus hombres los miraban—. Por lo tanto, no se hable más.

—No me callaré ante una injusticia —replicó ella clavándole la mirada sin ver las señas que su hermana le hacía—. Tú no eres nadie para hacerme callar.

Al escuchar aquello, McPherson se llevó las manos a la cabeza. Su difunta mujer nunca se atrevió a hablarle así.

—¡Por todos los santos, mujer! —exclamó Duncan levantándose encolerizado mientras Lolach y Niall también se levantaban y Kieran, confuso, permanecía impasible—. Acabo de decirte que te calles y aun así continúas llevándome la contraria.

—La contraria me la llevas tú a mí —respondió ella, aunque aquello lo pagaría muy caro—. McPherson me ha hecho un regalo a mí, no a ti, y tú no eres nadie para rechazar algo que no se te ha regalado.

—¡Maldita sea tu lengua! —voceó Duncan fuera de sí—. Y maldito el momento en que decidí casarme contigo.

—¡Te casaste conmigo porque quisiste, yo nunca te obligué! —gritó con los ojos coléricos al escuchar aquello, y recordar cómo poco antes la había besado con pasión.

Duncan, furioso, volvió a dar un nuevo golpe en la mesa. ¿Por qué su mujer no se callaba? Aquella actitud lo único que hacía era dejarlo en ridículo ante todo el mundo.

—Gracias a Dios, esto es temporal —siseó con rabia dejándola con la boca abierta—. Porque, sinceramente, ¡eres insoportable!

Todos se miraban confundidos. Y más cuando observaron que Megan resoplaba dispuesta a no callar.

—¡Maldito escocés, prepotente y estúpido! —gritó dándole un manotazo que hizo que todos la miraran y Shelma, horrorizada, se quedara pálida—. Me casé contigo porque tú quisiste. Si realmente no me soportas, ¡vete y déjame en paz! Yo no te necesito para continuar viviendo. —Y retando a todos vociferó—: ¡Sí! Yo tampoco le soporto.

—Te voy a matar —siseó Duncan fuera de sí, irguiéndose ante ella como lo hacía ante cualquiera de sus adversarios—. Te juro que o callas tu boca de víbora o te mato.

Pero Megan no estaba dispuesta a parar. No le importaban las consecuencias de aquello. Su marido la había enfurecido y sin amilanarse respondió:

—Ten cuidado no te mate yo antes a ti.

Escuchar aquella provocación fue lo máximo que Duncan aceptó oír.

—¡Maldita seas! —gritó enfurecido, asiéndola del brazo con tal fuerza que al zarandearla consumido por la rabia le hizo un daño atroz—. ¡He dicho que te calles y te vas a callar aunque sea lo último que consiga de ti! ¡No voy a consentir que otra mujer-zuela me hunda!

—¡Suéltame, bruto, me haces daño! —chilló ella revolviéndo-se contra él mientras los demás observaban la escena pasmados.

La rabia verde que Megan vio en sus ojos fue lo que la paralizó. A pesar del daño que le hacía en la herida que aún tenía reciente en el brazo, consiguió tragarse el llanto y, pateándole como una leona, liberarse de él, que fue a cogerla de nuevo, pero Lolach y Niall lo impidieron. Duncan estaba enloquecido. Kieran, aturdi-do, tiró de ella, y Shelma, al ver las lágrimas en los ojos de su hermana, cuando salió por la arcada corriendo, fue tras ella.

—¡Duncan! —gritó Niall incrédulo por cómo le había retorci-do el brazo a su mujer—, ¿qué estás haciendo?

—No lo sé. —Respiró con gran esfuerzo mientras las manos le temblaban por lo que acababa de hacer—. Pero esa maldita mujer no podrá conmigo.

—¿Demasiada mujer para ti, McRae? —se mofó James, feliz de ser el artífice de aquella discusión.

—¡Cállate, idiota! —gruñó Kieran al escucharle, pero al ver la maldad de su sonrisa le soltó un puñetazo que lo hizo caer contra la mesa.

—¡Basta, Kieran! —gritó McPherson.

—Eres un vendido, hermano —murmuró James mirándolo.

—Soy cualquier cosa que no seas tú —siseó Kieran con odio.

—¡James, sal de aquí inmediatamente! —ordenó McPherson.

Cuando James se marchó, McPherson se volvió hacia Duncan, que aún estaba lívido por la rabia.

—Duncan, deberás endurecer tus métodos con Megan, porque, de momento, esa mujer ya te ha podido.

24

Megan cruzó el patio de la fortaleza agarrándose el brazo con lágrimas en las mejillas. Le latía el corazón con un profundo dolor y salió como un rayo por la arcada, dejando a los vigilantes sin palabras, mientras la observaban desaparecer entre los árboles. Mael, al verla correr de aquella manera, intentó ir tras ella, pero Shelma lo paró. Su hermana no permitiría que nadie la viera llorar, por lo que, tras cruzar unas palabras con él, comenzó a correr hasta que la vio agotada junto al lago. Megan maldecía en voz alta una y otra vez cuando Shelma llegó y la abrazó.

—Creí que no podría alcanzarte —dijo Shelma mientras unos curiosos ojos las observaban.

—Shelma, ¡lo odio! —gritó con todas sus fuerzas roja de rabia—. ¡Lo odio con toda mi alma! ¡Lo odio con todo mi ser! ¡Lo odio! ¡Lo odio! Y no pienso volver junto a ese, ese, ese...

—Ése... —forzó a su hermana para que la mirara— te quiere y es tu marido.

—¿Que me quiere? ¿Te lo ha dicho a ti? ¡Porque a mí te aseguro que no! —gritó mientras gesticulaba de dolor agarrándose el brazo.

—¿Qué te pasa?

—El brazo —sollozó dolorida, mientras maldecía y comenzaba a andar de un lado a otro sin parar—. Oh..., Dios. ¡Cómo me duele! Maldito sea el día que te conocí, Duncan McRae. Maldito sea el día que accedí a casarme contigo. Te odio. ¡Te odio tanto que te mataría!

Shelma, asustada, pues nunca había visto tan fuera de sí a su hermana, intentó calmar los chillidos que daba. Si alguien la oía decir aquellas cosas contra su marido, habría más problemas. Pero, como era incapaz de refrenarla, comenzó a chillar como nunca le había chillado.

—Escúchame. ¡Maldita sea, Megan! —Gritó más alto para que callara y la mirara—. Por favor, serénate, ¿vale? Comprendo tu rabia, tu frustración y tus ganas de matarlo, pero, aunque te enfades por lo que te voy a decir, también lo comprendo a él, y te voy a explicar por qué. —Megan la miró—. El abuelo y Mauled nos han criado como a muchachos en vez de cómo a mujeres, y estamos tan acostumbradas a hacer lo que queremos, cuando queremos y como queremos, que no nos hemos dado cuenta de que ya no somos aquellas jóvenes solteras y libres que vivían con dos ancianos que les permitían hacer todo lo que querían, sin reglas, ni normas. Nos hemos casado, Megan —dijo cogiéndole la barbilla con la mano para mirarla directamente a los ojos—. Y ahora, aunque no nos guste, ya nada puede ser como antes. Lolach y Duncan son dos buenos hombres que nos quieren y que han aceptado nuestro pasado con naturalidad, mientras que nosotras no paramos de sorprenderlos con nuestra particular manera de tomar la vida. Además, y aunque nos cueste aceptarlo, son nuestros maridos y les debemos un respeto.

—¡Venga ya, Shelma! —se quejó enfadada, ajena a unos curiosos ojos que la vigilaban tras los árboles—. No me hables de respeto cuando ese bruto me ha destrozado el brazo. No me hables de él porque yo creo que...

—Te hablaré de lo que tenga que hablarte —murmuró mirándola a los ojos, y Megan de nuevo calló y escuchó—. Hoy tuve una conversación con Lolach en la cama. Me dijo que le encantaba mi naturalidad, pero que delante de otros guerreros intentara comportarme a la hora de responderle o desafiarlo, porque no quería ser el hazmerreír de todos ellos. ¿Sabes por qué me comentó eso?

Megan negó con la cabeza.

—Porque anoche, en el viaje de vuelta, escuchó a unos hombres mofándose de Duncan, por cómo le contestas. Y lo que más le dolió fue ver cómo Duncan lo oyó y, sin decir nada, lo aceptó.

Sé que no va a ser fácil retener nuestros impulsos, pero tenemos que intentarlo porque nos hemos casado con el laird McKenna y el laird McRae, y nosotras no podemos consentir que la gente o su clan se ría de ellos por nuestro exaltado comportamiento. Lolach me ha pedido que no cambie nada en mi manera de ser, le gusto tal y como soy, pero sí me ha suplicado que intente no dejarlo en ridículo con mi comportamiento o mis contestaciones porque de él dependen muchas personas a las que nunca, nunca podría decepcionar, ni abandonar.

—¿Y a ti Lolach te puede decepcionar o abandonar? —preguntó Megan, que sintió correr un líquido por su brazo. Al mirarse maldijo cuando vio la manga de su vestido manchada de sangre—. ¡Maldita sea, se me ha abierto la herida!

Con rapidez Shelma miró el brazo de su hermana. No tenía buena pinta.

—Te dije que necesitaba un par de puntos —la regañó al ver la fea herida abierta—. Volvamos a la fortaleza.

—Aún no me has respondido. ¿Él puede decepcionarte o abandonarte?

Shelma, bajando el tono de voz, contestó:

—Él no puede decepcionarme porque desde un principio está siendo sincero conmigo, y me advirtió que, si alguna vez su gente se siente avergonzada por mi comportamiento, tendría que abandonarme por muy doloroso que le resultara. Es el laird Lolach McKenna y su clan depende de él.

—¿Qué me estás queriendo decir? —susurró Megan al ver la angustia reflejada en la cara de su hermana.

—Que no quiero que te pueda pasar eso a ti. ¡Piensa qué sería de ti y de Zac! Yo me moriría de pena si no os pudiera ayudar, y me volvería loca si tuviera que abandonar a Lolach. ¡Por favor, Megan! Tienes que intentar cambiar y dejar de hacer enfadar a Duncan. ¡Por favor! —sollozó Shelma, angustiada por esos miedos.

Megan sabía que aquella tarde su manera de dirigirse a su esposo delante de todos había sido humillante. Sabía que aquello le acarrearía terribles consecuencias, pero nunca esperó que Duncan se pusiera así.

—Escúchame —dijo tomándole las manos con cariño—. Sobre tus miedos sólo te puedo decir que intentaré con todas mis fuerzas ser mejor, pero si por algún casual Duncan me rechaza y me tengo que marchar, quiero que tengas clara una cosa. —Shelma la miró—. Tanto Zac como yo querríamos que fueras feliz con Lolach. Por lo que nunca te pediríamos que volvieras con nosotros —susurró limpiándole las lágrimas—. Mira, Shelma, tu camino está junto a tu marido, y si mi matrimonio no funciona y me tengo que marchar, no quiero que te preocupes. Tú mejor que nadie sabes que soy fuerte, que estaremos bien y sabré cuidar de Zac.

Los sollozos de Shelma hicieron ver a Megan cuánto amaba su hermana a su marido, algo que indudablemente Duncan no sentía hacia ella. Pasado un rato en el que se tranquilizó, Megan aceptó ante su hermana que no debería haber hablado así a su marido delante de McPherson, Kieran, James, Niall, Myles, Lolach, Axel, Magnus, Gelfrid e infinidad de guerreros, y llevándose las manos a la cara asumió por primera vez todo lo que había hecho mal.

—Ahora no es momento de lamentaciones —susurró Shelma—. Ahora es momento de demostrar a todos que eres la mejor mujer para el laird McRae.

Cogidas de la mano, llegaron a la fortaleza. Myles, que esperaba inquieto junto a Mael, sonrió al verlas regresar. James, con gesto áspero, dio órdenes a sus hombres para iniciar la marcha. Las miró al pasar, pero decidió no hacer ningún comentario y abandonar las tierras de McPherson antes de que éste se lo pidiera.

Al pasar junto a las cuadras, Megan tuvo que contener las lágrimas al oír relinchar a *Stoirm* y a *lord Draco*, pero con paso decidido entró junto a su hermana en el salón donde se encontraban los hombres. Al verlas aparecer, todos las miraron y Shelma, tras dar un apretón en la mano a su hermana, la soltó y se reunió con su marido, quien, dándole la mano, sonrió. Megan, en un principio, se quedó paralizada y, reuniendo valor, observó a Duncan, que no se dignó a mirarla. Tragando saliva, se dirigió a McPherson.

—Laird McPherson —consiguió decir atrayendo la mirada de todos, excepto de Duncan—, quisiera pediros disculpas por mi comportamiento, y deciros que mi marido no se merece que yo lo avergüence ante sus amigos de esta manera. Espero ser castigada en el momento que él decida.

Al decir aquello, Duncan la miró. La respuesta de McPherson no tardó en llegar.

—Milady, tenéis la suerte de que mi buen amigo Duncan no sea como yo, porque yo nunca os habría consentido que me hablarais así ante nadie, y os puedo asegurar que mi castigo sería doloroso —manifestó con seriedad, pero al ver la cara con que Niall y Kieran lo miraban, tras toser añadió—: De todas formas, milady, todos tenemos momentos en los que hacemos cosas que no deberíamos hacer.

—Os agradezco vuestra comprensión, laird —asintió ella y volviéndose hacia su cuñado, que la miraba extrañado, prosiguió—: Niall, estoy segura de que te has sentido mal por mis palabras y mis acciones en más de una ocasión, espero que puedas disculparme.

—Por favor, Megan —dijo levantándose al ver lo pálida que estaba, y señalando la manga del vestido indicó—: No tengo nada que disculparte, pero ¿tu brazo?

Intentando soportar el terrible dolor que sentía en el brazo lo escondió, y en ese momento Kieran habló.

—Milady, creo que deberíais miraros ese brazo, por vuestro gesto deduzco que os debe de doler.

—Oh..., no es nada, es sólo un rasguño. Kieran —dijo al hombre que la miraba con tristeza—, a vos también os perdí el respeto. Pido disculpas si alguno de mis actos o mis palabras os han ocasionado algún mal. De verdad, lo siento.

—Milady, aparte de un terrible dolor de cabeza, no tengo nada que perdonaros, en todo caso agradeceros. —Sonrió apenado por verla en aquel estado. Aquella mujer era vida y alegría. A pesar de la dura mirada que Duncan le dedicó, continuó—: Sois una mujer excepcional y espero que esa fuerza que poseéis la utilicéis para seguir adelante y nunca olvidéis que los amigos os apreciamos tal y como sois, a pesar de que algunos —dijo mirando a McPherson— sean incapaces de entender las relaciones de pareja.

Al escuchar aquello, un ligero atisbo de sonrisa iluminó su cara. ¡Había ganado un buen amigo!

—Lolach —dijo volviéndose hacia él. La miraba muy serio—. Gracias por cuidar a mi hermana y, si en algún momento me he comportado de una manera inadecuada, te pido encarecidamente que me perdones.

Lolach, al escucharla, sonrió a pesar del gesto adusto de su amigo Duncan.

—Megan, yo tampoco comparto la opinión de McPherson, pero creo que debes medir tus palabras y tus actos porque a veces son desafortunados —dijo mirando a los guerreros que comían en silencio tras ellos—. Sabes que te aprecio, ¿verdad? —Ella asintió y comprobó con sus propios ojos cómo los guerreros cuchicheaban entre sí—. Entonces no hace falta que digas nada más. Pero sí te pido que vayas a curarte la herida del brazo.

—Lo haré, Lolach, pero todavía no he terminado —susurró mirando hacia Duncan, que no la miraba y tenía un gesto terriblemente enfadado—. Duncan, a ti te tengo que pedir tantas disculpas que no sabría ni por dónde empezar —dijo mientras los ojos de éste seguían sin fijarse en ella. Estaba tan enfadado y humillado por su culpa que era incapaz de escucharla.

—Te está hablando, Duncan —bufó Kieran ganándose una feroz mirada de él—. ¿Podrías hacer el favor de mirarla cuando te habla?

—¡Kieran! —vociferó Duncan asustando a Megan y a alguno más—. Si no quieres morir, ¡cállate!

—¡Por todos los santos! —exclamó Niall al ver la sangre que caía desde la mano de Megan hasta el suelo. Rápidamente Shelma se levantó junto con Niall, quien plantándose ante Megan dijo—: Ya hablarás más tarde con mi hermano. Ve a curarte.

—¡Por san Fergus! —susurró McPherson al ver cómo chorreaba la sangre por la mano, al tiempo que Duncan miraba y se sorprendía.

—¡Lolach! —ordenó Shelma furiosa por no haberse percatado antes—. Que alguien suba a nuestra habitación y me traiga la talega de potes y ungüentos. Tengo que curar a mi hermana antes de que se desangre.

Megan seguía con la vista clavada en Duncan. No reaccionó ni para bien ni para mal, hasta que de pronto, asustándolos a todos, se desmayó. Niall actuó con rapidez y, tras asirla entre sus brazos, desapareció seguido por Shelma, aunque antes miró a su hermano con expresión atroz.

Todos desaparecieron, excepto Kieran y Duncan, que se quedaron clavados en el salón. La rabia se apoderó de Duncan, que levantándose dio una patada a la silla para estamparla contra una pared. El dolor lo consumía: sabía que se había comportado como un animal con ella y que el culpable de aquella sangre era él.

—¿Sabes cuántos hombres matarían por que sus mujeres tuvieran las cualidades de la tuya? —preguntó Kieran sin importarle las consecuencias de aquellas palabras.

—¿De qué hablas? —siseó Duncan con el ceño fruncido.

Kieran, sin amilanarse ante aquel valeroso highlander que por norma lo miraba con cara de odio, respondió:

—Hablo de que privas a tu mujer de un caballo, cuando ella ha demostrado ser la única capaz de controlar a ese semental. Hablo de que anoche se hizo cargo de una situación que hoy habría traído muchos problemas. —Al escuchar eso Duncan lo miró mientras apretaba los puños—. Hablo de que esta mujer vale mucho más que la que en un pasado te destrozó la vida, y aunque te moleste que lo diga jamás vi que la trataras con tanta dureza y frialdad como has tratado hoy a Megan. Cuando tú, yo y todos sabemos que por lo que te hizo se merecía que la hubieras matado.

—¿Tienes ganas de pelea, O'Hara? —bramó acercándose a él con gesto intimidante. No le gustaba que nadie le hablara de Marian—. Llevo años soportando que tú o James queráis ocupar mi lugar junto a Robert de Bruce. Estoy harto de tus comentarios y del imbécil de tu hermano y...

—Yo hablo por mí —aclaró Kieran al ver cómo lo miraba—. ¡No quiero tener nada que ver con mi hermano!

—¿Acaso ahora envidias también a mi mujer? ¿A qué viene que tú me indiques cómo trato a las mujeres?

Kieran, consciente del peligro que aquellos ojos verdes le hacían saber, no se movió del lugar y volvió a contestar.

—Seré sincero. En ocasiones me habría gustado ser el que estaba a la derecha de Robert de Bruce, pero eso fue hace tiempo. Si me atrevo a decir que Megan es mejor que la francesa —dijo en tono despectivo— ¡es porque lo pienso y porque estoy seguro de que ella nunca te haría lo que te hizo aquella estúpida mujer! —gritó al ver cómo la cara de Duncan se contraía de dolor—. ¿Me preguntas si te envidio? Mi respuesta es sí. Ojalá hubiera encontrado yo antes a Megan, así podría disfrutar de esa maravillosa luz que desprende y que tú te empeñas en apagar. —Tras decir esto, Duncan le dio un puñetazo que lo hizo caer hacia atrás ruidosamente encima de una mesa. Kieran, levantándose, se quitó la sangre de la boca y se tocó el ojo que comenzaba a hincharse—. Gracias por el golpe. Me lo merecía por lo idiota que a veces he sido contigo.

—¿Qué? —susurró Duncan, desconcertado.

—Déjame decirte una última cosa —apuntó acercándose a él, preparado para un nuevo golpe—. No permitas que esa mujer cambie —dijo sonriéndole con compañerismo por primera vez en su vida—. Si permites eso, ten por seguro que serás el hombre más tonto que haya conocido en mi vida.

—¡¿Qué ocurre aquí?! —vociferó Lolach al entrar en el salón y ver a Kieran sangrando y con el ojo amoratado.

—Nada, Lolach —respondió Duncan al entender las palabras de Kieran, y tendiéndole la mano, que éste aceptó con una sonrisa, afirmó—: Sólo hablábamos entre amigos.

25

Aquella tarde, tras saber que Megan descansaba en su habitación y que la hemorragia había cesado, Duncan se martirizaba incapaz de enfrentarse a ella, a la mujer a la que había dañado tanto físicamente como a su corazón. Tras una larga conversación con Kieran, Duncan se había dado cuenta de dos cosas: la primera era que la vitalidad que desprendía su mujer le gustaba más de lo que él quería admitir, y la segunda, que Kieran no era un imbécil como su hermano James.

Megan, por su lado, sumida en una auténtica tristeza, veía con desesperación cómo pasaba el tiempo y Duncan no acudía a su lado. Por ello se hizo el propósito de cambiar su fuerte personalidad y asumir de una vez que su marido, a pesar de sus dulces comentarios, nunca la querría.

Tras golpear la puerta, apareció Kieran.

—¿Qué tal tu brazo?

—Mejor, gracias —contestó con familiaridad. Pero al verle el labio partido y un ojo morado, dijo señalándolo—: ¡Oh, Dios mío! ¿Qué te ha ocurrido?

—Nada importante —sonrió al ver su cara de desconcierto—. Diferencias de opiniones con un amigo. Pero no te preocupes, ya están solucionadas.

—No me lo digas. —Cerrando los ojos preguntó—: Ha sido Duncan, ¿verdad?

—Eso ahora da igual —sonrió quitándole importancia, y mirándola con sus entrañables ojos azules dijo—: Venía a despedirme de ti. Tengo que llegar a Aberdeen antes que mi hermano. —Levantando los brazos añadió—: James es la oveja negra de la familia y, cuando llegue allí, únicamente le dará problemas a mi pobre madre.

—Lo siento —susurró al escucharle.

Kieran se acercó.

—Duncan no tardará mucho en darse cuenta de la fortuna que ha tenido al encontrarte en su camino.

—¡No creo que mis ojos vean eso! —murmuró ella al tiempo que ponía los ojos en blanco haciéndole sonreír.

—Lo verás, créeme —dijo dándole un apretón en la mano—. Dale tiempo y no podrá vivir sin ti. Y si no ocurriera así será porque Duncan es más burro de lo que yo creo.

Ambos sonrieron y Megan contestó:

—¡Si tú lo dices!

—Escúchame. Duncan me dijo que sabías leer —susurró mirándola a los ojos. Ella asintió.

Kieran le entregó un papel donde había dibujado un pequeño mapa con varios nombres. Antes de hacerlo, se lo había pensado mucho. Pero, a pesar de que Duncan le había repetido hasta la saciedad que Marian no significaba nada en su vida, decidió darle aquella nota. Megan podría necesitar un amigo.

—Si alguna vez necesitas ayuda, sea lo que sea, búscame y te ayudaré. En este mapa encontrarás la forma de localizarme.

—Pero ¿por qué me das esto? —preguntó sin entender sus intenciones.

—Porque siempre es bueno tener amigos —señaló esperando equivocarse con respecto a Duncan—. Si necesitas localizarme, dirígete a la cañada de Glenn Affric. Al oeste, encontrarás una pequeña aldea de casas de piedra rojiza junto al lago. Una vez que llegues allí busca al herrero, se llama Caleb, es un buen hombre y mejor amigo. —Apretándole las manos, susurró—: Él te hará llegar hasta mí. Y repito, no quiero nada a cambio. Sólo deseo que sepas que en Kieran O'Hara tienes a un amigo para toda la vida. ¿De acuerdo?

—De acuerdo —sonrió cogiendo el papel. Después de una significativa mirada por parte de ambos, ella dijo—: Cuídate, ¿me lo prometes?

—Lo intentaré —sonrió alejándose—. Adiós, Megan, cuídate tú también.

Triste por la marcha de un buen amigo como Kieran, se levantó de la cama y, sin darle importancia al papel que éste le había entregado, lo guardó en el saco donde llevaba sus pocas pertenencias personales: los pantalones de cuero marrones, las botas de caña alta y la capa gastada de su abuelo Angus. Con melancolía miró aquellas ropas que en un pasado no muy lejano le hicieron tan feliz. De pronto, al oír ruido de caballos, sujetándose el brazo que le dolía bastante, se asomó a la ventana. Observó cómo varios guerreros montaban sus caballos, mientras Kieran hablaba con Zac y sonreían. En ese momento, se oyeron nuevos golpes en la arcada. Era Niall.

—Hola, cuñada —dijo entrando con una maravillosa sonrisa—. ¿Estás mejor?

—Sí. ¿Has visto? Kieran se marcha.

Niall se asomó a la ventana y asintió.

—Tiene asuntos familiares que solucionar. —Y para hacerla sonreír dijo—: ¿Sabes lo que me ha dicho ese creído cuando se despedía de mí? Que se pasará por Dunstaffnage para saludar a Gillian, ¿lo puedes creer?

—No tienes nada que temer —sonrió ella sin brillo en los ojos—. Creo que Kieran es mejor amigo de lo que vosotros creéis. Es una buena persona.

—Ya lo sé —asintió mirando al guerrero que se despedía con cordialidad de McPherson—. ¿Qué crees que Gillian pensaría si lo conociera?

Al escuchar aquella pregunta Megan miró a aquel guapo y joven highlander que siempre la apoyaba a pesar de sus continuas meteduras de pata y de su testarudez.

—¿Quieres sinceridad?

—¿Desde cuándo mi cuñada no es sincera en algo? —preguntó extrañado mirándola a los ojos.

—Muy bien —sonrió retirándole con cariño el pelo de la cara—. Cuando Gillian lo vea con esos impresionantes ojos azules, ese pelo tan rubio y esa maravillosa sonrisa, pensará: «Este O'Hara es un hombre muy guapo».

—¿Tú crees? —preguntó molesto al pensar en Gillian mirando a otro que no fuera él.

Su gesto contrariado hizo sonreír a Megan.

—Oh, sí, estoy segura. Pero en cuanto Kieran comience a acosarla, pensará: «Este O'Hara es muy pesado», y lo pondrá en su sitio. —Aquello hizo reír a Niall, por lo que aprovechó para preguntarle—: ¿Por qué no dejas de evitar lo inevitable?

—Porque no sé si soy lo suficientemente bueno para ella —respondió él contemplando cómo los guerreros iniciaban su marcha.

—Eso no lo sabrás hasta que lo intentes, Niall —susurró con tristeza en la voz y en la mirada—. Pero también te diré que, a veces, uno cree que es bueno para el otro. Hasta que un día te das cuenta de que estás equivocado y...

—Tú eres perfecta para Duncan —dijo al entender sus dolorosas palabras—. ¡No lo dudes, Megan! Nunca lo había visto sonreír de la manera que sonríe cuando está contigo.

—Déjalo, Niall —susurró sin fuerzas mirando por la ventana—. Lo nuestro ha sido un tremendo error. Cuando vivía con el abuelo y Mauled podía ser yo en todo momento, ¿y sabes por qué? Porque nadie esperaba nada de mí que no fuera lo que ya conocía.

Sorprendido por sus palabras preguntó:

—¿Por qué dices eso?

—Porque no estoy a la altura de lo que tu hermano y tu clan esperan de mí. —Sollozó. Nunca la había visto llorar y eso no sabía cómo manejarlo—. Soy todo lo que no debe ser la mujer de un laird, y yo le advertí que no se casara conmigo, pero él se empeñó. Yo estaba tan desesperada que acepté y... y...

—No, no, no llores —repitió sin saber bien qué hacer, mientras la tristeza y las lágrimas compungían el bonito rostro moreno—. ¡No me hagas esto, Megan! ¡Por favor! —dijo mientras ella se tiraba a sus brazos y lloraba desconsolada.

Con paciencia y buenas palabras, Niall la convenció para que se acostara. No le gustaba verla así. Ella era una mujer fuerte y con carácter, no una mujer destrozada y falta de vida. Cuando salió de la habitación tremendamente enfurecido, fue en busca de su hermano. Lo encontró sentado frente a las cuadras, pensativo, bebiendo cerveza.

—¿Cuándo piensas subir a ver a tu mujer?

—Cuando lo crea necesario —respondió sin mirarlo.

Duncan se levantó y entró en las cuadras, donde *Stoirm* y *lord Draco* lo recibieron resoplando.

—No te acerques a *Stoirm* —advirtió Niall al ver al animal moverse inquieto.

—¿Cómo ella fue capaz de acercarse sin que la mordiera? —preguntó intentando entender—. ¿Y cómo pudo montar sin que la tirara?

—No lo sé. Quizá sea más testaruda que él —respondió Niall.

—El abuelo y Mauled siempre decían que Megan sabía comunicarse con los animales —contestó de pronto Zac entrando en la cuadra—. Y cuando un caballo era testarudo o difícil de tratar, ella conseguía que dejara a un lado su testarudez y le hiciera caso.

Al escuchar la voz del niño, los dos highlanders se volvieron para mirarlo.

—¿De dónde sales tú? —sonrió Niall agachándose para cogerlo.

—¿Qué haces aquí? Deberías estar durmiendo con Ewen —lo regañó Duncan con una media sonrisa, viendo a Ewen a pocos metros.

El niño, tras mirarlos con ojos tristones, respondió:

—No puedo dormir. Estoy muy preocupado.

Aquella contestación hizo sonreír a los hermanos.

—Veamos, ¿qué tipo de preocupación no te deja dormir? —preguntó Duncan con cariño mientras Niall le prestaba atención.

Zac, tras mirar unos instantes al guerrero, marido de su hermana, tragó con dificultad y preguntó:

—¿Es cierto que Megan y yo nos tendremos que marchar cuando tú no nos quieras?

—¿Qué? —susurró Niall sin entender lo que el niño decía.

—¿Cómo dices? —preguntó Duncan—. ¿Dónde has oído eso?

—Shelma dijo que si Megan no era buena contigo, tú no nos querrías y nos tendríamos que marchar. Y Megan, enfadada, gritó que si tú nos echabas de tus tierras, ella cuidaría de mí.

—Olvídalo, Zac —aclaró intranquilo Duncan mirando a su hermano, que lo observaba desconcertado—. Nunca os echaré de mis tierras. Ahora ve a dormir tranquilo, pero no le digas a nadie lo que hemos hablado aquí, ¿de acuerdo?

El niño sonrió. Tenía la misma sonrisa que su hermana mayor, y eso le hizo latir el corazón.

—¡Vale! Pero no me gusta que hagas llorar a Megan —le reprochó el niño.

Duncan, clavando la mirada en él, preguntó:

—¿Por qué crees que he sido yo quien la hizo llorar?

—Porque ella dijo que tú le habías partido el corazón —respondió el niño sin entender que aquel comentario acababa de partírselo a él.

Al escuchar aquello, Duncan se quedó tan desconcertado que tuvo que ser Niall quien hablara.

—Anda, bichejo, ve a dormir —sonrió Niall.

Tras soltarlo, el pequeño corrió hasta Ewen, lo cogió en brazos con una sonrisa y se lo llevó.

Pasados unos instantes y al ver que su hermano no decía nada, Niall, dándole un puñetazo en el brazo, preguntó:

—¿Cómo se te ocurre partirle el corazón a Megan?

Rascándose la barba incipiente de su barbilla Duncan murmuró:

—No tenía ni idea. Pero Shelma me lo explicará ahora mismo —dijo echando a andar con decisión hacia el interior de la fortaleza.

Aquella noche, al no verlo aparecer por su habitación, Megan se convenció de que Duncan seguía enfadado con ella. Harta de dar vueltas en la cama, decidió levantarse. Al asomarse por la ventana, oyó los golpes que *Stoirm* propinaba en la cuadra. Por ello cogió unas hierbas de su talega y decidió bajar sin hacer ruido para intentar calmar al animal.

«¡Ya qué más da!», pensó encogiendo los hombros.

Con cuidado, se puso la bata que Gillian le había regalado y, tras comprobar que todo estaba en orden, salió sin hacer ruido. Despacio, abrió la puerta de la fortaleza y llegó hasta las cuadras, donde *lord Draco* resopló al verla entrar.

—Hola, guapo —lo saludó dándole un beso en el hocico. Tras hablarle durante un rato y acariciarlo, se plantó frente al inquieto caballo, que al verla relinchó—. Hola, *Stoirm* —susurró extendiendo la mano para darle un poco de azúcar mezclado con hierbas—. Toma esto, te relajará. Lo necesitas.

Mientras el caballo chupaba la palma de su mano, ella con cuidado se fue acercando hasta terminar apoyada en su cuello. Con cariño le susurró cerca de la oreja:

—Siento decirte que mañana me voy hacia las tierras de mi marido, por lo que he venido a despedirme de ti. Me habría encantado llevarte conmigo, porque sé que tú y yo nos entenderíamos muy bien, ¿verdad? —Sonrió al ver cómo el caballo meneaba la cabeza—. Pero tendrá que ser en otra vida porque en ésta lo veo difícil. Creo que tú, a tu modo, y yo, al mío, somos parecidos. Ninguno de los dos encajamos donde estamos y ninguno cumplimos con lo que se espera de nosotros. *Stoirm*, eres un buen caballo, además de hermoso. Espero que alguien se dé cuenta de que sólo necesitas un poco de cariño y atención —susurró tocando con su mano sana el cuello del animal. Con cariño lo besó antes de alejarse de él—. Adiós, *Stoirm*. Cuídate.

Con un nudo en la garganta, se dirigió hacia la salida de la cuadra cuando de pronto apareció una sombra en la oscuridad.

—¿Qué haces aquí? —preguntó Duncan todo lo suavemente que pudo.

—Yo, pues... —suspiró angustiada al verse descubierta—. Lo siento. Sólo quería despedirme de... —Y sin mirarlo a los ojos susurró—: Discúlpame, no volverá a ocurrir.

—De acuerdo —respondió al verla tan vulnerable con el brazo vendado y la tristeza en el rostro.

El silencio entre los dos se tornó incómodo. Ambos sabían que lo ocurrido aquella tarde los convertía de nuevo en rivales, no en amigos.

—Me gustaría regresar a la habitación, mañana tenemos un largo viaje —solicitó Megan.

—Volverás en cuanto hayas hablado conmigo —dijo Duncan—. ¿Podrías mirarme cuando te hablo?

Levantando el mentón, Megan lo miró.

—Sí, por supuesto —asintió ella.

Al conectar con sus ojos, Duncan se dio cuenta de la inseguridad que transmitía la expresión de su mujer.

—Quería hablarte sobre lo que ha ocurrido hoy —comenzó a decir nervioso al ver que ella lo observaba de una manera que no expresaba ninguna emoción—. Lo primero de todo es disculparme por lo que te hice en el brazo. ¡No sé qué me pasó! Me he comportado como un auténtico animal y...

—Estás disculpado —respondió con excesiva serenidad—. Me lo merecía.

No le gustaba verla así. No quería verla así. Él adoraba a la Megan salvaje y contestona, aunque en ciertos momentos la estrangularía. Sentirla tan acobardada y sumisa no le gustó. Le horrorizó.

—Megan —dijo cogiéndola del brazo con suavidad para atraerla hacia él—, no merecías que te hiciera lo que hice. Me comporté como un bruto y...

—En lo sucesivo, intentaré medir mejor mis actos y mis palabras —continuó sin escucharle—. Déjame recordarte que nuestra unión fue un *Handfasting*. Si en cualquier momento quieres que nuestros votos finalicen, dímelo. ¿Puedo volver ahora a la cama?

Aquella frialdad en sus palabras dañó el hasta entonces imperturbable corazón de Duncan, pero no dijo nada, calló.

—Por supuesto. —Desistió de seguir hablando con ella—. Saldremos al alba.

Agachando la cabeza, ella asintió.

—De acuerdo. Buenas noches.

Sin mirar atrás y con unas enormes ganas de maldecir y llorar, Megan regresó a su habitación. Aquella noche ella no fue la única que no durmió.

Al alba, una ojerosa Megan entró en el comedor tan correctamente peinada y vestida que atrajo la mirada de todos.

—¡Vaya, cuñada! —sonrió Niall al verla mientras comía junto a su silencioso hermano—. Hoy estás preciosa.

Con una tímida sonrisa hacia su cuñado, que hizo temblar a Duncan, ella le agradeció aquel cumplido.

Acercándose a la mesa donde distintos platos de comida esperaban a ser engullidos, Megan tomó un plato y se sirvió una pequeña porción. Luego se sentó junto a Shelma.

—¿Has pasado buena noche? —preguntó Shelma, que se sentía culpable por el estado de ánimo de su hermana.

—No he podido dormir mucho. El dolor del brazo no me ha dejado. —Y mirándola dijo—: Tienes mala cara. ¿Te ocurre algo?

Haciendo intentos por no llorar, Shelma respondió:

—Estoy cansada, tengo sueño y me duele un poco la cabeza.

Sin quitarle la vista de encima, Megan señaló tocándole la frente:

—No me gusta nada el color de cara que tienes.

Desde el otro lado de la mesa, un dichoso Anthony que la había observado entrar dijo:

—Milady, quiero presentaros a Briana, mi mujer.

Megan, al escuchar las palabras de Anthony, se levantó con rapidez.

—Oh..., perdonad mi despiste —sonrió con amabilidad acercándose a ellos—. Me gustaría que me llamarais Megan, por favor. —Tras coger las manos de aquella mujer menuda y delicada de pelo castaño y ojos color avellana, dijo—: Me alegro muchísimo de conocerte. —Tocando su estómago todavía liso, preguntó—: ¿Te encuentras bien?

—Es un placer conoceros, milady —asintió Briana, y al ver el gesto de aquélla rectificó—: Megan, creo que ambos estamos bien.

Una sonrisa entre las mujeres puso de manifiesto que se llevarían bien.

—¿Sabes? Viajarán con nosotros —le comunicó Shelma.

Megan, encantada por aquello, sonrió sin ver cómo su marido la miraba.

—Volvemos a Inverness —anunció Briana.

—Quería pediros disculpas por... —susurró Anthony mirándola a los ojos.

—Yo habría hecho lo mismo —le interrumpió Megan—. Eso ya es algo pasado. Ahora debemos mirar hacia adelante.

Con brusquedad, Duncan se levantó de la mesa furioso por ser incapaz de acercarse a su mujer y rezongó:

—Esperaré fuera. Procurad no demorar mucho la salida.

Una vez fuera del salón, Duncan, cabizbajo, maldijo por todo lo ocurrido mientras se dirigía hacia su caballo *Dark*, que al verlo cabeceó.

—¿Hablaste con ella anoche? —le preguntó Lolach por sorpresa.

—No.

—Siento que las palabras que le dije a mi mujer afecten a tu matrimonio.

Al escucharle, Duncan se paró y lo miró.

—No tenías que haberle dicho nada a Shelma. Ambos oímos cómo dos de mis guerreros se mofaban de mi paciencia con Megan, pero también hemos oído halagos hacia ella y su manera de ser.

Lolach asintió.

—Tienes razón. Pero vi tu cara al escuchar y me vinieron a la mente comentarios respecto a Marian y yo...

—¡Lolach! —cortó sin querer escuchar más—. Megan no es Marian. Y ya me he encargado yo de aclarárselo a ellos —dijo señalando a dos de sus guerreros que caminaban cojeando y con heridas en el rostro—. En mi clan, el laird soy yo, y nadie me obligará nunca a dejar algo o a alguien que yo quiera. —Al ver que la arcada de la entrada a la fortaleza se abría, dijo sonriendo—: Lolach, si me casé con ella fue porque desde el primer momento que la vi supe que tenía la fuerza y el carácter necesarios para ser mi mujer. Amigo —susurró tomándolo por los hombros—, hemos conocido a muchas mujeres en todos los años que llevamos juntos, pero nunca ninguna hizo que mi vida fuera tan fascinante. —Su amigo suspiró divertido—. A pesar de nuestras diferencias y discusiones, ella es sin duda alguna mi mayor debilidad.

—De acuerdo —sonrió entendiendo aquellas palabras tan cercanas a lo que él sentía por Shelma—. Pero por eso mismo me siento culpable al verla tan triste.

—No te preocupes, Lolach. Conociendo a mi mujer, ese estado de paz no durará demasiado —se mofó Duncan, deseoso de que así fuera.

Las gentes se arremolinaron junto a la comitiva que estaba a punto de partir. Los hombres hablaban con McPherson, que reía y les indicaba que regresaran cuando quisieran. A despedirlas a ellas acudieron más personas de las que habrían imaginado, algo que les llegó al corazón y las llenó de gratitud. Con cariño, Megan se fue despidiendo hasta que llegó a Mary, que la aguardaba con tristeza.

—¡Mary! —exclamó Megan tomándola de las manos tras observar que las furcias miraban alejadas del grupo—. Te voy a echar mucho de menos. Quiero que sepas que si necesitas cualquier cosa, lo que sea, no dudes en hacérmelo saber.

—Gracias, milady —sonrió viendo cómo Duncan las observaba—. Pero no os preocupéis, estaré bien.

—De acuerdo. —Bajito, para que nadie las escuchara, le susurró—: Gracias por ser tan buena con nosotras, no lo olvidaré nunca.

Finalmente, tras despedirse de McPherson, Duncan levantó la mano y la comitiva salió de la fortaleza. Las tres mujeres y Zac iban acomodados en una carreta conducida por Ewen, a la que iba atado *lord Draco*. Al pasar junto a las cuadras, las hermanas se despidieron de Rene y Megan tuvo que contener las lágrimas y respirar con fuerza al escuchar los relinchos y golpes de *Stoirm*.

26

Æl verano estaba llegando a su fin y continuas nubes negras avisaban a la comitiva de que los chaparrones aparecerían pronto. El paisaje en aquella zona de las Highlands era espectacular. Los valles violeta y los bosques ocres, rojos y púrpura avisaban de la inminente llegada del otoño.

Tras divisar el Ben Nevis, la montaña más alta de Escocia, Lolach sonrió. Aquello significaba que cada vez estaban más cerca de su hogar. En varias ocasiones, el guerrero acudió a la carreta para visitar a su mujer, que lo recibía siempre con una calurosa sonrisa. Incluso la invitó a cabalgar con él durante un trecho del camino.

Anthony, intranquilo por el estado de su esposa, se acercaba a la carreta continuamente como Lolach para asegurarse de que todo estaba bien. En cambio Duncan, que por su gesto parecía un ogro, no se movió de la cabecera de la comitiva.

Al llegar al lago Lochy, pararon para estirar las piernas y comer algo. Las mujeres se acercaron al agua acompañadas por dos solícitos Lolach y Anthony, mientras que Duncan, con su ofuscada mirada, andaba en dirección contraria. Megan disimuló la decepción y sonrió como si no pasara nada.

Un rato después, Megan convenció a las dos parejas para que le dejaran un poco de intimidad. En el escarpado paisaje, encontró una roca plana, oculta entre varios robles. Se subió a ella y se tumbó con intención de calentar el cuerpo al sol. Pero las negras nubes no tardaron en oscurecer todo a su alrededor.

Sentada en la roca, Megan se observó el brazo, que parecía recuperarse por momentos. Al menos, ya no lo sentía latir. Con el ceño fruncido miró a su alrededor, hasta que observó que, no muy lejos, Duncan hablaba y sonreía a Niall.

Atontada miró a su marido. Era un hombre muy atractivo y rápidamente acudieron a su memoria los momentos vividos con él. Sus besos, sus caricias, el tono de su voz cuando le hacía el amor. Todos aquellos recuerdos la turbaban y le hacían desear que aquellos fuertes brazos la rodearan y la acunaran. Tan fascinada estaba en sus sueños que dio un salto cuando oyó una voz junto a ella.

—Si yo fuera un Kelpie, milady, ya estaríais bajo las aguas —señaló Myles apoyándose en la roca sin subir.

—Lo dudo —sonrió ella al responder mientras comenzaba a deshacerse la trenza—. Mi abuelo siempre dijo que para que un Kelpie te atrape y te sumerja con él en el fondo del lago, primero hay que tocarlo.

—Milady, mi abuelo —continuó Myles subiéndose a la roca—, cuando era joven, una soleada tarde vio aparecer de entre las aguas a un Kelpie transformado en un precioso caballo negro, mitad caballo, mitad pez, y se llevó a un aldeano que estaba durmiendo junto a un lago.

Frunciendo el ceño de un modo gracioso, Megan preguntó:

—¿En serio?

Myles, divertido por el gesto de ella, sonrió.

—Milady, no creáis todo lo que os cuento. Mi abuelo era muy exagerado, y más cuando bebía agua de vida.

Ambos sonrieron. Escocia era una tierra de leyendas.

—A mi abuelo y a Mauled les encantaba sentarse por las noches con nosotros y contarnos historias —sonrió al recordarlos—. Nos hablaban sobre el pájaro que vive en los lagos, llamado Boobrie, o sobre el solitario elfo Ghillie Dhu, que habita en los bosques de abedules, vestido sólo con hojas y musgo fresco.

—Yo no creo mucho en esas cosas, son historias de viejos.

—Y, sorprendiéndola, dijo clavándole la mirada—: Al igual, milady, que no creo que debáis hacer caso de lo que vuestra hermana dijo el otro día en el bosque. Mi laird toma sus propias decisiones y nunca permitirá que nadie os aleje de él.

—Oh... ¡Dios mío, qué vergüenza! —exclamó tapándose cómicamente la cara al recordar sus insultos—. ¡No me digas que lo escuchaste! ¡Duncan deseará matarme por todo lo que salió de mi boca!

Myles, para tranquilizar a su señora, le aseguró:

—No creáis que escuché a propósito. Yo estaba en el lago bañándome, cuando de pronto oí vuestros chillidos y los de vuestra hermana. —Al ver que ella lo miraba, dijo sincerándose—: Nunca contaré lo que gritasteis. Pero permitidme deciros que en nuestro clan, a excepción del laird, nadie ordena a nadie lo que debe hacer.

Aquello le hizo sonreír y sentir que Myles la apoyaba. Avergonzada por todo lo que había dicho sobre Duncan, le susurró:

—Myles, me siento fatal. Por mi culpa, y mi mala cabeza, unos guerreros se burlaron de mi esposo.

De pronto, tremendas gotas de lluvia anunciaron un chaparrón.

—Y vuestro esposo —respondió ayudándola a levantarse— ya se ocupó de ello. Y si de algo estoy seguro es de que mi laird jamás os echará de su lado. Hemos crecido juntos, lo conozco muy bien y sé que, cuando os mira, algo le pasa aquí —dijo tocándose el corazón—. Se lo veo en los ojos y en la manera en que os mira.

Aquello la sorprendió. Nunca habría imaginado que oiría a Myles, aquel highlander grandote de pelo claro, hablar de amor.

—¡Myles! —exclamó Megan—. Tu mujer debe de estar encantada con tu romanticismo.

Los dos sonrieron con complicidad.

—Estoy deseando ver a mi preciosa Maura —admitió, turbándose al pronunciar aquel nombre, y volviendo a mirarla dijo—: Milady, él está atormentado por lo que ocurrió el otro día. Sólo tenéis que observarlo para ver la angustia de vuestra lejanía en su rostro.

Una vez que bajaron de la roca corrieron hasta llegar al grupo que, acostumbrados a las inclemencias del tiempo, comían como si no ocurriera nada. Megan se despidió de Myles y se sentó junto a las mujeres bajo un techadillo hecho con palos y capas.

Duncan, distante pero atento a los movimientos de su esposa, sonrió al ver cómo John, el cocinero, sin que nadie le dijera nada, se acercaba a ella para ofrecerle un buen plato de comida, que ella aceptó con una grata sonrisa.

—¿Qué crees que dirá el abuelo cuando la conozca?

—La adorará en cuanto abra la boca —respondió Duncan a su hermano, que descansaba junto a él apoyado en el árbol.

Su abuelo siempre había mimado y adorado a Johanna, su fallecida hermana, que al igual que Megan había crecido rodeada de hombres y haciendo siempre lo que le venía en gana.

—La presencia de Margaret me incomoda —señaló Duncan.

—Tú tranquilo, hermano; tendrá que aceptar que a partir de ahora la señora de la casa será Megan.

Una vez acabado el delicioso guiso de John, Megan miró a su alrededor intentando encontrar a su marido, pero le resultó imposible. ¿Dónde estaba? Antes de retomar la marcha, y como había dejado de llover, se dirigió al lago, donde había visto algunas hierbas que le irían bien.

—¿Qué buscas? —preguntó de pronto Zac, su hermano, tras ella.

—Mira, ven aquí —dijo arrancando unas hojas—. Estas hojas son tusilago. Nos irán bien dentro de poco, cuando empiece a hacer frío y comiences con tu tos.

—Oh..., ¡qué asco! —torció el gesto el niño al recordar aquel sabor.

—¿Dónde está Ewen? —preguntó extrañada al no ver al grandullón.

—Lo dejé tumbado allí. —Señaló hacia el campamento—. ¿Crees que volveremos a ver a Kieran?

Al escuchar aquel nombre, Megan se extrañó y preguntó a su hermano:

—Pues no lo sé, tesoro. ¿Por qué lo preguntas?

—Porque ha sido un amigo que me ha enseñado muchas cosas. —Y con una sonrisa que desarmó a su hermana, dijo—: Además, nunca me ha tratado como a un niño pequeño, y sé que él también quiere ser mi amigo toda la vida.

—Eso es maravilloso —asintió Megan e incorporándose dijo—: Muy bien. Ayúdame a buscar más hierbas, pero ten cuidado de no caer al lago, ¿vale?

Con tranquilidad, ambos hermanos comenzaron a buscar hierbas que más tarde pudieran servir como medicina, hasta que de pronto Megan oyó la voz de su marido y su cuñado. Se acercó con sigilo mientras Zac seguía cogiendo tusílago.

—Esa mujer —dijo Duncan con voz grave— tendrá que aceptar lo que yo diga. El laird soy yo, y si decido que se mude con los criados porque no la quiero cerca de mí o de mi familia, lo hará le guste o no.

—Me parece bien, hermano. Al fin y al cabo —respondió Niall—, tú la conoces mejor que yo.

—¡Tienes razón! —asintió con rotundidad—. Sé que intentará cualquier maniobra para desacreditarme delante del abuelo. No me fío de ella, ni de su sonrisa, ni de sus falsas palabras.

Tras unos instantes de silencio, Niall habló.

—Ambos sabemos que ella nunca fue la mejor opción para Eilean Donan.

—La detesto —respondió Duncan mesándose el pelo al recordar a Margaret y sus artimañas—. Si la aguanto es por el disgusto que le daría al abuelo si la echase de nuestro lado, pero ten por seguro que, a mi vuelta a Eilean Donan, las cosas van a cambiar.

—Espera a llegar, hermano —le propuso Niall levantándose—. Una vez allí, si ves que a pesar de todo sigue igual, tienes dos opciones: tratarla como a una criada, o devolverla al lugar de donde vino.

—Ten por seguro —rio amargamente Duncan, alejándose junto a Niall— que esa arpía, a mi llegada, será tratada como lo que es: una criada.

Casi a punto de ahogarse, Megan comenzó a boquear intentando respirar. Atónita por lo que había oído, se levantó tratando de poner en orden sus pensamientos mientras comenzaba a llover de nuevo.

—¡Megan! —gritó Zac emocionado corriendo hacia ella—. ¡Mira cuántas he encontrado!

Pero, al decir aquello, el niño tropezó con la raíz de un árbol que sobresalía en el suelo y cayó al lago. Cuando Zac sacó la cabeza del agua, se puso a llorar, momento en que Megan despertó.

—¡Para ya de llorar e intenta agarrarte a mi mano! —gritó acercándose al niño desde la roca, pero era imposible llegar hasta él.

—No llego —gimió Zac.

Ella maldijo por aquel contratiempo.

—Tranquilo. Mantente a flote como te enseñé, que ahora te saco.

Megan soltó las hojas de tusilago que llevaba en las manos para agarrarse a una rama, que al soportar el peso se rompió. La chica cayó al agua junto a su hermano pequeño.

—¡Qué torpe estás! —gritó el niño al ver a su hermana empapada con los pelos sobre la cara, mirándose los puntos del brazo—. ¡¿Quién nos sacará ahora?!

Escuchar aquello la encendió. Nunca habían necesitado a nadie.

—Maldita sea, Zac. No necesitamos que nadie nos saque del lago. ¡Yo puedo sacarte sola y tú sabes nadar! —gritó furiosa mientras agarraba a su hermano y comenzaba a nadar.

—Eres una gruñona insoportable y últimamente no haces nada más que gritar —se quejó el niño sorprendiéndola—. No me extraña que Duncan esté enfadado contigo. ¡Eres peor que un barrenillo en el culo!

Incrédula por lo que su hermano había dicho, le espetó:

—¡Si no te callas, señor barrenillo en el culo —gritó mirándolo con sus ojos negros—, te juro que voy a ahogarte en este lago, aquí y ahora! Y haz el favor de callar y no hablar sobre lo que no sabes.

Pero el niño, incapaz de frenar su lengua, prosiguió:

—Shelma tiene razón. Al final, por tu culpa, Duncan nos echará de su casa.

«Sólo me faltaba escuchártelo a ti», pensó Megan furiosa.

—¡Maldita sea, Zac! —bramó al escuchar aquello—. ¡Cállate! O te juro que te voy a dar tal paliza por tus palabras que no te reconocerán cuando termine contigo.

Al sentir la triste mirada de su hermana, y su enfado, Zac se arrepintió.

—¡Vale, lo siento! —Y para suavizar las cosas con ella preguntó—: ¿Te duele la herida del brazo?

—¡Que te calles! —volvió a gritar sin querer escucharle.

Estaba harta, cansada, agotada de oír a todos hablar sobre ella y su manera de ser.

Pero Zac era un niño y volvió a preguntar:

—Pero ¿por qué me chillas ahora?

—¡Porque estoy agotada! —gritó haciendo pie en el lago, sin percatarse de que Shelma, Duncan y los demás, alertados por los chillidos, estaban allí—. Porque me da la gana gritar, porque estoy harta de oír lo mala que soy y porque necesito desahogarme chillando.

—¡Que no me chilles! —aulló el niño, que dando un tirón a su hermana del brazo no dañado la hizo caer hacia atrás en el agua.

—Pero... pero... ¡Te voy a matar, maldito gusano! —gritó Megan retirándose el pelo mojado de la cara, sin darse cuenta de que Shelma los miraba espantada—. ¡Te voy a dar tu merecido, enano insoportable!

Tras decir aquello, Megan hundió al niño en el lago ante el público que la miraba entre incrédulo y divertido.

—¡Se lo voy a decir al Halcón! —gritó Zac al sacar la cabeza del agua—. Y espero que se enfade contigo y te grite como tú me estás gritando a mí.

Calada hasta los huesos y aburrida de todo, Megan gritó:

—¡Oh..., no... ¿Se lo dirás al Halcón?! ¡Qué miedo, qué miedo! —dramatizó llevándose una mano a la cara y haciendo sonreír a su hermano. Luego, clavando de nuevo los ojos en él, dijo con voz de enfado—: ¡Zachary George Philiphs! Eres el niño más maleducado y desagradecido que he conocido en toda mi vida. ¡¿Y sabes por qué?! —dijo con los brazos en jarras—. Porque llevo toda la vida cuidando de ti y salvándote de toda clase de peligros, y ahora me vienes con que, porque te ahogo y te grito, se lo vas a decir a Duncan para que me grite y se enfade conmigo. ¡Eres un maldito desagradecido!

—¡Y tú una gruñona! —vociferó el niño al ver que hacía pie. Y antes de ser consciente del público que los observaba, gritó—: ¡Que sepas que me gustabas más cuando eras divertida y sonreías!

—¡Con eso me has matado, Zac! —respondió sin mirarlo, sin importarle ya su pelo mojado, su herida empapada o su vestido calado, por lo que, dejándose caer hacia atrás en el lago, dijo—: Anda, traidor. Ve en busca de Shelma y sécate. Si alguien te pregunta qué te ha pasado, le dices que la malvada bruja negra del lago ha intentado ahogarte. —Y rabiosa gritó—: ¡Ah... y no olvides contarle lo mala, malísima que soy a tu maravilloso amiguito el Halcón!

Duncan, junto a Niall y Lolach, asombrado por el espectáculo que había presenciado, no sabía qué hacer. Lolach y Niall se miraron con una sonrisa y, tras hacer una seña con la mano, indicaron a todos los presentes que regresaran al campamento. Shelma agarró a Zac y le indicó que guardara silencio mientras se marchaban. Al final sólo permaneció allí Duncan, que calado por la lluvia observaba a su mujer flotar boca arriba en el lago con los ojos cerrados.

Megan, ajena a todo, sonrió por primera vez en varios días al oír el hueco sonido del agua. La paz que sentía en aquel momento, flotando en el lago mientras llovía, era una paz que desde pequeña la había reconfortado en innumerables ocasiones. Le dolía en el alma escuchar las quejas de sus hermanos y encima saber que Duncan la detestaba de verdad.

Hechizado por la belleza y delicadeza de su mujer, Duncan no podía moverse de la orilla, sólo sabía mirarla y admirarla. El espectáculo que le ofrecía era increíble. Verla flotando en medio del lago con su pelo alrededor mientras llovía era mágico. Cualquiera que pasara por allí pensaría que se trataba de un hada o una dama del lago.

Empapado hasta los huesos, pero sin poder apartar sus espectaculares ojos verdes de ella, comenzó a inquietarse cuando sintió que la lluvia comenzaba a caer con más fuerza y unos inesperados truenos hicieron vibrar todo a su alrededor.

Megan, al oír aquellos fuertes sonidos, en vez de asustarse, sonrió. Le encantaba sentir la fuerza de los truenos al retumbar y en especial recordar la infinidad de tardes y noches que, en compañía de Mauled y su abuelo, habían danzado bajo el agua mientras una tormenta furiosa descargaba.

Ahogada por la tristeza de la falta de esos seres queridos, se incorporó y, tras quitarse el vendaje del brazo, resopló al ver su horrorosa cicatriz. Pensó en los comentarios de su marido y su hermana cuando la descubrieran: «¡Megan, cómo se te ha ocurrido mojarte así!», «¡Megan, tú y tus rarezas!». Por ello, y sin muchas ganas, comenzó a salir del lago sin percatarse aún de la presencia de Duncan en la orilla.

Sonó otro trueno que volvió a hacer temblar todo el valle. Megan levantó los brazos y sonrió al notar la furia de la naturaleza mientras andaba hacia la orilla. Chorreando con la ropa pegada al cuerpo, echó la cabeza hacia atrás para escurrir con las manos el agua de su empapado y largo cabello, cuando de pronto lo vio. De pie en la orilla, empapado y con sus increíbles ojos verdes clavados en ella.

—Sal del agua, cámbiate de ropa y ve a mirarte el brazo —ordenó al ver la desconfianza con que ella lo miraba.

Megan levantó una ceja con intención de decirle lo que pensaba sobre sus órdenes, pero al final desistió.

—¿Pasabas por aquí o te ha mandado Zac? —preguntó temblando al sentir el frío, momento en el que otro trueno sonó.

—¿Acaso importa? —respondió él—. ¡Venga, sal del agua! Cogerás frío y enfermarás.

Al escuchar aquello Megan sonrió.

—¡Como si realmente te importara! —se mofó.

Molesto por aquel comentario preguntó:

—¿Por qué dices eso?

—No entiendo. ¿A qué estás jugando conmigo? —siseó clavándole sus impresionantes ojos negros.

—¿Jugando? —preguntó él mientras observaba cómo el vestido se ajustaba a aquellos redondos pechos que tanto le gustaba acariciar.

—Uno de los dos está jugando, y te puedo asegurar que no soy yo —contestó metida aún en el agua hasta la cintura, mientras observaba cómo el cabello castaño de su marido se oscurecía con la lluvia.

—No te entiendo, mujer —respondió enfurecido quitándose las gotas de lluvia que corrían por su cara—. ¡Sal del agua inmediatamente para que me lo puedas explicar!

—¡No me ordenes como si fuera uno de tus guerreros! —gritó colérica al recordar cómo le había dicho a Niall que «la detestaba». Sintiendo necesidad de no agradarle bajo ningún concepto, añadió—: Saldré del agua cuando yo quiera, no cuando tú me lo ordenes.

—¡Sal de ahí ahora mismo! —rugió incrédulo por la cabezonería de ella.

—¡No! —Desafiándolo con la mirada, le anunció con una retadora sonrisa en la boca—: Es más, como seré castigada por mis actos, disfrutaré un rato más del maravilloso lago Lochy y de la tormenta.

Empapado y colérico por la actitud de su mujer, Duncan maldijo, e intentó calmar su ansia de ir tras ella y sacarla del agua a empujones.

—¡Megan! —vociferó—. Sal del agua, está tronando y necesitas curarte esa herida.

—¡Por todos los santos! No seas aguafiestas. ¡Márchate y déjame disfrutar de estos momentos de paz! —gritó—. Por cierto, esposo, ¿te he contado alguna vez que mis días preferidos son aquellos en los que la lluvia arrecia y los truenos suenan? —Y viendo que él resoplaba, comentó—: Cuando decida salir del agua, saldré.

—¡Ven aquí ahora mismo! —bramó mientras ella nadaba alejándose de él.

Pero ¿qué le pasaba a su mujer? ¿Acaso no se daba cuenta de su loco y ridículo comportamiento? A grandes zancadas se subió a una roca que lo acercaba a ella y viendo cómo ella nadaba advirtió:

—Megan, ¿estás poniendo mi paciencia a prueba?

Ella lo miró y, a pesar de ver su cara de enfado, recordó que él pretendía tratarla como a una criada en su castillo y chilló:

—¡Nada más lejos de mi intención! —Luego le dio la espalda.

—¡Maldita sea, Megan! ¿Quieres hacer el favor de salir del agua para que podamos hablar?

—Espera, que lo pienso —sonrió dándose la vuelta para mirarlo con descaro. Con una retadora sonrisa, le gritó—: ¡No! He decidido que no voy a salir.

—Por todos los demonios, mujer, te ahogaría cuando te pones tan terca —bramó atónito por el descaro de ella. Aunque un extraño regocijo creció en su interior. Harto de aquella situación, se zambulló en el agua y agarrándola torpemente del brazo, pues no quería dañarla, le siseó en la cara—: ¡Ahora te ordeno que salgas inmediatamente del agua!

—Ni lo sueñes. —Se liberó con destreza metiéndose bajo las oscuras aguas y comenzó a nadar bajo ellas. Al salir a la superficie, se encontró con una mirada oscura y retadora, pero contenta por el espacio que había puesto entre ambos le gritó—: ¡Esposo, ¿todavía no te has dado cuenta de que a mí no se me dan órdenes?!

Sin saber por qué quería sonreír, Duncan habló.

—Esposa, no te muevas de donde estás —dijo señalándola con el dedo.

Megan comenzó a nadar, aunque esta vez Duncan fue más rápido y, tras pillarla por un pie, tiró de ella haciéndole una ahogadilla.

—¡Te he dicho que no te movieras!

—¡Suéltame, maldito highlander! —Tosió al salir del agua—. O te juro que te ahogo.

—¡Antes te ahogo yo a ti! —rio él sarcásticamente, apretándola contra su cuerpo.

Tronó mientras ella luchaba por soltarse. Tras esquivar varias patadas, Duncan consiguió apresar sus piernas entre las suyas, y en un tono amenazante siseó tirándole del pelo:

—Te voy a domesticar, aunque sea lo último que haga en este mundo.

Pero ella no dio su brazo a torcer.

—Morirás en el empeño —escupió al sentir los fuertes brazos de él alrededor de su cintura quemándola como un irresistible fuego abrasador.

Rabiosa por su comentario, volvió los ojos hacia él y se quedó sin habla al ver la extraña sonrisa y la penetrante mirada con que la observaba. En ese momento entendió por qué le llamaban el Halcón y le temían como al demonio en el campo de batalla.

—Será una deliciosa manera de morir, cariño —susurró acercando los labios a los de ella, desarmándola de tal manera que en pocos instantes le devolvía el beso con la misma intensidad. Tras aquel inquietante y húmedo beso, cuando separaron los labios ambos respiraban con dificultad—. ¡Me vas a volver loco!

—Eso pretendo —murmuró ella al oír otro trueno.

Hechizada por el momento, acercó los labios a los de él y lo besó de tal manera que el ardor y la necesidad que ambos sintieron los hizo chocar contra una gran roca, quedando Megan entre él y la piedra.

La pasión que sentía Duncan le oscurecía la vista, mientras la miraba como a la presa que iba a atacar, haciéndola estremecer al sentir su deseo. Con cautela, aflojó la presión que ejercía sobre ella. Megan le echó los brazos al cuello. Sin decir una sola palabra, y con un descaro que le volvió loco, fijó sus negros ojos en los de él, bajó las manos por la cintura hasta su pantalón, que quedaba bajo el agua, y, mientras le besaba con pasión, le exigió:

—Quiero tenerte dentro de mí. Aquí y ahora.

—Impaciente. Tus deseos son órdenes para mí —sonrió abrasado por las llamas del deseo, mientras sus manos tocaban la daga que ella llevaba sujeta en el muslo derecho.

Retiró las faldas que flotaban en el agua, se acopló entre sus piernas y de un empuje se introdujo en su mujer, provocando en ella un gemido que él devoró. La lluvia continuaba cayendo sobre ellos y los truenos no cesaban.

El deseo y la pasión de ambos eran tan gratificantes que disfrutaron todos y cada uno de los momentos que duró aquel mágico encuentro. Megan, que tenía la espalda apoyada en una roca y las piernas enroscadas en el cuerpo de su marido, recibía los empellones de placer que Duncan le regalaba. Enloquecido por lo que sentía por ella, Duncan la besaba con pasión, mientras sus movimientos cada vez se hacían más y más rápidos. Sus gemidos alcanzaron profundidad hasta que el placer les hizo gritar al sentir el clímax que los dejó a uno en brazos del otro.

Pasados los primeros momentos en los que ninguno de los dos se movió, Duncan, con pereza, se separó de Megan un poco para atarse los pantalones, con ella aún echada sobre su hombro. Dándole un dulce beso en su pelo empapado, hizo que lo mirara.

—¿Estás bien? —preguntó con voz ronca y sonrió al ver cómo ella asentía.

—No me vas a domesticar —murmuró ella quitándose el pelo mojado que le caía por los ojos—. Aunque mi cabello te recuerde a tu caballo, nunca olvides que no lo soy.

Andando hacia la orilla todavía con ella entre los brazos, Duncan le susurró al oído poniéndole la piel de gallina:

—Hacer el amor contigo en el lago, bajo un aguacero y con el cielo tronando, ha sido la experiencia más maravillosa de mi vida.

Al escucharle, ella sonrió.

—Aunque sigo preguntándome —prosiguió él— qué extraño hechizo me une a ti. Porque, a pesar de lo obstinada y nada dócil que eres, me tienes persiguiéndote como un lobo en celo.

—Duncan, ¿por qué me detestas? —preguntó sorprendiéndolo.

—¿Cuándo he dicho yo eso?

—Te oí —respondió, todavía entre sus brazos—. Escuché cómo hablabas con Niall y le decías que me detestabas y que sería tratada como una criada.

Al oír aquello, Duncan dio un respingo. A pesar del desconcierto inicial, terminó por lanzar una carcajada.

—No hablaba de ti. Hablaba de Margaret, la mujer que se ocupa de mis tierras y de mi abuelo cuando yo me ausento. —Al ver que ella suspiraba aliviada, murmuró—: Yo no te detesto, Megan. Yo te adoro.

Maravillada y feliz por el giro de los acontecimientos, dijo tapándole la boca con la mano:

—Antes de que continúes, necesito disculparme por todas las veces que te he dejado en evidencia. Sé que no estoy a la altura de lo que querías de mí, y nunca me perdonaré que pasaras vergüenza por... —Ella tomó aire—. Te prometo que voy a cambiar y que...

—Se acabó... —musitó tomando los labios de su mujer. No podía verla con aquella mirada derrotada, no quería verla tan vulnerable—. Escucha bien lo que te voy a decir, Megan: me gusta cómo eres. Aunque la promesa que hice a tu abuelo y a Mauled me empujó a casarme contigo, tengo que aclararte que también lo hice porque eres dulce, maravillosa, valiente, atrevida, porque cuidas a los tuyos como pocas personas hacen y porque eres una persona que no se deja amilanar por nada. —Cogiéndola de la barbilla, continuó mientras le sonreía con adoración—: Me gusta que tengas carácter, aunque en ciertos momentos te mataría por tu obstinación, tus contestaciones, tus retos y tu cabezonería. Pero eso fue lo que me atrajo de ti. Por lo tanto, mientras seas mi mujer, quiero que sigas siendo como eres. No quiero que cambies, sólo me gustaría que en ciertas ocasiones pensaras mejor las cosas antes de hacerlas o decirlas, pero... ¡No te consiento que pierdas tu fuerza, tu vitalidad y tu pasión por las cosas! —dijo levantando la voz y haciéndola sonreír—. Porque, si lo haces, yo perderé a la bruja que me tiene hechizado y que me obliga a hacer cosas tan maravillosas como lo que ha ocurrido ahora en el lago. ¿De acuerdo?

—Deseo concedido —respondió ella con una increíble sonrisa.

—Esa frase es mía —rio a carcajadas al escucharla.

—Ahora es mía también, como lo eres tú —sonrió llenándolo de amor, mientras caminaban hacia el campamento con una enorme expresión de alegría en el rostro y en el corazón.

27

La comitiva, tras parar en el lago Lochy, reanudó la marcha. Después de besar a su mujer, Duncan cabalgó para reunirse con Lolach y Niall, que bromearon y se mofaron de él por su reluciente sonrisa. Megan, junto a Zac, que la abrazaba con ternura, atendía dentro de la carreta las preguntas de una inquieta y sonriente Shelma, hasta que los hermanos se durmieron.

—Echaré de menos mis tierras —murmuró Briana.

Y, sin vacilar en sus palabras, ante los ojos incrédulos de Megan, le contó lo ocurrido con su hermano y sus padres.

—Lo siento mucho —dijo Megan abrazándola tras escucharla.

—Todos pasamos por momentos duros en la vida —respondió con su dulce vocecita—. Sé por Anthony que tu vida tampoco ha sido fácil.

—Siempre ha sido complicada —señaló Megan con calidez.

En ese momento, Shelma se incorporó con rapidez, tomó un cesto vacío y vomitó.

—¡Puaj! —gritó Zac saltando hacia un lado—. ¡Qué asco!

—¡Por san Ninian! —exclamó Megan, preocupada—. ¡Shelma! ¿Estás bien?

Con el rostro ceniciento, Shelma respondió:

—Un poco revuelta por el viaje.

—¡Ewen! —llamó Megan al guerrero que conducía la carreta—. Zac se sentará contigo delante. —Y mirando a su hermano le indicó—: Pórtate bien. Shelma no se encuentra bien.

—Incorpórate —la ayudó Briana—. El aire no te vendrá mal.

—¿Qué te pasa? —se asustó Megan al ver a su hermana blanca como la leche—. ¿Te encuentras bien?

—No lo sé —respondió dándose aire para no volver a vomitar—. Me encuentro mareada. Serán los tumbos que vamos dando.

—No quisiera alarmarte —comentó Briana—. Pero ¿crees que existe la posibilidad de que estés embarazada?

—¡Oh..., Dios mío! —exclamó Shelma con una sonrisa, llevándose las manos a la cara.

—Imposible —aclaró Megan—. Apenas llevamos un mes casadas.

En ese momento, se abrió la cortinilla del carro. Era Duncan.

—¿A qué huele aquí?

Pero no hizo falta responder: Shelma volvió a coger el cesto y vomitó. Duncan, al ver la angustia de su mujer, ordenó parar.

—¿Por qué paramos? —preguntó Lolach acercándose extrañado.

Megan cogió su talega con rapidez y respondió:

—Necesito calentar agua. Debo dar a Shelma algo para calmar su estómago.

—Tu mujer no se encuentra bien —respondió Duncan bajándose del caballo para ayudar a las mujeres a descender de la carreta, pero, antes de llegar a su mujer, ésta saltó.

—Me llevaré a un grupo de hombres. Traeremos algo para comer —anunció Niall, y mirando a Zac le preguntó—: ¿Quieres venir con nosotros, jovencito?

—¿Puedo ir, Megan? —preguntó mirando a su hermana, que preocupada por Shelma asintió con la cabeza.

—No os preocupéis, milady. Iré con ellos —se apresuró a decir Ewen siguiendo al grupo de veinte hombres que se alejaba.

Lolach, al ver el aspecto de Shelma, la cogió en brazos y la sentó bajo un gran árbol con preocupación. Una vez allí, Briana le colocó paños frescos en la frente y le indicó que se marchara con los hombres. Ella y Megan la cuidarían.

Inquieto por su mujer, ordenó a sus hombres que montaran el campamento. Pasarían allí la noche. Un rato más tarde, Lolach observó cómo Megan abría su talega y de una pequeña bolsita extraía unos polvos amarillentos, que echó en el cazo de agua hirviendo para luego, a pesar de las primeras protestas de Shelma, obligarla a beber.

Cuando Lolach vio que su mujer se incorporaba, se acercó a ella y, cogiéndola en brazos, la llevó hasta la pequeña tienda de lona cruda que sus hombres habían montado, mientras Briana se marchaba con Anthony.

Duncan y Megan se miraron y, sin necesidad de hablar, se comunicaron. Con una sonrisa en los labios comenzaron a acercarse, pero unos gritos procedentes del bosque atrajeron su atención, y en ese momento varias flechas cruzaron ante ellos.

Duncan maldijo atrozmente lanzándose hacia Megan a la carrera mientras sacaba su espada.

—¡¿Qué pasa?! —gritó al sentirse zarandeada por él—. ¡Oh..., John ha caído! —susurró paralizada al ver al cocinero desplomándose a pocos metros de ella con una flecha clavada en la espalda.

—¡Corre y no pares! —exclamó Duncan tirando de ella, buscando la protección de los árboles. Al ver que Lolach corría hacia él, dijo—: Escucha, cariño, tienes que llegar hasta la tienda donde se encuentra Shelma. Allí estaréis a salvo. No salgas por nada, ¿de acuerdo?

Ella asintió y, tras darle un rápido beso, corrió hacia la tienda mientras Duncan gritaba a sus hombres, sin perder de vista a su esposa hasta que entró en la tienda y una cuadrilla de hombres la rodeó.

—¿Qué está pasando? —susurró Shelma al ver entrar a su hermana con gesto descompuesto.

—¡Nos están atacando! —respondió, agotada por la carrera. Pero al ver el horror en los ojos de su hermana indicó—: Oh..., pero tranquila, nuestros hombres ya lo tienen controlado. ¿Dónde tienes tu espada?

—Está ahí —susurró señalando un pequeño baúl que Megan abrió.

—¡Oh, Dios mío! —sollozó Briana entrando en ese momento.

—¿Dónde está Zac? —preguntó Shelma incorporándose.

—Se ha ido con Niall, Ewen y un grupo de guerreros en busca de comida.

—¡Qué horror! —gritó histérica Briana—. ¿Quiénes son esos hombres?

—No lo sabemos. Siéntate junto a Shelma y... ¡por favor, cállate! —pidió Megan concentrada en los sonidos del exterior, de donde procedían gritos de queja, ruido de metal y maldiciones.

En el exterior de la tienda, Duncan, Lolach y sus hombres se enfrentaban a una banda de ladrones. El Halcón dirigía la lucha, pero vigilaba que la tienda donde estaba su mujer continuara a salvo. Deseó que Niall no retrasara mucho su regreso y se maldijo al percibir que su autocontrol le estaba fallando.

Lolach, que acababa de hundir su espada en el cuerpo de su atacante, sintió que algo le atravesaba el hombro. Una flecha lo había alcanzado. Pero, sacando fuerzas del propio dolor, siguió luchando. En cuanto Duncan se percató de que su amigo estaba herido, corrió en su ayuda. Tras quitarle de encima a un adversario, lo empujó tras un gran árbol para que pudiera descansar bien protegido. Conocía muy bien ese dolor. Después se encaró a otro ladrón que se acercaba hacia ellos con cara de loco. Recuperando el autocontrol, se concentró en el ataque, se olvidó del resto y comenzó a luchar con esa fiereza habitual que tanto temían sus adversarios.

—Me va a dar algo si no salgo de aquí —dijo Megan inquieta en el interior de la tienda.

—¡No se te ocurra salir! —gritó Shelma justo en el momento en que un lado de la tienda se abría cortado por una daga.

Ante ellas apareció un hombre bajito de aspecto rudo y desaliñado.

—¡Por las barbas de san Fergus! —rio mirando a las mujeres con avidez—. El botín será muy sustancioso esta vez.

—Si te atreves a tocarnos —amenazó Megan adelantándose a las otras dos—, te juro que te corto el cuello.

—¿En serio, mujercita? ¿Lo harás tú sola o acompañada?

—Preferiría acompañada. Pero si tengo que hacerlo sola, también lo haré.

Para impresionar a Megan, el hombre atacó en un rápido movimiento. Pero el sorprendido fue él, cuando ésta le detuvo el acero a mitad de camino con una sonrisa desafiante. La sádica mirada del adversario, una vez repuesto de la impresión, volvió a su rostro.

—Ten cuidado porque cerdos como tú no son adversarios para mí —siseó Megan.

—¡Perra! —gritó el hombre y, con todas sus fuerzas, comenzó un ataque brutal contra Megan, quien sin ningún esfuerzo le demostró que tenía mucha más agilidad y rapidez que él.

En ese momento, entró un segundo hombre. Era más alto y más joven que el primero, y al verlo luchar con la mujer gritó:

—¡Balducci! ¿Qué demonios haces?

—¡Me la quiero llevar como parte del botín! —gruñó el bajito sudoroso—. Vuestro hermano me dio permiso.

—Lo que te vas a llevar será... ¡esto! —gritó entonces Megan hundiendo su espada en el costado del hombre. Con la espada manchada de sangre, gritó al recién llegado—: Si no quieres correr la misma suerte, ¡sal de aquí ahora mismo!

—¡Tranquila, gitana! —murmuró el más alto mientras ayudaba a su compañero a levantarse para salir de la tienda—. ¡Me gusta tu arrojo, mujer!

—¡Sal de aquí antes de que te mate o venga mi marido, Duncan McRae!

Al escuchar aquello, el ladrón se paralizó.

—Ahora entiendo, ¡eres la mujer de McRae! —rugió el hombre frente a Megan, que estaba preparada para luchar de nuevo.

Pero un movimiento de Briana le hizo girar la cabeza, momento que el más joven aprovechó para empujarla, quitarle la espada y retenerla con su espada en la garganta, haciendo que Briana se desmayase y Shelma ni pestañease.

—Si te mueves, no me quedará más remedio que cortarte este precioso cuello —señaló el alto con descaro, poniendo una mano encima de uno de sus pechos.

—¡No toques a mi hermana! —gritó Shelma acercándose a ella.

—Vuelve a tu sitio, si no quieres ver rodar la preciosa cabeza de tu hermana —dijo el hombre antes de preguntarle a Megan—: Y tú, ¿de qué te ríes?

—Me río sólo de pensar —murmuró mirándolo a los ojos al tiempo que se cambiaba de mano la daga que Shelma le acababa de dar al acercarse a ella— en cómo la sangre pronto se espesará en tus venas.

Y apretando con fuerza la daga se la clavó en la última costilla, como le había enseñado Mauled. Al sentir el pinchazo, el joven se movió, paseando con peligro la espada por el cuello de Megan, lo que le provocó un corte.

—¡Malditos seáis los McRae! —gimió el bandido convulsionándose antes de caer muerto al suelo.

—Megan —sollozó Shelma al verle el cuello—, ¡estás sangrando!

—Tranquila. Será un pequeño corte, no te asustes —susurró notando cómo la sangre bajaba por su cuello sin dejar de apretar en la mano la daga ensangrentada.

Briana se sentó en el suelo repentinamente, pero cuando miró hacia Megan y vio la sangre puso de nuevo los ojos en blanco y cayó hacia atrás.

—¿Sabes? —intentó sonreír Megan a su intranquila hermana dando una patada al hombre que había fallecido a sus pies—. En ocasiones como ésta, me alegro de que el abuelo nos criara como a guerreros y no como a asustadizas mujercitas.

Mientras el ruido de los caballos parecía pasar por encima de la tienda, la tela se abrió y Duncan irrumpió vociferando al ver a su mujer en aquellas condiciones.

—¡Por la santa cruz! ¡Estás herida! —gritó con voz desgarradora al soltar su espada como si le quemara en la mano—. ¿Estás bien?

Al abrazarla, notó la tensión en el cuerpo de su esposa, aunque al sentir el calor de su marido dejó de temblar.

Manteniendo el control, Duncan la separó de él para observarla. Vio la daga en su ensangrentada mano y, sin dejar de mirarla, se la quitó y la tiró al suelo.

—Estoy bien. No es nada, tranquilo —respondió al ver cómo le examinaba el cuello y el vestido manchado de sangre.

—¿Cómo me voy a tranquilizar? —susurró él inspeccionando el corte, temeroso de que fuera más de lo que veía.

Megan, al observar la preocupación en sus ojos, cogió entre las manos la cara de su marido y lo besó.

—Todo está bien, cariño. De verdad —le dijo con tanta dulzura que Duncan sólo pudo sonreír y abrazarla mientras le susurraba al oído que Zac estaba bien.

—¡Por san Ninian! —exclamó Lolach al entrar junto a Anthony en la tienda—. ¿Estáis todas bien?

Shelma gritó al ver la flecha que atravesaba el hombro de su marido.

—¡Tu hombro! ¿Cómo has dejado que alguien te hiciera eso? Lolach, al escucharla, sonrió a pesar del dolor que sentía.

—Si me gritas, dolerá más —respondió intentando tranquilizar a su histérica esposa, y sentándose encima de un baúl indicó—: Necesito que alguien me saque la flecha.

—Yo lo haré —se ofreció Megan olvidándose de su herida.

—Debes curar primero tus heridas —exigió Duncan mirándola consternado.

—Luego lo haré —respondió Megan y a continuación se dirigió a su hermana—. Trae tu talega o la mía. Necesitamos algo para que pueda morder mientras le saco la flecha. Lo siento, Lolach, pero tendré que pasarte un hierro caliente por encima.

—Megan —sonrió Lolach al ver su determinación—, sabes que de esto no voy a morir. ¡Por favor! Mírate la herida del cuello, no deja de sangrar.

Niall entró en la tienda y blasfemó al ver a su cuñada herida.

—Llévate de aquí a esta mujer —gruñó mirando a su hermano—, o me la llevo yo. ¡Santo Dios, Megan! Cúrate tú primero antes de curar a nadie.

—El que faltaba —gruñó Megan mientras se agachaba a mirar el hombro de Lolach—. Niall, serías más útil si ayudaras.

—Todos tienen razón —susurró Shelma preocupada por los dos.

—¡Sois una pandilla de cabezones! —gritó Megan enfadada sin dar su brazo a torcer.

—¡Mira quién va a hablar! —se mofó Duncan guiñando un ojo a Niall y a Lolach.

Sin darle tiempo a responder, la cogió en brazos y la sacó de la tienda en contra de su voluntad.

—¡Shelma! Ocúpate de tu marido. Yo me ocuparé de mi mujer. Niall, dile a Myles que traiga agua caliente a mi tienda y avisa a Mael para que ayude a Shelma.

—¡Eres un burro insensible! —gritó Megan. Al salir de la tienda y mirar a su alrededor, se horrorizó al ver bastantes heridos—. Duncan, ellos me necesitan.

—Y yo te necesito a ti —susurró con voz ronca entrando en su tienda.

Momentos después, apareció Myles con un balde de agua caliente. Duncan cogió un paño limpio y, tras mojarlo en el agua, comenzó a quitar con cuidado la sangre del cuello, y no se relajó hasta que comprobó que realmente el corte no era nada importante. Tras curarla, la besó.

—Ahora, señora mía —susurró ayudándola a levantarse—, nuestros hombres te necesitan.

—No los hagamos esperar más —sonrió ella antes de empezar a dar órdenes a Myles y a Mael.

Aquella noche, tanto Duncan como Niall vieron con sus propios ojos cómo aquella mujercita cabezona de cabello azulado, a la que muchos hasta aquel momento llamaban la *sassenach*, se ganaba uno a uno a todos los guerreros. Preocupados por su señora, le preguntaban por su herida del cuello, y ella les respondía con una sonrisa que sólo era un simple rasguño. Atendió con especial cuidado a John, el cocinero, algo que él agradeció. Sin dejarse vencer por el sueño, Megan trabajó sin descanso, curándolos a todos con cariño, intentando recordar sus nombres y esforzándose por aliviarles el dolor.

Con las primeras luces del alba, tras una agotadora noche, recogieron el campamento y retomaron el camino con las máximas precauciones posibles, parando un par de veces para revisar las heridas de los guerreros. El día, que había amanecido oscuro y lluvioso, empezó a abrirse en la falla del Glen Mor, dejando sentir rayos de sol ligeros y agradables.

Tras interminables horas de marcha, los hombres bromeaban y decían bravuconadas, pero sus cuerpos doloridos revelaban su verdadero estado. Lolach, a pesar de su herida, no consintió montar en la carreta, y continuó el camino a lomos de su caballo, junto a Duncan y Niall.

—Si notas que vas a vomitar, avísame —susurró Megan a su hermana, que volvía a estar pálida.

—Tranquila, sólo necesito descansar —respondió acurrucándose junto a Zac y Briana, que dormían con placidez.

Megan estaba cansada, pero no podía conciliar el sueño. Medio tumbada en la carreta, pensó en la angustia vivida, pero la conversación de los hombres, cada vez más distendida y relajada, la hizo sonreír.

—No duermes —preguntó su marido al abrir la cortina para mirar al interior.

Como un tonto, la visitaba cada cinco minutos para cerciorarse de que estaba bien. Su imagen cubierta de sangre le había impactado y, a pesar de que sabía que estaba bien, no podía dejar de preguntarse qué habría hecho si algo malo le hubiera ocurrido durante el ataque.

—Estoy agotada pero no consigo conciliar el sueño como ellos —sonrió señalando a su alrededor.

—¿Te apetecería cabalgar un rato conmigo? —preguntó Duncan ansiando su cercanía y su compañía.

Al escuchar aquello, a Megan se le iluminó la mirada.

—Me encantaría —sonrió levantándose para dejarse agarrar por su marido.

Con sumo cuidado, Duncan la acomodó delante de él y, cubriéndola con el *plaid* de su clan, ambos quedaron bajo la gran manta. Megan se recostó sobre el pecho fuerte y duro de su esposo. Éste, orgulloso y feliz de llevarla entre sus brazos, la apretó contra él mientras cabalgaban por las agrestes tierras de las Highlands.

Duncan cruzó una mirada significativa con su hermano y Lolach para luego espolear a *Dark* hacia una zona rodeada de pinos, álamos e infinidad de flores en tonos malva.

—Qué lugar más bonito —susurró Megan, incrédula por las tonalidades violeta que cubrían aquel manto verde.

—Estamos en las tierras de Lolach —respondió sorprendiéndola mientras observaba la lenta comitiva—. Cuando crucemos aquella colina, verás el castillo de Urquhart.

—Y descansaremos —suspiró Megan mirando a su alrededor.

—El ruido que oyes es un manantial que nace bajo aquellas piedras —susurró Duncan aspirando el perfume de su mujer, mientras intentaba controlar el dolor que sentía en la entrepierna desde que la había sentado delante de él—. Aquí encontrarás hierba fresca y flores de vistosos colores durante todo el año.

—Qué bonito —murmuró ella y, sacando un brazo del *plaid*, señaló—: ¿Has visto el color tan espectacular que tiene esa hierba? Me gustaría regresar para visitarlo al amanecer. Si ahora, con poca luz, es impresionante, cuando despunte el sol tiene que ser maravilloso. Oh..., qué bonito. ¿Has visto el color oscuro del manantial? —volvió a preguntar como una niña.

—Es el color de tus ojos cuando te hago el amor.

Aquella contestación hizo que ella volviera la cabeza para mirarlo divertida.

—Duncan McRae —susurró acercando más las caderas a las de su marido—. ¿En qué estás pensando?

—¡Por san Ninian! —rio al notar cómo ella rozaba su entrepierna—. No sé de qué hablas. Pero estate quieta, mujer. No me tortures más.

—No lo niegues, Halcón —suspiró besándolo en los labios—. Tu voz, tus ojos y... algo más en ti me dicen que te gustaría hacer el amor conmigo, aquí y ahora, ¿verdad?

—Eres una descarada encantadora —gruñó complacido. Y, tras comprobar que Lolach y el resto estaban cerca, le susurró al oído poniéndole la carne de gallina—: Pero tienes razón, cariño. Deseo con toda mi alma desnudarte para poder disfrutar de tu cuerpo sin prisa, hasta que esté tan saciado de ti y tú de mí que no podamos ni movernos.

—¡Duncan! —llamó Niall, que cabalgaba junto a Myles hacia ellos.

—Mmm... —ronroneó Megan divertida y acalorada por aquellas excitantes palabras. Posando las manos encima de la dureza que crecía entre las piernas de su marido, dijo sonriendo al ver que éste daba un respingo hacia atrás—: Esperaré ansiosa ese momento.

—Qué... ¿Qué quieres, Niall? —preguntó Duncan tras aclararse la voz.

Los jinetes llegaron hasta ellos y Niall, mirándolos, preguntó:

—¿Os ocurre algo, parejita?

Duncan miró a su hermano con gesto ceñudo. No pensaba contestar.

—Estáis como sofocado, mi señor —siguió Myles la broma—. Debo preocuparme por vuestra salud, mi laird.

El highlander resopló.

—Hablábamos de la hierba —señaló Megan, desconcertándolos a todos—. ¿Verdad que su color es espectacular?

Los guerreros miraron la hierba sin ninguna emoción y, cuando se volvieron, se encontraron a Duncan riendo bajo la pícara mirada de su mujer.

—¿De qué te ríes ahora? —preguntó Niall frunciendo el ceño.

De pronto se percató de unos pequeños forcejeos bajo el *plaid* de su hermano.

—Nada importante —respondió Duncan recuperando su gesto tosco mientras apretaba a su mujer contra él bajo el *plaid* y le indicaba que se estuviera quieta—. ¿Qué pasa?

—Éste es un camino muy rocoso y la carreta va demasiado lenta —comunicó Myles mirando a Niall, que movía la cabeza sonriente—. Vamos a adelantarnos para indicar en el castillo que vayan preparando las habitaciones. Lolach quiere que Shelma descanse en cuanto llegue.

—Me adelantaré yo con mi mujer —propuso mirándola con una traviesa sonrisa—. Megan también está cansada y deseosa de ver una cama.

—Sí, tienes razón. Se le ve en la cara el cansancio —se mofó Niall sonriendo ante la mueca que su cuñada le hacía y la reprochadora mirada de su sonriente hermano.

—De acuerdo —asintió Myles divertido—. Nosotros continuaremos el camino junto a Lolach.

—Entonces, no se hable más. Nos veremos allí.

Duncan agarró con fuerza a Megan y, tras espolear a su caballo, comenzó a cabalgar mientras le susurraba al oído:

—Señora mía. Vayamos a cumplir nuestros deseos.

Como alma que lleva el diablo, Niall y Myles los vieron desaparecer colina abajo.

—¡Por san Ninian, Myles! —comenzó a decir Niall con una sonrisa—. ¿Se me va a poner esa cara de tonto cuando me enamore? Si me hubieran dicho que mi hermano era capaz de sonreír así, no me lo habría creído.

—¿Sabes, Niall? —respondió Myles carcajeándose—. Siento decirte que ya se te pone esa cara cuando lady Gillian está cerca de ti.

Entre risas y bromas, los dos hombres volvieron galopando hacia la comitiva y, uniéndose al resto de los guerreros, continuaron su camino.

La agilidad de *Dark* y la destreza de Duncan para guiarlo hicieron que el camino hasta el castillo de Urquhart resultara maravilloso y excitante. Tras cruzar la colina, pudieron admirar la fortaleza. Al galope, llegaron hasta el pie de la misma, donde el verdor competía con la belleza de las azuladas y oscuras aguas del lago Ness.

Acoplada entre los brazos de su marido, Megan observaba con curiosidad aquel fantástico lugar, mientras cruzaban un pequeño puente que los llevaba hasta el interior del castillo. Una vez allí, el mozo de cuadra se acercó. Pronto se les unió una mujer de mediana edad.

—Hola, Ronna —saludó Duncan, que ayudó a su mujer a bajar del caballo—. Te presento a mi esposa, Megan McRae.

La mujer de ojos claros y piel arrugada sonrió al escucharle.

—Encantada de conocer esa grata noticia, laird McRae. ¡Qué mujercita más adorable! Y acercándose se presentó—. Soy Ronna y como ama de llaves de Urquhart, y en ausencia del laird Lolach McKenna, os doy la bienvenida a la casa de mi señor. —Mirando a las dos jovencitas que sonreían tras ella, dijo—: Ellas son Millie y Candy, para cualquier cosa que necesitéis.

—Muchas gracias, Ronna —sonrió Megan al notar cómo la miraban.

—Lolach llegará en breve —informó Duncan, que cogió con posesión la mano de su mujer y comenzó a caminar hacia el interior del castillo—. Viene junto a su esposa por el camino largo.

—¿Su esposa? —observó Ronna, sorprendida por la noticia—. Mi laird Lolach ¿se ha casado? ¿Con quién?

—Con Shelma, mi hermana —respondió Megan—. Y el motivo de que nosotros nos hayamos adelantado es porque ella no se encuentra muy bien. Lolach desea que su habitación esté preparada para su llegada.

—Por supuesto —asintió la mujer mientras las muchachas salían corriendo hacia el interior del castillo.

—La habitación que yo ocupo —preguntó Duncan sin importarle los formalismos—, ¿está preparada?

—Siempre tenemos varias habitaciones preparadas, entre ellas la vuestra y la de nuestro laird.

—Muy bien —asintió Duncan entrando en el castillo sin dar tiempo a que su mujer observara nada más. Cuando comenzaron a subir una escalera, de pronto Duncan se paró y dijo—: Ordena que lleven a mi habitación una bañera con agua caliente, cerveza y algo de comer. Mi mujer y yo estamos hambrientos y queremos descansar.

Sin decir más, Duncan guio a Megan a grandes zancadas a través de un oscuro pasillo hasta que llegó ante una arcada de madera oscura y labrada. Tras abrirla con rapidez y hacerla entrar, cerró tras de sí.

—¡Duncan! —le reprochó Megan, acalorada por aquella carrera—. ¿Qué pensará Ronna de nuestra impaciencia por llegar a este cuarto?

—Ah..., cariño —señaló él apoyándose en la puerta como un lobo hambriento, mientras se desabrochaba el cinturón que sujetaba su espada—. Lo que piense esa mujer poco me importa, cuando sé que estás ansiosa por que cumpla mis deseos.

Su voz y su mirada la acaloraron más que la carrera.

—Todos y cada uno de ellos —señaló Megan acercándose a él.

—¿Me quieres matar, mujer? —sonrió Duncan mientras andaba hacia ella y le desabrochaba los lazos del vestido.

—No, mi amor —contestó sorprendiéndolo al empujarlo de nuevo contra la arcada. Antes de besarlo, le susurró enloqueciéndolo—: Te quiero disfrutar como nunca nadie te ha disfrutado.

Cuando Duncan escuchó aquello, dejó atrás toda delicadeza y ambos se entregaron a una feroz pasión.

28

Cuando el laird Lolach McKenna llegó, una vez que hizo las presentaciones del servicio a su nueva señora, se relajó. Shelma parecía haber recobrado fuerzas y sonrió al ver bajar por la escalera a su hermana y a su marido.

—Por fin... ¿Estás mejor? —preguntó Megan separándose de Duncan, quien tras darle un rápido beso se marchó para dar órdenes a sus hombres junto a Myles.

—Sí, estoy bien. Y, por fin, ya estoy aquí —asintió sonriendo y mirando a su alrededor.

El castillo de Lolach era impresionante. El salón tenía un rico mobiliario. Vanos tapices coloridos colgaban de sus paredes y una gran mesa de madera presidía la acogedora estancia. La gran chimenea los atrajo hacia ella.

—¿Qué te parece Ronna, mi ama de llaves? —preguntó Shelma.

Megan, tras mirar a la mujer de cara arrugada que daba órdenes a las criadas, dijo:

—Hablé poco con ella. Pero, por lo que veo, sabe mantener las cosas limpias y ordenadas.

—Mi pregunta es qué te parece ella —aclaró Shelma, un poco asustada por la majestuosidad de aquel lugar.

—Entre tú y yo, un poco estirada —respondió viendo cómo la mujer arrugaba el entrecejo al ver que su hermano y *Klon*, el perro, corrían por la sala—. Pero démosle una oportunidad, quizá la mujer esté nerviosa con tu llegada y...

—Vaya..., vaya. ¡Mi cuñada favorita! —exclamó Niall acercándose con una nada disimulada sonrisa—. Se te ve mejor cara. ¿Has descansado?

Al escucharle, Megan sonrió.

—No todo lo que me habría gustado —respondió sacándole la lengua.

En ese momento, Lolach las llamó. La cena de bienvenida iba a comenzar.

El banquete se prolongó hasta bien entrada la noche. Ronna se molestó en hacer trabajar duro al servicio para que su señora se llevara una buena impresión, y lo consiguió. Agobiada por tanto brindis, Shelma pidió a Megan que la acompañara a tomar el aire fresco de la noche, algo que su hermana aceptó tras dedicarle una sonrisa a Duncan.

Una vez que traspasaron la puerta lateral del castillo, fueron a parar a una ancha explanada con vistas al maravilloso e inquietante lago Ness. Emocionadas por la paz que allí se respiraba, se sentaron en unas piedras que el tiempo había tallado otorgándoles aspecto de sillas. Durante un rato, admiraron el paisaje en silencio.

—Nunca habría pensado que viviría junto al lago Ness —dijo Shelma.

—Es un lugar precioso —susurró Megan mirando la luna, que aquella noche iluminaba todo con una luz brillante.

—¿Por qué sonríes?

Megan, con una sonrisa soñadora, la miró.

—Pensaba en las historias que el abuelo y Mauled nos contaban sobre este lugar.

—Oh, sí —sonrió Shelma—. Aquí vive *Nessie*. Un monstruo extraño con cuello de serpiente.

—Según decía el abuelo, una leyenda hablaba de que cuando san Columbano llegó a las Highlands, se cruzó con el entierro de un hombre que había sido atacado mientras pescaba en el lago. Pidió a uno de sus discípulos que nadara hasta el lugar donde había ocurrido la desgracia, y el monstruo surgió de entre las aguas. —Levantándose, Megan prosiguió—: Entonces, san Columbano gritó haciendo la señal de la cruz: «No irás más lejos, no tocarás a ese hombre. Vuelve de inmediato al lugar del que vienes», y el monstruo obedeció y todos se hicieron cristianos.

Tras reír entre ellas, aunque con cierta prudencia por lo que pudiera haber de verdad, fue Shelma quien habló con los ojos cargados de lágrimas. Megan se sentó.

—Os voy a echar mucho de menos a ti y a Zac. Lo único que me reconforta es saber que estaréis bien con Duncan y que nos visitaremos siempre que podamos.

Entristecida por las palabras de su hermana, Megan intentó no llorar. Sus días juntas habían acabado y así lo debían aceptar.

—Shelma, no debemos entristecernos. Ambas sabemos que estaremos bien, a pesar de no poder vernos todos los días. Pero eso era algo que sabíamos desde que contrajimos matrimonio. Prométeme que acudirás a mí cuando lo necesites.

—Te lo prometo —asintió ella limpiándose las lágrimas—. Espero que tú hagas lo mismo.

Megan sonrió y la abrazó.

—Por supuesto, Shelma. Me reconforta ver cómo Lolach te mira y te quiere, y sobre todo saber que tú lo quieres a él. Eso es importante para que yo me vaya tranquila. Sé que te cuidará tanto o más que yo. Y, en caso de que no sea así, te juro por mi vida que se las verá conmigo.

Desde una ventana cercana, Lolach y Duncan las observaban con deleite. Intuían que se estaban despidiendo, por ello prefirieron no molestar y dejar que lo hicieran a su modo.

A la mañana siguiente, todos los guerreros McRae, encabezados por Duncan y Niall, se disponían a proseguir su camino hasta Eilean Donan, su hogar. Briana y Anthony, invitados por Lolach, decidieron permanecer unos días más en Urquhart. Briana no se encontraba bien y un poco de descanso no le iría mal.

Shelma, con disimulada tristeza, se despidió de Zac, que por su corta edad estaba emocionado por volver a retomar el camino, y tras dar un rápido beso a su hermana corrió tras Ewen. Megan, al igual que Shelma, ocultó su tristeza tras una sonrisa nerviosa. Mientras ellas se abrazaban, sus maridos se daban un fuerte apretón de manos a modo de despedida.

—No olvides lo que hablamos anoche y hazme saber si voy a ser tía —le recordó Megan.

—Tú tampoco —señaló Shelma al ver a *lord Draco* aparecer junto a otros muchos caballos.

—No os preocupéis —intervino Lolach—. Os prometo que dentro de poco iremos a Eilean Donan y nos quedaremos unos días.

—¿En serio? —sonrió Shelma al escucharle.

—Pues claro que sí —asintió Lolach.

—Nuestras tierras no están lejos —intervino Duncan mirando a Gelfrid, uno de sus guerreros.

—Entonces, hasta dentro de poco —sonrió Megan dando un último beso a su hermana antes de seguir a su marido.

—Bueno, Impaciente —dijo Duncan con una radiante sonrisa, dejando que Lolach se acercara a Shelma para tomarla por la cintura—. Como ahora no llevamos carreta, ¿prefieres cabalgar conmigo o sobre tu caballo?

—Cabalgaré contigo —afirmó al mirar a su caballo, que iba enganchado a la montura de uno de los guerreros del clan—. Creo que *lord Draco* bastante tiene con el viaje como para que yo encima me suba sobre él.

Shelma, que se había percatado de lo que ocurría, miró a su marido y comenzó a sonreír.

—Tienes razón, cariño —le susurró Duncan sabiendo que todos los miraban. Cogiéndola por la barbilla, señaló—: Para *lord Draco* sería bastante cansado cargar contigo hasta Eilean Donan, pero quizá no para tu nuevo caballo.

Tras decir esto, Gelfrid, que había estado desaparecido desde que partieron de las tierras de los McPherson, soltó a *Stoirm*, que relinchando comenzó a galopar hacia *lord Draco* ante una desconcertada Megan.

—¡*Stoirm*! —susurró emocionada al reconocer al caballo. Mirando a Duncan, le dedicó una sonrisa antes de saltarle al cuello y comenzar a darle besos delante de todo el mundo—. Gracias, gracias, gracias.

Con una mezcla encontrada de sentimientos, Duncan recibió sus besos mientras veía cómo sus guerreros los miraban con una candorosa sonrisa.

—¡Para..., para, mujer! —se carcajeó al ver la gratitud de su esposa. Y, separándola de él, señaló—: He pensado en lo que dijiste sobre este caballo. Después de darle una oportunidad durante varios días, he comprobado que necesitaba lo que decías: cariño y atención. *Stoirm* es uno de los muchos regalos de boda que te haré.

Al oírle, Shelma gimió emocionada.

—Eres maravilloso —susurró Megan dándole un breve pero intenso beso en los labios, que interrumpió cuando notó que el caballo le daba golpes en la espalda con el hocico. Volviéndose hacia el impresionante animal, dijo cariñosa—: Hola, guapo. Te echaba de menos, bonito.

El caballo respondió con alegres relinchos. Megan miró conmovida a su hermana, que lloraba de emoción y se acercaba a ella.

El guerrero Gelfrid, contento por la alegría de su señora, le informó sobre el estado del animal.

—Milady, las heridas de las patas le han cicatrizado en su mayoría. Se las curé con el ungüento que le disteis a Mael, y tengo que deciros que ha funcionado. *Stoirm* es un caballo algo nervioso e impaciente, pero muy dócil cuando acepta a su dueño. —Y, sonriendo a su señora mientras tocaba al caballo, añadió—: Me costó un par de días que dejara de morderme cada vez que me acercaba a curarlo, pero ahora somos buenos amigos. ¿Verdad, *Stoirm*?

El animal relinchó tan feliz como ellos.

—¡Gelfrid! Muchas, muchas gracias —sonrió Megan dándole un rápido beso en la mejilla, algo que Shelma también repitió, provocando el rubor en el guerrero—. Gracias por cuidar de él. Muchas gracias, de verdad.

—Lady Megan, lady Shelma, ha sido un placer —señaló Gelfrid, rojo como un tomate, mientras regresaba a su montura.

—Una cosa más —señaló Duncan cogiendo a su mujer del brazo para atraer su atención al observar sus chispeantes ojos negros—. Quiero que tengas cuidado cuando lo montes. Para mi gusto, este caballo es demasiado nervioso e intrépido.

Aquella advertencia, y en especial la mirada de Megan, ocasionó que más de uno sonriera. Entre ellos, Shelma.

—¡Por todos los santos! —exclamó Niall al ver la excitación de su cuñada—. Mi hermano no sabe lo que acaba de hacer.

—Te equivocas —asintió Myles—. Lo sabe muy bien.

Duncan, ajeno a los comentarios, sólo tenía ojos para su preciosa mujer. No podía dejar de mirarla mientras ella sonreía iluminando su vida.

—¿Me has escuchado, Impaciente? Necesito que me asegures que vas a tener cuidado —bromeó Duncan observándola.

—¡Vale! ¡Vale! —asintió ella sin hacerle caso—. ¿Me ayudas a montar?

—Por supuesto, cariño —sonrió Duncan.

Tras alzarla, Megan se acopló en el caballo. Tomando las riendas que Duncan le pasó, dio dos palmaditas a *Stoirm* en el cuello y con cuidado lo guio hasta su hermana y su cuñado, mientras Duncan se montaba en *Dark* y levantaba la mano para que los guerreros comenzaran a andar.

—Os espero en Eilean Donan —señaló Duncan.

—Que tengáis un buen viaje —les deseó Lolach con una franca sonrisa.

Las hermanas, tras una intensa mirada, se sonrieron.

—Hasta pronto, Megan —susurró Shelma. Viendo las intenciones de su hermana, dijo atrayendo la atención de Duncan y Lolach—: ¿Cómo decía el abuelo?

—¡«Volaré como el viento, sin dejar señal. Y, cuando el día comience, volveré a volar»! —gritó Megan al espolear a *Stoirm*, que salió disparado como una flecha dejándolos a todos boquiabiertos.

—¡Por todos los santos! Le he pedido que fuera juiciosa —gruñó Duncan espoleando a *Dark* para ir tras ella.

—En estos momentos, está siendo juiciosa —señaló Shelma.

—¿Estás segura? —rio Niall al ver a su cuñada galopar con la soltura de un highlander.

Con una sonrisa pícara en los labios, Shelma miró a Niall antes de decir:

—Oh, sí, por supuesto que sí. Ya lo entenderás cuando no lo sea.

—Esto será divertido —se carcajeó Niall mirando a Lolach. Y, tras despedirse de ellos, se unió a los guerreros de su clan.

29

El viaje hasta Eilean Donan fue ameno y, en cierto modo, alegre para todos. Los guerreros del clan McRae estaban contentos. Volvían a sus casas, donde podrían ver a sus familiares, en especial a mujeres y a hijos. Durante el camino, subieron varios valles, donde los colores ocres y rojos maravillaban por su esplendor. Desde lo alto de las montañas, Megan observó la amplitud de las Highlands, un terreno agreste y poco habitado, pero que enamoraba por su espectacular belleza. Cientos de robles crecían en las laderas de las montañas, donde se formaban los famosos lagos, que en su recorrido se fundían con otros hasta formar pequeñas rías que viajarían hasta el mar.

Duncan observaba la curiosidad con que su esposa miraba a su alrededor. Se echó a reír cuando ella se asustó al ver pasar cerca de su cabeza a un águila pescadora que emigraba hacia el sur para pasar el invierno.

En aquella época, los serbales estaban cargados de bayas rojo intenso que alegraban la vista, y se oían los sonidos de la berrea, que los ciervos machos propinaban con intención de atraer a las hembras. La humedad en el ambiente provocaba al atardecer una bruma que cubría los páramos. Tras serpentear para subir por una nueva montaña, en la cima apareció ante Megan el lugar más maravilloso y mágico que había visto en su vida: el castillo de Eilean Donan. Con orgullo, todos los McRae observaron cómo ella miraba hacia donde los esperaba su hogar. El recio castillo enclavado en un islote rodeado por montañas daba la sensación de flotar en el lago. Según descendían la montaña, sus inquietos ojos negros observaron cómo éste se comunicaba con tierra firme a través de un puente de tres ojos de piedra oscura. Mientras, las luces rosadas del atardecer se reflejaban en las aguas del lago Duich, que ofrecía una vista inigualable del lugar.

—¿Qué te parece tu nuevo hogar? —preguntó Duncan. Conocía la sensación que todo el mundo experimentaba cuando admiraba desde lo alto de la montaña aquel magnífico castillo.

—Es un lugar precioso, casi mágico —susurró Megan a lomos de *Stoirm*, sin poder apartar la vista de aquel maravilloso lugar.

—Los lagos que bañan Eilean Donan son el lago Duich, el lago Alsh y el lago Long —informó Niall feliz por la cara de admiración de su cuñada—. Se cree que antes que el castillo existió una fortaleza levantada por los pictos. Este castillo fue erigido sobre esas ruinas por Alejandro II de Escocia como bastión defensivo contra las incursiones vikingas.

—Aquello que está allí ¿es una galera? —preguntó Megan señalando hacia el lago.

—Sí —asintió Duncan mientras oteaba que todo estuviera en orden fuera de las murallas—. Por la ubicación del castillo, entre los lagos, se lo considera un perfecto enclave defensivo. Durante años, esta zona era una de las llamadas «reino del mar de los señores de las islas». Desde aquí se frenaron varias invasiones vikingas. Nuestro abuelo es uno de los gobernadores del clan de los señores de las islas.

—¡Vaya! —susurró Megan impresionada.

Mientras cruzaban el puente y la desafiante y majestuosa muralla del castillo oscurecida por el atardecer, el bullicio de risas y voces atrajo su atención. Varios de los guerreros, entre ellos Myles, una vez que cruzaron el puente, se desviaron hacia la izquierda, tomando un camino que parecía bordear el castillo, mientras algunos niños y mujeres los saludaban alegremente.

—¡Bienvenida a tu hogar! —sonrió Duncan mientras la guiaba por un camino que los llevó hasta un patio interior.

La gran arcada principal de entrada al castillo era de robusta madera oscura con forma ojival, y justo encima, incrustado en las oscuras y curtidas piedras, se podía observar el escudo de armas de Escocia junto a su lema: *Nemo me impune lacessit* («Nadie me ofende impunemente»).

Justo en el momento en que Megan acabó de leer aquel lema, la arcada se abrió y apareció ante ellos un hombre grande y canoso, pero delgado y debilucho, apoyado sobre una mujer alta y rubia de mediana edad.

—¡Alabado sea el Señor! —gritó la mujer con una grata sonrisa—. Marlob, ¿has visto quiénes han llegado?

El anciano, emocionado, no podía hablar.

—Abuelo, cómo me alegro de volver a verte —saludó Niall con efusividad, que saltó de su caballo para abrazar a aquel anciano.

—¡Ten cuidado, muchachote! —sonrió el viejo mientras observaba cómo Duncan ayudaba a la mujer del pelo oscuro como la noche a bajar de su caballo—. O conseguirás partirme en dos.

—Abuelo —sonrió Duncan abrazando con cariño al anciano, mientras éste observaba a la mujer que acompañaba a su nieto y lo miraba. Duncan, sin demorar más tiempo, dijo atrayéndola hacia él—: Ella es mi esposa, Megan McRae.

Durante un momento, los ojos de Marlob y los de Megan conectaron y se observaron con curiosidad. Casi sin respirar, contempló la figura del que era como su suegro, que parecía estar bastante enfermo. Éste la examinó a través de unos ojos verdes muy parecidos a los de su marido, con la diferencia de que los de Duncan se veían fuertes y sanos, y los del anciano, enfermos y con tremendas ojeras.

—¿Tu esposa? —observó con una sonrisa la mujer que seguía junto a Marlob y, viendo que ninguno de los dos muchachos la presentaba, dio un paso adelante para tomar la mano de Megan—. Hola, querida, mi nombre es Margaret, y estoy encantada de conocerte.

—¡Margaret! —bramó Duncan—. Megan es mi mujer, trátala con respeto.

«Vaya..., ésta es Margaret», pensó Megan y dijo:

—Muchas gracias, Margaret. Encantada de conocerte.

—¡Por san Ninian, qué extraño acento es ése! —bramó en ese momento Marlob, haciendo reír a todos, excepto a Megan, que se asustó al escuchar aquel vozarrón—. ¿Qué hiciste para que mi bravo nieto tuviera que abandonar la soltería para casarse contigo, jovencita? —Y, guiñándole un ojo a Niall, que intentaba contener la risa, dijo—: Porque muchas otras antes que tú lo intentaron y no lo consiguieron.

Megan no supo qué contestar.

—Abuelo, por favor, no empecemos —advirtió Duncan. Conocía el sentido del humor de aquel anciano. Tras mirar a su desconcertada esposa, le susurró al oído—: No te preocupes. A pesar de su apariencia es inofensivo como *Stoirm*.

Aquel comentario de Duncan la hizo relajarse y sonreír.

—Marlob —reprochó Margaret, que vio a un niño rubio correr con un perro—, estará cansada.

—¡Déjala que hable! —gruñó el anciano mirando a Margaret. Volviendo la mirada a la espectacular morena de ojos negros, dijo—: ¡Muchacha! ¿Se te ha comido la lengua un gato? ¿O acaso debo suponer que un viejo como yo te intimida?

Cuando Megan se fijó en cómo Duncan y Niall se miraban, tuvo claro qué responder.

—Supondríais mal, porque no le temo a nadie —respondió viendo una chispa de diversión en los ojos del anciano y una sonrisa en su marido y en Niall, por lo que prosiguió mientras se retiraba un mechón que le caía en los ojos—: Y sobre qué hice para que vuestro nieto se casara conmigo, os diré que lo insulté, lo ignoré, lo reté y, a pesar de todo, fue él quien insistió en abandonar la soltería. —Margaret miró con una sonrisa nada agradable a Duncan—. Ah..., una cosa más. Mi extraño acento se debe a que mi padre era inglés. Pero si alguien se atreve a llamarme *sassenach*, soy capaz de partirlo en dos.

Tras un incómodo silencio, fue el anciano el que habló.

—¡Por san Ninian, qué maravilloso sentido del humor tienes, muchacha! —se carcajeó al cogerle las manos—. Pasemos a tu hogar, hija mía, creo que te gustará.

Aquella noche, Margaret organizó una fiesta para los recién casados y para los guerreros que habían llegado junto a ellos. Todos los presentes brindaron por la felicidad de los novios, ante lo cual Duncan y Megan se fundieron en un beso que hizo que todos aplaudieran. El que más, Marlob, que era dichoso viendo la felicidad en los ojos de su nieto, mientras Margaret se consumía de rabia porque con esa boda todos sus planes se habían trastocado.

En el gran salón de piedra iluminado por infinidad de antorchas y velas, una vez acabada la cena, Marlob disfrutó con la fácil palabrería del hermano de Megan, Zac, que no paró de sorprenderlo contando todos los pormenores del viaje.

Algunos guerreros y sus esposas bailaban al son de las gaitas. Los chiquillos, hijos de aquellos que la habían acompañado durante el trayecto, muertos de curiosidad por su nueva señora, se atrevían a acercarse a ella. Con una sonrisa, ésta los atendió contándoles lo fuertes y valientes que eran sus padres.

Un acceso de tos por parte de Marlob atrajo la curiosidad de Megan. Margaret, acercándose a él, le indicó que debía descansar. Al final, gracias a la persistencia de sus nietos, el anciano se rindió y, tras guiñarle un ojo a Megan, que sonrió al verlo, desapareció custodiado por aquéllos y por Margaret, que los siguió a pesar de la dura mirada de Duncan.

Una vez sola en el bonito salón, lo estudió todo. La estancia era grande y estaba decorada con gusto, excepto por un horroroso tapiz que colgaba en una pared. Megan advirtió que la servidumbre pasaba por delante de ella y no la miraba a los ojos. Empeñada en conseguir una amiga, se fijó en una muchacha joven de pelo rojo y de agradable aspecto que regresaba a la cocina con una bandeja llena de sobras.

—¿Qué le ocurre al anciano Marlob? —le preguntó Megan.

—Milady —respondió nerviosa—, desde hace tiempo el anciano Marlob no hace buenas digestiones y tiene una tos seca muy fea. Nosotros estamos convencidos de que algún mal se gesta en su interior, pues a pesar de que le hemos variado varias veces los ingredientes de sus comidas, todo le sienta mal.

—¿Toma algo para evitar sus dolores de estómago y su tos?

—Que nosotros sepamos, no —negó mirando a un lado y a otro, cosa que atrajo la curiosidad de Megan, que sin darse por vencida preguntó—: ¿Cómo te llamas?

—Mi nombre es Sarah, milady.

—Sarah, ¿te incomoda hablar conmigo?

—No —negó ella con cara de susto.

Pero Megan no la creyó y preguntó:

—Sarah, debo saber por qué tú y varias de las mujeres ni me miráis, ni me habláis. ¿He hecho algo mal?

Al escuchar aquello, la muchacha la miró por primera vez a la cara.

—No es eso, milady. Pero no tengo el valor para expresarme.

Megan, tras maldecir, intuyó la razón.

—Mira, Sarah, yo en Dunstaffnage trabajaba en el castillo, como aquí lo haces tú, y mi mejor amiga era Gillian, la hija del laird. Y yo siempre he sabido que era la nieta de quien cuidaba los caballos del clan. No pretendo llegar aquí y, por el simple hecho de ser la esposa de vuestro laird, esperar que todos me beséis los pies. —Con una sonrisa que desarmó a la muchacha, añadió—: Pero lo que sí pretendo es formar parte de la gran familia que aquí existe. Aunque eso me va a ser muy difícil si nadie tiene el valor de explicarme por qué la mayoría de las mujeres no se atreven a mirarme.

—De acuerdo, milady —dijo tragando saliva para aclarar la voz e infundirse valor—. Nos han informado de que sois una *sassenach*.

Al escuchar aquella palabra, Megan se tensó, pero viendo la angelical mirada de la sirvienta disimuló.

—¡Vaya! Qué rápido corren los rumores —murmuró intentando no entrar en cólera, mientras apretaba con fuerza las manos en la recia mesa de madera—. Me lo temía. Sabía que alguien iba a comenzar a decirlo.

—Milady, aquí todos hemos perdido a algún familiar a manos de los *sassenachs*. —Al pronunciar de nuevo aquella palabra, la muchacha vio cómo palidecían los labios de Megan, por lo que temblando rogó—: Por favor, milady. No os enfadéis conmigo, yo sólo he tenido valor para deciros lo que me habéis preguntado.

Soltándose de la mesa y tras respirar en profundidad un par de veces, Megan respondió con tranquilidad:

—Sarah, siempre te estaré muy agradecida por tu valor y tu sinceridad, y sólo espero que me des la oportunidad de poder demostrar quién soy a pesar de que la gente se empeñe en pensar que porque mi padre fuera inglés, él y yo somos malas personas.

—Lo siento si mis palabras os han ofendido —susurró—. Milady, en mí tenéis una amiga desde este instante.

—Gracias, Sarah —reiteró con una cansada sonrisa, viendo cómo de nuevo la sirvienta se ponía nerviosa al ver entrar a Margaret.

—Oh..., milady, disculpad —susurró la muchacha al borde del desmayo—. Si no me doy prisa en llevar estas bandejas, la señora se enfadará conmigo por haberme entretenido por el camino.

Megan, sorprendida por el cambio de actitud de la muchacha, preguntó:

—¿La señora?

—Sí —asintió pesarosa por haber hecho aquel comentario—. Margaret nos hace llamarla así. —Y con ojos suplicantes dijo—: Pero, por favor, no digáis nada. Sólo me causaría problemas.

—No te preocupes —sonrió con amabilidad al ver que Margaret se acercaba presurosa a ellas—. Continúa con tu trabajo.

Con premura, Sarah se encaminó hacia la cocina.

—¡Vamos, vamos, niña! —regañó Margaret, que dio unas palmadas al aire y se acercó a Megan—. Lleva esa bandeja a la cocina y vuelve para seguir llevando más.

—No la regañe a ella —atrajo su atención Megan—. Si estaba aquí, ha sido por mis preguntas.

—Oh, no os preocupéis —sonrió amablemente—. A veces hay que meterles la prisa en el cuerpo. Si no, sólo tontearían con los guerreros y harían poco más. Os recuerdo, milady, que al servicio hay que tratarlo con mano dura. ¿Qué le preguntabais?

—Sobre el tiempo que lleva trabajando para mi marido en el castillo —mintió percibiendo que aquella mujer empezaba a dejar de parecerle tan angelical.

Con un gesto altivo, Margaret se atusó el cabello y se sentó junto a Megan, mientras ésta comprobaba que tenía una piel de porcelana, unos preciosos ojos verdes y un cabello rubio maravilloso.

—La familia de esa muchacha lleva años en estas tierras. Creo que la primera en trabajar fue su abuela, luego su madre y ahora ella.

En ese momento, aparecieron en el salón Duncan y Niall.

—¡Margaret! —dijo Duncan parándose ante ellas—. Tráeme una jarra de cerveza.

—Oh..., no hace falta —indicó Megan tendiéndole una jarra que había junto a ellas—. Aquí tienes una que...

—¡Ésa no me vale! —la despreció Duncan sorprendiendo a su mujer, que iba a decir algo cuando vio que Margaret se levantaba.

—¡Traeré otra! —dijo marchándose hacia la cocina y disimulando su mal humor.

Cuando Megan y su marido se quedaron solos, ella le preguntó:

—¿Por qué has sido tan antipático con la pobre Margaret?

—¿Pobre? —Sonrió amargamente al decir aquello—. Desconfío de esa mujer, no es una buena persona y, aunque mi abuelo se empeñe en defenderla, existe algo en ella que nunca me gustó —respondió viendo cómo Margaret se alejaba dando pasos firmes—. Por lo tanto, intenta no intimar mucho con ella. No creo que, tras mi llegada a Eilean Donan, permanezca demasiado tiempo aquí. —En ese momento, Megan bostezó haciendo sonreír a su marido—. ¿Te aburro con mi conversación?

—No, Duncan —se excusó con una sonrisa—. Pero estoy cansada del viaje y no hay nada que me apetezca más que dormir y dormir y dormir.

Él la miró y con una sonrisa omitió decir lo que a él le apetecía. Aunque no hizo falta, Megan lo supo sólo con mirarlo.

—Te acompañaré hasta nuestra habitación —se ofreció al observar el cansancio en la cara de su mujer.

—Si me acompañas, no dormiré —sonrió tontamente a su marido—. Subiré yo sola. Conozco el camino. Ve con tus hombres. Por sus miradas deduzco que desean hablar contigo.

Duncan, al ver la picardía en su mirada, sonrió.

—Tienes razón —asintió al mirar a sus hombres. Acompañándola hasta el inicio de la escalera, dijo dándole un rápido beso en los labios—: No tardaré en subir.

Tras sonreír a su marido, Megan comenzó a subir la escalera que la llevaría hasta la habitación de Duncan, ahora de ambos. Cuando caminaba por el corredor, se paró ante la arcada de la habitación de Zac. Con sigilo la abrió y sonrió al ver al niño plácidamente dormido en su cama junto a su perro. Cerrando la puerta, se dirigió hasta su habitación, aunque, al pasar ante la de Marlob, oyó voces, pero continuó su camino sin prestar atención.

Una vez que cerró la pesada arcada de su cuarto, se apoyó en ella mientras el fuego encendido del hogar le proporcionaba tranquilidad, y las pieles que cubrían el suelo, calidez. Con curiosidad, sus negros ojos recorrieron la habitación que antes de su matrimonio había pertenecido a su marido y se maravilló al observar con detenimiento el bonito tapiz de la pared.

«Menos mal que no es feo como el del salón», pensó Megan y sonrió.

Sin poder resistir el encanto de los almohadones que descansaban bajo la ventana, fue hasta ellos. Sentada allí, sus ojos volaron desde el precioso candelabro de metal que reposaba encima del hogar con anchas velas altas de pura cera de abejas, hasta la maravillosa cómoda de roble tallada a juego con el armario, las mesillas y las sillas. Al mirar hacia la enorme cama con dosel, un estremecimiento recorrió su cuerpo cuando imaginó las escenas que viviría encima de la misma con su musculoso y ardiente marido.

Cansada y agotada por el viaje, se levantó, se cepilló la melena y se desnudó. Desató los lazos de su gastado vestido y, sin prestar mucha atención, se lo quitó y lo tiró encima de un baúl. Al abrir el armario, vio su escasa y vieja ropa colocada junto a la de su marido y eso le gustó. Se quitó la camisa de lino que llevaba, se aseó y cogió otra limpia para dormir. Tras echar un par de troncos para avivar el fuego del hogar, se quitó la daga que llevaba sujeta al muslo y la dejó junto al cabecero de la cama. Cuando abrió los cobertores, se metió en la cama. Poco después, quedó profundamente dormida.

En el salón, las conversaciones de los hombres se extendieron más de lo que Duncan esperaba. Habían llegado noticias sobre Robert de Bruce un día antes de su irrupción en el castillo y, como era de esperar, pronto viajaría a Stirling para reunirse con él. Con sigilo, entró en la habitación y, tras buscar a su mujer en la cama, sonrió al comprobar que estaba hecha un ovillo en el centro. Con la felicidad instalada en el rostro, echó un tronco al hogar. Las noches cada vez se volvían más frías y eso se notaba en el ambiente. Volvió de nuevo a la cama. Se quedó embrujado mirando a su mujer y observó con cuidado cómo los cortes en su cuello y la herida del brazo sanaban muy bien. ¿Quién le hubiera dicho unos meses atrás que Megan le robaría el corazón?

Parecía frágil e indefensa, cosa que no era, pero sí muy bella y sensual. Atontado por cómo Megan era capaz de tocarle el corazón, se desnudó y se deslizó con cuidado dentro de la cama. De nuevo sonrió al sentir cómo ella, sin despertarse, buscaba el calor de su cuerpo mientras farfullaba palabras ininteligibles. Duncan, al sentirla entre los brazos, tragó saliva mientras oía los propios latidos de su corazón y la observaba con infinita adoración. En ese momento, la abrazó con fuerza, sintiendo un impulso irrefrenable de hacerle el amor, pero, tras besarla en la frente, aspirar el olor de su cuerpo y escuchar su pausada respiración, decidió respetar su sueño. Cerrando los ojos se quedó dormido sintiéndose en esos momentos el hombre más feliz de las Highlands.

30

Durante los días siguientes, Megan se esforzó al máximo por darse a conocer e intentar agradar a todos, y sonrió al sentir la afabilidad con que el padre Gowan la saludó. A veces, le desesperaba la manera en que muchas de las mujeres la miraban y huían de ella, pero confiaba en sus maneras y sabía que, tarde o temprano, aquellas que la miraban con odio terminarían por aceptarla. Margaret, durante esos días, intentó ser amable con ella, aunque en un par de ocasiones le hizo saber que ella conocía a la mujer que le había roto el corazón a Duncan, algo que le llamaba poderosamente la atención, pero que de momento no estaba dispuesta a preguntar. La amistad con Sarah, la criada, comenzó a ser fructífera. En especial, en las tardes en que confeccionaron juntas un par de vestidos para Megan, algo que a Margaret no le agradaba en exceso. Sarah, por la amistad que había tenido con Johanna, la hermana fallecida de Duncan, era una persona que siempre la observaba de una manera que nunca le gustó.

Pasado un mes, llegó una misiva de Shelma. ¡No estaba embarazada! Inquieta por ver a su hermana, consiguió que Duncan la acompañara a Urquhart. Tras pasar unos días con ella, ver que era feliz y sentir que Ronna la cuidaba con mucho cariño, volvió dichosa a su hogar de Eilean Donan.

Pocos días después, Duncan tuvo que viajar a Stirling. No le apetecía alejarse de su mujer, pero la reunión con Robert de Bruce no debía demorarse más. Durante esos días Megan, con la ayuda de Niall, aprovechó para conocer un poco más a los aldeanos. Continuaban mirándola con algo de recelo, a pesar de que el padre Gowan les repetía una y otra vez que la mujer de su laird era una persona humilde y con buen corazón, cosa que él mismo había tenido la oportunidad de presenciar en varias ocasiones.

—Creo que Bridgid tardará tiempo en reponerse del susto —rio Niall, que cabalgaba junto a Megan al regresar de visitar a los aldeanos.

—Pero si sólo la he ayudado a llevar el cesto —contestó ella dando un cariñoso palmoteo a *Stoirm* en el cuello—. ¡Pobrecilla! ¿Viste cómo iba de cargada?

—Megan, tienes que comenzar a asumir que eres la mujer del laird Duncan McRae y la señora de Eilean Donan. Es normal que para ellos sea algo extraño que te tires del caballo para ayudarlos en cualquier cosa.

—Ya lo sé —asintió mientras disfrutaba del maravilloso valle verde que se extendía ante ellos—, pero es que no puedo ver que alguien necesite ayuda y no prestársela. Me imagino que todavía no tengo asumido lo que dices, y me sigo viendo como la muchacha que vivía con su abuelo y se encargaba de la colada y demás quehaceres de la casa.

—¿Jugamos a ver quién tiene mejor puntería? —propuso Zac, que iba a lomos de un tranquilo *lord Draco*.

—¡Qué excelente idea! —afirmó Niall descendiendo de *True*, y extendió los brazos para bajar a Zac al suelo.

—¡Buscad piedras mientras yo preparo los señuelos! —dijo el niño separándose de ellos mientras colocaba unos palos que sujetaba con unas piedras—. ¡Venga, tiremos con piedras a ver quién tiene mejor puntería!

Durante un rato, los tres se divirtieron compitiendo por ser el que mejor puntería tenía, aunque tanto Niall como Megan procuraban errar para que el niño chillase extasiado al ver que les ganaba.

—¡Eres bueno, chaval! —sonrió Niall al ganarles Zac por cuarta vez.

—¡Madre mía, Zac! —suspiró Megan cansada—. ¡Tu tiro es excelente!

—Kieran me enseñó muy bien —asintió el niño emocionado por lo que había conseguido. Mirando hacia unas montañas, preguntó a Niall—: Por allí es por donde llegamos el día que vinimos al castillo, ¿verdad?

—Sí, pequeñajo —asintió Niall agachándose y señalando en la dirección que el crío decía—. Si sigues ese camino y subes aquella montaña, llegarás a un valle mágico en el que un maravilloso bosque de pinos caledonios acoge sauces y acebos, además de zorros, tejones, comadrejas y muchísimos animales más —sonrió Niall al ver la atención que le prestaba el niño—. A todo eso lo llamamos el Glenn Affric. Y, si sigues el camino, llegarás hasta el lago Ness.

—¿Donde viven Shelma y Lolach? —preguntó nuevamente el niño.

—¡Exacto, tesoro! —contestó Megan, que miró desafiante a su cuñado. Después, tomó su carcaj y dijo—: Niall, ¿quieres que lancemos unas flechas para ver quién tiene mejor puntería?

—¿Vosotros habéis venido a mis tierras para humillarme? —se carcajeó al ver a Megan con el carcaj en la mano—. ¡Venga, cuñada, acepto tu reto!

Empezaron lanzando flechas contra algo que sujetaban en un árbol, y los dos acertaron a la primera.

—¡Vaya, Megan! —asintió Niall al reconocer su buena puntería—. No lo haces nada mal.

—¡Pongámoslo más difícil! —retó ella de nuevo con una sonrisa en los labios—. Ahora lancemos subidos a nuestros caballos.

—De acuerdo —asintió Niall subiéndose a *True*. Como no tenía intención de dejarse ganar como con Zac, se concentró, lanzó y nuevamente acertó en la diana.

—¡Muy bien! —afirmó ella viendo la sonrisa de orgullo de su cuñado—. Ahora, lanzaré yo. —Y subiéndose a *Stoirm*, le ordenó que se estuviera quieto. Tras lanzar y dar en la diana, oyó los aplausos de Niall, por lo que se bajó teatralmente de su caballo, se asió las faldas y saludó, haciéndolo reír.

—¡Tu abuelo te enseñó bien! —afirmó Niall al comprobar lo acertado del tiro.

—¿Lo hacemos más difícil? —preguntó ella sorprendiéndolo esta vez.

—¡¿Más difícil?! ¿Cómo?

—De pie encima del caballo —soltó ella con una carcajada que hizo volver a reír a Niall.

—¿Tú estás loca? —Y fijándose en ella, dijo sorprendido—: ¿Lo dices en serio?

—Totalmente —contestó—. Lanzaré subida a *lord Draco*. *Stoirm* todavía no me ofrece esa confianza, pero *lord Draco* está acostumbrado a este tipo de juegos. —Y viendo la cara de Niall, dijo—: Shelma, Gillian y yo jugábamos bastante a esto.

—No..., no —negó él cogiéndola del brazo—. No lo hagas; si te pasara algo, Duncan me cortaría en pedacitos.

—¡Venga, hombre! —soltó ella envalentonada—. ¿Me estás diciendo que, encima de que no aceptas el reto, te da miedo que yo lo intente? —Y sonrió mientras se subía a *lord Draco*—. ¡Gallina! Co-co-co-co.

Zac, sentado en el suelo, se reía por aquello.

—No soy ningún gallina —respondió al verla subir al caballo—, pero lo siento. Yo no me voy a poner de pie encima de *True*. —Cogiendo una hoja del suelo, dijo mofándose de ella—: Veamos si es verdad que das a esta hoja. —Y con un palito la pinchó en el tronco de un árbol.

—Muy bien, «gallina». Procura estarte quieto y observa —presumió quitándose los zapatos mientras lo veía sonreír divertido. Agachándose para hablar con el caballo, le susurró—: *Lord Draco*, vamos a enseñarle a este highlander cómo lanzo una flecha subida a ti sin que tú te muevas.

Recogiéndose las faldas, subió los pies con cuidado al lomo del animal y, controlando el equilibrio con el carcaj en la mano, Megan poco a poco se levantó hasta quedar totalmente de pie encima de *lord Draco*, que para asombro de Niall ni se movió. Con sumo cuidado, extendió el carcaj, asió una flecha y, tras apuntar, lanzó. La flecha atravesó la hoja que instantes antes Niall había colocado allí.

Zac aplaudió.

—¡No me lo puedo creer! —susurró Niall anonadado, al tiempo que observaba cómo la mujer se bajaba del caballo tan fácilmente como se había subido—. ¡Por todos los santos celtas! Me has dejado sin palabras, cuñada.

—¡Ya lo sé! —suspiró mesándose el cabello—. Co... co... co... como se lo digas a Duncan, no te volveré a hablar en toda mi vida.

—¿Duncan no sabe que haces esto? —dijo muerto de risa por la gracia que su cuñada tenía para decir y hacer las cosas.

—¡Por todos los santos, Niall! —dijo levantando las manos hacia el cielo—. ¿Tú crees que tu hermano me permitiría hacerlo?

—De acuerdo..., de acuerdo —asintió doblado por la risa. De pronto, dejó de reír y la miró muy serio—. ¿Has dicho que Gillian también juega a esto?

—Ella fue la que nos enseñó —comentó ella angelicalmente mientras pestañeaba—. En serio, Niall, no se lo cuentes a Duncan, ¿de acuerdo?

—Te doy mi palabra —aseguró mientras pensaba en su preciosa Gillian subida a lomos de un caballo—. Te prometo que no diré nada.

Y, tras aquella divertida tarde, volvieron los tres al castillo, donde Marlob sonrió ansioso de su compañía al verlos regresar.

31

Æl día que Duncan regresó de su viaje, el recibimiento por parte de su mujer le llenó el corazón. Y aquello demostró a todos el amor que se profesaban el uno al otro, a pesar de que Duncan todavía no había sido capaz de decir las palabras que Megan deseaba tanto escuchar: «Te quiero».

Durante días disfrutaron de maravillosos paseos por los alrededores de Eilean Donan. Una mañana, Duncan la llevó hasta un lugar donde los ciervos paseaban con tranquilidad entre los árboles y Megan se asustó al ver la agresividad de los machos al luchar por sus hembras, desafiando a sus rivales con potentes bramidos. Durante aquellos paseos, Megan le demostró a su marido su destreza en el arte de cazar, cuando en varias ocasiones, montada en *Stoirm* o desde el suelo, cogía su carcaj y con una facilidad increíble alcanzaba algún conejo o alguna ave, pero nunca repitió lo que había hecho delante de Niall. Sabía que su marido no se reiría. Otro día, al pasar por un pequeño lago, lo sorprendió cuando ella le indicó que ese suelo era húmedo y peligroso al observar la presencia de lino silvestre de hoja estrecha.

La felicidad que Marlob observaba en la cara de su nieto le llenaba el corazón. En especial, en un par de ocasiones en las que la lluvia y los truenos arreciaban con fuerza, vio a Megan bailar y reír bajo el agua junto a un alegre Duncan, que apoyado en la pared del castillo se empapaba mientras la observaba y sonreía. Atrás quedaron sus silencios prolongados mirando el fuego, en los que el recuerdo de Marian, aquella terrible mujer, casi había acabado con él. Ahora sonreía muy a menudo y se lo veía feliz, a pesar de sus continuas discusiones. Discusiones que para Marlob eran divertidas. El anciano se alegraba de que Megan hubiera llegado al castillo, aunque todavía le parecía increíble que su serio y recto nieto se hubiera ido a enamorar de aquella alocada, contestona y divertida muchacha.

Duncan, aun pasados los meses, se sorprendía con curiosidad al ver cómo todavía observaba a su preciosa mujer. Verla bailar con Niall y hablar con Zac o reír con Marlob era algo que le llenaba de felicidad, y a pesar de lo mucho que la amaba, todavía era incapaz de que esas palabras salieran de su boca. Deseaba decírselo, pero el miedo al dolor se lo impedía. Por su parte, Megan, que vivía la mejor época de su vida, se sentía feliz y pletórica rodeada por todos ellos. A veces observaba con disimulo cómo la miraba su marido. Sabía que la estudiaba y tenía muy claro por sus gestos, sus sonrisas o sus besos que él deseaba decirle algo. ¿La amaría? Y si era así, ¿por qué no se lo decía?

En sus momentos de soledad, pensaba en esa posibilidad, pero nunca hablaba sobre ello con él. Tenía pánico a oír que nunca la amaría. En varias ocasiones pensó si Duncan le habría dicho a su abuelo que estaban casados no ante los ojos de Dios, sino mediante un *Handfasting*, que finalizaría en unos meses, y no podía evitar pensar si pasado ese tiempo Duncan querría seguir con ella.

El invierno crudo y duro llegó a las Highlands. Casi todo se cubrió de nieve y la felicidad se completó cuando una mañana recibió una misiva de Shelma. ¡Estaba embarazada!

—Creo que aquí plantaré algunas de mis hierbas —señaló Megan a Sarah, justo en un pequeño terreno libre que había tras el castillo—. Será un lugar estupendo.

—Habrá que hacer una buena limpieza, milady —sugirió Sarah, que miró el pequeño trozo de tierra cubierto por malas hierbas y nieve—. Pero creo que es un sitio sensacional. En primavera y verano le dará el sol buena parte del día.

—¿Conoces los beneficios de las hierbas?

—No exactamente —sonrió Sarah andando junto a su señora—. Hasta hace unos años, Melvita, la madre de Margaret, era quien mejor conocía los secretos de las plantas. Pero desde su muerte, Susan, la cocinera, es la única que recuerda qué hierbas utilizar para un dolor de barriga. Por eso, milady, cuando alguien enferma de gravedad, vamos hasta Inverness.

—¿La madre de Margaret? —preguntó extrañada—. ¿Y Margaret no aprendió de su madre?

—En confianza, milady —indicó Sarah mirando a su alrededor—. Yo creo que ella sabe más de lo que dice.

Aquello llamó la atención de Megan, que tras retirarse un mechón negro de la cara preguntó:

—¿Tú crees? ¿Por qué dices eso?

—Milady, no soy persona que crea en los murmullos de la gente —objetó molesta por lo que había dicho—, pero he visto cosas que me hacen creer lo que digo.

Arremangándose su vestido de color grisáceo, Megan volvió a preguntar:

—¿Cosas como qué? —Al ver el temor en la muchacha, dijo tomándole las manos—: ¿Todavía no confías en mí, Sarah?

—Sí, milady. Pero nunca se lo he contado a nadie, a pesar de lo que he oído de ello. Hace un tiempo, un atardecer que estaba en las almenas tomando el aire —explicó con picardía—, vi a Margaret salir a escondidas portando algo dentro de un saco que enterró cerca del lago. Al día siguiente, me acerqué, levanté unas piedras y, dentro del saco —susurró muy bajito—, encontré unos cobertores empapados en sangre seca. Dos días después, aquello había desaparecido de su escondite.

—¿Sangre seca? —repitió Megan sin entender de qué se trataba.

—Sí. Y al ver aquello entendí muchas cosas. —Se encogió de hombros pesarosa—. Una semana antes, Margaret estuvo varios días indispuesta. Como me daba pena que nadie se preocupara por ella, intenté ayudarle en lo poco que pude. Recuerdo una tarde en la que fui a su habitación a llevarle agua fresca. Margaret estaba profundamente dormida, pero por su cara se veía que sufría dolores. Asustada, me acerqué a ella y cogí un trozo de lino limpio. Le sequé el sudor de la frente, pero vi que temblaba, por lo que me acerqué al hogar para avivar el fuego. Entonces, me encontré con un pequeño recipiente que nunca antes había visto. Contenía una pócima espesa de olor pestilente. Al alejarme del hogar, vi en su arcón varias bolsas abiertas con distintas hierbas. Me acerqué a una de las bolsas y dentro observé unas pequeñas florecitas secas amarillas agrupadas en ramitos que despedían un olor muy desagradable. Entonces, Margaret comenzó a moverse y asustada me escabullí con rapidez de la habitación.

—No te entiendo —susurró Megan escuchándola con atención—. ¿Qué tiene que ver eso con lo que me has contado antes?

—Yo creo —murmuró la criada— que ella estaba embarazada. Tomó algo que la hizo perder el bebé, y la sábana que yo vi era la prueba de todo ello.

—¡Por san Ninian! —espetó Megan, sorprendida—. ¿Crees que sería capaz de eso?

La joven criada, con gesto grave, asintió.

—De eso y de más cosas, milady. Además, tengo la seguridad de que calienta la cama del anciano Marlob.

Megan también la tenía, pero no quería hablar de ello.

—Pero ¿cómo puedes decir eso?

—Cuando limpio la habitación del anciano, más de una vez encuentro pelos rubios y largos entre las sábanas, además de alguna horquilla o alhaja que sólo tiene ella. He visto en muchas ocasiones la taza que Marlob tiene en su habitación manchada con restos de alguna pócima, y tras saber que ella guarda en su baúl talegas con hierbas, pues...

—Oh... ¡Dios mío! —susurró Megan horrorizada al entender lo que Sarah quería indicarle—. ¿Crees realmente que esa mujer sería capaz de estar haciendo algo tan terrible?

—Rotundamente, sí. Margaret es una persona ambiciosa de riquezas y poder, y la única manera que tiene de conseguirlo es a través del anciano Marlob, pues sabe que por medio de Duncan y Niall nunca lo logrará.

Decidida a averiguar aquello, Megan le susurró:

—Sarah, tengo que conseguir esa taza cuando tenga restos. Yo entiendo bastante de hierbas, y estoy segura de que podré saber qué es lo que le está dando. —Intranquila por lo que acababa de oír, dijo—: Además, me tienes que ayudar a entrar en su habitación. Tengo que ver qué guarda esa mujer en ese arcón.

La criada asintió con una sonrisa. Confiaba en su señora, a pesar de que las mujeres de los alrededores hablaran mal de ella.

—De acuerdo, milady. Para mí será un honor.

—Tiraré esto aquí —dijo Megan quitándose un precioso brazalete que cayó en medio de la maleza—. Ahora entraremos y, cuando nos vea, yo fingiré que estoy muy enfadada por la pérdida del brazalete. Seguro que, con su maravillosa amabilidad, se ofrece a buscarlo. Tú la acompañas y yo entro en su habitación.

—Milady —susurró Sarah, temerosa—, ¿estáis segura?

—Segurísima —asintió Megan, quien ya andaba hacia el castillo. Para relajar el gesto nervioso de Sarah, bromeó—: Y luego quiero que me cuentes con quién das tú esos paseos por las almenas.

Comenzaron a actuar cuando vieron a Margaret y ésta rápidamente se ofreció a ayudar ante las lágrimas que afloraban sin control por los ojos de Megan. Por lo que Sarah y ella, tras dejar a Megan sentada cabizbaja en una silla, salieron hacia la zona donde decía haber perdido el brazalete. Nada más verlas irse, Megan se levantó y se limpió rápidamente los ojos. Al cerciorarse de que cruzaban el patio, se recogió las faldas y comenzó a correr en dirección a las habitaciones del servicio. Estaban en la parte de abajo del castillo, pero una mano poderosa la cogió y de un tirón le dio la vuelta.

—¿Adónde vas con tanta prisa?

—Iba a avisar a Susan —pensó rápidamente al ver a su marido, al padre Gowan y a Niall observándola con extrañeza— para que mañana haga carne estofada para comer.

—¿Y es necesario que vayas ahora? —señaló Duncan, seguro de que aquello no era verdad. Agarrándola con fuerza de la muñeca, la guio hasta una mesa, donde Marlob los observaba pensando que iba a ser testigo de alguna de sus peleas—. Mejor ven y siéntate con nosotros.

«Maldita sea, Duncan», pensó molesta.

—¡Ahora no! Más tarde. —Consiguió zafarse de las manos de su marido, que la miró ceñudo mientras Niall sonreía al padre Gowan y a su abuelo—. En serio, Duncan. Me han advertido de que Susan es una mujer muy estricta en lo referente a las comidas y no quisiera incomodarla si no le doy tiempo para preparar en condiciones lo que yo le pido.

—Tiene razón tu mujer —asintió Marlob echándole una mano; a veces su nieto era demasiado exigente—. Susan es terriblemente gruñona cuando no le das tiempo para variar la comida.

—Oh, sí —asintió el padre Gowan—. Su humor a veces es agrio, aunque sus manos para cocinar son excepcionales.

—¿Dónde está Zac? —preguntó Duncan al temerse que alguna travesura del pequeño fuera lo que azoraba a su esposa.

—Ahí, jugando con el hijo de Edwina —señaló Niall, y volviéndose hacia su cuñada dijo con guasa—: Ya que vas a la cocina, dile a Susan que estoy deseoso de que haga su plato estrella, te gustará.

—Uf..., estoy segura. ¡Susan cocina tan bien! —asintió Megan.

Después de dar un rápido beso a su marido, comenzó a andar presurosa hacia las cocinas.

—Ah..., ¡cuñada! —la llamó Niall sin poder contener la risa—. El plato estrella de Susan son los *haggis*.

Al escuchar aquello su estómago se encogió. La imagen de los pulmones, corazón e hígado de oveja guisados en el estómago del animal le revolvió el estómago. Tras dedicarle una sonrisa matadora a Niall que sólo vio él, salió resuelta a cumplir lo que se había propuesto.

Una vez que llegó a la arcada de la habitación de Margaret y vio que nadie pasaba por allí, abrió y se introdujo rápidamente en su interior. La habitación no era muy lujosa, pero quizá más de lo que solía ser la de alguien del servicio. De pronto, vio el baúl. Se acercó a él, pero al intentar abrirlo vio que estaba cerrado con llave. Maldijo y buscó la llave a su alrededor. Tras mirar en varios sitios, al final dio con ella en uno de los bolsillos de una bata oscura que estaba metida en el armario. Con nerviosismo, corrió de nuevo al baúl. Cuando oyó chasquear el cierre, abrió la tapa e, incrédula, vio talegas de cuero y botes de ungüentos de distintos colores. ¿Para qué tenía todo aquello Margaret si decía que no sabía de plantas? Con cuidado, intentó no descolocar nada. De pronto, le llamó la atención un trozo de lino arrugado; al cogerlo, descubrió allí envuelto un broche en forma de lágrima con piedras preciosas. Admiró su belleza y comprobó que estaba roto, por lo que volvió a dejarlo en el mismo sitio donde estaba. Tras cerrar el baúl, dejó de nuevo la llave en el bolsillo de la bata, salió de la habitación y corrió para llegar de nuevo al salón. Pasó junto a Niall, el padre Gowan, Marlob y Duncan, quienes la miraron con curiosidad. Pero, al oír las voces de Margaret y Sarah, Megan se tiró casi de cabeza para llegar hasta la silla.

—¡Lo hemos encontrado, milady! —señaló Margaret, que entró triunfal con el brazalete en la mano seguida por Sarah.

—¡Oh, gracias! —sonrió Megan que respiraba con dificultad por la carrera. Eso hizo más creíble su emoción, mientras abrazaba amorosamente a Margaret y guiñaba un ojo a Sarah, que asintió al entenderla—. Este brazalete representa tantísimo para mí que, si lo hubiera perdido, creo que me habría muerto. Gracias, Margaret. Eres maravillosa.

—No ha sido para tanto —manifestó la mujer justo en el momento en que Duncan aparecía mirándolas desconfiado—. Si me disculpáis, iré a terminar la labor que estaba haciendo.

—Megan, ¿qué te ocurre? —preguntó Duncan al verla tan acelerada.

—No os preocupéis —informó Margaret pasando junto a él sin mirarlo—. Vuestra mujer perdió algo que yo he recuperado. Y está tan emocionada por ello que casi no puede hablar.

—Milady, debo ir a las cocinas, estoy segura de que Susan requerirá de mi ayuda —se despidió Sarah, que desapareció tras Margaret.

De nuevo se quedaron los dos solos, y ante la mirada de su marido, Megan intentó recuperar la compostura.

—No sé qué ocurre aquí —señaló Duncan con desconfianza—, pero me encantaría que me lo contaras antes de que tenga que enterarme por terceras personas.

Con una sonrisa que derribó la rigidez de su marido le murmuró:

—Ven aquí, mi amor. —Lo sentó en la silla y ella se sentó encima. Con la sensualidad que sabía que derretía a su marido, le susurró—: Duncan, ¿por qué crees que estoy haciendo algo extraño?

—Porque te conozco y sé cuándo no dices la verdad —dijo él mientras sentía los labios de su mujer recorriendo su cuello y sus dedos se enredaban con peligro en su pelo—. Y ahora sé que estás intentando que deje de preguntarte.

—Te he echado de menos hoy —rio ella al ver cómo él comenzaba a sonreír.

—¿Qué estabas haciendo, Megan? —insistió Duncan al comprobar cómo aquella pequeña bruja había aprendido a engatusarlo, algo que, por cierto, le encantaba.

—Aunque no lo creas, ayudaba a Sarah. Necesito tener alguna amiga en mi nueva casa —susurró al ver que su marido comenzaba a sonreír—. Y ahora bésame y deja de mirarme con ojos de halcón.

—¿Ojos de halcón? —Se carcajeó al escuchar aquello.

—Sí. Lo haces cuando intentas adivinar algo. —Haciéndole burla comenzó a imitarlo—. Normalmente, cierras un poco el ojo izquierdo, tuerces la cabeza y clavas tu mirada verde. Ésa es tu mirada de halcón.

—¡Eres deliciosa! —sonrió besando su boca con avidez.

—¡Por san Ninian! —se mofó Niall, que pasaba por allí junto a Marlob y el padre Gowan. Megan y Duncan se levantaron rápidamente de la silla al ser sorprendidos—. ¿Acaso no tenéis una habitación para dar rienda a vuestras pasiones?

—¡Alabado sea Dios! —susurró el padre Gowan mirando hacia otro lado mientras Marlob se carcajeaba.

—Ahora que lo dices... —asintió Duncan sonriendo al ver la cara de su abuelo, y cogiendo la mano de Megan, que estaba roja como un tomate, dijo mientras se dirigían a la escalera—: Gracias, Niall, por sugerirme el lugar.

Tras aquello, Duncan y Megan desaparecieron de su vista.

—Creo que dentro de poco —rio el anciano junto a Niall— tendremos unos cuantos niños corriendo por este castillo.

—Y yo los bautizaré —asintió el padre Gowan convencido de ello.

32

Marlob estaba encantado con los nuevos residentes de la casa. Cada día estaba más feliz de ver cómo su nieto Duncan, aquel a quien cientos de hombres temían por su valor y destreza, se deshacía ante las sonrisas de aquella mujercita. Sin que Megan lo supiera, Marlob a veces la observaba desde el alféizar de su habitación y se maravillaba al verla cuidar a *lord Draco* o cabalgar sobre *Stoirm*, aquel impresionante caballo pardo.

Conocía por Niall las distintas maneras de ser de Megan. Había reído a mandíbula batiente cuando él le había contado ciertas cosas de aquella joven, que Duncan nunca se atrevería a contarle. Se maravilló cuando supo que ella manejaba la espada, cosa que hasta el momento no había realizado ante él, y se quedó sin palabras cuando le contó cómo Megan se había vengado de las personas que mataron a sus padres y posteriormente a su abuelo y a Mauled. Marlob era feliz viendo lo dichoso que esa muchacha hacía a su nieto, una felicidad que nunca había palpado años atrás cuando Duncan estuvo enamorado de Marian, la mujer que le rompió el corazón y le agrió el carácter hasta que Megan llegó a su vida.

Como laird de sus tierras, Duncan debía visitar a su gente y en especial velar por los intereses de todos ellos. Intereses que les proporcionaba grandes beneficios por la venta de la lana. Hacia el interior de las Highlands, el clan McRae poseía una gran extensión de tierras donde se dedicaban a la cría de ovejas. A pesar de los duros inviernos por aquellas zonas, ellos habían conseguido sacar con éxito aquella difícil empresa.

El rebaño que poseían era bastante importante. Cerca de dos mil ovejas pastaban tranquilamente al cuidado de varias personas, que se ocupaban de alimentarlas y cuidarlas dentro de los corrales. Cuando llegaba la época de esquilar, muchos de los aldeanos se marchaban hacia las tierras interiores y comenzaba el proceso: el lavado de los vellones, la clasificación y la división. Una vez clasificada, la lana se distinguía por buena, mediana, gruesa, poco basta y muy basta. Toda era transportada hasta los aldeanos de Eilean Donan y, en el pueblo, al igual que el herrero se encargaba de la herrería, distintas mujeres y hombres se ocupaban de cardarla y peinarla en el hilado para tejerla en el telar, donde se conseguían tejer finos paños para cogullas, capas de tela para los hábitos de los monjes, cobertores e incluso zapatillas. Con los años, los productos que vendía el clan McRae fueron adquiriendo fama. Cada vez eran más numerosas las abadías de Escocia que les encargaban sus hábitos y cobertores.

Tras retrasar todo lo que pudo el viaje, finalmente Duncan decidió marcharse junto a su hermano, dejando a Marlob y a Megan solos en el castillo.

—Sólo serán dos noches —sonreía Duncan, que jugaba con su mujer en la cama. Mientras él le hacía cosquillas, ella se revolcaba de risa—. Tengo que ir. Me han informado de que al este de Stirling varios rebaños de ovejas han cogido el escabro, y ayer me llegaron noticias nada halagüeñas de nuestros rebaños, por lo que necesito ver con mis propios ojos qué pasa.

—Tengo una idea —dijo Megan sentándose a horcajadas encima de él—. ¿Por qué no me llevas contigo y así puedo conocer yo también esa zona?

—Esta vez no puede ser, cariño —sonrió maravillado como siempre por la belleza salvaje y natural de ella. La tenía sentada encima de él, vestida únicamente con una fina camisa de lino medio abierta, que dejaba ver su fino y moreno cuerpo y sus tersos y redondos pechos—. Te prometo que la próxima vez que vaya, te llevaré.

—¿Existe alguien allí que no deseas que yo conozca? —preguntó mordiéndose el labio inferior.

De un movimiento, Duncan la hizo rodar por la cama hasta dejarla debajo de él.

—Cuando te refieres a alguien —rio al ver cómo ella fruncía el ceño—, ¿te refieres a otra mujer? —preguntó con voz ronca mordiéndola en el cuello para hacerla reír—. ¿Estás celosa?

—¡No! —aclaró ella mirándolo a los ojos—, pero como nuestro matrimonio se acaba en unos meses...

—¿Cómo puedes pensar esa tontería? —dijo inmovilizándola debajo de él mientras la miraba con seriedad—. Yo no necesito otra mujer que no seas tú.

Sólo pensar en perderla le martirizaba, por ello frunció el ceño y señaló:

—¿Acaso estás pensando acabar con nuestro matrimonio, Megan?

—No, en absoluto —sonrió ella al sentir cómo él se tensaba—. Sólo recordaba que el *Handfasting* se acaba en unos meses.

—Y te casarás de nuevo conmigo —dijo él con rotundidad sujetándole los brazos por encima de la cabeza y clavando sus preciosos e inquietantes ojos verdes en ella—. No voy a permitir que te alejes de mí.

Aquello la animó, aunque no escuchara de su boca románticas palabras de amor.

—Entonces, puedes irte con la seguridad de que no estaré celosa.

Sin querer cambiar de tema, Duncan, aún encima de ella, susurró:

—Ten la seguridad de que te casarás conmigo. —Al ver que ella sonreía la besó y dijo—: Cariño, te diré tres razones para que no estés celosa: la primera es porque mis besos son sólo para ti; la segunda es porque me gustas muchísimo.

—¿Y la tercera? —preguntó Megan en un susurro—. ¿Cuál es la tercera?

—Ah..., amor, ésa es la más importante. —Rio al saber que ella protestaría y, cogiéndola de las muñecas mientras le abría las piernas, susurró—: La tercera es porque todavía no he conocido a nadie que tenga el mismo color de pelo que mi caballo.

—¡¿Cómo puedes decir eso?! —gritó riendo. Tras abandonarse a sus caricias, murmuró—: Cada vez tengo más claro que te casaste conmigo por mi cabello.

—Sí, cariño —suspiró volviendo a besarla—. Tienes toda la razón.

A la mañana siguiente, junto a Marlob, Margaret y Zac, Megan, algo triste pero con una sonrisa en los labios, se despedía de Duncan, quien, tras guiñarle el ojo, se marchó al galope con varios de sus hombres. Aquella tarde, ella bajó a las cocinas, pero al ver las caras y los gestos de incomodidad de la mayoría de las mujeres volvió a subir al salón, donde se sentó y miró a su alrededor sin saber realmente qué hacer.

Sus ojos se posaron sobre el horroroso tapiz que colgaba en el lateral del salón, frente a la mesa presidencial. Aquel tapiz en tonos tan siniestros daba oscuridad. Además, estaba colgado ante unos pequeños ventanucos orientados a la escalera que subía a las habitaciones. Decidida, solicitó la ayuda de varios hombres para quitarlo. El salón se inundó de luz y dejó al descubierto un escudo de armas labrado en la misma piedra, que más tarde supo que pertenecía a los padres de Duncan.

—¿Qué ocurre aquí? —dijo Margaret al entrar en el salón—. Por todos los diablos, ¿quién ha ordenado quitar ese tapiz?

—He sido yo —respondió Megan quitándose el polvo del pelo—. ¿Ocurre algo?

—Ese tapiz —señaló furiosa— fue un encargo que Duncan nos hizo a otra persona y a mí. Y no estoy segura de que le agrade ver que lo habéis quitado.

Megan, dispuesta a no dar su brazo a torcer, dijo:

—¡Pero si es horroroso! —se mofó ante la mujer haciendo reír a los hombres y a las mujeres que lo recogían—. ¿Esa cosa tan fea la encargó Duncan?

—Sí —respondió la mujer, muy digna, tosiendo por el polvo.

—Pues debía de estar terriblemente borracho —volvió a responder y de nuevo hizo reír a todos los presentes menos a Margaret.

Rabiosa por sentirse menospreciada, cuando ella pretendía ser la señora del castillo, la mujer volvió al ataque.

—Siempre lo ha tenido en mucho aprecio porque fue algo que lady Marian y yo compramos. —Al escuchar aquello, todos se quedaron sin habla.

—¿Lady Marian? Ah, sí... —respondió Megan con disimulo. No quería dar la impresión de que no conocía nada de ella, aunque así era. Y sin pensárselo dos veces, dijo ganándose la simpatía de todos los que estaban allí—: Pues si lo compró ella, con más razón aún lo quiero ver fuera de mi vista. Llevadlo a algún sitio donde no lo vuelva a ver, o quemadlo.

Margaret, atónita por aquella decisión, gritó:

—¡Deberíais preguntar antes de tomar decisiones! —Aquel gesto le supuso a Megan un reto y cuadrándose ante ella siseó:

—Sinceramente, Margaret, dudo que deba preguntarte a ti, cuando la señora de este castillo soy yo —respondió, cortándola de tal forma que Margaret no supo qué responder.

La humillación que Margaret sintió en ese momento fue tal que sin decir nada más salió del salón como alma que lleva el diablo, dejando a Megan terriblemente confundida y sin saber si lo que acababa de hacer estaba bien o mal.

Aquella noche, cuando Marlob apareció y Megan le contó lo ocurrido, éste rio a carcajadas felicitándola por el buen gusto de haber quitado aquella cosa horrorosa del salón, palabras que la dejaron más tranquila. Saber que Marlob no le daba importancia le hizo intuir que a Duncan tampoco le molestaría.

Tras pasar una noche en la que la ausencia de Duncan se le hizo terrible, se durmió agotada, hasta que notó que alguien la zarandeaba para despertarla.

—¿Qué ocurre? —preguntó malhumorada por los zarandeos.

—Milady, despertad. —Era la voz de Sarah, que lloraba asustada—. Despertad, por favor.

—De acuerdo —asintió al notar la angustia de Sarah—. ¿Qué ocurre?

Sarah, histérica, habló.

—Unos hombres retienen al anciano señor Marlob en el salón —dijo llorosa—. Entraron de madrugada, capturaron a los centinelas, y están destrozando el castillo.

—¡¿Cómo?! —gritó despejándose de golpe—. Pero ¿dónde están nuestros hombres?

—Unos se fueron con vuestro marido, y el resto, en sus casas descansando —dijo Sarah retorciéndose las manos—. El problema es que esos hombres han tomado los puestos de nuestros centinelas, y mandan continuamente las señales necesarias para que la guardia de la aldea siga tranquila.

—Tenemos que hacer algo para avisarlos —susurró pensando qué hacer—. ¿Dónde está Zac?

—En su habitación, durmiendo.

—¡Por todos los santos, Sarah! —exclamó Megan levantándose de la cama con todo el pelo revuelto y poniéndose una bata de color azul—. ¡No se me ocurre qué hacer!

—Oh, Dios —gimió nerviosa la criada—. Nos matarán a todos.

Anudándose con fuerza el cinturón de la bata, Megan asintió.

—Marlob no lo consentirá.

—Milady, escuché a uno de esos hombres preguntar por vos.

Mirándola con rapidez Megan preguntó:

—¿Por mí?

—Sí —asintió la asustada muchacha—. Ese bribón dijo: «¿Dónde está la morena que mató a mi hermano e hirió a uno de mis hombres?». Y, por lo poco que les he oído gritar, esos hombres debieron de conoceros en algún ataque tras la boda.

Megan, retirándose el pelo de la cara, asintió.

—Creo que sé quiénes son —respondió al recordar a los hombres que los atacaron cuando estaban encerradas en la tienda de Lolach. Sin perder tiempo cogió la espada—. ¿Cuántos son?

—He visto a unos veinte, y temo que maten al anciano Marlob.

—Yo sé cómo salir sin que nadie me vea —dijo de pronto Zac tras ellas.

—¡Zac, tesoro! —Megan corrió a abrazarlo—. ¿Qué haces despierto?

—He oído ruido y me he levantado —confesó mirándolas con impaciencia—. ¿Me habéis oído? Yo sé cómo salir sin ser visto.

—¿Cómo? —preguntó Megan.

—Marlob me enseñó que tras el tapiz de su habitación existe una cámara secreta —informó el niño con los ojos muy abiertos—. Me dijo que esa cámara la utilizaba cuando necesitaba salir o entrar con urgencia en el castillo para coger la galera en sus años de guerrero.

—¿Adónde da esa cámara secreta? —preguntó Sarah.

El niño, tras mirar a su hermana, respondió:

—Va directa al lago. Marlob me contó que antes siempre había una barca esperándolo para llevarlo hasta la galera.

—Pero ahora no habrá ninguna —susurró Megan—. No puedes ir. ¡Ni lo pienses!

—Megan, escucha —dijo el niño sorprendiéndolas—. Tú me enseñaste a nadar, y puedo salir por ahí sin ser visto e ir hasta la aldea para pedir ayuda.

—¡Es una excelente idea! —gimió Sarah, desesperada—. Milady, yo podría acompañarlo, pero no sé nadar. ¡Maldita sea!

—Eres muy pequeño para hacer eso tú solo —murmuró Megan, desconcertada por lo rápido que iba todo, mientras se sujetaba una daga en el muslo y escondía otra bajo la manga de la bata.

—Pero si no lo hago... ¡matarán a Marlob! —gritó el niño—. Y ¿qué te pasará a ti y a Sarah?

El niño tenía razón, y ambas lo sabían.

—Milady —sollozó la criada al oír algo que se rompía—, Zac es la única opción. Debemos confiar en él. No nos queda mucho tiempo.

Megan, confundida, miró a su hermano y comprobó lo rápido que estaba creciendo.

—De acuerdo —asintió y besó a su hermano antes de salir por la arcada recogiéndose el cabello—. Confío en ti, tesoro. Ten mucho cuidado y trae pronto a los hombres.

Sin dar tiempo a que la duda hiciera mella en ella, corrió con cautela por el pasillo mientras Zac entraba con sigilo en la habitación de Marlob y, escabulléndose tras el tapiz, encontraba la cámara secreta por donde escapar. Desde el salón llegaban ruidos de loza al caer al suelo. Megan, junto a Sarah, corrió hasta la escalera y, asomándose con cuidado por uno de los ventanucos, vio cómo un hombre no más alto que ella, con cabellera pelirroja, gritaba a Marlob, que sangraba por la boca y lo miraba desde el suelo.

Un conocido temblor se apoderó del cuerpo de Megan. Ordenó a Sarah que permaneciera en la escalera y observara desde los pequeños ventanucos. Comenzó a bajar hasta que llegó al salón y, sin ser vista por ellos, los observó oculta por las sombras.

—¡Maldito viejo! —gritó un hombre joven de aspecto saludable que rompió una silla al tirarla contra la pared.

—¡¿Dónde guardas el dinero y las joyas?! —vociferó el que parecía ser el jefe de la banda, que a diferencia de los demás estaba sentado frente a Marlob bebiendo una jarra de cerveza.

—¡Maldita sea, O'Malley! —bramó Marlob enfurecido al ver cómo el tipo gordo que Megan conocía puso el pie encima de él—. Te acabo de decir que son mis nietos quienes se ocupan de esas cosas. Y lo sabes muy bien. Trabajaste para nosotros muchos años.

—¡Jefe, que traigan a alguna mujer! —gritó el gordo desdentado. Eso hizo que a Megan se le revolviera el estómago—. Veréis cómo nos cuenta algo rápidamente.

—¡Dejad en paz a las mujeres, cobardes! —gritó Marlob asqueado al ver las intenciones de aquellos hombres.

—Nos conocemos desde hace años, tienes razón —confirmó el jefe de la banda—, Y por eso sé que tus nietos nunca te ocultarían dónde guardan el dinero. ¿Acaso crees que es casualidad que ellos no estén aquí? —Y soltando una carcajada prosiguió ante la dura mirada de Marlob—: A vuestras ovejas no les pasa nada, pero eso no lo sabrán hasta que lleguen allí. Y, para entonces, yo ya tendré lo que quiero.

—¡Eres un odioso bastardo! —gritó Marlob colérico—. ¡Te pudrirás en el infierno!

—He esperado pacientemente hasta que Duncan ha sido capaz de alejarse de esa valiosa morena que ha tomado por mujer. Ahora, decide: o me das lo que pido, o a la vuelta tu nieto te odiará por lo que haremos con ella.

A Megan se le puso la carne de gallina, más que por ella, por el anciano que sangraba en el suelo.

—¡O'Malley! —protestó Marlob—. Dile al burro que tiene el pie encima de mi espalda que me deje levantar.

Megan, horrorizada, observaba sin saber realmente qué hacer.

—¡Jefe! Deberíamos matarlo —protestó el gordo desdentado al recibir la orden de levantar el pie.

Tambaleándose torpemente, Marlob logró levantarse.

—¡Dadme una espada! —gritó el anciano, débil por los golpes recibidos.

Los ladrones se carcajearon al escucharle.

—Viejo —rio O'Malley al verlo débil y pálido—, ¿qué quieres? ¿Que te mate a ti antes de disfrutar de la mujer de tu nieto?

Eso heló la sangre de Marlob y aumentó su rabia.

—¡No la tocarás! Ni a ella ni a ninguna —respondió apoyándose torpemente en una mesa.

—No es por menospreciarte —rio O'Malley acercándose a Marlob; dándole un simple empujón, el anciano cayó hacia atrás ante las risotadas de los bandidos y la impotencia de Megan—, pero si tú no vas a impedir que yo haga lo que desee con tus mujeres, y tus nietos no están, ¿quién va a defender ese honor que tanto te empeñas en defender?

Megan no pudo soportar más.

—¡Yo, su nieta, Megan McRae! —bramó ella atrayendo la atención de todos con su espada agarrada en la mano—. ¿Os parece bien?

Los hombres clavaron sus sucias miradas en ella, pero eso no le importó. No estaba dispuesta a continuar impasible ante lo que le estaban haciendo a Marlob.

—¡Magnífico! —susurró O'Malley al ver a aquella espectacular morena de ojos negros ante él—. Sois un botín mejor de lo que pensaba.

—¡O'Malley! —vociferó Marlob, incrédulo por la valentía de Megan—. Si algo le pasa a mi nieta, ten por seguro que Duncan y Niall no pararán hasta acabar contigo.

—Tranquilo, Marlob —comentó ella al anciano, que apenas podía respirar—. Sé lo que hago. Confía en mí.

—¡Jefe, es ella! —gritó el gordo desdentado.

Al oír aquella voz, Megan lo reconoció. ¡Balducci!

—¿No tuviste bastante con lo que te hice? —señaló despectivamente al gordo, que aún cojeaba, mientras intentaba no mirar a Marlob.

—Ahora entiendo por qué Duncan no quería separarse de ti, dulzura —susurró O'Malley—. Eres una presa muy apetecible.

—¡Malditos seáis! —exclamó Megan clavando la mirada en O'Malley mientras Marlob la observaba con horror. Ella sola no podría luchar contra aquellos tres hombres y todos los que esperaban fuera—. ¿Qué hace Marlob en el suelo?

—¡Es ella, jefe! —insistía el hombre gordo—. ¡Es la bruja de pelo negro que mató a vuestro hermano! —Y mirando a Megan, gritó—: ¡Aquí tenéis a Brendan O'Malley! ¡Tú mataste a su hermano, y él viene a matarte a ti!

O'Malley la miró con deseo. Aquella mujer morena, vestida con aquella bata y la espada en la mano, era bellísima.

—¡Levantad a Marlob del suelo! —espetó ella sin amilanarse.

—Dulzura —respondió O'Malley—, vuestra valentía me ha dejado sin palabras, pero el perro de Marlob se queda donde está.

—¡No me llamo «dulzura»! —advirtió Megan con cara de pocos amigos—. Os lo diré de otra forma. Si en algo apreciáis la vida de los dos hombres que están aquí, creo que deberíais hacer lo que os pido. Os advierto, mi paciencia no es muy grande.

—¡Jefe, ni caso! —gritó el gordo desdentado con menosprecio—. No puede hacer nada. ¡Es una mujer!

—Tú lo has querido —siseó Megan e hizo un movimiento con el brazo para lanzar una de las dagas que guardaba en la mano, que fue directa a la garganta de aquel ladrón. Éste, sorprendido, cayó hacia atrás mientras la sangre salía a borbotones por su garganta.

—¡Por san Fergus! —gritó el hombre joven acercándose al gordo desdentado—. Esta puta lo ha matado.

Megan, con gesto frío, sonrió.

—Repito que si en algo apreciáis vuestra vida —dijo al ver la cara de incredulidad de Marlob y de O'Malley—, deberíais salir de este castillo inmediatamente.

—No tan deprisa, dulzura —dijo O'Malley arrastrando aquella última palabra, consciente de que aquella mujer no era como las demás—. Somos dos contra una, y eso sin contar a los hombres que vigilan fuera.

De pronto, se oyó un golpe seco. El joven que momentos antes insultaba y gritaba cayó al suelo, haciendo que O'Malley saltara también. Megan levantó rápidamente la mirada y sonrió a Sarah, que desde uno de los ventanucos de la escalera había lanzado con todas sus fuerzas un cascote de piedra que fue a estrellarse contra la cabeza del ladrón.

Marlob observaba perplejo a Megan. Por primera vez sonrió, aunque la sonrisa se le heló en los labios cuando vio cómo O'Malley sacaba su espada del cinto.

Ella rio ante aquel nuevo desafío.

—Ahora estamos casi en igualdad de condiciones —señaló Megan separando un poco las piernas para afianzar el peso de su cuerpo y extender la espada en posición de combate.

—¿Vais a luchar también, dulzura? —rio fríamente O'Malley, asombrado por cómo se estaba desarrollando todo.

Retirándose un rizo salvaje de los ojos, Megan miró a Marlob y tras pedirle calma con la mirada dijo:

—¿Acaso tengo opción?

Nada más decir eso, O'Malley dio un grito y se lanzó contra ella. Eso hizo que el corazón de Marlob casi se parara. Pero Megan, que era hábil y rápida con la espada, supo rápidamente parar el golpe y atacar.

El acero de ambos contrincantes chocó una y otra vez, al tiempo que ambos se movían por todo el salón. O'Malley, que ya había perdido la sonrisa, veía petrificado cómo aquella mujer se defendía. Con rabia y fuerza intentaba alcanzar con el filo de la espada cualquier parte del cuerpo de ella. Pero Megan hacía frente a los ataques con absoluta concentración.

—¡O'Malley, maldito cobarde! —dijo Marlob horrorizado al ver la dureza de sus ataques contra Megan—. ¡Estás luchando contra una mujer!

El ruido de las espadas al encontrarse era ensordecedor y la fuerza con la que O'Malley golpeaba hacía que los brazos de ella temblaran en muchas ocasiones, aunque con un control espectacular conseguía mantenerlos firmes para continuar atacando y defendiéndose.

—¡Por todos los cielos! —gritó O'Malley, incrédulo, al oír gritos procedentes del exterior mientras Megan sonreía al intuir que su hermano lo había conseguido—. Te mataré, maldita mujer. ¡Eres una verdadera bruja!

—¡Cosas peores me han llamado! —vociferó ella para hacerse oír por encima del ruido de los aceros.

Megan sintió que sus fuerzas estaban llegando al límite cuando el bandido consiguió herirla en el hombro. Sacando las pocas fuerzas que le quedaban, logró repeler el siguiente ataque e hizo que ambas espadas volaran por los aires, justo en el momento en que Sarah aparecía en el salón y le volvía a dar otro golpe en la cabeza al hombre joven que parecía recuperarse. O'Malley, al verse sin su espada, fue rápido y lanzándose contra ella la tiró al suelo, donde ambos comenzaron a golpearse. Él consiguió sentarse encima de ella, sacó su daga de la bota y, sin darle tiempo a reaccionar, se la clavó en un costado, haciéndole sentir un escalofrío y un horrible mareo.

Al ver aquello, con el corazón en un puño y con las escasas fuerzas que le quedaban, Marlob se arrastró hasta llegar a una de las espadas. Lanzó un grito salvaje de cólera, se levantó y, con toda la rabia que llevaba en su interior, clavó el acero en la espalda a O'Malley, quien tras dar un gemido se desplomó hacia un lado.

—¡Oh, Dios mío! —exclamó Sarah corriendo hasta ellos con el rostro bañado en lágrimas.

—Busca ayuda. ¡Rápido! —le ordenó Marlob casi sin aire mientras miraba a Megan, que permanecía inmóvil y pálida—. No te preocupes, mi niña. Ahora mismo te curaremos.

A Megan el mundo se le nublaba poco a poco y cada vez oía los sonidos más y más lejos.

—Sí..., sí..., tranquilo —susurró ella, débil y temblorosa.

En ese momento, se abrió con un fuerte estruendo la arcada principal del castillo. Marlob sintió que entraban varias personas con premura.

—¡Por todos los santos! —vociferó Duncan con una mirada asesina, espada en mano, seguido por Niall, Ewen y Myles—. ¿Qué demonios ha ocurrido aquí?

—¡Rápido, Duncan, Niall! —llamó Marlob desesperado al ver la sangre y la daga clavada en el costado—. ¡Megan está herida!

Duncan se quedó paralizado. Su impotencia era tan grande que hasta le impedía moverse. El primero en llegar junto a ellos fue Niall, quien soltando un bramido de angustia hizo volver en sí a su hermano.

Zac, que entraba corriendo, fue sujetado por la fuerte mano de Ewen, que lo sacó del salón sin importarle las patadas que el muchacho le daba para que lo soltara.

Duncan, desesperado, se aproximó a Megan y se arrodilló ante ella.

—Te vas a poner bien, cariño —susurró besándola en la frente mientras con un extraño temblor revisaba el costado de su mujer, donde sobresalía la daga.

Al escuchar su voz, Megan intentó abrir los ojos, pero el dolor era tan intenso que apenas podía respirar.

—Me duele mucho —gimió con tal debilidad en la voz que Duncan creyó morir de miedo.

—Ya lo sé, mi amor —respondió angustiado—. Pero ahora te vamos a curar.

Niall, destrozado por cómo temblaba Megan y el miedo que veía en los ojos de su hermano, lo tocó en el brazo y señaló la daga.

—Antes de moverla, tenemos que sacársela. ¿Quieres que lo haga yo?

—No, lo haré yo —respondió Duncan, que cerró los ojos un momento para tomar valor.

Tenía a Megan malherida entre los brazos y eso lo mataba.

Una vez que comprobó que la maldita daga se había clavado entre las costillas, agarró con seguridad la empuñadura y, a pesar del grito seco que dio ella al notar el movimiento, la sacó sin ninguna dificultad, mientras Sarah taponaba con celeridad la herida con un trozo de lino limpio. Tirando con rabia la daga, Duncan besó a Megan en la frente y con ojos oscurecidos por el miedo y voz temblorosa le susurró:

—Ya está, mi amor. Ahora voy a tomarte entre mis brazos y juntos subiremos a nuestra habitación para curarte.

Con los ojos vidriosos, Megan miró a Marlob, que prorrumpió en sollozos cuando ella le sonrió. Con una respiración irregular, Megan miró a Sarah y ella entendió cuando sin apenas fuerzas susurró:

—Margaret no... Ella no.

—No os preocupéis, milady —asintió Sarah—. Yo os curaré. Nadie más os tocará. Os lo juro por mi vida.

Como en una nube, Duncan intentó ver un gesto, una mirada, en la pálida tez de su mujer. Cientos de garras dolorosas se clavaban en lo más profundo de su corazón y en su alma. Con todo el cuidado del mundo, la cogió entre sus temblorosos brazos, notando la falta de vitalidad en ella, la llevó hasta su habitación diligentemente. Varias mujeres del clan, entre las que no estaba Margaret, pues Duncan no se lo permitió, comenzaron a curar a su mujer.

Desesperado, se negó a separarse de su lado hasta que Niall y el padre Gowan lo convencieron de que las mujeres necesitaban espacio para moverse y que allí sólo molestaba. Dándole un dulce beso en sus inertes labios, salió al pasillo junto con Marlob y Niall, quienes ese día comprendieron lo muchísimo que Duncan quería y necesitaba a aquella alocada mujercita.

33

La noche llegó oscura, triste y lluviosa, filtrándose el olor a tierra mojada a través de las rocosas piedras del castillo. Marlob, que apenas se había dejado curar, esperaba noticias con impaciencia junto a sus nietos mientras las antorchas encendidas iluminaban el frío pasillo. Niall observaba la rigidez en la espalda de su hermano quien, agachado y con las manos en la cabeza, no se había separado ni un instante de la puerta, repitiendo en murmullos una y otra vez: «No me la quites, por favor. No me la quites».

El tiempo pasaba y las mujeres entraban y salían con paños ensangrentados. Los guerreros más cercanos, como Myles, Gelfrid y alguno más, esperaban con gesto serio junto a su laird en el pasillo iluminado. De pronto, un fuerte trueno hizo retumbar todas las piedras del castillo. Aquello hizo sonreír a Duncan.

—¿Qué te resulta tan gracioso? —preguntó Niall, asombrado.

—Megan —contestó Duncan mientras cerraba los ojos—. Siempre dice que las noches con truenos y con rayos son sus noches preferidas.

—¿En serio? —sonrió Niall percatándose de que hasta en eso ella era diferente.

—Sí —asintió Duncan quitándose con disimulo una lágrima que rodaba por su cara—. Es tan valiente que no teme ni a la oscuridad ni a los truenos.

—Duncan —tosió Marlob al escucharlo, conmovido por sus palabras—, esa muchacha es tan valiente que es capaz de enfrentarse hasta con el Todopoderoso.

Con una cansada sonrisa, el highlander asintió.

—Carácter tiene para eso —corroboró Niall viendo al padre Gowan persignándose.

—Y también locura —añadió Duncan sin mirarlos—. Me encanta su locura.

De madrugada, la arcada se abrió. Duncan se levantó de un salto y las mujeres salieron de la habitación.

—Mi laird —dijo Sarah con una sonrisa de satisfacción en los labios—, milady pregunta por vos.

Escuchar esas palabras era lo que más deseaba en el mundo. Niall, al sentir cómo su hermano suspiraba, lo abrazó.

—Hermano —sonrió Niall—, no la hagas esperar.

—Por supuesto que no —sonrió Duncan y desapareció tras la puerta.

Los highlanders comenzaron a sonreír.

—Pero ¿está bien? —preguntó Marlob con los ojos vidriosos—. ¿Ella está bien?

—Es joven y sanará rápido —respondió Margaret, que apareció entre las sombras aún molesta por que no la hubieran dejado entrar con las mujeres.

—Señor —sonrió Sarah con los ojos vidriosos—, milady me ha pedido que os dé las gracias en su nombre, hasta que ella misma pueda hacerlo.

Al escuchar aquello, Marlob tomó las manos de la joven criada y ambos lloraron.

—¡Vaya pandilla de llorones! —se mofó Niall, empujando a todos hacia la escalera con el corazón rebosante de alegría al saber que su cuñada, a la que adoraba, estaba fuera de peligro—. Vayamos todos a llorar al salón para que Duncan y Megan puedan descansar.

Duncan se apoyó detrás de la puerta, desde donde intentaba ver a su mujer tumbada en la cama. Los reflejos del fuego del hogar iluminaban la habitación y esos reflejos fueron los que le advirtieron que Megan lo miraba.

—Hola, Impaciente —susurró acercándose con voz ronca y una sonrisa—. ¿Cómo estás, mi amor?

Pálida y ojerosa, ella contestó devolviéndole la sonrisa:

—Bien, no te preocupes.

—Ahora que me hablas, y estoy contigo, ya no me preocupo —susurró con una voz cargada de alivio, apartándole el pelo sudado de la cara.

Tras un pequeño silencio cargado de emoción, fue ella quien habló.

—Estás enfadado conmigo, ¿verdad? Seguro que piensas que no debería haberme movido de esta habitación.

—No, cariño —sonrió él con dulzura tumbándose junto a ella, mientras los truenos se oían más lejanos—. Contigo no puedo estar enfadado, pero conmigo sí. ¿Cómo no me di cuenta de lo que pasaba? ¿Cómo no llegué antes?

Al escucharlo, Megan sonrió.

—De paso —se mofó ella haciéndolo reír—, pregúntate cómo no se me ocurrió a mí decirte que no te marcharas por si nos atacaban los O'Malley y no te daba tiempo a llegar.

—Vas a acabar conmigo —dijo él besándola con delicadeza en la mejilla—. Desde que me casé contigo, mi vida es un continuo sobresalto.

—Te lo advertí —murmuró tomándole la mano sin fuerzas.

—Eres incorregible, contestona a la par que impetuosa, impaciente, cabezona y, en ocasiones, maravillosa. ¿Lo sabías?

—Sí —asintió quedándose adormilada junto a él—. Pero encárgate tú de recordármelo.

Duncan pasó parte de la noche observándola para tranquilizar sus miedos. Pensar en que algo pudiera ocurrirle a ella, le quitaba la vida. Repasó una y otra vez la manera en la que había caído en la trampa de O'Malley sin apenas percatarse. ¿Cómo no sospechó? La única respuesta que encontraba era la de siempre: Megan. Estaba tan absorto en sus gestos, en sus sonrisas, que estaba pasando por alto detalles que antes desgranaba al máximo. Al final, agotado, se quedó dormido junto a ella, consciente de que su vida ya no volvería a ser la que era.

Siete días después, Megan no conseguía que Duncan la dejara salir de la habitación. La tenía retenida en contra de su voluntad y no le permitía hacer nada. Los primeros días resultó divertido holgazanear y dormir todo lo que quiso, pero a medida que sus heridas sanaban y recobraba fuerzas, aquel encierro le quemaba la sangre.

—¡Quiero salir y darme un paseo! —protestó como una niña pequeña.

—Esperarás a tener más fuerzas —respondió Duncan, cansado de escucharla.

—¡Por todos los santos, Duncan! —gritó ella—. ¿Pretendes que siga aquí encerrada más días?

—Sí —asintió él con suavidad mientras se calzaba las botas, sentado en la cama.

—¡Ni lo sueñes! —amenazó, lanzándole un cepillo del pelo que le dio en la espalda—. Saldré de aquí quieras o no.

Duncan la miró ceñudo, pero al ver su gesto infantil sonrió. Estaba preciosa con aquella bata de color tierra. Pero por mucho que protestara, no le permitiría salir de allí hasta saber que estaba del todo bien.

—¿Pretendes acabar con mi paciencia? —preguntó perfilando una sonrisa.

—¿Y tú? —contestó ella con los brazos en cruz—. ¿Pretendes acabar con la mía?

—Pero si tú no tienes paciencia —rio él—. ¿Acaso has olvidado eso?

—¡Eres un bruto insensible! —protestó horrorizada ante la perspectiva de pasar otro día encerrada en la habitación—. Y no te rías o juro que te tiro la silla a la cabeza.

—¡Ah, eso significa que te encuentras mejor! —se mofó de ella—. Ven aquí, cariño.

—No me apetece —respondió Megan enfurruñada.

—No es cuestión de apetencia —sonrió feliz de verla con las mejillas arreboladas, con su ceño fruncido y con el reto en su mirada—. Te estoy dando una orden.

Aquello la hizo sonreír. Él la hacía sonreír.

—¿Te parece divertido darme órdenes, highlander? —sonrió al verle tan guapo y apuesto frente a ella.

—Lo que me parece divertido eres tú —admitió acercándose más a ella y, haciéndola caer hacia atrás en la cama, dijo antes de desatarle la bata y besarla—: Me gustas.

—¿Sólo te gusto? —susurró deseosa de escuchar las palabras que nunca decía.

Mirándola con esos ojos verdes como los prados de Escocia le susurró al oído:

—También me diviertes, me enfadas, me retas...

—Espero provocar más sensaciones y necesidades con el tiempo —suspiró decepcionada.

Deseoso de hacerle el amor, algo que aún no debía, dijo tras besarla en el cuello:

—¿A qué te refieres?

—Hablo de amor, de sentimientos.

—Ya sabes que yo no creo en eso —respondió mientras sentía que su propio corazón se rebelaba—. Yo creo más en las necesidades.

Ella entrecerró los ojos con enfado y Duncan sonrió.

—¿Me estás diciendo que soy para ti como comer o beber cerveza? —preguntó, incrédula.

—Digamos que sí —mintió él sintiéndose cruel por aquella respuesta, y sin darle tiempo a contestar la abrazó—. Para mí eres algo necesario en mi vida, porque adoro tu sonrisa, me divierten tus comentarios y tus retos son deliciosos. Pero lo que más me gusta son nuestras reconciliaciones, cuando te beso y me respondes, y cuando tus suspiros llegan a mi mente y me enloquecen de pasión.

Escuchar su insinuante voz y sentir su cuerpo sobre el de ella la hizo estremecerse de pies a cabeza. Era tan apuesto y tan varonil que, en ocasiones como aquélla, la excitación le dejaba la boca seca y el cuerpo blando. Consciente de la cercanía de su esposo, intentó atraerlo hacia ella, pero él se resistió levantándose.

—Ten por seguro, esposa mía, que mi urgencia por tenerte es más grande que la tuya —rio contemplando su cara de desconcierto—. Pero hasta que estés repuesta, no pienso hacer nada de lo que luego me pueda arrepentir.

—¡Oh..., eres un animal! —gritó enfadada y complacida a un tiempo—. Además de un bárbaro salvaje, un estúpido y un presuntuoso.

—Sí, cariño —asintió poniendo los ojos en blanco—. Soy todo lo que tú quieras hasta que sanes, pero después... no vuelvas a decirme algo así, porque ten por seguro que te lo haré pagar.

—¡Qué miedo! —se burló viendo cómo abría la puerta para salir con su espada en la mano.

—Ahora, descansa —ordenó él sonriendo—. Dentro de un rato volveré.

Cuando se quedó sola, Megan sonrió. Fue hasta la ventana, donde esperó ver a su marido llegar al patio. Poco después, aparecieron Niall y Gelfrid para entrenarse con sus respectivas espadas.

Con una pícara sonrisa, se ató la bata con cuidado. Sin que nadie se enterase, fue hasta la habitación de Marlob. Entró por la cámara secreta y, tras serpentear por varios túneles, llegó hasta el lago. Una vez allí, se sentó en el suelo mientras el aire movía su cabello y rodeaba su rostro.

Mientras contemplaba la majestuosidad de aquellas aguas, pensó en lo que Sarah le había contado sobre la desesperación y el dolor de Duncan al verla herida. ¡La quería! Eso estaba más que claro, pero necesitaba oírlo de su boca.

Pasado un rato, decidió volver. Al entrar de nuevo en la habitación de Marlob, se fijó en una pintura que estaba semiescondida tras un armario. Con cuidado, se acercó y al sacarla sintió que el vello del cuerpo se le erizaba cuando comprobó que aquellos que estaban frente a ella debían de ser Morgan y Judith, los padres de Duncan. Junto a ellos, dos niños que reconoció como Niall y Duncan. Y en los brazos de la mujer, un bebé que debía de ser Johanna. Examinó con atención las caras de todos ellos. Duncan era exactamente igual que su padre: los mismos ojos profundos, idéntico porte, el mismo pelo. Al fijarse en Judith, le llamó la atención un precioso broche en forma de lágrima que llevaba prendido junto al corazón. Niall tenía el pelo y la planta de su padre, pero los ojos y la sonrisa de su madre. Una vez que hubo observado aquel lienzo durante un rato, lo volvió a dejar donde estaba, y salió de aquella habitación para regresar a la suya sonriendo al pensar qué diría Duncan si supiera dónde había estado.

34

Los días pasaron. El episodio vivido con los O'Malley parecía olvidado, aunque todos lo guardaron en su corazón.

Para Marlob, ella pasó de ser alguien importante a una persona de vital importancia en su vida.

Duncan dejó que Megan volviera a sus quehaceres habituales. Disfrutaba viendo cómo día a día los aldeanos le tomaban más cariño. En varias de las ocasiones que las mujeres coincidían en la cocina con ella, le hicieron saber lo preocupado que había estado su laird el día que la vio herida. A Megan le gustaba escuchar aquello. Redoblaba la confianza que tenía en que su marido al final la amaría. Pero Margaret, siempre que podía, hacía comentarios como «él siempre se ha preocupado por sus mujeres». Incluso el día que él le regaló un collar, y ella se lo enseñó a todos con felicidad, Margaret comentó: «Duncan siempre ha sido muy generoso con sus parejas». Aquellos comentarios le dolían, pero Margaret parecía no notarlo, o no quería darse cuenta. Incluso le gustaba recordarle que antes que ella hubo otra mujer en la vida de su marido.

Zac, que estaba feliz tras la recuperación de su hermana, con el paso de los días hizo muchos amigos de su edad. A pesar de que algunas mujeres opusieron resistencia a que sus hijos hablaran con aquel pequeño *sassenach*, al final consiguió lo que se propuso: ser aceptado y tener amigos, y entonces comenzó a hacer de las suyas.

Una mañana, echó unos troncos al lago y junto a dos niños se sentó encima de los maderos y se internó en el lago. Duncan había salido de caza con Niall y varios hombres, entre los que se encontraba Ewen. Entretanto, Megan elegía las telas que usaría para confeccionarse vestidos, pues necesitaba ampliar su vestuario personal. El castillo permanecía tranquilo hasta que de pronto las voces alarmadas de unas mujeres la hicieron correr para saber qué pasaba.

—¿Qué ocurre, Sarah? —preguntó al ver que la criada iba hacia ella mientras varias mujeres hablaban tan deprisa en gaélico que le era imposible entenderlas.

—Milady, vuestro hermano y los hijos de Fiorna y de Edwina están en medio del lago.

—¿Cómo que están en medio del lago? —rugió Megan al ver llegar a las madres de aquellos niños, que la miraban con mala cara—. No os preocupéis, yo los sacaré de allí.

En ese momento, apareció Margaret.

—¡Qué hacen los niños allí! —exclamó indignada.

Megan no supo qué decir y menos cuando las mujeres arremetieron contra ella.

—Si algo le pasa a mi niño, señora —dijo Fiorna muy nerviosa—, será culpa de vuestro hermano. Mi hijo nunca se había acercado al lago. Lo tiene prohibido. No sabe nadar.

—Fiorna, no es justo que digas eso a nuestra señora —intentó mediar Sarah.

Pero los nervios de las mujeres estaban a flor de piel.

—¡Cállate, amiga de los *sassenachs*! —gruñó Edwina fuera de sí.

Aquello atrajo la mirada de Megan. Vio la rabia de la mujer en sus ojos y supo que si algo les pasaba a aquellos niños, ella sería la culpable.

—No os preocupéis —respondió Megan, que intentó acercarse a ellas, pero despreciaron su contacto—. Los sacaré inmediatamente del lago.

Cogiéndose la falda azulada con la mano, corrió seguida por Sarah, Margaret y las otras dos mujeres. Al llegar a la orilla del lago, vio a su hermano y a los niños, que jugaban sobre los troncos inconscientes del peligro que corrían.

—Llamaré a la guardia —dijo Margaret—. Ellos los sacarán.

—No hace falta —apuntó Megan hundiendo los pies en el barro—, yo lo puedo hacer.

—Duncan se enfadará cuando se entere. La señora del castillo no tiene por qué hacer esas cosas —reprochó Margaret.

Harta de que todo el mundo la juzgara, Megan gritó:

—¡Escúchame, Margaret! —dijo con rabia, mientras Fiorna y Edwina las observaban—. Ese que está allí es mi hermano y esos niños no saben nadar. Por ello no voy a esperar a que la guardia venga para sacarlos mientras yo estoy aquí sin hacer nada. Y si Duncan se enfada conmigo, será mi problema, no el tuyo.

—Muy bien. Yo os advertí —asintió molesta la mujer apartándose hacia un lado.

—¡Zac! —gritó Megan atrayendo la mirada de su hermano, que supo al verle la cara que se había metido en un buen lío—. Deja de moverte hasta que yo llegue a vuestro lado.

En ese momento, los niños fueron conscientes de dónde estaban.

—¡Tengo miedo! —gritó Ulsen, el más pequeño de los tres, que al ver a su madre en la orilla se agarró a los troncos y empezó a temblar.

Sin perder un instante, Megan se quitó la capa que llevaba, el vestido y los zapatos para quedarse sólo con la camisa de lino.

—¡Por todos los santos! ¿Qué estáis haciendo? —se escandalizó Margaret.

Megan, sin perder tiempo ni para mirarla, respondió:

—Lo que llevo haciendo toda mi vida. Sacar a ese pequeño demonio de problemas.

Y, sin más, comenzó a sumergirse en el agua mientras sentía cómo su cuerpo se estremecía al notar las frías aguas del lago.

—¡Milady! —gritó Sarah—. No sé nadar, pero decidme qué puedo hacer para seros de utilidad.

—Me vendría bien que te acercaras a mí en el agua mientras tus pies toquen el fondo. Así podré acercarte a los niños para que los saques sin necesidad de que haga varios viajes.

—De acuerdo —asintió la muchacha mirando con aprensión las oscuras aguas.

—Sarah —dijo Megan internándose en el interior del lago—, quítate algo de ropa. Si no te impedirá moverte en el agua por su peso.

Sarah, sin dudarlo un instante, se quitó la ropa. Si ella podía ayudar a su señora, la ayudaría. Fiorna y Edwina, paralizadas de miedo, las observaban.

—¡Estáis a plena luz del día! ¡Es indecorosa vuestra actuación! —se escandalizó Margaret—. Iré a por pieles. Las necesitaréis cuando salgáis del agua.

—¡Por san Fergus! ¡Qué fría está! —se quejó Sarah mientras observaba con valentía cómo sus pies y después sus rodillas quedaban bajo el agua.

Cuando Megan dejó de hacer pie, se lanzó al agua y comenzó a nadar enérgicamente hasta llegar a los troncos que los niños habían utilizado para flotar.

—¡Zac! —regañó a su hermano e intentó mover los troncos hacia la orilla—. Prepárate para el castigo que te voy a imponer. ¿Cómo se te ha ocurrido semejante cosa?

—¡Pero si no pasa nada! —se quejó el niño.

—¡Zac! —siseó con rabia mientras temblaba; el lago estaba congelado—. Estos niños no saben nadar y si caen al agua se pueden ahogar. ¿En qué lío me has metido?

—Pero... —comenzó a protestar el niño.

—¡Cállate y no te muevas! —ordenó mientras maldecía y veía cómo la orilla se llenaba de mujeres—. Ahora necesito que no os mováis. Intentaré llevaros encima de los troncos hasta la orilla. No sabéis nadar, ¿verdad? —Los niños, a excepción de Zac, negaron con la cabeza—. De acuerdo. Si alguno cae al agua, lo primero que tiene que hacer es mover las manos y los pies, y buscar un tronco para agarrarse. ¿Entendido?

Con toda la tranquilidad que pudo, empujó durante unos metros los troncos hacia la orilla donde los esperaban las mujeres. La operación parecía que transcurría con calma hasta que de pronto Ulsen se movió, los troncos se desnivelaron y los tres pequeños cayeron al agua. Entonces se produjo el caos, tanto en el agua como en la orilla, donde las mujeres empezaron a gritar histéricas.

Megan, al ver que Zac sacaba la cabeza del agua y se agarraba al tronco, miró a su alrededor. ¿Dónde estaban los otros dos niños? Nerviosa, tomó aire e introdujo la cabeza bajo el agua, hasta que vio patalear a uno de los chicos. Buceando se acercó a él, lo agarró del pelo y, tras salir a la superficie, lo hizo agarrarse al mismo tronco que su hermano. Dando un buen empujón al tronco, lo hizo llegar hasta Sarah, que con valentía se había metido hasta los hombros. Ella agarró con fuerza la madera y logró llevarlos hasta la orilla. Fiorna abrazó a su hijo mientras Edwina, sin respiración, miraba la quietud del lago.

Megan tomó aire y se sumergió en el agua. A pesar de que los ojos le escocían y sus pulmones estaban a punto de estallar, siguió buceando hasta que localizó al niño. Haciendo un enorme esfuerzo, lo sujetó por debajo de los brazos y tiró de él con todas sus energías hasta que consiguió llegar a la superficie. Una vez allí, comprobó que el niño estaba sin conocimiento. Cargándoselo a la espalda, nadó con torpeza hasta que Sarah la agarró con fuerza y la ayudó a salir. Edwina, al ver a su hijo quieto y azulado, ni se movió. El miedo la paralizó de tal forma que dejó de respirar. Megan, indiferente al frío, a su desnudez y a la expectación que se había formado a su alrededor, tumbó al niño encima de su capa y, recordando lo que su padre le había enseñado, le tapó la nariz mientras acercaba la boca para insuflarle aire. Tras varias bocanadas, comenzó a realizarle masajes sobre el pecho. De pronto, el niño escupió agua y comenzó a llorar.

—¡Por todos los santos! —susurró Sarah, impresionada—. ¿Cómo habéis hecho eso, milady?

—Edwina, Fiorna —susurró Megan mientras envolvía a Ulsen en su capa y su madre se agachaba para besarlo—, llevaos a vuestros hijos a casa, dadles caldos calientes y proporcionadles calor. Mañana estarán perfectamente. —Y mirando a Sarah, que al igual que ella estaba medio desnuda y temblando, le susurró—: Recuérdame cuando comience la época de calor que enseñe a nadar a los de aquí. No entiendo cómo podéis vivir tan cerca del agua y no haber aprendido.

Muertas de frío, pero con una sonrisa triunfal en los labios, Megan y Sarah se encaminaron con Zac hacia el castillo bajo las miradas de todos los que estaban a su alrededor.

—¡Milady! ¡Sarah! —gritó Fiorna.

—¡Milady, esperad un momento! —dijo Edwina de pronto. Sin decir nada, se quitó su capa seca y tapó con ella a Zac y a Megan—. Muchas gracias a las dos —dijo mirando también a Sarah—. Estaré en deuda toda mi vida.

—Toma, Sarah —susurró Fiorna poniéndole su capa—. Si no te tapas, te congelarás antes de llegar al castillo —comentó antes de volverse hacia Megan—. Gracias a la valentía de ambas, nuestros hijos están a salvo. Gracias.

Con una sonrisa, las mujeres se miraron y asintieron. Y sin necesidad de decir nada más, todas volvieron hacia sus hogares.

—Milady —susurró Sarah al entrar en el castillo—, creo que finalmente habéis conseguido hacer amigas.

—Sí —respondió ella haciéndola reír—, y también un buen resfriado.

Margaret hizo que subieran una bañera a la habitación de Megan. Cuando la mujer disfrutaba de un buen baño caliente, la puerta del dormitorio se abrió de golpe. Tras ella apareció Duncan, con una expresión que presagiaba de todo menos buen humor.

—Por favor, cierra la puerta —murmuró Megan al sentir que se colaba una corriente de aire.

—¡No lo entiendo! —gritó plantándose ante ella—. Me alejo de tu lado y, cuando vuelvo, tengo que oír que mi mujercita ya ha hecho una de las suyas. ¿Cómo se te ha ocurrido meterte sola en el lago? Y, sobre todo, ¿cómo se te ha ocurrido desnudarte a plena luz del día?

—Mi hermano y dos niños necesitaban ayuda —respondió sumergida en la bañera—. Duncan, si me metía con la capa, el vestido, los zapatos y demás, el peso de la ropa me habría hundido. ¿Qué pretendes? ¿Que vea a mi hermano en peligro y no lo rescate? ¿O que sea tan idiota como para meterme con ropa y me ahogue yo?

—¡No vuelvas a decir eso! Sólo pretendo que pidas ayuda cuando la necesites. Alguno de mis hombres podría haber entrado al lago a por los críos. ¡No tú sola y medio desnuda como hiciste! ¿Es que no puedes darte cuenta de que ahora eres la señora de Eilean Donan y que no puedes desnudarte como si nada?

—No lo pensé —asintió al recordar las palabras de Margaret—. Pero, de verdad, no tuve tiempo de avisar a nadie.

Furioso por aquello, el highlander golpeó el hogar y gritó:

—¡No lo pensé..., no lo pensé! —se mofó de ella haciéndole hervir la sangre—. Pero tú ¿cuándo vas a utilizar la cabeza? Tal vez, tenga que empezar a pensar que sólo la tienes para lucir ese maravilloso cabello azulado, pero, de ser así, mi decepción sería enorme.

—Un cabello azulado que te encanta. Recuérdalo —intentó bromear para hacerle reír, pero consiguió todo lo contrario.

—Sin duda, tu pelo es lo único que no me ha decepcionado de ti —respondió él con amargura—. Porque sinceramente de otras cosas no puedo decir lo mismo. Al final, tendré que pensar que eres como todas. ¡Una vulgar mujer más a la que le encanta desnudarse en presencia de los demás!

—¡Maldito seas, Duncan McRae! ¡¿Por qué me insultas así?! —gritó levantándose de la bañera bruscamente sin percatarse del maravilloso espectáculo que le estaba ofreciendo a su marido, que por unos instantes se quedó sin habla—. ¡¿Quieres hacer el favor de dejar de mirarme babeando como un perro en celo?!

—¡Recuerda, esposa! —exclamó apartando los ojos de ella—. La prudencia al hablar te engrandecerá. Sobre todo porque una mujer decente sabe medir sus palabras.

—¡Vete al cuerno tú y tu decencia! —exclamó Megan mientras salía de la bañera y le lanzaba con fuerza la pastilla de jabón, que él cogió al vuelo.

—Pienso enseñarte a tenerme respeto, aunque sea lo último que haga en esta vida —gruñó él tirando la pastilla de jabón contra la bañera mientras ella, malhumorada, se ponía una bata.

—Oh..., ¿acaso vuestras palabras me indican que tengo que teneros miedo, mi señor?

—Megan —susurró mientras intentaba controlar los instintos asesinos que su mujer a veces le provocaba cuando lo miraba con ese desafío en los ojos—, deberías tenerme miedo y aprender a callar cuando me veas así.

—Pues lo siento, esposo —respondió dándole la espalda para buscar su camisa de hilo para dormir—. Pero no pienso ni teneros miedo ni callarme. ¡Ni ahora ni nunca!

Duncan maldijo al escucharla. Cuando Megan se ponía así, no la aguantaba.

—Da gracias a que mañana salgo de viaje —siseó acercándose a ella—, y estaré fuera los suficientes días como para que mi mal humor se aplaque, porque si no pagarías caro todo lo que estás diciendo.

«Oh..., no..., no quiero que te vayas», pensó ella, pero gritó:

—¡¿Cómo que mañana te vas de viaje?! ¿Desde cuándo sabes que te vas? ¿Por qué no me lo has dicho?

—Haces demasiadas preguntas, mujer —dijo con amargura al ver el desconcierto en los ojos de ella. Se sentía culpable por no haberle dicho días atrás que tenía que partir a una reunión con Robert de Bruce—. No pienso contestar porque soy un animal que te mira como un perro en celo y porque no me da la real gana de responder a una arpía mal hablada como tú.

Aquellas duras palabras hirieron el corazón de Megan que gritó:

—Sal de mi habitación ahora mismo. ¡Estúpido engreído! ¿Por qué estás tan enfadado conmigo?

—¿Cómo? —rio él y, plantándose ante ella, le susurró—: ¡Si alguien sale de esta habitación, serás tú! No yo. No olvides que estoy en mi casa y en mi habitación.

Escuchar aquello le llegó al alma. Su desprecio le rompió el corazón.

—De acuerdo —aceptó poniéndose una capa de piel encima de la bata y dirigiéndose hacia la puerta—. ¡Me iré yo!

—Es lo más sensato que he escuchado de tu boca esta noche —murmuró él sentándose en la cama mientras levantaba un pie para quitarse la bota.

Tras mirarlo con rabia, empujó la arcada. Sin decir nada más, salió de la habitación dando un portazo. Duncan, malhumorado por lo ocurrido, maldijo mientras tiraba la bota contra la pared. Al contarle que Megan había estado sumergida en el lago, se le había encogido el corazón y, por unos momentos, vio cómo volvían los terribles recuerdos de la muerte de su hermana Johanna. Intentando olvidar la muerte de su hermana, se desnudó y aprovechó la bañera que su esposa había dejado para lavarse mientras maldecía por haberse dejado llevar por la furia.

Con el pelo empapado y medio desnuda, Megan deambuló por el castillo. Se cruzó con varios de sus guerreros, que la saludaron con amabilidad mientras ella, con una triste sonrisa, apretaba la piel contra su cuerpo. Al pasar junto a la habitación de Marlob, oyó voces, por lo que, acercándose con cuidado, abrió una rendija y lo que vio la dejó perpleja: Margaret, desnuda en la cama, reía junto al anciano, que en ese momento bebía de una taza. Con el mismo sigilo, cerró la arcada y, confusa por la pelea con su marido y por lo que acababa de ver, decidió subir a las almenas. Seguro que allí nadie la molestaría durante un largo rato. Una vez arriba, encontró un rincón oscuro donde descansar, y se sentó con fingida tranquilidad para pensar qué hacer.

Poco después, unas risas volvieron a atraer su atención. Eran Sarah y un guerrero llamado Thayer. Escondiéndose todo lo que pudo, lo oyó reír y bromear mientras se besaban. Incómoda por lo que estaba presenciando, se asomó con cuidado un par de veces con la intención de escabullirse, pero Sarah la vio. Y, con la misma celeridad con que habían llegado, se marcharon dejándola sola en las almenas hasta que Sarah regresó.

—Milady —susurró agachándose junto a ella—. ¿Qué hacéis aquí? ¿Por qué no estáis en vuestras habitaciones?

Con fingida indiferencia Megan sonrió y dijo:

—Me apetecía tomar el aire.

—No os creo, milady —respondió Sarah sentándose junto a ella—. Thayer me ha dicho que vuestro marido se enojó mucho cuando se enteró de lo ocurrido esta tarde en el lago. ¿Por eso estáis aquí?

—Sí —reconoció ante la necesidad de poder desahogarse con alguien—. Me acusó de desnudarme en público, de no saber comportarme, de no tener cabeza y de un sinfín de cosas más que prefiero no recordar. ¿Por qué se ha enfadado tanto conmigo? No lo entiendo.

—Yo creo —comentó viendo la preocupación en los ojos de su señora— que todavía le duele recordar la muerte de su hermana.

—¿Qué tiene que ver su hermana conmigo? —preguntó al acordarse de que Duncan alguna vez le había hablado de su desaparecida hermana Johanna.

—Ella murió ahogada en el lago.

Al escuchar aquello Megan suspiró; eso lo aclaraba todo... o casi todo.

—¡Por todos los santos, Sarah! —susurró al entender la cólera de su marido.

—Ocurrió hace dos años y os prometo, milady, que creí que el anciano Marlob se moría de pena —señaló Sarah—. Nunca olvidaré la desesperación de sus hermanos cuando a su llegada se enteraron de lo ocurrido. Fue terrible.

Con un gesto Sarah se limpió una lágrima que corría por sus mejillas. Recordar a Johanna aún le dolía, pero Megan necesitaba saber y preguntó:

—Sarah... ¿Qué pasó?

—Johanna cumplía dieciocho años y lo celebramos, a pesar de que sus hermanos y más de la mitad de los guerreros no estaban. Fue una noche divertida. Todos bailamos y cantamos mientras Marlob y Johanna reían felices. Ese día, Johanna recibió un regalo muy especial por parte de Marlob. Le regaló el broche del amor que años atrás había pertenecido a Bridgid, la abuela de vuestro esposo. A la mañana siguiente, Johanna apareció muerta flotando en las aguas del lago, vestida como la noche de su cumpleaños, pero sin el broche del amor. Nadie vio nada, ni oyó nada. Realmente no sabemos qué pasó.

—Qué terrible historia —susurró Megan, conmovida—. No quiero ni pensar en el sufrimiento de Marlob.

—Para él fue terrible, milady. Johanna era su niña y su felicidad, una felicidad que perdió, pero que vos le habéis devuelto.

Tras un breve silencio cargado de emoción, Megan preguntó:

—¿Qué es el broche del amor?

—El broche del amor es una joya de incalculable valor que pertenece a la familia McRae y que va pasando de generación en generación entre las mujeres de la familia. La madre del anciano Marlob, como sólo lo tuvo a él por hijo, se lo legó. Cuando se casó con su mujer, Bridgid, él se lo regaló a ella hasta que Morgan, el único hijo que tuvieron, se casó con Judith. Tras su repentina muerte, el broche volvió de nuevo a Marlob, quien lo mantuvo guardado hasta que se lo regaló a Johanna en su décimo octavo cumpleaños. Pero, tras la trágica muerte de Johanna, el broche se perdió y no se supo más de él. —Al terminar Sarah, observó a Megan, que con una extraña mirada escuchaba mientras su cabeza pensaba: «Margaret tiene un broche escondido en el baúl»—. ¿Qué os ocurre, milady?

—Oh..., nada —respondió. No podía acusar a nadie de algo tan horrible, e intentó cambiar de tema—. Pienso en Duncan.

—No os enfadéis con vuestro marido e intentad entender su angustia cuando supo que os habíais metido en el lago que le quitó la vida a su hermana. Ya veréis cómo dentro de unos días, cuando regresen de Inverness, todo su mal humor se habrá olvidado.

Escuchar aquello la tensó, y clavando sus ojos negros en la muchacha preguntó:

—¿Desde cuándo sabes que marcharán a Inverness?

—Todos lo sabemos desde hace días.

—¡Todos menos yo! —resopló sintiéndose como una tonta mientras comprobaba las pocas cosas que Duncan le permitía saber de su intimidad—. Sarah, si te pregunto por una tal Marian, ¿sabrías decirme algo de ella?

—Oh..., sí. —Sonrió con rabia al recordar a aquella caprichosa de pelo rubio que continuamente les daba órdenes—. Tuvo un romance con vuestro marido que no debió de acabar muy bien. Lo único que os puedo decir es que, tras terminar con esa odiosa mujer, el carácter de vuestro marido se agrió bastante, hasta que llegasteis vos.

Tras escuchar lo poco que la criada le contaba, sin saber por qué preguntó:

—Sarah, ¿existe algo más que yo no sepa que debería conocer?

La criada dudó, pero la mirada de su señora le hizo decir:

—Sí, pero...

—¡Dímelo! —exigió Megan tomándola de la mano—. ¡Por favor! Da igual lo que sea, necesito saber todo lo ocurrido en este castillo. No te preocupes, nunca diré que tú me lo contaste.

Tras suspirar, Sarah se decidió a explicárselo.

—Milady, a Margaret la rabia la come por dentro, pero el autocontrol que mantiene de sí misma hace que sepa guardar celosamente sus sentimientos. Cuando vuestro marido descubrió lo que ocurría con Marlob, todos nos enteramos de que Margaret antes había calentado la cama del laird Duncan McRae.

Aquello dejó helada a Megan.

—¿Cómo?

—Siento deciros esto, milady —murmuró la criada—. Cuando vuestro marido se enteró de que ella se acostaba con su abuelo, se montó un gran lío, pero no porque vuestro marido la reclamara para él, sino porque el laird McRae la acusó de calentar sus camas con fines nada aceptables. A partir de ese momento, él siempre ha intentado que ella se marche del castillo, pero el anciano Marlob se niega a que Margaret abandone su lecho.

La criada gimió al ver el gesto de su señora, pero Megan, reponiéndose de la noticia, la miró y esbozando una sonrisa dijo:

—Gracias, Sarah. Ahora entiendo muchas cosas.

—Hace un rato —continuó Sarah, confusa por lo que había contado—, Thayer me ha comentado que, cuando llegaron, Margaret estaba en el salón con varias mujeres del clan. Al entrar vuestro marido, ella azuzó a algunas mujeres para que se quejaran de nuestra indecencia.

—¡La muy bruja! Está buscando la discusión entre mi marido y yo —asintió al recordar los duros comentarios que le había hecho—, pero no le daré esa satisfacción.

—Por supuesto que no, milady —aseguró la muchacha, y al recordar dijo—: Cuando subía hacia las almenas, me la crucé por la escalera.

—Hace un rato la he visto en la cama retozando con Marlob —susurró Megan—. ¡Quizá ahora podamos coger lo que necesitamos!

Ambas bajaron con cautela la escalera. Cuando llegaron ante la habitación de Marlob, Megan abrió la arcada. Al asegurarse de que el anciano estaba dormido, ambas entraron y Megan cogió la taza que estaba en el suelo con restos de hierbas.

—Si nos la llevamos —susurró agachada junto a Sarah—, ella se dará cuenta.

—No os preocupéis por eso —respondió la criada, que abrió un pequeño arcón—. Pondremos ésta en su lugar. Guardo una taza de reserva aquí, por si una se rompe.

—¡Genial! —sonrió Megan y volcó parte de las sobras en la taza limpia—. Echaremos parte de la pócima para que no note la diferencia cuando venga a por ella.

Cuando se encaminaban hacia la arcada, Megan miró hacia el armario y vio que el lienzo seguía allí. Pero entonces no era momento de mirarlo. Ya volvería para comprobar la duda que se había generado en su interior. Una vez fuera de la habitación, ambas respiraron con tranquilidad, mientras Megan guardaba la taza en el bolsillo de su bata.

—Sarah, ¿te puedo pedir otro favor?

—Claro, milady —sonrió con complicidad.

Ajustándose la capa al cuerpo Megan dijo:

—Quiero que a partir de ahora seas mi dama de compañía y que me llames por mi nombre, Megan.

—¡Oh, Dios mío! —susurró Sarah, ilusionada—. Estaré encantada, milady.

—Megan —corrigió tomándole las manos—. Mañana hablaremos. Volvamos a nuestras habitaciones, no quiero que esa bruja nos vea por aquí.

Cuando llegó a la puerta de su propia habitación, Megan abrió con seguridad. Allí estaba Duncan, recostado con los ojos cerrados en la bañera. Al notar su presencia, él se sorprendió y, a pesar de la alegría que su cuerpo experimentó al verla, su enfado le impidió sonreír.

—Esposa, ¿acaso has decidido volver a mi cuarto?

Megan deseó tirarle la taza a la cabeza, pero se contuvo. No era el momento.

—Sí, mi señor —asintió y, sin prestarle atención, se acercó a la cómoda de roble tallado y tras meter la taza en un cajón cogió uno de los peines, se sentó junto a la ventana y comenzó a peinarse—. Recordé que lo que más os gusta de mí es el cabello, y no quería que éste se dañase por no peinarlo tras mi baño.

Durante un buen rato, ambos estuvieron callados, sumidos en sus propios pensamientos. Duncan, sin volverse, podía ver a su mujer reflejada en uno de los espejos que había frente a él. Vio la delicadeza con que ella se desenredaba aquel maravilloso cabello, y sonrió cuando con paciencia comenzó a trenzarlo con tal deleite que Duncan deseó ser una trenza para que ella lo tocase con tanta suavidad.

—Buenas noches, mi señor —dijo sobresaltándolo cuando se metía en la cama y se quedaba tan cerca del borde que con un simple movimiento caería al frío suelo.

—¿Hace falta que te recuerde que mi nombre es Duncan? —musitó levantándose de la bañera para coger una bata y secarse con enérgicos movimientos.

—Oh, no, esposo —respondió al sentir que él caminaba hacia la cama—. Sé perfectamente vuestro nombre.

—Debo descansar —añadió con voz ronca sentándose en la cama para posteriormente echarse hacia atrás y comenzar a dar explicaciones—. Mis hombres y yo saldremos a primera hora hacia Inverness y...

Ella, molesta por aquello, le cortó la conversación.

—Descansad, esposo, lo necesitaréis —susurró agarrada al borde de la cama para no rodar por el peso junto a su marido, mientras él la miraba taciturno por su extraño comportamiento.

—Regresaré lo antes que pueda —dijo contemplando la espalda de su mujer con la esperanza de que ella se volviera para mirarlo.

—No llevéis prisa en regresar, mi señor —respondió ella desconcertándolo mientras hacía esfuerzos para no reír.

A pesar de lo furiosa que estaba, notaba cómo la indignación del hombre crecía por los resoplidos que le oía.

—¡Me llamo Duncan! —insistió cada vez más enfadado. La conocía y sabía que ella lo llamaba así para molestarlo.

—Lo sé —asintió levantando la palma de la mano para darle unos dulces golpecitos en el costado—. Tenéis un nombre muy bonito.

—Megan —murmuró con voz ronca, acariciándole la espalda por encima de la fina camisa de hilo mientras ella hacía grandes esfuerzos por no dejarse caer amorosamente entre sus brazos—. Siento haberte gritado, pero existen cosas que aún desconoces y que a mi vuelta te contaré.

—De acuerdo —respondió mordiéndose el labio inferior. Hablaba de Johanna y quizá de otras cosas más—. Ahora dormid, mi señor. Tenéis un largo viaje por delante.

—¡Como vuelvas a llamarme «mi señor»... —gruñó acercándose más a ella—, tendrás un grave problema!

—De acuerdo, esposo —añadió cerrando los ojos a la espera del bufido que él daría. Pero, en vez de eso, lo oyó respirar con resignación cuando ella dijo—: Buenas noches.

—Buenas noches —respondió malhumorado. Durante un rato esperó, pero al ver que ella no se movía acercó la boca al oído de su mujer y susurró—: Te voy a añorar cada instante, cada momento del día, porque te has convertido en el sol que ilumina mi vida.

«Te quiero, mi amor», pensó ella. Pero, incapaz de decirlo, respondió:

—Yo también te voy a añorar —dijo dándose la vuelta para mirarlo con deseo al escuchar aquella maravillosa declaración de amor. No eran las palabras que ella quería oír, pero en ese momento bastaban. Pegándose a él, le susurró mientras sentía cómo se estremecía—: Y por eso quiero besarte y que me beses, amarte y que me ames, porque necesitaré sentir tu recuerdo en mí hasta que vuelvas.

Una vez dichas aquellas dulces y tiernas palabras, se amaron con la pasión y el ansia de los enamorados que saben que se tienen que despedir.

35

Con las primeras luces del alba, Duncan despertó y sonrió cuando se encontró a Megan acurrucada junto a él, durmiendo plácidamente. Después de observarla unos instantes, maravillado por lo mucho que adoraba a aquella mujer, se levantó de la cama para vestirse. Más tarde, se acercó y la besó con dulzura, primero en la frente, luego en los labios y por último en el pelo. Quiso contemplarla una vez más antes de ir a reunirse con sus hombres.

Megan, que no había podido descansar mucho esa noche, se hizo la dormida cuando Duncan primero la observó y más tarde la besó. Pero, en cuanto la arcada se cerró y dejó de oír sus pasos, el estómago se le contrajo por los nervios de tal manera que estuvo a punto de ponerse a llorar. Pero, en vez de eso, se levantó. Oculta por las sombras del tapiz que colgaba en la ventana, observó cómo los hombres se reunían y bromeaban. Consumida por el dolor de la despedida, vio a su marido despedirse de Marlob para luego cruzar el puente de piedra con el ceño fruncido hasta que desapareció de su vista. En ese momento, la puerta se abrió y apareció Sarah, que al ver los ojos tristes de su señora corrió a abrazarla.

Durante varios días, Megan indagó y estudió las hierbas que contenía la taza de Marlob. Según iba descartando, se iba percatando de que el problema que se les presentaba era mayor de lo que ella había creído en un principio. Cuando estuvo segura de qué hierbas eran, casi se desmaya. ¡Margaret estaba envenenando poco a poco a Marlob! Pero ¿con qué fin? En un principio, decidió no decir nada hasta que Duncan y Niall regresaran. Pero ¿y si cuando volvieran era demasiado tarde para Marlob? Intentando serenarse, aquella mañana bajó al salón y encontró a Zac y a Marlob jugando a un extraño juego con piedras que el anciano le había enseñado.

Con desconfianza, miró a su alrededor y vio a varias personas del servicio limpiando el lugar, hasta que sus ojos encontraron lo que buscaba. Allí estaba Margaret, sentada junto al gran hogar del salón cosiendo tranquilamente. ¡Víbora! Le dieron ganas de gritar mientras la arrastraba de los pelos. ¿Cómo podía ser tan arpía? Y, sobre todo, ¿cómo podía estar haciéndole eso a Marlob? Dándose la vuelta rápidamente, controló sus instintos mientras volvía a mirar al anciano.

—Marlob —dijo acercándose a él—, ¿podemos hablar un momento a solas?

—Por supuesto —asintió y, mirando a Zac, dijo señalándolo con el dedo—: Piénsate la jugada mientras hablo con tu hermana, amigo. —Siguió a Megan hacia la ventana izquierda del salón—. Tú dirás, jovencita. ¿Qué es eso que quieres hablar conmigo?

—Quería pedir tu aprobación para realizar unos cambios en el castillo.

—Tú eres la señora ahora —dijo mientras tosía. Megan observó cómo Margaret los vigilaba—. Todo lo que hagas me parecerá estupendo.

—Los cambios serán a todos los niveles —dijo al ver que el anciano dejaba de toser—. Tanto en el aspecto como en el servicio.

—¿Tienes pensado tirar algún muro, muchacha? —se mofó haciéndola reír—, porque, si es así, creo que será mejor que Duncan esté aquí. Adoro a mi nieto, pero cuando se enfada Escocia tiembla.

—No, tranquilo —respondió sonriendo—. Los cambios serán para mejorar el entorno. Aunque tengo que advertirte que quizá los cambios en el servicio no te gusten mucho. Por eso, me gustaría que escucharas lo que hablaré con los criados cuando los reúna, aunque sin que te vea ninguno de ellos.

Aquello extrañó a Marlob.

—¿Ocurre algo, jovencita? —espetó mientras fruncía el ceño.

—He descubierto ciertas cosas que creo que no te gustarán, pero para que tú mismo lo puedas escuchar necesito que estés escondido mientras hablo con ellos —respondió a Marlob, que la miró intensamente durante unos instantes—. Necesito que confíes en mí. No quiero adelantarte nada hasta que tú mismo lo escuches. ¡Por favor!

El anciano, al intuir que aquello era importante, asintió.

—Quizá me arrepienta, pero... de acuerdo.

Megan estuvo a punto de saltar de alegría, pero no era el momento ni el lugar.

—Un último favor, Marlob —dijo mientras volvían a la mesa donde Zac miraba las piedras—. No le comentes absolutamente a nadie nuestra conversación.

El anciano asintió y de nuevo se sentó con Zac. Megan, decidida, dio la orden a Sarah de que difundiera la noticia de que ella, Megan McRae, la señora del castillo, quería hablar con todo el servicio aquella tarde después de comer. Sin decir nada a nadie, fue en busca del padre Gowan, que tras hablar con ella le aseguró que estaría sentado junto a Marlob.

Después de comer, el servicio fue llegando al salón, en un principio atemorizado, sin entender cuáles eran los cambios que la nueva señora quería hacer. Megan esperó con paciencia hasta que Sarah le confirmó que habían llegado casi todos.

—¿Estamos todos? ¿Queda alguien por llegar? —preguntó Megan jovialmente, que con una pluma apuntaba los nombres de todos ellos y sus responsabilidades.

—Todos los que trabajamos en el castillo sí, señora —asintió un hombre de mediana edad llamado Íleon.

—No veo a Margaret —dijo Megan mientras advertía la sorpresa dibujada en la cara de todos—. ¿La habéis avisado?

—Milady, yo la vi en el salón y más tarde en el jardín y las cocinas —murmuró Edwina—, pero no sabía que vos desearais que la avisara.

—Ella también debe estar aquí —respondió Megan. Tras mirar a Sarah, que ya sabía lo que debía hacer, dijo—: Sarah, ¿serías tan amable de ir a buscar a Margaret para que asista a la reunión?

—Por supuesto, milady —asintió y salió en su busca mientras los demás hablaban y Megan, nerviosa, garabateaba encima del papel.

Instantes después, Sarah entraba con una media sonrisa, seguida por Margaret, que miró a todos con curiosidad.

—¿Qué ocurre aquí? —preguntó al ver reunido a todo el servicio del castillo.

—Quiero hacer unos cambios —respondió Megan tranquilamente, recostada en su silla—, e hice venir a todo el servicio.

—Oh..., qué idea —se limitó a decir Margaret, que con espontaneidad cogió una silla para sentarse junto a Megan—. Me parece estupendo. Unos cambios siempre vendrán bien al servicio.

Megan se quedó mirándola con fingida sorpresa.

—Si no te importa —dijo para indignación de la mujer—, preferiría que te sentaras con ellos frente a mí, así podré miraros a todos.

—Claro, milady, por supuesto —comentó de no muy buena gana sentándose junto a Sarah.

En ese momento, Megan se levantó, se encaminó hacia la puerta y dijo:

—Oh..., disculpadme un momento. Olvidé algo. —Y mirándolos a todos, ordenó—: Que nadie se mueva de aquí hasta que yo regrese.

—No os preocupéis, milady —asintió Sarah, que era la única que sabía adónde iba.

Con rapidez, Megan bajó la escalera y llegó a la habitación de Margaret. Tras buscar en el bolsillo de la bata, encontró la llave del arcón. Con seguridad, lo abrió para coger unas talegas con hierbas y el pañuelo donde estaba envuelto el broche roto. Después salió de la habitación y corrió rápidamente escaleras arriba hacia la habitación de Marlob. Una vez allí, se dirigió hacia el armario y, sacando el lienzo que descansaba tras él, abrió con mano temblorosa el pañuelo que contenía el broche. Angustiada, comprobó que se trataba del mismo.

«Oh, Dios mío», susurró con la boca seca.

Poco después, una pálida Megan volvió a entrar en el salón. Intentó mantener la tranquilidad, mientras en su mente bullían infinidad de preguntas sin respuesta. Sarah, al verla, comprobó la inquietud en sus ojos. Tras una significativa mirada entre ellas, Sarah se llevó la mano a la boca, incrédula por lo que aquella mirada significaba.

—Ahora que estamos todos —comenzó Megan después de aclararse la voz—, y a pesar de que ya nos conocemos, quiero presentarme de nuevo: mi nombre es Megan y, como bien sabréis, soy la mujer de vuestro laird Duncan McRae. Por lo tanto —miró a Margaret mientras inclinaba la cabeza—, soy la señora de este castillo y de los feudos que tiene mi marido. Antes de hacer los cambios, quería saber quiénes están dispuestos a continuar a mi lado y quiénes no, por lo que me veo en la obligación de aclararos ciertos asuntos. Ha llegado hasta mis oídos que circula el rumor de que soy una *sassenach* —dijo mirándolos a todos, que bajaron la vista al escucharla—. Mi madre era escocesa, del clan McDougall, y mi padre, efectivamente, era inglés. Durante años, viví en Dunhar, hasta que unos ingleses, supuestos amigos y familiares de mi padre, decidieron asesinarlo —explicó con firmeza mientras los observaba—. Primero asesinaron a mi padre y, posteriormente, envenenaron a mi madre. Mis hermanos y yo, gracias a John, un buen hombre, inglés para más señas, conseguimos llegar a Dunstaffnage. Allí, nuestro abuelo Angus, el herrero Mauled y nuestro laird nos aceptaron desde el primer momento como miembros de su clan. Os quiero informar de que, el tiempo que viví en Dunhar, todo el mundo nos llamaba despectivamente «los salvajes escoceses», y el tiempo que he vivido en Dunstaffnage cierta gente se ha empeñado en llamarnos los *sassenachs*. Hace unos meses, algunos ingleses nos localizaron y mataron a mi abuelo y a Mauled, pero su muerte, junto con la de mis padres, fue vengada.

—Milady, siento todo vuestro sufrimiento —susurró Edwina con pesar—, pero creo que no tenéis por qué contarnos esto.

—Gracias, Edwina, pero por desgracia sí tengo que hacerlo

—asintió con una triste sonrisa—, porque quiero que la gente que trabaje en mi casa y a mis órdenes sepa quién soy, y que no se deje influenciar por lo que escuche a los demás. Por lo tanto, ahora doy la oportunidad a quien no desee estar conmigo, porque me considere una *sassenach*, de que se levante y se vaya. Yo no haré nada en contra de esa persona. Lo entenderé. —Pasados unos instantes, y al ver que nadie se levantaba, dijo para finalizar aquella revelación—: De vosotros depende cómo me queráis llamar, pero os advierto una cosa: no consentiré que nadie me insulte, ni a mí ni a los míos.

—Delante de mí —afirmó Fiorna—, nadie os insultará, milady.

—Gracias —sonrió agradecida por aquel comentario—. El motivo de esta reunión es cambiar una serie de cosas que, a mi gusto, creo que estarían mejor si se hicieran de otra forma. En primer lugar, quiero hacer una limpieza general del castillo. Con esto no digo que esté sucio, sólo que creo que su estado se puede mejorar. Hasta ahora, Susan —dijo mirando a una mujer regordeta que la observaba con terror— era la única cocinera. El día que Susan no cocina, bien porque haya caído enferma o por cualquier otra circunstancia, la gente no come, o come restos fríos y a veces incomibles. Pero eso va a cambiar. Susan seguirá siendo la cocinera general, pero tanto Edwina como Fiorna estarán en las cocinas junto a ella. Por lo tanto, Susan, ahora estarás mejor, puesto que no seguirás tú sola a la hora de cocinar para todo el castillo, especialmente en las grandes celebraciones o fiestas. —La mujer sonrió aliviada—. Una cosa más, Susan: ¿con quién hablas respecto a los menús semanales?

—Con Margaret, milady —respondió la mujer, azorada y agradecida por que le conservara el trabajo.

—Muy bien —asintió Megan tranquilamente viendo cómo Margaret fruncía los labios—. A partir de ahora, para hablar del menú semanal, cualquiera de vosotras tres se tiene que dirigir a mí, puesto que soy la única señora del castillo.

—Sí, milady —asintieron las tres al unísono, mientras la rabia de Margaret crecía por momentos.

—Quiero que todos los días se barra el suelo varias veces:

cuando entramos del exterior, el barro pegado a nuestros pies lo mancha todo...

—¡Eso es imposible! —chilló Margaret levantándose para volverse a sentar—. No tenemos tanto personal como para que una persona se encargue de barrer continuamente el salón.

—Creo que redistribuyendo las tareas —respondió Megan con tranquilidad— habrá tiempo de sobra para todo.

—Lo dudo —siseó Margaret con superioridad.

—No lo dudes, Margaret —sonrió Megan, y señaló a Sarah para que se acercara—. A partir de hoy, Sarah será mi dama de compañía, por lo que no lavará, ni cocinará, ni fregará ni un suelo más.

—¡Eso es imposible! —volvió a gritar Margaret, ofendida por lo que estaba oyendo. Hasta el momento, la supuesta única dama de compañía que había en el castillo era ella—. ¡Una vulgar criada, sin clase ni saber estar! ¿Cómo puede ser dama de compañía de la mujer del laird?

—Es muy fácil, Margaret —respondió encantada al ver que la mujer había picado el anzuelo—. Sarah será mi dama de compañía porque aquí la señora del lugar soy yo, y lo he decidido así.

—¡Qué idea más ridícula! —gruñó la mujer—. Si lady Marian os oyera hacer estos cambios, se reiría en vuestra cara.

—¡Margaret! —vociferó Megan al sentir que la sangre se le espesaba—. Lo que esa mujer piense o deje de pensar no me importa lo más mínimo. A partir de ahora, retén la lengua o yo misma te la cortaré.

Pero Margaret, en vez de callar, se creció.

—Vuestra falta de clase se hace más palpable día a día y...

—¡Calla esa bocaza que tienes! —gritó Sarah con rabia junto con el resto del servicio, cosa que hizo que Margaret se achantara.

—¡Cállate, Margaret, y escucha! —exigió Megan, a quien la apremiaban las ganas de cogerla por el cuello.

—Está bien —susurró con altivez—. Para mí, milady, ¿tenéis algún cambio?

—Por supuesto —sonrió escudriñándola con la mirada, consciente de que Marlob escuchaba junto al padre Gowan tras un tapiz—. A partir de ahora te ocuparás de que todos los víveres que lleguen al castillo se conserven en perfecto estado. Necesito que la despensa esté totalmente al día. No quiero comida en mal estado, ni olores pestilentes, ni nada por el estilo. Como eso no te ocupará todo el día, serás la encargada de barrer el salón cada vez que sea necesario. Y, por último, ayudarás a limpiar, a fregar y a servir la mesa diariamente.

—¡Ni hablar! —gritó la mujer al sentirse el hazmerreír de todos los demás, quienes la miraban encantados con lo que escuchaban—. Hablaré con Marlob y solucionaré este disparate. Seguro que él no consentirá que me tratéis como a una vulgar sirvienta. Mi saber estar y mi buen hacer durante estos años se merecen algo más que ser una simple criada.

—Ya haces algo más, Margaret —respondió Megan levantando una ceja mientras rezaba para que Marlob la dejara acabar—. Creo que por las noches calientas la cama de Marlob. A mi modo de ver, ser una simple criada durante el día y una furcia por las noches te mantendrá ocupada.

El murmullo general al escuchar aquello se hizo intenso.

—¡No voy a consentir que me habléis así! —gritó Margaret acercándose—. ¿Quién os habéis creído que sois para insultarme y desprestigiarme de esta forma delante de todo el mundo?

—Soy la mujer de tu laird y tu señora —respondió Megan—, y si te insulto y te desprestigio es porque te lo mereces. ¡Maldita arpía!

—Estáis celosa porque antes que vos calenté la cama de vuestro marido —rio Margaret sarcásticamente sorprendiendo a todos por su desfachatez.

—Te equivocas, Margaret —vociferó Megan con una media sonrisa que hizo hervir la sangre de la mujer hasta límites insospechados—. Los celos no son lo que me mueve a hacer los cambios en el castillo, especialmente porque sé que Duncan no se acercaría a ti aunque fueras la última mujer sobre Escocia. Si se tratara de celos, ten por seguro que directamente te daría una patada que te pondría en medio de las Highlands. Me mueven otras cosas que yo considero desleales y que merecen ser castigadas con la muerte.

—¡Castigo y muerte! —gritó Margaret ya sin medir sus palabras—. Eso será lo que tú, asquerosa *sassenach*, tendrás cuando lady Marian vuelva a este castillo. Entérate de una vez de que tu marido la ama a ella como nunca te amará a ti, y ten por seguro que, en el momento en que ella quiera, Duncan te dejará a un lado para volver con ella. Tu matrimonio con él es por un año. ¿Acaso crees que él querría compartir su vida contigo, cuando Marian tiene toda la clase y la belleza que a ti te faltan?

—¡Cállate, maldita mujer! —gritó Susan al ver la palidez de Megan—. Nuestro laird adora a su mujer. Sólo hay que ver cómo la mira y la cuida.

—¡Eres la peor mujer que he conocido en mi vida! —escupió Sarah, que sintió la mano de Megan que la agarraba y le indicaba que fuera tras el tapiz. Necesitaba que, junto al padre Gowan, sujetara a Marlob. Lo que iba a escuchar a continuación lo iba a enloquecer.

—Tranquilizaos todos —añadió Megan respirando para no pensar en lo que aquella odiosa mujer le decía—. No voy a creer nada de tus palabras. Especialmente porque de ti no me creo nada. Y ten por seguro que, a partir de este momento, no voy a tener piedad contigo hasta que tus huesos estén bajo tierra.

—Marlob no lo consentirá —aseguró Margaret con sarcasmo.

Había llegado el momento.

—Te equivocas, ¡maldita embustera! —susurró con furia en la voz mientras de una bolsa de tela sacaba la taza aún manchada y una de las talegas con las hierbas—. Será él quien te eche cuando sepa que gracias a tus brebajes de tanaceto y adelfa lo has estado envenenando con el objeto de llegar a ser la señora del castillo.

—Él no te creerá —rio Margaret con desprecio—. Ya me encargo yo de que ese viejo estúpido escuche sólo lo que yo quiero que escuche, y vea lo que yo quiero que vea.

Todos murmuraban sin entender nada, pero Megan continuó:

—Primero lo intentaste con Duncan, sabías que estaba sufriendo por la ruptura con lady Marian y te metiste en su cama

—la acusó Megan—. Pero cuando viste que él nunca se casaría contigo y se marchó a luchar junto a Robert de Bruce, pensaste que con suerte lo matarían, por lo que te metiste en la cama de Marlob para conseguir tu propósito. —Sacó el broche de su bolsillo y, viendo la locura y el miedo en la cara de Margaret y la estupefacción en la cara de los demás, dijo—: Pero alguien te descubrió e intentó impedirlo, ¿verdad?

—¡Sí! —gritó enloquecida y, tras soltar una carcajada que heló la sangre a todos, añadió—: Esa maldita niña, Johanna, me descubrió. Por eso tuve que matarla.

—¡Ojalá te pudras en el infierno! —gruñó Megan al escuchar un aullido de dolor tras el tapiz—. Johanna descubrió tu sucio juego y por eso la mataste.

—¡Nunca le gusté! —gritó acercándose a una de las ventanas—. Ella me oyó hablar de mis intenciones con Brendan O'Malley la noche de su cumpleaños —reveló fuera de sí—, pero pude reducirla antes de que mis palabras llegaran a los oídos de su abuelo.

—¡Maldita seas! —bramó Marlob, que salió lívido de dolor de detrás del tapiz atrayendo la enloquecida mirada de Margaret—. ¡Mataste a mi niña! Y has tenido la sangre fría de vivir junto a nosotros todo este tiempo. —Las lágrimas inundaron su rostro cuando vio el broche del amor en las manos de Megan. Cogiéndoselo con delicadeza, murmuró—: ¿Cómo has podido hacer algo tan horrible?

—Lo siento —susurró Megan al anciano—. Lo siento de todo corazón, Marlob.

—Oh, ¡Dios mío! —gimió Sarah al fijarse por primera vez en aquel broche, que su amiga Johanna había lucido orgullosamente aquella noche.

—¡Margaret, te voy a matar con mis propias manos! —gritó el anciano, desolado—. No sólo has matado a mi nieta Johanna y me has intentado matar a mí. Además —dijo tomando la fría mano de Megan, mientras con la otra apretaba el broche roto—, has intentado matar a Megan trayendo a este castillo a los O'Malley.

—Ella se estaba convirtiendo en otra molestia —gruñó Margaret, a quien cegaban el miedo y la locura.

—¡El Señor te cerrará sus puertas, Margaret! —gritó el padre Gowan al escuchar la maldad de aquella mujer—. ¡Arderás en el infierno para el resto de tus días!

Todos gritaban enloquecidos.

—¡Encerrémosla y esperemos a que vuestros nietos lleguen para que se haga justicia con ella! —gritó Susan con lágrimas en los ojos, sorprendida por haber estado viviendo todos aquellos años con una asesina.

—Yo la mataré con mis propias manos —susurró Sarah, furiosa y angustiada.

—¡Te voy a matar, maldita bruja! —gritó Marlob lanzándose hacia ella, pero Margaret al verlo, dio un quiebro que hizo caer al anciano estruendosamente por el suelo.

—¡Marlob! —exclamó Megan, que corrió a ayudarlo junto a todos los demás, momento que Margaret aprovechó para lanzarse hacia la puerta y salir corriendo.

Megan dejó a Marlob junto a Susan y Edwina, y se lanzó a correr tras ella. Justo cuando salía por la arcada, la vio subir la escalera. Con Sarah a sus talones, llegaron hasta las almenas, donde varios de los guerreros le gritaban a Margaret que se bajara de la torre a la que se había subido. La locura de la mujer había llegado a su punto más álgido. Gritaba, reía y maldecía fuera de sí, dejando patente su locura. Cuando Marlob, ayudado por el padre Gowan, Susan, Edwina y el resto del servicio, llegaba allí, Margaret se lanzó al vacío y cayó estruendosamente contra las piedras, muriendo en el acto.

—Lo siento. Lo siento, Marlob. Yo lo descubrí y... —susurró Megan, pálida, tomándolo cariñosamente de la mano, mientras todos los criados se miraban incrédulos por lo que había pasado—. Lo siento muchísimo.

—Lo sé, hija. Lo sé. —Mirándola con una triste sonrisa, le susurró—: Gracias a ti, mi niña ya puede descansar en paz.

Aquella noche, cuando todos se fueron a sus habitaciones, la soledad que Megan sintió a su alrededor casi la ahoga. Tras lo ocurrido en las almenas, varios guerreros bajaron a recoger el cuerpo sin vida de Margaret. Megan ordenó que lo enterraran lejos de Eilean Donan. Tres de aquellos hombres desaparecieron y no volvieron hasta bien entrada la noche. Aturdida por los acontecimientos, se recostó sobre el lugar donde había dormido Duncan. Al percibir su olor, se quedó dormida pensando en él.

36

Durante los días siguientes, Megan se ocupó personalmente de que la angustia y la tristeza de Marlob desaparecieran poco a poco, y no descansó hasta que lo vio sonreír. Con tacto y cariño, fue contándole cómo había ido atando cabos para descubrir la maldad de Margaret, gracias a la ayuda de Sarah, que ahora, como dama de compañía, se sentía feliz. La tos y los dolores de estómago de Marlob comenzaron a remitir gracias a las hierbas medicinales que Megan elaboraba cada mañana y cada noche, ante la atenta mirada de Susan, Fiorna y Edwina, que prestaban atención a todo lo que ella les contaba sobre el poder medicinal de las plantas. Y fue en esos días cuando Megan descubrió que estaba embarazada, pero guardó el secreto hasta que su marido regresara. No quería que nadie le pudiera estropear aquella maravillosa sorpresa.

Por las tardes, le gustaba sentarse con Marlob a escuchar sus historias sobre cómo navegaba en las galeras junto a otros señores de los mares. Gracias a aquellos relatos, Megan supo que los pictos fueron bautizados así por los romanos, quienes les dieron ese nombre al ver la costumbre que tenían de pintarse el cuerpo. También se sorprendió al saber que fueron también ellos quienes llamaron «Caledonia» a Escocia, por un gran bosque de pinos caledonios que se extendía por todo el país. Por su parte, Marlob se interesó por el pasado de la muchacha, que a veces entre risas y otras entre lamentos le contó todo lo ocurrido con sus padres y su abuelo.

El tiempo era frío y helado. A veces las brumas eran tan densas que desde las ventanas no se podía ver absolutamente nada. Hacía más de treinta días que Duncan se había marchado a Inverness, aunque las últimas noticias decían que los guerreros se habían desplazado hasta Edimburgo. El mes de febrero estaba llegando a su fin y los picos de las montañas seguían nevados.

Todas las mañanas, antes de que el castillo despertara, Megan bajaba a las caballerizas y, tras montar a *Stoirm*, agarraba a *lord Draco* de las riendas y daba un paseo por los alrededores de Eilean Donan, donde las campanillas de las nieves cubrían los prados, mientras las liebres, ahora con su pelaje blanco, se escabullían entre su manto. Quería aprovechar al máximo aquellos paseos, pues sabía que en cuanto Duncan conociera su estado con seguridad le prohibiría hacerlo, por ello disfrutaba con cuidado de aquellos momentos. Marlob la observaba galopar desde el alféizar de su habitación. Mirar a aquella jovencita se había convertido en uno de sus más curiosos entretenimientos. Ver cómo se entregaba en cuerpo y alma a todas las tareas le ocasionaba regocijo. Y pronto comprobó cómo todo el servicio y los aldeanos que en un principio la habían rechazado terminaron por besar por donde ella pisaba. Se había ganado el cariño de todos. Más que a su señora, veían en ella a una persona de confianza que hacía todo lo que podía por ellos y estaba pendiente de que no les faltara de nada. Era una luchadora, y eso le gustaba tanto como que su nieto Duncan fuera un guerrero excepcional.

A Megan le gustaba cabalgar por las laderas de los montes, con el viento frío dándole en la cara y con *Stoirm* como compañero, mientras los piquituertos parecían cantar cuando ella galopaba bajo los abetos, los pinos y los alerces. Le encantaba pararse a mirar a las vacas peludas, que levantaban la cabeza y parecían saludarla al verla pasar. La relación entre *Stoirm* y *lord Draco* cada vez era más curiosa. Siendo *lord Draco* un caballo viejo y *Stoirm* uno joven e impetuoso, siempre se observaba cómo el joven corcel buscaba al adulto para seguirlo y estar junto a él. Tener a esos dos caballos hacía feliz a Megan. Uno era regalo de su padre, y el otro, de su marido.

Las cabalgadas de la mañana templaban los nervios y la ansiedad que sentía por la ausencia de noticias de su marido. Por culpa de esa lejanía y por las palabras de Margaret, las dudas y el miedo comenzaron a ser sus compañeros, y no podía dejar de pensar: ¿y si Margaret tenía razón?

Una tarde en la que estaba observando su pequeño, helado y fangoso huerto, Zac apareció muy enfadado junto a Fiorna y su hijo.

—¡Megan! —gritó enfadado el niño—. No quiero bañarme.

—Milady —dijo Fiorna sin hacerle caso—. ¿Podéis echarle una mirada a la cabeza de estos pequeños diablos?

Arremangándose la capa de piel, Megan hizo lo que la mujer le pedía.

—Oh, Dios mío —susurró Megan al mirar la cabeza de los niños—. Están plagaditos de liendres. Lo mejor, Fiorna, es que les cortemos el pelo y les echemos agua con aliso negro.

—¡Yo no pienso cortarme el pelo! —protestó de nuevo Zac, que intentó escapar mientras Megan lo retenía por la oreja.

—Una pregunta más, milady. Mi hijo mayor se cayó ayer de un árbol y tiene un moratón tremendo en una pierna. ¿Qué puedo darle para bajarle la hinchazón?

—Avellana de bruja —indicó Megan, dando a Zac un pescozón, pues el crío acababa de darle una patada—. Pásate luego por la cocina y te la daré. Tienes que aplicársela en la zona afectada. Verás cómo le ayudará a disminuir la hinchazón y el dolor, y eliminará el tono azulado.

—Gracias, milady —dijo Fiorna, que se marchó con su hijo y la dejó a solas con Zac.

—¿Quieres dejar de darme patadas? —gruñó Megan a su hermano.

—No quiero bañarme, ni cortarme el pelo —rezongó el niño, enfadado.

—Pues siento decirte, jovencito, que no tienes otra opción.

—Tras decir esto, Zac le dio un manotazo y comenzó a correr por encima del embarrado huerto, por lo que Megan, divertida, corrió tras él. Le encantaba jugar con su hermano. El crío, al notar la mano de ella en su hombro, se volvió y le dio otra patada, que hizo que ella soltara por la boca palabras nada bien vistas en una señora, y tras volver a alcanzarlo gritó—: ¡Zac, vamos a la bañera!

El niño se revolvió.

—¡Ni lo sueñes! —gritó haciéndola caer al suelo embarrado del huerto.

—¡Maldita sea, Zac! —bramó al verse pringada de barro y comprobar que su hermano intentaba escapar. Lo asió con fuerza de un pie, por lo que el niño cayó de bruces. Con los forcejeos de ambos, el barro comenzó a saltar por todos los lados, y a Megan, una vez manchada, le dio todo igual. Arrastrándose, se sentó a horcajadas encima del niño para seguir regañándolo—. Pero ¿has visto cómo nos hemos puesto por tu culpa? Ahora sí que nos tendremos que bañar, pero los dos.

—¡Odio que me trates como a un niño! —gritó Zac cogiendo barro, que restregó a su hermana por la cabeza.

—¡Muy bien, Zac! —asintió ella al notar cómo el barro mojado se escurría por su cuello. Con una maléfica sonrisa, le restregó a su hermano barro por la cara, dejándolo descolocado mientras ella se partía de risa y le decía—: ¡Esto es lo que te mereces por comportarte como un niño!

—Sinceramente —dijo una voz tras ellos—, no sé quién es más niño de los dos.

Zac y Megan se volvieron rápidamente y dieron un chillido de alegría al ver a Shelma sonriente tras ellos.

—¡Ni se os ocurra tocarme! —chilló echándose hacia atrás al verlos levantarse sucios de barro y andar hacia ella.

Zac y Megan se miraron divertidos. ¡Qué delicada se había vuelto Shelma!

—¡Qué gorda estás! —gritó Zac al ver a su hermana, que ya tenía una buena tripa y había ganado unos cuantos kilos.

Aquel comentario hizo que ella torciera el gesto.

—¡Vaya, Shelma! ¡Te has vuelto toda una señora! —rio Megan, que apreció el saludable aspecto de su hermana con aquella barriga y su estupenda capa de piel. Y agarrando a Zac, le susurró—: Creo que si queremos acercarnos a ella será mejor que nos bañemos.

—Y me quites las liendres de la cabeza —asintió el niño para espantar a Shelma, que al escucharle dio un paso atrás con rapidez.

—¡Shelma, por todos los santos! —se carcajeó Megan al ver los remilgos de su hermana—. No nos mires con esa cara. Estábamos jugando.

—¡¿Y las liendres?! —gritó con gesto de horror.

—Shelma —se mofó Megan dirigiéndose hacia la parte delantera del castillo con Zac de la mano—, ¿hace falta recordarte que en varias ocasiones he tenido que lavarte el pelo con agua de aliso negro?

—¡Oh, calla! —murmuró ella estremeciéndose—. ¡Ni me lo recuerdes!

Megan miró a su hermana con cariño. Estaba preciosa y se la veía feliz.

—¡Estás estupenda! —sonrió Megan—. ¿Cómo no me has avisado de que venías? Te habría preparado un buen recibimiento y una excelente comida.

—Este viaje ha sido una sorpresa para mí. Ayer, cuando llegaron Lolach y Duncan, casi me muero de alegría.

—¿Duncan? —preguntó Megan, perpleja—. ¿Duncan está aquí?

Shelma, arremangándose su precioso vestido granate, asintió.

—Claro, hemos venido juntos, con...

—¡Maldita sea! —gruñó Megan. Tantos días pensando en estar guapa para su vuelta, y justo aparecía en ese momento para encontrarla con aquel aspecto tan sucio—. ¡Oh, Dios! Tengo un precioso vestido azul preparado para deslumbrarlo a su llegada. No, no quiero que me vea así.

—¡Pues ya te ha visto! —gritó Zac soltándose de su mano para correr hacia Ewen, que la miraba sorprendido, al igual que Duncan, Marlob, Lolach, Niall, varios hombres y una mujer.

Horrorizada por ello, Megan no quería ni mirar.

—No tengo escapatoria, ¿verdad? —susurró a su hermana, retirándose el pelo embarrado de la cara.

—Me temo que no —suspiró Shelma al entender el ánimo de Megan—. Sigue adelante y que sea lo que Dios quiera.

Duncan, que conversaba con su abuelo, se quedó sin habla al ver aparecer a su mujer con aquel aspecto. A diferencia de Shelma, que a su lado parecía una gran señora con aquellas pieles, Megan estaba horrible embadurnada de barro de pies a cabeza. Pero la alegría que sintió al verla le aceleró el corazón, aunque su aspecto fiero y su mirada no expresaron lo mismo. La había añorado hasta casi enloquecer, pero ahora la tenía allí frente a él y era incapaz de abrazarla y besarla como tantas veces había planeado. Lo único que fue capaz de hacer fue clavarle su dura mirada mientras se acercaba a ellos.

—¡Por san Ninian! —rio Niall sin poder contenerse—. ¿Dónde estabas metida, cuñada?

Consciente de la mirada de su marido, Megan, avergonzada por su aspecto, sólo pudo responder:

—Cavando tu tumba, ¡gracioso! —dijo sorprendiéndolos a todos y haciendo sonreír a más de uno.

—No tiene ninguna gracia —bramó Duncan enfurecido al sentir que se deshacía por dentro al mirar a su mujer, que a pesar de su aspecto estaba adorable—. ¿Dónde estabas para tener ese aspecto, mujer?

—En el pequeño huerto que tengo detrás de la casa —respondió mirándolo con una cariñosa sonrisa, mientras buscaba en sus ojos esa llama de amor que había en ellos cuando se marchó.

—¿Ésta es vuestra mujer? —preguntó el hombre alto y moreno.

Duncan, tras mirarla durante unos instantes, asintió.

—Sí, Robert. —Y sin ni siquiera sonreírle, dijo secamente, sin acercarse a ella ni abrazarla—: Megan, te presento a nuestro buen amigo y rey de Escocia Robert de Bruce.

—Oh, Dios mío. —Tembló de emoción al saber quién era aquel hombre—. Encantada de conoceros, señor. —Sonrió pesarosa al sentir la dura mirada de su marido hacia su cara y su vestido, pero puso la mejor de sus sonrisas—. Disculpad por la situación en que me encontráis, y no creáis que mi apariencia diaria es ésta —dijo a Robert con encanto, mientras observaba cómo la mujer la miraba con un gesto torcido.

—Eso espero —respondió él con agrado—, aunque, si os soy sincero, es la primera vez que veo a una dama en semejante situación.

Duncan, molesto, prosiguió con las presentaciones:

—Ellos son Arthur Miller, Jack Lemond y su hermana Marian Lemond. Estarán unos días aquí antes de continuar su camino.

—¡Vaya! ¡Qué sorpresa! —respondió Megan casi sin aire al escuchar el nombre de aquella mujer, mientras admiraba su belleza: sus rubios y bien peinados cabellos, sus facciones delicadas y su piel tan clara como la seda.

—¡Disculpad a mi hermana! —rio Shelma atrayendo la mirada de Megan—. Como veréis, se extralimita en sus quehaceres diarios, olvidando a veces quién es.

—¿Cómo? —protestó Megan al escucharla y, sin pensar en quiénes estaban a su alrededor, dijo señalándola con el dedo—: Shelma, para decir esa tontería, mejor cállate.

—Marian, ¿te apetece un poco de cerveza? —preguntó Niall a la mujer francesa, que estudiaba con detenimiento a Megan.

—Me encantaría —asintió empaquetada en aquel vestido en tonos pastel, que realzaba su belleza y su figura. Mirando con cierta indiferencia a Megan, señaló a su hermano en un perfecto francés—: Gracias a Dios que no la he visto por el camino. La habría confundido con una sucia gitana.

—¡Marian! —le reprochó Jack al escuchar aquellas palabras. Mirando a Megan, señaló con una sonrisa artificial—: Mi hermana dice que tenéis un hogar precioso, milady.

—Agradecedle sus encantadoras palabras —sonrió Megan con frialdad, que había entendido perfectamente lo que ella había dicho. Gracias a la niñera que tuvo en su infancia, que era francesa, había aprendido a hablar perfectamente aquel idioma, cosa que Shelma no recordaba porque nunca puso ningún empeño en ello.

—Oh, disculpad —sonrió la francesa con fingida inocencia mientras pestañeaba con timidez hacia Duncan, que tambié esbozó una sonrisa al mirarla—. A veces olvido que aquí no se habla mi idioma.

—No os preocupéis —respondió Megan siguiéndole el juego al ver cómo su marido sonreía y a ella apenas la miraba. Mientras, sentía que el estómago se le encogía al recordar las palabras de Margaret. «Cuando lady Marian entre en este castillo, Duncan os olvidará.»

—Creo que será mejor que entremos —sonrió lady Marian, empalagosa, situándose entre Duncan y su hermano. Tocándose la boca con ingenuidad, dijo a Duncan—: Seguro que tu mujer estará deseando darse un baño para recuperar su dignidad perdida.

—¿Dignidad perdida? —señaló Megan, que abrió los ojos como platos y buscó la ayuda de su marido, suplicante, pero él en ese momento sólo tenía ojos para la otra mujer y no para ella.

—Lady Megan —observó Robert de Bruce con interés—, siempre he valorado el excelente gusto de mi buen amigo Duncan para las mujeres, por lo que no dudo que, bajo toda esa capa de suciedad que os cubre, seguro que encontraré a una bella mujer.

Aquellas palabras hicieron que Duncan lo mirase con advertencia, algo que Robert de Bruce notó.

—Espero agradaros, mi señor. —Megan señaló hacia el interior del castillo mientras retenía su rabia y frustración—. ¿Seríais tan amables de entrar? Estoy segura de que Fiorna y Edwina ya habrán puesto cerveza bien fría en las mesas.

Lady Marian, tras dedicarle una insinuante caída de ojos a Duncan, que hizo que Megan hirviera por dentro, entró seguida de su hermano, de Robert y de Miller.

En ese momento, Duncan se dirigió a Megan ofendido:

—¿Cómo has podido presentarte así? —rugió indignado.

—Y tú ¡¿cómo has permitido que esa engreída diga que he perdido mi dignidad?! —gritó sin escucharle, dolida por lo acontecido.

—¡Cállate, mujer! ¡No insultes a nuestros invitados! —aseveró con una expresión dura—. ¿No puedes comportarte como lo que eres? —preguntó ofuscado, sin percatarse de la extraña mirada que le dirigía su mujer. La decepción y la desconfianza se habían instalado en sus ojos, pero él no era capaz de mirar más allá—. Regreso a mi hogar y, en vez de encontrarme una adorable mujer, me encuentro poco más que una mendiga que me avergüenza con su aspecto ante nuestro rey y mis invitados.

—¡Duncan! —bramó el anciano Marlob al oírlo. Su creciente adoración por Megan no le permitía oír a su nieto hablarle con tanta dureza—. No es justo que hables así a tu mujer, no lo voy a consentir.

—¡Cállate, abuelo! Es mi mujer y seré yo el que consienta o no consienta —se revolvió consiguiendo que hasta su propia mujer se encogiera por su fiero tono de voz—. Lo que no es justo es que me avergüence de manera continua. —Miró a una desencajada Megan y gritó partiéndole el corazón—: ¡¿Acaso pretendes que también nuestro rey se ría de mí?!

—Nunca haría eso —susurró tan afectada que era incapaz de pensar con claridad.

—¡No le grites! —suplicó de pronto Zac angustiado—. ¡Ha sido culpa mía! Ella intentó cogerme para llevarme a la bañera y, sin querer, yo la empujé y la hice caer al barro. Luego, ella me tiró a mí. Yo le tiré barro en el pelo y ella me lo restregó por la cara y...

—¡Por todos los santos! —murmuró en ese momento Marlob, preocupado por la palidez de Megan—. ¿Cómo se te ocurrió hacer eso, Zac?

—Porque estoy cansado de tener que lavarme todos los días —suspiró el niño con pesadez—. Le encanta que huela a flores.

—Mejor oler a eso que a suciedad —medió Lolach con intención de relajar los ánimos.

—Zac —le regañó cariñosamente Niall, viendo la dura mirada que su hermano dirigía a su mujer—, Megan no se merece que te portes así con ella.

El niño, asustado por la quietud de su hermana mayor, comenzó a llorar.

—Por supuesto que no —asintió Shelma y tomó de la mano a su pálida hermana—. No me parece bien que ella cargue con la culpa de lo sucedido. —Miró a Duncan—. Conozco a mi hermano y creo que tú también sabes cómo es. Por eso, precisamente, no deberías ponerte así con Megan.

Megan seguía sin poder hablar. De pronto, la felicidad que llevaba esperando tantos días se había ido al traste. Además, Duncan había regresado con Marian, la mujer que, según Margaret, amaba y que por su indiferencia le estaba dando que pensar.

—Entrañables tus palabras, Shelma —respondió Duncan con seriedad. Volviendo a mirar a su mujer, dijo—: Será mejor que entréis y os bañéis, y te pediría que bajaras al salón para cenar cuando creas que tu aspecto es el adecuado. —Mirando al niño, que le escuchaba con los ojos muy abiertos, dijo—: Y en cuanto a ti, se acabó ese tipo de comportamiento. No voy a aceptar ni una fechoría más por tu parte. ¡Estoy cansado! A partir de mañana, me encargaré yo mismo de tu educación. Si hace falta dormirás en medio del campo para que sepas que has de comportarte como una persona para vivir bajo mi techo.

Incrédula por lo que había escuchado, Megan miró a su marido, pero no dijo nada.

—¡Duncan, creo que...! —comenzó a decir Niall.

—¡Cállate, Niall! —exclamó al oírlo. Miró de nuevo a Megan, que apretaba los puños y respiraba con dificultad—. ¡Vosotros dos, entrad y bañaos!

—Sí, mi señor —respondió ella secamente.

Megan se volvió para tomar la mano de su hermano, que se la dio obedientemente. Al pasar junto al salón, oyó las risas de lady Marian y, sin mirar hacia donde estaban, comenzó a subir la escalera. Mientras lo hacían, Zac la observó y vio por primera vez lágrimas en los ojos de su hermana. Conmovido, dijo abrazándose a ella:

—Lo siento, Megan.

—No te preocupes, no pasa nada —respondió, pero sin poder evitar que las lágrimas rodaran por sus mejillas.

—Por mi culpa estás llorando y tú nunca lloras. —El niño comenzó a sollozar—. Por mi culpa, Duncan se ha enfadado contigo, nos tratará mal y nos echará de aquí.

Megan se detuvo en uno de los escalones, sentó encima de ella a su hermano y lo acunó mientras el niño se tranquilizaba.

—Nadie nos va a tratar mal, ni nos va a echar de ningún lado, Zac —respondió mirándolo fijamente al ver la angustia reflejada en sus ojos.

—Pero...

—¡Basta! —dijo tragando el nudo de angustia que tenía en la garganta—. Vamos a bañarnos y verás como después del baño nos sentiremos mejor.

Tras bañar a Zac en su habitación, cortarle el pelo y lavárselo con agua cocida con aliso negro, el niño se negó a bajar al comedor para cenar. Las duras palabras de Duncan lo habían asustado más de lo que ella podía imaginarse. Megan tuvo que pedirle a Fiorna que le subiera una bandeja con algo de cena al niño a su habitación, para poder ella irse a la suya a bañarse y a arreglarse.

Mientras se enjabonaba el pelo y se quitaba los restos del barro seco, pensó en lo ocurrido. ¿Por qué Duncan había reaccionado así? ¿Acaso no la había añorado como ella a él? Aunque odiaba pensar en las palabras de Margaret, éstas acudieron a su mente rápidamente, y se estremeció al recordarlas: «Duncan la ama a ella y no a vos, y cuando aparezca lady Marian, vuestro marido no querrá saber más de vos». ¿Sería cierto aquello? ¿Habría algo entre aquella francesa y él? Pero, por más vueltas que le daba, no conseguía entender sus duras palabras hacia ella y mucho menos hacia Zac. Eso le había dolido más que todo lo que pudiera decirle a ella.

Inconscientemente, se tocó la barriga y un par de lágrimas resbalaron por sus mejillas al recordar la maravillosa noticia que pensaba darle. Pero ahora no le apetecía lo más mínimo. Mientras se secaba el pelo, unos golpes en la arcada le anunciaron la visita de Shelma, que al entrar la miró con una sonrisa.

—Ahora ya puedes abrazarme —bromeó Megan abriendo los brazos para recibir a su hermana, que se ciñó a ella durante unos instantes dándole cariño y amor—. ¿Cómo estás, gordita?

—Bien —dijo tocándose la barriga—, mi niño se porta estupendamente.

—¿Niño? —rio al escuchar a su hermana—. ¿Y si es una niña?

—Será bien recibida, no te preocupes —asintió con una sonrisa—. Pero Lolach está tan ilusionado por tener un hijo que rezo todos los días para que así sea.

—Ojalá rezar sirva de algo —sonrió al pensar en su secreto.

—¡Madre mía! ¡Qué lugar más bonito! —exclamó Shelma al mirar con curiosidad a su alrededor—. ¡Qué preciosa habitación tienes! Y los muebles tallados son una maravilla.

—No es nada mío —respondió con rabia mientras abría su armario. Tras observar unos instantes el precioso vestido que pensaba ponerse para su marido a su llegada, le dio un manotazo y cogió otro de color negro—. Todo es del laird Duncan McRae.

—Megan, no sigas por ese camino.

—¿Camino? —comentó desencantada al escucharla, sin percatarse de que la puerta se abría ligeramente—. ¿De qué camino hablas?

Shelma, mirándola con un gesto que no gustó nada a su hermana, dijo:

—No te enfades conmigo. Simplemente te aconsejo que no te pongas cabezona como él. No estoy de acuerdo en la forma en que os ha hablado a Zac y a ti delante de todos, pero tampoco estoy de acuerdo en que Zac siga comportándose como siempre. ¿Acaso no te has dado cuenta de que muchos de nuestros problemas casi siempre los ha originado él?

—Shelma —susurró extrañada por su frialdad—, es un niño.

—Sí, un niño —asintió con enfado—. Pero un niño que siempre está haciendo travesuras. Zac necesita la mano dura de un hombre. Pero ¿no lo ves? ¿Todavía no te has dado cuenta de que el abuelo no supo hacer de nosotras unas señoritas ni disciplinar a Zac?

—Maldita sea, Shelma. ¡¿Qué estás diciendo?! —gritó enfadada, sin reconocer a su hermana—. No vuelvas a meter al abuelo en nada de esto. Si nosotras no hemos sido unas señoritas es porque nunca nos dio la gana de comportarnos como tales. Y si Zac no tiene disciplina no es por culpa del abuelo. Es porque nosotras siempre le hemos consentido todo por el hecho de ser un niño pequeño que se ha visto obligado a crecer sin sus padres. ¿Sabes? Yo siempre he tenido claro quién era y quién soy. Y, a pesar de que el abuelo no supo enseñarme buenos modales, ten por seguro que los tengo. ¡Incluso mejores que los de la remilgada francesa que está ahí abajo! —gritó lanzando un cojín contra la pared—.

No me vengas ahora a dar lecciones de cómo ser una dama. Pero ¡¿cómo te estás volviendo tan estirada?!

—No soy una estirada —se defendió de aquel ataque, molesta— y no tomes a mal lo que digo del abuelo. Simplemente te aconsejo que, si no quieres tener más problemas con Duncan, hagas lo necesario para que Zac comience a comportarse como debe, o algún día el mismo Zac te echará en cara lo mal que lo hiciste con él cuando ambos acabéis viviendo en una humilde cabaña.

Aquello le cayó como un jarro de agua fría.

—¿Qué tontería estás intentando decir? —murmuró sin darse cuenta de que la puerta se cerraba—. ¿Acaso sabes algo que yo no sepa? ¿Tiene esto que ver con la mujer que ríe como un gorrión en el salón? ¿Crees que no sé que esa estúpida rubia es Marian, el gran amor de Duncan? ¿Y crees que no me he dado cuenta de que él ni me ha mirado porque sólo tiene ojos para ella? —En ese momento, decidió no compartir su secreto ni con su hermana ni con nadie—. Esa tonta que está ahí abajo es la persona que le rompió el corazón, y por la que él nunca me ha dicho «te quiero».

Shelma entendió a su hermana, pero no estaba dispuesta a que continuara arruinando su vida. Megan debía cambiar, y tenía que hacerlo ya.

—¿Alguna vez has pensado que Duncan, tu marido, puede cansarse de esta situación con respecto a ti y a Zac? ¿No crees que se merece que, cuando llegue cansado, estés perfecta para recibirlo y no para avergonzarlo ante sus amigos? Si hoy ha reaccionado así, es porque ha sentido vergüenza de ti.

—Mira, Shelma —dijo cogiéndola del brazo. Abriendo con rabia la arcada de su habitación, observó antes de cerrar la puerta en las narices de su hermana—: No sé qué te pasa, pero hasta que vuelvas a comportarte como la muchacha que eras, sin tantos miramientos, ni absurdos clasismos, no vuelvas a decirme absolutamente nada con respecto a mi matrimonio.

Megan cerró de un portazo, corrió hasta una palangana para vomitar y luego comenzó a llorar.

37

Una vez arreglada, suspiró dándose el último retoque en el pelo, que se había recogido en un moño tirante. Con el ceño fruncido pensó en lady Marian, en su cara de mosquita muerta y en sus tontos amaneramientos. «Si ése es el tipo de mujer que Duncan quiere, no seré yo quien se lo prohíba». El corazón le dolió al imaginar a Duncan rompiendo sus votos matrimoniales para estar con aquélla. Sólo habían estado un mes sin verse, y él ya parecía haberla olvidado. ¿Dónde estaba el hombre que en susurros le había dicho que la añoraría cada momento del día? Quizá en ese tiempo se había dado cuenta de que su amor por ella no era verdadero, y aquella indiferencia era el fiel reflejo de lo que sintió al verla. Si aquello era cierto, ¿cómo decirle lo del bebé?

Cientos de preguntas sin respuesta se agolpaban en su mente y conseguían que su furia, su desconcierto y su rabia crecieran momento a momento en su interior. Tiró con rabia el peine, salió y cerró con violencia la puerta de su habitación con intención de bajar al salón. Al pasar ante el dormitorio de su hermano, entró a verlo. Lo encontró tumbado en la cama, pensativo, con la mirada clavada en la ventana.

—Hola, diablillo —sonrió con cariño sentándose junto a él en su cama—. ¿Qué piensas?

—Miraba la luna. Cuando vivíamos en Dunstaffnage, la luna se metía tras las montañas —respondió con seriedad mientras observaba a su hermana, que estaba muy guapa con el cabello recogido hacia atrás.

—Sí, tesoro —asintió al recordar las puestas de sol—. Está muy bonita la luna hoy, ¿verdad?

—Más bonita estás tú —susurró el niño haciéndola sonreír.

—¡Vaya, Zac! Creo que es la primera vez que mi hermano pequeño me dice un piropo.

Pero la tristeza de los ojos del niño la desarmó.

—Siento mucho que Duncan se enfadara contigo y haberme comportado mal muchas veces.

—¡Bah! —dijo ella haciendo una mueca que le hizo sonreír—. Por Duncan no te preocupes, ya se le pasará.

Sentándose en la cama, el niño la miró y preguntó:

—¿Por qué Shelma piensa que soy un problema?

—¡Tesoro! —susurró Megan, conmovida al pensar que había escuchado las tonterías que su hermana había dicho—. Shelma realmente no piensa eso. Ya sabes que ella a veces es un poco tonta y creo que, al estar embarazada, su cabeza no funciona muy bien.

Pero Zac no estaba dispuesto a creer aquello, y volvió a preguntar:

—Pero ¿por qué piensa que tú y yo acabaremos viviendo solos en una cabaña?

—Bueno —susurró besándolo en la cabeza, y por primera vez intentó ser realista, incluso con su hermano—, cuando Duncan y yo nos casamos, lo hicimos a través de un *Handfasting*. ¿Sabes qué quiere decir eso? —El niño, muy serio, asintió—. Ese tipo de matrimonio puede durar un año o toda la vida; todo depende de que las dos personas que se unen deseen estar juntas para siempre. —Al decir aquello, unas repentinas ganas de llorar hicieron asomo en sus ojos, pero ella las controló—. Y, aunque Duncan es un buen hombre, quizá no podamos seguir juntos.

Zac, sin dejar de mirar a su hermana le confesó:

—Yo le pregunté a Duncan si tendríamos que irnos de aquí y él me dijo que no.

—¿Cuándo le preguntaste eso? —dijo ella, sorprendida.

—En las tierras de los McPherson —respondió revelando aquel secreto—. Os vi a ti y a Shelma en el lago, y te oí decir que odiabas a Duncan, y ella te dijo que si no te portabas bien Duncan nos echaría a ti y a mí. Entonces, yo se lo pregunté a Duncan, y él me dijo que nunca haría eso.

Con el corazón acelerado por aquello, Megan respondió en un susurro:

—Si él te dijo eso, será porque es verdad.

Tras unos instantes en silencio, fue Zac quien habló.

—¿Sabes? Ojalá continuáramos viviendo en Dunstaffnage. Allí nadie nos gritaba, y tú nunca llorabas. Ojalá pudiéramos volver allí.

—Tesoro —sonrió al recordar aquellos tiempos—, allí fuimos muy felices, pero aquí también lo seremos.

Pero el niño no estaba dispuesto a ver llorar a su hermana y continuó:

—Podríamos regresar tú y yo —propuso—. Shelma que se quede con Lolach, pero nosotros podríamos volver. Además, creo que si yo se lo pido a Kieran, nos ayudará —aseguró el niño con los ojos muy abiertos.

—¿Kieran? —preguntó extrañada—. ¿Crees que Kieran está tan cerca como para pedirle ayuda?

—Sé cómo encontrarlo —asintió con seguridad haciéndola sonreír—. Él es un buen amigo y sé que no me defraudaría.

Megan sonrió con cariño y acostó de nuevo a su pequeño hermano.

—Zac, las cosas no son tan fáciles. Ahora, duérmete y descansa. Ya hablaremos mañana. —Después de darle un beso, le advirtió—: Recuerda no hacer más de las tuyas en estos días, y verás como Duncan olvida pronto su enfado.

—No te preocupes, Megan —respondió el niño, que volvió a mirar la luna—. Duncan no se volverá a enfadar.

—¡Genial! —rio ella levantándose de la cama y agachándose para darle otro beso. Sintió las manos del niño agarrándola del cuello para besarla y retenerla—. ¡Vaya, hoy estás besucón!

—Sí —asintió con los ojos brillantes por las lágrimas—. Te quiero mucho y quiero que sepas que tú eres mi mejor hermana.

Aquellas palabras tan sentidas le llegaron al corazón.

—¿Te digo un secreto? Tú también eres mi mejor hermano

—susurró sentándose de nuevo en la cama—. Y ahora olvida todo lo que ha pasado. ¿No ves que yo ya lo he olvidado? Por favor, no te preocupes por nada y duerme tranquilo, tesoro. ¿Vale?

—De acuerdo —aceptó el pequeño, más reconfortado.

Megan volvió a besarlo y tuvo que contener el llanto antes de cerrar la arcada de la habitación. Una vez fuera, se apoyó en la fría pared de piedra y cerró los ojos mientras se ordenaba a sí misma controlar sus emociones. Ver triste a su hermano le partía el corazón.

Con paso lento, bajó la escalera. Pronto oyó las risotadas de su hermana y de lady Marian, quienes bromeaban con los hombres. Oculta entre las sombras, vio a Duncan, que en ese momento estaba solo con el ceño fruncido mirando el fuego. ¿Qué pensaría? Lo observó durante unos instantes, mientras respiraba pausadamente y contenía sus emociones. Su mano se posó en su estómago, recordándole la nueva vida que en él crecía. De pronto, lady Marian se acercó a Duncan y pasándole un dedo lentamente por el cuello hizo que él la mirara y sonriera. Megan tembló de impotencia al advertir aquel gesto tan íntimo entre ellos. No, no le diría lo del bebé.

En aquel momento, sus piernas se convirtieron en dos bloques de piedra clavados al suelo, mientras observaba cómo su marido, aquel hombre imponente, fuerte y lujurioso, miraba y sonreía a aquella odiosa mujer. ¿Habría deshonrado ya sus votos matrimoniales? Tras una nueva sonrisa por parte de lady Marian, que en ese momento se mordió el labio inferior, se convenció de que sí. Intentó moverse para marcharse, pero sus piernas no la dejaron, y tuvo que seguir observándolos.

Instantes después, forzó una sonrisa y levantó la barbilla para salir de las sombras y caminar hacia ellos. El primero en verla fue Niall, que rápidamente miró a su hermano y vio que éste hablaba con lady Marian junto al fuego. Un gesto de la francesa le hizo intuir a Duncan que su mujer había entrado y, volviéndose, se quedó fascinado por la belleza y serenidad que emanaba. Casi se atraganta con la jarra de cerveza que estaba tomando.

Megan estaba espectacular. Aquel vestido negro y su pelo recogido hacia atrás le otorgaban una belleza inigualable. Una belleza y una sensualidad de las que ella no era consciente.

Tantos días sin verla, tantas noches añorándola, y ahora estaba allí, frente a él, más atractiva que nunca y más apetecible que ninguna mujer que hubiera conocido.

—¿Sois la misma mujer que esta tarde parecía una mendiga cubierta de barro? —se apresuró a preguntar Robert al verla entrar y se dirigió enseguida hacia ella para besarle la mano con una sonrisa en los ojos.

—Os aseguro que sí, señor. —Intentó sonreír, pero la sonrisa sólo curvó sus labios, mientras decía con picardía hacia lady Marian—: Y como veréis, cualquier mujer, por muy mendiga que parezca, con un poco de agua, jabón y un bonito vestido puede parecer toda una señora.

Marlob, al escucharla, sonrió. Su niña era lista..., muy lista.

—¡Maravillosa revelación! —señaló Robert al reparar en la fresca y sensual belleza que desprendía aquella mujer—. Duncan, os habéis casado con una auténtica belleza.

Duncan lo observaba inquieto, dispuesto a pararle los pies si se daba el caso. Conocía a Bruce y sabía qué tipo de mujer le atraía. La suya, aquella noche, podía ser una de ellas.

—Querida Megan —saludó el padre Gowan al verla entrar—, estáis preciosa esta noche.

—Gracias, padre Gowan —sonrió como pudo.

—Milady —señaló Jack—, me habéis dejado perplejo con vuestra espectacular belleza.

Sorprendida por tanto halago, clavó sus sensuales ojos negros en aquel hombre.

—Gracias por el cumplido —respondió mirándolo con intensidad, consiguiendo sin proponérselo que su marido se alertara—. Sois muy galante, Jack.

—Además de belleza —terció Arthur Miller mientras esperaba su turno para besar con afecto su mano—, por vuestras palabras creo intuir que tenéis carácter.

Marlob y Niall se miraron y sonrieron al escuchar aquello, mientras Duncan se removía incómodo.

—Según mi abuelo —respondió mirando a Shelma y expresando lo furiosa que estaba a pesar de parecer relajada—, poseo el desafío de mi madre en la mirada, y la valentía de mi padre en mis palabras.

Aquel comentario hizo reír a todos, excepto a Duncan. No le gustaba cómo sus invitados miraban a su mujer, y menos aún cómo ella sonreía.

—Curioso acento el vuestro —señaló lady Marian, que anduvo hacia ella con un sinuoso movimiento de caderas que a más de uno le hizo torcer la cabeza—. ¿De dónde decís que sois?

Sin amilanarse, y con una mirada retadora, Megan sonrió, y cuando iba a responder lo hizo su hermana por ella.

—De Dunstaffnage —respondió Shelma mesándose el pelo con una radiante sonrisa junto a Lolach—. Nos criamos con el clan de Axel McDougall y éramos amigas íntimas de Gillian McDougall.

Pero lady Marian no buscaba esa respuesta. Megan sabía lo que esperaba y se lo iba a dar.

—Pero antes vivimos en Dunhar, en la casa de mi padre —añadió con desafío al ver a su hermana mirarla horrorizada—. Allí vivimos los primeros años de nuestra vida.

—¿Y cuál fue el motivo de que abandonarais Dunhar? —preguntó Miller, curioso, mientras Robert la observaba y Niall, intranquilo por la conversación, se movía hacia la gran chimenea.

—El asesinato de mis padres —espetó con rabia sabiendo que todos la miraban. Le daba igual lo que en esos momentos pensara Duncan, Robert de Bruce, la francesa o cualquiera de ellos. Se sentía tan furiosa que incluso estaba empezando a disfrutar por comportarse con aquel atrevimiento—. Pocas personas pudieron entender que sus sentimientos estaban por encima del simple hecho de que ella fuera escocesa y él inglés.

—¡¿Sois medio inglesa?! —Lady Marian exageró su sorpresa llevándose las manos a la boca y dando un paso hacia atrás con fingido terror. Duncan la miró molesto por su manera de actuar—. ¡Qué horror! Ha debido de ser horrible para vos asumir vuestra sangre inglesa.

Aquello hizo sonreír a Megan.

—Lo horrible es oíros a vos decir eso —aseveró mientras caminaba hacia ella. Al mirar de reojo a Robert de Bruce, lo vio tranquilo tras aquella revelación, y con una encantadora sonrisa preguntó a Jack y a Miller—: ¿Qué os parece si dejamos de hablar de estos temas tan poco apropiados para señoras y comemos algo?

—Una magnífica idea —asintió Jack, quien, al igual que Robert, le miraba el cuerpo con lujuria, haciendo que el estado de ánimo de Duncan comenzara a agriarse.

—¡Fantástico! Una idea colosal —celebró Marlob.

Duncan aceleró el paso para llegar junto a su esposa y tomarla posesivamente de la mano. En su interior, renacían temores al ver cómo Robert de Bruce, el perfecto seductor, la observaba con curiosidad.

—Mi señor —dijo mientras su cuerpo vibraba al sentir las grandes manos de su marido—. ¿Os agrada mi aspecto ahora?

—Sí —se limitó a decir Duncan.

Su mujer era aquella que lucía un vestido negro y un sugerente escote redondo que dejaba entrever más de lo que a él le parecía apropiado. Su mirada bajó hasta su estrecha cintura y continuó hasta llegar a un cinturón de cuentas metálicas que reposaba en sus ondulantes caderas. A diferencia de otras veces, su salvaje pelo rizado iba sujeto en un moño alto, que dejaba a la vista su esbelto cuello y sus finas facciones.

—¡Eres la más bella esta noche, hija mía! —susurró Marlob al pasar junto a ella, indicándole que su corazón le pertenecía a ella y no a Marian.

—Gracias, Marlob —sonrió Megan con complicidad.

A Duncan le molestó que esa sonrisa no hubiera sido para él. Pero, dándose la vuelta, invitó a Robert a sentarse. Aunque fueran amigos y compañeros de guerra, no podía obviar que ante los ojos de todo el mundo Robert era el rey.

Tras acomodarse en la mesa, el servicio comenzó a repartir los suculentos platos que Susan, Fiorna y Edwina habían preparado, mientras Megan hacía tremendos esfuerzos por aguantar los olores que despedían aquellas condimentadas comidas.

—Ahora que lo pienso, ¿dónde está Margaret? —preguntó Robert, que por sus visitas a Eilean Donan conocía a todo el mundo—. No la he visto desde nuestra llegada.

Al escuchar aquello, a Fiorna casi se le caen los platos.

—Oh..., es cierto —intervino Marian. Eso hizo que la espalda de Megan se tensara—. Pregunté a Niall, pero no supo responder. ¿Dónde está nuestra encantadora Margaret?

—¡Cenando con el diablo! —irrumpió Marlob, atrayendo las miradas de Duncan y de Niall.

—Entonces ¿no está...? —insistió la francesa ganándose una dura mirada por parte de Marlob y del padre Gowan.

—Lady Marian —señaló Megan para cambiar de tema, mirando a su izquierda, a continuación de Niall—, espero que la comida que servimos aquí os agrade. Nuestras cocineras son excepcionales.

—Ya he comido aquí otras veces —soltó orgullosa. Aquello hizo que Niall se sintiera molesto. Siempre había odiado a Marian, pero al ser amiga y aliada por Francia para la Escocia de Robert de Bruce, debía fingir.

—¡Oh, qué sorpresa! —rio Megan con falsedad al escucharla, mientras sentía la mirada de Niall—. ¿Cuándo habéis visitado estas tierras?

La francesa clavó la mirada en ella, y con una sonrisa que dejaba entrever sus malas intenciones contestó:

—En varias ocasiones. Duncan y su familia han sido unos perfectos anfitriones. Recuerdo haber pasado mañanas enteras cabalgando con Duncan y sus hermanos, mientras ellos me enseñaban los alrededores de este precioso lugar. Oh..., y las veces que Duncan y yo viajamos juntos por Escocia y nos bañamos en lagos de aguas tranquilas, durante noches preciosas, con cielos repletos de estrellas —señaló mirándola con una media sonrisa, mientras las uñas de Megan comenzaban a clavarse en el brazo de Niall. Éste, a punto de chillar de dolor, miró a su cuñada, que al darse cuenta se disculpó con una sonrisa.

—Oh, sí, viajar con mi hermano Duncan es muy divertido —asintió Niall tocándose el brazo dolorido.

—Y bañarse junto a él lo es más —susurró Marian con una sonrisilla nada inocente y lo suficientemente alto para que Megan lo oyera.

Niall, molesto por la falta de discreción de la francesa, la miró ceñudo.

—Me alegro de que la compañía de «mi marido» —Megan arrastró estas dos últimas palabras— os agradara en su momento. Es un buen compañero de viaje —sonrió ganándose la admiración de Niall, que era testigo de la pequeña lucha dialéctica que ambas mantenían mientras Duncan hablaba con Robert y con Miller, y sólo Shelma se imaginaba lo que ocurría.

—Creo que Susan ha preparado *haggis*, nuestro plato preferido, ¿verdad, cuñada? —murmuró Niall, que intentó hacerla sonreír, pero apenas una media sonrisa curvó sus labios; por ello, volvió al ataque—. Además, ha hecho tantos que estaremos una semana comiéndolos.

—Niall, te puedo asegurar —señaló Megan— que en esta boca nunca entrarán *haggis*.

—Ah, por cierto —se animó éste a continuar al ver que sonreía y al cerciorarse de que Marian hablaba con su hermano—, me han encantado las mejoras que has hecho en el salón. Me agrada ver el escudo de armas de mis padres.

—Gracias, Niall —sonrió Megan agradecida guiñando un ojo a Marlob—. La verdad es que todo el mundo me ha ayudado muchísimo. Ha sido un trabajo de equipo.

—¿Habéis cambiado algo en este salón? —preguntó Marian dirigiéndose de nuevo a Megan, que resopló al escucharla. Su paciencia con aquella mujer se estaba acabando—. Recuerdo que había un tapiz precioso que Margaret y yo compramos a unos feriantes a petición de Duncan. Creo que Margaret y yo lo colgamos en una de estas paredes, pero no recuerdo en cuál.

—Sí. He cambiado varias cosas —sonrió Megan ya sin paciencia. Acercó la mano a un tosco cuchillo afilado, cosa que encogió el corazón de Shelma y dejó sin respiración a Niall—. Sobre el tapiz que preguntáis, lo quité de mi vista porque me parecía horroroso y oscuro. —Cogiendo el cuchillo por el mango, con un rápido movimiento lo clavó en la pared de enfrente, dejando pálidos a Niall y a Shelma—. ¿Veis dónde he clavado el cuchillo? —Marian asintió horrorizada, mientras todos volvían los ojos para mirarla—. Allí es donde estaba colgado el horripilante tapiz.

—¡Megan! —exclamó Duncan—. ¿Qué estás haciendo?

—Oh, esposo, no os preocupéis —sonrió fríamente encogiéndose de hombros—. Lady Marian quería que le señalara dónde estaba el tapiz horroroso que quité de la pared. —Volviéndose hacia ella, que todavía tenía la boca abierta, dijo inocentemente—: Espero no haberos asustado. Sólo quería señalaros el lugar exacto.

Duncan, sin saber realmente qué había pasado, agarró a su mujer del brazo y le advirtió:

—¿Hace falta que te vuelva a pedir que te comportes como una señora?

—No, esposo. —Tras intercambiar una significativa sonrisa con Niall, se bebió un vaso de cerveza de golpe antes de decir—: No os preocupéis, intentaré comportarme tan respetuosamente como lo hace «vuestra Marian». Viendo que ella goza de vuestro beneplácito, intentaré ser igual o mejor que ella.

—¡Megan! —siseó Duncan enfurecido por aquella contestación mientras ella se llenaba el vaso con más cerveza.

—Sí, mi señor —respondió ladeando la cabeza para pestañear cómicamente ante su cara, como había hecho con anterioridad la francesa.

—¡Abuelo! —llamó Niall, interrumpiendo la retadora mirada de su hermano y de Megan—. ¿Qué noticias nos tienes que comunicar?

—Quizá sería mejor comentarlas más tarde —respondió Megan.

—¿Por qué esperar? —reclamó Niall, más relajado al ver a su hermano hablar de nuevo con Robert.

—¡Que te calles, Niall! —lo regañó Megan tomándose de golpe un nuevo vaso de cerveza—. ¡Ahora no!

Extrañado por aquel comportamiento, Niall la miró. ¿Qué le pasaba a su cuñada?

—¡Vaya! —sonrió Marian a su hermano antes de hablarle en francés—. Veo que a la sucia gitana le gusta mucho beber y ordenar a la gente que se calle. ¡Qué vulgaridad de mujer!

Al escucharla, Megan estuvo a punto de tirarle su vaso a la cabeza, pero se contuvo al escuchar al padre Gowan decir:

—Niall, dejemos las noticias para más tarde.

—De acuerdo, me callaré —dijo Niall quitándole a Megan el vaso de la mano—. ¿Qué te pasa, cuñada?

—Creo que voy a matar a alguien esta noche —respondió mirándolo a los ojos y haciéndole sonreír.

—Marlob —dijo Marian, haciendo que Niall y Megan la mirasen—. ¿Qué noticia tan importante es esa que tienes que comunicar?

—Dios santo —susurró Megan, que cerró los ojos al ver la cara del anciano.

—Margaret ya no vive aquí —murmuró Marlob mientras el padre Gowan le tocaba el hombro con cariño, haciendo que Duncan y Niall se miraran extrañados.

A partir de ese momento, Marlob se encargó de relatar lo ocurrido con Margaret. Duncan escuchaba con atención las explicaciones de su abuelo. Megan, callada a su lado, observaba casi sin respirar. Al terminar, un silencio sepulcral se hizo en el salón, hasta que Duncan y Niall, levantándose furiosos y dolidos, comenzaron a maldecir y a gritar cosas horribles sobre esa mujer. Tras un rato angustioso, finalmente las palabras de aliento y cariño de los allí presentes consiguieron tranquilizarlos. Megan se espantó al ver a lady Marian abrazar a Duncan delante de todos sin ningún pudor, mientras le hablaba al oído, le acariciaba el pelo y lo alejaba del grupo para consolarlo.

—¡Duncan! —llamó Marlob a su nieto al verlo abrazado a la francesa mientras su mujer los observaba—. Megan supo desenmascarar a esa víbora con piel de cordero. Yo nunca viviré suficientes años para darle las gracias por ello.

Duncan la miró, pero ella retiró la mirada.

—Es un ángel llegado del cielo —añadió rotundamente el padre Gowan mirando con recelo a la francesa.

—¡Oh, Megan! —sonrió Shelma.

Pero Megan no quería escuchar a nadie. El dolor de ver a Duncan abrazado a aquella insufrible estúpida la estaba matando.

—Esta mujer vuestra —dijo Robert de Bruce—, aparte de bella, también sabe usar la cabeza.

Duncan, a cierta distancia de ella, la miraba sin moverse.

—Cuñada —murmuró Niall abrazándola con adoración—, pídeme lo que quieras y será tuyo.

—Ahora no se me ocurre nada —sonrió con cariño—, pero no olvides que me debes un favor.

—No lo olvidaré —prometió él caminando hacia su abuelo.

—Megan —comenzó a decir Duncan, dándose cuenta por las palabras de su abuelo de su error—, te estaré eternamente agradecido. —Separándose de Marian, se acercó a ella y, cogiéndola de la barbilla para que lo mirara, le susurró sintiendo la frialdad y la tristeza de su mirada—: Pídeme lo que quieras y lo tendrás.

«Dime te quiero...», pensó ella, pero fue incapaz de decirlo.

—Mi señor, os digo lo mismo que a vuestro hermano —respondió separándose de él—. No lo olvidéis.

—No lo olvidaré —respondió escrutándola con la mirada.

En ese momento, Marlob llamó la atención de su nieto.

—Duncan, me gustaría hablar contigo un momento.

No estaba dispuesto a consentir ni un instante más aquel comportamiento. Quería a Megan y estaba presenciando el dolor que su nieto la estaba infligiendo. Nunca creyó las palabras que Margaret le escupió a Megan antes de morir, respecto a que si lady Marian aparecía de nuevo en la vida de Duncan ella lo alejaría de su lado, pero ahora estaba comenzando a dudarlo. ¿Duncan era tan idiota como para perder a Megan?

—Ahora no, abuelo —respondió observando la oscura y fría mirada de su mujer.

—Duncan —volvió a insistir. Quería contarle a su nieto las desafortunadas palabras de Margaret—, necesito hablar contigo.

—Deberíais hablar con vuestro abuelo —lo animó el padre Gowan intuyendo lo que quería decirle.

—Más tarde —susurró Duncan sin mirarlo.

Intentaba adivinar los pensamientos de su mujer, que en esos momentos observaba a Marian con muy mala cara.

—No entiendo cómo el highlander se ha podido casar con semejante salvaje —susurraba Marian en francés a su hermano, que nuevamente la ordenó callar, angustiado por sus palabras—. Es vulgar y sin clase. ¿De dónde la habrá sacado?

Tras un corto pero significativo silencio, Marlob tosió incómodo al comprobar lo enfadada que estaba Megan. En cierto modo, la entendía. Aquella noche, veía alojados en los ojos de ella la rabia, la decepción y el dolor. Sólo con observar a Shelma y ver lo nerviosa que estaba ante los comentarios de su hermana, le hacía prever que aquella noche no sería fácil para nadie, en especial para aquella mujercita a la que adoraba.

—He comprobado que has cambiado cosas en el castillo —replicó Duncan sentándose de nuevo a la mesa, entendiendo por fin las duras miradas de su abuelo y de su hermano.

—Así es, esposo —asintió Megan, desganada, deseando estrangular a alguien—. Espero que no os desagraden y, si es así, volveré a ordenar que lo pongan como estaba antes.

—Por supuesto que no, y, por favor, Megan, recuerda mi nombre —contestó, mirando ceñudo a Niall y a Lolach en busca de un poco de ayuda. Pero éstos agacharon la cabeza y continuaron comiendo.

Megan, que se había percatado de aquella súplica en la mirada de su marido, se creció. Sabía que Duncan comenzaba a sentirse culpable por su indiferencia, pero ahora era ella la que le iba a hacer pagar el daño en su corazón. Shelma, que apenas había probado bocado, sabía por experiencia que Megan no era paciente, de ahí su apodo, y no entendía cómo durante toda la cena había aguantado junto a su marido sin exaltarse. Pero, cuando vio que lanzaba el cuchillo contra la pared, supo que la paciencia de su hermana había llegado a su fin y que, a partir de ese momento, comenzaría su venganza. No tardó en llegar.

—¿Os apetece un poco más de cerveza? —preguntó Megan con amabilidad mientras comenzaba a disfrutar de aquella incomodidad—. ¿O quizá, mi señor, deseáis que os sirva vino?

Duncan levantó la mirada hacia ella y vio en sus ojos mucha rabia; por ello, sabedor de lo que podía ocurrir si no se controlaba, le respondió escuetamente:

—Prefiero cerveza.

—¡Perfecto! —Tomó una jarra que en ese momento portaba una de las criadas y, sin ningún tipo de miramiento, la soltó encima de la mesa con tal furia que casi la derramó entera—. ¡Vaya! ¡Qué torpe soy! Disculpad, mi señor.

—¡No pasa nada! —siseó Duncan mientras ella limpiaba lo derramado con tal brío que parecía que quería sacar brillo al mantel.

—¿Qué le ocurre a tu hermana? —susurró Lolach a Shelma, que comenzaba a levantarse al encontrar una mirada de ayuda por parte de Niall.

—Oh..., por Dios —murmuró Marian en francés—. ¡Además de tonta y sin clase, es torpe!

—¡¿Qué habéis dicho, lady Marian?! —gritó Megan con ganas de cogerla por el cuello y ahogarla mientras todos las observaban.

—Ha dicho —respondió Jack al ver que Marian se quedaba callada— que está deseando probar el estofado que hacéis aquí.

Duncan, cada vez más extrañado, se percató de la palidez de su mujer y de los cercos oscuros que tenía bajo los ojos. Miró a su abuelo y a su hermano en busca de ayuda, pero éstos ni se movieron.

—¡Edwina! —llamó Megan alegremente a la criada, que rápidamente la miró—. ¿Serías tan amable de traer el estofado? Nuestra invitada está deseando probarlo.

—Creo que esto no va a terminar bien —susurró Shelma mientras el vello del cuerpo se le erizaba al ver salir a otra criada con una bandeja llena de estofado.

—¡Aquí está! —sonrió Megan con alegría. Shelma se quedó helada cuando vio que Megan, sin previo aviso, cogía la bandeja y la ponía encima de la mesa con el mismo brío que la cerveza. El estofado se derramó encima de lady Marian, que pegó un chillido horrorizada al verse cubierta por trozos de carne y salsa.

Marlob, el padre Gowan e incluso Niall hicieron grandes esfuerzos por no reír.

—¡Oh..., qué torpe soy! —murmuró Megan con fingida ino-cencia tapándose la boca para que nadie la viera sonreír. Dando un golpe a uno de los vasos de la mesa, hizo que varios vasos más cayeran, empapando de cerveza, vino y agua a Duncan e incluso a Robert de Bruce—. ¡Disculpadme, lady Marian!

—*Garce!* —masculló rabiosa Marian, Megan entendió rápida-mente que la había llamado «zorra» en francés. Clavándole los ojos con rabia, dijo saliendo rápidamente del salón—: Iré a cam-biarme de vestido.

—Te acompañaré —se ofreció Jack, intuyendo la vergüenza y la rabia de su hermana en aquel momento.

—¡Por todos los santos! —rugió Duncan, mientras todos la observaban atónitos conteniendo las sonrisas y Shelma se llenaba la jarra de cerveza.

La indignación de Megan parecía no tener fondo. Tras inter-cambiar una breve pero significativa mirada con Robert de Bru-ce, que al igual que ella había oído y entendido el insulto, com-probó cómo tenía curvada hacia arriba la comisura izquierda del labio mientras bebía de su vaso. Con fingida preocupación comenzó a limpiar las manchas que habían caído sobre la cami-sa de su marido.

—¡Oh, qué torpe soy! —repitió—. Os vuelvo a pedir discul-pas, mi señor. —Mirándolo con ojos implorantes, dijo—: Ahora mismo indicaré al servicio que laven con mimo el vestido de lady Marian, mi señor.

—¡Megan! —dijo Duncan—. ¿Serías tan amable de dejar de llamarme así, y utilizar mi nombre?

—Por supuesto —asintió con una falsa sonrisa. Al ver que una de las criadas entraba con otra bandeja de comida, dijo mientras Shelma casi se ahoga y Duncan se levantaba rápidamente de la mesa—: ¿Os apetece un poco de carne, Duncan?

—¡No! —bramó enfurecido. Oyendo las risas de los demás, preguntó—: ¿Qué os parece tan gracioso?

—Nada, hijo —contestó Marlob dejando de reír, mientras Robert de Bruce y el resto bebían de sus copas para disimular—. Siéntate y termina de cenar.

Pero Duncan estaba molesto y enfadado. Muy enfadado.

—Iré a cambiarme de ropa.

—¿En serio no deseáis un poco más de venado? —preguntó Megan al ver que su marido se alejaba hacia la escalera—. Susan lo hizo con mucho cariño para vos, señor. ¿De verdad que no os apetece un poquito?

—Psss... ¡Cállate, Megan! —gruñó Shelma tirándole una servilleta.

La paciencia de Duncan llegó a su límite. Se volvió hacia ella, que lo miraba con todo el descaro del mundo. La agarró con fuerza de la mano, tiró de ella sin ninguna cortesía y, ante la perpleja mirada de todos, se la llevó tras la arcada del salón.

—¡Por todos los santos! —susurró Marlob al verlos salir, secándose el sudor de la frente.

—Esa muchacha no teme el peligro —comentó el padre Gowan llenándose una nueva copa de vino para templar los nervios.

Lolach y Niall se miraban divertidos mientras bebían cerveza.

—A excepción del triste episodio que hemos vivido, ésta ha sido la cena más divertida que he tenido en mi vida —se carcajeaba Robert de Bruce, incrédulo por ver cómo aquella muchacha conseguía alterar a su amigo Duncan—. Además, por la reacción de Megan, confieso que piensa de lady Marian lo mismo que mi mujer, Elizabeth.

—Dejadme deciros, señor —señaló Marlob con el dedo—, que esa francesa no es una mujer de fiar. El día que supe que mi nieto había acabado su relación con ella, fue uno de los más felices de mi vida.

—¡Oh, Dios mío! —Shelma se daba aire con una servilleta, mientras Lolach y Niall se carcajeaban—. Ese temperamento de mi hermana siempre le ha traído problemas.

—Tranquila, Shelma —rio Niall mientras Lolach asentía—. A mi hermano le gusta que ella sea así. Si no, nunca se habría casado con ella.

38

Megan, dejándose llevar, subió los escalones de dos en dos tras su furioso marido, mientras la irritación bullía y sentía una tremenda satisfacción por lo que le había hecho a Marian. Una vez que llegaron a la habitación, entraron. Con una patada, él cerró la arcada.

—¡Muy bien! —gritó dirigiéndose a su mujer, que lo retaba con la mirada—. Como vuelvas a llamarme «mi señor» o «esposo», no respondo de mis acciones. Llámame por mi nombre. Duncan. ¡¿Me has oído?! —vociferó y ella asintió—. ¿A qué estás jugando esta noche, Megan?

—Yo no juego —respondió sentándose en los almohadones que había bajo la ventana—. Sólo me comporto como me pides, como una señora.

Incrédulo por aquella contestación, vociferó:

—Ni por un momento te has comportado como tal. Es más, ¿crees que me he creído tu torpeza de esta noche con respecto a Marian y a mí?

—Oh..., pobrecilla, ¿verdad? —espetó con rabia al escuchar aquel nombre, y poniéndose las manos en las caderas le gritó—: ¡¿Realmente crees que esa buscona de Marian es más señora que yo?!

—¡No insultes a mis invitados! —exclamó dando un golpe contra el armario, haciéndolo temblar. Al ver que ella lo miraba con los ojos muy abiertos, dijo—: En todos los años que la conozco, nunca se ha comportado como tú lo has hecho esta noche.

—Motivos no me han faltado —respondió lívida de rabia, comenzando a sentir nuevamente náuseas—. ¡Deseaba verte con toda mi alma! Te eché tanto de menos que a veces creí morir. Y hoy, llegas tras un mes sin vernos y sólo tienes ojos, sonrisas y palabras amables para esa furcia francesa. ¡Oh, perdona, que he vuelto a insultar a tu maravillosa invitada! Duncan McRae, hoy me has decepcionado como nunca creí que lo hicieras.

Incapaz de contener la furia, a pesar de las palabras que había dicho su mujer, Duncan ni la miró.

—¡Tú sabrás! —dijo quitándose la manchada camisa para tirarla con rabia hacia un rincón, desorientado por el rumbo que estaba tomando todo.

—¿Tu invitada también fue tu amante? ¿Como Margaret? —preguntó llena de rabia—. ¿Cuándo pensabas decirme que, antes que yo, por esta cama pasaron otras?

Aquello lo paralizó.

—Escucha un momento... —contestó con un tono más calmado, al ver cómo la tormenta de emociones que ella llevaba dentro estallaba.

—Ah..., y por supuesto no dudo de que la tonta de la francesa, aparte de bañarse contigo..., ¿cómo me explicó ella?, ah, sí, en maravillosos lagos azules durante las estrelladas noches de vuestros viajes, ¡retozara aquí! —gritó señalando la cama.

Era un idiota. De pronto, al oírla decir aquello, Duncan se dio cuenta de que era un auténtico y tremendo idiota.

—Estás muy equivocada —respondió al sentir la rabia que ella sentía, y eso hizo que se le pudrieran las entrañas de dolor.

Verla ante él tan furiosa y tan descontrolada le estaba dañando, y más cuando sabía que no se había comportado bien ni con ella ni con Zac. Tenía previsto haber hablado con ella aquella noche, pero todo se había comenzado a desmoronar y él había sido incapaz de hacer nada.

—No quiero escucharte porque me da igual lo que me vayas a decir —afirmó al ver que la ira de su marido estaba desapareciendo mientras la suya aumentaba—. Desde que has llegado, aparte de tener que soportar tu indiferencia y frialdad, la arpía francesa no ha cesado de humillarme e insultarme. Por lo tanto..., ¡alégrate de que no le haya hecho algo peor! ¡Que ganas no me faltan!

—En ningún momento he oído que te humillara o te insultara —dijo acercándose a ella.

—Te prometí una vez que no te volvería a mentir. ¡Y te aseguro, esposo, que yo no miento! —vociferó separándose de él, mientras abría el armario y comenzaba a tirar su ropa encima de la cama, ante la desconcertante mirada de su marido—. Te debo un respeto, porque vivo en tu castillo, duermo en tu habitación y me alimento gracias a tu comida. No sé qué extraño comportamiento te hace desearme a veces y otras humillarme, pero eso... ¡se acabó! —gritó y sintió que los ojos se le encharcaban de lágrimas—. Todo el cariño que te tenía se ha esfumado esta tarde cuando vi cómo nos hablabas a mi hermano y a mí. ¡El dolor que he visto en Zac no te lo voy a perdonar nunca! Por lo tanto, acostúmbrate a lo que tendrás a partir de ahora conmigo, o déjame marchar para que puedas rehacer tu vida, con Marian o con otra esposa perfecta, en tu castillo perfecto y en tu vida perfecta.

—¡¿A qué te refieres con eso de que me acostumbre a lo que tendré de ti?! —bramó enfurecido al sentir que cada palabra que cruzaba con ella sonaba brusca.

—Me gustaría que no lo hicieras más difícil de lo que es —susurró pálida de angustia por lo que había dicho—. Me refiero a que no quiero seguir viviendo contigo, no te quiero ver. Si me obligas a quedarme contigo, soy capaz de cualquier cosa antes de que vuelvas a acercarte a mí.

Aquellas palabras le hicieron reaccionar, y con gesto brusco gritó:

—¡¿Qué estás diciendo?!

Mareada y fuera de sí, ella consiguió contestar:

—Lo que digo es que yo no soy la esposa que tú deseas, y siempre lo he sabido —susurró al temer que pudiera desmayarse por el calor que sentía en ese momento—. Te facilito que rompas nuestros votos matrimoniales una vez que se cumpla el año del *Handfasting*. Podrás encontrar una vida mejor y, seguramente, yo también. —Con valentía lo miró a los ojos y vio en ellos desconcierto, cosa que la conmovió. Pero aun así, continuó—: No quiero nada tuyo, ni dinero, ni propiedades, ni nada. Lo único que te pedíré será la compañía de algunos hombres para que nos ayuden a Zac y a mí a volver a Dunstaffnage.

Tenso como en el campo de batalla, Duncan la miró.

—Para ti es muy fácil romper nuestro matrimonio —susurró por lo que estaba oyendo.

—Tan fácil como lo pueda ser para ti —respondió ella a duras penas, mientras contenía el llanto que luchaba por salir en su garganta. Pero no iba a llorar. No quería que él la viera hundida, y que luego se riera de ella cuando estuviera con Marian retozando en alguna cama.

—Megan... —Bajó la cabeza afectado por lo que estaba escuchando, mientras intentaba poner en orden sus sentimientos, su rabia y su miedo—. Creo que debemos solucionar este malentendido que sin duda he creado yo. Este último mes ha sido el peor de toda mi vida porque no he podido dejar de pensar en ti ni un solo instante. Me acostaba pensando en qué estarías haciendo y me levantaba pensando si estarías bien. Sé que no soy el mejor marido, pero créeme: nunca he querido separarme de ti, porque te adoro. —Mirándola con ojos suplicantes, prosiguió al ver que ella ni lo miraba—: Aunque no me creas, Marian no es nada ni nadie en mi vida. Si hoy la abracé cuando me enteré de lo ocurrido a mi hermana Johanna fue sólo porque me sentí tan mal que me dejé llevar por el momento.

—No quiero escucharte —susurró ella.

—No permitiré que te alejes de mí —murmuró Duncan con desesperación al ver que ella se recostaba contra la pared.

Respirando con dificultad, Megan no lo miró.

—¡Me alejaré de ti quieras o no! —gritó ella.

—¡No harás eso nunca! —vociferó plantándose delante de ella. Posando los brazos en la pared, la rodeó y se acercó más a ella—. Soy un bruto por no saber tratarte. Me merezco que te enfades conmigo, que me odies, pero, por favor, no desaparezcas de mi vida.

Apoyó la frente contra la de ella respirando con dificultad. El perfume que desprendía su mujer lo volvía loco. Sin poder remediarlo, agarró con las manos la cara de ella y, levantando su barbilla, le hizo mirarlo. Los ojos de ambos se encontraron y, sin necesidad de decir o hacer nada, sus bocas se unieron. Aquel beso dulce dio paso a uno más exigente. Ambos se necesitaban y se deseaban. Megan no pudo resistirse a los abrazos y a los besos que añoraba, y Duncan, angustiado, la agarró con fuerza. Tras soltar un gruñido, la levantó entre sus brazos para llevarla a la cama. La posó con delicadeza y ella lo besó como sólo ella sabía. Dulces gemidos aceleraron el corazón de Duncan, que comenzó a respirar más tranquilo al tener a su mujer entre sus brazos. Las suaves manos de Megan recorrieron la espalda desnuda y musculosa de él, que cada vez que soltaba un suspiro hacía que su mujer se excitara más. Con la necesidad de hacerla suya, le levantó las faldas y, al quitarle las finas calzas de hilo, el sexo húmedo y ardiente de su mujer quedó ante él.

—Mi amor, te he echado de menos. —Megan sintió la necesidad de decir aquello.

Sus suplicantes ojos lo embriagaron. Duncan tomó sus labios hinchados y rojos por la pasión, se deshizo de su pantalón y comenzó a poseerla dándole certeros golpes de cadera, mientras ella, a cada golpe, gemía y ardía de pasión. Hasta que ambos llegaron al clímax. Instantes después, yacieron en la cama, jadeantes y empapados en sudor. Duncan la estrechaba contra él, desesperado por perderla, mientras Megan luchaba por saber qué era lo que debía hacer.

—Te quiero —susurró Duncan con voz ronca.

Al escucharle, el cuerpo de Megan se erizó. Le estaba diciendo las palabras mágicas. Aquellas palabras que ella tanto había deseado oír. Ahora, por fin se las decía. Pero una sensación extraña le corrió por el cuerpo sin saber por qué.

A la mañana siguiente, cuando Megan despertó, se encontró a su marido mirándola tumbado junto a ella.

—Buenos días, cariño —susurró besándola con dulzura.

—Buenos días —respondió aceptando sus sabrosos besos—. ¿Qué haces todavía en la cama?

—Observar la belleza de mi esposa —murmuró mientras la besaba y le hacía cosquillas—. ¿Estás hoy más tranquila que ayer?

—Sí.

—Quería pedirte perdón por mi tosco comportamiento —dijo besándola en la punta de la nariz—, y hacerte saber que eres la única mujer que me importa en este mundo. Si no te conté lo de Margaret fue porque era algo pasado que no debía preocuparte.

—Ahora entiendo por qué pensabas así de ella —señaló sin ganas de contarle lo que ella le había dicho.

—Me quedó muy claro su juego cuando me enteré de que calentaba la cama de mi abuelo. Y, a pesar de mis advertencias hacia ella, Marlob nunca quiso escucharme, ni a mí ni a Niall. Gracias a Dios —sonrió acariciándole la frente con dulzura—, tú entraste en nuestras vidas y pudiste desenmascararla antes de que su maldad se llevara a la tumba a mi abuelo, cosa que no pudimos evitar con mi pobre hermana Johanna.

—Siento mucho lo de tu hermana. Respecto a Marian, ¿la amas todavía?

—No, cariño. Yo sólo te amo a ti —respondió abrazándola—. Conocí a Marian hace unos siete u ocho años. Ella y su padre aparecieron junto a otros aliados franceses en una reunión clandestina que se organizó antes de la batalla de Loudoun. La primera vez que la vi, quedé fascinado por su belleza dorada y su acento embriagador, y mi juventud me hizo ir tras ella como un burro. Recuerdo que Lolach me advirtió que esa jovencita tenía ojos de ambiciosa, pero yo sólo veía en ella sus dulces ojos azules y sus maravillosos bucles rubios. Tras la muerte de Eduardo I, Robert de Bruce promovió una insurrección en la que, a modo de guerrilla, atacamos a los ingleses que quedaban en Escocia. Por aquel entonces, mi amistad con Robert de Bruce me llevó a las primeras líneas de ataque, siendo junto a Lolach uno de sus hombres de confianza. Tras la insurrección, las mieles de la gloria hicieron que Marian se fijara en mí. Yo no era un guerrero cualquiera, era uno de los poderosos, que junto a Robert de Bruce daba órdenes a los guerreros. En poco tiempo, ella consiguió hacerme creer que yo era todo lo que quería de un hombre. Durante ese tiempo, visitó con frecuencia este castillo. Aunque no te puedo negar que la quise, lo que sí te puedo decir es que algo en mí siempre me indicaba que no podía fiarme de ella —susurró viendo la mirada vidriosa de su mujer—. Una noche, cuando llegué a Edimburgo, escuché a unos guerreros hablar sobre lady Marian. Decían que la habían visto salir de madrugada de la habitación de Robert de Bruce. Mi rabia era inmensa. ¿Cómo podían hablar así de la mujer a la que yo amaba? Y fue Lolach quien me pidió que, antes de hacer algo de lo que luego me pudiera arrepentir, investigase la verdad de aquello, lo cual no me costó mucho. Dos días después, fui testigo de cómo abandonaba la habitación de Robert. Al verme esperándola, no me lo negó. Tras una tremenda discusión, me dijo que ella era una mujer libre y que nadie movía los hilos de su vida, excepto ella. Me alejé todo lo que pude de Marian y ella se convirtió en la amante oficial de Robert de Bruce. Y así ha sido hasta que los ingleses, tras Bannockburn, liberaron a Elizabeth, la mujer de Robert, que se ha encargado de alejar a Marian de su lado y de la cama de su marido. Yo no había vuelto a verla ni a hablar con ella hasta que llegué hace un mes a Edimburgo. Allí, Robert nos pidió consejo a Lolach y a mí de cómo ayudar a Marian a regresar segura a Francia. Días después, llegó Jack, su hermano. Tras hacer varias gestiones, finalmente decidimos que los trasladara una barcaza desde Eilean Donan hasta Brodick y, desde allí, un barco los llevara hasta Irlanda y posteriormente a Francia.

—¿Por qué me cuentas esto ahora?

Con una abrasadora sonrisa que hizo temblar a Megan de pies a cabeza, Duncan respondió:

—Porque te quiero y necesito que confíes en mí. Porque no quiero que te separes de mí y porque ella no significa nada en mi vida.

—Margaret se encargó de decirme que yo me vería en la calle en cuanto esa mujer entrara por la puerta del castillo —susurró Megan, y eso hizo entender a Duncan el dolor que sintió la noche anterior—. Cuando supe quién era, y especialmente cuando vi lo furioso que estabas, temí que las palabras de Margaret fueran verdad.

—No, mi amor —dijo él besándola dulcemente en la cara—. Ella está aquí porque Robert necesita asegurarse de que sale de Escocia. Si no Elizabeth levantará una insurrección contra él. No olvides que Robert es nuestro rey, y no puedo negarle mi ayuda. —Levantándole la barbilla con el dedo, preguntó—: ¿Quieres hacerme alguna pregunta más?

—No, cariño —sonrió al ver que la mirada de él volvía a ser la de siempre—. Sabes que siempre he confiado en ti.

—Me alegra escucharte —sonrió levantándose de la cama—. ¡Venga, levantémonos! ¡Tenemos invitados esperando!

En ese momento las náuseas que sintió le hicieron recordar algo.

—¡Espera! —dijo riéndose por la cara que pondría él cuando le contara que iba a ser padre—. Necesito decirte algo.

—De acuerdo —asintió sentándose junto a ella—. Pero date prisa, nuestro rey me espera.

Al escuchar aquello, Megan decidió que no era el momento, y dándole un beso en los labios le susurró:

—Entonces, te lo diré esta noche, cuando nos reunamos de nuevo en nuestra habitación.

—¡Perfecto! —sonrió dándole un rápido beso, justo cuando oían unos golpes en la puerta y ésta se abría.

—Disculpad mi intromisión —tosió Niall, que asomó la cabeza con una bonita sonrisa—. Venía a ver si la sangre chorreaba por la cama. Marlob me ha enviado para saber que no os habéis matado.

Tras unas risas por parte de los tres, Niall se marchó y Duncan se vistió. Antes de salir por la arcada, le tiró un beso con la mano y ella lo cogió con amor.

Un rato más tarde, Megan bajó al salón, donde Shelma y lady Marian estaban sentadas al lado del hogar. El día era desapacible y la lluvia arreciaba con fuerza contra los muros del castillo. Lady Marian, al ver aparecer a Megan, le clavó una dura mirada. Con una sonrisa, Megan le hizo entender que estaba feliz y contenta. Shelma, por su parte, respiró con tranquilidad.

—Buenos días —saludó Megan alegremente acercándose a la mesa donde había unos dulces para coger uno.

—Qué día más horroroso y feo hace hoy —se quejó lady Marian, incómoda por la alegre presencia de Megan.

—A mí me encantan los días así —sonrió Megan con mofa al oír el retumbar de un trueno. ¡Gracias a Dios, hasta en eso era diferente a ella!

—Siempre te han gustado —asintió Shelma, acercándose a ella y preguntándole en voz baja—: ¿Estás mejor hoy?

Sin mirarla, pues aún continuaba enfadada con ella, respondió:

—Por supuesto. ¿Dónde están los hombres?

—Salieron a encontrarse con un tal George —respondió lady Marian, que contenía su malestar al ver a Megan tan relajada aquella mañana.

—Ah, sí —comentó Megan con malicia—. Él será quien seguramente os lleve en barcaza hasta Brodick.

Tras aquello todas callaron. Sólo se oía el repiqueteo de las gotas de agua y el sonido de los truenos.

—¿Dónde tienes un poco de hilo y aguja? —preguntó Shelma al ver descosido uno de los lazos de su vestido.

—Si vas a la sala de al lado —respondió Megan y señaló a su izquierda—, verás una caja azul con todas las cosas necesarias para coser.

—Con tu permiso, voy a coserme este lazo —dijo para luego desaparecer y dejar a Megan y a Marian solas en el salón, sumidas en un incómodo silencio.

—Marian ¿has dormido bien? —preguntó Megan sin formulismos, astutamente, en francés.

—¡Perfectamente! —respondió con desdén hasta que se dio cuenta de que había hablado en francés—. ¡Vaya! Eres más lista de lo que imaginaba, gitana.

—No deberías menospreciar a las personas que tienes a tu alrededor, francesa —le advirtió Megan al ver el desconcierto en su cara—. Te sorprenderán.

—Te puedo asegurar que lo que no me sorprenderá será la noticia de que Duncan se haya cansado de ti. Creo que no eres mujer para él.

Megan sonrió. Quería creer en el amor de su marido y así lo haría.

—¿Insinúas que tú eres mejor mujer para él que yo?

—Por supuesto —rio Marian colocándose uno de sus bucles dorados—. Nunca una vulgar mujerzuela como tú se podrá comparar a una dama como yo. Tus modales, tu manera de vestir, incluso de hablar, dicen de ti mucho más de lo que crees. Y ten por seguro que Duncan terminará dándose cuenta tarde o temprano. ¿O acaso no has visto cómo me mira?

—Cuanto antes se dé cuenta —rio Megan con la ceja levantada—, mejor para ti, ¿verdad? ¿Acaso ahora que Robert ha vuelto con su mujer pretendes robarme a mi marido? Qué poco lo llegaste a conocer si realmente crees que él volverá contigo después de haberlo traicionado como una vulgar ramera.

—Entiende de una vez que él siempre me ha amado a mí —aseguró Marian, ofendida—, y no voy a consentir que una simple campesina se quede con lo que por derecho me pertenece. ¡Duncan es mío y lo voy a recuperar cueste lo que cueste!

—Por encima de mi cadáver —rio sarcásticamente Megan al ver la maldad en aquella mujer.

Marian levantó una mano para darle una bofetada, pero Megan la empujó con rapidez y la tiró sobre la mesa. Sacando el puñal que llevaba cogido en el muslo, se lo puso con un rápido movimiento en el cuello, mientras le decía:

—Atrévete a acercarte a mi marido y te prometo que la próxima vez que saque mi daga no será sólo para enseñártela.

—¡Megan! —chilló en ese momento Shelma, que se había quedado sin palabras al entrar en el salón y ver a su hermana encima de lady Marian con la daga en su cuello—. ¿Qué estás haciendo?

—No chilles, Shelma —respondió tranquilamente mientras soltaba a Marian y guardaba su daga—. Sólo le demostraba a lady Marian lo rápida que puedo ser cuando alguien me ataca.

—¡Estás loca! —chilló la francesa todavía con el corazón en la boca al recordar el acero clavándose en su cuello. Corrió junto a Shelma para sentarse teatralmente con las manos en la cabeza—.

Oh, Dios mío. ¡Qué momento más horroroso me ha hecho pasar vuestra hermana!

—Tranquila, lady Marian —susurró Shelma y se volvió hacia Megan—. ¿Cuándo vas a dejar de comportarte así? ¿No ves que con esos modales sólo ocasionas problemas? —Y mirando a la francesa dijo—: Tomad un poco de agua, os sentará bien.

Decepcionada por ver que su propia hermana creía a aquella francesa antes que a ella, señaló antes de marcharse:

—Hermana, espero que nunca necesites defenderte de arpías como ésa porque ten por seguro que te comerán.

39

A la hora de la comida, los hombres regresaron de su encuentro con George. Mientras comían, informaron a lady Marian de que, hasta que el temporal amainara, la barcaza no podría arriesgarse a llegar hasta Brodick. Megan torció el gesto. Deseaba con todas sus fuerzas que la francesa desapareciera de sus vidas, pero parecía que el tiempo no se ponía a su favor. Después de comer, Shelma y Marian se fueron a sus habitaciones a descansar un poco, mientras los hombres continuaban charlando en el comedor. Megan, por su parte, bajó a las cocinas para preguntar a Fiorna por el estado de sus hijos. Con una sonrisa, ella le indicó que el aliso negro había limpiado la cabeza del pequeño de liendres y que la avellana de bruja había aliviado la inflamación y el dolor al otro. Contenta por aquello, subió al salón, que en ese momento se había quedado vacío. Con tranquilidad, fue hasta la gran chimenea y se sentó en uno de los sillones.

—¿Qué os hace fruncir el ceño de esa manera? —dijo una voz tras ella. Era Robert de Bruce.

—Oh, señor —sonrió levantándose mientras él le indicaba con la mano que permaneciera en su asiento, situándose él en el sillón de enfrente—. Estoy cansada, sólo es eso.

—Siento que mi visita esté ocasionando más problemas de los que debería.

—No os preocupéis —suspiró con una sonrisa al entenderlo—, no pasa nada.

Robert sonrió e indicó:

—Lady Marian puede llegar a ser una auténtica tortura y una gran molestia.

—No os lo voy a negar —sonrió con complicidad—. ¿La acompañaréis también en la barcaza?

—Sí —asintió con una media sonrisa—. Necesito asegurarme de que abandona Escocia. No quisiera volver a tener problemas con Elizabeth por culpa de ella. En este tiempo, ya he tenido bastantes. —Clavándole la mirada, dijo con una sonrisa—: Quiero que sepáis que anoche admiré vuestro control.

—¿Por qué decís eso? —sonrió al recordar aquello escuchando los truenos que rugían en el exterior.

—Porque me di cuenta de que vos entendíais todo lo que ella decía en francés, al igual que observé cómo ella intentó por todos los medios engatusar a Duncan para no marcharse de Escocia.

—¡Si no os la lleváis vos, me encargaré personalmente de llevarla yo! —dijo Megan haciéndolo reír.

—Duncan es un hombre muy inteligente y no creo que cometiera el terrible error de apartaros a vos de su lado para que esa arpía rubia entrara de nuevo en su vida y se la destrozara.

Megan suspiró aliviada y dijo:

—Vos habéis estado con ella sabiendo perfectamente el tipo de mujer que es.

—Soy un hombre —asintió recostándose en el sillón—, pero siempre le dejé claro por qué estaba con ella. Marian es fría, egoísta y tremendamente ambiciosa. Y una vez que fue liberada mi mujer, Elizabeth, ella no tenía lugar a mi lado. Sé que quizá es lo más egoísta que habéis escuchado en vuestra vida, pero yo nunca la engañé. Siempre le dejé claro lo que pasaría si mi mujer volvía.

—Entiendo lo que decís, señor —comentó Megan.

En ese momento, su marido entró junto a Myles y Ewen. Duncan, al percatarse de que estaban solos, se acercó rápidamente a Megan para darle un posesivo beso en los labios, cosa que hizo sonreír a Robert. Megan miró a Ewen y le preguntó:

—Ewen, ¿dónde está Zac?

—No lo sé, milady —respondió el gigante—. Hoy no lo he visto en todo el día.

—Estará jugando por algún lado —añadió Duncan recordando que tenía que hablar con el muchacho para pedirle perdón—.

Con el día que hace hoy, no creo que le apetezca salir del castillo. —Tomando el pelo de su mujer, que lo llevaba suelto, dijo a Robert—: ¿Habéis visto cómo era cierto lo que os decía?

—Sí, amigo —sonrió al mirar la melena de Megan—. Tenéis toda la razón.

—¿De qué habláis? —preguntó ella al ver que los dos observaban su cabello.

—Cuando vuestro marido —comenzó a decir Robert ante la risa de Duncan— llegó a la reunión y me contó que se había casado con vos, yo le pregunté: «¿Qué tiene esa mujer para que me habléis de ella con tanto ardor?». Y él me respondió: «Además de otras muchas cosas, tiene el mismo color de pelo que mi caballo».

—¡Duncan! —rio ella incrédula de que aquella broma entre ellos hubiera llegado hasta los oídos del rey—. ¿Cómo puedes decir eso de mí?

—Es la verdad, esposa —sonrió al ver entrar a Lolach, a Marlob y a Niall empapados por la lluvia—. Tu cabello es algo que sabes que me apasiona. Aparte de *Dark*, no he conocido a nadie más con ese color azulado.

—Oh..., ¡qué horror! —rio ella junto a los hombres—. ¡Compararme con un caballo! —Miró a los recién llegados y preguntó—: ¿Habéis visto a Zac?

Al obtener de nuevo una respuesta negativa, extrañada, decidió preguntar a Fiorna. Despidiéndose de los hombres, bajó a las cocinas. Allí estaba el padre Gowan con Susan, quienes le dijeron que tampoco lo habían visto, y comenzó a preocuparse. Fue a su habitación y, tras comprobar que allí tampoco estaba, buscó por varios sitios más del castillo. Pero no había rastro de Zac.

—Milady, ¿qué os pasa? —preguntó Sarah al cruzarse con ella.

—¡Sarah! ¿Has visto a Zac?

—No, la verdad es que hoy no lo he visto en todo el día. Ni a él, ni a su perro —respondió y vio cómo Megan comenzaba a respirar con dificultad.

Tomó una capa, se la echó por encima y corrió, seguida por Sarah, hasta los establos. Allí comprobó que *lord Draco* no estaba y que *Stoirm* se mostraba inquieto.

—¡Oh, Dios mío! —gimió al notar que le faltaba el aire.

—No os pongáis nerviosa, milady —dijo Sarah—. Seguro que estará jugando en algún lugar.

Pero no encontrar a Zac, a *lord Draco* y a *Klon* la puso en alerta. Como una tromba, entró por la arcada principal del castillo atrayendo la mirada de los hombres. Subió las escaleras de dos en dos y entró de nuevo en la habitación de Zac. Al comprobar que faltaban algunas ropas, se dio cuenta de que su hermano se había marchado. Desencajada, regresó al salón.

—¡Duncan! —gritó pálida y temblorosa mientras Sarah la agarraba—. ¡Zac se ha marchado!

—¿Qué dices? —preguntó atónito mientras Ewen, Marlob y el resto de los hombres se levantaban rápidamente.

—Hemos mirado por todo el castillo, señor —informó Sarah—, y en los establos tampoco está *lord Draco*, ni *Klon*, su perro. Nadie lo ha visto y falta algo de ropa en su habitación.

—¿Cómo que se ha marchado? —susurró Niall acercándose a ella, al tiempo que el padre Gowan entraba en el comedor—. ¿Cuándo? ¿Dónde?

—No lo sé —respondió Megan soltándose de la mano de Sarah, desesperada al ver el temporal de lluvia y frío que arreciaba fuera del castillo—. Anoche estaba muy raro.

—¿Qué pasa? —preguntó Shelma al entrar.

—Shelma —respondió Lolach—, no te preocupes, tesoro, pero parece que Zac se ha marchado.

—¡¿Cómo que se ha marchado?! —gritó Marlob.

—Tranquilo, abuelo —señaló Niall acercándose a él—. El muchacho seguro que aparece.

—Rezaré para que así sea —murmuró el padre Gowan al ver que Megan temblaba como una hoja.

—Oh, Dios mío —gimió Megan mientras andaba de un lado a otro sin dejar que Duncan ni nadie la tocara, mientras repasaba una y otra vez la conversación de la noche anterior, cuando le dijo que la quería y que Duncan nunca más se volvería a enfadar con él.

—Seguro que es alguna de sus travesuras —dijo Shelma quitándole importancia—. Ya veréis como esta noche, en cuanto tenga hambre, aparece.

—¡Parece mentira que seas mi hermana y la de Zac! —bramó Megan, colérica por su frialdad—. ¿No te das cuenta del frío que hace? Aunque fuera una travesura, nuestro hermano pequeño está por ahí, desde no sé cuándo, y no sabemos si se encuentra bien.

Shelma la miró, pero no respondió.

—Tranquilízate, hija —susurró Marlob, intranquilo.

—¡Por todos los santos! —gritó lady Marian, que en ese momento entraba en el salón, pavoneándose con una falsa sonrisa que retorció aún más el estado de ánimo de Megan. Sonriendo a Duncan con sensualidad, preguntó—: ¿Quién está aullando como un animal?

Aquello pudo con su paciencia.

—¡Ahora no! —exclamó Megan. Antes de que nadie pudiera hacer nada, fue directa hasta ella y, tras soltarle un puñetazo en toda la cara que la tiró hacia atrás, gritó entre otras muchas palabrotas—: ¡Que te jodan, maldita francesa de mierda!

Algunos hombres se agacharon a ayudar a la atontada mujer. Entre ellos Duncan.

—Muy bien hecho, hija —asintió Marlob, ganándose una sonrisa de Niall.

—¡Por san Ninian! —susurró Robert de Bruce, impresionado. Mirando a Miller, le ordenó—: Que todos nuestros hombres comiencen a buscar al muchacho.

—¡Marian! —gritó Jack, quien había visto caer a su hermana.

—Disculpad a mi hermana —gimió Shelma mirando a Robert de Bruce, que las observaba con curiosidad—. Estoy convencida de que no sabía lo que hacía.

—Yo creo que sí —respondió el rey manteniendo la compostura, mientras intentaba no reír ante lo que acababa de ver—. No os preocupéis, lo importante ahora es encontrar a vuestro hermano.

—¡Ven aquí, fierecilla! —Niall sujetó a su cuñada mientras Lolach y Duncan levantaban a lady Marian, que sangraba por la nariz—. Otro día me enseñarás a dar ese puñetazo, pero ahora tranquilízate, por favor.

—¡Sarah! —gritó Marlob, preocupado por ver a Megan así—, dile a Susan que prepare una infusión relajante.

—Ahora mismo, señor —respondió ella, y rápidamente salió del salón.

—Tranquilízate, lo encontraremos. —Duncan acudió a ella tras dejar a Marian a cargo de Lolach y Jack, que no entendía qué hacía su hermana sangrando—. En un día como el de hoy no puede haber ido muy lejos.

—¡¿Y si se fue anoche?! —gritó Megan soltándose de los brazos de su marido.

—Lo encontraremos igualmente —respondió preocupado. Nunca había visto a su mujer en aquel estado—. Shelma, quédate con Megan mientras salimos en busca de Zac.

—No me quedaré aquí —murmuró Megan al ver salir a Niall y a Ewen—. Saldré a buscar a Zac.

—¡Sabía que diría eso! —respondió Shelma poniendo los ojos en blanco y ganándose una fuerte reprimenda.

—¡Estarás contenta! —gritó Megan señalándola con el dedo—. Que sepas que si algo le pasa a Zac, será también culpa tuya. Nos espiaba ayer cuando subiste a mi habitación y te oyó decir que era un niño malcriado, y que estabas harta de su comportamiento. Él es un niño, Shelma, y no entendió esa parte en la que decías que él y yo terminaríamos viviendo en una humilde cabaña cuando Duncan se cansara de nosotros.

Al escuchar aquello, todos las miraron, en especial Duncan que, enfurecido, clavó su mirada más oscura en Shelma.

—¡Eso lo dices para hacerme daño! —gritó ella llorando al ver cómo la miraba su cuñado.

—Oh, no... —repuso Megan—. No te lo digo para hacerte daño. Te lo digo para que, cuando lo veas, hables con él y le hagas saber que le quieres, porque está convencido de que no le quieres absolutamente nada.

—Venga —dijo Duncan mediando entre ellas—, no os digáis cosas de las que luego os podáis arrepentir.

—Yo voy con vosotros —insistió Megan mirándolo.

—Cariño, es mejor que te quedes aquí —repitió Duncan al tiempo que Sarah entraba corriendo con un vaso en las manos.

—¡Y yo he dicho que no! —gritó encarándose a él—. Es mi hermano y quiero salir a buscarlo.

—Tómate esto, hija —dijo Marlob, que señaló el vaso que Sarah le acercaba.

—Bebedlo, milady —suspiró el padre Gowan.

—¡Voy a salir a buscar a mi hermano! —gritó a su marido sin importarle quién estuviera delante—. Y ni tú ni nadie me lo impedirá.

—Escúchame, mujer —dijo Duncan entornando los ojos para indicar que su paciencia se había acabado—. Si es necesario, te encerraré en la habitación. ¡Pero tú no saldrás ahí afuera con el frío que hace!

—Milady —suplicó Sarah mirándola a los ojos—, tomaos esto. Os relajará.

Megan cogió el vaso con furia y se lo tomó, casi abrasándose la garganta. Devolviendo el vaso vacío a Sarah, miró a su marido y dijo:

—De acuerdo. Esperaré aquí. Pero como no traigas a Zac antes de que anochezca, saldré yo en su busca.

—Antes de que anochezca ya estará aquí —aseguró Duncan, y dándole un posesivo beso en los labios se dio la vuelta seguido por los hombres.

La tarde se hizo interminable. Marlob, que se había quedado junto a ellas y el padre Gowan, paseaba inquieto de un lado para otro sin quitar la vista de Megan, temiendo que intentara jugársela. Lady Marian no apareció por el salón en toda la tarde.

Entre Megan y Shelma se había creado una muralla de indiferencia que parecía imposible, cuando no hacía mucho ambas compartían confidencias y risas. Con el rostro ensombrecido por la ira, Megan miraba al exterior. Interminables y frías gotas de agua golpeaban contra los cristales de las ventanas. Un trueno hizo que todas las piedras del castillo temblaran. La tarde pasaba sin noticias de Zac. Cuando la noche llegó, entraron en el salón

Niall y Duncan junto a Lolach y Robert, empapados y muertos de frío. Megan clavó la mirada en su marido.

—¡Dijiste que lo traerías de vuelta!

—Lo he intentado y lo seguiré intentando —susurró Duncan agachándose junto a ella. Tocando con su mano helada el rostro de su mujer, se sintió como un inútil.

Los hombres se miraron entre sí incómodos por no haber encontrado al niño. Lo habían buscado por todas partes, pero no hallaron ni rastro de él.

—¡Oh, Dios mío! —sollozó Shelma sintiendo la angustia de su hermana y, mirando a su marido, le gritó—: ¡Quiero que encuentres a Zac! ¡Ya!

—Lo estamos buscando, tesoro —respondió cabizbajo.

—Tranquila, lady Shelma —dijo el padre Gowan cogiéndole las manos—. Zac aparecerá. Tened fe.

—Tenemos a más de doscientos hombres fuera buscándolo —informó Robert—. No dudéis que lo encontraremos.

—Aparecerá —prometió Duncan a su mujer—. No puede haber ido tan lejos.

—Muy bien —dijo Megan levantándose y dejándolos a todos boquiabiertos—. Tendré que salir a buscarlo yo.

—¡Por todos los santos, mujer! —bramó Duncan—. ¿No entiendes que siguen buscándolo y que no pararemos hasta encontrarlo? ¡Danos tiempo!

—¡No hay tiempo! —gritó Shelma, mortificada por las palabras que anteriormente le había dicho Megan—. Zac está ahí afuera, hace frío y está lloviendo.

—Shelma, tesoro —dijo Lolach acercándose a ella, intranquilo por su estado—. Debes tener paciencia.

—Pero ¿cómo quieres que tenga paciencia sabiendo que mi hermano pequeño está ahí afuera?

Megan, destrozada y confusa, casi no podía ni hablar.

—¡Acompáñame! —dijo Duncan cogiendo por la muñeca a su mujer, quien se dejó llevar sin protestar. Una vez que llegaron a la habitación, él cerró la puerta y la atrajo hacia sus brazos—. Cariño, no te preocupes. Te prometo que lo voy a encontrar. No voy a parar hasta traer a ese pequeño diablillo de vuelta a casa.

—Creo... que voy a vomitar. —Dándole tiempo a llegar hasta la palangana, vomitó echando únicamente bilis.

Aquello preocupó a Duncan. Se la veía pálida y ojerosa.

—Tienes mala cara. ¿Por qué no te echas un rato e intentas descansar? —dijo consiguiendo echarla en la cama sin que protestara—. Descansa, mi amor, yo te traeré a Zac.

Sin apenas hablar, vio cómo él desaparecía tras la arcada. Vomitó de nuevo. Destrozada por los retortijones que sentía, se echó en la cama. La habitación le daba vueltas; así que cerró los ojos hasta que consiguió dormirse.

40

El retumbar de un trueno hizo que Megan despertara sobresaltada. ¡Kieran! Zac había ido en busca de Kieran. Al notar que la angustia remitía, se levantó, se lavó la cara y salió al pasillo para dirigirse hacia el salón. Desde lo alto de la escalera, Megan miró por uno de los ventanucos. Parecía no haber nadie. Comenzó a bajar la escalera hasta que unas voces llamaron su atención. Asomándose por otro ventanuco observó a Duncan y a Marian hablar cerca del gran hogar.

—Entonces ¿quieres que me vaya? —preguntó lady Marian con voz sinuosa.

—Sí —asintió Duncan poniéndose la capa para salir al exterior—. Es lo mejor que puedes hacer.

—Sabes que yo podría hacerte más feliz que ella. Tú y yo siempre nos hemos llevado muy bien. ¿No recuerdas los buenos momentos vividos? —susurró. Un movimiento atrajo su atención y vio a Megan esconderse tras el ventanuco.

—Eso pertenece al pasado —musitó Duncan, preocupado por su mujer.

Lady Marian, consciente de que Megan los observaba, decidió quemar sus últimas naves. Acercándose demasiado a él, le dijo:

—De ella no vas a conseguir todo lo que yo te puedo dar, ¿sabes? Nunca he olvidado tus besos y tus caricias cuando hacíamos el amor.

—Marian, ¡basta ya! —susurró con voz ronca, cansado por las continuas insinuaciones de esa mujer—. No quiero hablar de ello. Intenta olvidarte de mí, como yo he intentado olvidarme de ti.

—¡¿Has dicho «intentado»?! —gritó Marian, feliz.

¡Por fin! Había encontrado la forma de hacerle daño, a pesar de que tenía muy claro que Duncan nunca volvería con ella porque se había enamorado locamente de su mujer. Ella insistió aferrándose a uno de los fuertes brazos del guerrero.

—Eso quiere decir que aún me quieres. ¡No puedes negarlo! Me deseas, Duncan. No has podido olvidarte de mí porque yo soy más importante que tu mujer. Ella ocupa tu dormitorio y yo ocupo tu corazón. ¡No lo niegues!

—¡Basta ya! —exclamó él, enfadado—. Me rompiste el corazón una vez. ¿Qué más quieres? Te he deseado y añorado más de lo que nunca podrás imaginar, pero eso ya se acabó. Tú decidiste tu futuro. ¡Déjame disfrutar del mío!

—No, mi amor —susurró Marian, que acercó tentadoramente la boca a la de Duncan instándolo a besarla.

Durante unos instantes, él se resistió. Ella, incapaz de aceptar ese rechazo, capturó su boca y lo besó con desesperación hasta que él se echó hacia atrás asqueado.

—¡No vuelvas a acercarte a mí nunca más! —siseó, indignado.

Duncan se dio la vuelta, salió al exterior, donde lo esperaba su caballo, y se marchó.

Con la felicidad instalada en su cara, lady Marian se volvió hacia la escalera y gritó:

—¡¿Has oído bien, gitana?! Me quiere y me desea a mí. Tú eres un simple capricho que tarde o temprano olvidará. Porque no eres mujer para él. Por mucho que intentes retenerlo a tu lado, un hombre como Duncan no tardará en abandonarte. Y me buscará.

Con gesto inexpresivo Megan aceptó la derrota.

—A partir de este momento, francesa, es todo tuyo —susurró Megan, y dándose la vuelta comenzó a subir todo lo dignamente que pudo la escalera.

Por el camino, se encontró con Shelma. La miró un instante y pasó junto a ella sin dirigirle la palabra. Dolorida y humillada, ni lágrimas le quedaban.

Fuera de los muros del castillo, una terrible tormenta descargaba sobre las aguas de los lagos que bordeaban Eilean Donan.

Los truenos retumbaban y los rayos caían e iluminaban continuamente las montañas.

Megan abrió los postigos de la ventana. Dejó entrar el frío y la lluvia dentro de la habitación, exponiéndose a la violenta tormenta con los ojos cerrados.

Cuando notó que el frío atenazaba sus manos y comenzaba a temblar, cerró los postigos y se sentó ante el hogar. Con una inmensa pena en el corazón, miró a su alrededor y detuvo los ojos en las mismas cosas que la primera vez que había entrado allí. Tras un rato en el que su mente bullía con cientos de ideas, se levantó con cuidado y se miró en el espejo. Lo que vio no le gustó nada. Su pelo estaba hecho un desastre, y su cara, blanca y desencajada. Con una sonrisa torcida, pensó en lady Marian. Eran dos mujeres diferentes en todo, incluso en el amor. Volver a pensar en ella le encendía y consumía el corazón. En un arranque de furia, se quitó el anillo que Duncan le había regalado y lo dejó encima de la mesilla.

Indecisa, se sentó en la cama para intentar ordenar sus ideas. Finalmente, se levantó y sacó del armario su vieja bolsa de lona. Allí estaban sus pantalones de cuero, una camisa, una chaqueta, unas botas altas y la capa de piel que perteneció a su abuelo. También el mapa que le dio Kieran, donde le marcaba una aldea cercana a Eilean Donan, y el nombre de la persona por la que tenía que preguntar para llegar hasta él. Con rapidez, se despojó de sus ropas y se vistió con aquellas que tanto había utilizado tiempo atrás, ajustándose el cinturón de su espada y las correas para el carcaj en su espalda. Cuando terminó, volvió a mirarse al espejo. Esta vez, una sonrisa escapó de sus labios. ¡Aquélla sí era ella! ¿Por qué negarlo?

Pensó en cómo salir del castillo sin ser vista, mientras metía en la bolsa las cosas que había llevado a su llegada. No deseaba nada de Duncan McRae. Salir por la cámara secreta de Marlob no le servía. Llevaba directamente al lago, y ella necesitaba llegar hasta su caballo *Stoirm*. Mientras pensaba en cómo salir, se miró de nuevo al espejo y observó cómo su larga trenza oscura le caía por la espalda. Sin pensarlo dos veces, cogió su daga y se la cortó.

Cogió un papel y, con el corazón en un puño, comenzó a escribir una nota para su marido. Cuando terminó, la dejó junto al anillo y la trenza. Echó un último vistazo a aquella habitación, y cerró la puerta con los ojos llenos de lágrimas.

Antes de llegar al salón, se cubrió con la capa y la capucha. Se cruzó con Fiorna y, como había supuesto, no la reconoció, confundiéndola con alguno de los guerreros. Más tranquila, llegó hasta los establos. Allí, *Stoirm*, al olerla, la saludó rápidamente.

—Hola, *Stoirm*. ¿Estás preparado para un largo paseo? —susurró tocándole el cuello con cariño mientras cogía unas riendas de *lord Draco*.

—¿Pensabas que podrías marcharte sin mí?

Aquella voz la sobresaltó.

—Sí —respondió Megan, que reconoció la voz de su hermana antes de volverse—. No pensé que quisieras mojarte para buscar a un niño maleducado.

—¡Basta ya! —Comenzó a llorar al escucharla—. ¡Oh, Megan! ¿Qué le habrá pasado? Estoy tan arrepentida por todo lo que dije que quisiera morirme. Yo os quiero. ¡Os quiero muchísimo! Y no admito que tú o él penséis lo contrario. ¡Por favor, Megan! ¡Perdóname!

Conocía a su hermana mejor que nadie en el mundo y sabía que se sentía mal, muy mal.

—Ven aquí, tonta. Deja de llorar, no te conviene en tu estado —murmuró Megan abrazándola—. Yo nunca he dudado de que me quisieras, pero Zac es un niño y escuchar tus palabras le ha desconcertado muchísimo. A mí no me tienes que dar explicaciones, pero a él sí deberás dárselas cuando lo vuelvas a ver. Porque él te adora, y no entiende que por sus actos tú hayas dejado de quererle. Shelma, quiero que sepas y recuerdes que yo siempre te he querido, y siempre te voy a querer. Si alguna vez me necesitas para lo que sea, siempre voy a estar ahí. ¿Me has entendido? Ahora, vuelve adentro. Cuando lo encuentre, te lo haré saber.

—¿Qué dices? ¿Cómo que me lo harás saber? —susurró fijándose por primera vez en su hermana—. Megan, ¿qué le has hecho a tu pelo? Oh..., Dios mío. ¡No!

—Escúchame —dijo sentándola encima de una bala de paja para que se relajara—. Voy a buscar a Zac, pero no volveré junto a Duncan. —Tapándole la boca para que no la interrumpiera, continuó—: Hoy me he dado cuenta de que estoy entorpeciendo la felicidad de Duncan y de esa francesa. La quiere y la desea a ella, no a mí. Además, ella tiene razón, nunca voy a tener la clase ni el saber estar que Duncan necesita para él. Por ello buscaré a Zac, esperaré a que Duncan anule nuestros votos matrimoniales y comenzaré una nueva vida.

—¡No, por favor! —comenzó Shelma a sollozar al escuchar aquello—. No hagas eso. No te alejes de mí. ¿Qué voy a hacer yo sin ti? Duncan te quiere y, cuando vea que te has marchado, irá a buscarte. Lo sé, Megan, sé que te quiere. ¿Cómo va a preferir a la arpía esa antes que a ti? —Agarrándola con desesperación, exclamó—: ¡No te dejaré marchar! Si tú te vas, yo me voy contigo.

—No, Shelma. No voy a permitir que vengas conmigo —negó tajantemente al ver llorar a su hermana—. ¡No digas tonterías! Tu lugar está junto a Lolach. Él te quiere y tú a él. ¿Por qué romper algo tan maravilloso? Y menos cuando un bebé está en camino. Shelma, escúchame, por favor. Necesito que no digas nada de mi marcha. Se darán cuenta seguramente cuando Duncan regrese. ¡Por favor! —Tras darle un beso, dijo mientras se subía a *Stoirm*—: Cuando todo se descubra, dile a Duncan que lo único que quiero de él es este caballo. Y tú no te preocupes por mí. En cuanto encuentre a Zac, te lo haré saber. Adiós, Shelma, te quiero.

—Yo también te quiero —respondió ésta llorando desconsoladamente mientras veía a su hermana desaparecer a lomos de aquel caballo entre la oscuridad, sintiendo que su vida se desmoronaba y la de su hermana también.

Cuando consiguió dejar de llorar, hizo con rabia lo que su hermana le había pedido, volver al castillo sin decir nada a nadie. Al entrar en el salón, Marlob bajaba por la escalera junto al padre Gowan.

—Shelma, ¿sabes dónde está Megan? —preguntó el anciano, que observó los ojos enrojecidos de la muchacha.

—Está durmiendo en su habitación. Se encontraba desfallecida —respondió hundiéndose en los brazos que Marlob le ofrecía mientras lloraba con un desconsuelo que dejó perplejo al anciano.

—Es mejor que descanse —asintió el padre Gowan.

—¿Qué os pasa, Shelma? —preguntó en ese momento lady Marian acercándose a ella. Shelma siempre había sido simpática, todo lo contrario que la idiota de su hermana.

—Está preocupada por Zac —respondió secamente Marlob. Odiaba a aquella mujer y se alegró al ver el ojo morado que le había dejado Megan de recuerdo.

—Oh, no lloréis, bonita —dijo la francesa acercándose a ellos para tocarle el cabello.

—¡No me toques, asquerosa! —contestó Shelma revolviéndose. De un puñetazo, tiró a Marian al suelo, dejándola atontada durante unos instantes. Agachándose junto a ella, le espetó con rabia cerca de la cara—: Ten por seguro que voy a hacer todo lo posible para que desaparezcas de Escocia y no vuelvas nunca más.

Lady Marian se levantó con sangre en la boca. Sin decir nada, se fue corriendo hacia su habitación. Marlob y el padre Gowan le preguntaron sorprendidos a Shelma por qué había actuado así.

—Por mi hermana y porque se lo merecía —respondió escuetamente.

Sin más que hablar, los tres se sentaron junto al hogar a esperar.

La lluvia y los truenos asustaban a *Stoirm*, pero Megan le guio con seguridad y no lo dejó dudar. En varias ocasiones, se cruzó con varias patrullas que buscaban a Zac, pero en cuanto desaparecían de su vista reanudaba la carrera, muy segura de adónde tenía que ir para encontrarlo. Pasado un buen rato, supo que se alejaba del castillo cuando dejó de ver patrullas tan a menudo. En ese momento, tuvo la seguridad de que había escapado de Duncan, por ello sacó la rienda que había cogido de *lord Draco*, se la dio a oler a *Stoirm*, y le susurró al oído:

—Busquemos a *lord Draco* y a Zac. ¡Por favor!

41

Cuando el sol comenzaba a hacer su aparición, Duncan, Lolach y Robert regresaron al castillo. Cabizbajo, pensaba cómo explicarle a Megan que no había encontrado a Zac. Al llegar al patio del castillo, Robert le dio una palmada en la espalda para animarlo. Se lo agradeció con una pequeña sonrisa. La preocupación regresó a su rostro en cuanto entró en el salón y vio a Marlob, a Sarah, al padre Gowan y a Shelma sentados ante el gran hogar. Robert, Arthur y otros hombres subieron la escalera agotados. Necesitaban quitarse la ropa mojada y descansar. Shelma se quedó mirando a Duncan, que movió la cabeza a un lado y a otro y le indicó que no habían encontrado a Zac. Sin saber por qué, ella se levantó y, acercándose a él, le dio un abrazo. Luego, cogió la mano de su marido, se lo llevó de nuevo junto al hogar y se sentó.

—¿Dónde se habrá metido este muchacho? —susurró Marlob preocupado.

—Ni siquiera conseguimos encontrar un rastro —indicó Lolach, percibiendo la angustia en los ojos de su mujer, que los observaba callada a su lado—. Las continuas lluvias han borrado cualquier pista.

—No sé cómo se lo voy a explicar a Megan —dijo Duncan con desesperación frotándose los ojos mientras comenzaba a subir la escalera.

Shelma lo observó y comenzó a sollozar.

Pocos instantes después, se oyó un terrible alarido procedente de arriba. En ese momento, Lolach miró a su mujer y supo que ella sabía el porqué.

Incrédulo por lo que tenía en las manos, Duncan comenzó a dar patadas a todo lo que había en la habitación. ¡Ella se había ido! Desesperado, abrió el armario y comprobó que la ropa de Megan continuaba allí. Pero al mirar en la esquina y descubrir que la espada y el carcaj no estaban en su lugar, supo que se había marchado.

Con manos temblorosas, comenzó a leer de nuevo la escueta carta.

Duncan:

El año de nuestro Handfasting termina en tres meses, pero creo que es absurdo que continuemos juntos amando como amas a lady Marian. Aquí tienes el anillo de boda de tu madre para que se lo puedas entregar a tu esposa y dueña de tu corazón.

Antes de marcharme te dejo lo único que nunca te decepcionó de mí y siempre te gustó: mi cabello.

Por favor, no me busques. No quiero volver a verte, ni saber nada más de ti. Espero que seas feliz.

Megan

Con toda la rabia acumulada por lo ocurrido, abrió la arcada de su habitación con tal fuerza que casi la arrancó de la pared. Con la nota en la mano y bajo la atenta mirada de todos los que estaban en el salón, bajó los escalones de cinco en cinco con la mirada de un loco.

—¿Qué ocurre, Duncan? —preguntó Marlob al verlo en aquel estado de desesperación.

—¡Se ha marchado! —vociferó fuera de sí, asustando a Shelma por la agresividad que mostraba—. ¡Maldita cabezona! La mataré cuando la encuentre.

—Si piensas eso, nunca la encontrarás —aclaró el padre Gowan mirándolo con dureza.

—¡Por todos los santos! —exclamó Marlob con incredulidad clavando los ojos en Shelma, que continuaba sentada observando el fuego.

—No te preocupes —susurró Niall, que cogió el papel que su hermano le tendía para que lo leyera—. ¿Cómo puede pensar esto Megan? ¿Acaso es cierto que no la amas y que deseas comenzar una nueva vida con Marian?

—¡Eso no puede ser cierto! —gritó Lolach, que cogió la carta para leerla. Una vez terminada, se acercó a su amigo para decirle con desagrado—: ¡Dime que esto no es cierto! Porque si realmente quieres volver con Marian y dejar a Megan, no volveré a hablarte.

—¡¿Realmente crees que yo quiero volver con Marian, amando como amo a mi mujer?! —rugió tan dolorido y enfadado que en ese momento se habría liado a golpes con cualquiera—. No lo entiendo, no sé qué ha pasado. ¿Por qué se ha ido?

—Yo te lo puedo explicar —susurró Shelma, que atrajo la mirada de todos—. Anoche, ella te vio con lady Marian antes de que os marcharais. Escuchó cómo ella te decía que la amabas y vio cómo os besabais.

—¿Cómo dices? —masculló Duncan con la mandíbula contraída.

—Cuando te marchaste, la francesa le gritó a mi hermana que nunca la amarías porque la amabas a ella, y que la abandonarías para retomar lo que tuvisteis en un pasado. —Con voz temblorosa, continuó—: Yo lo vi y lo escuché todo. Cuando me crucé con Megan en la escalera, supe por su mirada que no podía más. Por eso me fui a esperarla a las cuadras. Sabía que se llevaría su caballo.

—Oh, milady —susurró disgustado el padre Gowan—. Podríamos haberla retenido.

—¿Por qué no me lo dijiste, muchacha? —susurró Marlob.

—No pude, Marlob —negó mientras lloraba con desconsuelo en brazos de su marido—, Megan me hizo prometer que no le diría nada a nadie. Sólo podía decir algo cuando Duncan descubriera lo que había pasado. Ella me dijo que no pensaba volver, que buscaría a Zac y que me haría saber que lo había encontrado. Me pidió que te dijera que lo único que necesitaba de ti era su caballo, nada más.

—¡Por todos los santos! —exclamó Marlob—. ¿Qué has hecho, Duncan?

—¡Maldita sea! —bramó Duncan al sentir que el corazón se le partía en dos—. Yo no hice nada con esa arpía. Ella se abalanzó sobre mí para besarme. La voy a matar con mis propias manos por seguir arruinándome la vida. —Su mirada se posó entonces en Robert, que bajaba alertado por las voces—. Me da igual lo que hagáis o penséis de mí a partir de este momento, pero Marian no va a estar un instante más en mi casa.

—¿Qué pasa? ¿A qué se debe este jaleo? —preguntó en ese momento la francesa, que apareció junto a Miller y tras Robert. Tenía un ojo morado y un moflete hinchado.

—¡Maldito sea el día que te conocí! —vociferó Duncan. Con una rapidez que dejó a todos estupefactos, subió hasta donde ella estaba y, cogiéndola del brazo, la arrastró hasta abajo. Con el gesto desencajado, sentenció—: ¡Te odio como jamás he odiado a nadie! Ahora mismo saldrás de mi hogar y de mis tierras. No quiero volver a verte, porque si te vuelvo a ver... ¡te mataré!

—Te conozco y sé que no lo dices en serio —susurró la francesa sin llegar a entender aquel jaleo. Acercándose a él con descaro, dijo sorprendiendo a todos menos a Robert y a Duncan—: ¿Podríamos solucionar esto tú y yo a solas?

—¡No me toques! —gritó Duncan apartándola de él con asco.

—¡Dios no te perdonará el daño que has hecho en este hogar! —intervino el padre Gowan dirigiéndose a ella, aunque Marian lo miró de forma despectiva—. Ni Dios ni yo te perdonaremos si algo le ocurre a lady Megan.

Pero ella sólo tenía ojos para Duncan, que andaba de un lado a otro desesperado.

—¡Eres lo más rastrero que existe en toda Escocia! —gritó Niall, sorprendido por la falta de honestidad de aquella mujer. Acercándose a ella, dijo escupiéndole en la cara antes de salir por la arcada—: Si a mi cuñada le pasa algo, te juro que, si no te mata mi hermano, te mataré yo.

—¡Marian! —gritó Robert al bajar la escalera—. Tu maldad no tiene límites, ¿verdad? Tienes unos instantes para vestirte. Saldrás inmediatamente de esta casa y de Escocia, aunque sea a nado.

—Pero... —dijo la francesa tartamudeando al sentir miedo por primera vez—, pero si está lloviendo.

—¡Da igual! —respondió con dureza Robert al ver la desesperación de Duncan.

La mujer corrió escaleras arriba con su hermano Jack. Entraron en la habitación, donde rápidamente se cambiaron de ropa e hicieron su equipaje.

—Duncan, amigo —susurró Robert—. Siento que, por ayudarme, vuestra vida sea ahora un auténtico calvario.

—No os preocupéis, Robert. Pero sacad a esa mujer cuanto antes de mi casa porque no respondo de mis actos. —Tras asentir con tristeza, Robert de Bruce se encaminó escaleras arriba dispuesto a ayudar a un buen amigo como Duncan, que volviéndose hacia Shelma preguntó—: ¿Sabes adónde ha podido ir?

—No lo sé —murmuró con los ojos hinchados de tanto llorar—. No me lo dijo, pero estoy segura de que ella sabía dónde buscar a Zac.

—¿Estás segura de que no te lo dijo? —preguntó Lolach desesperado por la situación que se había creado.

—¡Claro que estoy segura! —gritó mirándolo con rabia—. ¿Acaso crees que si supiera dónde está mi hermana no la ayudaría?

—De acuerdo, tesoro —asintió mientras su amigo salía por la puerta principal—. No te pongas así.

Desesperado y sin saber qué hacer, Duncan salió al exterior para dejar que la lluvia lo empapara.

—¿Dónde estás, amor? ¿Adónde has podido ir? —susurró con desesperación mientras los truenos no paraban de retumbar.

42

Tras una agotadora galopada, cuando el sol comenzó a aparecer, Megan llegó a la pequeña aldea que Kieran le había indicado. Los aldeanos observaron a un jinete en su caballo y, sin prestarle demasiada atención, sólo pensaron que era un joven que pasaba por allí. Con los nervios a flor de piel y al sentir que le faltaba el aliento por saber si Zac estaba allí, al bajarse de *Stoirm* entró sin llamar en la casa señalada por Kieran.

—Buenos días —saludó con voz grave, sin quitarse la capucha, para hacerse pasar por un hombre—. Busco a Caleb Wallace.

—¿Quién lo busca? —preguntó un pelirrojo que afilaba una espada.

—Un familiar de Zac Philiphs —respondió y vio cómo el hombre miraba al fondo de la habitación a modo de advertencia.

—Yo soy Caleb Wallace —dijo el pelirrojo, que dejó la espada sobre la mesa—. ¿Qué queréis de mí?

—Esto —dijo tendiéndole el mapa que Kieran le había dado. Echándose la capucha hacia atrás, vio cómo el pelirrojo cambiaba su expresión al descubrir que se trataba de una mujer—. Soy Megan McRae. Mejor dicho, soy Megan Philiphs, amiga de Kieran. Él me dijo que si alguna vez quería encontrarlo, sólo tenía que venir hasta aquí.

—¡Gracias a Dios! —sonrió el pelirrojo—. Os estábamos esperando.

En ese momento, la risa de Zac llegó hasta los oídos de Megan, que con lágrimas en los ojos se agachó a recibir a su hermano, quien corría hacia ella con los brazos abiertos.

—Has venido, Megan —sonrió abrazándola—. Sabía que tú me encontrarías.

Klon, el perro, corrió a saludarla.

—No vuelvas a irte a ningún lado sin decírmelo antes —lo regañó Megan apretándolo contra su cuerpo—. ¿De acuerdo, tesoro?

—Vale —asintió el niño—. No lo volveré a hacer. Sabía que me encontrarías, por eso te mencioné a Kieran en nuestra última conversación. —Sacando un pequeño mapa parecido al de ella, dijo con una sonrisa que la desarmó—: *Lord Draco* y yo llegamos sin ninguna dificultad. Caleb, al ver que llegaba solo, decidió esperar un par de días por si alguien venía tras de mí.

—Gracias, Caleb —asintió Megan con una sonrisa asiendo con fuerza la mano de su hermano.

—Me extrañó que un niño tan pequeño no viniera acompañado de un adulto —sonrió al responder, mientras observaba lo bonita que era aquella muchacha morena—. La última vez que hablé con Kieran, me pidió que, si alguna vez una mujer y un niño acudían a mí, yo los ayudase.

—¿Cuándo visteis a Kieran? —preguntó Megan con curiosidad.

—Antes de las fuertes nevadas, milady. Nos conocemos desde hace tiempo. Aunque no nos veamos muy a menudo, sabemos que tenemos un amigo para lo que necesitemos. Hace un tiempo recibí una nota de su parte: me necesitaba para solucionar unos problemas con referencia a su hermano. Fui en su ayuda. Entonces me mencionó que si alguno de vosotros aparecíais por aquí, debía ayudaros y llevaros hasta él.

Megan suspiró y sonrió. Había encontrado a Zac. No quería pensar en nada más.

—Entonces ¿adónde debemos dirigirnos?

—Os llevaré cerca de Aberdeen —respondió el pelirrojo. Al ver la cara de Megan, que parecía cansada por las oscuras bolsas que tenía bajo los ojos, señaló—: Creo que deberíais descansar esta noche. Mañana saldremos al amanecer.

—No —negó ella rápidamente. Quería poner la máxima tierra entre Duncan y ellos. Temía que la encontrara y nuevamente le creyera—. Prefiero que marchemos cuanto antes. Pero necesito que le hagáis llegar una misiva a mi hermana Shelma indicándole que he encontrado a Zac.

El pelirrojo asintió.

—¿Adónde queréis enviarla?

—Ella está ahora en Eilean Donan, pero allí va a ser difícil entregarla. Lo mejor será llevarla al castillo de Urquhart.

—No os preocupéis, milady —asintió Caleb entregándole un trozo de papel—. Mañana mismo esa nota estará en el castillo. Nos aseguraremos de que el servicio la encuentre y se la hagan llegar cuanto antes a vuestra hermana.

—Gracias —dijo y escribió «Zac está conmigo. Te queremos». Lo dobló y se lo entregó.

—Iré a darle vuestra nota a uno de los hombres —señaló el pelirrojo. Dándose la vuelta para recoger sus cosas, añadió—: A mi regreso, saldremos hacia Aberdeen.

Al quedar solos, Zac la miró.

—¿Dónde está tu pelo? —preguntó con curiosidad—. ¿Tuviste que cortártelo por las liendres?

Megan sonrió.

—No, tesoro. Me lo corté porque estaba cansada de tenerlo tan largo.

—Estás más guapa ahora —dijo poniéndole tras la oreja un mechón negro que caía sobre su cara—. Seguro que si Duncan te viera ahora, se enamoraría otra vez de ti.

Aquello le pellizcó el corazón, aunque su mente le contestó: «Si antes no se enamoró de mí, ahora menos todavía». Pero con una sonrisa ayudó a su hermano a ponerse la ropa de abrigo antes de salir de nuevo al gélido clima de las Highlands.

Varios días después, tras mucha lluvia y mucho frío, llegaron a una gran casa, donde sus gentes sólo vieron entrar a dos hombres y a un chiquillo. Caleb, que caminaba delante, fue el primero en entrar en el salón. Kieran escribía sentado a una mesa.

—¿Tendrías un poco de cerveza para un amigo? —dijo Caleb sorprendiéndolo.

—¡Caleb! Bienvenido a tu casa —rio Kieran al verlo. Su sonrisa se congeló al descubrir tras él a Megan y al pequeño—. ¡Por todos los santos!

Pasado el primer momento de confusión, Kieran abrazó a Zac, que se apresuró a contarle cómo había llegado hasta Caleb él solo. Después, Kieran le pidió a su amigo que se llevara al niño a las cocinas a tomar un buen trozo de pastel.

—Ven aquí, Megan —susurró Kieran.

Ella, sin poder contener más su pena, su angustia y su cansancio, se echó en sus brazos para llorar desconsoladamente. Una vez que descargó su tristeza ante un Kieran que la consoló con cariño, consiguió dejar de llorar.

—No consigo entender lo que me cuentas —dijo Kieran al conocer lo ocurrido—. ¿Cómo va a preferir Duncan vivir con una mujer como Marian antes que contigo? Ella lo utilizó para llegar hasta la cama de Robert de Bruce.

—Créeme —asintió limpiándose las lágrimas—, porque así es. La quiere a ella, siempre la ha querido y yo ya no tengo lugar ni en su vida ni en su casa. ¿Por qué quedarme allí? ¿Acaso debo esperar a que me humille ante todo el mundo?

A Kieran le resultaba difícil entender aquello.

—Megan, es posible que estés equivocada —replicó sintiéndose afectado al verla tan hundida y vulnerable—. La última vez que hablé con él, Duncan admitió que conocerte había sido lo mejor que le había pasado.

Escuchar aquello hizo que Megan comenzara a llorar de nuevo.

—Pues siento decirte que te mintió también a ti —aseguró—. Kieran, por favor. Necesito que me escondas. Quedan tres meses para que se cumpla el plazo de nuestro *Handfasting*. Una vez que pase ese tiempo, quiero volver a Dunstaffnage. Necesito olvidarme de él, tanto como él de mí.

—¿Estás segura? —preguntó preocupado al ver la falta de vitalidad en sus ojos—. Creo que deberías hablar con él, podemos mandarle una misiva indicándole que te encuentras aquí. Seguro que Duncan está buscándote desesperado.

—¡No quiero que lo avises! —chilló comenzando a llorar—. Si

he venido es porque una vez me dijiste que tenía en ti a un amigo para lo que necesitara. Si no es así, de nada sirve que continúe en tu casa.

Incapaz de negarle ayuda, Kieran decidió protegerla, convencido de que cuando Duncan o cualquier McRae se enterase, aquello le acarrearía más de un problema.

—De acuerdo, Megan. Te ayudaré —asintió tomándola de la mano—. Cuando anochezca, te llevaré a un lugar muy tranquilo donde nadie te encontrará. Pero, pasados esos tres meses, prométeme que volverás a Dunstaffnage. No puedes vivir toda tu vida escondida.

—Te lo prometo, pero ahora... ¡quiero olvidarme de él! —gimió y comenzó de nuevo a llorar, haciendo sentir a Kieran como un tonto. No sabía qué hacer para que aquellos lloros e hipos acabaran—. ¡Necesito olvidarme de él! ¡Le odio!

—Tranquila, Megan —susurró abrazándola con ternura mientras dudaba de que realmente Duncan quisiera olvidarse también de ella.

43

La marcha de lady Marian fue un agradable respiro para todos. La misiva para Shelma fue recibida por Ronna. Mael se desplazó con urgencia hasta Eilean Donan para entregársela a la muchacha, que respiró aliviada al saber que sus hermanos estaban juntos. Mientras, Duncan maldecía desesperado por ser incapaz de encontrarla. Pasada una semana, la rabia y el enfado de Duncan no dejaban de crecer. Pero, pasado un mes, ya era insoportable. No dormía, no comía y únicamente daba órdenes y bramidos.

No podía dejar de pensar en ella, en su sonrisa, en sus besos cariñosos, en su mirada pícara cuando lo retaba, o en sus ojos al mirarlo con amor. ¿Por qué no había sabido cuidar aquello que tanto añoraba ahora? ¿Por qué había tardado tanto en darse cuenta de que ella era su verdadero amor?

Marlob, angustiado por la ausencia de Megan y de Zac, observaba cómo su nieto día a día volvía a encerrarse en sí mismo. Rezaba para que Megan volviera a sus vidas. En Eilean Donan necesitaban encontrarla, no podían prescindir de ella.

Pasado el primer mes, Kieran fue a la fortaleza de McPherson. Le habían llegado noticias de que Duncan estaba allí. Cuando lo encontró, comprobó en persona la desesperación y la tristeza que reflejaban sus ojos. Pero no podía traicionar la palabra de Megan; por ello, sin hacer ningún tipo de comentario, lo animó a seguir en su búsqueda y calló.

La angustia que Duncan sentía cada instante que pasaba sin ella lo estaba consumiendo. Cuando Berta, la furcia de McPherson, intentó acercarse a él, sintió tanto miedo por cómo la miraba que no lo volvió a intentar.

«¿Dónde estás, Megan? ¿Dónde estás, mi amor?», sollozaba aquel enorme highlander durante las largas noches de soledad mientras se aferraba a un pequeño mechón negro de la larga trenza que ella había dejado.

El vacío que sentía en su alma y en su corazón se hacía cada vez más grande. No cesó en su búsqueda aun pasado el segundo mes. Pero nadie había visto a una mujer morena con un niño. Duncan hizo correr la voz entre los clanes, con la esperanza de que alguien le dijera algo, un rumor, una pista, pero nada llegó. Sin querer darse por vencido, volvió de nuevo a Dunstaffnage, pero Axel y Magnus, que estaban al corriente de todo, con dolor en el corazón le tuvieron que volver a decir que seguían sin noticias de ella. Todos se preguntaban lo mismo: ¿dónde se había metido Megan?

El mes de mayo llegó. Las lluvias comenzaron a escasear. Los días eran más largos y los prados, montes y valles se saturaron de flores multicolores. En todo aquel tiempo, Megan dedicó todos sus días a hacer feliz a Zac. Y sus noches a recordar a Duncan, su amor.

Los vómitos que en un principio le provocaba el embarazo poco a poco remitieron. Se encontraba mejor. Por las tardes, le gustaba sentarse delante de su pequeña cabaña para ver jugar a su hermano. El embarazo era un secreto para Zac y Kieran. Ni por un instante lo imaginaban. Ella se encargaba de llevar siempre su capa por encima para que no notaran la redonda barriga que le estaba creciendo.

Aquellos duros meses, Kieran la visitaba con frecuencia pero con cautela. Sabía que, como Duncan o cualquier otro se enterara de que ella estaba allí, lo matarían. En más de una ocasión, intentó hablar con ella, pero era mencionar el nombre de Duncan y se ponía a llorar desconsoladamente mientras gritaba que le odiaba y que no quería saber nada de él. Por ello Kieran, al ver la reacción de ella, callaba e intentaba respetar que no quisiera saber nada de Duncan.

Una tarde que Kieran habló con Zac de su vida en Eilean Donan, percibió cómo el muchacho mencionaba con añoranza a Shelma, a Marlob, a Ewen, a Niall, a Lolach y a Duncan. Y se quedó sorprendido cuando el chico, tras enseñarle con orgullo una preciosa daga con sus iniciales que Duncan le había regalado, le confesó que, aunque creyó que odiaba a Duncan por regañarlo aquel día, ahora se daba cuenta de que tenía razón. Incluso dijo que lo echaba de menos, porque siempre se había portado muy bien con él. Zac deseaba jugar con Marlob a su extraño juego de piedras y escuchar las inquietantes historias que el anciano le contaba todas las tardes ante el hogar. De Niall y de Ewen añoraba su comprensión y su maravilloso sentido del humor, además de su protección. De Lolach, sus clases de lucha. Y de Shelma, sus abrazos y sus graciosos chistes. Ese tiempo, en soledad con Megan, alejado de todos, le había enseñado que necesitaba también a aquellas personas que tanto le querían y tanto le protegían, pero tenía miedo de hablarlo con ella, pues sólo la oía decir que nunca volvería a Eilean Donan. Y, en especial, que ¡odiaba a Duncan!

Sólo quedaba una semana para que el *Handfasting* de su boda finalizara. Aquello era algo tan terriblemente doloroso para Megan, que se negaba a recordarlo. Le enloquecía imaginar la felicidad de lady Marian, «la odiosa francesa», y sentía escalofríos al pensar en cómo Duncan la besaría, como tiempo atrás a ella había besado pero no amado.

El día que Kieran le indicó que debía volver a Dunstaffnage fue uno de los peores de su vida. Con paciencia, Kieran le explicó varias veces que había recibido una misiva de su madre. Debía acudir a Aberdeen y no sabía el tiempo que tardaría en regresar.

—Te lo digo en serio, Megan. Tienes que volver a Dunstaffnage —insistió por décima vez mirándola, al tiempo que apreciaba que había ganado algo de peso, aunque las oscuras ojeras bajo sus ojos no habían desaparecido.

—No, me niego a volver allí —respondió ella.

—¡Mira que eres cabezona! —gruñó Kieran, que en esos meses había alabado la paciencia de Duncan con ella—. No quieres volver porque sabes que en cuanto llegues allí avisarán a Duncan, ¿verdad?

—¡¿Tú qué crees?! —dijo ella mientras tragaba el nudo que se formó en su garganta al escuchar aquel nombre. Nerviosa, se levantó. Poniéndose las manos en los riñones, se estiró sin ser consciente de que con aquel movimiento dejaba al descubierto su gran secreto—. ¡Por Dios, Kieran! Márchate y haz lo que debas hacer, pero déjame en paz. No quiero volver y punto. Pero... ¿por qué me miras así?

—¡Por todos los santos, Megan! —exclamó Kieran al sentir que la sangre se le helaba—. ¡¡¿Estás embarazada?!!

—¿Por qué dices eso? —murmuró mirándose la tripa mientras se alisaba la falda. Al ver la cara de Kieran, levantó las manos al cielo con desesperación—. De acuerdo. No puedo negártelo por más tiempo. ¡Sí, estoy embarazada! Pero, de momento, nadie se puede enterar de ello.

—¡Maldita sea mi suerte! Si antes pensaba que Duncan o alguno de sus brutos podía matarme, ahora tengo clarísimo que lo hará —maldijo Kieran indignado al pensar que aquella mujer que tanto apreciaba llevaba en su interior al hijo de su amigo Duncan—. ¿Cómo se lo vas a explicar a Duncan?

—No voy a explicarle nada porque no lo voy a ver —aseguró entrando con furia en la pequeña cabaña que había ocupado aquellos meses, mientras Kieran la seguía incrédulo por lo que acababa de descubrir—. Él no tiene que saber que este hijo existe. Debe rehacer su vida, al igual que yo la mía.

—Pero... ¡Megan! —replicó observando atónito la redondez que le había pasado inadvertida todo aquel tiempo—. ¿Te has vuelto loca?

—¡Sí! —afirmó mirándolo con la cara roja por la rabia—. Claro que me he vuelto loca. ¿Y sabes por qué? Porque cada día que pasa echo más en falta a una persona que no me ha querido ni me querrá nunca, y que seguramente estará feliz retozando con una francesa que en breve será su esposa.

—¡Escúchame, mujer! —dijo agarrándola con fuerza del

brazo—. Me has negado durante este tiempo la posibilidad de hablar de Duncan, pero creo que ha llegado el momento de que me escuches, ¡cabezota! Tienes la cabeza más dura que tu propio marido.

Con un gesto contrariado, Megan se soltó y lo miró.

—Como se te ocurra decir una sola palabra —advirtió mientras cogía un plato de barro—, te juro que te abro la cabeza.

—¡No me lo puedo creer! —rio Kieran al ver su reacción—. Me has estado engañando todo este tiempo diciéndome que le odiabas, cuando es todo lo contrario. Le quieres tanto que eres capaz de dejarlo con tal de que él sea feliz.

—Kieran, ¡basta ya! —gritó al sentir que las lágrimas comenzaban a correrle por las mejillas sin ningún control—. No quiero seguir hablando de este tema. Haz lo que debas hacer con tu viaje. Pero, por favor, ¡déjame en paz!

—Lo haré, Megan. No lo dudes. Pero deja de llorar —susurró con cariño mientras salía por la puerta de la cabaña con una sonrisa en la boca.

Dos días después, Kieran tomaba una cerveza en una taberna alejada de Aberdeen con el convencimiento de que, en breves instantes, cuando apareciera Duncan y le contara que él había ayudado a Megan, le daría una buena paliza. Enviar una misiva a Duncan para que se reuniera con él había sido una decisión meditada y en cierto modo acertada. En un principio, pensó enviarle una nota guiándolo hasta ella, pero al final decidió que él mismo lo llevaría. Seguía sumido en sus pensamientos cuando la oscuridad se hizo en el interior de la taberna. Al mirar hacia la puerta, vio entrar a dos enormes highlanders y sonrió al reconocer a Niall y a Myles.

—Me agrada vuestra rápida llegada —asintió Kieran estrechándoles la mano.

—Al recibir tu nota, partimos inmediatamente —explicó Niall con cara de cansancio al tiempo que el tabernero les ponía dos cervezas. Niall dio un largo y refrescante trago.

—¿Dónde está Duncan? —preguntó extrañado Kieran—. ¡No me digas que no ha querido venir!

—Habría venido sin pensárselo —asintió Niall, que al recordar a su hermano se le encogió el corazón. No se merecía el calvario que vivía y estaba convencido de que, si Megan no aparecía, la vida de su hermano sería un desastre.

Myles, tan preocupado como Niall, fue quien contestó.

—Debe de estar de regreso de Inglaterra. Hemos mandado unos hombres para que lo intercepten en el camino y lo desvíen hacia aquí. Su empeño por encontrar a su mujer le ha llevado hasta Dunhar, la residencia donde vivió ella en su niñez.

—¡Por todos los santos, qué locura! —protestó Kieran al sentir que la piel de todo el cuerpo se le erizaba—. Si lo cogen los *sassenachs*, no saldrá vivo de aquellas tierras.

—¿Crees que eso le importa a mi hermano? —exclamó Niall con tristeza—. Se marchó para Inglaterra hace unos quince días, junto a Lolach y Axel, y sólo espero que ya esté de vuelta. Hemos intentado que no hiciera ese viaje, pero él no ha cesado en su empeño hasta confirmar que ella no estaba allí.

—Bueno... —se estiró Kieran dispuesto a zanjar aquel problema y empezar otro—. Sobre eso quería hablar con vosotros.

—Tu misiva decía conocer noticias de ella —señaló Myles.

—Algo sé —asintió Kieran con la culpabilidad en el rostro. Si algo le ocurría a Duncan por su silencio, nunca se lo perdonaría.

Niall dejó precipitadamente la cerveza en la mesa y señaló:

—Si sabes algo de ella, Duncan te estará eternamente agradecido.

Kieran bebió un nuevo trago de cerveza.

—Eso permíteme que lo dude —susurró con una sonrisa que pasmó a los otros.

—¿Por qué dices eso? —dijo Myles molesto. Sabía que Duncan agradecía cualquier información sobre ella.

—Porque desde el primer momento supe dónde estaba. Pero no pude deciros nada por una promesa que le hice a ella.

—¡¿Qué?! —gritó Niall desencajado. Sin poder contenerse,

cogió a Kieran por el cuello y, dándole un puñetazo, lo hizo volar por encima de las mesas de la taberna—. ¡¿Cómo has podido hacernos eso?! ¡Maldita sea, Kieran! ¿Cómo has podido hacerle esto a Duncan?

—¡Basta ya, Niall! —se interpuso Myles entre ellos—. Dejemos que se explique.

—No me siento bien por lo que hice, pero no he tenido opción. —Kieran se levantó limpiándose con la mano la sangre que le brotaba por la comisura del labio—. Y por eso me merezco que me pegues tú, tu hermano, Myles y todos los McRae. Porque sé que no tengo perdón por parte de ninguno de vosotros. ¡Pero escúchame! Soy un highlander, un hombre de palabra, y Megan me hizo prometer que no le diría a nadie dónde estaba hasta pasados tres meses.

—La palabra de un highlander es nuestra seña de identidad —admitió Myles dándole la razón—. Un highlander no falta a su palabra bajo ningún concepto.

—Tienes razón —reconoció Niall recomponiéndose, mientras sentía que la agonía de los últimos meses finalmente acabaría—. Perdóname, Kieran. Pero no te puedes imaginar lo que ha sido para todos. Buscarla día tras día y no encontrar ni rastro de ella. Zac está con ella también, ¿verdad? —Kieran asintió y Niall se recostó más relajado en el banco de madera para preguntar con una sonrisa—: ¿Está bien la loca de mi cuñada?

—Digamos que sí —sonrió Kieran sin querer desvelar lo que sabía. Eso lo tendrían que descubrir ellos—. Estuvo durante un tiempo bastante mal, todo el día llorando y gimiendo, pero ahora parece que la fuerza ha regresado a ella. Hace unos días, cuando le pedí que se encontrara con Duncan, me dijo tras coger un plato que si se me ocurría decirle algo me abriría la cabeza.

—¡Ésa es mi cuñada! —se carcajeó Niall mientras Myles asentía—. ¿Dónde está ahora?

—No muy lejos de aquí —señaló Kieran—. El problema se agravará cuando os vea llegar a vosotros sin Duncan. Está convencida de que él se va a casar con lady Marian en cuanto cumpla el plazo del *Handfasting*.

—Pero si lady Marian se marchó de Eilean Donan el mismo día que ella huyó —recordó Myles.

—Sólo os puedo decir que me ha sido imposible hablar con ella en referencia a ese tema —sonrió Kieran.

—Bueno, amigos —dijo Niall antes de brindar con ellos—. Creo que ha llegado el momento de enfrentarse a esa fierecilla.

Todos esbozaron una sonrisa que llevaban tiempo sin mostrar.

44

Aquella tarde, Niall, Kieran y Myles, tras cabalgar por el bosque, llegaron hasta lo que parecía una enorme piedra cubierta por espesa hiedra trepadora. Kieran apartó con las manos las tupidas hojas que ocultaban una grieta tan ancha como una puerta.

—¡Por todos los santos! —sonrió Niall sorprendido—. ¿Cómo conoces esto?

—Era uno de los escondites preferidos de mi abuelo —sonrió Kieran haciéndolos pasar al interior de aquella enorme piedra, tras la cual apareció un frondoso bosque oscuro—. Este escondite es algo que sólo conocemos unos cuantos.

—Y nosotros —asintió Myles haciéndolos reír.

De pronto, oyeron la voz de Zac, que en ese momento luchaba contra un árbol con su espada de madera. Kieran les indicó con un gesto que callaran y esperaran.

—Hola, Zac —saludó plantándose ante él con una grata sonrisa que el muchacho devolvió—. ¿Dónde está tu hermana?

—En el arroyo —respondió e indicó con la espada.

—Tengo una sorpresa para ti, pero tienes que estar callado, ¿vale?

El chico afirmó con un movimiento de cabeza y Kieran dejó que aquellos dos gigantes aparecieran ante él. Al verlos, Zac soltó rápidamente la espada y se tiró a los brazos de Niall, que lo recibió con cariño. Después fue Myles quien lo abrazó. Tras hablar con él, Niall le indicó que no avisara a Megan. Querían sorprenderla.

El calor hacía que Megan se refrescara en el arroyo. Apenas había podido descansar. La angustia generada a partir de las palabras de Kieran, la cercanía del plazo de su *Handfasting* y la próxima llegada del bebé le habían generado nuevas náuseas. Su aspecto volvía a ser algo demacrado. Sin ninguna preocupación, estaba sentada en la orilla, enrollada en la vieja capa de Angus.

—No sé si debería besarte o matarte, cuñada —soltó de pronto Niall apoyado en un árbol.

Aquello hizo que Megan saltara del susto.

—¿Qué haces aquí, Niall? —preguntó sobresaltada al ver a su cuñado.

—¡Vaya! —dijo acercándose con seriedad—. ¿No te agrada mi visita? Ni siquiera me merezco un simple «Hola, Niall». —Al ver las oscuras sombras bajo los ojos de ella, susurró cariñoso—: Me da igual lo que piense esa loca cabecita que tienes. Quiero que sepas que me alegro mucho de volver a verte porque te he echado mucho de menos.

—Hola..., Niall —gimió ella al ver que él le tendía una mano. Sin poder resistirlo, corrió hacia él para abrazarlo.

—Psss... —susurró tocándole con mimo aquel pelo negro—. Me gusta tu corte de pelo. —Como Megan, en vez de reír, lloró todavía más, dijo—: ¡Basta ya! ¿Por qué lloras?

—¿Cómo... cómo está Duncan? —preguntó entre hipidos.

Clavando sus claros ojos en ella le susurró:

—¿Cómo crees tú que está?

—Me imagino que enfadado conmigo, pero feliz por su reciente boda —respondió ella dejándolo totalmente descolocado.

—¡¿Boda?!

—Él no ha venido —comentó desolada mirando a su alrededor—. Ya se ha casado con ella, ¿verdad?

—¿De qué estás hablando? —preguntó Niall con frustración.

—¡No me mientas, Niall! —gritó separándose—. Él no ha venido porque ya se ha casado con ella, ¿verdad? Es más, seguro que los dos se están riendo de mí. ¡Oh, Dios..., cómo los odio!

—No te estoy mintiendo —respondió y miró a Myles y a Kieran, que al oír los gritos corrieron a ver qué pasaba—. Pero ¿se puede saber de qué estás hablando, mujer?

Megan, al ver al bueno de Myles, lloró aún más, dejando estupefactos a los tres highlanders.

—¡Nunca pensé que faltarías a tu palabra! —gritó ella mirando a Kieran.

—No lo he hecho —respondió él con firmeza—. Te di mi palabra de que no le diría a nadie tu paradero durante tres meses. Pero, si mis cuentas no fallan, llevas aquí tres meses y tres días.

Zac, horrorizado por la forma en que su hermana gritaba, chilló:

—¡Yo me quiero ir con ellos! ¡No quiero seguir viviendo aquí!

Al escucharle, Megan se secó las lágrimas e intentó recuperar la compostura.

—¡Perfecto! —dijo al ver que su hermano agarraba la mano de Myles—. ¡Pues vete con ellos y que te lleven con Shelma a Urquhart!

—Milady, yo creo que... —comenzó a decir Myles.

Megan le cortó.

—No vuelvas a llamarme milady. Ya no soy la mujer de tu laird. Ya no soy Megan McRae —dijo sintiendo una punzada en el corazón—. Mi nombre vuelve a ser Megan Philiphs.

—¡¿Megan?! —vociferó Niall tomándola del brazo para intentar hacerla razonar. Su cuñada siempre había sido cabezona, pero aquel modo de gritarles ya rozaba la locura—. ¿Qué te pasa? ¿Por qué estás comportándote de esta manera tan absurda?

—¡¿Absurda?! —exclamó colocándose bien la capa, que se le había abierto, justo en el momento en que sintió las miradas alucinadas de Niall y de Myles posadas en su tripa—. ¿Queréis dejar de mirarme así?

—Pero... pero, Megan —tartamudeó Niall señalándole la barriga—. ¿Estás... estás... embarazada?

—¡Por todos los santos! —susurró Myles al observar aquel vientre tan parecido al de su mujer, Maura, cuando esperaban a su hija—. Milady, no debéis continuar aquí. Duncan debe saber que va a ser padre.

—¡No es hijo de Duncan! —gritó ella enrabietada.

Eso hizo que Myles y Niall volvieran sus ojos entornados hacia Kieran, pero éste reaccionó de inmediato.

—¡¿Serás mentirosa?! —vociferó Kieran, agobiado—. ¿Creéis que si fuera mío os hubiera llamado? ¡Por todos los demonios! ¡Qué locura! —Volviendo a mirar a Megan, le indicó—: Esto sí que no me lo esperaba de ti.

—¡Y yo no esperaba de ti que los trajeras hasta aquí! —gritó con los ojos fuera de sus órbitas.

—¡Por todos los santos, Megan! —protestó Niall acercándose a ella.

—¡No quiero oír hablar de Duncan! —gritó. Sin poder contener las náuseas, se volvió y apoyándose en un árbol vomitó ante la inquietud de todos. Cuando se repuso, miró a Niall—. ¿Te acuerdas del día que llegasteis al castillo con Robert de Bruce y Marlob os contó lo ocurrido con Margaret? ¿Recuerdas que me dijiste que te pidiera lo que quisiera?

—Sí —asintió Niall ladeando la cabeza—. Pero no me lo pidas. ¡Por favor!

—Lo que quiero ahora es que te marches de aquí. Marchaos, llevad a Zac junto a Shelma y dejadme vivir en paz.

Niall resopló afligido. Después de mirarla muy enfadado, se volvió e hizo una seña a Myles para que lo siguiera. Ambos desaparecieron entre los árboles seguidos por Kieran, mientras Zac se quedaba quieto mirando a su hermana.

—¡Zac! Ve con ellos. Shelma y Lolach estarán encantados de acogerte en su hogar.

El niño no se movió.

—¿Zac?

—Yo quiero vivir contigo —susurró el niño con los ojos llenos de lágrimas. Deseaba marcharse de aquel lugar, pero no quería abandonar a su hermana.

—Escúchame, tesoro —dijo intentando ser fuerte. Lo último que quería era dañar a su hermano, que se merecía ser feliz junto a gente que le quisiera, y no en la soledad de aquel lugar—. Quiero que te marches con ellos, porque yo necesito estar sola. ¡Por favor! Te prometo que cuando yo me encuentre mejor, iré a buscarte a Urquhart y volveremos a estar juntos.

—¿Me lo prometes? —preguntó el niño mirándola a los ojos.

—Por supuesto, tesoro —asintió ella—, te lo prometo.

Zac, al escucharla, se lanzó a sus brazos y la besó. Ella lo animó con una sonrisa a ir tras los highlanders, y él obedeció. Parándose, el niño le lanzó un beso con la mano y luego corrió entre los árboles seguido por *Klon*. Megan se quedó sola con su desesperación.

Dos días después de su encontronazo con Megan, Niall y Myles, desesperados y sin intención de moverse de allí, esperaban noticias de Duncan, que se estaba demorando en su vuelta de Inglaterra. Kieran se marchó a Aberdeen prometiendo regresar lo antes posible. Mientras, Zac, que fue escoltado por varios guerreros McRae hasta Urquhart, abrazó y besó a una gordísima Shelma, que estaba en su séptimo mes de embarazo y se quedó sin palabras al escuchar lo que el niño le contó.

—¡¿Que Megan está embarazada?! —gritó llevándose las manos a la cabeza.

—Sí, se está poniendo gorda como tú —asintió con la tripa llena, deseoso de irse a la cama, pero Shelma y sus constantes preguntas se lo impedían—. Y lo peor de todo es que no para de llorar y vomitar.

—Es normal, Zac —apuntó Briana, que tenía en brazos a su hijo Brodick de cinco meses.

—¡Oh..., mi pobre hermana! —lamentó Shelma tocándose su propia barriga y mirando a Zac—. Pero ¿por qué no quiere volver con Duncan?

—Dice que lo odia —informó el niño, a quien el sueño le estaba pudiendo—, y no sé qué más sobre que espera que Duncan sea feliz con la francesa.

—¡Por todos los santos! —maldijo Shelma. Al ver cómo Zac se quedaba dormido, comentó—: Millie, acompaña a Zac a su habitación. Está muerto de sueño. Buenas noches, tesoro, que tengas felices sueños.

—No creo —susurró el niño, triste, mientras seguía a Millie—. Si Megan no está cerca, es difícil que los tenga.

—¡Maldita sea la francesa! —gritó Shelma al ver salir a Zac—. ¡Ojalá se pudra en el infierno!

—Tranquilízate, Shelma —contestó Briana tomándola del brazo. En aquellos meses, le había cogido mucho cariño. Cuando Lolach fue hasta Inverness para decirle a Anthony que necesitaban su ayuda para pasar a Inglaterra, él no lo dudó, y llevó a su mujer y a su hijo a Urquhart hasta su vuelta—. Tómate unas hierbas, te irán bien.

—No os pongáis así —la regañó cariñosamente Ronna, que adoraba a aquella joven que había llevado la felicidad a Urquhart—. ¡Pensad en el bebé!

—¿Cómo voy a pensar en el bebé, cuando mi hermana lo está pasando mal? Avisad a Mael para que prepare un carro. Me voy a buscar a Megan.

—¡¿Estás loca, Shelma?! —exclamó Briana al escucharla, dejando a su bebé en una pequeña cuna—. En tu estado no debes viajar.

—¡No digáis eso, milady! —se espantó Ronna al verla tan decidida—. Si mi laird se entera de que os he dejado marchar en vuestro estado, se enfadará muchísimo.

Con una sonrisa divertida Shelma contestó:

—Por Lolach no te preocupes, Ronna. —Sonrió al ver entrar a Zac de nuevo en el salón—. No puede prohibírmelo porque está con Duncan buscando a mi hermana.

—Yo voy contigo —dijo el niño.

Al ver asentir a su hermana Shelma, salió corriendo en busca de Mael.

—Pero... —susurró Ronna desconcertada—, en vuestro estado no es prudente...

—Brodick y yo te acompañaremos también —informó Briana, decidida a no dejar sola a Shelma y a ayudar a Megan en lo que necesitara.

Ronna, incómoda por la situación, volvió a repetir:

—El laird os matará cuando se entere. Se enfadará muchísimo. Recordad lo que os estoy diciendo.

—Tranquila, Ronna. ¡Dudo que me mate! —respondió pícaramente—. Mi hermana, fuera cual fuese su estado, acudiría en mi ayuda. Por lo tanto, no se hable más.

Aquella misma noche, Shelma, todo lo cómoda que pudo, se subió a un carro acompañada por Briana, el pequeño Brodick y Zac. Todos viajaron escoltados por Mael y varios hombres McKenna hacia el lugar donde se encontraba su hermana.

Pasados varios días en los que nadie molestó a Megan, ella comenzó a creer que Niall y Myles le habían hecho caso y que Duncan se había olvidado de ella. A pesar del malestar que le generaba pensar en Duncan, por las noches lograba quedarse dormida, aunque atormentada por el recuerdo de aquellos ojos verdes y su sensual sonrisa. Ansiaba hundir los dedos en aquella larga melena castaña con reflejos dorados, pero debía quitarse esos absurdos pensamientos de la cabeza. No volvería a mirar sus ojos, ni vería su sonrisa, ni tocaría su melena...

Durante los días de soledad, se afanó en cepillar a *Stoirm* y a *lord Draco*, que la acompañaban en los paseos por el bosque. A Megan le seguía gustando cazar, por lo que muchos días conseguía con su carcaj alguna estupenda pieza para comer y cenar. Con sumo cuidado, Niall y Myles la observaban sin ser vistos y, a pesar de que conocían la habilidad de ella para la caza, no dejaban de sorprenderse.

Una noche en la que los guerreros intentaban dormir en el suelo arropados con sus mantas, oyeron ruido de caballos. Levantándose rápidamente, se escondieron tras los árboles. Pero pronto salieron de su escondite al reconocer a Kieran y a Mael en el camino.

—Volviste rápido, amigo —saludó Niall a Kieran, a quien se lo veía cansado por el viaje.

—Sí, y me encontré con Mael y varios McKenna en el trayecto —explicó—. ¿Ha llegado Duncan?

—No —negó Niall con preocupación—. Todavía no sabemos nada de él. Si en un par de días no llega, iré yo mismo a buscarlo a Inglaterra.

En ese momento, una voz de mujer atrajo sus miradas.

—¿Me vais a ayudar a bajar o pretendéis que baje rodando? —dijo Shelma al ver cómo la miraban todos.

—¡Por todos los santos, Shelma! —exclamó Niall al ver su descomunal barriga—. ¿Qué estás haciendo aquí?

—¿Tú qué crees? —respondió poniendo los brazos en cruz mientras Zac saltaba del carro ayudado por Briana, que cogía en ese momento al pequeño Brodick—. He venido a llevarme a mi hermana y a intentar poner fin a toda esta locura.

De pronto, oyeron acercarse a más caballos. Mael, poniendo tras de sí a Shelma, esperó con impaciencia la pronta llegada de los jinetes.

—Son gentes de McPherson —observó Myles, confundido.

—Y... ¡¿McRae?! —exclamó Mael al dejar salir a Shelma de detrás de él.

—Pero... pero ¿qué hacéis aquí? —preguntó Niall perplejo al ver aparecer a Gregory McPherson junto a su abuelo, Sarah, Mary, el padre Gowan, Fiorna, Edwina y otras personas de Eilean Donan.

—¡Buenas, muchachos! —saludó McPherson bajándose de su caballo—. Me llegaron noticias de que estabais por aquí y vinimos a ver si podíamos ayudar.

Levantó una mano e indicó a la gente de la carreta que podía bajar, apareciendo en ella Mary y Rene.

—¡McPherson! ¡Qué agradable tu visita! —saludó Kieran con una sonrisa, divertido por la cantidad de gente que se estaba reuniendo allí. Mirando al anciano McRae, saludó—: Buenas noches, Marlob.

—¿Dónde está mi muchachita? —preguntó Marlob impaciente, que desmontó con garbo de su montura, mientras de la carreta que los seguía se apeaban Sarah, Fiorna, Edwina y Susan.

—Tranquilo, Marlob —señaló el padre Gowan—. Ya la verás. Todo a su tiempo.

Al ver a su abuelo allí, Niall se inquietó al tiempo que se alegró.

—Pero, abuelo... —comenzó a reír—, ¿qué haces aquí?

—Vengo a llevarme a mi nieta a casa —afirmó provocando la risa de los demás.

—¡Mary! ¡Rene! —saludó Shelma encantada al ver a aquellas

personas que tan bien los habían tratado en la fortaleza McPherson—. ¡Qué alegría!

—¡Dios santo, milady! —rio Mary al verla tan oronda—. ¡Estáis tremenda!

—¡Ni una palabra más! —advirtió Shelma levantando un dedo entre risas.

—¡Qué bebé más precioso! —susurró con cariño Mary al ver a Briana con su hijo en los brazos—. Me alegro muchísimo de veros tan repuesta.

—Gracias, Mary —sonrió encantada dejándole coger al niño—. Es Brodick, mi precioso hijo.

—¡Qué gordito! —dijo Rene, alegre por ver a todas aquellas personas.

De nuevo, el ruido de caballos les hizo guardar silencio. Todos observaron el camino.

—¡Shelma! —gritó de pronto una voz alegre que hizo que el corazón de Niall se paralizara—. ¡Qué gorda estás!

—¡¿Gillian?! —gritó Shelma intentando correr con torpeza hacia ella, que se tiró del caballo en marcha para abrazarla al tiempo que sus ojos azules se fijaban en Niall.

—Yo también quiero un abrazo —se apresuró a decir Alana, y las dos chicas se fundieron con ella en un agradable abrazo.

—¡Por todos los celtas tuertos! —bramó Magnus al ver a Marlob, al que le dio un fuerte abrazo—. Me alegro muchísimo de ver que te encuentras mejor. —Bajando la voz, preguntó—: ¿Han regresado Axel, Duncan y Lolach?

—No, todavía no se sabe nada de ellos —respondió el anciano y, tras un gesto que ambos entendieron, preguntó—: ¡Y tú, bribón! ¡¿Cómo estás?!

—Deseando que estos muchachos me llenen el castillo de nietos. —Al observar con qué cara miraba Niall a Gillian, dijo al ver cómo su nieta levantaba la barbilla y se alejaba—: ¿Tu nieto mira siempre a todas las mujeres con esa cara de bobo?

—No —respondió Marlob, divertido, al ver que Mael y Myles se metían con Niall y éste les golpeaba enfadado—, sólo mira así a la que de verdad le gusta.

—¿Cómo sois tan pesados? ¡Dejadme en paz! —se quejaba Niall.

—¿Recuerdas la cara de bobo de tu hermano cuando íbamos hacia Urquhart? — le recordó Myles haciéndolo sonreír—. Pues, amigo, ésa es ahora tu cara viendo a tu Gillian.

En ese momento, Kieran se acercó a ellos.

—¿Esa preciosidad rubia es Gillian? —preguntó Kieran al escucharles.

—Kieran, ¡ni se te ocurra acercarte a ella! —le advirtió Niall marcando su territorio—. Si no deseas que te vuelva a golpear, no te acerques a Gillian. ¡Quedas advertido!

—Tranquilo, hombretón —se carcajeó Kieran antes de saludar a Sarah, que se había vuelto para mirarlo—. Aquí, además de tu Gillian, existen otras bellezas.

De pronto, aquel lugar había pasado de ser un espacio en medio de la nada a convertirse en una concentración de clanes. Aquella noche, los McRae, McPherson, O'Hara, McKenna y Mc-Dougall formaron una gran familia alrededor de una fogata, a la espera de que Megan recapacitara, pero Niall, Myles y Kieran les impidieron verla hasta que Duncan llegara.

Más lejos, donde ni siquiera llegaba el clamor de aquella multitudinaria reunión, Megan observaba las estrellas tumbada junto al riachuelo. Pensaba en Duncan. ¿Qué estaría haciendo?

45

𝒟e madrugada, cuando todos dormían y sin apenas hacer ruido, llegaron Duncan, Lolach, Axel, Anthony y varios de sus guerreros hasta la reunión de clanes. Su sorpresa fue absoluta cuando se encontraron con aquella cantidad de personas que dormían por el suelo enrolladas en sus mantas.

—¿Por qué hay tanta gente aquí? —susurró Axel.

—¿Ese caballo no es el de Magnus? —preguntó Duncan, que al igual que los otros estaba sucio por el polvo y con barba crecida de varios días.

—Si os calláis, no los despertaréis —susurró Niall, surgiendo de la nada junto a Kieran, Mael y Myles, que suspiraban felices de verlos.

Una vez que estuvieron algo apartados del improvisado campamento, sin perder un instante Kieran explicó la situación a Duncan y al resto.

—¡Dios santo! ¡¿Megan está ahí?! —preguntó Duncan en un susurro mientras Kieran lo miraba y Anthony sonreía de felicidad.

—Sí, Duncan —asintió complacido.

Instantes después, llegó el puñetazo que esperaba y que le puso el ojo morado.

—¡Te mataría, Kieran O'Hara! —rugió Duncan en un ataque de furia.

—¡Lo entiendo! —dijo Kieran mientras Niall sujetaba a su hermano—. Tienes toda la razón del mundo para matarme, pero no pude hacer otra cosa. ¡Créeme!

—Kieran tiene razón —intervino Niall interponiéndose entre ambos—. Le dio su palabra de highlander a Megan: se comprometió a ayudarla durante tres meses sin revelar a nadie su paradero.

—Y vos sabéis, mi laird —continuó Myles—, que nuestra palabra es inamovible.

Lolach y algunos hombres asintieron dándoles la razón.

—La palabra de un highlander es sagrada —sentenció Axel.

—Tiene razón —asintió Lolach, que entendía la rabia de Duncan y la forma de actuar de Kieran—. Yo habría hecho lo mismo si se lo hubiera prometido.

Sin apenas creer que su mujer pudiera estar allí, Duncan sonrió.

—De acuerdo —resolvió aproximándose de nuevo a Kieran, aunque con una actitud más pacífica—. Siento lo de tu ojo. Es la segunda vez.

—¡Intentaré por todos los medios que no haya una tercera! —sonrió Kieran al comprobar que Duncan lo había perdonado. Fundiéndose en un abrazo con él, le susurró—: No pierdas un instante más y pasa a convencer a la fiera que te espera dentro de que la amas sólo a ella. Además, seguro que te llevarás una buena sorpresa.

—Eso me pasa por seguir tu consejo respecto a no domesticarla —sonrió Duncan por primera vez en muchos meses alejándose de todos, esperanzado por ver a la mujer que le había robado el sueño, la vida y el corazón, mientras sentía que el alma se le iba a salir del cuerpo.

Los highlanders, felices y contentos, observaron cómo se marchaba.

—Os apuesto dos caballos a cada uno a que le pone un ojo morado —se mofó Niall mirándolos a todos, que comenzaron a reír y a apostar de regreso al grupo que comenzaba a desperezarse.

Con cuidado, Duncan entró por la abertura sin que nadie lo viera y siguió el camino que le indicó su hermano hasta que vio la pequeña cabaña. Con el mayor sigilo del mundo, abrió la puerta, entró y esperó a que sus ojos se acostumbraran a la oscuridad. De este modo, la pudo ver durmiendo sobre un catre vuelta hacia la pared.

Con inseguridad, se apoyó en la pared al sentir que las piernas se le doblaban. Habían sido tres meses de auténtica tortura, en los que no había parado ni un solo día de buscarla. Pero de nuevo estaba allí, ante él. Atontado por ver la silueta de su mujer, la carne se le puso de gallina cuando ella se movió. Su corazón le martilleó tan fuerte que le dio la sensación de que se oía en toda Escocia. Sin poder resistirse más, se acercó con lentitud a ella. Al agacharse para estar a su altura, su espada chocó contra el suelo.

—Si me tocas, te mato —advirtió Megan poniéndole su daga en el cuello.

Con un escalofrío, Megan observó que era Duncan. Sus preciosos e inquietantes ojos verdes la miraban con adoración, mientras sus labios carnosos la invitaban a tomarlos. Pero haciendo un enorme esfuerzo, le preguntó todo lo fría que pudo sin quitarle la daga del cuello:

—¿Qué haces aquí, laird McRae?

Escuchar su voz hizo que Duncan sonriera a pesar de la presión que la daga ejercía sobre su cuello.

—He venido a por ti, cariño —susurró encantado de encontrarse ante esos ojos y esa cara que tanto había deseado volver a ver.

—¡Ni me iré contigo, ni me llames cariño! —protestó Megan quitándole la daga del cuello. Protegida por la oscuridad, se levantó rápidamente para cubrirse con una capa—. Sal de mi casa ahora mismo. No eres bien recibido.

—Escúchame un instante, cariño, que... —Se interrumpió al tener que esquivar un plato de cerámica que se estrelló contra la pared—. ¡Megan! ¿¡Estás loca?!

—Sí —asintió tirando otro plato que volvió a dar en la puerta al abrirla él para salir—. ¡Loca por que te marches de aquí! Por que te alejes de mi vida y te olvides de mí. No quiero saber nada de ti, ni de tu clan, ni de tu castillo. ¡Fuera de mi vida!

—Eres mía, Megan —afirmó Duncan—. Ahora y siempre.

Megan tuvo que controlarse para no salir corriendo a sus brazos.

—¡Oh, por supuesto! —se mofó—. Soy de tu propiedad, al igual que tu caballo o tu castillo, ¿verdad? —dijo tirando un vaso que se hizo añicos en el suelo—. Laird McRae, te dejé lo que tanto te gustaba de mí antes de marcharme. ¡Mi pelo! Ahora vete y sé feliz con tu francesa.

—¡Por todos los santos! —gruñó Duncan enfadado dando una patada a la puerta—. ¡¿Quieres hacer el favor de escucharme, mujer?!

Volviendo a entrar en la cabaña, Duncan logró alcanzarla e inmovilizarla junto a él.

—¡Suéltame ahora mismo, laird McRae! —ordenó ella con rabia en la voz, mientras pensaba horrorizada que si continuaba abrazándola de aquella manera se daría cuenta de su barriga a pesar de la capa.

Pero Duncan no observaba nada que no fueran sus ojos y su boca.

—Te soltaré si me prometes que saldrás de la cabaña para hablar conmigo —susurró con voz suave como el terciopelo al percibir el aroma de su piel.

—De acuerdo, laird.

Megan controló sus emociones al tener el cuerpo de Duncan pegado al de ella. Tras separarse de él, se sintió observada mientras caminaba para salir de la cabaña. Sin apenas respirar, fue hasta una pequeña mesa, que tenía dos pequeñas sillas a los lados. Sentándose con cuidado, se apretó la capa al cuerpo y lo invitó a sentarse frente a ella.

—Siéntate ahí y hablaremos de lo que quieras.

—Me parece bien —asintió él deseando tomarla entre sus brazos y besarla.

A la luz del día, se fijó en lo preciosa que estaba su mujer con el cabello corto rozándole los hombros y las mejillas arreboladas, aunque le intranquilizaron los círculos negros que vio bajo sus ojos. Pasados unos instantes, le preguntó:

—¿Por qué te fuiste de esa manera?

—¿Hace falta que te lo explique? —replicó enfadada con un fuerte temblor en las piernas.

Lo veía cansado y sucio. Por sus ropas y su barba incipiente, debía de volver de algún viaje largo. Pero, olvidándose de lo mucho que lo había añorado, contestó:

—Pude ver y oír cómo ella te gritaba que la amabas. Además, también vi cómo os besasteis. ¿Qué pretendías? ¿Que a pesar de saber que yo era tu segunda opción, continuase allí hasta que me humillaras ante todos echándome de tu cama? ¡Oh..., no! No estaba dispuesta a vivir eso. Bastante agonía fue para mí esperarte durante días para verte llegar con ella y sentir que la extraña en Eilean Donan era yo, y no tu amada Marian.

Escuchar aquellas palabras le hizo a Duncan daño en el corazón. ¿Cómo podía pensar eso cuando sólo la amaba a ella?

—Lo siento, mi amor. Pero yo no la besé —se disculpó e intentó no alterarla—, fue ella la que se abalanzó sobre mí. Déjame aclararte que tú nunca has sido mi segunda opción. Siempre has sido mi mujer, mi única opción. Te aseguro que nunca te habría humillado ni echado de nuestra cama, porque mi corazón es tuyo. Te quiero, Megan. Te prometí que te cuidaría y protegería, y yo nunca falto a mi palabra.

—¡Da igual, Duncan! Ya no importa nada de eso —asintió clavándole sus ojos negros sin apenas escucharle—. Sólo espero que vosotros continuéis vuestra vida y me dejéis vivir la mía en paz.

—¡¿Vosotros?! —preguntó sorprendido.

—Tú y tu estúpida francesa. ¡Oh, disculpa! —Gesticuló al poner los ojos en blanco, haciéndole gracia, aunque no sonrió—. Perdón..., se me olvidaba que no debo insultar a tu educada y maravillosa invitada. Pero permíteme que te diga que esa invitada tuya no contaba con que una ¡sucia gitana!, que era como ella me llamaba, entendiera y hablara francés. Continuamente escuchaba los insultos que me dedicaba, como «zorra», «borracha», «sucia gitana», «torpe», y seguramente alguno más. Y ten por seguro que, si no le corté el cuello y te puse su cabeza en un plato, fue por el resto de los invitados, porque ganas no me faltaron.

Duncan suspiró al escucharla. Adoraba a esa mujer por encima de todas las cosas. Por nada del mundo se marcharía de allí sin ella.

—Marian se marchó el mismo día que tú desapareciste —aclaró y notó cómo ella le miraba desconcertada—. Cuando supe la verdad de lo que había pasado, la eché de nuestra casa, cariño. No iba a consentir ni un instante más que continuara amargando nuestra vida. A partir de ese momento, comencé a buscarte. Te he buscado por toda Escocia. Y, si no he llegado antes aquí, es porque estaba buscándote en Dunhar.

—¡¿Cómo?! ¿Estás loco? —gritó al oírlo poniéndose en pie frente a él, sorprendida por que hubiera puesto en peligro su vida para encontrarla—. ¿Cómo has podido ir a Inglaterra? ¿Y si te hubieran apresado los ingleses?

—Eh... —Los ojos de Duncan quedaron frente a la redonda barriga que se alzaba ante él dejándolo con la boca abierta, mientras su mirada pasaba de la tripa a la cara de su mujer, y de nuevo a la tripa.

—No me mires así, Duncan McRae —exclamó sentándose al ver cómo aquellos ojos verdes intentaban penetrarla—. ¡Que no me mires así! Estúpido, salvaje, arrogante. —Al ver que él seguía sin contestar, gritó para hacerlo enfadar—: ¡Te odio con toda mi alma porque me has partido el corazón!

—Megan..., yo... —susurró totalmente bloqueado por lo que acababa de descubrir. Su preciosa mujer estaba embarazada. ¡Iba a ser padre!

—¡No me hables! —gritó dolida por la angustia pasada durante meses.

De un manotazo, se retiró el pelo que le caía en la cara. Duncan sentía una ternura incontrolable que lo superaba.

—Ven aquí, cariño —dijo con dulzura tendiendo una mano hacia ella.

Necesitaba tocarla, besarla y decirle cuánto la amaba. Ella era la mujer que siempre había buscado. A pesar de sus locuras o sus continuas peleas, la amaba con todo su corazón.

—¡No quiero! —volvió a gritar levantándose de la mesa al ver cómo él la miraba.

Una mirada que la hacía arder de pasión y que nunca había podido negar.

—Llevo buscándote meses —murmuró reponiéndose de la sorpresa—, y ahora que te he encontrado, no pienso dejarte marchar. Te ruego que vuelvas a nuestro hogar.

—¡Ni lo sueñes! —respondió mientras se sentía como una estúpida. Era como si las palabras tuvieran vida propia y salieran sin que ella las dijera—. No voy a regresar contigo, porque no me amas y porque... porque, además, ya no soy tu mujer.

—Oh, sí. Eres mi mujer, cariño —asintió lentamente clavándole la mirada, mientras una seductora sonrisa iluminaba su rostro—. No dudes que eres mi mujer.

Incapaz de dar su brazo a torcer a pesar del amor que sentía por él, buscó una salida.

—No es hijo tuyo el bebé que llevó en mis entrañas. Es... ¡sólo mío! Y, puesto que ya no soy tu mujer, desde hace tiempo comparto mi lecho con quien quiero. ¿Has entendido?

—Megan, ¿qué estás diciendo?

Estaba preparado para todo, para sus gritos, sus rabietas, incluso sus lloros, pero nunca para descubrir que ella estuviera embarazada y que el hijo fuera de otro. Cansado de ver que ella no quería escucharle, la tomó por las muñecas con autoridad y la atrajo hacia él con decisión.

—¡Maldita sea, McRae, suéltame ahora mismo! —se quejó, pero Duncan no se lo permitió y continuó penetrándola con la mirada. Ella, cada vez más histérica, le gritó—: Ahora que me has encontrado y has visto que no sólo tú has disfrutado de mi cuerpo... ¡Olvídate de mí, como yo me he olvidado de ti! —Al comprobar que él parecía divertirse, gritó frunciendo el ceño—: ¡¿Qué pretendes hacer, McRae?!

—Oh, cariño —sonrió peligrosamente sintiéndose feliz por haberla encontrado—, lo que llevo meses deseando.

En ese instante, Megan no pudo moverse. Los peligrosos ojos de Duncan atraparon los suyos y, momentos después, aquella boca tan sensual buscó con un gesto posesivo los dulces labios de ella, tomándose su tiempo para poder disfrutar aquello que tanto había deseado.

Tras un intenso beso, Duncan aflojó las manos. Soltándola, se separó de ella y sonrió al verla aún ante él con los ojos cerrados.

—¡Eres preciosa, Impaciente! —susurró al rozar con la mano el óvalo de su cara mientras ella abría los ojos.

Antes de que él pudiera decir nada más, ella se tiró a sus brazos y, sin ningún tipo de miramiento, capturó su boca y comenzó a besarlo de tal manera que él tuvo que apoyarse en la mesa al sentir que ese beso le sacudía el cuerpo hasta lo más profundo de su ser.

—No vuelvas a hacerme nunca más lo que has hecho —susurró Duncan, atraído como un imán hacia ella—. No vuelvas a dejarme nunca más, mi amor.

—Te lo prometo, siempre y cuando tú no vuelvas a mirar a ninguna otra que no sea yo —respondió ella enredando los dedos en aquel pelo que tantas noches había añorado tocar.

Duncan, al escucharla, por fin respiró.

—He creído morir al no encontrarte. Mi lugar está contigo. Te quiero tanto que soy incapaz de continuar viviendo sin ti, sin tus besos, sin tus retos y sin tu locura.

Con dulzura, Duncan tocó la barriguita que se interponía entre ambos. Besó la punta de su nariz, mientras las lágrimas saladas de Megan corrían por su cara al escuchar abrumada aquellos sentimientos y aquella ternura que Duncan le manifestaba.

—Nuestro hijo y nuestras vidas serán tan maravillosos que nunca te arrepentirás de haberte casado conmigo.

—Duncan —dijo mirándolo a los ojos—, ¿sabes que desde hace varios días ya no soy tu mujer?

—Eres mi mujer, cariño —sonrió sacando una cadena que llevaba al cuello, donde colgaba el anillo de bodas—. De todas formas, mi amor, esta vez nos casaremos ante Dios, y para toda la vida. Quiero que tu vestido de novia sea el que tú desees, que adornes la capilla con las flores que tú quieras. Quiero que esta vez sea todo diferente. —Tomándola de la mano, dijo con verdadero amor—: Megan, ¿quieres casarte conmigo?

—Sí, mi señor —sonrió al ver que él levantaba una ceja—. Sí, Duncan, quiero casarme contigo. Me encantaría casarme aquí y ahora. No necesito una bonita capilla, ni un espectacular vestido de novia si tú me quieres, aunque no puedo negar que sí me gustaría que en esta boda estuvieran todas las personas que nos quieren.

—¿Estás segura de lo que dices? —sonrió Duncan con astucia.

—Sí, totalmente segura —asintió enamorada.

—De acuerdo —dijo sentándola en la silla mientras se alejaba a toda prisa. Megan lo miraba sorprendida y sin palabras—. No te muevas, cariño. Vuelvo enseguida. ¿Confías en mí?

Tras unos instantes, en los que ambos se miraron a los ojos, finalmente Megan contestó:

—Sí, cariño. Confío en ti.

Él le guiñó un ojo y ella sonrió sin entender por qué Duncan corría de aquella manera. Al verlo desaparecer, entró en la cabaña. Se miró en el espejo y se asustó. ¡Dios santo, qué aspecto de loca tenía! Se lavó rápidamente la cara, se puso uno de los bonitos vestidos que Kieran le había regalado, y comenzó a peinarse el cabello hasta que oyó que Duncan la llamaba.

Con impaciencia, abrió la puerta. Se quedó sin habla cuando al salir se encontró con un montón de caras sonrientes que la observaban. Allí estaban Zac y Shelma, junto a Gillian, Alana y Briana con su bebé, quienes la miraban con una increíble sonrisa; Lolach junto a Axel, Mael, Anthony, Myles, Ewen, Gelfrid, Kieran y Niall, que le guiñó un ojo con cariño y complicidad. Se sorprendió también al ver a Sarah, a Mary, a Rene, a Edwina, a Fiorna y a Susan, que la saludaban tímidamente con la mano, mientras McPherson y el padre Gowan, al lado de Magnus y Marlob, ponían los ojos en blanco al ver a los ancianos llorar como mujeres.

Sintiendo que la alegría le desbordaba, miró a Duncan, que a un lado observaba cómo las emociones y los sentimientos tomaban forma en el precioso rostro de su mujer. Se acercó con la más encantadora de sus sonrisas y, tras colocar con cariño en su vestido el broche del amor, que momentos antes Marlob le había entregado, le tomó las temblorosas manos y le susurró al oído:

—Deseo concedido, mi amor.

Sin soltarle las manos, esperó a que el padre Gowan, tras una bonita y emotiva ceremonia, los declarase marido y mujer.

Epílogo

Diez meses después, en Eilean Donan se celebraba el bautizo de Johanna, la preciosa hija de cabellos oscuros y ojos verdes de Duncan y de Megan McRae. La celebración reunió de nuevo a todos los familiares y amigos. Pletórico de alegría con su hija en brazos, Duncan no podía apartar los ojos de su mujer, que en ese momento bailaba con Myles una danza escocesa.

—¡Déjame que la coja un rato! —le pidió Niall al ver a su preciosa sobrina.

—Johanna —murmuró Duncan tras darle un beso en la cabecita a su adormilada hija—, te va a coger el tío Niall.

—¡Es tan preciosa como su madre! —exclamó Niall al besar a la niña una vez que la tuvo en sus brazos. Aquella pequeña le producía una ternura inmensa, tanto o más que la propia madre—. Aunque espero que no tenga tanto genio, ni cometa tantas locuras.

—Yo espero que sí —se carcajeó Duncan, que observaba a su mujer muerta de risa mientras danzaba junto a Gillian, Alana y Shelma—. Espero que sea igual que su madre. Así me garantizo que sabrá defenderse sola de cualquier patán que intente acercarse a ella.

—En cierto modo, tienes razón —asintió Niall mirando en ese momento a Gillian, que bailaba felizmente a los sones de las gaitas con Kieran y Marlob, mientras Lolach y Anthony mecían a sus respectivos hijos y charlaban.

—Una cosa, Niall —susurró Duncan—. ¿Cuándo vas a ser lo suficientemente valiente para decirle a Gillian que no puedes vivir sin ella?

—Oh, hermano —respondió con una cómplice sonrisa, justo en el momento en que Gillian lo miraba retándolo con los ojos—. Como dijo una vez el padre Gowan, todo a su tiempo.

Megan Maxwell es una reconocida y prolífica escritora del género romántico. De madre española y padre americano, ha publicado novelas como *Te lo dije* (2009), *Deseo concedido* (2010), *Fue un beso tonto* (2010), *Te esperaré toda mi vida* (2011), *Niyomismalosé* (2011), *Las ranas también se enamoran* (2011), *¿Y a ti qué te importa?* (2012), *Olvidé olvidarte* (2012), *Las guerreras Maxwell. Desde donde se domine la llanura* (2012), *Los príncipes azules también destiñen* (2012), *Pídeme lo que quieras* (2012), *Casi una novela* (2013), *Llámame bombón* (2013), *Pídeme lo que quieras, ahora y siempre* (2013), *Pídeme lo que quieras o déjame* (2013), *¡Ni lo sueñes!* (2013), *Sorpréndeme* (2013), *Melocotón loco* (2014), *Adivina quién soy* (2014), *Un sueño real* (2014), *Adivina quién soy esta noche* (2014), *Las guerreras Maxwell. Siempre te encontraré* (2014), *Ella es tu destino* (2015), *Sígueme la corriente* (2015), *Hola, ¿te acuerdas de mí?* (2015), *Un café con sal* (2015), *Pídeme lo que quieras y yo te lo daré* (2015), *Cuéntame esta noche. Relatos seleccionados* (2016), *Oye, morena, ¿tú qué miras?* (2016), *El día que el cielo se caiga* (2016), además de cuentos y relatos en antologías colectivas. En 2010 fue ganadora del Premio Internacional Seseña de Novela Romántica, en 2010, 2011, 2012 y 2013 recibió el Premio Dama de Clubromantica.com, y en 2013 recibió también el AURA, galardón que otorga el Encuentro Yo Leo RA (Romántica Adulta).

Pídeme lo que quieras, su debut en el género erótico, fue premiada con las Tres plumas a la mejor novela erótica que otorga el Premio Pasión por la novela romántica.

Megan Maxwell vive en un precioso pueblecito de Madrid, en compañía de su marido, sus hijos, sus perros *Drako* y *Plufy* y sus gatas *Julieta* y *Peggy Su*.

Encontrarás más información sobre la autora y sobre su obra en:
<www.megan-maxwell.com>.